Mila Olsen
Dort, wo Blätter und Sterne tanzen

Das Buch

Als Maya sich tief in den Wäldern Maines wiederfindet, hat sie keine Ahnung, wie sie dort hingekommen ist. Wer ist der Fremde mit den schneeschattenblauen Augen, in dessen Lager sie erwacht ist? Hat er sie verschleppt?

Reed behauptet, er habe sie bewusstlos gefunden und dass er sie nur wegen des bevorstehenden Winters nicht in die Zivilisation zurückbringt. Jeder Versuch Mayas, sich allein durch den Wald zu schlagen, scheitert. Reed findet sie. Immer.

Verzweifelt kämpft die junge Frau darum, ihre Erinnerung wiederzuerlangen.

Je mehr Zeit sie allerdings mit Reed verbringt, desto mehr fühlt sie sich zu ihm hingezogen und vertraut ihm. Doch dann findet sie ihren Pass und einen Verlobungsring ...

Die Autorin

Mila Olsen wurde in den 1970er-Jahren geboren. Sie wollte schon mit 12 Jahren Schriftstellerin werden, hat aber nach ihrem Schulabschluss zunächst Grund- und Hauptschulpädagogik studiert und eine Ausbildung zur Ergotherapeutin abgeschlossen. Seit 2015 erobert Mila Olsen mit ihren bewegenden Romanen über die Liebe und das Leben regelmäßig die Bestsellerlisten. Wenn sie nicht gerade schreibt oder Zeit mit ihrem Mann und den drei Töchtern verbringt, liebt die Autorin es zu reisen.

MILA OLSEN

Dort, wo Blätter und Sterne tanzen

ROMAN

Deutsche Erstveröffentlichung bei
Tinte & Feder, Amazon Media EU S.à r.l.
38, avenue John F. Kennedy, L-1855 Luxembourg
März 2022
Copyright © der deutschsprachigen Ausgabe 2022
By Mila Olsen
All rights reserved.

Umschlaggestaltung: bürosüd⁰ München, www.buerosued.de
Umschlagmotiv: © Victor Lauer © Nejron Photo © Triff
© Big Stories Production © kavram © Maryna Kulchytska
© U2M Brand / Shutterstock
1. Lektorat: Anne Paulsen
2. Lektorat und Korrektorat: Media-Agentur Gaby Hoffmann,
www.profi-lektorat.com
Gedruckt durch:
Amazon Distribution GmbH, Amazonstraße 1, 04347 Leipzig /
Canon Deutschland Business Services GmbH, Ferdinand-Jühlke-Straße 7,
99095 Erfurt /
CPI books GmbH, Birkstraße 10, 25917 Leck

ISBN 978-2-49671-056-4

www.tinte-feder.de

PROLOG

Ich schrecke hoch – war das der Wind? *Rauwind* hast du ihn genannt. Ganz zart streift er mein Gesicht, macht die Wangen kalt und hinterlässt eine zärtliche Erinnerung. Hastig springe ich aus dem Bett, laufe zum Fenster, doch ich sehe nicht auf die hohen verschneiten Bäume und die vereisten dürren Zweige, die bei Minusgraden aneinanderklirren, sondern auf die Straßen New Yorks. Die Luft steht still.

Ich kann nicht atmen. Ich kann nicht – kann nicht – atmen! Vierzig Meter unter mir verstopfen hupende Taxis die Straßen, die von hier oben aussehen wie ein grauer Fluss in einem Tal Hochhäuser. In meinem Inneren versuche ich, mir die arktische Stille von Maines Wäldern heraufzubeschwören, diese tiefe, zeitlose Stille, die ich so gefürchtet habe und deren Melodie mich jetzt nicht mehr loslässt. Der Winter in New York ist grau und schmutzig, der Schnee schmeckt nach Smog, richtig giftig. Nichts ist still in dieser Stadt, die niemals schläft.

Über meine Schulter blicke ich zu Ayden. Das dunkelbraune Haar fällt in sein Gesicht, er sieht selbst verschlafen noch aus wie ein Supermodel. *Zu gut, um wahr zu sein. Zu gut für mich.* Das habe ich schon immer gedacht. Oder?

»Komm ins Bett, Maya«, flüstert er mit belegter Stimme und klopft auffordernd neben sich auf das leere Laken. Etwas ist hier falsch, aber ich weiß nicht, was es ist. Es ist nicht nur der Lärm und der Smog, sondern etwas zwischen ihm und mir. Als wäre da auch undurchsichtiger Dunst. Vielleicht macht mir ja diese Art von Smog das Atmen so schwer.

In den Nächten ist es immer hart. Der Tag drängt die Sehnsüchte zurück, die Nacht ist unerbittlich.

»Verdammt, Maya.« Ayden steht auf, und ich schaue noch mal aus dem Fenster, als könnte ich über Hochhäuser, Berge und Täler in den Wald blicken.

Was machst du gerade, Reed? Spannst du deinen Bogen oder sitzt du auf dem Dach des Baumhauses und betrachtest die Sterne?

Keine Ahnung warum, aber in diesen dunklen Stunden hasse ich dich am meisten. Vermisse ich dich am meisten. Weil du mir gezeigt hast, was Leben ist. Den rauen Ruf der Raben, Schneestaub im Sonnenlicht und deine glasblauen Augen zwischen all dem Weiß. Unwirklich. Brennend und kalt.

Eiskristallaugen.

Vielleicht sollte ich dich suchen. Vielleicht sollte ich dich vergessen. Vielleicht sollte ich herausfinden, was wirklich mit uns passiert ist.

Damals im Wald.

Nur noch einmal möchte ich Ash für dich sein, Reed. Nur noch einmal deine Stimme hören, das feine Flüstern in der Winterkälte zwischen Kiefern und Eschen.

Ash, my love.

In der Nacht bist du so real, fast kein Traum mehr. Beinahe kann ich dich berühren; aber es sind nicht deine Arme, die sich um mich schlingen, die Lippen in meinem Nacken sind nicht rau und kalt, gehören nicht dir.

»Du musst diese Sache endlich vergessen«, sagt Ayden hinter mir. »Ich möchte dich zurück, verstehst du mich?«

Diese Sache? Gott, es ist, als würde die Leere mir in New York das Mark aus den Knochen saugen. »Ich versuche es doch«, antworte ich, und meine Stimme klingt blechern, als würde ich in eine Konservendose sprechen. »Ich gebe mir ja Mühe, Ayden.«

Er lässt mich los, eine Spur zu ungeduldig. »Ich hoffe, du schaffst es bald.«

Das hoffe ich auch. Und ich muss mich endlich daran erinnern, was wirklich passiert ist.

Kapitel 1

»Kroak. Kroak.« Das dunkle Krächzen ist das Erste, das ich bewusst wahrnehme. Es erinnert mich an den Anfang eines Thrillers, in dem zwei viel beschäftigte Kommissare gleich eine Leiche entdecken werden. Mit schweren Augenlidern blinzele ich und erkenne helle Rundhölzer und eine Zeltplane.

Wo zur Hölle bin ich?

Mühsam setze ich mich auf. Ein monotones Dröhnen erfüllt meinen Kopf. Ich massiere mir die Schläfen und erinnere mich dabei an einen Traum, einen wilden Traum, der hauptsächlich aus Farben bestand. Da war ein goldenes Flimmern, winterblaue Schatten und dann – absolute Schwärze. Einfach nichts mehr.

Habe ich getrunken und hatte einen Blackout? Aber ich rühre selten Alkohol an, trinke fast immer nur ein Glas Sekt oder ein Bier.

Beunruhigt lasse ich die Hände sinken und schaue mich genauer um. Ich bin in einer Hütte, die weder rund noch rechteckig ist; vielleicht ist sie achteckig. Ein armeegrüner Zeltstoff bildet hinter zusammengeschusterten Holzlatten eine Art Außenhaut, sicher als Schutz vor Regen. Ich sehe diesen Stoff nicht überall, da das Holz an den meisten Stellen dicht abschließt. Als ich den Kopf vorsichtig in den Nacken lege, blicke ich auf Rundhölzer, die an der Decke von einer Seite zur anderen verlaufen. An einem der Hölzer hängen Traumfänger mit schwarzen Federn und Schmuck aus mondweißen Knochen, aber da sind auch getrocknete Kräutersträuße, die von dort herabbaumeln. Daher kommt also dieser frische, herbe Geruch – es riecht, als wäre ich mitten im Wald.

Aber das ist unmöglich. Ein ungutes Gefühl sammelt sich in meinem Bauch.

Was um alles in der Welt ist passiert, dass ich an so einem Ort aufwache? Gehört das irgendwie zu Maddys Verlobungsfeier – als besonderer Gag oder so? Sind wir nachts hierhergefahren? Ich kann mich nicht daran erinnern. Das dumpfe Angstgefühl in mir verdichtet sich.

Ich schlage die Wolldecke zurück, rappele mich auf und mustere das cognacfarbene Fell, auf dem ich gelegen habe. Vielleicht stammt es von einem Bären oder Elch, ich habe keine Ahnung. Ich weiß nicht mal mehr, ob ich mich selbst hingelegt und zugedeckt habe. In meinem Kopf ist nur dieses Dröhnen – und ein schlammartiger Sumpf, der mein Denken verlangsamt.

Abermals massiere ich meine Schläfen, dabei fällt mein Blick auf den eng anliegenden dunkelgrünen Wollpullover, den ich trage. Er ist mir völlig fremd. Auch die kniehohen Stiefel, die blickdichte schwarze Strumpfhose und den blaugrünen Schottenrock kenne ich nicht. »Lamont« heißt das Webmuster, das weiß ich merkwürdigerweise. Ob ich ihn mir von meiner Schwester geliehen habe? Aber Schottenkaros sind nicht Maddys Stil. Meiner auch nicht, ich liebe den lässigen Jeans-und-T-Shirt-Look.

Ich nehme die Hände wieder runter und betrachte die gigantische Laufmasche in der Strumpfhose und das faustgroße Loch im Ärmel des Pullovers. Beides erweckt den Anschein, als hätte ich einen Gewaltmarsch hinter mir. Verdammt, wieso erinnere ich mich an nichts? Was genau stimmt nicht mit mir?

Wie auf Kommando steigt Panik in mir auf. Plötzlich ertönt ein unheilverkündendes Krächzen von draußen.

»Kroak. Kroak.«

Es klingt drohend, lässt mich noch stärker frösteln. Hat mir jemand bei Maddys Feier K.-o.-Tropfen untergemischt? Der Gedanke erwischt mich eiskalt, und für einen Augenblick horche ich in mich hinein. Ich fühle mich nicht, als wäre ich vergewaltigt worden, zumindest tut mir nichts weh, was darauf hindeuten könnte, aber was bedeutet das schon? Vielleicht wollte mich derjenige auch erst mal nur verschleppen.

Der letzte Gedanke lässt mein Herz dumpf und schnell pochen. Ich schleiche zur Tür, die aus zusammengeschusterten Paneelen besteht und in die Holz-Planen-Konstruktion integriert ist. Für eine Sekunde fürchte ich, sie wäre verriegelt, aber es gibt kein Schloss.

Gott sei Dank! Ich bin nicht eingesperrt. Doch der Gedanke beruhigt mich nur kurz. Angespannt trete ich auf eine schmale Veranda; sie ist kaum einen Schritt breit. Vor mir liegt dichter, dunkler Wald. Fichten, Tannen und Ahorn. Vor der Hütte schlängelt sich ein Trampelpfad durch das Gehölz, verschwindet im Nirgendwo.

Ich erkenne nichts wieder.

»Hallo?«, rufe ich mit schwacher Stimme. Ein Vogel pfeift ein einsames Lied von den Bäumen. »Ist hier jemand?«

Mein Blick gleitet an den Baumkronen vorbei zum Himmel. Er ist grau, die Sonne bloß ein milchig-trüber Fleck. Die Laubbäume tragen kaum noch Blätter; die wenigen sind braun und trocken. Ist es Herbst oder Winter?

Welchen Tag haben wir heute?

Ich weiß es nicht.

Wieso weiß ich nicht, welchen Wochentag wir haben? Solche Dinge entfallen mir normalerweise einfach nicht.

Instinktiv presse ich mir die Faust auf den Mund, eine vertraute Geste, die ich häufig benutze, wenn ich mich fürchte.

Hastig gehe ich die wichtigsten Eckdaten meines Lebens durch. Ich heiße Maya Morrow. Ich bin das verschlossene Nesthäkchen meiner Familie und gerade neunzehn geworden; ich habe eine perfekte drei Jahre ältere Schwester, die alle lieben, mich mit eingeschlossen. Madeleine. Maddy.

Na also, geht doch! Erleichtert atme ich auf und durchforste meine Erinnerungen ein bisschen weiter, um mir zu versichern, dass ich nicht verrückt bin. In meiner Freizeit bastele ich Schmuck aus Glasperlen und verkaufe ihn bei Etsy. Von dem eingenommenen Geld erstehe ich dann anfallsartig antike Blechschilder von den Bahamas, Sand aus Australien und manchmal auch exotische Muschelperlen aus Bali. Orte, die ich nie besuchen werde, weil ich am liebsten zu Hause bleibe. Meine langen Haare, die ich auch heute wieder zu einem tiefen Zopf gebunden trage, sind blond, meine Augen braun.

Mandelaugenmädchen, sagt Dad immer.

Dad! Wieso kommt es mir so vor, als hätte ich ewig nicht mehr an ihn gedacht? Aber er war definitiv auf der Verlobungsfeier von Maddy und Edward. Er hat noch Witze über das schlechte Wetter gerissen und prophezeit, dass wir alle wie begossene Pudel im Restaurant ankämen, aber dann hat der Regen aufgehört. Natürlich. Es ist Herbst. Ich war vorhin einfach zu benebelt, um an die Jahreszeit zu denken. Und es muss Sonntag sein.

Spielt mir irgendjemand einen Streich? Springen alle Gäste gleich hinter den Bäumen hervor und rufen »Überraschung«? Aber es war ja nicht meine Verlobungsfeier. Warum sollte man mich auf die Schippe nehmen und nicht Maddy und Ed? Außerdem bin ich auch nicht der Typ, den man überrascht. Ich bin zu schreckhaft und nach innen gekehrt. Jeder in Maddys und meinem Umfeld weiß das; niemand würde mir absichtlich Angst einjagen. Es muss etwas anderes geschehen sein.

Erneut sehe ich zu den dunklen Bäumen und kann das Frösteln in den Gliedern nicht unterdrücken, aber zwinge mich zur Ruhe, rede mir ein, dass mir alles gleich wieder einfällt. Womöglich bin ich gar nicht weit weg von Boston, vielleicht bin ich im Centennial Reservation Park, wo wir früher mit unserer Promenadenmischung Max Gassi gegangen sind. Möglicherweise kennt Maddy jemanden, der hier verbotenerweise eine Hütte errichtet hat, da Maddy immer jemanden kennt, der jemanden kennt. Wahrscheinlich haben wir hier übernachtet und die anderen sind in der Nähe.

In der Hoffnung, auf Maddy, Ed oder einen ihrer Freunde zu stoßen, wandere ich den Trampelpfad entlang. Das trockene Laub knistert unter meinen Sohlen wie eine Ladung Cornflakes. Mit einem flauen Gefühl schaue ich mich um. Moosüberzogene Findlinge betten sich zwischen die hohen Bäume; ein ganzes Meer voller riesenhafter grüner Steine wie in einer Märchenwelt. Als sei ich eingeschlafen und in der Anderswelt aufgewacht.

Bei diesen Gedanken bleibe ich stehen. Über mir singt der Vogel noch immer sein melancholisches Lied; es klingt richtig verloren zwischen den hohen Bäumen. Verloren … so wie ich mich gerade fühle. Ich atme tief durch. Was fällt mir noch ein? Gibt es vielleicht eine letzte klare Erinnerung? Als würde ich durch eine Videokamera blicken, spult sich ein Film vor mir ab. Ich sehe mein Zuhause. Ein nobles Reihenhaus aus roten Backsteinen im Federal Style in der teuersten Wohngegend von Boston. Die Aufnahme schwenkt ins Innere über samtblaue Stufen, die in einem makellos weißen Treppenhaus ins Obergeschoss führen. Im großzügigen Wohnzimmer steht meine ganze Happy Family vor dem Kamin, bereit für das alljährliche Weihnachtsfoto. Wie immer befinde ich mich minimal im Abseits. Mom, Dad und Maddy warten in ihren roten Rentierpullovern und den wintergrünen Bommelmützen Schulter an Schulter auf den Schuss des Fotografen. Zwischen mir und Maddy klafft eine winzige Lücke, die sich in mir manchmal so groß anfühlt wie ein ganzes Universum.

Wir lachen, sagen einmal »Cheese« für den Fotografen, der nur Augen für meine engelsgleiche Schwester hat. Maddy legt den Arm um mich und zieht mich an sich. Sie weiß um diese Lücke und überbrückt sie mit Umarmungen. Auch in diesem Augenblick. Sie lacht mit dem Fotografen, aber ich bin nicht eifersüchtig. Ich bin niemals eifersüchtig auf Madeleine.

Nachdenklich reibe ich mir über die Stirn. Ich hatte gehofft, mir würden ein paar Bilder von dem gestrigen Abend einfallen, aber diese Erinnerung ist älter. Mom bestellt den Fotografen für die Weihnachtsfotos immer schon Anfang September.

Habe ich auf der Feier gestern vielleicht doch so viel getrunken, dass ich einen kompletten Filmriss habe? Aber wo sind dann alle? Suchend lasse ich meinen Blick umherwandern und werde mir der Kälte bewusst, die durch den dünnen Stoff meiner Kleider kriecht. Der Kälte, aber auch der Stille. In den Stadtparks von Boston hört man unentwegt von irgendwoher Motorenlärm, eine Sirene oder das Gelächter anderer Städter. Hundegebell. Aber hier knackt und knistert bloß das Unterholz. Plötzlich bin ich mir ganz sicher, dass das hier weder der Centennial Reservation Park noch ein anderer Park in Boston ist. Vielleicht hat mich ja doch jemand verschleppt. Die Angst drängt sich wieder in den Vordergrund, flüstert mit jedem Schlag meines Herzens: *Lauf weg! Lauf weg, bevor derjenige wiederkommt und wer weiß was mit dir anstellt!*

Kopflos stolpere ich den Trampelpfad entlang, spüre auf einmal, wie erschöpft ich wirklich bin. Meine Kehle ist so trocken wie die Sahara, und nach wie vor dröhnt mein Schädel, als hätte mich jemand k. o. geschlagen. *Vielleicht ist ja genau das passiert!* Instinktiv will ich um Hilfe rufen, aber dann wird mir bewusst, wie dumm das wäre, sollte mein Entführer in der Nähe sein. Ich werde langsamer, nehme wachsam eine Biegung und scheuche einen Vogel auf, der hektisch davonflattert. Der Pfad endet an einer zweiten Zelthütte mit Armeeplane, die fast von den Bäumen verschluckt wird.

Abrupt bleibe ich stehen. Der Wald scheint plötzlich totenstill. Und er wirkt tiefer. Tiefer und stiller, als es ein Wald sein sollte. Als würde gleich etwas Schreckliches passieren und die finsteren Bäume würden es vorausahnen und schweigen. Wie erstarrt verharre ich auf dem Fleck, und auf einmal ist da ein feines Schaben. *Krscht. Krscht. Krscht.* Es kommt aus dem Zelt, das keine zehn Schritte von mir entfernt ist. Eine leichte Brise lässt die Planen flattern.

»Kroak. Kroak. Lark«, krächzt der Rabe vom Himmel. Eine Sekunde später wird die Plane des Zelts zur Seite geschoben und eine große Gestalt tritt ins Freie.

Mein Herz fängt an zu rasen. Es ist ein finsterer Typ mit schmutzigem Gesicht und wilden Kleidern. Ich erkenne Fell und Leder, aber das, was wirklich zu mir durchdringt, sind seine dunkelroten, bluttriefenden Hände und das Messer in seiner Faust.

O mein Gott!

Ich will Luft holen, doch es gelingt mir kaum. Er starrt mich an, eine Sekunde, zwei. Er sagt nichts, starrt nur, und meine Angst ist wie ein Bann. Ich kann mich nicht rühren. Hinter ihm steht die Zeltplane halb offen, und ich sehe etwas von einem Balken baumeln – so wie die Kräutersträuße, nur größer.

»Kroak. Kroak.« Der Ruf des Raben flattert düster herab. Ich verstehe *tot-tot*. Es durchbricht die Lähmung meiner Furcht. Mit einem erstickten Laut drehe ich mich um und renne blindlings drauflos. Mitten ins Unterholz, querfeldein, weil mich der Typ auf dem Pfad viel zu schnell einholen würde. Doch ich komme kaum zwanzig Schritt weit. Äste und Zweige greifen nach mir. Mein Fuß verfängt sich im bodennahen Gestrüpp, ich stolpere und schlage der Länge nach auf Dreck, Steine und Wurzeln. Meine Handgelenke stechen, etwas bohrt sich in meine Handfläche, ich fühle Schmerz, aber er erreicht mich nicht.

»Kroak. Kroak«, spottet das Mistviech über dem Blätterdach.

Wo ist der Typ? Zittrig rolle ich mich auf den Rücken, setze mich auf und sehe ihn näher kommen. Er bewegt sich, als wäre er ein Teil des Waldes, verschmilzt mit kahlen Ästen, efeuüberzogenen Stämmen, Moos und Erde, ist kaum zu erkennen, als würde meine Sicht verschwimmen.

Ich will etwas sagen, so was wie: *Lass mich gehen, bitte, tu mir nichts!*, aber ich bekomme keinen Ton heraus. Der Atem stockt in meiner Brust.

Er ist furchterregend. Stirn und Kinn sind dreckverkrustet, was seine Augen umso heller leuchten lässt. Sie sind so blau wie Schnee, wenn Schatten darauf fallen. Schneeblau, eisblau. Plötzlich wird mir wieder bewusst, wie still es ist, und wie dieses Blau in der Stille glimmt. Es summt in meinem Kopf, in meiner Brust, macht mich schwindelig vor Angst. *Er war es! Er muss mich betäubt und hierher verschleppt haben.*

Unbewegt mustert er mich, sagt kein Wort, als wäre er auf seine eigene Art fassungslos, vielleicht, weil er mich genau da hat, wo er mich haben will.

»Wer bist du?«, krächze ich irgendwann in diesen Moment, der mir vorkommt wie eine Endlosschleife, in der der Wald und das Blau seiner Augen zusammenfließen.

Er schluckt, hebt die Hand, die weiterhin das blutgetränkte Messer umklammert, dann deutet er damit auf das Zelt, das ich durch die Bäume lediglich schemenhaft erkenne. »Komm mit! *Little Alaska* ist keine gute Idee.«

Seine Stimme klingt verrostet, als hätte er sie länger nicht benutzt, und seine Worte ergeben überhaupt keinen Sinn. Für einen winzigen Augenblick überlege ich, einfach aufzustehen und wegzurennen, aber ich habe gerade kapiert, dass ich es nicht besonders weit schaffe. Das Unterholz ist zu dicht, voller Triebe, Totholz und Wurzeln. Er würde mich sofort einholen.

Mühsam rappele ich mich auf, während er mich beobachtet. Seine Augen brennen, kalt und winterblau, trotzdem wird mir heiß vor Angst. Ich will ihn fragen, wieso er mich hierhergebracht hat, aber im Grunde ist das klar, ich muss mir nichts vormachen. Als ich stehe, will ich mich einfach weigern loszulaufen, doch mein Körper reagiert unter seinem Blick ganz anders, als mein Kopf möchte. Ich stolpere vorwärts und er lässt mich vorbeigehen, kommt mir nach. Ich spüre ihn hinter mir, seine Aura, die wie ein dunkler finsterer Schatten auf mich fällt, selbst wenn ich seine Schritte kaum hören kann. Die Situation erinnert mich an etwas, als hätte ich ein grauenvolles Déjà-vu, aber ich weiß nicht, warum. Ich kann nicht mal weinen, meine Panik vernebelt alles.

Wird er mich ausschlachten wie Vieh?

»Warte!«, sagt er, als ich das Zelt fast erreicht habe. Für einen Wimpernschlag will ich wieder losrennen, ich habe jedoch Angst, dass er dann sein Messer benutzt, also bleibe ich stehen. Ich drehe mich nicht um, will ihn nicht ansehen.

Er marschiert an mir vorbei, öffnet die Plane komplett, und ich erkenne ein erlegtes Kaninchen, das mit den Hinterläufen an einem Balken baumelt. Ein Teil des Fells ist abgezogen.

Für eine Sekunde atme ich auf. Es ist keine junge Frau, die er hier ausschlachtet. Nur ein Kaninchen, das er vermutlich gefangen hat, um es zu braten. Trotzdem erklärt dieses tote Kaninchen nicht, wieso ich hier bin.

»Warte in der Shack. Da ist es wärmer.« Er schaut das tote Tier an, als er das ausspricht. Unter all dem Schmutz wirkt er jünger, als ich zunächst dachte, vielleicht ist es auch die Art, wie er sich bewegt.

»Was hast du mit mir gemacht? Was willst du?« Keine Ahnung, woher ich den Mut finde, ihn das zu fragen. Tatsache ist aber, ich kenne ihn nicht. Das Blau seiner Augen ist ungewöhnlich, jemand mit solchen Augen bleibt in Erinnerung. Sollte er auf der Verlobungsfeier gewesen sein, muss er sich im Hintergrund gehalten haben. »Wo sind wir? Wieso bin ich hier?«

»Ich muss das Kaninchen zerlegen. Fleisch verdirbt schnell. Warte in der Shack«, wiederholt er.

»In der Shack?« Wieso schaut er mich nicht an? »Ist das die andere Hütte?«

»Dort.« Erneut benutzt er das Messer als verlängerten Zeigefinger, deutet damit in die Richtung, aus der ich gekommen bin. Seine Finger sind ruhig, stoisch ruhig; ich wundere mich, warum mir gerade das auffällt. Vielleicht wegen des Messers, vielleicht, weil ich denke, dass Psychopathen stoische, ruhige Killer sind.

Von seinen Fingern mit dem Messer folgt mein Blick dem Pfad. »Ah … ja … okay. Die andere größere Hütte. Ich warte dort.« Hastig nicke ich, als würde ich genau das vorhaben, drehe mich um und gebe mir Mühe, nicht zu schnell zu gehen, damit er nicht misstrauisch wird. *Ja, zerlege ruhig dein Kaninchen, aber bis dahin bin ich längst über alle Berge!*

Er hat abgehackt gesprochen, mit kurzen Sätzen. Vielleicht ist er nicht der Hellste. Wieso sonst würde er mich laufen lassen?

Als ich mich vorsichtshalber umdrehe, steht er immer noch vor der Hütte und sieht mir nach. Ein eiskalter Schauer überzieht meinen Rücken. *Little Alaska ist keine gute Idee.* Aber in Alaska kann ich nicht sein. Er ist vermutlich einfach durchgeknallt.

Ich schaffe es, einigermaßen ruhig bis zu dieser Hütte zu gehen, die er Shack nennt. Doch kaum habe ich sie erreicht, renne ich auf dem Trampelpfad weiter, der allerdings nach kurzer Zeit endet. *So ein Mist!* Ich hatte gehofft, auf einen Trail oder eine Straße zu stoßen, aber das kann ich offenbar vergessen.

Mit flatterndem Herzen spähe ich in den dichten Wald. Mittlerweile dämmert es. Automatisch will ich auf meine Uhr blicken, doch sie ist nicht da. Wieso trage ich keine Uhr? Ich greife an die Stelle, wo normalerweise bei einer Jeans die hintere Hosentasche ist, um mein Handy herauszuholen, aber ich habe ja diesen kurzen Rock an. *Hat der Typ ihn mir angezogen?*

Der Gedanke macht mich noch panischer. Ich stürze mich ins Dickicht, schiebe das Gestrüpp wie beim Schwimmen mit den Armen beiseite, damit mir die störrischen Zweige nicht ins Gesicht peitschen. Wenn der Typ mir diese Klamotten angezogen hat, hat er mir die Uhr und mein Handy sicherlich abgenommen. Doch wieso habe ich in der Hütte nicht sofort daran gedacht, Maddy oder Mom anzurufen? Es ist fast, als wäre mir klar gewesen, dass ich kein Telefon dabeihabe. Das ist doch eigenartig. Das alles hier. Nichts ergibt einen Sinn.

Ich klettere über einen umgestürzten Baumstamm und bleibe mit dem Zopf an einem herabbaumelnden Zweig hängen. Wie eine Wahnsinnige reiße ich an meinen Haaren, bis ich wieder frei bin, und blicke gehetzt über die Schulter. *Gott sei Dank, der Typ ist nicht zu sehen.*

Trotzdem … meine Angst frisst sich mit jeder Sekunde weiter in meine Eingeweide. Mittlerweile irre ich sicher seit zehn Minuten durchs Unterholz. Bald ist es stockdunkel, und der Typ mit den bluttriefenden Händen ist bestimmt nicht die einzige Gefahr hier draußen. Für einen Augenblick suche ich etwas, woran ich mich orientieren kann. Rechts von mir kauern sich vier hohe Tannen so dicht zusammen, dass ihre Äste miteinander verwachsen sind. Die kann ich mir merken. Aber wozu? Um später zu erkennen, dass ich im Kreis gelaufen bin? Unwillkürlich presse ich die Faust auf den Mund, da höre ich eine Stimme.

»Du hast dich verlaufen.«

Kapitel 2

Ich fahre herum und entdecke ihn inmitten des dämmrigen Waldes vor einer Tanne. Er muss sich lautlos wie ein Puma an mich herangeschlichen haben. Stumm blicke ich ihn an, spüre das Herz in meiner Brust pochen. Er hat sich Hände und Gesicht gewaschen, denn seine Haut ist jetzt so hell wie meine, was eine Leistung ist, da ich nie braun werde. Seine zu langen Haare fallen feucht und strähnig um sein Gesicht, die Augen leuchten immer noch irritierend blau, doch ohne den ganzen Schmutz erscheinen sie dunkler.

»Komm! Es wird Nacht.« Er deutet in die Richtung, aus der ich geflohen bin. Mittlerweile trägt er einen langen Mantel, der aus allerlei verschiedenen Fellen zusammengenäht scheint. Er wirkt darin unwirklich, aus der Zeit gefallen und bedrohlich.

»Nein«, höre ich mich ausstoßen. »Ich will nicht mit dir zurückgehen. Ich will nach Hause.«

»Das geht nicht.« Er sieht an mir vorbei, was die Situation noch unheimlicher macht.

»Wieso nicht?«

Er schweigt.

»Ich gehe jedenfalls nicht mit dir zurück.« Ich wende mich um, stürme los. Die Umgebung verwebt sich mit der Dämmerung, mit ein wenig Glück verschluckt sie mich einfach.

»Bleib stehen! Das ist gefährlich.« Seine Stimme, die so eingerostet klingt, kratzt wie mit Klauen an meinen Nerven.

Ich springe über eine Wurzel, scanne das Unterholz, halte Ausschau nach einer Stelle, wo ich abtauchen kann.

»Ich will dir nicht wehtun.«

Bam! Da ist er. Der Satz, der alles verändert. Ich renne weiter, doch er setzt mir nach. Nahezu lautlos, es ist mehr eine Ahnung in der Luft, die es mir verrät. Oder natürlich seine Worte.

Auf einmal taucht er vor mir auf, und ich bleibe stehen, bevor ich in ihn hineinrenne. Wo verdammt noch mal kommt er so schnell her?

»Reed«, sagt er, aber wieder sieht er mich nicht an.

Ich blinzele verstört. »Was?«

»Mein Name. Du hast gefragt: ›Wer bist du?‹«

Er scheint immer erst später zu antworten; meine Frage ist viele, viele Minuten her. Ich schweige, ahne, dass ich überhaupt keine Chance gegen ihn habe. Er ist im Heimvorteil, mal abgesehen davon, dass er viel stärker ist als ich.

Diesmal muss er lediglich in die Richtung nicken, in die ich mich wenden soll, und ich laufe los. Ich muss an »Misery« denken, den Film, in dem ein verrückter weiblicher Fan ihrem Lieblingsautor die Knöchel gebrochen hat, damit er nicht abhauen kann.

Gott, bitte, lass ihn kein totaler Psychopath sein! Vielleicht gibt es ja doch eine vernünftige Erklärung für alles.

Ja, klar. Deswegen lässt er dich auch nicht gehen. Aus reiner Nächstenliebe. Wer's glaubt, Maya.

Er dirigiert mich mit einfachen Worten zur Shack. »Rechts.« »Links.« »Geradeaus.« Als wir wieder auf den Trampelpfad kommen, zupfe ich mit eisigen Fingern Tannennadeln und dürre Zweige aus dem Wollpullover. Finsternis kriecht durch das Unterholz und am liebsten würde ich in Tränen ausbrechen. Mir ist eiskalt, ich habe Angst, außerdem brennt meine Kehle vor Durst. Irgendwo ruft ein Käuzchen, ansonsten ist es still, selbst der Rabe ist verstummt.

An der Hütte angekommen, prescht der Typ an mir vorbei, öffnet die Tür und bedeutet mir, vor ihm einzutreten. Ich gehe hinein und zucke zusammen, als ich höre, wie er die Tür hinter sich schließt. Plötzlich fallen mir tausend Dinge ein, die man bei Psychopathen tun soll. Man soll seinen Namen sagen, damit man nicht zu einer Sache degradiert wird. Das hat Maddy mal erwähnt. Sie studiert Jura, hat sich auf Strafrecht spezialisiert und sich eine Weile mit den schlimmsten Psychopathen der Weltgeschichte beschäftigt. Ted Bundy, Jack the Ripper, Jeffrey Dahmer.

Benommen beobachte ich den Kerl, wie er seine Stiefel abstreift, einen Topf, den er offenbar von draußen mit reingebracht hat, auf einer Art Spüle abstellt und danach vier Öllämpchen anzündet. Zwei auf der windschiefen Kommode, die ich vorhin bereits entdeckt habe. Eines auf einem Regalbrett, das von zwei Schnüren gehalten von einem der Rundhölzer herabhängt, und ein weiteres auf einem massiven Holzbrett, das er zuvor auf den Boden gelegt hat.

Das diffuse Licht streut schwach durch die kleine Zelthütte.

»Zieh die Stiefel aus. Stell sie neben die Tür«, weist er mich jetzt an. Er ist mindestens einen halben Kopf größer als ich und kann nur in der Mitte der Hütte aufrecht stehen. Widerwillig folge ich seiner Anweisung, schlüpfe aus den Stiefeln – Dior, wie ich nebenbei bemerke, und somit ganz sicher Maddys – und stelle sie neben seine, eine Handarbeit aus Fell und Leder. Ein bisschen erinnern sie mich an die von Inuit. Wortlos beobachte ich den Typen. Er hantiert an einem Gaskocher herum, hebt den mitgebrachten Topf darauf.

Will er etwa in aller Seelenruhe kochen? Das gibt es doch nicht! Wenn mir nur endlich einfallen würde, was passiert ist! Von wo hat er mich mitgenommen? Ich puste in meine kalten Hände, ohne ihn aus den Augen zu lassen.

Er merkt es, hält inne. »Setz dich!« Er klingt zu ruhig.

Für einen Moment betrachte ich die Felle am Boden, auf einem davon habe ich geschlafen. Ich bleibe lieber direkt an der Tür stehen und muss dabei wieder an Maddys Psychopathen-Phase denken. »Maya«, sage ich zittrig. »Ich heiße Maya Morrow.«

Energisch schüttelt er den Kopf. »Ash«, sagt er.

»Nein, Maya.« Vielleicht ist er ja schwerhörig.

Ein schmales Lächeln fliegt über seine Züge, und zum ersten Mal, seit er sich gewaschen hat, schaut er mich direkt an, wenn auch nur kurz. *Himmel, er ist viel jünger, als ich dachte, höchstens fünfundzwanzig!* Er hat ein Gesicht, das man nicht mehr vergisst, hat man es einmal gesehen. Alles darin erscheint schmal und kühl, fast abweisend. Die weit auseinanderstehenden Augen, der breite Mund mit den schmalen Lippen, selbst die Augenbrauen sind nicht buschig, sondern zeichnen feine Bögen.

»Ich habe dich Ash genannt.« Er sagt es nicht, er stellt es richtig.

Mein Mut sinkt. Es ist kein gutes Zeichen, dass er mir einen Namen verpasst, als könnte er darüber bestimmen, wie ich heiße. Es ist auch kein gutes Zeichen, dass er so ruhig ist.

»Nein …«, widerspreche ich nach einer ganzen Weile. »Mein Name ist Maya; und ich möchte zurück in die Stadt. Ich habe keine Ahnung, was ich hier mache und wo ich hier bin. Aber du weißt es, oder?«

Seine dunklen Brauen ziehen sich zusammen, die schmalen winterblauen Augen verengen sich. »Ich habe dich gefunden und hergebracht.«

Verwirrt schüttele ich den Kopf. »Gefunden? Wo denn? Wo sind wir?« Und aus welchem Grund sollte er mich finden?

»Du wärst beinahe erfroren.«

»Wo hast du mich gefunden?«

»Ein Stück weg von hier«, erklärt er und wendet sich wieder seinem Topf zu. Es brutzelt laut und ein würziges Fleischaroma steigt mir in die Nase. Ganz sicher brät er das ausgeweidete Kaninchen.

Eine Gänsehaut überzieht meinen Körper, stellt meine Nackenhaare auf. Der Kerl ist mir total unheimlich, auch wenn er behauptet, mich vor dem Erfrieren gerettet zu haben. Wahrscheinlich lügt er. Nur wieso? Er hat keinen Grund dazu. Er könnte mir auch ebenso gut die Wahrheit gestehen, nämlich, dass er mir was in mein Getränk gemischt und mich von Maddys Feier verschleppt hat. Oder er hat mich vor unserem Haus niedergeschlagen und weggebracht. Andererseits wäre ich nie alleine von der Feier nach Hause gefahren, Mom und Dad hätten mich mitgenommen. Und Maddy und Ed hatten eine Gästeliste. Es wäre aufgefallen, wenn sich ein Fremder unter die Gäste gemischt hätte. Und gekellnert hat er auch nicht … oder doch? Nein, er wäre mir ganz sicher aufgefallen – wegen dieser blauen Augen und auch, weil ich Fremden gegenüber immer misstrauisch bin. Nur wieso bin ich das? Für ein paar Sekunden überlege ich, ob er mich aus dem Internet kennen könnte oder ich ihn, aber ich bin nicht bei Facebook und habe auch keinen Instagram-Account. Und er sieht nicht aus, als würde er Perlenketten bei Etsy bestellen, außerdem habe ich da kein Profilbild von mir eingestellt.

Vielleicht sagt er ja doch die Wahrheit. Das würde allerdings bedeuten, dass ich irgendwo alleine unterwegs war. Heftig schüttele ich den Kopf. Das kann nicht sein, oder? Ich bin doch nie alleine unterwegs!

»Okay, wenn es stimmt und du mich gefunden hast ...«, setze ich zaghaft wieder an, »war ich bewusstlos?« Ich muss ohnmächtig gewesen sein, sonst würde ich mich doch erinnern. »Wieso hast du mich mit hierhergenommen und nicht in ein Krankenhaus gebracht?«

Er antwortet nicht, rührt leicht gebückt und mit ruhigen Händen in dem Topf, als hätte ich nichts gesagt. Angespannt trete ich von einem Bein auf das andere. »Wieso antwortest du mir nicht? Warum hast du mich nicht in ein Krankenhaus gebracht, wenn du mich bewusstlos im Wald gefunden hast? Es hätte ja sein können, dass ich unterzuckert gewesen bin oder einen Allergieschock hatte! Dann hättest du mich mit deiner vermeintlichen Hilfe ...« Ich schlucke. *Umgebracht,* wollte ich sagen, aber das Wort steckt in meiner Kehle fest. Stattdessen frage ich: »Zeigst du mir, wie ich zurückkomme? Gibt es in der Nähe einen Trail oder eine Straße, und wo genau sind wir überhaupt?« Vorhin hat er diese letzte Frage einfach übergangen.

Und auch jetzt tut er so, als hätte ich nichts von mir gegeben, und ich warte lange Zeit auf eine Antwort, bekomme aber keine. »Ich weiß wirklich nicht, was passiert ist«, probiere ich es nach einem Zögern erneut. »Ich erinnere mich an nichts. Aber wenn du mir einfach verraten würdest, wo ich bin und in welche Richtung ich gehen muss, verschwinde ich ganz schnell.« Erst in diesem Moment wird mir bewusst, dass er auch ein Wilderer ohne Jagdlizenz sein könnte. Vielleicht hat er mich tatsächlich aufgelesen und hat Angst, dass ich ihn anschwärze, wenn er mich gehen lässt. Was mir natürlich immer noch nicht erklärt, wieso er mich überhaupt irgendwo finden konnte, wo ich bin und weshalb ich Klamotten trage, die ich noch nie zuvor gesehen habe.

»Ich mache keinen Ärger«, füge ich sicherheitshalber noch an. »Also, falls das alles hier nicht legal ist.«

Er sieht mich flüchtig an und streicht sich mit dem Unterarm die Haare aus dem Gesicht. Sie beginnen zu trocknen, erinnern mich an den australischen Sand in meinem Glas »Fraser Island«, den ich bei eBay ersteigert habe. Wortlos wendet er sich wieder seinem brutzelnden Fleisch zu.

Ich atme tief durch, aber es geht in dem Bratgeräusch unter. Vielleicht denkt er über meine Worte nach. *Bitte, lass ihn nur ein Wilderer sein, der mich gefunden hat!* Vielleicht ist er einfach ein kauziger Waldschrat, der kaum Kontakt zu anderen hat.

Unruhig schaue ich mich in der Hütte um. An der Zeltwand lehnt ein Bogen und an einem Holzständer direkt neben der Tür hängt ein Köcher mit Pfeilen; der Ständer fungiert wohl als eine Art Garderobe. Als mir der Typ den Rücken zukehrt und in einer Kommode kramt, strecke ich die Hand nach den Pfeilen aus, um sie auf ihre Schärfe und Waffentauglichkeit zu prüfen, doch da dreht er sich um und gibt einen unwilligen Laut von sich. Als wäre er ein Wolf und ich sein Welpe, den er zurechtweist.

Ich ziehe die Hand zurück, er nickt.

Den Pfeilen nach zu urteilen, ist er eher ein Wilderer als ein Psychopath. Sicher gibt es für alles hier eine gute Erklärung.

»Maine«, sagt der Kerl plötzlich und nimmt den Topf vom Gas, schaltet den Kocher aus.

»Maine?«, echoe ich fassungslos.

»Das hier ist Maine.« Seelenruhig stellt er den Topf auf ein Brett auf der Spüle und verteilt das Fleisch auf zwei Tellern.

Maine. Es fällt mir wie Schuppen von den Augen. »Meine Eltern besitzen ein Blockhaus am North Pond.« Wir machen ständig an diesem See Urlaub, weil meine Eltern die Natur und Abgeschiedenheit dort oben lieben. Fast lache ich vor Erleichterung. »Natürlich. Ich hatte sicher einen Unfall und habe deswegen mein Gedächtnis verloren. Vielleicht ist Maddys Verlobung ein paar Tage her, ich habe die Zeit nur vergessen, weil ich an Amnesie leide.« Ein Teil der Last fällt von mir ab. »Okay. Okay. Okay. Dann kann ich morgen verschwinden. Heute ist es natürlich zu dunkel, und du hast recht: Die Wälder Maines sind gefährlich. Um diese Jahreszeit gehen Schwarzbären auf letzte Nahrungssuche. Hier lauern Pumas und Luchse ... aber morgen früh bist du mich los.« Der Typ blickt mich seltsam an, ich kann jedoch nicht mehr aufhören zu reden, weil es mir Erleichterung verschafft und meine Gedanken sortiert. »Es gibt von den Orten hier in der Umgebung sicher Busse, mit denen ich nach Boston komme. Ich wohne in Beacon Hill in der Chestnut Road. Mein Dad ist Anwalt in der Kanzlei *Morrow und Graxos,* ich weiß, das klingt nicht nach Anwälten, sondern nach dunklen Magiern, die in Kutten ihre Zauberstäbe schwingen, aber sie haben sich auf Strafrecht spezialisiert.« Ich lache nervös; er hebt die Hände an den Kopf. »Dad sieht aus wie Michael Douglas in ›Der Rosenkrieg‹ und Solomon Graxos ist eine Kopie von Danny de Vito ...« Ich halte mitten in meinem Monolog inne, schlucke.

Der Typ hält sich die Ohren zu und funkelt mich an. Als er mitbekommt, dass ich still bin, lässt er die Hände sinken.

»Zu viele Worte«, keucht er. »Viel zu viele Worte, Ash.«

»Ich heiße nicht Ash«, widerspreche ich und spüre, wie mir die Tränen in die Augen schießen, weil mir eine ganz andere Sache dämmert, die ich eben nur kurz vergessen hatte. *Ich will dir nicht wehtun,* hat er gesagt. Niemand, der jemanden findet und harmlose Absichten hegt, würde so eine Drohung aussprechen. »Ich muss doch zurück nach Hause«, flüstere ich mit enger Kehle.

Er starrt an mir vorbei. »Keiner muss irgendwohin zurück«, meint er kryptisch. »Außerdem: Der Winter kommt.«

»Was?« *Winter Is Coming,* fällt mir ein. Das ist aus »Game of Thrones«, was ich früher stundenlang mit Maddy geschaut habe. Keine Frage, der Typ hat einen absoluten Vollknall. *Keiner muss irgendwohin zurück.* Ja, er vielleicht nicht.

»Wie bin ich hierhergekommen?«, will ich noch mal wissen, diesmal fordernder.

»Habe ich dir gesagt. Ich habe dich gefunden. Du musst gestürzt sein, du warst nicht …« Er scheint ein Wort zu suchen, hält inne, spricht abgehackt weiter. »Ich habe mit dir geredet, du hast nicht geantwortet, also habe ich dich mit in mein Lager genommen.«

Wow, so viele Sätze hat er bisher noch nicht hintereinander von sich gegeben. Es klingt jedoch, als wäre ich wirklich bewusstlos gewesen. *Ansprechbar* war sicher das Wort, was er benutzen wollte, was ihm aber nicht eingefallen ist.

Sollte es so gewesen sein, wie er behauptet, hätte er mir tatsächlich geholfen. Trotzdem ergibt es keinen Sinn. »Wie kommst du darauf, dass ich gestürzt bin?«, hake ich nach.

»Du lagst an einem Felsen. Unten am … unterhalb.«

»Okay.« Deswegen dröhnt mein Kopf, das würde passen. Trotzdem fühle ich mich total aus der Bahn geworfen, verloren und verletzlich, weil ich keine Ahnung habe, was ich alleine im Wald gemacht habe. Es passt überhaupt nicht zu mir. Außerdem sind da nach wie vor seine Worte: *Ich will dir nicht wehtun.* »Kannst du mir morgen zeigen, wie ich zurückkomme?«, bitte ich ihn schließlich mit einem Zögern.

Wieder schaut er an mir vorbei. »Nein. Du kannst nicht zurück. Zumindest nicht, bevor es blüht. Im April oder Mai.« Damit wendet er sich ab, reißt ein Fladenbrot in zwei Teile und legt je eine Hälfte auf einen Teller.

Ich stehe da, als hätte er mir einen Stromschlag mit einem Elektroschocker verpasst. »Was?« Mit weit aufgerissenen Augen blicke ich ihn an.

Er dreht sich um, starrt zurück, sein Blau betäubt mich fast. Es erstickt jedes Wutgefühl, das in mir aufkeimt, und ich will wirklich wütend sein; weil er so seltsames Zeug von sich gibt; weil er meint, mir einen Namen verpassen zu können, weil er sich verhält wie ein Irrer – und nebenbei zwei Teller mit Essen herrichtet, als sei das alles hier normal.

»Du spinnst komplett!«, höre ich mich schimpfen, aber ich habe meine zittrige Stimme nicht mehr unter Kontrolle, kann allerdings trotzdem nicht mehr aufhören zu reden. »Ich werde sicher nicht den Winter über bei dir im Wald bleiben. Warum auch? Und überhaupt: Es wird im Winter viel zu kalt. Man kann in Maine ganz schnell erfrieren! Ich werde morgen gehen, egal, ob du mir hilfst oder nicht. Und wenn du mich daran hinderst, machst du dich strafbar. Das … das ist dir hoffentlich klar und ich …«

»Zu. Viele. Worte.« Damit knallt er Teller und Besteck auf das Holzbrett am Boden, nimmt den anderen Teller und marschiert aus der Hütte.

Die Tür lässt er offen, aber die Dunkelheit verschluckt ihn wie ein Tier. Als ich hinausschaue, ist er einfach weg, als hätte er sich in Luft aufgelöst, ich höre nicht einmal Schritte.

Lediglich ein Rabenruf dringt zu mir ins Innere. »Kroak. Kroak. Lark.« Eine Weile bleibt es still, dann höre ich Reed murmeln: »Sie wird sich schon an mich gewöhnen. Das sagt man doch so, oder?«

Kapitel 3

Widerwillig stochere ich in dem Fleisch herum, das dieser Typ mir so zornig vor die Nase geknallt hat. Es schmeckt weder richtig gut noch schlecht, und ich esse es bloß, weil ich Kraft brauche und keine Ahnung habe, wie weit es bis zum nächsten Ort ist. In einer von zwei Tassen, die auf der Spüle stehen, entdecke ich sogar Wasser; er hat offenbar schon für uns beide eingeschenkt. Ohne schlechtes Gewissen stürze ich den Inhalt beider Becher hinunter, wische mir mit dem Pullover über den Mund und linse zur Tür. Der Typ sitzt vermutlich weiterhin vor der Hütte oder ist ganz woanders, es ist mir auch egal. Hauptsache, ich bin so lange wie möglich allein. Ich stelle den leeren Teller auf die kleine Spüle, die sogar einen schlauchartigen Abfluss nach draußen besitzt, und sehe mich dann nach meinem Handy um, entdecke es aber nicht. Klar, er wird es entsorgt haben! Die Schubladen der drei Kommoden öffne ich nicht, weil ich nicht weiß, wo er gerade steckt. Vielleicht beobachtet er mich, vielleicht ist es ja so eine Art Test.

Ich will dir nicht wehtun.

Der Satz geht mir nicht mehr aus dem Kopf. Möglicherweise hätte er mich ja auch nur gewaltsam daran gehindert, bei Dunkelheit loszulaufen, weil es einfach viel zu riskant ist. Das würde zu seinem gesamten sonstigen Verhalten passen, denn bisher hat er mich nicht angefasst; er hat sogar für mich gekocht. Tief atme ich durch, setze mich auf ein Fell, decke mich mit einem weiteren zu und lehne mich vorsichtig an die windschiefe Kommode, weil ich nicht weiß, wie stabil sie ist. Meine Beine fühlen sich schwer an, ein bisschen so, als hätte ich Muskelkater. Mit kalten Fingern drücke ich die Akupressurpunkte in der Kuhle meiner Augenbrauen, ein Tipp meiner Mom gegen Kopfschmerzen, vor allem bei stressbedingten Kopfschmerzen, und zermartere mir das Hirn, was passiert sein könnte. Was habe ich im Wald gemacht und wie viele Tage habe ich vergessen? Tatsächlich nur einen? Wenn ich nach Maddys Feier in die Blockhütte gefahren bin, was an sich schon unwahrscheinlich ist, müsste ich sonntags losgefahren sein, aber man braucht von Boston mindestens fünf Stunden an den North Pond, und in aller Herrgottsfrühe werde ich sicher nicht los sein. Aber dann war ich ja offenbar auch noch bewusstlos und bin herumgeirrt. Ist heute Montag?

Mit einem mulmigen Gefühl spähe ich erneut durch die offene Tür. Die Nacht blickt zurück. Kälte kriecht ins Zelt, trotz des Fells über mir friere ich. Ich friere schon die ganze Zeit, meine Furcht hat es allerdings bisher überdeckt. Ich traue mich auch nicht, die Tür zu schließen, aus Angst, den Typen zu verärgern. Angespannt lausche ich nach draußen, ob ich Schritte höre, aber bis auf das unheimliche Knacken aus dem Wald ist es still. Eine finstere Beklemmung steigt in mir auf. Dieser Reed muss verrückt sein, wenn er glaubt, ich bleibe die Wintermonate über in diesem primitiven Lager. Dazu gibt es auch keinen Grund, wir werden ja wohl nicht am Ende der Welt sein. Außerdem ist es glatter Selbstmord. In Maine kann ein Schneesturm Menschen innerhalb weniger Minuten lebendig begraben. Manchmal fallen die Temperaturen auf minus zwanzig Grad. Es kann sich bloß um einen schlechten

Scherz handeln; leider sah er überhaupt nicht so aus, als würde er Spaß machen. Im Gegenteil.

Gott, es wäre Wahnsinn. Überall wird davor gewarnt, und selbst die durchgeknalltesten Extremwanderer meiden das letzte Stück des Appalachian Trails im Winter. Dunkel erinnere ich mich an einen Dezember, als wir an den Weihnachtsfeiertagen in unserer Blockhütte am North Pond gewesen sind, weil Maddy und Dad unbedingt Snowmobil fahren wollten. Damals, ich war elf und Maddy vierzehn, ist unsere Heizung ausgefallen, und wir sind früher abgereist, da der Handwerker erst vier Tage später hätte kommen können. Während Mom gepackt hat, haben Maddy und ich uns vor dem alten Ofen aneinandergekuschelt wie siamesische Zwillinge. Heute ist Maddys siamesischer Zwilling Edward Hamilton die beste Partie Bostons. Es war logisch, dass beide im angesagten Abe & Louies feiern; so wie es auch immer klar war, dass meine Schwester einen der heißesten Juraabsolventen ihrer Uni – Harvard, was sonst – an Land ziehen würde, während ich weiterhin solo bleibe.

Eine Kälte, die sich wie Einsamkeit anfühlt, kriecht tiefer durch meine dünnen Klamotten, weswegen ich aufstehe, das Fell um meine Schultern lege und hin und her laufe. Dummerweise spüre ich nun auch noch meine Blase. *Verdammt!* Ich habe überhaupt keine Lust, mich in die Büsche zu schlagen. Am Ende ist der Typ ein Spanner.

Widerwillig schlüpfe ich in die Stiefel und trete an die Tür, da sehe ich ihn keine zwei Meter weiter sitzen. An die Hütte gelehnt, die langen Beine angewinkelt wie eine übergroße Spinne. Still wie der Tod.

»Da bist du«, sagt er, ohne mit der Wimper zu zucken. »Komm, ich zeig dir das Wichtigste.«

Ich nicke, wage nicht zu widersprechen, damit er nicht noch mal so wütend wird. Irgendwie muss ich die Nacht in diesem Lager ja auch rumkriegen. Außerdem: Wenn er mir etwas

antun wollte, hätte er es längst getan, zumindest predige ich mir das, damit ich nicht völlig durchdrehe. Ich lege das Fell zurück auf den Boden. Er holt ein Öllämpchen aus der Hütte, läuft voraus, wobei mir auffällt, dass er immer noch barfuß ist. Im schwachen Schein folge ich ihm durch den finsteren Wald.
»Dort hinten ist *The Dark*«, sagt er irgendwann und weist nach rechts.

Sehr witzig, The Dark *ist hier überall,* denke ich. Man sieht kaum die Hand vor Augen, weil der Himmel bewölkt ist und Mond und Sterne verschluckt.

»Neben *The Dark* beginnt im Westen *Little Alaska* und im Nordosten *The Wide,* aber da darfst du nicht immer hin. Ich auch nicht.«

Er könnte eine Fremdsprache sprechen, und ich würde vermutlich mehr verstehen, aber wenigstens weiß ich jetzt, dass *Little Alaska* ein Waldgebiet ist, das an sein Lager grenzt. Ich schweige weiter, obwohl ich zu gerne wissen würde, warum wir seiner Meinung nach nicht immer in *The Wide* gehen können. Fast kommt es mir vor, als wäre ich in einem Fantasy-Rollenspiel gelandet und er wäre mein Mentor. *Ha!*

»Vorräte«, sagt er einige Schritte weiter und deutet nach links. Wir sind auf dem schmalen Weg, den ich heute schon mal entlanggestolpert bin. Ganz schwach erkenne ich einen weiteren Pfad, den ich heute Nachmittag nicht bemerkt habe, wahrscheinlich, weil ich noch zu benommen war.

Irgendwann stehen wir vor dem Zelt, in dem das Kaninchen gebaumelt hat. »Mein Arbeitszelt«, verkündet er mit seiner rauen dunklen Stimme. Er dreht sich um, hebt die Öllampe höher und sieht mich an. Zum ersten Mal länger. Sein Blick ist hier draußen in der Dunkelheit selbstsicherer. Seine Augen sind ein blaues Leuchten. Es kommt mir so vor, als wäre dieses Blau die einzige Farbe in seinem Gesicht, als wäre es ansonsten schwarzweiß. Ich muss wegsehen und fixiere stattdessen die Lampe, erkenne im Glas, was er sieht: mein herzförmiges Gesicht mit den Mandelaugen und den Mund mit den blassroten Lippen, von denen die Oberlippe etwas voller ist. Ein erschrockenes Gesicht; ich bin kein mutiges Mädchen, ich habe oft Angst. Weine oft. Zögere oft. Bin immer zurückhaltend. All das sehe ich, und vielleicht sieht er es auch. Vielleicht verleiht ihm das eine gewisse Überlegenheit. Womöglich hat er sofort ein Opfer in mir erkannt. Ich habe mal gelesen, es gäbe Menschen, die durch ihre unsichere, scheue Ausstrahlung immer wieder in das Visier von Tätern gerieten.

Ich versuche, mir meine Angst nicht anmerken zu lassen, und straffe den Rücken. »Warum lebst du im Wald? Wer bist du?«

»Ich bin niemand«, antwortet er ruhig. Seine Stimme klingt gleichmütig, aber ein wenig verloren.

»Kein Mensch ist niemand«, widerspreche ich unsicher.

»Ich bin nichts, ich sehe alles.« Dazu fällt mir nichts ein und er fügt an: »Ralph Waldo Emerson. Lord Byron nannte es das Unendlichkeitsgefühl.«

Jetzt kapiere ich überhaupt nichts mehr. »Verstehe ich nicht.«

Er lächelt, das erste längere Lächeln; seine Winteraugen scheinen dabei zu tauen. »Ich erkläre es dir. Aber nicht heute.« Er spricht langsam, als müsste er erst jedes Wort zuvor an die richtige Stelle rücken. Es scheint, als seien Worte nicht Teil seiner Welt oder zumindest ein sehr vernachlässigter Teil seiner Welt.

»Da hinten«, sagt er dann abrupt. »Das Klohäuschen! Musst du?«

Ich kenne bislang niemanden, der von Unendlichkeitsgefühlen und Lord Byron nahtlos zur Toilette übergeht, aber ich bin froh, dass überhaupt eine Art Haus dafür existiert. Ich nicke, und er schlägt einen Trampelpfad hinter dem

Arbeitszelt ein, den ich am Nachmittag nicht wahrgenommen habe, weil ich kopflos ins Dickicht geflohen bin. Womöglich führt der Pfad ja auf dieser Seite zu einer Straße.

Als wir an ein hüfthohes Minihäuschen mit einem Dach aus Ästen und Zweigen gelangen, überreicht er mir die Lampe. »Ist dunkel da drin.« Es riecht bereits hier draußen nach Kloake, aber es ist besser, als mich in die Büsche zu schlagen, wo er mich beobachten könnte. Vorsichtig krieche ich durch eine morsche Tür aus Holz, die zu meinem Entsetzen nicht richtig schließt, und stelle die Lampe auf einen flachen Stein am Eingang. Angeekelt betrachte ich die stinkende Sickergrube, ein schwarzes Loch in der Dunkelheit. Man muss sich auf zwei Holzbretter stellen und seinen Hintern über die Senke halten; und das alles in elend gebückter Haltung. *Gott bewahre, dass ich nicht rückwärts hineinfalle!*

Vor Abscheu presse ich mir den Pullover auf Mund und Nase, aber weil ich mittlerweile wirklich dringend pinkeln muss, ziehe ich mir umständlich Strumpfhose und Unterhose hinunter.

»Blätter liegen im Topf«, höre ich den Typen von draußen sagen, und es klingt, als hätte er sich ein Stück entfernt, vielleicht, um meine Intimsphäre zu wahren. Gott sei Dank schaut er nicht zur Tür rein, die gut fünf Zentimeter offen steht.

Die Blätter befinden sich in einer alten Blechdose und ich hoffe, dass sie nicht von Blattläusen oder anderem Ungeziefer befallen sind. Als ich fertig bin, krieche ich mit der kleinen Laterne aus dem Häuschen. Unsicher halte ich die Lampe hoch, um in der Dunkelheit etwas erkennen zu können, da steht Reed plötzlich neben mir.

»Hände«, sagt er auffordernd.

»Was?«

»Streck sie vor.«

Im ersten Schrecken denke ich, er will mich fesseln, aber dann entdecke ich eine verrostete Gießkanne, die er in der Hand hält. Ich stelle die Lampe ab, strecke die Hände aus und er schüttet eiskaltes Wasser darüber. Ein Frösteln läuft durch meinen ohnehin schon ausgekühlten Körper. Aber seine Art Hygiene ist besser als nichts.

»Jetzt komm«, kommandiert er rau, stellt die Kanne ab und greift die Lampe vom Boden. »Wir schlafen zusammen.«

Es ist, als hätte er mir das restliche Wasser über den Kopf geschüttet. Ich will »Nein!« rufen, bringe aber kein Wort heraus. Und noch bevor ich weglaufen kann, irgendwohin, nur weg von ihm, fasst er mein Handgelenk, als hätte er es vorausgeahnt. »Nicht weglaufen, Ash. Ist zu gefährlich in der Nacht. Wir gehen zum Schlafbaum.« Er sagt es nicht unfreundlich, aber der Griff um mein Handgelenk ist hart, als würde er mir notfalls die Knochen brechen. Er zieht mich hinter sich her, während ich immer noch wie betäubt bin. *Wir schlafen zusammen.* Er hat das so selbstverständlich festgestellt, als würde ich es auch wollen. Vielleicht lebt er schon zu lange allein und die Einsamkeit hat sein Urteilsvermögen getrübt. Oder er ist eben doch ein Psycho, der mich entführt hat und nur irgendwelche grausamen Spielchen spielt. Ich überlege, wie ich mich zur Wehr setzen kann, denke an die Griffe aus dem Selbstverteidigungskurs, den Maddy und ich gemacht haben; leider bleibt er aber nach wenigen Schritten stehen, sodass ich nicht dazu komme, mir irgendeine erlernte Taktik ins Gedächtnis zu rufen.

»Das da oben ist mein Schlafplatz. Im Baumhaus. Da gibt es Felle.« Er lächelt, seine Augen leuchten in dem kleinen Lampenlicht wieder wie blaues Feuer. Dann lässt er mich los und greift nach einer Strickleiter, die ich in der Dunkelheit nicht registriert habe.

Vielleicht will er ja auch nicht mit mir, sondern neben mir schlafen. Womöglich kann er sich einfach nicht richtig ausdrücken.

Ich mustere ihn und reibe mir unauffällig das Handgelenk. Wie heute Mittag habe ich das Gefühl, in einem Déjà-vu festzustecken, keine Ahnung, wieso, aber dieses Gefühl von Angst, einer alten vertrauten Angst, lähmt mich komplett. Selbst im Notfall könnte ich nicht einen einzigen Griff aus meinem Selbstverteidigungskurs umsetzen, noch dazu wäre es vermutlich zwecklos.

»Klettere hoch«, sagt Reed. »Da oben ist Licht. Ich habe vorhin eine Kerze angezündet.«

Ich schüttele den Kopf. »Kann ich nicht in der Shack schlafen?«, frage ich stockend.

»Die Bären fressen sich Winterspeck an. Sie machen bald Winterschlaf. Du schläfst bei mir. Im Baumhaus. Da ist es sicher.« Er nickt auffordernd hinauf.

Ich bleibe stehen. »Ich schlafe aber nicht mit dir«, platze ich heraus.

Für ein paar Sekunden mustert er mich erstaunt. »Dann schlafe ich in der Shack und du im Baumhaus«, entgegnet er nur.

»Oh … okay.« Ich habe keine Ahnung, was ich von ihm und der Situation halten soll. »Wirklich?«, hake ich daraufhin erleichtert nach. Wahrscheinlich hat er sich tatsächlich einfach falsch ausgedrückt.

Er sagt nichts, deutet stumm wieder nach oben, und ich setze meinen Fuß auf die schwankende Strickleiter, bevor er es sich anders überlegt. Vorsichtig steige ich hinauf und nach einigen Sprossen nehme ich ein schwaches Licht in der Nacht wahr. Es wird heller, je höher ich steige, und als ich mich auf die Miniplattform hieve, erkenne ich ein Windlicht auf einem Schemel.

Von der Mini-Veranda spähe ich nach unten; ich bin sicher fünf oder sechs Meter über der Erde. Reed leuchtet mit dem Öllicht zu mir hinauf und gleicht in diesem Augenblick einem Elben aus »Der Herr der Ringe«. Das Warum ist mir schleierhaft, aber in einem Anflug von Panik ziehe ich die Leiter hoch. Er will ja in der Shack schlafen, es kann ihm also egal sein.

Er gibt keinen Ton von sich, beobachtet mich lediglich, und ich lasse mich schließlich keuchend über das schwere Seilpaket sinken.

»Das war nicht richtig, Ash«, höre ich ihn da sagen.

»Mein Name ist Maya«, rufe ich hinab. Mein Herz klopft vor Anstrengung und Furcht. Für einen Augenblick weiß ich nicht, ob ich noch was zu ihm sagen soll, doch dann nehme ich das Windlicht vom Schemel und will die Tür öffnen. »Oh!« Ein Nagelbrett wie von einem Fakir bedeckt sie. Sicher ein Bärenschutz, so was habe ich mal in einer Doku gesehen.

Vorsichtig, um mir nicht an den Nägeln die Haut aufzureißen und eine Blutvergiftung zu riskieren, drücke ich die Klinke runter und gehe ins Innere, schließe die Tür. Es ist nicht besonders warm, es gibt keine Heizung oder einen Ofen, nur ein Felllager in Matratzengröße, das fast den gesamten Boden bedeckt; mehr Platz bietet die Hütte auch nicht. Als ich an die Wände leuchte, erkenne ich an einer brüchigen Stelle eine Dämmung aus etwas, das wie Styropor aussieht und wohl eine Art Zwischenschicht zwischen einer doppelten Holzwand bildet. Ich stelle das Windlicht auf den Boden vor dem Bettenlager, lasse mich auf die Felle, Decken und Kissen sinken und ziehe die Stiefel aus. Gott sei Dank bin ich endlich allein. Ich muss nachdenken. Ein bisschen schlafen und nachdenken, wie es weitergeht. Morgen werde ich auf jeden Fall den nächsten Ort suchen. Mit kalten Fingern pfriemele ich mein Zopfgummi aus den Haaren und streife es über mein Handgelenk, da gibt es einen dumpfen Laut, danach kommt es mir vor, als würde die

Plattform schwanken. Als die Tür aufgerissen wird, setzt mein Herzschlag einen Takt aus.

Ich starre Reed an, der im Eingang auftaucht. »Du wolltest doch in der Shack schlafen«, ist alles, was ich hervorbringe.

Finster schaut er mich an, in dem engen Häuschen kommt er mir vor wie ein Riese. »Ich brauche die Leiter nicht. Ich klettere immer hoch«, erklärt er grimmig.

An diese Möglichkeit habe ich überhaupt nicht gedacht, vor allem, da es stockdunkel ist. »Du hast mich angelogen«, antworte ich wütend und lasse ihn nicht aus den Augen.

Mit einem Ruck schließt er die Tür. »Ich wollte, dass du oben schläfst. Ich wollte nicht … streiten.«

Ich ziehe die Schultern hoch, während er sich neben mich fallen lässt und sich etwas aus den Fellen greift. Pelzsocken oder so. Stoisch streift er sie sich über seine großen nackten Füße. »Die Tür darf nicht lange offen stehen. Wird sonst zu kalt«, sagt er.

Ich nicke, bin aber immer noch wie erstarrt. Es ist so eng in diesem Baumhaus, dass ich ihm kaum ausweichen kann. Vor allem will ich nicht, dass er denkt, ich würde mich vor ihm fürchten. Am Ende turnt ihn das noch an. Durch das schwache Kerzenlicht mustert er mich, etwas Rohes, Glitzerndes liegt in seinem Blick.

»Dein Haar«, sagt er. Für Sekunden wirkt er wie gefangen. Er hebt die Hand und greift sich eine Faustvoll Strähnen. Mein Herz rast. »Weich wie Jungfuchsfell«, stellt er erstaunt fest, »und dunkel wie Rosskastanien.«

Dunkel wie Rosskastanien? Ist er farbenblind? Nach wie vor kann ich mich nicht rühren, bebe vor Angst angesichts dessen, was er tun könnte.

»Morgen gebe ich dir andere Kleider. Du zitterst wie Espenlaub.« Er lacht seltsam schief, lässt die Hand wieder sinken, sieht mich aber weiter an, als wüsste er nicht so recht, was er tun soll. Sich schlafen legen oder über mich herfallen. Da ist etwas in seinen Augen, das ich nicht einordnen kann. Es ist mehr als Erstaunen oder Lust oder Begehren, keine Ahnung, was es ist, und ich möchte es auch lieber nicht wissen.

»Kroak, Kroak!«, macht es da von draußen. »Lark!« Der Rabe scheint auf dem Dach zu landen, danach ertönen dumpfe Laute, als würde ein Specht mit dem Schnabel gegen das Holz trommeln.

»Aufhören, Odin!«, ruft Reed, streckt die Hand zur Decke und hämmert dagegen. »Er ist eifersüchtig«, meint er, ohne mich aus den Augen zu lassen.

»Okay.« Ich wage nicht zu atmen, aber das Klopfen hört auf.

Irgendwann reißt Reed sich von meinem Anblick los und deutet auf das Fellbündel in der Ecke. »Nimm den. Der ist warm. Ein Schlafsack aus Fellen. Hab ich gemacht.«

Ich sehe ihn an. »Und du?«

»Ich habe wärmere Sachen an. Ich nehme die Wolldecken und das einzelne Fell.« Damit greift er sich die Decken, bettet den Kopf auf ein Kissen und streckt sich der Länge nach aus. »Ich habe die Leiter runtergeworfen, damit du nicht wegläufst. Hier bist du sicher«, erklärt er dann noch, bevor er sich auf die Seite rollt und mir den Rücken zukehrt.

Mit geballten Fäusten starre ich auf seine lange Silhouette, froh, dass er sich von mir abgewandt hat, aber nicht beruhigt. Es bedeutet nichts. »Wie lange lebst du schon im Wald?«, frage ich ihn irgendwann.

»Lange«, antwortet er dumpf. Mehr nicht.

Ich beobachte ihn, denke nicht daran, mich hinzulegen und zu entspannen, allerdings hole ich mir nach ein paar Minuten das Fellbündel aus der Ecke und decke mich damit zu. Sofort wird mir wärmer. Irgendwann lehne ich mich mit dem Rücken an das Holz, so, dass ich ihn im Blick habe, die

Beine angezogen. Bald höre ich seine gleichmäßigen Atemzüge und bin erleichtert. Solange er schläft, bin ich sicher. Immer noch spüre ich seine Hände in meinen Haaren, zumindest den Nachhall der Berührung.

Dunkel wie Rosskastanien, hat er gesagt. Vielleicht lässt das schwache Licht meine Haare dunkler erscheinen. Aber er hat mich auch im Tageslicht gesehen. Ich blicke von seinem sandhellen Haar zu meinem, das mir über die Schlüsselbeine fällt. Es trifft mich wie ein Blitz. Meine Haare sind dunkel, richtig dunkel. *Wie Rosskastanien.*

Eine Welle der Übelkeit erfasst mich. Wann habe ich meine Haare gefärbt? Ich krame in meinen Erinnerungen, aber ich finde nichts. Da ist einfach nichts, und dieses Nichts glotzt mich plötzlich leer und dunkel an, als hätte es tote Augen. Meine Kehle wird eng, als würde sich eine riesenhafte Pranke darum krallen. Reflexhaft presse ich die Faust auf meinen Mund. »Stopp!«, flüstere ich hinter meinen geballten Fingern. »Stopp. Nein, nein, nein!« *Bleib ruhig! Atme, Maya. Atme.* Ich lasse die Faust sinken, hole tief Luft und atme achtsam aus. So wie ich es von jeher getan habe, wenn ich von Panikattacken erfasst wurde. Seit Jahren überfallen sie mich wie aus heiterem Himmel. Ich zähle bewusst bis sechzig, atme ruhig ein und aus und kann die ausufernde Angst kanalisieren, sodass ich sie im Griff habe und nicht sie mich.

Ganz fest denke ich an die Feier im Abe & Louies und sehe mich bei den Gästen stehen; wie ich Maddy und Edward bei ihrem Walzer zur Eröffnung der Tanzfläche beobachte. Ich trage ein schillerndes grünblaues Cocktailkleid von meiner Schwester und habe meine langen blonden Haare zu einem französischen Zopf geflochten. *Du siehst aus wie eine kleine Meerjungfrau*, hat Edward gescherzt. Ganz sicher, auf der Feier war ich noch blond.

Verwirrt schüttele ich den Kopf. Wieso habe ich meine Haare gefärbt? Und vor allem, wann? In der Woche nach der Verlobung? Vielleicht sogar erst in Maine, im Blockhaus meiner Eltern. Warum? Ich betrachte Reeds langen Körper unter den Decken, rieche seinen herben Geruch nach Mann, Wald und Kälte. Wenn ich nicht so froh wäre, dass er endlich schläft, würde ich ihn jetzt nach dem genauen Datum fragen – falls er es weiß und mir verrät.

Erschöpft von den vielen losen Gedanken, die zu keinem Ergebnis führen, schließe ich die Augen. *Erinnere dich, Maya! Erinnere dich endlich!* Doch es ist, als läge dichter Nebel zwischen der Verlobung und der Zeit danach. Kann das wirklich von dem Sturz von dem Felsen kommen – wenn es stimmt, was Reed behauptet. Aber ich begreife einfach nicht, was ich alleine im Wald gemacht habe.

Als die Kälte mir zu sehr in die Knochen kriecht, schlüpfe ich doch in den Fellschlafsack und lege mich hin. Ich spüre Reed neben mir, jeden Zentimeter seines Körpers, aber ich versuche zu ignorieren, wie nahe er mir ist.

Stattdessen denke ich an Mom und Dad, aber all meine Erinnerungen erscheinen mir auf einmal unendlich weit weg. Die Stille des Waldes kommt mir plötzlich so vor wie die Lücke in meinem Gedächtnis, ein Buch mit leeren Seiten, das der Wind durchblättert, aber nichts findet.

Ich liege ewig wach. So fühlt es sich zumindest an. Irgendwann höre ich ein Käuzchen rufen und meine Gedanken verschwimmen mit den unheimlichen Klagelauten. Maddy taucht vor meinen Augen auf. Sie trägt ihren rosafarbenen Teddybär-Pyjama mit der Spitze am Saum. Dicke Tränen kullern über ihr Kindergesicht und sie drückt mich so fest an sich, als hätte sie mich für immer verloren geglaubt.

»Maya …«, stammelt sie. »Maya, Maya. Ich habe die ganze Zeit gebetet, so wie es uns Mom und Tante Amalia beigebracht haben.« Ihre niedlichen blonden Engelslocken sind zerknautscht, ihre Augen gerötet, aber sie lächelt mit zitternden Lippen. In meinem Traum lege ich die Arme um sie und weine mit ihr, ein dunkles Gefühl im Bauch, dass ab heute alles anders sein wird. Schwerer, finsterer, aber ich habe keine Ahnung, wieso. Schwärze zieht mich hinab in einen Strudel aus Kälte, Angst und Verwirrung. *Hilf mir, Mommy,* höre ich mich flüstern. *Mommy, hilf mir, bitte hilf mir!*

KAPITEL 4

Ein Adrenalinstoß katapultiert mich aus meinem Traum und schießt wie Feuer durch meine Adern. Diesmal weiß ich sofort, wo ich bin. Hastig setze ich mich auf und schaue neben mich, doch Reed ist nicht da. *Zum Glück!* Mit klopfendem Herzen blinzele ich in das trübe Licht, das sich durch ein paar Ritzen zwängt, warte, bis das dunkle Gefühl der Bedrohung aus meinen Knochen weicht. Was genau hat mir in dem Traum dermaßen furchtbare Angst eingejagt? Wieso hat Maddy so geweint – macht sie sich solche Sorgen um mich? Aber in meinem Traum war sie noch ein Kind. Den Bärchen-Pyjama hätte sie ab ihrem zwölften Lebensjahr nicht mal mehr für Extrareitstunden angezogen.

Ich reibe mir über die kalten Wangen. Mein Traum war kein wirklicher Traum, sondern ein Erinnerungsfetzen. Ich denke an diese Umarmung, an das dunkle Gefühl in meinem Bauch, ich finde jedoch weder das Davor noch das Danach. Es ist, als wäre dieser Fetzen wie aus dem Nichts aufgetaucht, ein Straßenabschnitt auf einer Landkarte, der keine Anschlüsse an andere Orte hat. Mein dumpfes Angstgefühl kehrt zurück. Ich erinnere mich auch immer noch nicht an das, was in den letzten Tagen nach der Verlobung geschehen ist.

Erschöpft schäle ich mich aus dem Fellschlafsack und fröstele in der kalten Luft. Am liebsten würde ich meinen Kopf gegen die Holzbalken rammen, damit meine Erinnerungen wieder an ihren Platz zurückfallen. Heute muss ich unbedingt die Landstraße finden, um in den nächsten Ort zu gelangen. Denn egal, was geschehen ist, Mom und Dad flippen sicher aus vor Sorgen. Wir gehören zu der Sorte Familie, bei der jeder sofort anruft oder schreibt, wenn er länger unterwegs ist und irgendwo ankommt; und sei es in zwei Worten: *Bin angekommen. Bin da.*

Bestimmt drehen sie komplett durch, vor allem Mom. Aber was, wenn Reed mich tatsächlich nicht gehen lässt? Ihn auszutricksen, sodass er meine Flucht nicht gleich bemerken würde, ist sicher nahezu unmöglich.

Ich stehe auf, überlege, mir wegen der Kälte ein Fell umzuhängen, und stolpere prompt über das Windlicht. Als ich in die Knie gehe, um das umgekippte Glas aufzustellen, entdecke ich eine Streichholzschachtel in der Ecke. Reed wollte mir etwas zum Anziehen geben, daher nehme ich mir kein Fell, sondern die Packung Streichhölzer und schiebe sie in den Bund meiner Strumpfhose. Nur falls ich ein Feuer in der Wildnis entfachen muss.

Fröstelnd trete ich auf die knarrende Veranda und die klirrende Morgenkälte kriecht noch schärfer unter meine Klamotten. Für einen Moment blinzele ich in das diffuse, trübe Licht, dann schaue ich mich um. Das Baumhaus sitzt neben dem dicken Eichenstamm auf mehreren stabilen Ästen, mit denen es verflochten scheint wie eine verwunschene Trollhütte. Das Dach samt dem oberen Drittel der Holzwände ist wie die anderen Hütten mit einer armeegrünen Plane abgedeckt; rings um das Häuschen zieht sich eine mit Flechten überwucherte Veranda, die breiter ist, als ich gestern in der Dunkelheit ausmachen konnte. Zwei Schritte breit vielleicht. Männerschritte breit. Früher wollte ich auch immer Baumhäuser bauen. Ich habe es gehasst, dass wir keinen Garten hatten. Mit sechs Jahren wollte ich die Welt erobern, Räuber und Gendarm spielen. Irgendwann ist es gekippt, so wie sich Interessen eben ändern, und ich bin ein Indoor-Kind geworden.

Eine dunkle Furcht steigt in mir auf, tiefer als gestern, weil mein Gedächtnis weiterhin nichts preisgibt. Etwas Gravierendes ist passiert, ganz sicher; ich habe es nur einfach vergessen.

Ich trete einen Schritt nach vorne und entdecke, dass Reed die Leiter noch nicht wieder aufgehängt hat.

So ein Mistkerl!

Angestrengt blicke ich durch die kahlen Äste nach unten und entdecke ihn am Fuße des Baumhauses beim Liegestützmachen. Er trägt nur eine dunkle Hose und ein dünnes, eng anliegendes Shirt, aber viel irritierender als sein durchtrainierter Körper ist der pechschwarze Rabe, der während des Trainings auf seinem Rücken sitzt. Stumm beobachte ich Reed und höre bei dreißig auf, die Liegestütze zu zählen. Super, ich bekomme gerade mal drei hin. Wenn überhaupt. Dafür kann ich den Baum, den herabschauenden Hund und die Kobra. Ich trete wieder einen Schritt zurück. Ich will ihn nicht bitten müssen, mir die Leiter aufzuhängen, aber mir wird nichts anderes übrig bleiben. Nie im Leben würde ich versuchen, alleine aus dieser Höhe vom Baum zu klettern.

Und das weiß er auch, zumindest glaube ich, dass er das weiß.

Als ich das nächste Mal wieder runterschaue, sitzt Reed auf dem Waldboden. Der Rabe hockt auf seiner Schulter und Reed streichelt ihm über das Gefieder, als wäre er sein Haustier.

»Lark! Lark«, krächzt der Vogel. Sein Schnabel ist ebenso schwarz wie sein Federkleid und extrem klobig. »Lark!«

»Ich weiß«, antwortet Reed und nickt, als könnte er ihn verstehen. Er dreht den Kopf ganz zu dem Raben und das Tier schnäbelt behutsam in seinem Gesicht herum. Irgendwann kramt Reed etwas aus seiner Hosentasche und bietet es dem Raben auf seiner Handfläche dar. Erstaunt beobachte ich, wie der Rabe es so zart aufpickt, als wüsste er um die Verletzlichkeit der menschlichen Haut.

»Gut?«, fragt Reed.

»Hm. Hm«, macht der Rabe, als wollte er sagen: *Ja, ja.*

Kein Wunder, dass Reed so eigenartig kommuniziert, sollte er schon länger alleine leben. Der Rabe quasselt ihn jedenfalls nicht voll.

Jetzt flattert er von Reeds Schulter und spaziert auf dem Waldboden auf und ab wie ein General. Er plustert das Gefieder auf, als wollte er fragen: *Bin ich nicht schön?*

»Ja, ich habe kapiert. Keine Nüsse mehr.« Reed lacht, ein seltsam fröhlicher Laut, und wirft ihm ein Stück Fladen hin, der so aussieht wie der, den wir gestern gegessen haben. Doch der Rabe lässt das Brot links liegen und flattert auf.

Mist! Er hat mich entdeckt! Mit einem krächzenden Laut landet er auf einem Ast in meiner Nähe; beäugt mich misstrauisch und stellt das Gefieder an seinem Kopf auf.

»Krrr!«, knurrt er mich an, erst dann holt er sich das Fladenbrot und fliegt mit ihm davon, als wäre der Teufel hinter ihm her.

Reed sieht nun ebenfalls zu mir hinauf.

»Hey!«, rufe ich, weil mir nichts anderes einfällt. »Ist der Rabe dein Haustier?«

»Odin ist der Chef. Er bestimmt fast alles.«

Richtig, er heißt Odin. Reed hat ihn gestern sogar beim Namen genannt, aber da war ich zu angespannt, um darüber nachzudenken. Eigentlich seltsam, dass der Rabe so heißt, denn es war Odin, der nordische Gott, der zwei Rabenvögel auf seinen Schultern sitzen hatte. Hugin und Munin. Beide schickte er morgens aus, damit sie ihm alle Neuigkeiten der Welt verrieten.

Mein Dad hat Maddy und mir erklärt, dass die Namen übersetzt »denken« und »sich erinnern« bedeuten, was ich gerade noch gruseliger finde.

»Warte«, sagt Reed in meine Gedanken und verschwindet aus meinem Blickfeld. Kurz danach springt er auf die hintere Baumhausveranda, die ein knarrendes Ächzen von sich gibt. Das Holz biegt sich, ich kann es bis zum vorderen Teil spüren. »So!« Über seinen Schultern liegt die sorgsam zusammengerollte Strickleiter.

Wie um alles in der Welt schaffte er es so schnell hier herauf? Das war nicht mal eine halbe Minute! Ich trete zur Seite und er hängt die Leiter auf, doch ehe ich michs versehe, ist er bereits wieder verschwunden. Diesmal laufe ich auf das rückseitige Plateau und registriere gerade noch, wie er wieselflink über ein paar Äste zum Boden springt.

Allmächtiger! Er hat überhaupt keine Angst abzurutschen! Wenn ich ihn austricksen muss, um verschwinden zu können, habe ich echt ein Problem.

Angespannt klettere ich die Leiter runter und bin froh, als ich festen Boden unter meinen Füßen habe.

»Ich glaube, Odin mag dich nicht«, überlegt Reed, der unten gewartet hat. Er ist überhaupt nicht außer Atem. Weder von der Kletterei noch von dem Frühsport. Lediglich seine Stirn glänzt schweißfeucht.

Verwundert schüttele ich den Kopf. »Der Rabe hat mich angeknurrt. So klingt nicht mal der Terrier meiner Tante Amalia, und das will was heißen. Er heißt übrigens Pinocchio und …« Ich verstumme, als Reeds Gesicht einen düsteren Zug annimmt.

»Raben können Stimmen und Geräusche nachmachen«, erklärt er mir.

»Das wusste ich nicht.« Nicht zu viele Sätze hintereinander, erinnere ich mich. Am Ende dreht er noch durch. Aber ich rede leider öfter so viel, wenn ich nervös bin. Entweder sage ich gar nichts, oder ich kann nicht mehr aufhören, andere vollzuquasseln.

Reed zuckt mit den Schultern, was an ihm merkwürdig aussieht. »Kaum jemand weiß etwas über Raben. Sind ja Unglücksbringer ... angeblich.«

»Und wieso kann dieser Rabe einen knurrenden Hund imitieren? Hat er schon mal einen Hund knurren gehört?«

»Vielleicht. Raben fliegen sehr weit. Jäger haben öfter mal Hunde dabei. Außerdem«, er sieht mich bedeutungsschwer an, »hat er womöglich auch einen Wolf imitiert.« Das letzte Wort spricht er langsam aus, als müsste er es sich wie eine vergessene Vokabel ins Gedächtnis rufen. Daraufhin sage ich nichts mehr.

»Du hast in der Nacht das Windlicht angelassen. Das geht nicht«, wechselt er abrupt das Thema.

»Du hast nicht gesagt, dass ich es ausmachen soll.«

Er mustert mich flüchtig, schaut dann an mir vorbei, keine Ahnung wieso. »Hast du Hunger? Ich habe heute Morgen zwei Biberhörnchen erlegt.«

Prima, ich wollte immer schon mal Biberhörnchen frühstücken!, denke ich, obwohl ich normalerweise nie sarkastisch bin.

»Hm«, mache ich, da kommt der Rabe wieder angeflogen und landet mit einem Krächzen auf Reeds Schulter.

»Ist ja schon gut.« Reed streicht über das glänzende Rabengefieder. »Komm, essen wir«, schlägt er vor, als wäre ich freiwillig sein neuer Mitbewohner in der Wald-WG.

»Ich gehe vorher noch auf die Toilette«, verkünde ich.

Reed verzieht keine Miene. »Ich warte hier.«

Als ich zurückkehre, steht er tatsächlich noch in derselben Position da. Selbst der Rabe auf Reeds Schulter scheint sich nicht bewegt zu haben und stiert mich aus seinen dunklen Knopfaugen böse an. Immer mehr komme ich mir vor, als sei ich wirklich in der Anderswelt gelandet.

Mit einem Frösteln folge ich Reed zu der Shack.

Drinnen überreicht er mir erst mal eine Felljacke, die eher eine Art Poncho ist, außerdem noch eine Hose und eine Mütze. »Damit du aufhörst, so zu zittern.«

Die Mütze ist aus hellgrauem Echtfell, an dem sogar noch ein Schwanz hängt. Es ist kein guter Zeitpunkt für eine Grundsatzdiskussion über das Tragen von Pelz, außerdem ist mir richtig kalt, daher ziehe ich anstandslos die weiche bestickte Lederhose an und lasse den Schottenrock einfach darüber fallen. Danach streife ich den Poncho über und setze die Mütze auf. Augenblicklich wird mir mollig warm und erst in diesem Moment merke ich, wie sehr mir die Kälte zugesetzt hat.

»Wem gehören die Sachen?«, hake ich aber dennoch nach, weil ich es seltsam finde, dass er Klamotten in meiner Größe besitzt.

Reed, der sich über den Topf auf dem Gaskocher beugt, wendet sich nicht einmal um. »Sind von mir.«

Für einen Moment bin ich wieder überzeugt davon, dass er mich entführt hat, und als würde er ahnen, was ich denke, dreht er sich um.

»Ist schon lange her, dass sie mir gepasst haben.« Er starrt mich an, blinzelt nicht.

»Ach so.« Nur Psychos blinzeln nicht, hat Maddy gesagt, als sie sich damals mit den schlimmsten Psychopathen der Menschheit beschäftigt hat. Ein Schauder rinnt mir über den Rücken, und ich behalte Reed im Auge, der gerade zwei Teller mit Fleisch füllt und jedem von uns ein Fladenbrot dazulegt.

Hoffentlich ist er kein Kannibale, der mich erst mästen will, bevor er mich verspeist!

Himmel, Maya, jetzt reicht es aber!, schimpfe ich mit mir selbst.

Hat er mich angegriffen und ich bin infolge eines Kampfes gestürzt? Habe ich wegen des Schocks alles vergessen? Das kommt ja häufig vor. Etwas Schlimmes geschieht, und der Mensch reagiert darauf mit einem Gedächtnisverlust. Aber vielleicht hat die Hose auch seiner Freundin gehört, die genug vom Aussteigerleben hatte, und er will nur nicht darüber reden.

»Weißt du, welchen Tag wir heute haben?« Ich zupfe an dem Schwanz der Mütze, der über mein Schlüsselbein fällt.

Er reagiert nicht, stellt die beiden Teller auf das Holzbrett, das als Tisch fungiert, und setzt sich. Das sandfarbene Haar hat er gescheitelt und hinter die Ohren geklemmt. Mit anderen Klamotten könnte ich ihn mir so auch in der Zivilisation vorstellen, trotzdem verkrampfen sich meine Muskeln. Am liebsten würde ich ihn anschreien: *Antworte mir gefälligst!*

»Nein«, erwidert er nach einer quälend langen Zeit.

»Und den Monat, weißt du den?«

»November, glaub ich.«

»Glaubst du oder weißt du?«

»Glaub ich.« Ich bilde mir ein, dass er seufzt, aber der Laut war so leise, ich könnte ihn mir auch eingebildet haben.

»Könnte es auch Dezember sein?«

»Eher nicht.«

Okay. Maddys Feier war am siebenundzwanzigsten Oktober. Reed glaubt, es wäre noch nicht Dezember. Dann habe ich mehr als ein oder zwei Tage vergessen. Sicher sind es ein oder zwei Wochen, allerhöchstens vier. Meine Beine fühlen sich plötzlich so schwach an, dass ich mich Reed freiwillig gegenübersetze. Wenigstens erklärt es meine Haarfarbe. In ein paar Wochen kann viel passieren – aber was war so grauenvoll, dass ich es offenbar vergessen wollte? Oder ist wirklich nur der Sturz an meiner Amnesie schuld? Ich habe absolut keine Ahnung und das ist frustrierend.

»Komm, iss«, unterbricht Reed da meine Gedanken. Graues Morgenlicht fällt durch den offenen Türspalt und erhellt die linke Seite seines Gesichts; und obwohl es ebenmäßig ist, hat es etwas von einem Schakal, etwas Listiges, aber vielleicht denke ich das auch bloß, weil ich ihm nicht traue. Ich ziehe die buschige Pelzmütze tiefer über die Ohren und beobachte, wie er anfängt, den Fladen in kleine Stücke zu reißen. Wieder sind seine Finger absolut ruhig. So wie er selbst. Vielleicht tut es ihm deswegen körperlich weh, wenn ich so viel rede. Wer weiß, wie lange er hier schon allein lebt. Wenn die Hose wirklich ihm gehört, wie er behauptet, dann muss er seit einer Ewigkeit hier hausen. Fast wie der North-Pond-Eremit, der über siebenundzwanzig Jahre allein in Maines Wäldern gelebt hat.

Unfassbar.

Für einen Moment überlege ich, ihn zu fragen, wie ich in den nächsten Ort komme, doch das würde mich nur verraten. Wenn er nicht damit rechnet, dass ich heute verschwinde, wird er mich vielleicht auch nicht ständig beobachten. Aber er ist nicht dumm. Er wird sich denken, dass ich eine Straße oder einen Trail suche. Außerdem hat er gesagt, ich könnte erst im April oder Mai zurück. *Wenn es blüht.*

Aber das macht alles keinen Sinn. Er wird sich kaum ein Wintermädchen halten wollen, oder?

»Du isst nicht«, durchbricht er auf einmal die Stille und sieht auf.

»Ich denke nach.«

Er mischt seinen Fladen unter die Fleischbrocken. »Biberhörnchen schmeckt gut. Hab ich heute Morgen erst geschossen. Mit Pfeil und Bogen.«

Ich erinnere mich an die Pfeile und den Köcher. »Schießt du deine Mahlzeit immer vom Baum?«

»Oft.« Er klingt zufrieden mit sich. »Probier mal, ist gut.«

Unter seinem wachsamen Blick spieße ich einen Bissen auf die Gabel und schiebe ihn mir in den Mund. Das Fleisch ist zäh – *Langkaufleisch* würde Maddy sagen –, aber es schmeckt ein wenig nach Huhn. Während ich esse und zwischendurch von dem Wasser trinke, das er uns in den Bechern von gestern hingestellt hat, beobachte ich ihn wieder. Er sitzt im Schneidersitz und beugt sich tief über den Teller. Sein Rücken ist gekrümmt, das Gesicht geneigt. Gerade schaufelt er sich einen riesigen Bissen in den Mund.

»Du starrst mich an«, stellt er kauend fest.

Meine Mom hätte ihn jetzt zurechtgewiesen, dass er erst schlucken und dann sprechen soll, aber im Wald gilt keine Etikette. Zum ersten Mal wird mir bewusst, dass ich ihm vielleicht unrecht tue. Wenn alles so ist, wie er sagt, hat er mich nicht nur vor dem Kältetod gerettet, sondern mich auch eingekleidet und bekocht. Nur wieso will er mich nicht zurückgehen lassen?

Ich entgegne nichts auf seine Bemerkung hin. Da der Fladen kalt ist, reiße ich ihn wie Reed in Stücke und hebe ihn unter das Fleisch, esse weiter.

»Gut?«, erkundigt er sich.

»Okay.«

»Mehr?«

»Nein.«

Er lächelt kurz, doch beugt sich danach noch ein wenig tiefer über das Holzbrett, sodass ich seine Mimik nicht mehr erkennen kann. *Ja,* denke ich, *das ist offenbar deine Art zu kommunizieren.*

Gut?

Okay.

Mehr?

Nein.

Er ist wirklich eigenartig. Eigenartig und gruselig.

Nach dem Essen räume ich meinen Teller auf die provisorische Spüle, ein alter Schrank und eine Schüssel, in beides ist ein Loch gebohrt, in dem der Abflussschlauch steckt.

»Ich hole Wasser«, verkündet Reed. »Kommst du mit?«

Ich schüttele den Kopf und der Pelzschwanz der Mütze schwingt hin und her. Immer noch ringe ich mit mir, ihn einfach zu fragen, wie ich in den nächsten Ort komme.

Er nimmt einen alten Kanister, in dem ich nicht mal Wasser holen würde, wenn ich am Verdursten wäre. »Dann warte hier.«

Er geht hinaus, und in dem Moment überwinde ich mich endlich.

»Reed! Warte!« Ich haste ihm hinterher und renne auf der schmalen Veranda unvermittelt in ihn hinein. Für eine Sekunde bin ich schockiert über den jähen Körperkontakt, dann über seine brettharten Muskeln.

»Sag das noch mal«, bittet er und wirkt fassungslos.

Ich setze einen Schritt zurück und stoße dabei an den Türrahmen. »Was?«

»Meinen Namen.«

Ich zwinkere. »Reed?«, sage ich fragend.

Eine Weile schweigt er, bevor er erklärt: »Es hat mich schon lange niemand mehr damit angesprochen.«

»Ein schöner Name«, sage ich. »Ein Name aus der Hippiezeit. So wie Maya.«

Er sieht an mir vorbei, und ich gebe mir einen Ruck. »Kannst du mir beschreiben, wie ich zum nächsten Ort komme, Reed?« Seinen Namen spreche ich extra weich aus, damit er noch schöner klingt.

Er seufzt. Über uns krächzt Odin, und ich blicke zu den Baumkronen, weil Reed so lange schweigt, und entdecke den Raben, wie er kopfüber an einem Ast hin- und herschwingt. Wäre die Situation anders, hätte ich über den verrückten Vogel gelacht.

»Es ist zu weit«, antwortet Reed.

Das soll der Grund sein? »Wie weit denn?«

»Man braucht viele Tage.«

»Ich kann im Wald kampieren.«

»Ohne Feuer oder den Schutz einer Hütte wirst du erfrieren. Wenn nicht am ersten Tag, dann am zweiten. Es ist zwecklos.«

»Das ist doch Blödsinn. Hunderte von Menschen kampieren im Wald. Und ich könnte ja ein Lagerfeuer machen.«

Reeds Gesicht verdunkelt sich, wird so finster, wie ich es noch nie zuvor gesehen habe. »Du wirst kein Feuer machen. Niemals. Kapiert?«

Ich schlucke, als mein Blick auf seine geballte Faust fällt. »Wieso nicht?«, will ich verängstigt wissen und denke an die Streichhölzer im Bund meiner Strumpfhose.

»Weil ich es sage.«

Oder weil du nicht willst, dass mich jemand findet? Als wir Kinder waren, hat Dad uns spaßeshalber ein paar Survivaltipps gegeben, nur für den Fall, dass wir uns in der Wildnis Maines verirren sollten. Im Grunde waren die Lektionen unnötig, weil Maddy und ich sowieso nicht alleine in den Wald durften, aber eine davon war: Feuer machen. Damit andere Menschen den Rauch sehen und auf den Verlorengegangenen aufmerksam werden.

»Dann mache ich eben kein Feuer«, rudere ich zurück, um ihn nicht aufzuregen. »Das bedeutet ja noch lange nicht, dass ich erfrieren werde.« Sollte ich tatsächlich im Blockhaus meiner Eltern gewesen sein, gab es vielleicht Streit, und ich bin aus Trotz weggelaufen – das sähe mir zwar nicht ähnlich, wäre aber eine Erklärung, die auch zu Reeds Aussagen passt. Möglicherweise habe ich darauf spekuliert, dass mir jemand hinterherkommt, und mich dabei verlaufen.

Der Gedanke an diese Theorie erleichtert mich, vor allem, weil bestimmt bereits die Ranger nach mir suchen. Ich muss einfach losgehen und mich von ihnen finden lassen. Der North Pond kann nicht so weit entfernt sein. Ich war zu Fuß unterwegs, weil ich nie Auto fahre, und Reed hat mich aufgelesen. Er kann mich nicht tagelang in sein Lager getragen haben! So lange war ich nicht bewusstlos. *Oder doch?* Aber zu welchem Zweck hätte er sich so weit mit mir entfernt?

Mit einem ungutem Gefühl schaue ich ihn an. »Maine ist groß«, sage ich. *Und wenig besiedelt.* »Wo genau sind wir denn?«

»Im Norden. Ash, du musst bleiben! Jeden Tag kann es anfangen zu schneien.«

Unter all meiner Verwirrung und der Angst spüre ich auf einmal auch Wut. »Ach ja? Und woher willst du das wissen?«

»Die Kanadagänse sind schon längst nach Süden zu ihren Brutplätzen geflogen, und die Hirsche durchstreifen den Wald.«

Für einen Moment bin ich vollkommen perplex, weil er so ernst klingt. Dann bemerke ich nur: »Ach so, klar. Das sagt natürlich alles.«

Wir schweigen beide, sehen aneinander vorbei, bis er den alten, ekligen Kanister hebt. »Kommst du jetzt mit zum Lifesaver?«

»Was ist der Lifesaver?«

»Mein Bach.«

»Ist es weit?«

Er sieht mich an. »Ein Stück.«

»Ich warte hier.«

»Hoffentlich«, erwidert er schulterzuckend.

Ich blicke ihm nach, wie er durch das Dickicht verschwindet und keine zehn Sekunden später vom Wald verschluckt wird. Ich lausche. Er hinterlässt keinen Laut, ich höre nicht mal das Rascheln und Knacken der trockenen Blätter unter seinen Füßen. Unheimlich. Ob er sich im Wald versteckt und mir auflauert? Er muss doch damit rechnen, dass ich abhaue.

Ich schüttele den Kopf. Besser, ich mache sofort, dass ich wegkomme, wer weiß, wie weit dieser Lifesaver entfernt ist. Eilig haste ich zurück in die Shack, denn ganz unvorbereitet will ich nicht aufbrechen. Aus einer Schale im Regal greife ich eine Handvoll Nüsse und stopfe sie in die Innentasche des Ponchos. Danach klaube ich ein Fell vom Boden und entdecke dabei eine kleine Thermoskanne, in die ich in Windeseile das Wasser aus Reeds Becher schütte. Mit pochendem Herzen laufe ich auf dem Trampelpfad in Richtung Arbeitszelt und tauche von dort ins Dickicht ein. In *Little Alaska,* wie Reed es genannt hat.

Die ersten Meter kämpfe ich mit Totholz und Dornen. Ein Zweig kratzt quer über meinen Nasenrücken und die Wange, aber ich ignoriere das scharfe Brennen, schütze mein Gesicht mit dem Fell. Als ich nach wenigen Schritten zurückblicke, kann ich das Lager durch das dichte Gestrüpp nicht mehr erkennen. *Gut so!*

Ich schlage mich weiter durch das Dickicht und nach einiger Zeit wird der Wald lichter.

Ich bleibe stehen, fahre über meinen Nasenrücken, wo mich die Dornen besonders übel erwischt haben, und streife meine blutigen Finger an der Hose ab. Durch das Blätterdach spähe ich zum trüben Himmel. Wie gestern ist die Sonne nur ein milchiger Fleck hinter den Wolken. Sicherlich bin ich nördlich vom North Pond, denn dort ist das zusammenhängende Waldgebiet größer. Ich muss also nach Süden wandern. Da die Sonne noch nicht den höchsten Stand erreicht hat, ist immer noch Vormittag, ich muss bloß ihrer Richtung folgen.

Um meinen Vorsprung auszubauen, jogge ich ein Stück, aber in den dicken Klamotten läuft mir schon bald der Schweiß über den Rücken. Mein Gesicht brennt. Als ich ein lautes Knacken höre, halte ich erschrocken inne und schaue mich um, doch ich sehe nichts außer Bäumen, Bäumen, Bäumen. Der Wald steht wieder geschlossen da, als wäre er eine Front. Nur ein einzelner Vogel singt, ansonsten ist der Herbstwald still, fast gespenstisch still. Wenigstens bin ich Reed entkommen, beruhige ich mich. Ich glaube nicht, dass er mich jetzt noch aufspüren kann, doch im Moment weiß ich gar nicht mehr, ob das gut oder schlecht ist. Was, wenn mir hier draußen etwas passiert?

Mit einem bangen Gefühl trinke ich ein paar Schlucke aus der Thermoskanne und verdränge den Gedanken an hungrige Schwarzbären, Pumas und Luchse. Normalerweise greifen sie auch keine Menschen an; sie sind eher scheu. Selbst der North-Pond-Eremit, der so lange im Wald gehaust hat, hat nur ein einziges Mal einen Puma gesehen – und den nur von hinten. Außerdem: Vielleicht erreiche ich auch gleich eine Straße; ich will einfach nicht glauben, dass ich so weit vom North Pond entfernt bin.

Ich gehe weiter, langsamer inzwischen. Die leichte Brise zieht an, lässt rostrote und safranfarbene Blätter über den Boden tanzen. Die Luft ist immer noch schwer vor Feuchte. Ich hoffe inständig, es gibt kein Unwetter – oder Schnee. Denn wenn es in Maine einmal anfängt zu schneien, hört es den ganzen Winter über nicht mehr auf.

Ich habe keine Ahnung, wie lange ich mittlerweile unterwegs bin. Drei Stunden? Vier? Ich bin irgendeinen Berg hochgekraxelt und trinke einen winzigen Schluck aus der Thermoskanne, dann schraube ich diese mit kalten Fingern wieder zu; viel Wasser habe ich nicht mehr, mein knapper Proviant ist verspeist. Ich zittere, meine Füße sind trotz der Anstrengung eiskalt, keine Ahnung, wann es so aufgefrischt hat. Als ich über nadeligen Boden weitergehe und einen Punkt erreiche, von dem ich das Gelände überblicken kann, krampft sich mein Magen zusammen.

Vor mir erstreckt sich eine schier endlos hügelige Ebene, die nur aus finsterem Wald besteht. Der Himmel ist bleigrau, die Wolken hängen vollgesogen über den Bäumen, Nebel geistert über die Wipfel. Fern am Horizont zieht sich eine Bergkette entlang, die nicht verrät, was dahinter liegt. Ich bräuchte viele Tage, um sie zu überwinden.

Tränen sammeln sich in meinen Augen, aber ich schlucke dagegen an. *Was, wenn ich in der Hundred-Mile Wilderness bin?* Vielleicht hat Reed nicht gelogen. Dad sagt immer, diese unberührte Natur sei der wildeste Teil des Appalachian Trails, unberechenbar und schwer zu passieren.

Ich ziehe die Streichhölzer aus dem Bund der Strumpfhose und entdecke mit Schrecken, dass nur noch vier Hölzchen drin sind. Schnell suche ich ein paar trockene Zweige und Nadeln, zünde eines an, doch der Wind pustet es aus, ehe ich auch nur einen dürren Zweig anzünden konnte. Ich beschließe, den Rest für einen windstillen Ort aufzusparen, selbst wenn ein Feuer hier oben am effektivsten wäre.

Wieder blicke ich mit einem mulmigen Gefühl über die Hügel und Berge vor mir. Soll ich umkehren? Aber dort, wo ich herkomme, war ja nichts; hier stoße ich womöglich auf einen Forstweg, der zu einer Appalachian-Mountain-Lodge führt; sollte es eine geben. Mit viel Glück gabelt mich jemand auf, der irgendwelche Arbeiten erledigt.

Ich stapfe weiter, kämpfe mich durch das Dickicht bergab. Als ich das Tal erreicht habe, sinke ich auf einen Baumstumpf. Der dröhnende Kopfschmerz, der heute Morgen nachgelassen hat, kehrt zurück. Meine Erinnerungen dagegen sind weiter hinter einer Schleuse verborgen. Wütend über mich selbst fasse ich eine Strähne meiner dunklen Haare. »Weich wie Jungfuchsfell«, sage ich und spüre, wie mir erste Tränen über die Wangen rollen. Das Salz brennt auf meinem zerkratzten Gesicht. Ich will mich endlich erinnern. Mit wem könnte ich im Blockhaus gestritten haben? Mit Edward, weil er meint, ich würde wie eine Klette an Maddy hängen? Habe ich überhaupt mit jemandem gestritten? Vielleicht mit Mom, weil ich nicht aufs College gehen wollte? *Kind, das wird die beste Zeit deines Lebens,* hat sie andauernd gepredigt. *Haha!* Ich wollte, wenn überhaupt, ein Fernstudium absolvieren, allerdings waren meine Noten an der Willow Park High eher bescheiden.

Deine Eltern interessieren sich doch sowieso einzig und allein für Maddy.

Der Satz ist plötzlich da, ohne dass mir einfällt, wer ihn ausgesprochen hat. Verdammt! Es ist zum Verzweifeln! Diese Lücke in meinem Gedächtnis ist wie ein Vakuum. Und nun, wo Reed nicht da ist, wo ich mir seinetwegen keine Sorgen mehr machen muss, fühlt sie sich viel größer an als zuvor. All meine Ängste konzentrieren sich nur noch auf dieses aufklaffende schwarze Loch in mir.

Ich wandere weiter, wische die Tränen aus meinem Gesicht und versuche, noch mehr Erinnerungen hervorzukramen, wiederhole den einen Satz wieder und wieder, aber er ist wie mein Traum – ein Abschnitt auf einer Landkarte, ein Stück ohne Anschlüsse.

Zeit verstreicht, ich weiß nicht, wie viel.

Der Wind wird kälter. Im Norden von Maine kommt er aus Kanada, ein kalter, derber Wind, der unbarmherzig durch das Gehölz fegt. Nochmals wische ich mir über die Augen, da reißt mich ein metallischer Knall aus den Gedanken. Vor Schreck werde ich stocksteif, doch dann besinne ich mich. Das war ein Schuss. Und ein Schuss bedeutet, dass jemand in meiner Nähe ist. Ein Jäger. Vielleicht eine Gruppe, die noch ein letztes Mal mit ihren Pick-ups in den Wald fährt, um ein paar Hirsche zu erlegen. Reed hat gesagt, dass die Hirsche vermehrt den Wald durchstreifen, wahrscheinlich auf Nahrungssuche.

»Hallo?«, rufe ich, ohne nachzudenken, denn der Gedanke, sie könnten ohne mich zurück in die Stadt fahren, ist nicht auszuhalten; außerdem muss ich mich bemerkbar machen, damit sie mich nicht für eine Hirschkuh halten. »Hallo? Hallo? Ist da jemand?«, schreie ich so laut, dass mein Hals wehtut. »Ich bin hier.«

Kapitel 5

Ich erhalte keine Antwort, dafür knallt ein zweiter Schuss durch die kalte Waldluft. So schnell ich kann, renne ich in die Richtung, aus der ich die Schüsse vermute. »Hey! Bitte fahren Sie nicht weg! Warten Sie!« Irgendwann zwingen mich meine schlechte Kondition und mein hämmernder Kopf buchstäblich auf die Knie. Sterne flimmern vor mir auf, blitzen grell vor den finsteren Tannen.
Verdammt, verdammt, verdammt!
Die Wolken werden dunkler, ein paar Tropfen rieseln auf meinen Kopf. Ich stehe wieder auf, laufe keuchend weiter. Nach einer Weile fängt es richtig an zu regnen. Selbst das Fell um meine Schultern schützt mich nicht; ich werde nass bis auf die Knochen, die Streichholzschachtel ist nur noch ein durchweichter Klumpen. Ich zittere, fluche, weine. Die Jäger sind nicht mehr da oder zu weit entfernt, denn ich höre keine weiteren Schüsse. Wie gerne würde ich mich einfach hinlegen, aber Nässe ist die Hauptursache von Unterkühlung, nicht Kälte. Ich laufe weiter. Träume mit offenen Augen von meinem warmen Bett und dem Regal mit Sandgläsern aus aller Welt.
Der Wald wird schwarz, die Zeit verschwimmt. Vor Kälte kann ich die Finger nicht mehr krümmen, die Thermoskanne rutscht mir aus der Hand. Auf einmal liege ich mit dem Gesicht

auf dem Boden und merke es kaum, raffe mich jedoch wieder auf und krabbele auf allen vieren weiter. Mittlerweile ist es so dunkel, dass ich nichts mehr erkennen kann. Mit einem Schrecken merke ich, dass ich das Fell verloren habe. Es muss von meinem Rücken gerutscht sein, aber ich bin wie in Trance, taste nach ihm, rechts und links, während meine Gedanken zu Suppe zerfließen. *Schlafen. Müde. Nach Hause. Kalt.* Mir ist so kalt. Ich denke an Mom und Dad, frage mich, warum ich das Gefühl habe, meine Familie schon ewig nicht mehr gesehen zu haben. Es kommt mir gerade viel, viel länger vor als nur wenige Wochen.

Wie lange war ich nicht mehr in Boston?

Ich komme irgendwie auf die Füße, stoße gegen einen Baumstamm, falle und bleibe liegen. Als ich den Kopf hebe, erkenne ich ein winziges Flimmern, das wie ein Feenlicht zwischen den Bäumen schwebt und näher kommt.

Ein goldenes Flimmern. *Ja.* Das habe ich auch gesehen, bevor ich bewusstlos geworden bin. Daran erinnere ich mich plötzlich. War das Flimmern wie dieses Licht? Wiederholt sich jetzt alles?

Das Licht kommt näher, eine Schattengestalt schiebt sich vor mich. Flügel flattern im Geäst. »Lark!«, krächzt es von oben. »Lark! Lark!« Und dann steht Reed plötzlich vor mir und ich glaube, er will mich anschreien, aber als er in mein Gesicht leuchtet, weiten sich seine Augen.

»Ash«, flüstert er erschrocken.

Ich bin zu erschöpft, um ihn wegen des falschen Namens anzumeckern; der Rest fühlt sich an wie ein lebendiger Traum. Reed nimmt mich auf die Arme, sein Körper ist herrlich warm und er riecht nach Himmel, Kälte und Schnee. Er riecht, wie seine Augen aussehen. Okay, er hat mich gefunden. Für heute sollte ich froh darüber sein. Mit dem Blick folge ich dem tanzenden Schein der Stiftlampe, die er sich zwischen die Lippen geklemmt hat. Ich will mir den Weg merken, doch es ist stockdunkel und die Lampe zu schwach, abgesehen davon, kann ich die Augen nicht offen halten. Nur als es plötzlich aufhört zu ruckeln und es unter seinen Sohlen knirscht, blinzele ich und erkenne einen Kiesweg.

Das ist ein Forstweg für Autos! Reed überquert ihn zügig, taucht in den Wald ab, und es geht bergauf; irgendwann bückt er sich tief unter dichten Büschen hindurch, ein Dornenzweig streift mein Gesicht und kratzt wieder über meine Nase, doch das ist mir im Augenblick total egal.

Morgen, denke ich. Morgen finde ich diesen Weg.

Reed setzt mich in der Shack ab und geht raus, bis ich mich umgezogen habe – er hat mir Klamotten von sich hingelegt. Ein ausgeleiertes Sweatshirt und eine Cargohose; in beidem ertrinke ich fast. Ich wickele mich zusätzlich noch in die warme Decke aus dem Baumhaus und löffele danach die heiße Fleischbrühe, die er mit seinen ruhigen Händen gekocht hat. Kein Wort kommt über seine Lippen, als er wieder in die Hütte tritt. Nicht, wie er mich gefunden hat, kein Tadel, kein Spott. Kein Wort darüber, dass ich das Fell und die Thermoskanne verloren habe.

Das alles hier erscheint mir immer unwirklicher, nicht real. Ein Traum, eine Episode der Verirrung und Gedächtnislücken. Der Kiesweg gibt mir Hoffnung, sodass dieser Tag nicht völlig umsonst war.

»Das Unendlichkeitsgefühl«, sagt Reed aus dem Zusammenhang gerissen, als ich die Brühe aufgegessen habe.

Fragend sehe ich ihn an, überlege, ob er mir heute zum zweiten Mal das Leben gerettet hat.

»Wenn man lange allein ist … schmilzt alles zusammen. Bäume, Himmel, Erde. Jahreszeiten werden zu Stunden; Mond, Sterne und Nacht zu Minuten. Irgendwann gibt es aber auch keine Stunden und Minuten mehr. Keine Zeit mehr. Ich habe mich hier ... irgendwie aufgelöst, Ash. Verstehst du, was ich meine?«

Ich blicke ihn an und versuche zu begreifen, was er mir mitteilen will.

Er schaut mal wieder an mir vorbei. »Mir hat niemand mehr gesagt, wer ich bin. Keiner hat mich beim Namen genannt. Irgendwann war ich auch weg. Weit weg von mir.«

»Du hast dich verloren«, sage ich, als ich endlich kapiere, was er meint, doch er schüttelt den Kopf und lächelt.

»Ich war hier und nicht hier. Ich war niemand, aber überall. Ich war frei, ohne Namen, ohne Zeit.«

»Unendlich«, bestätige ich leise. Aus einem unerklärlichen Grund denke ich an seine Liebesbekundungen mit Odin, und er tut mir leid.

»Bis ich dich gefunden habe.« Jetzt sucht er meinen Blick, nimmt dann aber verlegen einen Traumfänger ins Visier.

»Wie lange lebst du schon allein?«, frage ich vorsichtig nach.

»Ich weiß nicht genau – acht Winter vielleicht.« Nach wie vor sieht er konzentriert auf die schwarzen Federn des Traumfängers, der von der Decke baumelt.

»Acht Winter – acht Jahre? So lange? Wieso denn?«

Er schüttelt den Kopf. Die Schatten auf seinen Zügen lassen mich nicht weiter nachbohren, auch wenn ich gerne wissen würde, warum er das auf sich nimmt. *Ich war frei, ohne Namen, ohne Zeit.* Seine Worte machen mich nachdenklich, beschämen mich gleichzeitig, weil ich anfangs dachte, er wäre minderbemittelt, doch er scheint cleverer zu sein, als ich angenommen habe. In mancher Hinsicht vielleicht weiser, denn ich könnte es nie im Leben acht Jahre alleine mit mir selbst aushalten.

»Und du hast in dieser langen Zeit niemals mit jemandem gesprochen?«

»Nein.«

»Deswegen fällt es dir so schwer.«

Er nickt, schaut mich wieder an. »Verlernt ... oder so.«

Er wirkt plötzlich viel greifbarer, nicht mehr ganz so wild und befremdlich, aber dennoch weiß ich immer noch nicht, was ich von ihm halten soll. Ich traue mich nicht, ihn zu mögen. »Ist okay«, erwidere ich daher vorsichtig. »Ich halte es für heute kurz: Danke, dass du mich zurückgebracht hast.«

Flüchtig lächelt er, bevor er feststellt: »Du wirst es morgen wieder versuchen.«

Jetzt betrachte ich den Traumfänger, der mit weißen und braunen Perlen verziert ist. »Und du würdest mich losziehen lassen?«

»Ich kann dich hier nicht festbinden«, antwortet er schulterzuckend. »Allerdings wird es enden wie heute. Du läufst weg, ich bringe dich zurück. Aber das ist in Ordnung. Manche Dinge lernt man nur aus Erfahrung.«

Ich beiße mir auf die Lippe. »Und wenn du mich in den nächsten Ort bringst?«

»Wenn es einen Schneesturm gibt, wären wir hilflos. Wir brauchen den Schutz dieses Lagers. Der Winter kommt. Und er wird hart.«

»Was du an den Kanadagänsen festmachst«, kann ich mir nicht verkneifen zu sagen.

Er lacht und erschreckt sich selbst über den explosionsartigen Laut, der eine unheimliche Note in sich birgt. »Ich rieche den Schnee im Himmel und in den Wolken. Ich höre ihn im Wind.«

»Ach ja?«

»Ich nenne diesen Wind Rauwind. Er reibt sich wie ein Tier an den Stämmen, er flüstert in den Zweigen, prickelt auf der Haut.«

»Also meine Haut hat heute nicht geprickelt«, bemerke ich forscher, als ich mich fühle.

Reed steht auf. »Du lebst auch nicht im Wald, oder?«

»In Boston!«

»So wie Benjamin Franklin.«

»Kennst du die Statue vor der Old City Hall?«

Er sieht mich an, als hätte ich den Verstand verloren.

»Natürlich nicht«, kommentiere ich mich selbst. »Er hat den Blitzableiter erfunden, das weiß kaum jemand. Und er hat Gedichte verfasst.«

»Ich weiß. Ich habe viel Zeit zu lesen.«

Daraufhin schweige ich, weil ich nicht mehr weiß, was ich sagen soll. Das mit dem Lesen hätte ich wissen können, immerhin hat er Ralph Waldo Emerson und Lord Byron erwähnt. Mein Vater mag beide, aber mein Vater liebt auch die Natur.

Später kocht Reed mir einen bitteren Tee, der angeblich die Feuchtigkeit aus meinen Knochen zieht, und gibt mir ein vergilbtes Ding, das mal eine Zahnbürste gewesen ist. Ich benutze sie erst, als er sie abgekocht hat, und nehme zum Putzen Wasser und getrocknete Pfefferminzblätter aus seinem Vorrat.

Danach klettern wir ins Baumhaus, in dem das Windlicht bereits brennt. Vielleicht hat Reed es angezündet, als ich mich umgezogen habe.

»Vier Hölzer«, sagt er nur und legt eine neue Streichholzschachtel dazu. »Mehr sind es nicht. Kein Mensch kann damit um diese Jahreszeit Feuer machen.«

Ich entgegne nichts.

In dieser Nacht habe ich weniger Angst, neben ihm zu schlafen, und er fasst auch nicht mehr in mein Haar. Trotzdem bekomme ich mit, wie er mich betrachtet, als er denkt, ich würde es nicht merken. Etwas Seltsames, Ruheloses schimmert in seinem Blick, das ich tagsüber nicht erkenne, aber heute bin ich zu kaputt, um mir darüber Sorgen zu machen.

Meine Lider fallen zu, sobald ich auf den Fellen in dem Schlafsack liege. Im Traum renne ich den Forstweg entlang und sehe ein goldenes Flimmern in der Luft. Eine innere Stimme suggeriert mir, dass ich all meine Erinnerungen finde, wenn ich dieses Flimmern zu fassen bekomme, es erscheint mir auf einmal wie der Schnatz von Harry Potter.

Doch dann höre ich jemanden rufen. Eine Männerstimme. *Maya! Maya!* Im Traum bleibe ich stehen. Arme schließen sich in der Finsternis um mich, der Kiesweg rückt in weite Ferne.

Du brauchst deine Familie nicht mehr. Du hast jetzt mich.

Ich weiß nicht, wer er ist, aber er hat recht. Ich sinke gegen ihn, vertraue ihm, es fühlt sich gut an. Er ist alles, was ich will. Nur ihn und sonst niemanden. Doch auf einmal wird aus dem Geborgenheitsgefühl Beklemmung. Angst presst mich zusammen wie eine Zange eine Quetschperle. Ich kriege keine Luft mehr, kann nicht atmen.

Mit einem erstickten Laut fahre ich hoch und keuche auf. Kalter Schweiß läuft mir über den Rücken, mein Brustkorb fühlt sich zu klein an und für einen Moment denke ich, ich erleide einen Herzinfarkt, aber ich habe diese Situation schon zu oft erlebt. *Atme, Maya. Ganz ruhig, du kannst das.* Ich weiß, wie ich mich während einer Panikattacke verhalten muss, ich weiß, dass sie vorbeigeht. Also atme ich, atme ich, atme ich. Eine schier endlose Zeit, die aber gemessen auf der Uhr nie länger als zehn Minuten dauert. Irgendwann beruhigt sich mein rasendes Herz, ich öffne und schließe die Finger, die sich immer noch pelzig anfühlen.

Im Licht des Mondes, das durch ein paar Ritzen fällt, spähe ich zu Reed und zucke zusammen. Er mustert mich, seine Augen schimmern schwarz in der Nacht.

»Du hast schlecht geträumt«, erklärt er. Seine Stimme klingt seltsam heiser. »Leg dich wieder hin.«

Wie lange starrst du mich schon an? Bin ich deswegen aufgewacht?

Beklommen bleibe ich sitzen und betrachte den hellen Lichtstrahl, der durch die breiteste Ritze im Holz fällt. Was, wenn sich alles wiederholt? Kann es sein, dass ich bereits viel länger hier bin und es immer wieder vergesse, weil die Wahrheit zu schrecklich ist, um sie zu ertragen? Verliere ich jedes Mal mein Gedächtnis, wenn ich begreife, dass Reed mich hier gefangen hält? Hatte ich deshalb anfangs diese Déjà-vus?

Ich lege mich wieder hin und kehre Reed den Rücken zu.

Nein! Das kann nicht sein.

Aber was, wenn ich morgen aufwache und mich nicht mehr an heute erinnere? Krampfhaft versuche ich wach zu bleiben, doch als das erste graue Tageslicht in das Baumhaus fällt, kann ich die Augen nicht mehr aufhalten …

Zum Glück habe ich nach dem Schlafen nicht alles vergessen; es muss mein Albtraum gewesen sein, der dieses Gefühl in mir ausgelöst hat. Reed ist bereits aufgestanden, daher bin ich allein. Für einen Moment krieche ich tiefer in den Fellschlafsack und denke an den Traum, der meiner vergrabenen Erinnerung entstiegen ist. *Du brauchst deine Familie nicht mehr. Du hast jetzt mich.*

Wer hat das gesagt? Aus einem Grund, der wie ein verborgenes inneres Wissen ist, glaube ich, es war derselbe, der auch meinte, meine Eltern würden sich sowieso nur für Maddy interessieren. Wer immer es auch gesagt hat, es besteht eine enge Bindung zwischen ihm und mir. Habe ich etwa in den Wochen nach Maddys und Eds Verlobung jemanden kennengelernt? Ich, das Mauerblümchen, Maya Morrow?

Langsam, weil mir von dem Gewaltmarsch gestern alle Glieder wehtun, setze ich mich auf. Ich fühle mich total elend. Mein Hals kratzt, und wie zur Bekräftigung muss ich niesen.

Am liebsten würde ich schon wieder losheulen, einfach, weil ich mich so hilflos fühle. Je mehr Zeit verstreicht, desto mehr ängstigt mich die Lücke in meinem Kopf. Ich komme mir machtlos vor, und immer häufiger verdränge ich den Gedanken daran, dass etwas richtig Schlimmes passiert sein könnte.

Welcher Streit war so heftig, dass ich abgehauen bin? Habe ich etwa mit Maddy gestritten? Ging es um Edward? Klar, ich habe mal für ihn geschwärmt, aber das war noch ganz am Anfang von Maddys und seiner Beziehung. Ich habe schnell kapiert, dass er sich die hübschere, aufgeschlossenere und klügere Schwester ausgesucht hat. Die mit dem Händchen für Stil, die nie die Contenance verliert; und dabei ist Maddy niemals arrogant, sie behandelt alle gleich und wird von jedem geliebt. Seit ich klein war, wollte ich stets wie sie sein. Mom sagt zwar, ich sei auch schön, eben auf eine zartere, unaufdringlichere Weise, doch Mütter sind nicht objektiv. Alle Moms finden ihre Töchter hübsch. Und Dad ... Dad verliert nie ein Wort über unser Aussehen, höchstens mal ein »*Toll seht ihr aus!*«, mehr nicht, als sei es ein heikles Thema.

Als ich später die Leiter hinunterklettere und das Brennen meiner Muskeln verfluche, entdecke ich Reed mit Odin auf der Veranda der Shack. Aus ein paar Metern Entfernung beobachte ich, wie Odin auf Reeds Schulter sitzt und wieder an seiner Nase herumschnäbelt. Das ist wohl ihr Morgenritual. Reed streicht ihm über den Schnabel, und der Rabe gibt einen schnarrenden, zufriedenen Laut von sich. »Hm. Hm.«

»Guten Morgen, Ash!«, ruft Reed, obwohl ich extra leise gewesen bin.

»Ich heiße immer noch Maya«, brumme ich missmutig.

»Im Wald nicht. Der Wald verteilt die Namen«, erklärt Reed ernst.

Das klingt fast nach dem, was mein Dad mal über die Extremwanderer gesagt hat. Er meinte, die Thruhikers gäben sich auf dem Appalachian Trail neue Namen. »Goose-down« oder »Matchbox«, also »Gänsedaunen« und »Streichholzschachtel« – all die Dinge, die man zum Überleben braucht, werden zu deiner Person, zu deiner Identität.

»Willst du was essen, bevor du wegläufst?«, erkundigt sich Reed so arglos, als hätte ihm meine Rettung gestern keine Umstände gemacht.

»Wieso eigentlich nicht ...« Ich frage mich, ob das für ihn ein Spiel ist. Räuber und Gendarm oder so. Er lässt sich wohl wirklich nur durch permanentes Gequatsche aus der Ruhe bringen. Ich bin bei beiden angekommen, also bei Reed und bei Odin.

»Möchtest du ihn mal streicheln?« Reed zupft an dem schwarzen Gefieder, das in der Morgensonne blaugrün schimmert. »Wenn ich dabei bin, tut er dir sicher nichts.«

Wie beruhigend.

Der Rabe beäugt mich kritisch. Seine Zunge ist ebenso schwarz wie sein klobiger Schnabel, das sehe ich, als er krächzt: »Reed. Reed.«

Baff blicke ich von Odin zu Reed. »Er kann sprechen?«

»Klar, wieso nicht. Er kann einiges sagen.«

»Wie alt ist er?«

Reed zuckt mit den Schultern. »Keine Ahnung. Etwa elf Winter.«

Gegen meinen Willen muss ich lächeln. »Elf Winter, na klar. Wie alt werden Raben überhaupt? Ist er schon ein Rabenopa?«

»Nein, er ist in ... wie sagt man: in seinen besten Jahren. Frei lebende Raben können über zwanzig Jahre alt werden.«

»Kroak. Lark. Low.« Der Rabe plustert seinen Kopf und die Beine auf und mustert mich eindringlich. Seine Augen sind buchstäblich kohlrabenschwarz und sein Blick kommt mir feindselig vor.

»Ich nehme dir Reed schon nicht weg«, sage ich und bleibe auf Abstand. Obwohl ich Tiere liebe: Dieser Rabe ist mir unheimlich.

»Raben sind schlaue Tiere … sehr sozial. Und sie sind fast die einzigen Tiere, die sich Werkzeuge bauen, um an Nahrung zu kommen.«

»Ich hoffe, er baut sich kein Schwert, um mich nachts zu meucheln und mein Aas zu fressen.«

»Das tut er gewiss nicht«, erwidert Reed beruhigend, als wäre meine Bemerkung ernst gemeint gewesen. »Sie arbeiten mit Wölfen zusammen, sie zeigen ihnen den Weg zu verletzten oder toten Tieren und dürfen dann auch etwas abhaben. Würden die Wölfe das Aas zuerst finden, würden sie die Raben vertreiben.« Reeds Gesicht leuchtet vor Begeisterung, so wie Maddys Gesicht, wenn sie von ihrer Hochzeit spricht. Sein Enthusiasmus ist verständlich, da Reed nur diesen Rabenvogel als Gesellschaft hat und sonst niemanden.

Verstohlen mustere ich ihn. Im Licht der Morgensonne kommen mir meine Gedanken von heute Nacht abstrus vor. Wenn ich schon länger hier wäre, würde ich mich bestimmt an irgendetwas erinnern. In diesem Augenblick bin ich davon überzeugt, dass er die Wahrheit gesagt hat. Ich bin in den Wald gelaufen, und er hat mich gefunden und in sein Lager geschleppt. Da er seit acht Jahren mit keinem anderen Menschen gesprochen hat, hat er sich vielleicht davor gescheut, mich in ein Krankenhaus zu bringen, außerdem war der Weg in sein Lager wahrscheinlich kürzer. Immerhin besitzt er ja kein Auto. Wer weiß, ob er jemals eine Klinik von innen gesehen hat.

So wie gestern essen wir im Zelt und Odin bleibt mit ein paar Walnüssen auf der Veranda. »Er versteckt sie für den Winter, wie ein Eichhörnchen«, erklärt mir Reed. »Elstern sind im Übrigen auch Raben … also, sie gehören dazu.«

»Ich kenne bloß diebische Elstern.«

»Auch Raben stehlen, was ihnen gefällt.« Reed lacht. »Am liebsten etwas zu essen.«

Reed scheint sich an mich zu gewöhnen, denn er spricht heute Morgen viel mehr als gestern.

Ich trinke ein paar Schlucke lauwarmes Wasser, das er in seinem Topf abgekocht hat, und esse einen schuhsohlenähnlichen Fladen und ein paar Nüsse. »Tut mir leid, dass ich deine Thermoskanne und das Fell verloren habe«, sage ich schuldbewusst. Die Dinge besitzen für ihn sicher einen noch größeren Wert, als ich mir vorstellen kann.

»Vergeben. Vergessen.« Reed hockt auf dem Fell mir gegenüber und zieht eine kleine lederne Bauchtasche hinter seinem Rücken hervor. »Ich hab dir für heute Nüsse, Fladen und Wasser eingepackt, damit du mich nicht mehr beklauen musst. Ist einfacher für uns beide.«

Ich spüre, wie ich erröte, und schaue auf seine stillen Hände. »Danke!«, murmele ich.

Reed steht auf. »Ich werde später noch ein paar Bucheckern sammeln und vielleicht noch Kaninchen oder Kragenhühner jagen …«

Ich beiße mir auf die Lippe.

Er verzieht das Gesicht, es könnte – mit viel Fantasie – ein Grinsen sein. »Wir sehen uns dann heute Abend, Ash. Diesmal aber etwas früher, damit wir nicht wieder im Dunklen zurückmüssen. Das ist nämlich gefährlich, nicht nur wegen der Tiere, sondern auch, weil es hier ganz viele Steinbrüche gibt, die man in der Finsternis erst viel zu spät sieht.«

Seine Selbstsicherheit ärgert mich maßlos; und sie schüchtert mich ein. Er kann sich überhaupt nicht sicher sein, ob er mich findet.

Er behält recht. Kurz bevor es dunkel wird, taucht er lautlos vor mir auf, und es bleibt mir nichts anderes übrig, als mit ihm zurückzulaufen, wenn ich nicht im Wald schlafen will. Den Forstweg habe ich nicht gefunden, und wir kommen auch nicht wieder daran vorbei – vielleicht meidet Reed ihn absichtlich, aber fragen will ich ihn nicht. Am besten ich lasse ihn unerwähnt, denn sonst weiß er, dass ich ihn entdeckt habe, und wird mich nur noch schneller finden.

»Es wird immer früher dunkel«, warnt er mich, als wir das Lager erreichen. »Und mit der Dunkelheit kommt auch die Kälte des Nordens.«

Er hat mir Wasser zum Waschen abgekocht, und ich murmele ein »Danke«. Ich fühle mich wie ein verlauster Penner, der seit Wochen keine Dusche gesehen hat. Die Klamotten von Reed kleben an mir wie eine zweite Haut, meine Kopfhaut juckt und meine Füße sind schweißfeucht. Ich benutze seine einfache Seife, aber obwohl das Waschen guttut, bin ich total entmutigt. Fast so, als würde ich nie aus diesem elenden Wald herauskommen. Als hätte er keinen Anfang und kein Ende, und egal, wo ich hingehe, ich lande immer wieder genau hier. Aus Angst, dass Reed durch eine Lücke in der Plane lugt, dränge ich mich beim Waschen in das hinterste Eck und ziehe immer nur das Nötigste an Klamotten aus. Da das Kratzen in meinem Hals nicht besser geworden ist, spare ich mir das Haarewaschen und bin froh, wieder warm eingepackt zu sein, denn die Luft ist trotz geschlossener Tür frisch und kühl.

Später kocht Reed Kragenhuhn, aber er spricht kaum und ich habe ebenfalls keine Lust, auf irgendeine Art mit ihm zu kommunizieren. Heute erscheint alles an ihm wieder unheimlich und nicht von dieser Welt: dieser schmallippige, breite Mund mit den gestochen scharfen Konturen; die fast zu gerade Nase und die funkelnden schneeblauen Augen. Sie erinnern mich an etwas, das der Maler Wassily Kandinsky über die Farbe

Blau gesagt hat: Je tiefer das Blau sei, desto mehr ziehe es den Betrachter in die Unendlichkeit, wecke in ihm die Sehnsucht nach Reinem und Übersinnlichem.

Es passt, denn Reed kommt mir vor wie ein unheimlicher Winterprinz, der aufpasst, dass ich sein Reich nicht verlasse. Freundlich, aber bestimmt. Nur sein Wille zählt, selbst die Natur und die Tiere unterliegen seinen Wünschen. Womöglich zieht er mich immer tiefer ins Verderben, und am Ende werde ich auch ein Niemand. Werde namenlos und zeitlos. Unendlich. Der Gedanke ängstigt mich, und in dieser Nacht schlafe ich kaum.

Am nächsten Tag suche ich den Forstweg umso verbissener, und als Reed diesmal vor mir steht, ist sein Blick düster. Odin, der auf seine Schulter geflattert kommt, krächzt mich böse an. *Halt die Klappe,* denke ich nur. Ich bin es so leid, im Wald herumzuirren und weder einen Ort noch eine Straße zu finden. Heute kratzt mein Hals nicht nur, er brennt richtig.

»Wo zur Hölle befindet sich dein Lager?«, frage ich Reed zornig, als wir zurück sind, und kann gerade noch das Wort *gottverdammt* zurückhalten. Meine Füße tun weh und durch meinen Muskelkater bin ich komplett unbeweglich.

»Im Norden«, antwortet er nur.

Er steht vor mir wie ein Überbringer von schlechten Nachrichten, vor allem mit diesem Raben auf der Schulter. Ich könnte diesen Kerl durchschütteln.

Als er in der Shack Teigklumpen in einen Topf auf dem Gaskocher gibt, beobachte ich ihn. Er trägt seinen zusammengestückelten Fellmantel offen, vermutlich weil ihm von dem Marsch warm ist. Bei jedem seiner Handgriffe sieht es so aus, als würde im Innenfutter etwas aufblitzen, aber das kann auch eine Täuschung sein.

Ich ziehe die Beine an meinen Körper und umschlinge sie mit den Armen. Ich würde echt gerne wissen, was in seinem Kopf vor sich geht? Was denkt jemand, der acht Jahre alleine im Wald lebt und plötzlich ein Mädchen findet? *Das behalte ich?*

Als er sich neben den Gaskocher kniet, um den Teig mit der Faust zu einem Fladen platt zu drücken, sehe ich das Blitzen wieder. Obwohl ich heute so wütend auf ihn bin und ihn am liebsten komplett ignorieren würde, muss ich genauer hinschauen. Ich entdecke einen spiegelblanken Stein, milchweiß und ein wenig größer als eine Dollarmünze, der irgendwie in das Innenfutter eingenäht zu sein scheint. Daneben, etwa auf Ellbogenhöhe, ist etwas kreuz und quer vernäht, beinahe sieht es aus wie eine Patronenhülse, nur länger. Wer näht denn bitte Patronen oder Patronenhülsen in seinen Mantel? Oder ist das ein Stift?

»Was ist das?«, frage ich ihn perplex.

Reeds Blick folgt meinem Finger, mit dem ich auf seinen Mantel deute, und für eine Sekunde scheint er fassungslos zu sein, als hätte ich magische Insignien entdeckt. Er dreht sich weg, knöpft den Mantel zu und steht auf, während der Fladen im Topf zu brutzeln beginnt. »Das ist nichts«, brummt er abweisend.

Ich starre mit einem bangen Flattern im Bauch auf die rötlichen und hellbraunen Felle des Mantels. Sind diese eingenähten Gegenstände Trophäen von anderen Mädchen, die er hierher verschleppt hat? Vielleicht hat er sie eines Tages freigelassen und ein Andenken behalten. Wenn er sie überhaupt freigelassen hat. Womöglich hat er sie ja umgebracht oder sie sind in dem eisigen Winter erfroren.

Himmel, Maya, was denkst du da? Ich reibe meine kalten Hände aneinander und schiebe die Gedanken weg. Wieso bin ich so misstrauisch? Vor zwei Tagen war ich überzeugt, dass

Reed mir die Wahrheit gesagt hat; weswegen zweifele ich heute wieder an seinen Worten?

Weil er verschroben und unheimlich ist. Weil er mich jedes Mal findet. Und weil er viel zu lange allein lebt, um normal zu sein.

Als Reed uns beiden je einen Fladen auf den Teller legt und sich dann zu mir auf den Boden setzt, sage ich: »Am ersten Tag waren Jäger im Wald. Sie hätten mich mitnehmen können.«

Reed schaut mich fast mitleidig an, eine blonde Strähne fällt ihm ins Gesicht, direkt über sein rechtes Auge. Sie ist mir bereits ein paar Mal aufgefallen. Seltsamerweise ist es immer dieselbe, als hätte er einen Wirbel am Kopf, doch genau das verstärkt seine zeitlose Erscheinung. Nichts an ihm scheint sich je zu verändern, als wäre er wahrhaftig unendlich-ewig wie eine Märchenfigur. Er streicht die Strähne zurück, sie fällt trotzdem wieder exakt an ihren Platz über das Auge.

»In dieser Gegend wird nie gejagt«, erklärt er dann. »Die Schüsse müssen über die Ebene gehallt sein. Du hast gedacht, sie wären in der Nähe, aber sie waren zehn oder zwanzig Meilen weit entfernt. Oder sogar mehr.«

Allein zehn Meilen sind in der Wildnis für mich aktuell ein Tagesmarsch, da meine Kondition nicht die beste ist. Noch dazu wird es in Maine um diese Jahreszeit gegen vier oder fünf Uhr dunkel. »Und der Forstweg?«, frage ich beinahe trotzig, obwohl ich mich so elend fühle. »Den habe ich mir nicht eingebildet.«

Reed seufzt unwillig und lässt seinen Fladen sinken, von dem er gerade abbeißen wollte. »Da fährt um diese Jahreszeit auch keiner mehr entlang.«

»Du willst gar nicht, dass ich es schaffe«, sage ich anklagend.

Als er mich diesmal ansieht, blitzt in seinen Augen wieder dieses seltsame rohe Glitzern auf, das er in den letzten zwei Tagen gut verdrängt hat. Es verwandelt seine schneeblauen Augen in weißes Eis. »Stimmt«, bekräftigt er rau. »Ich will nicht, dass du mich verlässt. Du wirst es auch nicht schaffen.«

»Werde ich es nicht schaffen, weil der Weg zu weit ist oder weil du mich immer vorher findest?«, frage ich gepresst.

»Beides vielleicht.«

Du brauchst deine Familie nicht mehr. Du hast jetzt mich.
Für einen Moment denke ich an das erdrückende Engegefühl aus meinem Albtraum, doch es ist unmöglich, dass ich schon länger hier bin und es verdrängt habe. Das kann nicht sein, es darf einfach nicht so sein. Morgen muss ich unbedingt diesen Forstweg finden. Sogar ich als Stadtkind spüre, dass es jeden Tag kälter wird, selbst den Rauwind kann ich fühlen, allerdings höre ich nicht, wie er sich an den Stämmen reibt. Ich meine, er ist schließlich kein Tier, das sein Fell abschabt.

Aber auch am nächsten und am übernächsten Tag finde ich den Waldweg nicht. Mittlerweile stattet Reed mich auch nicht mehr so zuvorkommend mit Proviant aus, sondern stellt mir lediglich eine alte Blechkanne mit Wasser hin. Das Ganze gleicht einer Farce.

»Es reicht doch jetzt!«, sagt er heute Morgen, als ich die offene Blechkanne am Henkel greife und aus der Shack gehe. »Ich verliere wertvolle Zeit. Ich muss alles für den Winter fertig machen.« Er folgt mir nach draußen. »Vielleicht fange ich doch an, dich festzubinden.«

Gütiger Himmel, bloß nicht! »Wahrscheinlich finde ich heute zurück, und du bist mich los«, beeile ich mich zu sagen.

Er mustert mich im spärlichen Sonnenlicht. »Wäre schade. Ich habe gerade angefangen, mich an dich zu gewöhnen.« Spöttisch zieht er den Mundwinkel herab. Das ist neu. Spott gehört normalerweise nicht zum Repertoire seiner Mimik. Und wie er mich wieder ansieht! Der Blick aus seinen Eiskristallaugen fühlt sich an wie Pulverschnee: kalt, aber auch zart. Eine seltsame Kombination.

Ich mache, dass ich wegkomme, aber ich fühle mich erbärmlich. Nicht nur mein Hals tut weh, ich glaube, ich werde richtig krank. Dieses Mal schlage ich eine Richtung ein, in die ich noch nie gelaufen bin – nach Norden. Bislang habe ich das für überflüssig gehalten, weil wir ja angeblich im Norden sind. Aber vielleicht stimmt es auch gar nicht. Während ich durch einen dunklen Tannenwald streife, wird mir bewusst, dass ich heute unbedingt diesen Weg finden muss, bevor Reed seine Drohung wahr macht und mich wirklich irgendwo anbindet. Oder mich auf dem Baumhaus festsetzt. Denn eines ist klar: Meine Erinnerungen finde ich hier ganz sicher nicht, im Gegenteil – ich habe Angst, noch mehr zu vergessen. Und selbst wenn Reed die Wahrheit sagt und mich bewusstlos aufgelesen hat … Ich möchte endlich wieder etwas anderes als Schuhsohlenfladen und Fleisch essen. Ich möchte richtig heiß baden und in einem weichen Bett schlafen. Heute Nacht habe ich von einer fettigen Käsepizza und einem süßen Kakao mit Marshmallows obendrauf geträumt. So wie Maddy und ich ihn immer am Weihnachtsmorgen trinken. Bei dem Gedanken an Weihnachten im Wald kommt mir das kalte Grausen. Der Maine-Winter dauert viele Monate, fast ein halbes Jahr. Meine Eltern und Maddy werden sterben vor Sorge. Schlagartig fällt mir der Traum mit Maddy im Bärchen-Pyjama wieder ein. Wie sehr sie geweint hat, und wie verloren ich mich gefühlt habe.

Erneut ist da dieses eigenartige Gefühl, dass die Zeit, an die ich mich erinnere, schon sehr lange zurückliegt. Trotzdem hoffe ich auf Suchtrupps, deshalb muss ich auch zu diesem Forstweg. Bestimmt fahren die Ranger bei ihrer Suche nach mir das rare Wegenetz des wilden Maines ab. Doch was, wenn meine Familie mich gar nicht suchen will, weil der Streit so schlimm war?

Du brauchst deine Familie nicht mehr. Du hast jetzt mich.

Deine Eltern interessieren sich doch sowieso einzig und allein für Maddy.

Die Sätze trudeln abwechselnd durch meinen Kopf. Irgendwann bleibe ich an einem überbordenden Dornenbusch hängen und reiße mir die Wunde auf dem Nasenrücken wieder auf, die gerade verheilt ist. Leise fluchend wische ich mir das Blut aus dem Gesicht, doch stutze dann. Keine Ahnung wieso, aber ich habe plötzlich das Gefühl, auf dem richtigen Weg zu sein. Vielleicht sind es die tief hängenden Dornen. Ja, Reed musste sich mit mir auf den Armen mehrmals bücken, nachdem er den Berg hochgestiegen ist. Ein Zweig ist über meine Nase gekratzt.

Als ich weiterlaufe, pocht mein Herz vor Aufregung. Ein paar Minuten später komme ich tatsächlich an einen Hang – so schnell ich kann, jage ich ihn hinab und vergesse dabei sogar, wie elend ich mich fühle. Und dann, zwischen Sträuchern und kahlen Ästen, entdecke ich ihn: den Forstweg. Ich presse die Faust auf den Mund, dieses Mal vor Freude.

Kapitel 6

»Verdammt!« Frustriert kicke ich eine Ladung Kiesel über den Weg. Keine Ahnung, wie lange ich inzwischen dieser dämlichen Waldstraße folge und darauf warte, dass ein Auto vorbeifährt. Da habe ich endlich, endlich den Forstweg gefunden, aber Reed scheint recht zu haben. Hier kommt kein Mensch vorbei, wahrscheinlich wird dieser Weg im Winter sogar gesperrt. Mit eisigen Fingern klemme ich mir die Haare hinter die mützenbedeckten Ohren – noch ein paar Tage im Wald und ich bekomme nicht nur einen Koller, sondern auch Dreadlocks. Reed hat mir vorgestern einen rostigen Kamm gegeben, aber meine Haare sind von jeher viel zu dick gewesen. Ich muss sie mehrmals am Tag bürsten, damit sie glatt und weich über die Schultern fallen. Und diese Farbe! Ich greife nach einer Strähne, halte sie mir vors Gesicht, weil ich es nach wie vor nicht fassen kann, da steigt ein Satz aus meinem Inneren auf.

Haut wie Milch, Haare wie Seide, Augen so groß wie der Mond. Du bist das Kostbarste, das ich besitze. Maya. Maya. Maya.

Völlig überrumpelt bleibe ich stehen. Wer hat das zu mir gesagt? Wann? Ich erinnere mich nicht! *Herrgott noch mal, was ist denn so verkehrt mit dir, dass du dich nicht erinnerst*, verfluche ich mich selbst. Für einen Moment lege ich die Hände auf die Mütze, grabe meine Finger in das Fell, als wären es meine Haare. *Fuck! Fuck! Fuck! Erinnere dich!*

Doch mehr als diese wenigen Sätze will mir nicht einfallen. So wie zuvor sind sie in meinem Kopf wie Straßen ohne Verbindung. Und auch diesmal glaube ich zu wissen, dass ein Mann das gesagt hat.

Ein Mann, der mich liebt?

Oder Reed?

Völlig durcheinander laufe ich weiter, in der irrsinnigen Hoffnung, hinter der nächsten Biegung auf ein Hinweisschild, einen McDonald's oder meinetwegen auch eine Blockhütte zu stoßen. Blockhütten gibt es in Maine einige, es leben viele einsame Männer hier, sagt Dad. Männer, die keinen anderen Ort auf der Welt haben, Männer, die man besser in Ruhe lässt.

Männer wie Reed.

Irritiert bleibe ich stehen. Etwas an dem Wald am Wegesrand kommt mir sonderbar vor, doch ich kann nicht sagen, was es ist. Zwinkernd sehe ich die Böschung hinab, es geht nur vier oder fünf Meter über Unkraut und Gras den Hang hinunter, danach wuchern Sträucher zwischen Laubbäumen und Tannen. Etwas stimmt da nicht, die Zweige sind irgendwie eingedrückt ... Mein Herz beginnt zu rasen, während ich den leichten Abhang hinabsteige. Das Gestrüpp sieht aus, als wäre es platt gewalzt und wieder aufgerichtet worden, was nicht komplett gelungen ist.

Bilder brechen wie ein Orkan aus mir hervor: ein tiefschwarzer Wald, der immer enger zusammenrückt, Scheibenwischer, die mit dem Regen kämpfen, das Gefühl zu ersticken, keine Luft zu bekommen, nicht atmen zu können.

Sind das Erinnerungen? Schlagartig zittere ich am ganzen Körper und kann doch nicht aufhören, die Zweige auseinanderzubiegen, um mich durch das Gestrüpp zu kämpfen. Ein gigantischer Findling liegt dahinter, eingebettet zwischen den Tannen.

Mein Atem dampft schwer in der Luft, ich fühle mich wie in einem Gruselschocker. Etwas Schreckliches wird gleich passieren. Dann sehe ich ihn direkt vor mir, den Findling, der keiner ist: Versteckt unter Ästen, Erde und ausgerissenen Efeuranken steht ein Auto; ein Scheinwerfer und ein Teil der Motorhaube lugen hervor.

Wie in Zeitlupe gehe ich auf das Fahrzeug zu. Es sind nicht meine Finger, zumindest fühlen sich meine Hände fremd an, als ich Blätter und Erde von dem Dach fege, Zweige und Efeu zur Seite schiebe. Der schwarze Wagen wurde absichtlich unter diesem Scheiterhaufen versteckt, und ich kann mir lebhaft vorstellen, wer es gewesen ist.

Ich lege die Fahrertür notdürftig frei und blicke von dem dreckigen Fenster auf den scharfen Kratzer unterhalb des Griffs. Plötzlich kreischt Metall in meinen Ohren, dann wird ein Bild in meine Gedanken geschleudert: ein Felsen, der den Lack aufschlitzt wie der Eisberg die Titanic.

Das war ich. Ich saß in diesem Auto. Ich bin an einer Felswand entlanggeschrammt, sicher, weil ich fast nie Auto fahre und außer Übung bin. Aber ich wäre doch nie im Leben alleine in den Wald gefahren ... und wem gehört dieses Auto?

Der Druck in meinem Magen wächst sich zu heftiger Übelkeit aus. Wieso hat Reed das Auto versteckt? Ich bin mir ganz sicher, dass er es war. Warum wollte er nicht, dass ich den Wagen finde? Dass irgendjemand ihn findet! Wie eine Irre rüttele ich an dem Türgriff, begreife nicht sofort, dass die Tür offen ist, so sehr stehe ich neben mir.

Beruhige dich, Maya! Gleich fällt dir ein, was passiert ist. Ganz bestimmt.

Schwerfällig schiebe ich mich in den Wagen, setze mich auf den Fahrersitz und ziehe die Tür zu, doch ein Ast hat sich verhakt, ich kann sie nur anlehnen. Es ist ein BMW, wie ich jetzt anhand des blau-weißen Markenzeichens auf dem Lenkrad erkenne. Ich weiß nicht, wem er gehört, aber ich muss den Besitzer kennen; es sei denn, ich hätte den Wagen gestohlen, doch das kann ich mir nicht vorstellen.

Benommen taste ich über den Beifahrersitz. Womöglich liegt mein Handy ja im Auto. Doch meine Zuversicht verpufft sofort, denn ein Handy würde mir nur etwas bringen, wenn ich ein Ladekabel hätte, außerdem ist der Empfang in der Wildnis sicher bescheiden. Ich drücke den Schalter für die Innenbeleuchtung, aber die Lampe geht nicht an. Vermutlich ist die Batterie leer.

Im spärlichen Licht, das durch den Spalt der Fahrertür fällt, schaue ich in den Fußraum der Vordersitze und in die Seitenfächer der Türen, doch sie sind alle leer, penibel aufgeräumt. Auch die Ablagefläche zwischen den Vordersitzen ist klinisch sauber. Hat Reed alle Spuren in dem Wagen beseitigt, damit ich mich nicht erinnere, sollte ich ihn je entdecken? Ich will gar nicht daran denken, was das bedeuten würde.

Ich öffne das Handschuhfach und sehe eine ungeöffnete Fanta und ein altes Salami-Sandwich, das wohl schon einige Zeit darin herumgammelt. Angewidert werfe ich das schimmlige Brot hinaus, dafür trinke ich die Limo.

Gott, tut das gut! Die eiskalte Fanta kühlt meinen schmerzenden Hals und das süße Brauseprickeln auf der Zunge lässt mich fast weinen.

Kann man Kohlensäure vermissen? Ich stelle die leere Dose auf die Ablagefläche und umfasse das Lenkrad. *Wo wolltest du hin, Maya? Was hattest du hier zu suchen?*

Flüchtig fällt mein Blick in den Rückspiegel, und ich erschrecke mich vor mir selbst. Der Kratzer auf meiner Nase sieht aus wie ein Backslash. In dem schwachen Licht mustere ich mich genauer. Mein Gesicht ist vor Kälte gerötet, die Lippen aufgeplatzt und spröde; ich sehe richtig krank aus. Bin das wirklich ich? Ich komme mir fremd vor. Älter irgendwie. Oder liegt es daran, dass mein Gesicht schmaler geworden ist?

Ich kneife die Augen zusammen, als könnte ich die vergessenen Bilder von meiner Netzhaut in den Kopf pressen, aber nichts passiert. Nach einer Weile, in der ich wie betäubt herumgesessen habe, schaue ich unter die Sonnenblende. Nichts. Ich klettere auf die Rückbank, auf der ein Schottenkaroschal mit grünblauem Tartan liegt. Ist das meiner? Er würde zu dem Rock passen, den ich anfangs getragen habe. Zaghaft schnuppere ich daran. Nein, der Stoff riecht schwach nach einem sehr teuren Männerduft. Beinahe edel. Ich stelle mir den passenden Mann dazu vor, einen jungen Herrn mit schwarzen Haaren, britischem Wollpullover und eleganter Stoffhose. Seine Schuhe sind lackschwarz und auf Hochglanz poliert. Er lächelt mich an und mein Bauch kribbelt.

Was mache ich da? Habe ich nichts Besseres zu tun? Ich durchforste das Auto weiter und mir fällt eine Zeitschrift mit dem Titel »Das Hedge-Concept. Hedgefonds – das Millionengeschäft« in die Hände.

Das kapiere ich nicht. Keiner in meiner Familie interessiert sich für Aktien oder den Dax. Nicht mal Maddys Superverlobter Edward Hamilton, Mr. Prinz Charming der Erste. Das würde die Theorie untermauern, dass ich den Wagen gestohlen habe.

Ein Knacken im Wald reißt mich aus den Gedanken, ich höre Schritte näher kommen.

Ist das Reed? Oder ein verspäteter Thruhiker? Hastig rutsche ich in den Fußraum, mache mich klein und bete, dass es ein Wanderer ist, der sich verirrt hat. Oder ein Forstarbeiter, der hier Bäume fällen will! Vielleicht steht sein Truck auf einem Parkplatz, den ich bisher noch nicht entdeckt habe. Offenbar wird diese Straße ja doch noch hin und wieder befahren – von Verrückten wie mir! Aber wenn es ein Forstarbeiter oder ein

Wanderer ist, muss ich mich bemerkbar machen. Ich tauche ein Stück auf.

»Ash?«, höre ich Reed in diesem Augenblick rufen. Er scheint extrem nahe und extrem ungeduldig. *O Gott! O Gott! O Gott!* Wieso weiß er immer-immer-immer, wo ich bin?

»Komm schon raus, ich habe keine Lust mehr auf unser Spielchen.«

Ein Spielchen? Das hört sich psychopathisch an. Furcht kriecht in meinen Nacken.

»Du hast das Auto gefunden, okay. Aber das ändert nichts. Du kannst nicht zurück«, sagt er von draußen. Er scheint auf der Beifahrerseite zu sein.

Ich beiße mir auf die Fingerknöchel, damit ich nicht schreie, und bekomme mit, wie er den BMW von der Last weiterer Äste befreit. Schließlich wischt er Staub und Erde von der Scheibe der Beifahrertür und blickt durch das Loch, das er freigelegt hat. Er blinzelt nicht. Sein Gesicht ist ganz nahe, sein schmutzig blondes Haar zerzaust; das Blau seiner Augen durchdringt alles, findet mich durch die freie Stelle zwischen Kopfstütze und Sitz.

»Da bist du ja.« Jetzt lächelt er und kommt mir auf einmal wahrhaftig vor wie ein gefährlicher Irrer. Ich rutsche in dem Fußraum auf die andere Seite, doch er öffnet bereits die hintere Wagentür.

»Komm endlich!«, sagt er bestimmend, als wüsste er, dass ich mich widersetze.

Stumm schüttele ich den Kopf und kralle eine Hand um den Schal und eine um die Zeitschrift.

»Ich erkläre es dir auf dem Rückweg«, verspricht er und taxiert mich von oben bis unten. »Es gibt keinen Grund, Angst zu haben.«

Ich presse mich gegen die Tür, taste in meinem Rücken nach dem Griff und will mich notfalls durch die Äste auf dieser Wagenseite kämpfen, Reed ist jedoch schneller. Mit einem Satz ist er im Auto, ich schreie auf, schlage um mich und bekomme zum ersten Mal seine Kraft zu spüren, wenn er sie gegen mich verwendet. An den Oberarmen bugsiert er mich so mühelos aus dem Auto, dass ich gar nicht weiß, wie mir geschieht. Ich registriere es erst, als er mich mit einem letzten Ruck auf die Füße stellt.

»So«, sagt er und lässt mich los.

Meine Oberarme brennen von seinem Griff. Weiß er, dass ich kein wildes Tier, sondern ein Mädchen bin? Immer noch umklammere ich den Schal und die Zeitschrift; und aus irgendeinem Grund, vielleicht, weil ich ihm nicht ins Gesicht sehen will, fällt mein Blick auf das Datum der Ausgabe. Auf die Jahreszahl.

Was? Nein! Vor Schreck bekomme ich erst keine Luft, dann sauge ich zu viel auf einmal ein, und mir wird schwindelig. Das kann nicht sein. Das kann einfach nicht sein! Dem Datum dieser Ausgabe nach liegt Maddys Verlobung bereits zwei Jahre zurück! Aber das ist doch unmöglich? Wie wild schüttele ich den Kopf.

Zwei Jahre? Ich erinnere mich nicht mehr an zwei Jahre?

Heiße Tränen schießen mir in die Augen und ich schlucke ein paarmal, doch das nutzt nichts. Die Tränen laufen ungehindert über meine Wangen. Bin ich etwa seit zwei Jahren bei Reed im Wald? War es so furchtbar, dass ich einfach alles vergessen habe?

Ich stehe wie unter Schock, kann nicht mehr klar denken.

»Ich habe dir warme Schuhe mitgebracht«, höre ich Reed sagen, und er lässt ein paar gefütterte Fellboots vor meine Füße fallen. »Hab ich dir gemacht.«

Ich bekomme kaum mit, was er sagt. Die vergessene Zeit betäubt meinen Verstand. Wieso vergesse ich zwei Jahre? Wem gehört dieses Auto, und warum hat Reed es versteckt?

Kopflos laufe ich ohne seine Stiefel los, aber da setzt er mir nach und hält mich fest.

»Zieh sie an!«

»Nein«, flüstere ich mit enger Kehle. »Ich will nichts von dir. Du hast mich angelogen.«

Er seufzt. »Es ist bestimmt anders, als du denkst. Und jetzt ziehst du die Schuhe an.«

Ich schüttele den Kopf, will weiterlaufen, doch er lässt mich nicht, sein Griff wird härter. »Ich war die ganzen letzten Tage sehr geduldig mit dir«, sagt er zu ruhig, so ruhig, wie seine Hände stets sind, es ist beängstigend. »Aber es ist eiskalt, die Temperatur sinkt mit jeder Minute, und ich will nicht, dass du dir den Tod holst!«

»Wieso? Weil du dann wieder alleine bist?«, flüstere ich erstickt.

Sein Gesicht versteinert. »Genau«, bestätigt er nur. Nach wie vor hält er mich mit seinem Eisenzangengriff fest.

»Wieso hast du das Auto versteckt?«, frage ich zittrig, nicht sicher, ob ich seine Antwort überhaupt hören möchte.

»Das sage ich dir noch.«

Die Tränen rinnen weiter über meine Wangen. Mir fällt ein, dass ich keine zwei Jahre bei ihm gewesen sein kann, denn sonst wäre vermutlich auch die Zeitschrift älter.

Mit einem trockenen Schluchzen wedele ich mit der Ausgabe vor Reeds Gesicht herum. »Stimmt das Jahr?«

Er schaut auf das Datum. »Glaub schon.«

Ich möchte schreien und meinen Kopf gegen den nächsten Baumstamm rammen. Die Ausgabe ist vom dritten Juni. Aber es ist laut Reed inzwischen November. Und das Letzte, an das ich mich erinnere, ist Maddys Verlobung im Oktober. Doch diese Feier ist offenbar zwei Jahre her. Oder vielmehr zwei Jahre und einen Monat.

Ich fasse es nicht. Mir fehlen wirklich zwei Jahre – die können doch nicht einfach so in meinem Gehirn mit mir Verstecken spielen!

Ich wische mir mit dem Schal über die Augen. »Du tust mir weh«, fauche ich Reed an, der mich immer noch festhält.

Sofort lockert er den Griff, aber er lässt mich nicht los. Da ich dieses Kräftemessen nicht gewinnen kann und er so entschlossen wirkt, streife ich meine Stiefel ab und schlüpfe in die Boots. Es kotzt mich an, dass sie so warm und weich sind und perfekt passen. Hübsch sind sie auch, aber das ändert nichts an der Tatsache, dass Reed nicht der ist, der er vorgegeben hat zu sein. Nicht so unwissend, nicht so harmlos!

Vielleicht hat er mich auch schon ein paar Mal vergewaltigt und ich weiß es einfach nicht mehr, weil es so schrecklich war, dass ich es verdrängt habe. Oder er hat mich mit irgendwelchen Waldzauberkräutern betäubt.

»Passen sie dir?«, reißt er mich aus den Horrorvorstellungen.

Ich nicke, hebe Zeitschrift und Schal vom Waldboden auf und presse mir verzweifelt das weiche Kaschmirgewebe ins Gesicht. Der Duft von Nobelparfüm steigt in meine Nase, Citrus und weißer Sandelbaum, und wie in einem Flashback fühle ich plötzlich ein glattes Laken im Rücken und die Schwere eines Körpers auf mir drauf, als hätte der Geruch etwas in mir getriggert. Feuchter Atem dringt in mein Ohr und ich spüre ein Ziehen im Unterleib – ja, ganz sicher, ich hatte bereits einvernehmlichen Sex. Nur will mir nicht einfallen, mit wem ich geschlafen habe. Für ein paar Schrecksekunden denke ich, ich hätte vielleicht mit Edward geschlafen und Maddy es herausbekommen. Deswegen gab es einen Riesenstreit, meine Familie hat mich verstoßen und ich aus diesem Grund alles vergessen. Doch Edward würde Maddy nie betrügen. Und auch Reed passt nicht in diese Geschichte.

In dem Moment zieht er mich zur Seite, lässt mich los und schichtet in aller Seelenruhe Äste und Zweige auf das Autodach.

»Warum tust du das?«, frage ich und würde das ganze Gestrüpp am liebsten wieder herunterreißen, doch ich traue mich nicht. Abermals blicke ich auf das Datum der Zeitschrift. Okay, ich kann wirklich keine zwei Jahre hier gewesen sein, denn ich saß am Steuer des BMWs und habe einen Kratzer hineingefahren – daran erinnere ich mich. Außerdem würde der Schal dann nicht mehr nach Parfüm riechen, nicht nach zwei Jahren! Aber womöglich bin ich doch schon ein paar Monate bei Reed. »Hältst du mich seit Juni im Wald fest?«, konfrontiere ich ihn direkt mit meiner Vermutung.

Er sieht mich an, schüttelt den Kopf. Klar, das würde ich an seiner Stelle auch nicht zugeben!

Als sein Werk vollendet ist, nimmt er mir die Zeitschrift ab, steckt sie in seinen Ledergürtel und lässt mich vor sich herlaufen. Immer noch völlig durcheinander taumele ich durchs Unterholz. Als ich stolpere und falle, weigere ich mich, seine Hand zu greifen, um mir aufhelfen zu lassen, und nach dem dritten Mal hört er auf, sie mir anzubieten. Irgendwann bleibe ich stehen und lehne mich bäuchlings an einen Baumstamm. Schweiß rinnt meinen kalten Nacken hinunter, mir ist schlecht und ich fühle mich fiebrig.

Wer ist Reed? Was weiß er? Warum ist er hier mitten im Wald so allein? Ist er ein flüchtiger Verbrecher?

Gott, lass ihn bitte, bitte kein Serienkiller sein, der Mädchen in den Wald lockt, um sie eines Tages zu jagen und zu schlachten; ich glaube, Maddy hat mal so einen Thriller gelesen.

Wieder vergrabe ich meine Nase in dem edlen Tartanschal, den ich mir umgehängt habe. Wer ist dieser junge Typ in den noblen Klamotten, der mir zu diesem Geruch in den Sinn kommt? Kenne ich ihn? Ist es Zufall, dass mein Rock und dieser Schal ein ähnliches Schottenmuster tragen? Tief sauge ich den

Duft in mich hinein, der mir schlagartig vertraut vorkommt. Und aus dem undurchdringlichen Nebel meiner Gedanken erhasche ich urplötzlich eine Erinnerung. Bleich und flüchtig wie ein Gespenst geistert sie durch mich hindurch.

Jemand lacht gutmütig, aber auch ein bisschen lasziv. »Blau-grün. Nur blau-grün. Rote Karos sind doch viel zu gewollt, Maya. Scott und Brodie – das ist was für Möchtegerns. Kenner tragen Chisholm und MacNeil. Herrgott, ich kann nicht fassen, wie heiß du in diesem kurzen Röckchen aussiehst. Ja, komm her zu mir.« Meine Haare fallen über meine nackten Brüste. Mein Rock wird hochgeschoben, darunter trage ich nichts. Für ihn, weil er es mag. Seine Hände kennen mich, reiben mich vorsichtig an der empfindlichsten Stelle. Ein wohliger Seufzer dringt aus meiner Kehle, und er lacht selbstgefällig. »Gefällt dir, was?« Ich werde hochgehoben, auf ein Bett gelegt, das Laken ist kühl und das Licht dunkel. Ich drehe den Kopf seitlich und schaue auf ein riesiges Fenster, hinter dem sich Himmel und Häuser berühren, miteinander verschmelzen, während er in mich eindringt. »Maya«, flüstert er erstickt, »du bist alles für mich. Alles. Alles.«

Er ist mein Prinz, das weiß ich.

»Ash!«, sagt Reed mitten in meine Gedanken.

Ich zucke zusammen, schlage hart auf dem Boden der Realität auf.

»Komm, weiter, nach Hause.«

Nach Hause? »Es ist nur dein Zuhause, nicht meines.«

Er sagt nichts, aber er legt die Hand in meinen Rücken und schiebt mich vorwärts. Die Erinnerung verblasst bereits; wie ein Traum, der einem am Morgen entgleitet.

Wer ist dieser junge Mann aus meinem Kopfkino? Es kann nicht Reed sein, es muss ein anderer sein. Hat Reed mich von ihm fortgelockt?

»Wieso hast du das Auto versteckt?«, frage ich mit klappernden Zähnen.

Reed gibt hinter mir einen schrägen Laut von sich, vielleicht war es der Versuch zu schnauben. »Es stand mitten auf der Straße, kein anderes Auto wäre vorbeigekommen, der Weg ist zu schmal.«

Ich halte überrascht inne und drehe mich zu ihm um. »Wieso stand es auf der Straße?«

»Der Tank war leer.« Reed ist ebenfalls stehen geblieben.

Woher weiß er so etwas, wenn er doch schon so lange ohne Technik im Wald haust? Schwer atme ich ein und aus, es ist anstrengend, meine Gedanken zu sortieren. »Bist du das Auto gefahren?« Vielleicht hat er ja irgendwann das Steuer übernommen.

»Nein. Du. Glaube ich zumindest.«

»Kroah. Kroah«, krächzt der schwarze Rabe über unseren Köpfen und landet auf Reeds Schulter.

Ich beachte ihn nicht. »Glaubst du zumindest?«, wiederhole ich fassungslos. »Vielleicht hast du auch neben mir gesessen und mir eine Waffe an den Kopf gehalten, damit ich so weit rausfahre!«

Reeds schmale Augen verengen sich. »Mir reicht es langsam. Ich habe das Auto versteckt, damit niemand mein Lager findet, Ash. Du willst gefunden werden, ich will nicht gefunden werden. Denn wenn ich entdeckt werde, verändert sich mein gesamtes Leben. Für dich ändern sich nur ein paar Monate, wenn du bis zum Frühling bleibst.«

»Dann fahren hier doch Leute entlang?«, stoße ich entgeistert und aus dem Zusammenhang gerissen hervor. »Also außer mir?«

Er sieht mich zornig an. »Nein, eigentlich nie. Aber sicher ist sicher. Und jetzt lauf!«

Am liebsten würde ich wieder zurückrennen, doch es besteht die Möglichkeit, dass er recht hat und ich die einzige Verrückte bin, die um diese Jahreszeit raus in Maines Wildnis fährt. Außerdem habe ich weder Proviant noch eine warme Decke dabei und bekomme vermutlich Fieber.

Es dämmert bereits, als wir im Lager ankommen, und er scheucht mich sofort die Strickleiter hinauf und folgt mir. Auf der Plattform betrachtet er mich aus stechend kühlen Augen. Ich rieche seinen Geruch nach Himmel, Kälte und Schnee und für ein paar Sekunden starren wir uns an. Er zieht den Mundwinkel herab, vielleicht um Spott oder Triumph zu signalisieren, dann hängt er ungerührt die Strickleiter ab, wirft sie auf den Boden und klettert über die Äste hinab.

Wie betäubt sehe ich ihm nach, wie er zur Shack stolziert, aufrecht und unbeeindruckt, als würde ich ihn nicht kümmern, als würde ihn nichts auf dieser Welt kümmern; außer seinem bescheuerten Lager, in dem er Robin Hood spielen kann.

Nach einer Weile setze ich mich mit dem Fellschlafsack um die Schultern hin und puste in meine kalten Hände. *Gefangen. Ich bin gefangen.* Ich komme nicht von hier weg; selbst wenn er mich nicht auf diesem Baumhaus abgesetzt hätte. Er findet mich jedes Mal wieder.

Etwas knackt in den Zweigen über mir und ich schaue erschrocken auf. Reeds Rabe flattert von einem kahlen Ast davon und sieht mal wieder aus wie ein Todesbote. »Lark! Lark! Reed!«

Mit einem Druck auf der Brust blicke ich ihm hinterher. Der Rabe kreist über die kahlen Wipfel. Dann höre ich Reed nach Odin rufen, und der Vogel lässt sich kopfüber zu Boden fallen wie ein Stein.

Ganz sicher verfüttert Reed einen fetten Fladen an das Federvieh, denn der Rabe schnurrt bald wie ein zufriedenes Kätzchen. »Hm, hm, Reed.« Mein Magen knurrt wie aus Protest.

»Braver Odin, gut gemacht«, höre ich Reed den Raben loben. Da geht mir ein Licht auf. Plötzlich weiß ich, wieso Reed mich jedes Mal wiederfindet. Wie der Gott Odin aus der nordischen Mythologie schickt Reed seinen Raben aus, der ihm verrät, wo ich bin. *Natürlich!*

Reed hat erzählt, Raben würden mit Wölfen kooperieren, damit sie ihnen den Weg zu verletzten oder verendeten Tieren zeigen, dafür dürften die Raben dann am Festmahl teilhaben.

Ich bin das verletzte Tier, Reed ist der Wolf und Odin ist der verräterische Rabe.

Ich schwöre, wenn ich Pfeil und Bogen hätte, würde ich das Vieh abschießen.

KAPITEL 7

Weil ich mich in der Kälte noch elender fühle, gehe ich ins Baumhaus, ziehe die Fellboots aus und krieche in meinen Klamotten in den Schlafsack. Im Sitzen lehne ich mich an die Holzwand und kann immer noch nicht fassen, dass mir so viel Zeit fehlt. Ich bin jetzt einundzwanzig, deswegen kam ich mir im Spiegel auch älter vor.

Zwei vergessene Jahre! Was ist nur alles in dieser Zeit passiert? Hatte ich Kontakt zu Mom, Dad oder Maddy? Wenn nicht, würde es erklären, wieso ich ständig das Gefühl habe, meine Erinnerungen an zu Hause wären älter. Aber warum soll unser Kontakt abgerissen sein? Gott, ich hoffe nur, meine Familie ist okay! Ich habe mal von einer Frau gehört, die vor Kummer vergessen hat, dass ihr Sohn gestorben ist. Andererseits hätte ich so eine Tragödie doch in meinen wenigen Erinnerungsfetzen spüren müssen, aber ich schien mich darin nicht um meine Familie zu sorgen.

Wie lange bin ich hier? Seit Juni, was dem Datum der Zeitschrift entspräche, oder wirklich erst wenige Tage? Wenn ich vernünftig darüber nachdenke, können es nur wenige Tage sein; ich kann mir einfach nicht vorstellen, dass ich immer und immer wieder alles vergesse. So etwas gibt es nicht. Und meine Blockhütten-Theorie stimmt sicher trotzdem. Denn diese

Theorie ist die einzige, die zu Maine passt. Ich muss am North Pond gewesen sein, und ich gehe davon aus, dass ich nicht allein war. Mom und Dad oder Maddy und Ed waren sicher auch da, und es gab einen Streit, der so schlimm war, dass ich geflohen bin.

Doch wieso organisieren sie dann keine Suchtrupps? Plötzlich kommt mir ein Geistesblitz. Was, wenn sie nicht ahnen, dass ich in den Wald gefahren bin? Angenommen, ich wäre wahrhaftig mit meiner Familie in der Blockhütte gewesen und es hätte Streit gegeben. Dann hätte ich mich in ein Auto gesetzt, um wegzufahren, aber niemand würde von mir erwarten, dass ich in den Wald flüchte, weil es mir einfach nicht ähnlichsieht. Womöglich lebe ich auch mittlerweile allein, und sie vermuten mich in meiner Wohnung und lassen mich in Ruhe.

Ein dunkles Gefühl legt sich über mich. Vielleicht sucht überhaupt niemand nach mir.

Irgendwann kommt Reed ins Baumhaus und bringt mir einen kleinen Topf mit Fleisch und untergemischtem Fladen.

»Damit du nicht verhungerst«, sagt er. »Außerdem brauchst du was Warmes, sonst geht es dir morgen richtig schlecht.« Seine blonde Haarsträhne hängt wie üblich über seinem rechten Auge.

Wie auf Autopilot nehme ich den Topf und stelle ihn mir auf den Schoß. Er ist herrlich warm, wie eine Wärmflasche; die Gabel steckt direkt in einem Fleischbrocken, bereit zuzugreifen, aber ich habe überhaupt keinen Appetit. Meine Familie hat womöglich einfach keine Ahnung, dass ich in Schwierigkeiten bin. Das geht mir nicht mehr aus dem Kopf.

Reed hat die Stiefel ausgezogen und sich mir gegenüber in den Schneidersitz gesetzt, verschlingt mit gebeugtem Rücken einen trockenen Fladen, als hätte er wochenlang nichts gegessen. Bei den Mahlzeiten merkt man das Wilde in ihm am meisten.

Essen und Sex, Maya, da zeigt sich der wahre Charakter eines Mannes, predigt Maddy stets. Ich wette, mein Tartan-Prinz hat ganz vornehm in den besten Restaurants der Stadt gespeist. Ich stochere in dem Topf herum, esse aus Vernunftgründen ein paar Bissen, lasse die Gabel dann wieder sinken. Für einen Augenblick befürchte ich, gleich zusammenzubrechen. Der Wind pfeift dort durch die Ritzen der Hütte, wo die Dämmung verrutscht ist, und wenn ich mir vorstelle, dass es bald noch viel kälter sein wird … ich glaube, ich schaffe das nicht. Mein Körper fühlt sich momentan schon vollkommen taub an.

Meine Tränen tropfen in den Topf. Ich will zu meiner Familie. Ich will mich erinnern. Ich will wissen, ob mein Prinz wirklich existiert, und wenn ja, dann ist er vielleicht krank vor Sorge. Womöglich habe ich bei ihm gelebt. Bin ich eine Geliebte oder nur ein Mädchen mit schrägen Fantasien? Sind meine wenigen Erinnerungen wirklich Erinnerungen oder bloß Wunschgedanken?

»Ash«, flüstert Reed so sanft wie noch nie. »Es sind doch nur ein paar Monate.«

Sagte der Junge, dessen Stundenzeiger die Jahreszeiten sind und der sich unendlich fühlt, der keinen Bezug zur Zeit hat.

Ich schaue ihn nicht an, ich kann einfach nicht. Reed ist ein Fremder, egal, was er getan hat oder nicht. Ich will nicht einen ganzen Winter mit einem Fremden verbringen, vor dem ich mich immer fürchten muss, weil ich die Wahrheit nicht kenne.

»Wenn du willst, schlafe ich heute in der Shack, dann hast du das Baumhaus für dich.«

Ich stelle den Topf beiseite und schlinge die Arme um mich. Keine Ahnung, ob er das ernst meint, er hat mich ja schon mal angelogen. »Ich habe zwei Jahre vergessen, nicht nur eine Woche oder zwei.« Ich blicke auf die Tür, weiß nicht, was genau mich dazu bringt, ihm das zu verraten, vielleicht, weil ich es nicht mehr aushalte, dieses Wissen alleine zu schultern.

»Das tut mir leid«, höre ich ihn sagen. »Weißt du, wieso?«

Ich schüttele den Kopf, der sich heiß und schwer anfühlt. »Ich will doch einfach nur wissen, was passiert ist.«

»Das glaube ich dir.« Reed legt die Hand auf meinen Arm, und ich unternehme nichts dagegen, weil mir gerade alles egal ist. Ich bin ohne die zwei Jahre irgendwie nicht mehr ich, und je länger ich darüber nachdenke, was es wirklich bedeutet, desto mehr fühlt sich das schwarze Loch an wie dunkle Materie, die mich einsaugen will.

»Ich habe eine Idee«, erklärt er nach einer Weile und zieht die Hand wieder zurück. »Ich zeige dir morgen die Stelle, wo ich dich gefunden habe. Vielleicht fällt dir da ja etwas ein.«

Daraufhin sehe ich ihn an. *Danke,* will ich sagen, aber mein Hals ist wie zugeschnürt.

In dieser Nacht schläft Reed tatsächlich in der Shack. Lange Zeit liege ich nur da, schnuppere an dem Schal und denke an meinen edlen Tartan-Prinzen. Doch niemals würde sich so jemand mit der verschlossenen, durchschnittlichen Maya abgeben. Das kann einfach nicht sein. Hatte ich einen anderen Freund? Aber wo sollte ich den kennengelernt haben? Ich erinnere mich, dass ich nach der Highschool ein Fernstudium machen wollte, etwas in Richtung Kunstgeschichte, aber ich habe vergessen, ob ich damit begonnen habe. Falls ja, komme ich nach wie vor kaum vor die Tür. Mit gerunzelter Stirn krame ich in meinen Erinnerungen und finde nichts. Habe ich doch an einem College studiert, wie Mom und Dad wollten? Habe ich meinen Tartan-Prinzen dort kennengelernt? Falls ja, wieso habe ich den Mann, den ich geliebt habe, vergessen?

Als der Morgen graut, träume ich im Halbschlaf von Hochhäusern, die mit dem Himmel verschmelzen, so wie in der Erinnerung, in der mich der vertraute Fremde geliebt hat. Und in diesem Zustand zwischen Traum und Wirklichkeit bin ich mir ganz sicher, dass diese Skyline nicht zu Boston gehört, genauso, wie wenn man etwas unterbewusst weiß, es aber nicht richtig greifen kann. Aber wenn diese Wolkenkratzer nicht zu Boston gehören, muss ich woanders gewohnt haben. Bin ich weggezogen?

Als ich aufwache, ist das fiebrige Gefühl verschwunden, das Halskratzen leider nicht. Müde trete ich auf die Veranda und merke, dass Reed die Strickleiter schon aufgehängt hat. In der kalten Morgenluft klettere ich hinab und laufe durch milchigen Nebel zum Klohäuschen, da prescht Reed plötzlich um die Kurve. Reflexhaft schreie ich auf. Der Wahnsinnige trägt nur eine kurze Hose und ein dünnes Shirt, der Rabe flattert krächzend hinter ihm her. Joggt er etwa?

»Sport«, keucht er, läuft jetzt auf der Stelle und wischt sich über das Gesicht. »Ist wichtig, um fit zu bleiben.«

Solange ich nicht mitmachen muss!

»Ich habe dir Wasser zum Waschen in die Shack gestellt«, sagt er außer Atem. »Und iss was, damit wir bald gehen können.«

»Okay.«

»Geht es dir gut?«

»Nein.«

»Ich meine, ob du krank bist.«

Ich schüttele den Kopf, und er joggt weiter.

Von meinen Halsschmerzen muss er nichts wissen, denn dann verschiebt er vielleicht unseren Ausflug. Ich versuche, mir keine allzu großen Hoffnungen zu machen. Wahrscheinlich werde ich mich auch an der Stelle, wo er mich gefunden hat, an nichts erinnern. Immerhin habe ich in dem BMW gesessen und mein Hirn hat das, was geschehen ist, nicht freigegeben. Der Duft des Parfüms oder der Seife war bisher der einzige Schlüssel. Dieser Duft und der Kratzer im Lack des Wagens. Und in der ersten Nacht hatte ich diese Traum-Erinnerung von

Maddy im Bärchen-Pyjama. Seltsam. Denn dieses Ereignis liegt ja viel länger zurück. Habe ich etwa noch andere Dinge vergessen oder erinnere ich mich nicht an das, was damals geschehen ist, weil ich einfach zu klein war?

In der Shack wasche ich mich diesmal ausgiebiger, da Reed beschäftigt ist. Ab und zu höre ich ihn vorbeilaufen und bin jedes Mal beruhigt, wenn sich seine Schritte wieder entfernen. Als ich fertig bin, ziehe ich die sauberen Kleidungsstücke an, die er mir hingelegt hat: Unterhose und Unterhemd von sich, meine Strumpfhose, den Rock und den Pullover. Irritiert schnuppere ich an mir: Die Klamotten riechen nach Seife und trotzdem muffig; so wie Wäsche riecht, die zu lange braucht, um zu trocknen. Das liegt sicher an der Kälte, aber es ist nett, dass Reed die Sachen überhaupt gewaschen hat.

Wieder angezogen, entschließe ich mich, trotz Halskratzen meine Haare zu waschen, selbst wenn es in der kleinen Wasserschüssel umständlich ist. Als ich fertig bin, kippe ich mir das restliche Wasser aus der Schüssel über den Kopf, aber sie fühlen sich trotzdem noch schmierig an, außerdem beginne ich sofort zu frösteln. *Keine gute Idee.*

Hastig gehe ich wieder in die Hütte, streife den Fellponcho über und drehe mir mit dem zerschlissenen Handtuch von Reed einen Turban. Danach trinke ich lauwarmes Wasser, was ich in dem Topf auf dem Gaskocher entdecke, und durchforste die windschiefe Kommode nach etwas zu essen.

Ich finde nur Fladen. Obwohl sie mich mittlerweile anwidern, stopfe ich sie in mich hinein. Währenddessen kommt Reed in die Hütte, und es ist mir peinlich, dass er mich dabei erwischt, wie ich mir gerade einen riesigen Bissen in den Mund schiebe.

»Dir die Haare zu waschen, wenn wir gleich wegwollen, war eine Schnapsidee«, kommentiert er absolut entgeistert. Er trägt wieder seine normalen Klamotten und den Mantel.

»Weiß ich jetzt auch.« Hastig schlucke ich den riesigen Bissen hinunter.

»Gut so. Wir gehen erst, wenn deine Haare trocken sind.« Reed muss den Mantel flüchtig übergestreift haben, denn er ist offen. Als ich genauer hinsehe, entdecke ich wieder den eingenähten milchweißen Stein und diese lange Patronenhülse, die auch ein Stift oder eine Zigarrenhülse sein könnte. Und da ist noch etwas, das ganz weich aussieht.

Reed bemerkt meinen Blick. Seine Miene wird rabenschwarz, und er knöpft den Mantel zu. »Das geht dich nichts an«, knurrt er, obwohl ich überhaupt keine Frage gestellt habe. Abrupt dreht er sich um und geht ohne ein weiteres Wort davon.

Nach einer Weile kommt er wieder. »Sind deine Mädchenhaare endlich trocken?«, erkundigt er sich ungeduldig.

»Beinahe«, antworte ich.

Reed verschwindet und kehrt kurze Zeit später mit einem Kanister Wasser zurück, sicher von seinem Lifesaver. Er kocht etwas davon ab, füllt es in die Thermoskanne und packt diese anschließend in einen Fellbeutel, den er an mich weiterreicht.

Er selbst schultert seinen Köcher mit den Pfeilen und greift nach dem Bogen. »Kommst du?«

»Was willst du denn damit? Mich jagen?«, frage ich halb im Ernst und halb scherzhaft.

»Vielleicht«, gibt Reed zurück. »Kommt drauf an, ob du wegläufst!« Er tritt zur Seite, lässt mich durch und schließt die Tür.

»Ist es weit bis zu der Stelle?«, will ich wissen, als er an mir vorbeimarschiert und den Trampelpfad Richtung Arbeitszelt nimmt.

»Ein Stück.«

»Und du schießt mich echt ab, wenn ich weglaufe?«

»Und esse dein Herz, ja.« Er dreht sich zu mir um und grinst. Seine Augen blitzen.

»Haha«, mache ich nur. Mir ist eiskalt, obwohl meine Haare getrocknet sind. Die Luft sticht beim Atmen. Nebel hängt wie Rauch darin; es riecht sogar nach Geräuchertem. Nach wenigen Metern verlässt Reed den Pfad und ich folge ihm durch einen dichten Tannenwald, mitten durchs Unterholz.

»Das ist *The Dark*«, erklärt er, ohne sich umzudrehen. »Der dunkelste Ort rund um das Lager.«

»Aha.« Ich glaube, durch den Wald bin ich gestern losgelaufen. Finster ist es hier wirklich; kälter auch, doch dafür ist es nicht so neblig. Wachsam sehe ich mich um. Nichts als alte, hohe Tannen. Ihre dunkelgrünen Nadeln sind von einer schimmernden Eisschicht überzogen. Womöglich hat Reed nie gelogen, und es ist wirklich zu gefährlich, zu Fuß zum nächsten Ort zu laufen.

Ich schiebe die Hände in die Taschen des Ponchos und stapfe Reed hinterher, versuche, dorthin zu treten, wo er hintritt, um mich ebenso leise wie er zu bewegen. Doch egal, wie große Mühe ich mir gebe, immer wieder erwische ich einen Ast oder einen Zapfen, der mit einem *Krrrz* unter meinen Sohlen zerbirst.

»Wir sind da«, sagt Reed irgendwann. Ich habe kaum mitbekommen, dass der Wald lichter geworden ist. Die Tannen sind Laubbäumen gewichen, der Nebel hat sich verzogen.

Reed geht noch ein paar Schritte weiter. »Schau!«

Ich schließe zu ihm auf, blicke an einer Wand grauen Steins hinab.

»Schieferfelsen«, erklärt Reed, »davon gibt es hier viele. Dieser ist glücklicherweise nicht hoch. Siehst du den Baum?«

Ich nicke. Unter der Felswand, die eigentlich nur eine Felsstufe ist, stehen die Bäume weit auseinander, der Baum, auf den Reed zeigt, ist daher nicht zu verwechseln. »Meinst du, du kannst runter, wenn ich dir helfe? Wenn nicht, können wir auch außenrum gehen.«

»Ich schaff das schon.«

»Ich habe dich an diesem Baum gefunden ... an dieser Esche.«

»Deswegen ...« Deswegen nennt er mich Ash. *Ash wie Esche.*

»Deswegen«, bekräftigt er, als hätte ich laut gedacht. »Ich wusste ja nicht, wer du bist.«

»Aber jetzt weißt du es doch.«

»Mir gefällt Ash. Ich glaube immer noch, dass der Wald einem die Namen gibt. Ich wurde am Schilf geboren.«

»Reed ... natürlich.«

Er nickt. Seine Augen funkeln hell in dem trüben Licht, und auf einmal kommt er mir weniger fremd vor. »Lass uns einfach schauen, ob hier etwas herumliegt, was dir hilft, dich zu erinnern«, schlägt er vor.

»Okay.« Mittlerweile glaube ich nicht mehr, dass er lügt. Und wenn es so ist, wie er sagt, könnte dort unten mein Handy liegen, auch wenn das Smartphone nicht das Erste war, an das ich gedacht habe. Maddy hätte an meiner Stelle sofort danach gesucht, aber ich habe nicht einen Gedanken daran verschwendet, so, als besäße ich gar keines. Reed springt mit einem eleganten Satz die Felsstufe hinab und hilft mir, indem er mich unter den Armen greift und schwungvoll herunterhebt. Ich pralle beim Landen gegen ihn, ein eigenartiges Gefühl, weil seine Klamotten so weich sind, ich darunter aber seine harten Muskeln spüre. Vielleicht ist es auch bloß so merkwürdig, weil ich für einen winzigen Augenblick an den Tartan-Prinzen und an das kühle Laken in meinem Rücken denke. Daran, wie ich mit ihm geschlafen habe. Aber wieso denke ich daran, wenn ich Reed spüre?

Hastig bringe ich Abstand zwischen uns, gehe zum Baumstamm und lege meine Hände auf die raue Borke. Ich verstehe mich nicht. Ich meine, Reed ist Reed. Ein Wilder. *Er ist völlig indiskutabel,* würde Maddy über ihn urteilen.

Sicher habe ich nur wegen der Berührung an meinen Tartan-Prinzen gedacht. Es war nicht Reed selbst, sondern bloß die Berührung. Ja, sicher.

»Würdest du die Baumsprache sprechen, könnte er dir erzählen, was passiert ist«, sagt er jetzt und schlendert zur Esche.

»Sehr witzig.« Ich verziehe das Gesicht.

»Es gibt im Wald das Wood Wide Web, wusstest du das?«

»Ein Wood Wide Web?« Auch wenn er vermutlich kein Entführer ist – einen Knall hat er trotzdem.

Neben mir bleibt er stehen. »Unter der Erde ist der ganze Wald von einem Pilz durchzogen. Er leitet Nachrichten weiter. So wie das Internet.«

»Du kennst Internet?«, frage ich entgeistert und nehme die Hand von dem Baumstamm.

»Von früher, ja. Die Bäume leiten über die Pilze eine Warnung an Nachbarbäume weiter. Wenn sie von Schädlingen befallen werden zum Beispiel. Die Nachbarbäume bilden dann einen Schutz dagegen. Sie treffen ...« Er scheint ein Wort zu suchen.

»Sie treffen Vorkehrungen?«, helfe ich ihm.

»Ja. Vorkehrungen«, wiederholt er.

»Du willst mir weismachen, dass ein unterirdisches Pilzgeflecht das digitale Netzwerk des Waldes ist?«

»Ja.« Er klingt ernst, es ist kein Witz.

Es hört sich abstrus an, aber womöglich stimmt es ja. »Dein Wood Wide Web hilft mir leider nicht.«

Reed läuft ein wenig herum und schaut auf das bunte Laub. »Du bist sicher so lange mit dem Auto gefahren, bis dir der Sprit ausgegangen ist. Danach bist du zu Fuß weitergelaufen«, mutmaßt er.

Ich betrachte die Umgebung. »Vielleicht hatte ich da schon vergessen, was passiert ist.«

»Oder du wolltest zurücklaufen, hast dich verirrt und bist im Dunkeln gestürzt und hast dann alles vergessen.« Die Kälte malt Nebelblumen aus Reeds Atem.

»Ja.« Mutlos lasse ich die Schultern hängen. »Aber ich erinnere mich nicht an diesen Platz hier.« Suchend lasse ich meinen Blick umherwandern, doch ich entdecke weder einen Geldbeutel noch mein Handy oder sonst etwas. Der Waldboden ist hier gut zu überblicken, trotzdem scharre ich ein bisschen mit dem Fellstiefel über die braunen Blätter, falls ich etwas Kleineres wie ein Armband oder eine Kette verloren habe. Die nasskalte Luft hat das Laub feucht werden lassen, es knistert nicht einmal mehr. »Du hast keine Handtasche gefunden?«

Reed bleibt stehen. »Nein. Vielleicht liegt sie auch im Wald. So wie mein Fell und meine Ersatz-Thermoskanne.«

Schuldbewusst wende ich den Blick ab. Es ist furchtbar. Wahrscheinlich ist Reed ein echt netter, weltfremder Kerl, der einfach nur sein geheimes Lager schützen möchte, und dennoch sperrt sich etwas in mir, ihm zu vertrauen.

»Keine Sorge, ich finde meine Sachen schon wieder«, versucht er, mich aufzumuntern.

»Ha! Du meinst, dein Rabe findet sie wieder.«

Als hätte Odin mich gehört, stürzt er von oben herab und flattert auf Reeds Schulter. »Lark!«, krächzt er mich feindselig an.

»Du bist niemals weit weg, was?«, sage ich missgelaunt zu dem schwarzen Kerl. Es ist mal wieder ein groteskes Bild, wie er da riesengroß und pechschwarz auf Reeds Schulter thront, zumindest für ein Mädchen aus Boston. Wobei, ein Mädchen bin ich gar nicht mehr. Viel eher eine junge Frau.

»Weißt du, wie alt du bist?«, frage ich Reed plötzlich.

Missbilligend blickt er mich an. »Natürlich weiß ich, wie alt ich bin; ich weiß nur nie genau, wann der vierundzwanzigste November ist.«

Er ist Schütze, wie passend. »Und wie alt bist oder wirst du dieses Jahr?«

»Dreiundzwanzig.«

»Dann lebst du hier allein, seitdem du fünfzehn bist?«, frage ich schockiert. »Wo ... also, wo hast du vorher gelebt?«

»Auch hier«, erwidert er leise. »Ich kam mit fünf oder sechs Jahren in den Wald, aber ich war nicht allein.« Etwas unendlich Verlorenes malt sich auf seine Züge und lässt seine Augen schattenblau schimmern. Schnell sieht er weg und wischt sich über das Gesicht.

Ich zögere. »Wer war bei dir?«

»Ich kann nicht ... ich kann nicht darüber reden ... also, ich habe noch nie mit jemandem darüber geredet.«

Das ist irgendwie klar, wenn er so lange allein war. »Dann solltest du es vielleicht tun«, sage ich sanft. Es ist offensichtlich, dass er Kummer hat.

Für einen Moment wirkt er, der seine Nahrung von den Bäumen schießt, hilflos wie ein kleiner Junge. Doch dann sagt er hart: »Nein, das geht nicht.«

»Hast du mit deinen Eltern hier gelebt?« Was anderes kann ich mir nicht vorstellen. »Oder mit Verwandten?«

»Ich rede nicht darüber, klar?« Er wendet sich ab, sogar der Rabe flattert von seiner Schulter, als wüsste Odin, dass er Reed in diesem Augenblick besser in Ruhe lässt. Dafür spaziert der Vogel auf der Erde herum und hebt ein paar Blätter mit dem Schnabel an – es sieht fast so aus, als wollte er mir suchen helfen. Ich lasse Reed ebenfalls in Ruhe, seine harschen Worte waren unmissverständlich. Nachdenklich drehe ich noch mal eine Runde um meine Namensgeberin, die Esche, finde aber nichts. Danach blicke ich zu Reed, weil mir seine Worte keine Ruhe lassen.

Er hat die Hände in den Taschen seiner dunkelbraunen Hose vergraben und kehrt mir immer noch den Rücken zu.

»Reed?«

»Hm?«, brummt er.

Zum ersten Mal wirkt er klein zwischen den hohen Bäumen. »Schwörst du mir, dass du mich nicht gegen meinen Willen hierhergebracht hast?«

Er wendet sich zu mir um. »Ich habe dich nicht gegen deinen Willen hergebracht, Ash. Ich habe dich hier gefunden und in mein Lager gebracht, weil du sonst erfroren wärst. Ich habe dein Leben gerettet. Schon zweimal übrigens.«

Ich reibe meine klammen Hände aneinander, will ihm noch nicht zu viel Vertrauen entgegenbringen. Dass er das Auto die Böschung hinuntergeschoben und getarnt hat, finde ich immer noch kurios, andererseits hat er eben so verloren gewirkt, dass ich ihm einfach nichts Böses mehr zutraue. »Versprich mir, dass du kein Verbrechen begangen hast, weswegen du dich hier versteckst.«

Fast entgeistert reißt er die Augen auf. »Ich verspreche es, Ash.«

Er klingt ehrlich, aber ich bin noch nicht fertig. »Und der nächste Ort ist wirklich so weit weg?«, hake ich trotzdem noch mal nach.

»Ja.«

»Wie heißt er?«

»Das sage ich dir nicht.« Jetzt sieht er mich unbewegt an, die sandblonde Strähne fällt über sein Auge. Wieder wirkt er für einige Sekunden zeitlos, fast gemalt – ein Bild wie aus einem Märchenbuch. *Der Junge aus den Wäldern,* hieße es in meiner Vorstellung.

»Und wieso nicht?«, bohre ich nach.

»Ich möchte nicht, dass du jemandem erzählst, in welcher Gegend das Lager ist. Menschen kämen her und würden mich anschauen wollen wie einen Bären im Zirkus. Der Staat würde mich vertreiben.« Er schüttelt den Kopf.

»Warum denn?«

»Hier darf niemand leben. Aber ich brauche den Wald, und ich brauche die Einsamkeit. Zumindest ... normalerweise, also, bis du ...« Er unterbricht sich und streicht die Strähne zurück, vergeblich, sie fällt wieder in sein Gesicht. »So, Stadtmädchen. Ich hoffe, du siehst mich jetzt nicht mehr so an, als ob ... ach, was weiß denn ich.« Er nickt zu dem Schieferfelsen. »Gehen wir heim.«

Das, was er sagt, erscheint mir logisch. Ich folge ihm durch den Wald, diesmal nimmt er den Umweg, sodass wir die Felsstufe einfach umgehen. Ich fühle mich plötzlich zutiefst erschöpft und kann nur noch an etwas Warmes zu essen und den Fellschlafsack denken. Mein Fiebergefühl kehrt zurück. Ich frage mich, ob ich kurz davor bin zu kapitulieren, und ob das, was Reed tut, richtig oder falsch ist.

Niemand weiß genau, wann es schneien wird. Auch der *Junge aus den Wäldern* nicht. Wir hätten es vielleicht vor dem Wintereinbruch in eine Stadt geschafft, nur: Wäre Reed danach gefahrlos zurückgekommen? Anscheinend kann er ja nirgendwo anders leben als hier. Und im Grunde hat er recht mit dem, was er vor Kurzem gemeint hat. Für mich ändern diese Monate hier nichts – mal abgesehen davon, dass ich sowieso nicht weiß, was geschehen ist. Doch für ihn würde sich einfach alles verändern, wenn man ihn von hier vertreibt.

Kann ich ihn hassen, weil er sein Zuhause, seine Heimat schützt? Nein. Ich kann nur wütend sein.

Ob er mir im Frühling die Augen verbindet, wenn er mich von hier fortbringt?

An diesem Abend essen wir frisch geschossenes Kaninchen und ich helfe ein bisschen beim Kochen, das heißt, ich gebe Wacholder- und Lorbeerblätter ins Fleisch und knete den Teig für die Fladen. Reed macht sie aus Kastanien- und Bucheckernmehl. Seltsamerweise hat das Teigkneten etwas Vertrautes, obwohl ich in Boston nie gekocht habe. »Wahrscheinlich habe ich in den letzten zwei Jahren oft Essen gemacht«, mutmaße ich. »Vielleicht bin ich ja doch ausgezogen. Ich habe mal gehört, man kann Jahre vergessen, aber nicht Fähigkeiten.«

Reed blickt mich erstaunt an. »Versuch doch mal, dich an etwas zu erinnern, was du gekocht hast. Vielleicht hilft das«, schlägt er vor. »Was isst du gerne?«

»Pizza. Burger … aber nein, so was habe ich nicht gemacht … glaube ich jedenfalls.« Ich liebe Fast Food, aber zu Hause haben wir vernünftig gegessen, und ich hoffe sehr, dass ich diese Tradition übernommen habe, sollte ich ausgezogen sein. Für einen Moment durchforste ich mein Gedächtnis, doch ich finde nichts.

Reed interpretiert meinen Gesichtsausdruck richtig. »Kopf hoch, Ash. Vielleicht fällt es dir mal ein, wenn du dich auf etwas ganz anderes konzentrierst.«

Ich nicke und reiche ihm den Teig. Damit das Fleisch warm bleibt, füllt Reed es in einen primitiven Steintopf mit Deckel, dann gibt er den ersten Teigklumpen in den Topf.

»Wo bekommst du eigentlich die Gasflaschen her?«, frage ich mit einem Blick auf den Gaskocher. »Wachsen die auf Bäumen, so wie Bucheckern?«

Reed findet den Witz nicht lustig. Strafend mustert er mich mit finsterer Miene.

»Und das Öl für die Lampen? Was ist damit? Das muss doch irgendwo herkommen?«

Reed, der auf einem Fell vor dem Kocher kniet, wendet stoisch den ersten Fladen. Wieder ist alles an ihm still, selbst seine Bewegungen sind still. Er ist, wenn er sich nicht gerade über mich aufregt, die Verkörperung von Stille. Und er antwortet auch nicht immer sofort, das ist mir ja gleich am ersten Tag aufgefallen.

»Reed?«, hake ich nach. Womöglich ist er in Gedanken. »Machst du es wie der North-Pond-Eremit?«

Er schaut mich fragend an. »Wer ist das?«

»Ach, stimmt, das weißt du natürlich nicht, weil du im Wald warst, als er gefasst wurde.« Ich zupfe an dem dicken Fell herum, auf dem ich sitze. Ich fühle mich nach wie vor fiebrig und mir ist ständig ein bisschen kalt, aber hier in der Hütte ist es erträglich. »Der Eremit hat siebenundzwanzig Jahre allein im Wald gelebt, nur dreihundert Meter vom North Pond entfernt. Er hauste sogar auf einem Privatgrundstück, allerdings hat die Besitzerin es nie bemerkt. Um sein Lager wuchs jede Menge Giftsumach.«

Offenbar weckt das, was ich berichte, Reeds Aufmerksamkeit, denn er hört auf, den Fladen beim Brutzeln zu beobachten, und wendet mir das Gesicht zu. »Giftsumach ist ein teuflisches Kraut, brennt wie die Hölle«, sagt er.

»Ich weiß. Meine Großeltern zählten damals auch zu den Opfern des Eremiten. Sie sprachen dauernd davon, etwas *eremitensicher* machen zu müssen. Man schuf eigene Wörter für ihn. Er hat in den siebenundzwanzig Jahren mehr als zweitausend Einbrüche begangen, meistens in den Blockhäusern rund um den See. Deswegen hat er sich auch immer rasiert, damit er nicht so ... so wild aussieht und verdächtig wirkt, sollte er jemandem begegnen.«

Reed reibt sich über die glatten Wangen, die er regelmäßig mit einer Rasierklinge stutzt. »Er war siebenundzwanzig Jahre alleine?« Etwas Seltsames, wie Freude und Furcht zugleich, flackert in seiner Stimme.

»Diese Gasflaschen und das Lampenöl …«, beginne ich, doch unterbreche mich, weil der Wind mit einem Mal in den Baumkronen heult. Es hört sich bedrohlich an, wie ein Wolfsrudel, das hungernd auf das Lager zuprescht.

»Der Rauwind!« Reed kippt den Fladen auf einen Teller und backt den nächsten. »Hörst du, wie er sich an den Stämmen reibt?«

Ich schlucke. »Nein. Ich höre, wie er an den Ästen rüttelt. Ist es nicht gefährlich? Kann es nicht sein, dass ein Ast auf die Hütte fällt und uns erschlägt? Ich meine, das liest man öfter mal in der Zeitung. Jugendliche, die nachts bei Sturm im Auto von Ästen erschlagen werden, und … mein Dad hat immer gesagt, wir dürften bei Sturm überhaupt nicht fahren. Er hat gemeint, dass wir …« Ich unterbreche meinen Redeschwall, weil er mich tadelnd taxiert.

»Dein ganzer Kopf ist immer so voller Worte, Ash. Wie kannst du so leben?«, wundert er sich.

»Wie bitte?« Unwillkürlich lache ich.

»All diese vielen Gedanken, die du laut aussprichst …« Er steht auf. »Die machen einen verrückt. Sie explodieren aus dir heraus.«

»Na ja, du hast heute im Wald auch viel geredet«, kontere ich. »Also für deine Verhältnisse.«

»Um dir etwas zu erklären.« Er seufzt. »Du musst keine Angst haben: Ich habe das Lager wintersicher gemacht, als sich die Kanadagänse gesammelt haben. Ich säge Äste ab, die den nächsten Sturm nicht überstehen.«

»Manchmal entwurzelt ein Sturm aber auch ganze Bäume.« Der Wind ist mir unheimlich, er stemmt seine Kraft wie Hände in die Planen, drückt sie nach innen und bläst sie wieder auf.

»Hier nicht. Hier ist es sicher.« Reed kippt den zweiten Fladen auf einen Teller und verteilt das Fleisch. »Iss heute mehr«, rät er mir. »Du brauchst die Wärme.«

Später klettert er nach mir hoch zum Baumhaus und geht auf der Veranda in die Hocke, lässt eine Hand an der Aufhängung der Strickleiter spielen. »Du läufst nicht mehr weg, oder?« Seine Haare wehen im Wind in alle Richtungen. Die Farbe sieht in der Dämmerung aus wie helles, glühendwildes Herbstlaub.

»Nein. Ich bin ja nicht lebensmüde.« Ich stehe bereits an der niedrigen Tür, will nur schnell ins Warme.

»Denk an den Wind und die entwurzelten Bäume.«

»Ja.«

»Es könnte anfangen zu schneien.«

»Ich weiß.«

Die Kälte frisst sich zum ersten Mal durch die gefütterte Hose. Meine Zähne klappern unkontrolliert aufeinander. »Ich laufe nicht weg.«

Er sieht mich an, als traue er mir nicht so ganz, doch er lässt die Leiter hängen. »Schlaf gut, Ash. Und lösch die Kerze, bevor du einschläfst.«

Ich höre zwischen dem Wind ein Knacken und schon taucht er mit sturmgepeitschter Kleidung auf dem Pfad zur Shack auf. Der lange Mantel weht hinter ihm her wie eine Schleppe. Abermals wirkt er in diesen feuchten, dunklen, stürmischen Wald hineingemalt, als wäre das hier sein Platz auf der Erde, und so ist es wohl auch.

Ich schließe die Tür, kuschele mich in den Schlafsack und decke mich noch mit einem Fell zu. Lange Zeit liege ich wach und starre auf die tanzenden Schatten, die das flackernde Kerzenlicht auf das Holz wirft. Ich habe mittlerweile mitbekommen, dass Reed die Kerze stets anzündet, bevor es dunkel wird.

Ob er sie wie der North-Pond-Eremit irgendwo gestohlen hat? Er hat mir meine Frage zu den Diebstählen zwar nicht beantwortet, aber wo sollten all diese Dinge sonst herkommen?

Ich zwinkere müde, mein Kopf fühlt sich wieder heiß und schwer an. Über mir brausen die Baumwipfel, als würden sie ein längst vergessenes Lied summen. Mom hat das häufig getan, an meinem Bett gesessen und »Somewhere Over The Rainbow« gesummt, damit ich einschlafen kann. Eine Zeit lang sah sie dabei bekümmert aus, als würde sie sich um etwas große Sorgen machen. Nur wieso? Wusste ich das damals? Wie alt war ich?

Ich versuche, mich zu erinnern, aber mir fallen nur die bunten Muster an meiner Zimmerdecke wieder ein. Blaue Fische, gelbe Seesterne, violette Quallen mit niedlichen Gesichtern. Ein bisschen erinnern mich die Feuerschatten an den Wänden an die Muster meiner Unterwasserwelt-Lampe, die rotierende Bilder auf meine Decke projizieren konnte. Müde beobachte ich die flackernden Schatten und spüre, wie ich immer weiter weg gleite. Ich sollte die Kerze noch löschen ...

Ich schrecke auf. Es riecht nach dem Rauch einer ausgeblasenen Kerze. Um mich herum ist es stockdunkel, und in der Finsternis ist nichts als Wind und mein abgehackter Atem. Nur Wind und mein Atem. Reflexhaft presse ich die Hände auf die Brust, habe Angst zu ersticken, weil sich meine Lunge so winzig anfühlt.

Atme. Atme. Du kannst das!

Ich setze mich, zwinge mich, ruhig und tief Luft zu holen, kapiere überhaupt nicht, was mit mir los ist. Hatte ich einen Albtraum? Verstört krieche ich zur Tür und stoße sie auf, in der Hoffnung, freier durchatmen zu können. Sofort schlagen mir Wind und Kälte ins Gesicht, aber die frische Luft tut gut. Nein ... nicht nur die Luft. Irritiert blicke ich zu dem leuchtenden Halbmond, der fast direkt über dem Baumhaus steht und seinen silberhellen Schimmer durch die rauschenden Baumwimpel wirft. Das Licht tut gut. Nicht die Luft. Es ist das Licht.

Ich fürchte mich im Dunklen!

Ich hatte es vollkommen vergessen. Es war so vergraben wie alles andere, aber in diesem Moment weiß ich es wieder. Seit meiner Kindheit habe ich einen Horror vor totaler Dunkelheit. Es ist mehr als nur eine typische Kindheitsangst, es ist Todesangst. Die Furcht, jäh erblindet zu sein; die Furcht, unsichtbar zu sein; die Furcht, nicht gefunden zu werden, zu sterben.

Wie konnte ich diese Urangst in mir ausblenden? Völlig neben mir kauere ich an der Tür zur Veranda und blicke durch die Äste hinüber zur Shack. Mein Atem geht ruhiger, jetzt, da das Licht des Mondes tröstend auf mich herabscheint. Hatte ich deshalb diese Unterwasserwelt-Lampe? Womöglich habe ich mich an diese Angst erinnert, weil ich zuvor an Moms Einschlafritual und dieses Licht gedacht habe. Vielleicht habe ich auch etwas über diese Angst geträumt, aber sofort nach dem Aufwachen vergessen.

Im Sitzen krieche ich tiefer in den Schlafsack, doch es nützt nichts. Es ist zu kalt und zu windig. Hier draußen kann ich auf Dauer nicht bleiben. Wie eine Raupe krabbele ich wieder in das Baumhaus und suche im schwachen Licht, das durch die offene Tür fällt, die Streichholzschachtel, doch als ich sie endlich finde, stelle ich fest, dass kein Hölzchen mehr drinnen ist. *Mist!*

Mit offener Tür kann ich nicht schlafen, selbst wenn ich topfit wäre, es ist einfach zu kalt. Aber die Tür zumachen kommt nicht infrage; das spärliche Licht, das durch die Ritzen fällt, reicht mir nicht. In diesem Augenblick, wo mich meine Angst wiedergefunden hat, oder ich sie, erscheint es mir ungeheuerlich, dass ich hier jemals im Dunklen ein Auge zugetan habe.

Immer noch durcheinander schäle ich mich aus dem Schlafsack. Ich muss mir eine Öllampe aus der Shack holen, anders geht es nicht. Die Öllampe hat ein höheres Glas und wird durch den Zug in der Hütte nicht so schnell ausgehen wie das kleine Windlicht.

Zitternd vor Kälte steige ich die Strickleiter hinab, was in den Böen gar nicht so einfach ist, da die Seile noch mehr schwanken als sonst. Die Bäume um mich herum seufzen und knarren wie Totenwächter. Zum Glück ist die Shack von hier aus zu erkennen. Es brennt sogar Licht im Inneren. Wenige Schritte, bevor ich sie erreiche, dringt ein Schrei durch die Nacht. Erst denke ich, es ist das Sturmheulen, aber dann erklingt ein zweiter, so rau, so laut, so dunkel, als würde eine Raubkatze mit dem Tod kämpfen. Eiswasser rinnt mir über den Rücken, ich bin stehen geblieben und plötzlich sind da Worte, die durch die Plane wehen. Geflüsterte Worte. Es klingt, als würde jemand weinen. Ein Kind. Aber hinter den flatternden Zeltwänden ist nur der Schatten von Reed.

Kapitel 8

Auf Zehenspitzen schleiche ich näher. Im Augenblick ist es ruhig, doch da schreit Reed erneut, schluchzt so unkontrolliert wie ein kleiner Junge, der sein Zuhause verloren hat. Mein Herz beginnt zu rasen, schließlich gebe ich mir einen Ruck und öffne die Tür.

Gütiger Himmel! Reed kniet mit gebeugtem Rücken auf dem Fell, seine Augen sind geschlossen und er wiegt sich vor und zurück, die Arme um seinen Oberkörper geschlungen. »Mom, Dad!« Seine Stimme klingt erstickt. »Aspen?«

»Reed, wach auf!«, wispere ich und schließe die Tür hinter mir. Er sinkt nach vorne, berührt mit der Stirn fast den Boden wie ein Betender auf einem Teppich.

»Reed«, flüstere ich abermals, diesmal lauter, gehe aber nicht näher an ihn heran. »Wach auf! Du träumst.«

Als er sich aufrichtet, spiegeln sich Tränen auf seinem Gesicht, es ist ganz nass. Doch er reagiert nicht, brüllt wieder und seine Stirn, sein Mund, sein Kinn – alles verkrampft sich, bleibt so stehen, als hätte die Zeit seine Verzweiflung eingefroren. »Wo seid ihr?«, schreit er urplötzlich. »Wo seid ihr denn? Ich kann euch nicht finden.«

Sein Kummer, sein offensichtlicher Kummer, quetscht mein Herz zusammen. »Reed, bitte wach auf.« Ich fühle mich vollkommen hilflos und weiß nicht, was ich tun soll.

Erneut wiegt er sich vor und zurück, vor und zurück, wie vernachlässigte Kinder es tun, aber er ist erwachsen und wirkt zu groß für diese Bewegung, sie hat etwas Bizarres. Dann schreit er erneut, schreit so sehr, dass es mir Angst macht und gleichzeitig ins Herz sticht. Am liebsten würde ich mir die Öllampe schnappen und wegrennen. Weg von seinem Kummer, weg von seinem Geruch, seinem Leben, seinem Winter, seinem Rauwind. Er ist mir unheimlich, sein breiter Mund macht mir manchmal Angst, die Art, wie er isst und sogar, wie er jetzt weint; aber er hat mich gerettet. Das glaube ich ihm mittlerweile.

Ich mache zwei Schritte auf ihn zu. Draußen jammert und heult der Wind, und für einen Augenblick ist Reed wieder still. So still wie am Tag.

»Reed. Wach auf! Du hast einen Albtraum«, versuche ich es nochmals.

Er schlägt tatsächlich die Augen auf. »Ich wollte nie hier allein bleiben«, sagt er und schüttelt den Kopf. »Wo seid ihr hingegangen?« Er erkennt mich nicht, sieht jemand anderen in mir. Verwirrt blickt er sich um, schaut auf die flatternde Zeltplane, als wäre sie ein Geist. »Ich habe kein Feuer gemacht, Dad. Niemals.« Jetzt lacht und weint er gleichzeitig. »Niemals. Niemals.«

»Dein Dad ist nicht hier. Nur ich. Maya. Ich bin da, Reed.« Ich muss ihn wecken, also berühre ich ihn an der Schulter, schüttele ihn sanft. »Wach auf.«

Er schluchzt und dabei schlingt er im Sitzen seine Arme um meine Hüften, hält mich so fest gepackt, als wolle er mich nie wieder loslassen. Er weint das Fell meiner Jacke nass, seine Nase ist tief vergraben in dem Pelz. »Nahma-kanta … Aspen. Ich will, dass ihr zurückkommt. Nahma…« Ich verstehe ihn kaum.

»Du träumst, Reed. Du träumst nur.«

»Nahmakanta.« Es dauert eine Weile, bis er sich beruhigt, aber er scheint immer noch zu schlafen. Irgendwann lässt er mich los und rollt sich auf dem Fell zusammen wie ein Embryo. Es sieht eigenartig aus, wie er so riesengroß in Schutzhaltung daliegt, trotzdem tut mein Herz weh. Niemand sollte so großen Kummer haben.

»Ash«, murmelt er vor sich hin. »Es tut mir leid.«

Mir wird flau. »Was tut dir leid, Reed?«, flüstere ich.

Er antwortet nicht. Er schläft.

Trotz des Öllampenlichts habe ich in dieser Nacht nur wenig geschlafen. Reeds Albtraum und die Tatsache, dass ich meine Angst vor der Dunkelheit verdrängt habe, haben es mir unmöglich gemacht, meine kreisenden Gedanken zur Ruhe zu bringen. Außerdem habe ich Reed gegenüber ein schlechtes Gewissen. Bestimmt war meine gestrige Frage nach seinen Eltern der Auslöser seines Albtraums.

Als ich am Morgen die Strickleiter hinunterklettere und zur Shack laufe, fühle ich mich total zerschlagen. Noch dazu ist es wieder kälter geworden, die feuchte Luft sticht beim Atmen in meinen Bronchien; hoffentlich bekomme ich keine Lungenentzündung. Mit eisigen Fingern ziehe ich mir die Mütze tiefer über die Ohren, der Fellschwanz kitzelt an meinem Hals.

»Hast du dir in der Nacht eine Öllampe geholt?«, will Reed wissen, als ich eintrete. In einer Schüssel knetet er gerade Teig für die Fladen und ist so in diese Arbeit versunken, dass er nicht einmal aufschaut. »Es fehlt eine«, fügt er noch hinzu.

Schnell schließe ich die Tür hinter mir. »Hab ich, ja. Das Windlicht ist ausgegangen und es gab keine Streichhölzer mehr. Ich ... ich brauche Licht; also nachts.«

Er hebt den Kopf, schaut mich durchdringend an. »Du musst aufpassen, dass du das Baumhaus nicht abfackelst. Konntest du bei dem Sturm gut schlafen?«

»Ja.« Erinnert er sich an gar nichts? »Und du?«

»Ich schlafe immer gut.« Unvermittelt donnert er die Faust auf den Teig und ich zucke zusammen. Er lacht und blickt auf die Kuhle, die seine Faust hinterlassen hat. »Das werden reine Kastanienfladen.«

Er weiß wirklich von nichts. »Ich habe Lust auf Pancakes und Rührei mit Speck. Dazu hätte ich gerne Ananassaft und einen Kaffee oder eine heiße Schokolade.«

Reed grinst. »Kann ich dir leider nicht bieten. Hier gibt es morgens nur Fladen und Wasser. Ab und zu auch mal Fleisch oder eingelegtes Obst, aber wir müssen sparen.«

Ich schaue ihn mit gerunzelter Stirn an.

»Konnte im Sommer ja nicht wissen, dass ich für zwei planen muss.«

»Hm.« Wie kann er dort sitzen, als wäre heute Nacht nichts passiert? »Hast du manchmal Albträume?«, frage ich ihn direkt.

Er klaubt den Fladenteig zusammen. »Ich träume nicht.«

»Jeder träumt.«

»Ich nicht. Das macht der Wald. Er saugt die Gedanken aus einem heraus. Man vergisst. Wird niemand.«

Von wegen! Aber das verrate ich dir sicher nicht.

»Ich bringe dir heute das Bogenschießen bei«, erklärt er beiläufig, als er anfängt, den Teig zu Fladen zu backen. Ich will gerade protestieren, da schiebt er hinterher: »Ach ja, und ich habe eine Überraschung: Heute gibt es Kirschen zu den Fladen.« Er holt ein Einmachglas aus der Kommode und stellt es auf das Holzbrett, das bei jeder Mahlzeit unser Tisch ist.

»Kirschen!«, platze ich begeistert heraus. Etwas Süßes. Beinahe schießen mir Tränen in die Augen, so groß erscheint mir dieser Luxus. Okay, mit den Kirschen hat er mich bekommen, denn ich habe bei der Vorfreude auf das Obst keine Lust auf eine Diskussion. Lerne ich eben Bogenschießen.

Nach dem Essen überreicht Reed mir einen Bogen, der um einiges kleiner ist als seiner. »Hab ich geschnitzt, als deine Mädchenhaare so lange zum Trocknen gebraucht haben. Meiner ist zu groß für dich. Außerdem ist deiner aus Eschenholz.«

Irgendwie rührt es mich, wie er *Mädchenhaare* ausspricht, als wäre das etwas Geheimnisvolles, das er noch nicht wirklich durchschaut hat. »Danke«, sage ich und frage mich gleichzeitig, was er sonst noch alles macht, ohne dass ich es mitbekomme. Jagen, einen Bogen schnitzen, Frühsport. Staunend mustere ich das geschliffene, glatte Holz und die straffe Sehne. »Woraus machst du die?« Ich zupfe an ihr.

»Willst du nicht wissen.« Er lacht und läuft los, den Köcher über seiner Schulter wie Robin Hood. »Wir gehen zu *The Wide*«, klärt er mich auf. »Dafür müssen wir ein Stück durch *The Dark*.«

»Aha.« Ich folge ihm mit dem Bogen in der Hand und fühle mich mal wieder wie in einem Fantasy-Rollenspiel. Hätte ich nicht diese riesengroße Zeitlücke und würde ich nicht ständig daran denken, dass meine Eltern und Maddy sicher verrückt vor Sorge sind, könnte ich mich fast zum ersten Mal entspannen. Die Erinnerung an meine Angst vor der Dunkelheit hat mich zwar erschreckt, aber sie macht mir auch Mut, dass mir nach und nach alles wieder einfallen wird. Mein Kopf braucht einfach nur Zeit und die richtigen Trigger. Auch deswegen habe ich dem Bogenschießen zugestimmt. Reed meinte, ich würde mich vielleicht erinnern, wenn ich mich auf etwas ganz anderes konzentriere.

Im dunklen Tannenwald verliere ich bereits nach ein paar Metern die Orientierung, aber Reed kennt wahrscheinlich jeden einzelnen Baum. Vielleicht gibt er ihnen ja auch Namen. *The Big. The Ugly. The Oldest.*

Irgendwann lichten sich die Tannen und wir stehen plötzlich auf einer Wiese, die sich wie ein breiter Fluss durch den Wald erstreckt. Das kniehohe Gras ist dürr und beige-grau, in der Mitte stehen vereinzelt ein paar schlanke Birken in Grüppchen zusammen.

»Diese Lichtung ist *The Wide?*«, stelle ich fragend fest.

Reed nickt. »Genau.«

»Und wieso können wir hier nicht immer hingehen?«

»Damit wir nicht entdeckt werden«, erwidert Reed so selbstverständlich, als wolle ich ebenfalls nicht gefunden werden. »Das hier ist der einzige Ort, an dem man gesehen werden kann, also von Hubschraubern und kleineren Flugzeugen aus.« Er mustert mich, betrachtet dann meine geröteten Finger, mit denen ich den Bogen umklammere. »Ich kann dir Handschuhe geben, Ash, aber ich wollte warten, bis es schneit, damit sich deine Hände ein bisschen an die Kälte gewöhnen.«

»Okay, wenn du meinst.« Daraufhin betrachte ich seine Hände – die immer stillen Hände mit ihren Schwielen und ihrer rissigen, trockenen Haut. Sie sehen älter aus als dreiundzwanzig. Arbeitshände.

Reed nickt zu der Birkengruppe in der Mitte der Lichtung. »Das sind unsere Zielscheiben.«

»Die sind viel zu weit entfernt, die treffe ich nie.«

»Am Ende des Winters schaffst du das auch.«

Ich schnaube unwillig.

»Bei meiner Art des Bogenschießens verlässt du dich auf deinen Körper«, erklärt er und befestigt einen Pfeil im Bogen, während er die vier Birken fixiert, als wäre er bereit zum Schuss. »Du weißt nie exakt, wie weit dein Ziel entfernt ist. Das musst du auch nicht. Dein Kopf berechnet das alles automatisch aus der Erfahrung. Die Konsequenz des Schusses, Treffer oder

Fehlschuss, alles wird abgespeichert und beim nächsten Mal genutzt.«

»Hm.« Ich wundere mich über seine fließenden Sätze und den Wortschatz. Womöglich erinnert er sich auch an mehr Worte, wenn er sich auf etwas anderes konzentriert. Oder er kann diese Anleitung so gut wie auswendig – warum auch immer.

Reed blickt weiter in die Ferne. »Nenn mir ein Ziel.«

»Was?«

»Was soll ich treffen? Welchen Ast von welcher Birke?«

»Du würdest alles treffen, oder?«

»Klar.« *Angeber.* Er lächelt und schaut mich nicht an. Die vorwitzige Haarsträhne fällt über sein Auge, offenbar stört sie ihn aber nicht. »Das Ziel?«

Ich überlege. »Wenn du danebenschießt, bekomme ich dann deine nächste Ration Obst?«

»Ich schieße nicht daneben.«

»Okay, Deal.« Ich laufe über die morgenfeuchte Wiese und genieße trotz klirrender Kälte das Sonnenlicht und den blauen Himmel. Die Birken sind sicher vierzig oder fünfzig Meter entfernt, und als ich sie erreicht habe, deute ich auf einen schwarzen Fleck auf der Rinde der links außen stehenden Birke. Er sieht aus wie ein Auge. Ich tippe darauf, nicht sicher, ob Reed dieses Borkenauge von seinem Standpunkt aus überhaupt ausmachen kann.

Aber er sieht meinen Fingerzeig. »Okay. Willst du daneben stehen bleiben?«, ruft er.

»Bloß nicht!« Erschrocken mache ich einen Satz zur Seite. Mit einem »Warte!« renne ich zurück und beobachte anschließend, wie sich Reed in Position stellt, etwas in die Knie geht, den Arm anwinkelt und dabei die Sehne spannt. Obwohl er konzentriert ist, wirkt es meditativ. Kraftvoll und meditativ. Und auch irgendwie schön.

Genau, als ich das denke, surrt der Pfeil davon, und ich laufe sofort ein Stück in Richtung Birken. Reed hat exakt mittig in das Borkenauge getroffen.

»Kein Extraobst für mich«, sage ich enttäuscht, aber auch anerkennend.

Reed zuckt nur die Schultern, ihm war ja vorher schon klar, dass er treffen würde.

»Jetzt bist du dran«, ruft er, und ich eile zu ihm. Von den wenigen Metern bin ich gleich außer Atem.

»Geht es dir gut?«, fragt Reed stirnrunzelnd.

»Ja, alles okay«, keuche ich.

Prüfend schaut er mich an und wartet, bis ich ruhiger atme. Danach händigt er mir einen Pfeil aus und wir laufen langsam zu den vier Birken, bis wir etwa nur noch zehn Meter entfernt sind.

»Das sind *Die Geschwister*«, sagt er ernst.

Er gibt den Bäumen tatsächlich Namen. »Benennst du jede Birke und jede Tanne im Umkreis?«, necke ich ihn ein bisschen.

»Das ist eine Gruppe, und diese Gruppe hat einen Namen.« Sein Blick wandert von mir zu den Birken und wieder zurück. »Versuch erst mal, diesen Baum auf Augenhöhe zu treffen«, schlägt er vor und deutet auf den mit dem stärksten Stamm. »Und geh noch drei Schritte vor.«

Er muss mich für komplett unfähig halten. Konzentriert lege ich den Pfeil irgendwie auf den Griff des Bogens. Reed lacht, aber es klingt nicht wie ein Auslachen, sondern gutmütig und heiter.

»Ich zeig es dir.« Geschickt zieht er einen neuen Pfeil aus dem Köcher. »Erst mal: Verteil dein Gewicht gleichmäßig auf beide Füße und geh nicht ins Hohlkreuz. Bei Rechtshändern zeigt die linke Schulter zum Ziel.«

Ich positioniere mich wie er, und er zeigt mir, wie man den Bogen am Griffstück nimmt, den Arm locker, fast durchgestreckt. »Halt die Schultern tief, dann verankere den Pfeil hinten mit der Sehne.«

Ich pfriemele das hintere Pfeilende irgendwie hinein. Reed nickt. »Und als Nächstes spannst du die Sehne mit drei Fingern – Ringfinger, Mittelfinger und Zeigefinger – und achtest darauf, den Pfeil nicht einzuklemmen.«

Wieder imitiere ich ihn, aber es ist schwieriger als gedacht. Hoffentlich reißt die Sehne nicht.

»Vergiss nicht zu atmen!«, sagt er leiser. »Jetzt machst du dich für den Schuss bereit: Zieh den Schussarm zurück, die rechte Hand ans Kinn und halt den Kopf gerade … dein Kopf ist zu stark geneigt, die Schultern weiter runter …« Er seufzt, legt Pfeil und Bogen ins Gras, in dem Moment lasse ich aus Versehen die Sehne los und der Pfeil landet keine fünf Meter weiter auf der Wiese.

Reed sagt nichts, sammelt den Pfeil auf und gibt ihn mir zurück. »Versuch es noch mal.«

Diesmal bleibt er dicht neben mir stehen und leitet mich an. »Schultern runter. Spann die Sehne.« Es macht mich nervös, dass er mir so nahe ist und mit seinem Unendlichkeitsblick alles beobachtet. Angespannt kneife ich ein Auge zu.

»Lass beide Augen auf, du brauchst das räumliche Sehen, weil wir ohne Zielvisier schießen. Dein Kopf blendet irgendwann das nicht dominante Auge aus.«

Unfassbar, welches Vokabular er hat, wenn er sich aufs Bogenschießen konzentriert.

Ich verstehe zwar nicht genau, wieso mein Kopf was wann ausblendet, aber ich lasse beide Augen auf und fokussiere die Birke auf Augenhöhe.

»Warte.« Reed kommt noch näher. »Nicht erschrecken, ich korrigiere bloß deine Haltung.«

Ich halte die Luft an, aber er drückt nur vorsichtig meine Schulter nach unten. »Du bist zu verkrampft.«

»Krah, krah«, macht es da über uns, als wollte Odin Reed mal wieder recht geben: *ja, ja*.

»Seit wann ist *er* denn hier?«, frage ich etwas missgestimmt.

»Er hat uns vom Waldrand aus beobachtet, aber konzentriere dich jetzt nur auf dich ... Halt deinen Kopf gerade. Steh da wie ein Krieger, aufrecht und stolz. Das ist wichtig. Du bist eine Kämpferin, Ash.« Für einen Augenblick rieche ich Himmel, Kälte und Schnee und habe keine Ahnung, was ich hier tue. Trotzdem versuche ich, mich wie eine Kriegerin zu fühlen, halte den Kopf kerzengerade, und auf einmal kribbeln meine Finger, meine Brust und mein Herz. Sie werden warm, trotz Kälte. Das ist neu. Die stolze Haltung fühlt sich fremd an, als passe sie nicht zu mir, als dürfe ich mich nicht so siegesgewiss fühlen. Keine Ahnung, warum sich meine Augen plötzlich mit Tränen füllen. Keine Ahnung, warum ich plötzlich nicht atmen kann.

»Ash. Was ist los? Gefällt es dir nicht?«

Ich schüttele mit zusammengepressten Lippen den Kopf.

»Willst du aufhören? Du musst ja nicht ...«

»Nein ... es ist ... es ist okay«, stottere ich, während ich die Tränen wegblinzele. *Es ist wunderbar.*

Vorsichtig drückt Reed meinen Zugarm herab. »Genau so. Die Hand am Kinn.« Für einen Augenblick schaue ich ihn an, ein Lächeln flackert in seinen Augen, heiß-kaltes blaues Feuer, sein Mund bleibt unbewegt. Er *nimmt* mich ernst. Zumindest genau in diesen Sekunden. »Atme«, erinnert er mich, und ich hole tief Luft.

Ich habe mich schon verdammt lange nicht mehr stolz und unbesiegbar gefühlt. In Boston nicht, und danach auch nicht, was immer auch passiert ist. Aus irgendeinem Grund weiß ich, dass es so ist.

»Sieh nur auf das Ziel, niemals auf die Pfeilspitze. Sonst verlierst du den Fokus.« Reed macht einen Schritt zurück, aber ich spüre ihn neben mir, und zum ersten Mal fühlt es sich gut an.

Ich schieße trotzdem zu früh, der Pfeil trifft den Stamm, aber er bleibt nicht stecken.

»Zu wenig Kraft, aber besser. Nicht gut, aber besser.« Reed schnalzt laut mit der Zunge, und auf einmal stürzt Odin vom Himmel, wo er seine Kreise gezogen hat, und apportiert den Pfeil wie ein Hund. Danach landet er vor Reed im Gras und dieser nimmt ihn aus Odins Schnabel entgegen.

»Du hast ihn dressiert?«, bemerke ich kopfschüttelnd.

»Das hat sich ergeben. Raben spielen gern. Willst du es noch mal versuchen?«

Ich nicke. Diesmal kommt mein fiebriges Gefühl nicht von der Erkältung, sondern von meinem Eifer. Es ist, als surrte die Bogensehne nach jedem Schuss in meinem Körper weiter. Ich versuche es wieder und wieder, und irgendwann bleibt der Pfeil stecken, allerdings in einem anderen Baum.

Reed grinst breit, was seine kühlen Züge wärmer macht. »Völlig egal. Heute habe ich dir gezeigt, wie man schießt. Wie man trifft, lernst du später.«

Daraufhin verankert er elegant seinen Pfeil in der Sehne, dreht sich Richtung Waldrand und schießt einen Tannenzapfen von einem hohen Ast, den ich erst sehe, als er herabfällt.

Ich bin völlig baff. »Du hast gute Augen.« Alles andere wäre in der Wildnis auch problematisch. »Du kannst echt froh sein, dass du keine Brille brauchst.«

»Zum Schießen brauche ich meine Augen nicht mehr. Ich würde auch blind treffen«, behauptet er und stolziert davon, um den Pfeil einzusammeln. Odin hatte schon vor einer halben Stunde keine Lust mehr. Wie Reed so davongeht, wie ein Kämpfer, wie ein Krieger, wehen seine Haare wieder wild glühend im Wind. Er sieht so stark aus, unbesiegbar; fast glaube ich, der Reed von letzter Nacht war ein Traum, doch ich weiß, was ich gesehen habe, auch wenn mein Verstand mir aktuell Streiche spielt.

»Du hast gesagt: ›Es tut mir leid, Ash‹«, rufe ich ihm in einer plötzlichen Eingebung nach, weil wir uns heute so gut verstanden haben. »Heute Nacht im Schlaf.«

»Unsinn.«

»Doch, wirklich. Was genau tut dir denn leid?«

»Ich erinnere mich an nichts«, ruft er mir über die Schulter zu. Als er wieder bei mir ist, bleibt er dicht vor mir stehen, fast zu dicht, sodass wir uns beinahe berühren. »Mir tut gar nichts leid. Ich habe ja nichts verbrochen.« Mit seinen schneeblauen Augen sieht er mich an, streicht sich dann mit dem Unterarm die Haarsträhne aus dem Gesicht. »Oder denkst du immer noch, ich hätte dich entführt?«

Als ich nicht antworte, lacht er. Es klingt zu laut, zu aufgesetzt, fast wie das Lachen eines Nerds, der die coolen Jungs beeindrucken will, aber womöglich weiß Reed auch gar nicht, wie sich Lachen normalerweise anhört. Kann man Lachen verlernen? Von meiner gehörlosen Tante Amalia weiß ich, dass Menschen, die ihr Hörvermögen plötzlich verlieren, nach einiger Zeit auch die normale Lautmelodie nicht mehr beherrschen. Hat Reed wirklich acht Jahre lang keinen Menschen mehr gesehen? Keinen Menschen lachen hören?

»Meine Güte, Ash!« Jetzt japst er richtig nach Luft. »Meinst du, ich würde dir beibringen, wie du mich abschießen kannst, wenn ich dir was Böses wollte?«

»Manchmal ist das Böse nicht offensichtlich«, entgegne ich automatisch und wundere mich, wo ich diesen Satz aufgeschnappt habe. Ich weiß, dass er nicht von mir stammt. Hat Maddy das gesagt, als sie sich mit den Psychopathen auseinandergesetzt hat? Warum hatte sie eigentlich so ein Interesse an diesen kranken Menschen?

Jetzt wird Reed ernst und macht eine ausschweifende Geste. »Im Wald gibt es nichts Böses. Ist es böse, dass der Fuchs die Maus frisst? Nein. Und selbst die Starken leben nicht ewig. Der Tod holt alle irgendwann. Der Tod ist derjenige, der die wahre Macht hat, Ash. Diese Wälder hier sind nicht wie die Menschen, sie kennen Gut und Böse nicht.«

»Und du?«, hake ich nach und beiße mir auf die Lippen.

»Ich weiß nicht. Ich weiß nicht mal, wie ich mich dir gegenüber verhalten soll; ich war zu lange allein.«

Ich mustere sein Gesicht, das jetzt offen und ehrlich wirkt. Erneut denke ich an heute Nacht. »Hast du wirklich acht Jahre keine anderen Menschen gesehen?«

Er sagt nichts.

»Nicht einen?«

»Gesehen schon. Viermal. Von Weitem. Aber sie wussten nicht, dass ich da bin.«

Seine Worte lassen mich aufhorchen. »Und wo war das? *Wo* hast du sie gesehen, Reed?«

Er scharrt mit dem Stiefel über das Gras. »An einem anderen Ort. Nicht hier.«

Wieder kriege ich keinen Hinweis auf irgendeine Art von Zivilisation in der Nähe, doch etwas anderes macht mein Herz schwer. Ich schlucke und spüre meine Kehle eng werden. »Bist du nicht furchtbar einsam?«

Für einen Moment wirkt er verloren wie heute Nacht, aber da krächzt der Rabe über uns. Reed lächelt. »Einsamkeit ist das einzig wahre Gefühl auf der Welt.«

»Wieso denn das?«

Reed läuft los und ich schultere den zweiten Bogen und folge ihm. »Weil nichts für immer ist. Das Wissen macht einsam.«

»Und deswegen lebst du alleine im Wald? Weil nichts für immer ist?«, frage ich entgeistert.

»Nein. Aber ich brauche niemanden. Alles, was ich liebe, all meine Erinnerungen, meine Wurzeln, meine Lieder und Geschichten sind hier. Dieser Wald ist ein Teil von mir und ich von ihm. Ich könnte diesen Wald niemals verlassen. Eher würde ich sterben.« Er sieht in das Dunkel, klingt ernst und aufrichtig, aber seine linke Faust ist geballt, vielleicht merkt er das nicht mal.

Er tut mir leid, doch ein wenig bewundere ich ihn. Ich habe nie jemanden kennengelernt, der mit so wenig zufrieden ist und der so genau weiß, was er will.

»Wieso bringst du mir das Bogenschießen bei?«, erkundige ich mich, um ihn von dem Thema abzulenken, das ihn offenbar viel mehr mitnimmt, als er vorgibt.

Tatsächlich lockern sich seine Finger allmählich, und er schaut zu mir. »Der Winter ist lang. Es vertreibt Langeweile, und es ist nützlich. Außerdem: Vielleicht willst du ja danach bei mir bleiben. Also freiwillig. Dann könntest du mit mir jagen gehen.«

Nicht in tausend Jahren, hätte ich beinahe impulsiv geantwortet, doch ich will ihn nicht vor den Kopf stoßen. »Ich bin ein Stadtmädchen, schon vergessen?«, ziehe ich ihn stattdessen auf, aber er lächelt nur vor sich hin.

Wieder denke ich an seinen Traum. Er hat nach seinen Eltern gerufen und nach einem Aspen. Sein Bruder vielleicht. Wo sind sie jetzt? Er hat gesagt, er könnte nicht über die Zeit vor diesen acht Jahren reden, aber im Schlaf macht er es; und ob ich es nun will oder nicht, es hat mich erschüttert, ihn so zu sehen. Ob sie überhaupt noch leben?

Als wir zurückkommen, reicht Reed mir ein paar zerfledderte, abgegriffene Bücher, die er in der Kommode in der Shack aufbewahrt: »Die Abenteuer des Huckleberry Finn« und »In 80 Tagen um die Welt«. Außerdem noch ein Buch von dem

Dichter Lord Byron. Irgendetwas mit heldenhafter Einsamkeit, aber das wirkt furchtbar abgehoben. Über Huckleberry Finn freue ich mich allerdings, weil Maddy und ich die Geschichte früher geliebt haben.

Während Reed sich am Nachmittag auf die Suche nach dem Fell und seiner Thermoskanne macht, bereise ich mit Huckleberry Finn den Missouri per Floß und mache seine Gedanken zu meinen. Es tut gut, mal nicht zu grübeln und meine Gedächtnislücken wegzuschieben. Nach einiger Zeit trete ich aber trotzdem vor die Hütte und halte nach Hubschraubern und kleinen Flugzeugen Ausschau. Vielleicht sucht man mich ja doch. Mittlerweile habe ich die Hoffnung aufgegeben, dass Reed mich urplötzlich aus einem Impuls reiner Nächstenliebe zurückbringt. Er rechnet seit Tagen mit Schneefall, also ist es ihm zu riskant. Außerdem fürchtet er ja, ich könnte ihn und sein Lager verraten, doch dieses Problem ist auch im Frühling nicht gelöst.

Bevor es dunkel wird, kehrt Reed mit dem Fell und der Thermoskanne zurück. Odin fliegt laut krakeelend hinter ihm her und fordert seine Belohnungsration Fladen ein, weil er die Hauptarbeit bei der Suche getan hat, wie Reed mir erklärt. Ich bin einfach nur froh, dass er diese wichtigen Dinge wiederhat.

Danach essen wir eingelegtes Fleisch und Fladen in der Shack, und Reed gibt mir noch mal eine Ration Kirschen, verzichtet aber auf seine.

»Macht es dir was aus, wenn ich heute wieder im Baumhaus schlafe?«, fragt er, während ich mir genießerisch die Kirschen im Mund zergehen lasse. »Ist nämlich echt wärmer dort.« Ich kann den Blick, den er mir zuwirft, nicht deuten.

»Es ist dein Lager. Du musst mich nicht fragen«, antworte ich, nachdem ich das süße Obst hinuntergeschluckt habe. Ich versuche, gleichgültig zu klingen, und hoffe trotzdem, er hört das Unbehagen in meiner Stimme. Bogenschießen auf *The*

Wide ist eine Sache, mit ihm im engen Baumhaus zu nächtigen, eine andere.

»Ich dachte, es wäre gut, dich zu fragen … wegen dem Gut-und-Böse-Ding und der Moral und so …«, sagt er und sieht an mir vorbei. Seltsam, zurück in der Shack ist auch seine Sprache wieder einfacher, als ob das Bogenschießen ihm wirklich Zugriff auf ein größeres Vokabularium ermöglicht hätte. Oder war es *The Wide?*

»Also …«, fange ich an.

»Also nur, wenn es dir nichts ausmacht …«, unterbricht er mich schnell.

Ich bekomme ein halbwegs passables »Ist okay« zustande, hastig füge ich hinzu: »Aber ich brauche Licht … ich habe herausgefunden, dass ich Angst im Dunklen habe. Also … ich habe es heute Nacht herausgefunden. Ich hatte es vergessen.«

»Du meinst vergessen, weil du dich nicht mehr daran erinnert hast?« Reed blickt mich erstaunt an und ich nicke. »In Ordnung«, erwidert er. »Viele Menschen fürchten sich im Dunklen. Wir müssen bloß aufpassen, dass wir nichts in Brand stecken. Ist dir sonst noch was eingefallen, was du vergessen hast?«

»Nein, leider nicht.« Wobei, das stimmt so nicht ganz. Ich hatte heute das Gefühl, mich in der letzten Zeit weder selbstsicher noch stark gefühlt zu haben, doch das ist im Grunde nichts Neues. Ich war ja von jeher die verschlossene, scheue Maya. Allerdings bedrückt mich die Tatsache, dass ich es offenbar auch in den letzten zwei Jahren nicht geschafft habe, meine Ängste zu überwinden.

Später liegen wir nebeneinander im engen Baumhaus, und ich spüre Reed, obwohl er mich nicht berührt. Es ist, als befände sich um seinen Körper eine elektrostatische Spannung, deren Energie sich auf meiner Haut entlädt. Es kitzelt, und ich muss die Schauer abschütteln, rege mich und liege wieder still. Ich höre, wie er in der feuchten Luft atmet. Die Nachtgeräusche dringen durch die Ritzen des Holzes. Das heisere Schreien einer Eule, das hölzerne Knacken am Boden, wo vielleicht ein Hirsch auf Nahrungssuche ist, das Flattern eines Vogels im Geäst über uns.

»Odin denkt, das hier sei unser Schlafbaum«, durchbricht Reed unvermittelt das Schweigen. »Raben schlafen häufig in Gruppen auf einem Baum, selbst wenn sie tagsüber jeder für sich jagen.«

»Ah.«

Die Nacht verwandelt den Wald in ein anderes Wesen, zeigt sein zweites Gesicht. Heute nehme ich es zum ersten Mal bewusst wahr. Reed hat offenbar vor gar nichts Angst, aber er kennt natürlich jedes Knistern, jeden Baum, ja sogar jeden Zweig. Sein Atem geht vollkommen ruhig. Als es über uns kracht und ich zusammenzucke, sagt er: »Eine Wildkatze. Die kommt öfter vorbei. Ich habe sie Oak genannt, weil ich sie auf dieser Eiche zuerst gesehen habe.«

»Lark«, krächzt Odin von oben.

»Gute Nacht, Odin, gute Nacht, Oak«, ruft Reed und lacht. Er lacht ziemlich häufig seit gestern, eigentlich, seit ich nicht mehr weglaufe.

Ich blinzele und betrachte die tanzenden Schattenlichter der Öllampe, die Reed hinter unsere Köpfe gestellt hat, damit der Fluchtweg zur Tür frei bleibt. »Überleg mal, wir stoßen sie mit den Füßen um und die Felle fangen Feuer. Dann können wir nicht mehr raus«, hat er erklärt.

»Ash«, sagt er nach einer ganzen Weile so plötzlich, dass ich mich erschrecke. »Du hast mich gefragt, wie ich an die Gasflaschen gekommen bin. Ob ich es wie dein North-Pond-Eremit mache.«

»Er ist nicht *mein* North-Pond-Eremit«, bemerke ich. Manchmal braucht Reed echt lange, um Fragen zu beantworten, aber er tut es offenbar immer. Irgendwann eben.

»Ich gebe zu: Ich habe gestohlen«, gesteht er jetzt. »Nicht nur einmal, sondern mehrmals. Ich besitze weder Geld noch etwas zum Tauschen, es sei denn, ich würde mein erlegtes Wild verkaufen.« Er bleibt kurz still. »Aber ich traue den Menschen nicht. Wenn ich an den Falschen gerate, würde er mich womöglich verraten. Doch ich kann hier einfach nicht weg, verstehst du das?«

Nicht wirklich, aber das behalte ich für mich. »Wo hast du das Zeug gestohlen, wenn es hier keinen Ort in der Nähe gibt?«

»Aus einer Lodge für Camper und Wanderer.« Er dreht den Kopf in meine Richtung.

»Du bist also ein Dieb.« *Vielleicht auch ein Mädchendieb?*

»Ich stehle nicht gerne«, betont er kühl. »Falls du das denkst.«

»Und wieso hast du mich nicht zu der Lodge gebracht?«

»Weil ich nie genau weiß, wann die Besitzer sie verlassen. Im Winter steht sie leer, aber sie haben keinen festen Zeitpunkt, wann sie schließen, das glaube ich zumindest.«

»Du hattest Sorge, ich könnte dich verraten, wenn dort noch jemand ist.«

»Und ich hatte Angst, dass wir in einen Schneesturm geraten, sie ist ein ganzes Stück entfernt ... Ash, es geht im Winter nicht ohne Gas. Und über das Öl in der Lampe bist du doch auch froh, oder?«

Plötzlich habe ich eine Eingebung. »Du machst kein Feuer, damit dich niemand findet.« In dem Moment verstehe ich seine Wut, als ich ankündigte, ich wolle ein Lagerfeuer machen. »Wegen des Rauchs.« *Der mir hätte helfen können.*

Er dreht sich von mir weg, ich starre auf seinen zerzausten sandblonden Schopf. »Dieser Platz ist mir heilig. Mehr als alles auf der Welt. Ich unternehme nichts, was andere auf mich aufmerksam machen könnte.«

Danach ist unser Gespräch beendet, denn er sagt nichts mehr. Er redet sowieso nur intervallartig, wenn es ihm gerade in den Sinn kommt. So, als würde er es die meiste Zeit am Tag vergessen und es ihm plötzlich wieder einfallen.

Lange liege ich wach, lausche seinen gleichmäßigen Atemzügen und hoffe, dass er heute nicht wieder so einen schrecklichen Albtraum hat. Was ist mit seinen Eltern passiert, die er im Traum gerufen hat? Woher rührt diese unerklärliche Liebe zu diesem Stück Erde? Was für ein Mensch muss man sein, dass man das Leben in Einsamkeit dem Leben in Gesellschaft vorzieht?

Was für ein Mensch muss man sein, um zwei Jahre seines Lebens vollkommen auszublenden? Im Grunde sollte ich nicht über Reed, sondern über mich den Kopf schütteln. Ich schließe die Augen und gehe meine Erinnerungen durch, die letzten, die wirklich klar sind. Wieder komme ich auf Maddys Verlobungsfeier zurück, die wir in dem schicken Bostoner Abe & Louies gefeiert haben. Zwei Jahre ist das nun her; Maddy könnte mittlerweile verheiratet sein und ich es vergessen haben!

Aber wenn die Verlobungsfeier das Letzte ist, woran ich mich erinnere, ist an diesem Tag womöglich etwas passiert, das mir die Erinnerungen gestohlen hat. Falls dem so ist: Wie hängt dieses Ereignis damit zusammen, dass ich zwei Jahre später offenbar kopflos mit einem BMW in den Wald brettere; sind die beiden Ereignisse überhaupt verknüpft? Wer ist der Tartan-Prinz, dessen verschwommenes Bild vor mir auftaucht, wenn ich an dem blau-grünen Schal schnuppere?

Ich angele ihn aus dem Schlafsack, wo ich ihn verstaut habe, und vergrabe die Nase in dem weichen Stoff.

Der edle Duft ist schwach, aber er bringt mein Herz auf eine schreckliche und schöne Weise zum Klopfen.

Wer bist du?

Ich umklammere den Schal wie ein Schnuffeltuch und blicke für einen Moment in das Öllicht, bis es mich blendet und blitzende Funken vor meinen Augen tanzen. Sie sind wie der Flitterkram, den meine kleinen Cousins auf Maddys Verlobung auf die Tanzfläche gestreut haben. »Schau mal, Maya! Es schneit Gold«, haben sie dauernd gerufen.

Mehrmals zwinkere ich. Goldregen. Ich, am Rand der Tanzfläche, mit hochgezogenen Schultern und unsicher. Das Mauerblümchen der Familie Morrow, stets im Schatten der fantastischen, liebevollen, atemberaubend schönen Maddy.

Gerade tanzt sie in meiner Erinnerung mit Edward, und ich spüre noch das Stechen in meinem Herzen. Nie habe ich Maddy um etwas beneidet. Nicht um das herausragende Abschlusszeugnis oder den Studienplatz in Harvard. Nicht um ihre elfengleiche Stimme oder die Engelslöckchen. Aber auf dieser Feier bin ich zum ersten Mal eifersüchtig. Ich beneide sie um Edward. Nicht um ihn als Person, aber um ihr Glück. Und das ist ein erbärmliches Gefühl, das mich noch kleiner macht.

Ich gleite tiefer in die Szene, als würde ich aus der Vogelperspektive herabsinken und neben meinem damaligen Ich landen.

Maddy trägt ein lindgrünes Seidenkleid und dazu das Armband, das ich für sie handgefertigt habe. Eine schlichte Arbeit aus rosaroten Glasperlen und silbernen Charmes, die etwas aus Maddys Leben symbolisieren. Die Waage der Justitia für Maddys Gerechtigkeitssinn, eine Babysocke für ihre Liebe zu Kindern, den Ring für Edward und das Hufeisen für Glück, aber auch für ihre Leidenschaft: das Springreiten. Auch etwas, das ich mich nie getraut habe. Ich habe Angst vor Pferden und ihrer unberechenbaren Art, nach hinten auszutreten.

»Schau nur, wie fein sie das gearbeitet hat, Maddy!«, hat Mom entzückt gerufen, als Maddy vorhin vor großem Publikum das Armband ausgepackt hat. Als wäre ich drei Jahre alt. Selbst Dad hat mein Verlobungsgeschenk für Maddy über den grünen Klee gelobt, dabei ist Dad Glasperlenschmuck schnurzpiepegal; und Maddy hat fast geheult. »Es ist wunder-wunderschön, Maya. Ich werde es immer tragen.« Als wäre es ihr Ehering oder so.

Meine Familie hat es gut gemeint, aber mit dem Affentheater hat sie das Armband herabgewürdigt, und es tat weh. Es hat mir suggeriert: Für Maya, die sonst nichts auf die Reihe bekommt, ist das so etwas wie der Doktortitel.

Ich atme tief durch, mein Blick streift die Gäste, die sich in dem angemieteten Saal verteilen; die Richter, Anwälte und Ärzte, alles Freunde meiner und Edwards Eltern und deren erwachsene Söhne und Töchter, die wiederum mit Maddy und Edward befreundet sind. Man bleibt unter sich. Im Grunde sind es auch fast alles nette Menschen, aber alle ungeheuer erfolgreich und ungeheuer schön. Ich bin die Einzige, die nicht in Harvard studiert und noch zu Hause wohnt. Die Einzige, die nicht mal aufs Community-College geht, obwohl ich den Highschool-Abschluss gemacht habe. Ich gebe es nicht gerne zu, aber solche Veranstaltungen verunsichern mich, weil ich anders bin. Zu ängstlich, zu weltfremd.

»Hey.« Das sanfte Wort reißt mich aus den trüben Gedanken, aber mein Körper verkrampft sich. Als ich aufschaue, blicke ich in das verschwommene Gesicht von Ben Barnes, doch natürlich ist es nicht der Schauspieler, sondern der Typ sieht ihm nur verdammt ähnlich, ist jedoch wesentlich jünger. Vielleicht Mitte oder Ende zwanzig.

»Deine Familie hält dich echt für unfähig, wenn sie dich so über den grünen Klee lobt. Das Armband ist nett, aber kein Wow. Das kannst du sicher noch besser«, sagt er unverblümt.

Ich falle fast in Ohnmacht. Nicht nur, weil so ein heißer Typ mit mir redet, sondern weil er meine Gedanken auf den Punkt bringt. War es für alle so offensichtlich? Ich blinzele, versuche, Luft zu holen, doch mir ist schwindelig.

»*Entschuldige mich*«, *stammele ich und drücke mich an ihm vorbei. Ich muss hier raus! Hastig kämpfe ich mich über die Tanzfläche, stolpere in Maddy und Edward, stürze beinahe, aber Edward packt mich rechtzeitig am Arm und fängt mich auf. Ich streife silberne Heliumballons, eile an Mom und den schnatternden Damen des Literaturklubs vorbei, bevor ich die trendige Vintage-Lobby des Restaurants erreiche. Mit beiden Händen stoße ich die Tür auf und die Nacht empfängt mich mit einem Schwall kühler Luft.*

Hastig trete ich auf den Bürgersteig der ruhigen Nebenstraße. Ich atme tief durch. Besser. Allein sein ist besser. Ich gehöre einfach nicht dazu, seit …

»*Bist du generell auf der Flucht oder liegt es an mir?*«, *höre ich jemanden leise lachend fragen.*

Ich fahre zusammen.

»*Tut mir leid. Ich wollte dich keinesfalls erschrecken.*«

Ben Barnes hat offenbar einen schnelleren Weg aus dem Restaurant gefunden und kommt auf dem Gehweg auf mich zu, die Handflächen entwaffnend nach außen gekehrt. Erst jetzt nehme ich ihn richtig wahr. Er trägt ein weißes Hemd, eine todschicke dunkle Weste darüber und eine graue Krawatte, die in der Weste verschwindet. Seine Hemdsärmel sind hochgekrempelt, was lässig und verführerisch zugleich wirkt. Mein Herzschlag pulst in meinen Ohren.

»*Ähm* … *also* …«, *stottere ich und kann keinen klaren Gedanken fassen. Warum ist er mir hinterhergegangen?*

»*Du bist weggelaufen. Vor mir.*« *Seine dunklen Augen funkeln belustigt.* »*Ehrlich gesagt ist das eine Premiere. Bislang hat noch keine Lady vor mir Reißaus genommen.*«

Das glaube ich ihm aufs Wort. Und so, wie er es sagt, hört es sich nicht mal angeberisch an. »Also, ich ... ich habe schlecht Luft bekommen, es lag nicht an dir.« Doch, tut es!

»Da bin ich beruhigt. Oder haben dich meine Worte beleidigt?«

Scheu lächele ich. »Nein. Meine Familie macht aus allem, was mir nur ansatzweise gelingt, ein riesengroßes Brimborium.«

»Muss verletzend sein«, *stellt er fest, und sein Blick taucht unter meine Haut, sieht durch alles in mir bis in mein Herz, sogar bis zu diesem dunklen, dunklen Fleck, der verschwommen und unscharf ist.*

»Ist es«, *bestätige ich leise. Wahrscheinlich langweile ich ihn längst, ich sollte mich verabschieden, bevor ich mir wieder stehen gelassen vorkomme – so wie bei Maddys unzähligen erfolglosen Kuppelversuchen.* »Ich sollte reingehen.«

»Ich muss ja echt grässlich sein. Das war mir nicht bewusst.«

»Nein, nur ...«

»Ich bin Ayden«, *stellt er sich grinsend vor und reicht mir die Hand.*

»Maya.« *Ich ergreife sie. Sie ist kühler, als ich dachte, und für einen Moment hält er meine Finger umschlungen. Ein warmes Kribbeln breitet sich auf meinem Arm aus, klettert bis in meinen Nacken und tropft in Gänsehautpünktchen meinen Rücken hinab.*

»Es ist schön, jemanden kennenzulernen, der so anders ist als alle anderen.« *Sein Blick wird ernst, das dunkle Haar fällt wie ein Rahmen um sein Gesicht. Er sieht aus wie ein Kunstwerk: Alles an ihm ist perfekt, es tut beinahe weh. Es ist schön, mit ihm zu reden, und gleichzeitig ist mir bewusst, dass ich bei Männern wie ihm nie eine Chance haben werde.*

Und wie immer weiß ich mal wieder nicht, was ich sagen soll, und winde mich innerlich, da er meine Hand weiter festhält.

»Studierst du Kunst?« *Er lässt mich los.* »Vielleicht am Art Institute of Boston?«

Ich muss lachen, weil das ein abstruser, wenn auch wunderbarer Gedanke ist. Allein, dass er mir zutraut, Kunst zu studieren, kann ich kaum glauben. »Nein. Der Schmuck ist bloß ein Hobby. Leider. Und ich studiere auch nicht. Ich gehe nicht mal aufs College.« *So, nun ist es heraus. Jetzt wird er sich gleich verabschieden und abziehen.*

»Oh.«

Ja, genau – oh! »Tut mir leid, wenn ich deine Zeit verschwendet habe.«

Ich drehe mich um und will ins Restaurant flüchten, da sagt er: »Es klingt so, als wärst du selbst nicht glücklich darüber. Aber muss denn wirklich jeder aufs College gehen oder studieren?«

Ich halte inne, drehe mich nicht um.

»Manche Menschen sind nicht dafür gemacht«, *fährt er fort.*

Wie bitte? Jetzt wende ich mich doch um, und er lächelt, zwinkert mir sogar zu. »Ich sage dir mal was: Wenn ich heirate, möchte ich keine Frau, die sich zwischen Haus, Kindern und Karriere zerreißt. Ich möchte eine Frau, die zu Hause ist, wenn ich abends heimkomme. Eine Frau, die die Kinder selbst betreut und nicht in eine Krippe gibt. Wozu hat man Kinder, wenn man sie abgibt? Ich möchte eine Frau, die abends nicht zu müde ist, um sich für mich hübsch zu machen, und eine, die ich ausführen, einladen und verwöhnen kann.«

»Oh.« *Diesmal stammt der Laut von mir. Ich stehe da und weiß nicht, wohin mit mir. Es klingt nett, was er sagt. So hätte ich ihn nicht eingeschätzt; wenn es überhaupt stimmt und er mir nichts vorschwindelt.*

»Dieser Schmuck, den du mit viel Liebe und Leidenschaft herstellst, ist wunderschön. Darauf könntest du dich konzentrieren. Ein Hobby braucht schließlich jeder Mensch.«

Ich nicke.

Er macht einen Schritt auf mich zu, und ich möchte ohnmächtig werden. Er riecht so gut. Wie direkt vom Parfümeur, der einen

Duft eigens für ihn kreiert hat. Eine Mischung aus frischem Citrus und sinnlichem, weißem Sandelbaum. »Was machst du morgen?«

Fernsehen, lesen, mit Maddy telefonieren, vielleicht im Internet nach neuen Perlen stöbern und Yoga, möchte ich sagen. Womöglich skype ich auch mit meiner ehemaligen Schulfreundin Cassy, die mittlerweile in Philadelphia Literatur studiert.

Doch das klingt furchtbar langweilig. »Ich weiß nicht ...«, weiche ich daher aus.

»Aber ich weiß es. Du gehst morgen mit mir ins La Vie En Rose.«

»Das ist das teuerste Restaurant der Stadt«, entfährt es mir entgeistert. »Allein die Desserts kosten um die hundert Dollar oder mehr.«

»Ich weiß. Ich verwöhne gerne.« Er beißt sich kurz auf die Lippen und studiert mein Gesicht. Nicht aufdringlich, eher neugierig, aber dieses Lippenbeißen signalisiert Interesse anderer Art. Sexueller Art.

Plötzlich bekomme ich furchtbare Angst, mit ihm allein in einem Restaurant zu sitzen. Ich habe nichts zu erzählen, das ihn interessiert, ich werde ihn langweilen. »Ich habe nichts zum Anziehen«, schiebe ich als platte Ausrede vor.

Er lacht, ein wunderbar dunkler Laut, der eine fremde Sehnsucht in mir auslöst. »Das Kleid, was du trägst, ist doch hübsch. Es gibt keinen Grund, mir einen Korb zu geben, es sei denn, du fändest mich abstoßend.«

»Nein, nein ... natürlich nicht. Du bist nicht ... also, gar nicht ... überhaupt nicht ... im Gegenteil ... Aber ich ... ich bin nicht so eine ...«, stottere ich mit einem Kloß in der Kehle.

»So eine?« Er sieht wirklich verwirrt aus.

»Eine Nummer soundso viel auf deiner Bettgeschichten-Liste«, platze ich heraus und spüre, wie ich erröte.

Entgeistert schüttelt er den Kopf. »Du hältst mich für jemanden, der eine Bettgeschichten-Liste führt? Ich weiß nicht, ob ich das als Beleidigung oder als Kompliment auffassen soll.«

»Also ...«

»Wenn ich so eine *suchen würde, hätte ich mich bei den Ladys dort drinnen noch vor dem Dessertbuffet bedient*«, echauffiert er sich und schnaubt. »Aber ich bin dieses oberflächliche Geplänkel leid. Ich suche jemand Besonderen. Jemanden, der sich wirklich für mich interessiert und nicht nur für das Erbe oder den Namen meines Vaters. Ich suche ein Mädchen, mit dem ich eine Familie gründen kann, und glaub mir, das würde ich niemals mit einer der karrieregeilen Damen dieser Gesellschaft tun.«

Meine Wangen glühen mittlerweile wie ein Kohleofen. Ich suche ein Mädchen, mit dem ich eine Familie gründen kann! *Eben kannten wir uns nicht mal. Er macht üble Scherze mit mir; ganz bestimmt lachen er und seine Kumpels sich später über mich kaputt.* »Wer bist du denn?«, *frage ich trotzdem.*

»Ayden Thornton.«

»Der Sohn des ehemaligen Senators Thornton?«, *stelle ich vollkommen perplex fest. Seltsam, dass ich ihn nicht erkannt habe, andererseits halte ich mich auch von den meisten Leuten fern.*

»Vergiss meinen Vater sofort wieder. Ich bin einfach nur Ayden, und ich bin Anwalt, kein Politiker.«

»Das mit deinem Vater tut mir leid«, *versichere ich schnell. Er ist letztes Jahr überraschend an einem Herzinfarkt gestorben, es war in Bostons Klatschpresse, das habe selbst ich mitbekommen.*

Ayden zuckt lediglich mit den Schultern. »Schon in Ordnung. Unser Verhältnis war nie besonders gut.« *Er nickt mir zu.* »Morgen Abend. Neunzehn Uhr.« *Er fragt nicht, er bestimmt es einfach.*

Ich schlucke. Er hat gesagt, seine Frau solle sich am Abend für ihn hübsch machen, keine Ahnung, was er alles beim ersten Date erwartet. Ich will nicht, dass er von mir enttäuscht ist, wenn er vorher Hunderte von Dollars für mein Essen ausgegeben hat.

»Ich ... ich hatte noch nie Sex«, bricht es aus mir heraus. O Gott, das habe ich nicht wirklich laut ausgesprochen, oder? Bitte, bitte, ich möchte einfach tot umfallen! Ich denke gerade, er würde in wildes Gelächter ausbrechen und mich zum Teufel jagen, aber er lächelt nur, kommt näher und streicht mir eine Haarsträhne, die sich aus dem französischen Zopf gelöst hat, aus dem Gesicht. »Na, umso besser.« Er wendet sich zum Gehen. »Morgen Abend, neunzehn Uhr.«

Und damit verschwindet er wieder im schicken Abe & Louies, das dem La Vie En Rose nicht mal ansatzweise das Wasser reichen kann.

Er muss wissen, wo ich wohne. Mein Herz pocht mir bis zum Hals. Ich habe ein Date mit Ayden Thornton. Ich weiß nicht, ob ich panisch oder glücklich bin, vielleicht beides.

Ich hatte noch nie Sex.

Na, umso besser.

Kapitel 9

Habe ich geschlafen oder lag ich wach? Ist es noch Nacht? Für einen Moment pulsiert ein zärtliches Gefühl durch meine Adern, doch ich weiß nicht, woher es kommt. Verwirrt schaue ich mich im Baumhaus um und entdecke Reed neben mir. Es muss Nacht sein, denn Reed steht immer ultrafrüh auf. Aber wenn es noch Nacht ist, warum fällt dann dieses unnatürlich helle Licht durch die Ritzen des Baumhauses?

Umständlich krabbele ich im Schlafsack zur Tür und öffne sie einen schmalen Spalt. »O mein Gott!« Alles ist weiß, wohin ich auch schaue. Millionen und Abermillionen Flocken rieseln durch die Nacht, erleuchten sie mit einer beängstigend schönen und schrecklichen Magie. Es raschelt, knistert, die Luft ist voll von dem Klang des Winters. Feuchte legt sich auf meine Lungen. Am Boden schichtet sich bereits eine dicke Schneeschicht auf.

Zu Hause in Boston haben wir uns immer über Schnee gefreut, sogar damals, als die grüne Linie des Nahverkehrs in Brookline nicht mehr fahren konnte und Menschen auf Langlaufskiern die Innenstadt eroberten.

Aber hier bedeutet Schnee etwas komplett anderes. Er bedeutet, dass es kein Zurück mehr gibt, er bedeutet, dass ich hier mit Reed die Wochen und Monate ausharren muss, er bedeutet, dass ich Weihnachten und Silvester nicht mit Maddy und meinen Eltern feiern kann. Und nicht mit ... Ayden?

Mit einem dumpfen Druck im Magen blicke ich hinaus. Das bereits verblassende Gefühl von Zärtlichkeit malt plötzlich traumgleiche Bilder in mich hinein. Die Verlobungsfeier, Ayden und ich auf dem Bürgersteig vor dem Abe & Louies, sein dunkles, liebevolles Lachen. Ich habe nicht geträumt, ich habe mich erinnert.

Oder?, fragt eine bange Stimme in mir.

»Es wird kalt«, murmelt Reed undeutlich und rührt sich hinter mir unter den Fellen.

»Es schneit«, berichte ich mit zitternden Lippen.

»Das war klar; es lag in der Luft. Mach die Tür wieder zu, sonst wird es hier drin nicht mehr richtig warm.«

Ich schlucke gegen das Engegefühl in meiner Kehle an, versuche, mich daran zu erinnern, wie es nach der Feier mit Ayden und mir weiterging, aber ich finde nichts. Da ist nur tiefe, schwere Schwärze.

Hastig hänge ich mir den Tartan-Schal um, schäle mich aus dem Schlafsack und packe ihn neben Reed, dann schlüpfe ich in die Fellstiefel, die ich in die Ecke gestellt habe – den Pelzponcho und meine Klamotten behalte ich zum Schlafen sowieso meistens an.

Leise schiebe ich mich durch die Tür ins Freie und schließe sie hinter mir. Wie betäubt stehe ich auf der Plattform. Die Flocken bilden eine undurchdringliche weiße Wand, ich kann sie sogar fallen hören. Der Wald ist erfüllt von dem Geräusch, als würde man mit zerknülltem Backpapier über ein Ofenblech reiben.

Winterkälte kriecht durch meine Klamotten. Vorsichtig klettere ich die Strickleiter hinab und versinke am Boden bis über die Fellstiefel im Neuschnee. Der Trampelpfad ist nur noch zu erahnen, so zugeschneit ist die Landschaft. Ich laufe los. Schnee knirscht unter meinen Stiefeln, rieselt in kalten Klumpen hinein, doch ich merke es kaum. Ich denke an Ayden und seine amüsiert aufblitzenden Augen. Ich denke so fest an ihn, als könnte ich ihn allein dadurch hierher beschwören.

Ich weiß, wieso ich rausgegangen bin. In der Stille, die lediglich durch das sachte Rascheln unterbrochen wird, nehmen meine Augen nichts als eine weiße Leinwand wahr, auf die ich alles projizieren kann. Das Rieseln wird zu dem körnigen Bild, wie wenn in einem alten Kino der Film beginnt.

Aber ich sehe nichts. Abrupt bleibe ich stehen, greife Schnee vom Boden und drücke ihn in meinen Fäusten zusammen, presse ihn zu Wasser, das aus meinen Händen rinnt. Meine Finger sind eiskalt, taub, aber das spüre ich nur nebenbei. In meinem Kopf ist ein Schrei der Verzweiflung, den ich nicht hinauslasse, weil er in der Stille zu unheimlich wäre. *Wieso erinnere ich mich nicht?*

Ich gehe weiter und mir fällt die verschwommene Erinnerung wieder ein: Wie die Hände des Fremden – Ayden – mich erkundet und liebkost haben, wie er mich nur mit dem kurzen Rock bekleidet aufs Bett gelegt hat und in mich eingedrungen ist, während ich verträumt auf die Silhouette von verschmelzenden Häusern und den Himmel geschaut habe. *Maya,* hat er geflüstert, *du bist alles für mich.*

Es muss Ayden gewesen sein, mit dem ich alleine in dieser fremden Wohnung war. Aber dann haben wir auch eine gemeinsame Geschichte. Wenn wir zusammen waren, sind wir womöglich vor ein oder zwei Wochen ins Blockhaus meiner Eltern gefahren. Haben wir uns gestritten, und ich bin weggefahren? Gehört ihm der BMW? Sucht er vielleicht die ganze Zeit nach mir?

Automatisch nehme ich den weichen Kaschmirschal und sauge den Geruch in mich hinein. Citrus und Sandelbaum. Das *ist* Aydens Schal. Ich erinnere mich genau daran, wie er vor dem

Restaurant gerochen hat. Wieder flattert das Gefühl ferner, tief verborgener Zärtlichkeit durch mich hindurch.

Aufgewühlt laufe ich am Arbeitszelt vorbei Richtung Klohäuschen. Endlich weiß ich, wer mein Tartan-Prinz ist. Am Ende des Trampelpfads bleibe ich stehen. Vom nachtweißen Himmel fallen unerbittlich Millionen bauschige Flocken, der Schnee in meinen Boots zerschmilzt zu Wasser.

War ich mit Ayden im La Vie En Rose? Habe ich mir das teure Mousse au Chocolat mit Blattgoldhaube kommen lassen, das Maddy und ich mal beim Stöbern im Netz auf der Homepage entdeckt haben?

»Wer isst denn so was?«, hat Maddy abfällig gefragt. *»Das Geld würde ich lieber spenden und mir ein Eis bestellen.«* So ist sie. Nicht, dass sie Luxus verachtet, aber sie hat etwas gegen Dekadenz. Natürlich kommt das von der Erziehung unserer Eltern, die grobe Verschwendung anstößig finden.

Bin ich mit Ayden ausgegangen oder hat er mich versetzt?

Ich schnuppere erneut an dem Schal, und auf einmal steigen Erinnerungen wie Blasen in mir auf. In einer sehe ich, wie Ayden mich auf der Verlobungsfeier im Auge behält, selbst wenn er umringt von Verehrerinnen ist.

Er flirtet mit diesen jungen Frauen, doch er scheint nie so recht bei der Sache, weil er immer wieder zu mir sieht. Es schmeichelt mir und fällt sogar Maddy auf.

»Der Sohn von Ex-Senator Thornton schaut dich die ganze Zeit an«, raunt sie mir zu und legt die Hand auf meinen Unterarm, sodass die Glasperlen des Armbands kühl auf meiner Haut liegen.

»Er holt mich morgen zum Essen ab«, berichte ich lächelnd.

Maddy reißt die Augen auf. »Was?« Von mir sieht sie zu Ayden und wieder zu mir, als könnte sie es nicht glauben. Natürlich nicht! *Ich kann es ja selbst nicht fassen.*

Die Blase zerstiebt und eine neue steigt auf.

Maddy nimmt meine Hand und zieht mich außer Hörweite der Gäste vor die Toiletten. »Ich habe meine Fühler ausgestreckt und mich ein bisschen über Ayden umgehört.« Ihr Blick bekommt etwas Mütterliches – und etwas Mitleidiges, was mich sofort kränkt, aber auch wütend macht.

Unwillkürlich verschränke ich die Arme.

»Er soll ein richtiger Idiot sein. Die Cousine von meiner Freundin Amber hatte mal was mit ihm, und er hat sie echt mies behandelt ... sag ihm besser ab!«

Ich beiße mir auf die Lippen und will sie einfach ignorieren, aber ich hake nach. »Was meinst du mit mies*?«*

Maddy schließt kurz die Augen. »Er wird dir das Herz brechen, Maya.«

Ich blinzele in den dichten Schnee. Hat er das? Hat Ayden mir damals das Herz gebrochen oder erst jetzt, zwei Jahre danach?

Wütend auf mich selbst balle ich wieder die Fäuste, so fest, dass sich meine Fingernägel in meine taub gefrorenen Handflächen graben. Wieso bin ich weggefahren und noch dazu mitten in den Wald?

Dann, als wäre er vom Himmel herabgefallen, kommt mir ein finsterer Gedanke, der mich viel mehr erschaudern lässt, als es die Kälte des Schnees könnte. Ich werde mir der weißen Wölkchen bewusst, die mein Atem in die Luft malt. Das Schneeflockengestöber erscheint mir auf einmal unwirklich; es könnte außerhalb von mir oder in meinen Gedanken stattfinden. Ich schüttele den Kopf oder bilde es mir ein, hebe die Hand, um mich irgendwo abzustützen, doch da ist nichts. Nur die wirbelnden Schneekristalle und das Chaos, das sich in meinem Geist ausbreitet und mir die schreckliche Frage einflüstert, so zart und behutsam, dass es grotesk ist:

Hat Reed Ayden getötet und mich mitgenommen?

Nein, niemals, das ist Unsinn! Doch der Gedanke ist da, ich kann ihn nicht einfach so wieder abschütteln. Liegt Aydens Leiche in der Nähe des BMWs? Wollten wir womöglich über Waldwege zu einer Lodge fahren, dort ein paar Tage Winterurlaub machen und haben uns verfahren?

Aber das kann nicht sein! In dem Fall müsste Reed uns ja abgepasst haben, sollte er nicht gerade zufällig vorbeigekommen sein. Wie hypnotisiert stiefele ich von dem Trampelpfad in den Tiefschnee, immer weiter, als lägen alle Antworten dort unten dem Weiß begraben.

»Ash!«, höre ich jemanden rufen. »Ash, bleib stehen!«

Ich laufe schneller, auch wenn ich tief im Inneren nicht ernsthaft glaube, dass Reed Ayden etwas angetan hat. Nach wie vor denke ich jedoch, das Weiß müsste mich erst verschlucken, ich vollkommen darin ertrinken, bevor ich meine Erinnerungen wiederfinde.

»Ash, du bist verrückt!« Schritte nähern sich. Im nächsten Moment spüre ich Reeds Griff an meinem Oberarm. Instinktiv fahre ich herum und starre ihn an. »Wieso läufst du schon wieder weg?«, stößt er hervor und lässt mich los. »Der Wald sieht im Winter überall gleich aus. Du wirst dich verlaufen, vor allem, wenn neuer Schnee deine Spuren verwischt. Du erfrierst, bevor ich dich finde.«

Mein Kopf ist total leer, ich habe keine Ahnung, was ich denken soll. Für einen Augenblick male ich mir aus, wie Reeds ruhige Hände die Kehle von Ayden zudrücken. Das Bild ist so verstörend, dass ich die Augen kurz zukneife.

»Ich habe mich an etwas erinnert«, erwidere ich schließlich stockend.

Er blinzelt. »Ach? Woran denn?« Das Schneelicht meißelt seine Konturen schärfer, betont das Statuenhafte, Zeitlose.

Schnee liegt auf dem Fell auf seinen Schultern, verfängt sich in seinem Haar.

»An meinen Freund.« Meine Gedanken erscheinen mir auf einmal schleppend, als würden sie wie mein Blut langsamer durch meinen Kopf zirkulieren. »War er auch im Wald?«

»Du hast einen Freund?«, fragt Reed nur und macht ein enttäuschtes Gesicht.

»Sein Name ist Ayden. Ich *glaube,* dass er mein Freund ist.«

»Aha. Und weil du *vielleicht* einen Freund hast, rennst du schon wieder weg?«

Ich stütze mich an dem Baumstamm neben mir ab. »Hast du ihn gesehen?«

»Nein, natürlich nicht!« Reeds Blick verdüstert sich. »Wieso auch?«

»Womöglich haben wir im Wald gestritten und uns verloren.« Wenn wir eine Panne hatten, könnte sich Ayden ebenso wie ich verlaufen haben, sollte ich im Streit weggerannt sein. »Er ist dir also nicht begegnet?«

»Hab ich dir doch bereits gesagt: Nein! Oder was glaubst du?«

Ich presse die Lippen aufeinander.

»Was du glaubst, will ich wissen?« Seine Stimme klingt plötzlich hart.

»Ich weiß es nicht, okay?«, rufe ich viel zu laut.

»Denkst du, ich würde jemanden, der Hilfe braucht, alleine zurücklassen?«

Dass ich ihm gerade eben noch etwas viel Schlimmeres zugetraut habe, wage ich nicht mal auszusprechen. Und die Vorstellung, wie Reed Ayden etwas antut, kommt mir jetzt, wo Reed so außer sich vor mir steht, beinahe lächerlich vor. Aber eben nur beinahe. Durcheinander schüttele ich den Kopf. »Aber du hast das Auto versteckt«, bemerke ich konfus. »Vielleicht wolltest du ja alle Spuren, die auf ihn hindeuten, beseitigen.«

Reed funkelt mich zornig an und kommt einen Schritt auf mich zu. »Du denkst echt, ich hätte ihm was angetan«, stellt er fest.

Ich weiche zurück, spüre, wie ich trotz Kälte erröte. »Nein. Also ...«

»Ich fasse es nicht! Du denkst das tatsächlich.« Ungläubig bleibt er stehen und schiebt grimmig sein Kinn vor. »Du spinnst komplett! Vielleicht fragst du dich ja mal, woran du dich nicht erinnern willst, anstatt dich ständig zu fragen, was ich vielleicht getan haben könnte. Ich habe deinen Ayden jedenfalls nicht gesehen.« Er nickt zu dem Trampelpfad. »Und jetzt komm mit! Wir gehen zurück! Hier können wir nicht bleiben.«

Er hat recht. Natürlich. Meine Füße sind so kalt, dass sie brennen, meine Lunge scheint voller Schnee, schwer und feucht, und dennoch fühlt sich mein Atem heiß an. Oder kalt. Keine Ahnung. Die Flocken fallen inzwischen so dicht, dass ich wie blind bin, sie verschlucken den Wald, mich und Reed. Einfach alles.

Ich folge ihm, ohne dass er mich noch mal dazu auffordern muss. Er sieht auch nicht zurück, da er mit seinen Luchsohren ganz bestimmt meine Schritte hört.

Als ich im Baumhaus widerwillig die nassen Sachen abstreife und mit Strumpfhose und Pullover in den Schlafsack krieche, fühle ich mich hundeelend. Reed steht an der Tür und beobachtet mich die ganze Zeit.

»Ich habe Angst, einzuschlafen, weil ich dir nicht traue«, erklärt er irgendwann. »Du stirbst da draußen. Ich kann nicht mehr tun, als es dir unentwegt zu sagen.« Danach tritt er weiter hinaus, legt den Kopf in den Nacken und gibt heisere krächzende Laute von sich. Ich spähe durch die offene Tür. Er klingt nicht mehr menschlich, und für Sekunden glaube ich, dass er nun doch sein wahres Gesicht zeigt, seine irre Seite, doch da gleitet etwas Schwarzes durch den Schneeschimmer.

»Kroak. Kroak. Reed. Reed.« Odin flattert auf Reeds ausgestreckten Arm und plustert sich auf. Reed beugt sich zu ihm, flüstert mit ihm und Odin schnäbelt an seiner Wange. Danach geht Reed in die Hocke und der Rabe hüpft auf das Plateau.

»Er wird mich wecken, wenn du noch mal rausgehst.« Reed schließt die Tür und schält sich aus seinen feuchten Klamotten, bis er nur noch ein helles altes Langarmshirt und Boxershorts trägt. Zum ersten Mal sehe ich in dem flackernden Licht der Öllampe seine Muskeln. Seine Oberschenkel kommen mir vor wie harte, schlanke Baumstämme, das Shirt zeichnet jeden Muskelstrang ab.

Schnell schaue ich weg, weil ich nicht will, dass er mir auf irgendeine Weise gefällt. »Wieso hast du nicht einfach die Leiter runtergeworfen?«, frage ich ihn und versuche, spöttisch zu klingen, höre mich aber erbärmlich an. Schuldig und kleinlaut.

Reed legt sich hin und deckt sich mit den Fellen zu. »Bei nassem Schnee von Bäumen zu klettern, ist gefährlich. Selbst für mich.« Er rollt sich auf die Seite, blickt mich an, wie ich im Sitzen an der Wand lehne. »Gute Nacht, Ash.« Seine Stimme klingt zu nett, wie Zucker, doch sein Blick ist hart. Er ist wütend und vielleicht enttäuscht. Okay, das wäre ich auch, wenn mir jemand ständig Böses unterstellen würde.

»Morgen werde ich dir etwas zeigen«, verspricht er dann und dreht sich um, kehrt mir den Rücken zu.

»Und wenn ich nicht will?«, gebe ich beklommen zurück.

»Das ist mir völlig egal.«

Hoffentlich zeigt er mir nicht Aydens Waldgrab!

Ach, so ein Blödsinn, Maya! Komm runter!

Eine ganze Weile sitze ich da und beobachte Reed beim Schlafen. Er hat sich auf den Rücken gerollt, und sein sandblondes Haar verschmilzt im Öllampenlicht mit dem hellen Fell. Sein Gesicht ist entspannt, bis auf die kleine Zornesfalte zwischen den Augenbrauen, als würde er sich selbst im Schlaf noch über mich aufregen. Ansonsten wirkt er schlafend total harmlos.

Ich muss an seinen Albtraum denken – daran, wie er geweint hat, und auch, wie wir heute im Wald zusammen gelacht haben. Kein Wunder, dass er sauer ist. Jetzt, wo ich nicht mehr in dem Schneechaos stehe, kann ich wieder klarer denken. Ich saß am Steuer des BMWs und habe den Kratzer hineingefahren. Daran erinnere ich mich ja. Das lässt aber nur den Schluss zu, dass Ayden nicht bei mir war. Sonst wäre ich nicht gefahren. Und er hätte mich im Wald auch nie alleine gelassen, er wäre mir immer hinterhergekommen. Zumindest glaube ich das ganz fest.

Kapitel 10

Ich habe nicht mehr geträumt. Nicht von Ayden, nicht von Maddy oder meinen Eltern. Als ich aufwache, ist Reed verschwunden, und ich friere trotz des Schlafsacks. Alles an mir ist kalt, vor allem meine Nasenspitze. Ich stecke sie in den Kaschmirschal, atme ein und aus. Wenn ich mich schlafend stelle, kann Reed mir nichts zeigen. Ich will auch gar nicht aus diesem Schlafsack raus, die Luft gefriert zu Kristallen, ist wie Pfefferminz in der Lunge.

Von außerhalb höre ich Geräusche, es klingt wie das morgendliche Schneeschippen damals im Winter vor fünf Jahren. Irgendwann krieche ich dann doch zur Tür, öffne sie einen Spalt und spähe hinaus. *Es schneit immer noch.* Richtige Zuckerwatteflocken, über die ich als Kind ganz aus dem Häuschen gewesen wäre. Die Nadelbäume ächzen sichtbar unter der dicken Schneelast. Reed versinkt fast bis über die Knie im Neuschnee und schaufelt gerade einen Pfad zwischen Shack und Baumhaus frei. Sein Haar steht wild vom Kopf ab, sein Gesicht ist gerötet. Eine Mütze trägt er nicht.

Ob er noch sauer ist? Ich habe echt keine Ahnung, was in der Nacht in mich gefahren ist. Will ich in Zukunft jedes Mal, wenn eine Erinnerung zurückkehrt, an ihm zweifeln? In der Nacht hat er gesagt, ich solle mich besser auf das konzentrieren, was ich vergessen will, anstatt mich zu fragen, was er getan haben könnte. Kann es sein, dass ich etwas Unverzeihliches angestellt habe? Unwillkürlich verneine ich es mit einer Geste. Nein, das kann ich mir ebenso wenig vorstellen wie den Gedanken, dass ich ernsthaft krank bin und daher alles vergessen habe. Obwohl ich nicht weiß, was geschehen ist, schließe ich beides aus, als würde mir meine Erinnerung das gerade noch so gestatten.

Ich hauche in meine Hände, da sieht Reed hinauf und entdeckt mich durch den offenen Spalt der Tür.

Mist! Aber es nutzt sowieso nichts, da sich meine Blase meldet. Hoffentlich hat er schon den Weg zum Klohäuschen freigeschaufelt. Vom Baumhaus pinkeln kann ich jedenfalls nicht.

»Hi«, begrüße ich Reed, nachdem ich die Leiter hinuntergeklettert bin. Er hat aufgehört, Schnee zu schippen, stützt sich mit einem Arm auf die Schaufel und mustert mich ausdruckslos. Selbst Odin, der mich normalerweise immer böse ankrächzt, gibt nicht einen Mucks von sich. Bedrohlich blinzelt er vom Dach der Shack auf mich herab. *Okay, dann eben nicht*, denke ich und stapfe auf einem Minipfad zum Klohäuschen. Reed muss echt früh aufgestanden sein, um diese Wege frei zu machen.

Fröstelnd reibe ich meine Hände aneinander und nehme mir vor, ihn später nach den Handschuhen zu fragen, die er mir geben wollte. Ich kann nur hoffen, dass er sie mir nicht vor lauter Wut verweigert.

Als ich vom Klohäuschen zurück Richtung Shack gehe, knirschen meine Stiefel im festgetretenen Schnee. Mein Atem dampft in der feuchtkalten Waldluft. Weiß, weiß, weiß; sicher bin ich bald schneeblind. Mit einem unguten Gefühl denke ich an den Winter vor fünf Jahren, als diese Kaltfront von Kanada über den Nordosten der USA gezogen ist. Sie brachte arktische

Luft über die großen Seen bis nach Massachusetts und die Neuenglandstaaten. In Boston herrschten minus dreiundzwanzig Grad, in Maine minus dreißig – in dem Winter sind wir nicht einmal ins Blockhaus an den North Pond gefahren. Wie hat Reed diese Temperaturen überlebt? Er war doch damals auch schon hier draußen, und ein Feuer, ein überlebensnotwendiges Feuer, macht er ja nicht.

Wieder puste ich wärmend in meine Hände, da entdecke ich eine Abzweigung, die in einen tief verschneiten Tannenwald führt. Hier entlang geht es zum Zelt mit den Vorräten, das ich bisher ebenso wenig inspiziert habe wie das Arbeitszelt. Okay, das Arbeitszelt reizt mich auch nicht, denn ich habe keine Lust, Tierfelle oder blutige Ausbeinmesser anzuschauen. Aber der Inhalt des Vorratszeltes könnte im Winter bedeutsam werden. Ich will wissen, was Reed an Essen gehortet hat, ob es für Wochen oder Monate im Schnee ausreicht.

Ich nehme den freigeschaufelten Pfad zum Vorratszelt und entdecke es direkt nach einer Biegung. Es sieht aus wie ein mit Zuckerguss überzogener Riesen-Muffin, ist aber um einiges kleiner als die Shack. Daneben erstreckt sich eine halbrunde Mauer, doch als ich mit dem Ärmel ein wenig Schnee wegfege, erkenne ich jede Menge Dosen und alte Gasflaschen, die Reed zusammengebunden und gestapelt hat. Erstaunt gehe ich um das Muffin-Zelt herum und finde noch ein weiteres Gebilde, das sich nach Abklopfen des Schnees als mannshohes Klangspiel aus Dosen und anderem Blech entpuppt. So entsorgt er seinen Müll! Er verbaut ihn zu Musikinstrumenten und vielleicht zu Gebäuden – womöglich wird diese Mauer ja mal eine weitere Vorratskammer oder eine isolierende Wand für das Zelt. Widerwillig bewundere ich Reed, während ich den Eingang des Zelts ansteuere.

Mit kalten Fingern ziehe ich die überlappenden Planen auseinander. Das Zelt ist gerade so groß, dass ich in der Mitte aufrecht stehen kann – könnte, da sich dort ein selbst gezimmertes Regal mit Einmachgläsern vom Boden bis zum Zeltdach auftürmt. Leicht geduckt betrachte ich die Lebensmittel, identifiziere mühselig fertig geschälte Kartoffeln, Obst und eingelegtes Fleisch in Gläsern; das Fleisch hat Reed bestimmt selbst eingekocht. Natürlich ist alles gefroren, und es ist zu meinem Erschrecken nicht viel. Es ist sogar so wenig, dass ich mich frage, wie wir den Winter überleben wollen. Ich gehe einmal um das Regal herum und entdecke am Rand des Zelts handgeflochtene Körbe mit Nüssen, Kastanien und Bucheckern. In einem weiteren Korb sind in alte Küchenhandtücher eingewickelte Gegenstände, die sich, nach dem ich den Stoff abgenommen habe, zum Glück als Mehl in Einmachgläsern entpuppen. *Und nicht als in Alkohol eingelegte Augen und abgetrennte Gliedmaßen.* Aber das habe ich auch nicht wirklich gedacht.

Ich wickele gerade wieder das Küchenhandtuch um das Glas, als mich ein raschelnder Laut herumfahren lässt. »Da bist du!« Geduckt kommt Reed ins Zelt.

Ich starre ihn an und strecke ihm fast vorwurfsvoll das halb eingepackte Glas entgegen. »Besonders viele Vorräte hast du ja nicht.«

»Stimmt. Ich muss unbedingt ab und zu etwas jagen, sonst sind wir im April Klappergespenster.« Er lacht dieses Nerd-Lachen, das mir gestern Mittag noch auf sonderbare Weise gefallen hat, mir aber gerade wieder schräg vorkommt. Doch es sind seine Worte, die mich schwindeln lassen. Wir haben also nicht nur ein Kälteproblem.

»Hast du Angst?«, will er wissen und fingert an einem Glas Kartoffeln herum. »Brauchst du nämlich nicht.«

Ich schweige, betrachte seine ruhigen, robusten Hände. Sie sind nicht prankenhaft, sondern schlank. Lange Finger. Bogenschützen-Hände, falls es so etwas gibt.

»Wir schaffen das schon. Wir müssen eben sparsam sein. Und du darfst natürlich nicht mehr weglaufen, weil ich mich sonst nicht aufs Jagen konzentrieren kann.«

»Besser, du hättest mich zu dieser Lodge gebracht«, erwidere ich bissig.

»Das war nicht möglich.«

»Natürlich war es möglich. Du wolltest nur nicht.«

»Es hätte einen Schneesturm geben können. Es wäre zu riskant gewesen. Und jetzt komm, ich wollte dir doch was zeigen.«

Heute denke ich nicht mehr, dass er mich zu Aydens Grab im Wald führen wird. Aber was könnte er mir sonst zeigen wollen?

Er marschiert voraus und sein Mantel bläht sich im Wind wie ein dickbauchiges Segel. Mit den schweren, gefütterten Boots wirkt er wie ein Mann der Nachtwache aus »Game of Thrones«. Ich folge ihm und sehe angespannt über die im trüben Licht schimmernde Schneelandschaft. Die schmalen Wege, die Reed freigeschippt hat, kann man nicht verlassen, ohne im Tiefschnee zu versinken. Er braucht sich eigentlich keine Sorgen zu machen, dass ich noch mal weglaufen könnte. Er müsste sich höchstens darüber Sorgen machen, dass mich ein Wintersportler entdeckt, der hier auf Langlaufskiern oder einem Snowmobil vorbeikommt. Vielleicht hat er in Wahrheit ja davor Angst.

In der Shack ziehen wir die Schuhe aus. Reed geht zu einer Truhe, die ich eben erst als solche erkenne, da zuvor ein buntes Tuch darüberhing. Vorsichtig holt er ein in Leder gebundenes Büchlein heraus, das mehrmals mit einer Schnur umwickelt ist, und legt es auf die windschiefe Kommode.

»Du musst erst was essen, egal, was du über mich denkst«, sagt er dann.

Mit dem kleinen Buch hat er meine Neugier geweckt. Ich schlinge den Buchweizenfladen, den er mir reicht, so hastig hinunter, dass Reed sich ein Grinsen nicht verkneifen kann. »Hungrig oder neugierig?«

»Beides.« Heute gibt es kein Obst, aber dafür heißen Pfefferminztee. Ich verbrenne mir die Zunge, weil ich zu gierig bin, doch der Tee wärmt nur meine Brust, nicht meine Arme und Beine. Ich zittere, und Reed nimmt ein weiteres Fell von einem der Rundhölzer, die zur Stabilisierung überall unter dem Zeltdach von einer Seite zur anderen verlaufen.

Behutsam legt er es mir über die Schultern. »Besser?« Seine Wut ist offenbar verraucht.

Ich nicke.

»Du bist die Kälte noch nicht gewohnt. Ich halte einiges aus.« Er holt das Buch, legt es auf das Holzbrett am Boden und setzt sich mir gegenüber.

Schweigend sehen wir uns an, bevor er fragt: »Denkst du immer noch, ich hätte deinem Freund was angetan?«

Stumm schüttele ich den Kopf, aber ich bringe auch kein »Es tut mir leid« über die Lippen, weil er mich hätte zurückbringen können, wenn er wirklich gewollt hätte, da bin ich mir sicher.

»Also?«, hake ich stattdessen nach und deute auf das Büchlein.

»Du kannst es öffnen.«

Ohne ihn aus den Augen zu lassen, nehme ich das Buch und wickele behutsam die Lederkordel ab. Als ich es aufschlage, fällt mein Blick sofort auf die handbeschriebenen, vergilbten Seiten, die in Einträge mit Datum unterteilt sind. »Ist das ein Tagebuch?«

Reed schluckt. »Ich glaube«, antwortet er rau. Ich sehe auf. Etwas an seinem Blick verrät mir, dass ich mit diesem Buch einen kostbaren Schatz in den Händen halte. Also ist es wohl kaum ein Geständnis grausamer Taten. Ich streiche über das kalte Papier. »Du glaubst?«

»Man schreibt in Tagebücher. Und das hat mein Dad getan … in dieses Buch geschrieben. Daher glaube ich, dass … also, dass es ein Tagebuch ist.« Verlegen schaut er zur Seite.

»Du hast nie reingeschaut«, frage ich überrascht.

»Nein.«

»Aber … du kannst lesen?« Wir hatten über Bücher gesprochen und er hat behauptet, er habe gelesen, aber womöglich entsprach es nicht der Wahrheit.

Er nickt jedoch.

»Und warum hast du dann nie in dieses Buch gesehen?« *Du hattest doch unendlich viel Zeit.*

»Sehnsucht.« Sein Blick flattert. »Sie ist mein Tod, aber auch der Grund, warum ich atme.«

Unwillkürlich denke ich an seine Worte über den Wald, der für ihn voller Lieder, Geschichten und Erinnerungen ist. *Ich kann hier nicht weg.*

»Ich hatte eine ganze Weile tatsächlich Angst, ich könnte das Lesen verlernen, was natürlich Unsinn ist …« Im Sitzen weist er mit seinem langen Arm zu der windschiefen Kommode. »Das ist übrigens Stella. Also, die Kommode.«

Er ist so einsam, dass er nicht nur den Tieren und Bäumen, sondern auch seinen Möbeln Namen gibt! Obwohl ich mich gegen das Gefühl sperre, rührt es mich.

Jetzt zieht er ein Blatt aus Stella und reicht es mir. Ich erkenne sofort, dass er sich eine Liste gemacht hat. Er hat alle Buchstaben aufgeschrieben und dazu Bildchen mit den Anfangslauten gemalt. Bei dem O einen Ofen, bei dem A einen Ast, für das B einen Bogen und neben das L hat er ein kleines Mädchen gezeichnet, was ich nicht verstehe. Vielleicht hat er M und L verwechselt.

»Das ist mein Buchstabenschlüssel«, sagt er, starrt an mir vorbei und reibt sich verlegen über die Nase.

»Das sehe ich.« Ich studiere das Z – hier hat er ein Zelt gemalt. »Also, Picasso bist du nicht gerade.«

»Was?«

»Das ist ein berühmter Maler.«

»Ach so.« Reed wendet mir wieder sein Gesicht zu. »Kannst du … könntest du mir vorlesen, was in dem Buch steht? Ich habe mich alleine nie getraut …«

Ich schaue von ihm auf das beschriebene Papier. Eigentlich will ich ihm keinen Gefallen tun, weil ich immer noch wütend auf ihn bin, andererseits hat er mir das Leben gerettet, und ich habe wegen heute Nacht etwas gutzumachen.

»Okay«, willige ich daher ein. »Wo soll ich anfangen?«

»Von vorne«, bittet er leise, und seine Augen leuchten auf einmal wie die eines Kindes unter dem Weihnachtsbaum. *Schneeschattenaugen,* flüstert es in mir. Wenn er mich so anschaut, kann ich ihn unmöglich für jemanden halten, der schreckliche Dinge tut.

Ich räuspere mich und blättere zur ersten Seite, fange an zu lesen.

> 5. Mai 2009. Mein erster Eintrag. Endlich kann ich es tun. Schreiben, so wie du früher. Nach deinem Tod wollte ich sofort damit anfangen, aber ich konnte nicht. Und jetzt gibt es nur eine Sache, die ich dir sagen will: Ich vermisse dich, Thea. Gott, wie ich dich vermisse. In der Nacht flüstert der Wald deinen Namen und am Tag flattert er durch die Luft wie ein Apollofalter. Wenn du doch nur bei mir wärst, Waldprinzessin. Heute war ich an deinem Grab, und da wurde mir etwas klar. Deswegen kann ich vielleicht endlich all meine Gedanken hier festhalten. Du bist nicht

wirklich tot. Du bist die Luft, die ich atme; du bist die Erde, auf der ich gehe. Du bist die Sonne und der Mond und die Sterne, die auf mich herabscheinen.

Es ist schwer für die Kinder. Aspen weint viel, aber nur, wenn er alleine ist. Willow hängt an Reed wie eine Klette. Und Reed ist so tapfer. Er ist ein starker Junge, so stark wie seine Mom es war, Waldprinzessin.

Ich frage mich, ob es ein Fehler gewesen ist hierherzukommen. Ich frage mich, ob unser Entschluss, der Welt den Rücken zu kehren, richtig war. Manchmal fühle ich mich schuldig. Aber ich kenne deine Antwort. Du hättest lieber nur ein einziges Jahr im Wald gelebt als zwanzig oder dreißig, eingezwängt zwischen Kapitalismus, Gier und Etikette. Und doch nagen Zweifel an mir. Ich fühle mich nicht mehr unbesiegbar. Nicht ohne dich.

Überrascht lasse ich das Buch auf meinen Schoß sinken. »Deine Mom ist hier im Wald begraben?« Warum ist mir der Gedanke nie gekommen?

»Nur ihre Asche. Sie starb in der Klinik.« Reeds Augen sind geschlossen und bewegen sich hinter den Lidern, als träume er von den Bildern, die der Text in ihn gemalt hat. »Liest du weiter?«, bittet er mich, ohne die Augen zu öffnen.

»Klar«, antworte ich leise.

25. Mai 2009. Fast ein Monat ist seit dem letzten Eintrag vergangen. Ich bin wohl doch niemand, der täglich seine Erlebnisse festhält,

aber heute habe ich den Wunsch, auf diese Weise mit dir zu sprechen. Du müsstest dein kleines Mädchen sehen, Thea. Sie hat deine dunklen Haare und deine dunklen runden Augen. Wenn sie lächelt, sieht sie aus wie ein Teddybär. Aspen nennt sie unsere kleine Fee. Und unseren Wald nennt er das Königreich Nahmakanta, auch wenn Nahmakanta ein ganzes Stück weiter im Nordwesten liegt. Er hat viel Fantasie, unser Junge. Vielleicht wird er eines Tages Schriftsteller. Er redet von nichts anderem als von Trollen und Elfen, von dem bösen Waldgeist Nakatosh und den Efeufeen. Willow fürchtet sich vor seinen Geschichten, aber wenn Reed sie auf seinen Schultern mit zum Angeln nimmt, vergisst sie Nakatosh und seine Trolle. Sie ist so ein braves Kind – also, von dir und mir hat sie das nicht.

Das Leben ist hart, seit du gegangen bist. Ich versuche, wieder zu lachen. Für die Kinder. Ohne Reed wüsste ich nicht, wie es weitergehen soll. Er sagt, er will sich bald dem Sanford-Ritual unterziehen, kannst du dir das vorstellen? Mit nicht mal dreizehn! Er möchte auch von den anderen als Mann akzeptiert werden. Er muss jetzt so schnell erwachsen werden. Ich mache mir Sorgen, ob er nicht in der Stadt besser dran wäre. Eines Tages muss er gehen und sich verlieben.

Manchmal denke ich, Aspen hat recht. Wir leben hier in unserem eigenen verborgenen Königreich. Wir sind die Söhne und Töchter des Waldes, wir führen ein Leben jenseits der

Menschen, und doch sind wir mehr Mensch als sie. Vielleicht bringe ich die Kinder, wenn sie älter sind, zurück. Kommen sie freiwillig eines Tages wieder, ist es ihre Entscheidung. Aber ich kann nicht gehen. In Häusern fühle ich mich wie eine Raubkatze im Käfig. Ich kann in der Stadt nicht atmen. Ich muss dort leben, wo es keine Räume, Wände und Türen gibt, wo ich frei sein kann. Ich verstehe die Menschen nicht mehr. Seit ich im Wald bin, noch viel weniger. Nenn mich einen Spinner, Thea, aber ich kann nur dort sein, wo du bist.

Ich schaue Reed an. Immer noch sind seine Augen geschlossen, seine Wangen glühen von Erinnerungen und auf seinen Lippen liegt ein Lächeln, bitter und süß zugleich.

Sehnsucht. Sie ist mein Tod, aber auch der Grund, warum ich atme.

Ich blinzele und lese weiter.

15. August 2009. Der Himmel über den dunkelgrünen Tannen war nie tiefer blau. Die Seen ruhen in der Windstille und spiegeln den Wald in seinem Schweigen. Mein Herz ist weit offen.

Ich glaube, ich verstehe es jetzt, Thea. Das Leben. Im Sommer fließen die Tage ineinander und hinterlassen das Gefühl einer Welt, die einzig aus Farben, Wasser, Luft, Kinderlachen und Erde besteht. Und je länger ich mich in ihr verliere, desto mehr kapiere ich, dass Farben, Wasser, Luft, Kinderlachen und Erde am Ende nur verschiedene Ausdrücke des Universums sind. Es ist die Sprache der Ewigkeit, die aus der Stille flüstert. Hier im Wald leben wir im Angesicht des Kosmos, der einzigen Wahrheit. Ich sehe immer mehr ein, dass das Leben nicht erklärt und verstanden werden kann. Es ist gleichsam voller Sinn wie voller Sinnlosigkeit. Selbst dein Fortgehen wird in seinem Sinn bedeutungslos, weil du noch da bist. Schöne und schreckliche Ereignisse verweben sich zu jenen Farben und Elementen, die mich umgeben. Werden eins. Es ist die Antwort, die ich immer finden wollte, und nun, wo ich sie gefunden habe, echot sie immerfort aus Zeit und Raum.

Aspens Königreich, Nahmakanta, ist lediglich ein anderes Wort für die ewige Wahrheit hier draußen. Für das Sein. Er ist ein weiser Junge, ganz anders als Reed. Reed ist ein Krieger, Thea. Er kämpft für uns. Sollte mir je etwas zustoßen, weiß ich, dass er alles im Griff hat. Er hat deine ruhigen Hände, Waldprinzessin, aber er hat auch dein wildes Herz. Vor drei Tagen hat er das Sanford-Ritual bestanden.

Aber das weißt du ja selbst. Du warst dort. Du bist überall in Nahmakanta.

Ich verstumme und lege das Buch auf meinen Schoß. Bunte Bilder eines mir völlig fremden Lebens tanzen in meinem Kopf, machen mein Herz tiefer, als hätte es an Resonanz gewonnen, allein durch diese Worte.

Als ich Reed anschaue, stockt mein Atem.

Seine Augen sind offen, und es ist, als sähe ich darin die Farben des Universums, seinen wilden schrecklichen wie schönen Tanz. Abermals denke ich an Wassily Kandinsky, der über Blau sagte, es ziehe einen in die Unendlichkeit.

»Nahmakanta«, flüstert Reed kopfschüttelnd. »Nahmakanta ... ich hätte ... ich hätte es beinahe vergessen.«

O nein, nur sehr tief begraben, Reed!

Sein Albtraum ergibt jetzt einen Sinn.

Schlagartig lacht er, und ehe ich michs versehe, beugt er sich vor, legt seine Hände auf meine Wangen und gibt mir einen Kuss auf die Stirn. »Danke, Ash!« Bevor ich protestieren kann, springt er auf und rennt hinaus.

Meine Haut brennt dort, wo seine Lippen mich berührt haben, und ich weiß nicht, ob ich es mag oder nicht. Ich gehe ihm hinterher und bleibe auf dem freien Pfad vor der Shack stehen.

Reed tobt im Tiefschnee herum wie ein kleiner Junge, wirft Schnee in die Luft und ruft pausenlos: »Nahmakanta. Nahmakanta. Nahmakanta.« Immer und immer wieder.

Ruhige Hände, wildes Herz.

Hätte ich nicht die Einträge seines Vaters vorgelesen, würde ich ihn spätestens jetzt für verrückt erklären. So kann ich mir vorstellen, was gerade in ihm vor sich geht. Er hat ein Stück Vergangenheit wiedergefunden; und wie ich aus den Zeilen seines Vaters deute, hatte er eine erfüllte Kindheit und Jugend hier im Wald. Auch nach dem Tod seiner Mom.

Als Reed schließlich mit nassen Haaren und gerötetem Gesicht auf mich zukommt, ist sein Gesichtsausdruck ernst.

»Der Wald war unser Königreich, Ash. Wir waren Prinzen und Prinzessinnen. Er gab uns, was wir gebraucht haben, damals mussten wir nicht stehlen.« Er lässt seinen Blick zu den Tannenwipfeln schweifen. »Weißt du: Diese Bäume hier haben jedes Wort von uns gespeichert, jedes Lied, jeden Streit, jede

Versöhnung. Wir haben diese Luft geatmet und der Wald hat sie wieder mit Sauerstoff gefüllt. Wenn ich manchmal in die Stille lausche, höre ich Aspens Geschichten im Wind, ich höre Willow, wie sie das Einmaleins übt, und ich höre meinen Dad, wie er alte Volkslieder der Arkadier singt. Ich spüre die Arme meiner Mom, wenn ich im Baumhaus liege und sich die Wärme der Felle in meinen Adern ausbreitet. Wie sie mich als Kind in den Schlaf gewiegt hat. Es ist, wie mein Vater über Mom schreibt. Sie sind alle hier. Überall in Nahmakanta.« Damit dreht er sich um und geht, und ich bin mir sicher, dass seine Augen feucht sind, aber das will er mir nicht zeigen.

Kurz, bevor er außer Sichtweite gerät, da der Pfad sich um ein paar Bäume schlängelt, wendet er sich noch mal um.

»Verstehst du jetzt, warum ich das Auto verstecken musste? Wieso mir dieser Ort heilig ist und ich nie, niemals zulassen werde, dass ihn jemand entdeckt und mich von hier vertreibt?«

Er verschwindet und bekommt nicht mit, dass ich nicke.

Nach dem, was ich gelesen habe, sind all meine Zweifel zerstreut, und zwar komplett alle. Reed ist eine verirrte einsame Seele. Aber ich fürchte, er ist nicht frei. Seine Erinnerungen und seine Trauer halten ihn hier gefangen. Dieser Wald, Nahmakanta, ist sein persönliches schrecklich schönes Guantanamo. Ein Gedanke, der mehr schmerzt, als er sollte, weil ich Reed auf einmal in einem viel helleren Licht sehe.

Ich schüttele den Kopf und frage mich, wieso ich die ganze Zeit über so misstrauisch gewesen bin. Im Grunde ist meine Gedächtnislücke daran schuld, weil sie so viel Spielraum für Interpretationen lässt. Schon seltsam, dass ich nicht mehr weiß, was mein persönliches Guantanamo ist. Wenn ich wüsste, was mich gefangen hält, würde ich mich ganz sicher an die letzten zwei Jahre erinnern.

Ich gehe Reed hinterher, weil ich mich schäme, ihm so viel Ungeheuerliches unterstellt zu haben, und mich entschuldigen will, da schießt Odin von oben herab und landet vor mir auf dem Pfad. »Lark! Lark! Reed!«, krächzt er mich an, als sei ich daran schuld, dass sein Herr durcheinander ist.

»Ich kann nichts dafür«, sage ich zu dem schwarzen Vogel. Er ist mir immer noch suspekt. Hoffentlich pickt er mir nicht die Augen aus.

Odin hüpft auf dem Weg auf und ab und lässt mich nicht vorbei.

»Reed will also allein sein?«, frage ich ihn.

»Krah. Krah.« *Ja. Ja.*

»Dann warte ich in der Shack«, sage ich mehr zu mir selbst, doch in diesem Moment flattert Odin auf einen Schneehaufen, den Reed glatt geklopft hat, und saust auf dem Bauch hinunter, als wäre es eine Rutsche, extra für Raben gemacht.

Trotz meiner kalt gefrorenen Glieder muss ich lachen. »Dad würde dich lieben«, rufe ich. Dad steht auf kuriose Tiere und auf kuriose Tiervideos. Ich wette, Odins Rutschpartie würde sofort im Netz viral gehen.

Ich beobachte den Raben, doch irgendwann hat er genug davon und flattert dicht über meinen Kopf hinweg. »Lark. Lark. Apen. Apen. Low! Low!«

Abrupt bleibe ich stehen und begreife, dass auch Odin schon immer in Reeds Königreich zu Hause gewesen sein muss. Er kennt alle Namen der Geschwister. Aspen, Willow und Reed. *Espe, Weide und Schilf.* Das sind alles Begriffe aus der Natur. Reed hat das L gar nicht mit dem M verwechselt. Das L stand für Lark, daher hat er ein Mädchen gemalt, seine Schwester. Lark wie *Lerche.* Sie ist das Mädchen mit den dunklen runden Augen.

»Lark! Lark!«, krächzt Odin. »Lark. Lark. Reed.«

Reeds Mom ist gestorben, doch was ist mit den anderen geschehen? Im Grunde gibt es nur zwei Möglichkeiten.

Entweder ist ihnen ebenfalls etwas zugestoßen, oder sie haben diesen Ort eines Tages verlassen und nur Reed ist geblieben.

Kurz bevor ich in die Shack gehe, blicke ich in den Wald und entdecke Reed im Schnee auf dem leicht schrägen Dach des Baumhauses sitzen, die Beine von sich gestreckt, die Hände aufgestützt. Gedankenverloren sieht er in den Himmel und wirkt dabei unendlich verloren.

Ich glaube nicht, dass seine Familie einfach gegangen ist.

Kapitel 11

Als Reed zurückkommt, habe ich aus abgekochtem Wasser und Kastanienmehl bereits einen Teig für Fladen vorbereitet und backe gerade den zweiten im Topf.

»Es tut mir leid, dass ich dir so schlimme Dinge unterstellt habe«, sage ich, kaum dass er die Schuhe ausgezogen hat.

Er nickt, erwidert nichts. Ein »Ist okay« auf Reedisch, falls ich es richtig interpretiere.

»Du backst Fladen?« Ein Lächeln huscht über sein Gesicht. Er sieht nicht aus, als hätte er geweint, was mich irgendwie beruhigt.

»Ich hoffe, das ist in Ordnung.« Ich lächele zurück.

»Woher wusstest du, wie der Kocher funktioniert?«

»In der Blockhütte meiner Eltern haben wir so ein Ding für Ausflüge und Notfälle.«

»Misch das Mehl nächstes Mal. Kastanienmehl müssen wir sparen, wo es geht. Schmeckt nämlich am besten.«

»Du erkennst das Mehl an der Farbe des Fladens?«

»Ist nicht schwierig, das wirst du auch bald.«

Ich lege uns die Pseudo-Pfannkuchen auf einen Teller und stelle diesen auf das Holzbrett, danach essen wir schweigend, aber ich habe tausend Fragen an Reed. Nur traue ich mich nicht, sie zu stellen. Er hat gesagt, er könne nicht über die Zeit vor den acht Jahren sprechen. Mittlerweile bin ich mir sicher, dass damals etwas Schreckliches passiert ist.

Am Nachmittag wird es ein bisschen wärmer und Reed überredet mich zum Bogenschießen im Lager. Allerdings brechen wir nach einer Viertelstunde ab, nachdem meine Pfeile wiederholt im Tiefschnee und nicht auf der provisorischen Zielscheibe aus Rinden und Blättern gelandet sind. Odin hat sich geweigert, sie aus dem Schnee aufzulesen, und Reed hatte nach dem zehnten Mal auch keine Lust mehr. Im Grunde bin ich froh darüber, denn meine Finger schmerzen durch das Spannen der Sehne in der Kälte, auch wenn wir heute einen Dreifingerschutz benutzt haben.

Jetzt sitze ich in der Shack und Reed zeigt mir, wie man Schmuck aus Kaninchenknochen herstellt. Odin ist mit hereingeflattert und hockt in einem selbst gebauten Käfig, den Reed extra für diese Zwecke angefertigt hat. Aus dem Tagebuch soll ich Reed heute nichts mehr vorlesen, er möchte sich die Tage, die noch bleiben, aufsparen, hat er gemeint.

Ich schaue ihm auf die Finger und komme mir vor wie ein japanischer Auszubildender, der von seinem Itamae die Sushi-Kunst nur durchs Zuschauen erlernt, denn Reed spricht nicht. Er ist so meditativ in seine Arbeit versunken, als wäre ich nicht da, doch es stört mich nicht. Allein das Zusehen hat etwas Entspannendes; selbst Odin krakeelt nicht herum, sondern macht immer nur zufrieden »Hm, hm«. Ich sitze dick eingemummelt neben Reed und staune, wie in seinen Händen ein mondweißer Anhänger entsteht, ein Baum mit üppiger Krone, nicht größer als fünf Zentimeter.

Er hat nicht viele Werkzeuge aus dem Kasten geholt: einen Minibohrer, eine Feile und ein kurzes, scharfes Messer. Als Unterlage benutzt er eine alte Baumscheibe, deren Jahresringe im Öllampenlicht glänzen.

Es dauert lange, bis er die filigrane Baumkrone gefertigt und ein Loch in den Anhänger gebohrt hat. Danach steht er auf und holt einen grünlichen Faden aus der Kommode.

»Das ist Brennnesselschnur.« Das ist das Erste, das er nach vielleicht zwei Stunden sagt.

Er lässt mich das raue Band befühlen. »Hast du das selbst gemacht?«

Er nickt. »Geht leicht. Man muss nur die Blätter von unten nach oben abstreifen, dann brennt es nicht. Danach drückt man mit der flachen Seite eines Messers auf den Stängel, damit sich die Fasern lösen. Die einzelnen Fasern kann man mit anderen umwickeln, je nachdem, wie dick die Schnur werden soll.«

Eine Erinnerung entsteht in meinem Kopf und erleuchtet mein Gedächtnis wie ein Blitz. Ich sehe mich in einer weißen Designerküche stehen und ein Messer mit der flachen Seite auf einen Stängel Zitronengras drücken, um die ätherischen Öle freizusetzen. Ich zwinkere, versuche, meinen Geist in diese vergangene Situation zu zoomen, lausche in mich hinein.

Eine Tür fällt zu, Schritte dringen vom Flur in die Küche. »Ah, ma chérie, das duftet herrlich. Machst du mir vietnamesisches Rindfleisch?« Jemand kommt näher. Feste Arme umschlingen mich von hinten, pressen mich an einen Körper. »Du weißt, dass es mich anmacht, wenn du mein Lieblingsessen kochst, oder?« Sein warmer Atem kitzelt mich im Nacken.

Ich kichere wie ein kleines Mädchen, im nächsten Moment umfasst Ayden meine Brüste, und ich halte inne. Der zitronige Duft des Grases steigt mir in die Nase und vermischt sich mit dem von weißem Sandelbaum und Aydens Duft nach Citrus, der ähnlich wie das Zitronengras riecht.

»Ich liebe dich, hörst du!«, flüstert er heiser.

Ich weiß, was diese Worte einleiten. »Das Fleisch brennt an«, *unternehme ich den schwachen Versuch, mich um den Sex zu drücken, auf den ich gerade keine Lust habe.*

Ayden greift den Wok und zieht ihn von der Flamme. »Das Essen kann warten. Ich nicht.« *Ich lasse mich von ihm mitziehen, aber der Weg ist kurz. Kaum taucht seine Zunge in meinen Mund, hebt er mich schon hoch und setzt mich auf die Kücheninsel. Ich schließe die Augen, lausche den Geräuschen seiner sich öffnenden Gürtelschnalle und der Hose. Okay, wenn er unbedingt will …*

Er beugt sich über mich, sodass ich rücklings auf die breite Arbeitsfläche gedrückt werde, und streift meine Unterhose über die Beine. »Deswegen liebe ich es, wenn du Röcke trägst, siehst du.« *Seine Augen werden beinahe schwarz vor Begehren, seine Hände wandern unter meinen Hintern, kneten das Fleisch; er zieht mir weder den Pullover noch den Rock aus. Ich seufze wohlig, damit er sich gut fühlt, und schließe die Arme um seinen Nacken. Es gibt einen kurzen Ruck und schon ist er in mir, nimmt mich ohne Vorbereitung hart und schnell. Die Art von Sex, wie Männer sie am liebsten mögen, und ich tue so, als ob es mir gefällt. Ayden sagt, wenn ich mitmache, fühlt er sich besonders von mir geliebt. Und auch heute sieht er mich danach zärtlich an und streicht mir die Haare aus dem Gesicht.* »Das Braun steht dir viel besser, siehst du. Ich hatte recht. Das ist nicht so billig. Blond ist doch jedes Flittchen.«

»Stimmt.« *Aber eigentlich denke ich nicht, dass Maddy ein Flittchen ist.*

Er zieht sich aus mir heraus, fingert ein Taschentuch aus seiner Hose und säubert sich, während ich auf dem sündhaft teuren Marmorarbeitsblock verharre. Ayden mag es, wenn ich danach noch in Position bleibe, keine Ahnung, wieso, vielleicht so was wie eine spezielle Vorliebe. Mir macht es jedenfalls nichts aus.

»Und, was hast du heute gemacht?«, fragt er beiläufig, zieht die Hose hoch und schließt seinen Gürtel, während er mich taxiert, wie ich immer noch daliege.

Ein Schreck durchfährt mich, als ich an die Perlen und Silberdrähte unter meinem Bett denke. Hoffentlich habe ich alles eingesammelt. »Nichts«, lüge ich. »Nur Yoga, und ich habe viel gelesen.«

Ayden lächelt, aber das Bild in meinem Kopf zerfließt. »Gut. Haben sich Amber und John denn bekommen?«

»Die Autorin macht es diesmal spannend. Sie sind immer noch nicht zusammen.« In Wahrheit habe ich keine Ahnung.

»Ash?« Reed sieht mich an. »Träumst du?«

»Lark«, krächzt Odin.

Desorientiert blinzele ich, will die Slideshow weiterverfolgen, aber der Schreck, den ich währenddessen empfunden habe, löst sie auf, als hätte jemand Bleiche darüber geschüttet. Wie auf Autopilot stehe ich auf, schlüpfe in meine Stiefel und stürze ins Freie. Tief atme ich die klirrend kalte Luft ein. Was ist danach passiert? Wie ging es weiter?

Krampfhaft klammere ich mich an die Bilder, das vietnamesische Rindfleisch, den Sex, Ayden, wie er sich anzieht, aber die Szene reißt an exakt derselben Stelle.

»Ash? Ist alles okay?«, höre ich Reed fragen. Er steht plötzlich neben mir auf der Veranda.

»Ich …« Stumm sehe ich ihn an. Er hält die Kette, die er gefertigt hat, an der Brennnesselschnur auf meine Augenhöhe. Immer noch schweben die Bilder von Ayden und dieser schicken Wohnung in mir. Ich bin also wirklich von zu Hause ausgezogen und habe mit Ayden zusammengewohnt. Ich kann es kaum fassen, dass ich eine eigene Liebesgeschichte habe. Aber wieso hat mich die simple Frage nach den Perlen so in Aufruhr versetzt? Verwirrt betrachte ich das helle Schmuckstück in Reeds Hand.

»Für dich«, sagt er. »Eine Esche. Du hast mir heute mehr als ein Königreich geschenkt.« Er tritt näher und streift mir die Eschenkette behutsam über den Kopf, danach fasst er mein Haar zusammen und zieht es vorsichtig über die Schnur.

»Danke«, erwidere ich, noch atemlos von der Erinnerung, aber auch wegen der Zärtlichkeit seiner simplen Geste. »Verdient habe ich sie nicht«, stelle ich etwas bitter fest.

Er schüttelt nur den Kopf, als wollte er dieses Thema nicht vertiefen. »Wieso bist du rausgerannt?«, will er stattdessen wissen und blickt auf den Anhänger, der auf das Fell meines Ponchos fällt.

»Ich habe mich plötzlich an etwas erinnert«, antworte ich. *An Liebe. An Ayden. An Sex.* Ich hatte ein richtiges Leben. Ich, Maya Morrow, das schüchterne Mauerblümchen. Es ist unfassbar; schön, aber auch komplett verwirrend.

»War es eine gute Erinnerung?«, forscht Reed. »Oder bin ich jetzt wieder ein Mörder oder Entführer?«

Sein Ton, der Spott andeutet, aber darunter verletzlich klingt, beschämt mich. »Nein, bist du nicht«, entgegne ich hastig und zwinge ein Lächeln auf mein Gesicht.

»Und? War es eine gute Erinnerung?«

Ich schlinge die Arme um mich. Ja und Nein. Etwas an den Bildern hat mich verstört, aber vielleicht kommt das einfach daher, dass sie vollkommen aus dem Zusammenhang gerissen sind. »Ich weiß es nicht«, gestehe ich ehrlich.

Reed mustert mich prüfend. »Du siehst nicht glücklich aus.« Damit geht er wieder in die Shack, und ich höre ihn mit Odin reden.

Fröstelnd trete ich von einem Bein aufs andere. War ich glücklich mit Ayden?

Um einen klaren Kopf zu bekommen, laufe ich ein Stück den Trampelpfad entlang, doch nach ein paar Minuten frieren meine Hände fast ein. Ich erinnere mich daran, dass ich Reed nach den Handschuhen fragen wollte. Ich kehre wieder um, sage mir, dass auch diese kurze Erinnerung besser ist als gar keine. Bruchstückhaft hat sie neue geweckt, denn wenn ich die Augen schließe, habe ich verschwommene Bilder von Ayden und mir im Kopf. Wie wir zusammen in der schicken Wohnung essen, wie wir lachen, sogar, wie er mich küsst. Aber die Erinnerungen sind nicht klar, eher wie ein verblasster Traum, doch ich spüre, wie sehr ich Ayden geliebt habe. Ganz sicher war ich also damals mit ihm im La Vie En Rose. Und sein Interesse auf der Feier war kein übler Scherz.

Erleichterung durchflutet mich. Mit meinen Erinnerungen ist es so, wie ich vermutet habe: Ich brauche Geduld, nach und nach kommt alles wieder. Das ist beruhigend.

Als ich die Tür zur Shack öffne, sitzt Reed im Schneidersitz auf einem Fell und feilt an einem weiteren Schmuckstück, das wie ein Stern aussieht. Seine großen Füße stecken in dunklen Wollsocken, die mir heute zum ersten Mal wirklich auffallen.

Ich reibe mir über die Ohren, die so kalt sind, dass ich sie kaum spüre.

»Du musst die Mütze aufsetzen, wenn du rausgehst«, ermahnt mich Reed prompt, hört aber nicht auf zu feilen.

»Ich weiß.« Ich streife die Stiefel ab. »Kannst du mir Handschuhe geben? Ich glaube nicht, dass ich meine Hände noch mehr gegen die Kälte abhärten kann.« So was in der Art hat er mal gesagt.

»Ich geb sie dir später.«

»Okay.« Ich lasse mich auf ein Fell sinken und beobachte ihn. Selbst bei der Arbeit wirkt er so still und in sich gekehrt wie ein Zenmeister. Sein Gesicht mit den schmalen Lippen und den schmalen Augen hat etwas Erhabenes, fast Aristokratisches. Ich muss an seine Worte denken: *Der Wald war unser Königreich, Ash. Wir waren Prinzen und Prinzessinnen.*

»Hast du inzwischen herausgefunden, ob es eine gute Erinnerung war?«, durchschneiden seine Worte irgendwann so unvermittelt die Stille, dass ich mich erschrecke.

»Nein.« Ich betrachte den weißen Stern, der in seinen Händen immer schärfere Konturen bekommt. Schließlich gebe ich mir einen Ruck. »Was ist mit deinen Erinnerungen? Was ist mit deiner Familie geschehen? Wo ist sie?«

Reed hört für einen Moment auf zu feilen und wiegt den Knochenstern in seinen Händen hin und her. »Sie sind gegangen und kamen nie wieder.«

»Sie haben dich allein zurückgelassen?«, frage ich fassungslos.

»Das habe ich nicht gesagt.« Er feilt weiter. »Aspen wurde krank. Er hatte hohes Fieber, keine Kräuter des Waldes halfen, keine kalten Wickel, nichts. Am Ende glühte er wie Kohle, hat von Nakatosh fantasiert. Also musste Dad wohl oder übel mit ihm zum Arzt.«

Ich schlucke. »Hat Aspen es geschafft?«

»Ich weiß nicht, ob er es geschafft hätte.« Reed hält inne und sieht mich an. »Ash, sie kamen einfach nicht zurück.«

»Sie?«

»Dad hat auch Lark und Willow mitgenommen. Lark war auch krank, aber nicht so sehr wie Aspen. Ich war schon fünfzehn und wollte im Lager die Stellung halten. Dad sagte was von einem Mittel, das Aspen vielleicht heilen könnte.«

»Antibiotika bestimmt.«

»Keine Ahnung.«

»Lark!«, krächzt Odin fast bekümmert, hüpft aus dem offenen Käfig auf Reeds Oberschenkel und schnäbelt an seiner Hose herum.

Mit schwerem Herzen betrachte ich den Raben, bevor ich wieder zu Reed schaue. »Du hast gesagt, sie kamen nicht zurück. Hast du ... hast du sie nicht gesucht? Bist du ihnen hinterher?«

»Natürlich.« Reed hat die Feile auf den Boden gelegt und dreht den Stern in seinen Fingern. Zacke für Zacke für Zacke. Er wirkt so verloren, dass ich ihn am liebsten in die Arme nehmen würde, doch sein Gesichtsausdruck ist düster, ich glaube, er würde es nicht wollen. »Dad wollte nicht länger als drei Tage fortbleiben«, sagt er. »Nach dem sechsten Tag wurde ich unruhig.« Er sieht an mir vorbei. »Sie hatten einen Unfall. Sie sind alle tot.«

Ein dunkler Schatten senkt sich über mich, macht mein Herz wund und die Lungen zu klein zum Atmen. »Das tut mir leid, Reed«, flüstere ich vollkommen bestürzt. »Ich weiß gar nicht, was ich sagen soll ...«

Er umklammert den Stern, streicht mit der anderen Hand über Odins dunkles Gefieder, meidet krampfhaft meinen Blick. »Du musst nichts sagen. Weißt du, ich habe das noch nie jemandem erzählt. Zumindest keinem menschlichen Wesen.« Er betrachtet den Raben. »Odin habe ich es gesagt – er hing furchtbar an Lark, und es hat drei Jahre gedauert, bis er mich als neuen Herrn akzeptiert hat.« Er legt den Stern in den Vogelkäfig. Odin flattert sofort hinterher und untersucht ihn mit dem Schnabel. »Er war immer schon Larks Rabe, seit ihrer Geburt eigentlich.«

»Daher ruft er so oft ihren Namen.«

»Er hat bereits als Jungvogel ihre Wiege vor allen vermeintlichen Feinden verteidigt, einmal hat er mir sogar in den Finger gehackt.« Odin schaut kurz zu ihm und Reed lacht leise, aber unglücklich. »Dabei wollte ich sie nur auf den Arm nehmen, weil sie Koliken hatte.«

»Reed. Aspen. Lark«, gurgelt der Rabe.

»Fast wie ein Wachhund also«, staune ich.

»Ja, so in etwa.« Ernst schaut er mich an. »Als ich herausgefunden hatte, was passiert war, wollte ich mich von einem Schiefersteinbruch stürzen, aber Odin war von einem Steinadler angegriffen und verletzt worden. Ich musste ihn pflegen; ich konnte ihn nicht zum Sterben zurücklassen, nur weil ich mir selbst den Tod gewünscht habe.« Er schluckt geräuschvoll. »Ich dachte immer, wenn er gesund ist, tue ich es, doch als hätte er das gerochen, hatte er ständig neue Wehwehchen. Ich wusste vorher nicht, dass ein Rabe so oft Durchfall haben kann.« Reed grinst, aber es sieht mehr nach Weinen als nach Lachen aus.

»Hm, hm«, macht Odin, und es klingt behaglich.

»Er hat mich wirklich gerettet, dieser Rabe.«

»Das ist schön«, erwidere ich nur, aber in Wahrheit ist das alles grausam und tieftraurig.

Reed sieht von mir zu Odin und zurück. »Ich weiß nicht, ob es schön ist. Ich habe mittlerweile gelernt, dass Schmerz ein Teil des Lebens und dieser Welt ist. Wenn man versucht, alles auszuschließen, das wehtut, dann geht man dem Leben aus dem Weg, weil es immer beides ist: Freude und Leid. Es ist so wie der Winter hier, Ash. Er kann dich umbringen, aber er kann dir auch wahre Schönheit zeigen.«

Irgendetwas an seinen Worten berührt mich, so wie mich die Einträge seines Vaters heute berührt haben. Sie schaffen Raum in meinem Herzen und in der Lunge, dort, wo sich alles klein und eng anfühlt. Sie stärken mich, wo ich mich schwach und ängstlich fühle. Ich frage mich, ob ich selbst Leid ausgeschlossen habe, weil ich es nicht ertragen konnte. Habe ich deswegen so vieles vergessen? Hat Ayden etwas damit zu tun? Immerhin fallen mir hauptsächlich Erinnerungen ein, in denen er eine Rolle spielt. War es das Ende unserer Liebe, das mich so niedergeschmettert hat? Habe ich herausgefunden, dass er mich betrügt? *Mit Maddy?* Nein, so etwas würde sie mir oder Edward niemals antun.

»Ash?«, reißt Reed mich aus den Gedanken. »Was ist mit deiner Familie? Willst du über sie reden?«

Ich sehe ihn an. Sein Gesichtsausdruck ist offen, er meint es ehrlich. »Kannst du denn schon so lange zuhören?«, will ich wissen. »Könnte sein, dass ich viel rede, wenn ich mal anfange.«

Er lächelt und streicht sich die blonde Strähne aus dem Gesicht. »Wenn es mir zu viel wird, stecke ich einfach den Kopf in den Schnee.«

»Haha! Sehr witzig.« Ich strecke ihm die Zunge raus, bin insgeheim aber froh darüber, dass er schon wieder Späße macht.

»Ich habe acht Jahre nur mit Odin gesprochen. Und seine Antworten waren recht begrenzt, auch wenn er ein cleverer Rabe ist. Ich bin das nicht gewohnt …«

»Soll ich kurze Sätze bilden und sie in einem Abstand von je fünf Minuten von mir geben?«

Etwas Seltsames überzieht seine Züge, dann grinst er. »Haha! Sehr witzig.« Er lacht dabei.

Also erzähle ich ihm von meiner superperfekten Schwester, die den klassischen Kurven der Kindesentwicklung stets um Längen voraus war. »Sie ist in der Junior High nicht nur die Schnellste in ihrem Staffellaufteam gewesen, sondern auch ein Gesangstalent, das ohne Vorkenntnisse den Gesangswettbewerb im Bundesstaat Massachusetts für ihre Altersstufe gewonnen hat. Obwohl sie nur aus Spaß mitgemacht hatte. Ihre Interpretation von ›I Will Always Love You‹ hätte Whitney Houston vor Neid erblassen lassen.«

Reed sieht mich mit großen Augen an und ich fahre fort: »In der Schulzeit war sie ein Mathe-As, aber auch ein Sprachgenie, und sie machte auf der Willow Park High den besten Abschluss aller Zeiten. Vor vier Jahren hat sie auf Drängen einer Freundin am Miss-Boston-Wettbewerb teilgenommen und gewonnen … Es war keine wirkliche Überraschung.« Ich halte inne. Was Maddy angeht, gibt es nichts, das sie nicht kann, aber im Gegensatz zu vielen anderen außergewöhnlich talentierten Menschen in ihrem Alter ist sie bodenständig geblieben. »Sie macht nie jemanden blöd an und war bereits mit fünfzehn eine Stilikone ... es ist komisch, es gab nie jemanden, der ihr das alles nicht gegönnt hat, alle haben sie immer nur angebetet, aber niemand hat verstanden, wie warmherzig, großzügig und einzigartig sie wirklich ist. Ich liebe sie ... ich liebe sie so sehr, aber es ist schwierig, eine Schwester wie Maddy zu haben.«

Reed sieht mich immer noch so unverwandt an, daher höre ich auf zu reden, ich habe wieder viel zu viele Wörter benutzt.

»Was ist Staffellauf?«, ist das Erste, das Reed mich nach einer langen Zeit fragt. Er macht so ein verwirrtes Gesicht, dass ich lachen muss. Ich erkläre es ihm in kurzen Worten.

»Macht das Spaß?«, fragt er.

»Mir nicht«, sage ich schulterzuckend.

»Was ist der Sinn dieses Spiels?«

»Das schnellste Team zu sein.«

Reed schüttelt den Kopf. »Und was ist gut daran, das schnellste Team zu sein?«

»Keine Ahnung. Ruhm, Preise, Geld.«

»Ah.«

Seinem Stirnrunzeln nach zu urteilen versucht er, sich ein Bild von dem Nutzen von Ruhm, Preisen und Geld zu machen. Nach einigem Überlegen resümiert er: »Mit Geld kann man Gasflaschen und Essen kaufen.«

Offenbar hat er damit den Sinn des Spiels erfasst.

»Und was ist eine Stilikone?«

Ich muss echt aufpassen, welche Wörter ich benutze. »Kurz gefasst: Wenn alle tragen wollen, was man selbst trägt«, erkläre ich.

»Okay. Dann bin ich hier im Winter eine Stilikone.«

»Ja, in etwa.« Ich beiße mir auf die Lippen, um ein Grinsen zu vermeiden. Reed mustert mich.

»Welche Rolle hattest du in deiner Familie, wenn deine Schwester alles konnte?«

»Ich?« Ich überlege. »Ich hatte irgendwie keine Funktion. Ich war halt auch da.«

»Das gibt es nicht. Bei uns war Aspen der Märchenerzähler, Willow war die brave Schlaue, die immer alles gelernt hat, was Dad uns aufgab. Lark war die freche Kleine, die Tierliebhaberin. Und ich …«

»Du warst der Krieger, der die Verantwortung übernommen hat.« *Ruhige Hände, ein wildes Herz.*

»Ja!« Er lächelt verlegen, blinzelt zur Seite, und mir wird bewusst, dass ihm acht Jahre lang niemand mehr etwas Nettes gesagt hat. Er wurde nicht gelobt, nicht berührt, nicht geliebt. Wie sehr muss er sich danach sehnen?

Mein Herz, das den neu gewonnenen weiten Raum immer noch fühlt, wird ein bisschen kleiner. »Ich war die Ängstliche, die Schüchterne der Familie.« Aber das war nicht von jeher so. »Als Kind habe ich ständig mit Maddy konkurriert, doch dann ist etwas passiert, und ich habe damit aufgehört und mich zurückgezogen. Leider weiß ich nicht mehr, was es war.« Als wäre das auch aus meinem Gedächtnis gelöscht – so wie die letzten zwei Jahre.

»Es wird dir sicher bald wieder einfallen«, ermutigt mich Reed.

Wir schweigen eine Weile, doch es ist eine angenehme Stille. Mir wird bewusst, wie wenig Reed von der Welt weiß und wie viele Weisheiten er trotzdem kennt.

Wir leben weitab von den Menschen und sind doch mehr Mensch als sie. Ein Körnchen Wahrheit steckt in dieser Erkenntnis, aber niemand sollte acht Jahre allein sein. Wieso ist er nie in die Stadt zurückgegangen? Sind es allein die Erinnerungen, die ihn hier festhalten? Ich würde ihn gerne so vieles fragen, aber ich will ihn nicht wieder traurig machen.

Und vielleicht erzählt mir das Tagebuch auch bald mehr über diese Familie, ihren Zusammenhalt und ihre Beweggründe, der Welt den Rücken zu kehren.

Ob Reed Verwandte hat? Irgendjemand muss es doch dort draußen noch für ihn geben, oder? Und was ist mit seinen Geschwistern und seinem Vater nach dem Unfall passiert?

Wurden sie beerdigt? Wenn ja, wo?

Hatte er nie das Bedürfnis, ihre Gräber zu besuchen?

Ich schaue ihn an, doch er stöbert gerade in der Kommode herum und zieht schließlich eine Dose Chili con Carne und eine Dose Gingerbeer heraus. »Die habe ich Anfang des letzten Winters aus der Lodge mitgehen lassen. Für irgendeinen Tag, der besonders ist. Ich wollte diese Dose und das Chili schon an dem Tag öffnen, als ich dich gefunden habe ...«

Fragend sehe ich ihn an. »Wieso?«

»Ich hatte jahrelang keinen Menschen mehr aus der Nähe gesehen ... und du ... na ja ... du warst ... du bist das Schönste, das ich je gesehen habe ...«

Ich beiße mir auf die Lippe, fühle mich geschmeichelt, auch wenn ich weiß, dass jedes weibliche Wesen dieses Gefühl in ihm hervorgerufen hätte.

»Ich wollte das Essen und das Bier mit dir teilen, aber du warst so ... so aufgeregt und so durcheinander ... und du hast so unheimlich viel geredet ... ich dachte, es wäre besser zu warten.« Sein Blick ist brutal ehrlich. »Heute ist ein besonderer Tag, oder?«

Tief drinnen in mir entsteht ein Lächeln, als ich den Glanz in seinen Augen bemerke; so echt und wahr habe ich mich sehr lange nicht mehr für jemanden gefreut. Ich bin glücklich, dass ich ihm sein Königreich wiedergeben konnte, und ich bin glücklich über das Dosenchili und das Gingerbeer.

»Ja«, sage ich. »Heute ist ein besonderer Tag. Danke für die schöne Kette.« Ich nehme den Anhänger und betrachte ihn in dem schwachen Öllampenlicht. Er schimmert mystisch, geisterweiß, die Baumkronen sind fein verästelt und die grüne Schnur, an der er hängt, ist sicher so stabil wie Silberdraht. Ich denke an meine neuste Erinnerung. Warum wollte ich nicht, dass Ayden mitbekommt, dass ich noch Perlenschmuck bastele? Er meinte doch, ich solle das als Hobby weiterverfolgen?

Kapitel 12

Es wird kalt in dieser Nacht, aber diese Kälte ist mit nichts vergleichbar, was ich je erlebt habe. Selbst der Schlafsack und die zusätzlichen Felle können mich nicht richtig warmhalten. Meine Zehen beginnen zu kribbeln, obwohl ich auf Reeds Anraten mit den Schuhen in den Schlafsack geschlüpft bin. Irgendwann spüre ich sie kaum noch.

»Reed«, flüstere ich zitternd. »Bist du wach?«

»Hm«, brummt er und regt sich, ein dunkler Schatten in dem matten Öllicht, das hinter uns brennt.

»Mir ist total kalt.«

Er setzt sich auf. »Sollen wir ein paar Übungen machen?«

»Übungen?«

»Wenn es zu kalt wird, stehe ich nachts auf, laufe eine Runde, mache Kniebeugen. Das hilft.«

Keine zehn Pferde bekämen mich aus diesem Schlafsack. Wie aus Protest krieche ich tiefer hinein. »O Gott.« Da fällt mir etwas ein, das ich ihn sowieso fragen wollte. »Erinnerst du dich an den Winter vor fünf Jahren? Da waren es in Maine minus dreißig Grad.«

Er atmet tief durch. »Ist das schon fünf Jahre her? So lang kommt es mir gar nicht vor.«

»Wie hast du den Winter überlebt? Hast du doch Feuer gemacht?«

»Nein. Aber es war hart. Ich wäre beinahe erfroren«, gibt er zu. »Odin hat mich jede Nacht geweckt, immer dann, wenn es am kältesten war, keine Ahnung, wie viel Uhr es gewesen ist, aber es war dunkel. Daraufhin bin ich aufgestanden und habe mich bewegt. Bin die Pfade auf und ab gegangen; ich habe Schnee im Topf zu Wasser geschmolzen, um mein Trinkwasser für den nächsten Tag zu sichern. Erst wenn es hell wurde, habe ich mich noch drei oder vier Stunden hingelegt.«

»Und das hast du jede Nacht gemacht?«, frage ich entgeistert.

»Ja. In der Nacht ist die Gefahr zu erfrieren am größten. Du wachst einfach nicht mehr auf.«

Mit einem Schrecken setze ich mich ebenfalls hin. »Und bei Temperaturen wie diesen?«

Reed atmet ein paar Mal tief durch, als würde er die Kälte in der Lunge prüfen. »Noch geht es.«

»Meine Füße sind taub.« Mein Atem gefriert vor mir in der Luft, es würde mich nicht wundern, wenn sich daraus eine Schneeflocke bildet.

»Du musst sie bewegen, krümm die Zehen, bis du sie wieder spürst.«

Ich tue, was er sagt, und er beobachtet mich. Seine Augen glänzen unwirklich in dem schimmernden Licht.

»Wird es besser?«

»Na ja …« Ganz fest kralle ich die Zehen in den Fellstiefeln zusammen.

»Wir können auch beide in deinem Schlafsack schlafen, das würde uns wärmer halten … also, wenn es okay für dich ist …«

Ich mustere ihn von der Seite. Selbst wenn sich meine Bedenken verflüchtigt haben, möchte ich nicht unbedingt zusammengepfercht mit ihm in einem Schlafsack liegen. Ich habe keine Ahnung, was er über Sex, Frauen und Mädchen weiß. Was es bedeutet, ein Gentleman zu sein. Alles, was er wissen könnte, müsste er entweder von seinem Vater gelernt oder in Büchern gelesen haben. Und wer weiß, was diese körperliche Nähe zu mir mit seinem Körper anstellt.

Ich lasse mich zurück auf die Felle sinken. »Es geht schon«, weiche ich aus und bewege meine Zehen so lange, bis ich sie wieder spüre.

Reed legt sich ebenfalls hin. »Sag Bescheid, wenn du es dir anders überlegst.«

Ich starre an die Holzdecke, an die tanzenden Lichtschatten und spüre ihn neben mir. Er liegt reglos, keine Ahnung, an was er denkt. An mich? An meinen Körper? Wenn er wirklich seit seiner Kindheit im Wald lebt, hat er noch nie ein Mädchen geküsst und auch noch nie mit einem geschlafen. Ob er sich Hoffnung macht, dass ich mich in ihn verliebe? Oder mit ihm schlafe?

Leise hole ich Luft und spüre, dass er immer noch neben mir wach liegt, weil er anders atmet, weniger ruhig. Ich drehe den Kopf in seine Richtung und blicke direkt in seine Augen. Sie schimmern, aber sie haben nichts mehr von ihrer üblichen Stille. Sie sehen eher aus wie die eines Raubtiers bei Nacht. Groß, offen, wachsam. Er schaut mich an – die ganze Zeit.

»Kannst du nicht schlafen?«, frage ich, um irgendetwas zu sagen. »Ist dir kalt?«, hake ich nach.

Er schüttelt den Kopf, den Blick unverwandt auf mein Gesicht gerichtet. »Nein, seltsamerweise gar nicht.«

»Oh.« Ich kehre ihm den Rücken zu, rutsche noch tiefer in meinen Fellschlafsack und weiß nicht, wie ich reagieren soll.

»Ich bin … unruhig. Irgendwie hellwach«, sagt er verwirrt.

»Du solltest rausgehen und dich bewegen«, schlage ich vor und kralle meine Zehen wieder in den Stiefeln zusammen.

»Ja, gute Idee.«

Ich höre, wie er aufsteht und kurze Zeit später die Hütte verlässt. Und obwohl ich erleichtert bin, schlafe ich nicht ein.

In der restlichen Nacht mache ich kein Auge zu, auch dann nicht, als Reed wieder auftaucht und ich ihn gleichmäßig atmen höre. Ich habe Angst, im Schlaf zu erfrieren, und dämmere erst ein, als es draußen heller wird und Reed aufsteht.

»Ich schaue mal, ob ich was jagen kann«, verkündet er, bevor er die Tür des Baumhauses schließt.

Als ich später aufstehe, ist er nicht da, und ich laufe vor Kälte zitternd zum Klohäuschen. Das Wasser der Kanne ist seit zwei Tagen gefroren, daher wasche ich danach meine Hände mit Schnee – was ich sofort bereue, weil sie mir hinterher vorkommen wie nutzlose Klumpen.

Alles wäre viel einfacher, wenn Reed ein Feuer machen würde, denke ich missmutig auf dem Rückweg. Vielleicht kann ich ihn irgendwie dazu überreden. Es wird ja auch nicht ständig ein Förster auf der Lauer liegen, um nach Rauch Ausschau zu halten.

Irgendwann bleibe ich stehen, da mich etwas irritiert. Suchend schaue ich mich um. Die Tannenäste senken sich tief durch die Schneelast, Eiszapfen glitzern im fahlen Sonnenlicht. Heute Nacht muss es wieder geschneit haben, denn feiner, matter Pulverschnee pudert die Pfade, doch rings um mich herum funkeln die Schneekristalle wie Abermillionen fein geriebene Diamantscherben, ein scharfer Kontrast zu den schwarzen Umrissen der Bäume.

Auf einmal weiß ich, was mich durcheinanderbringt. Es ist die Stille. Sie hüllt mich ein, sie verschluckt alles, es ist, als ob jedes Leben im Wald den Atem anhalten würde. Ich muss an die Worte Jack Londons denken, die uns Dad mal an einem kalten Winterabend im Blockhaus vorgelesen hat: »Die Natur hat viele Möglichkeiten, den Menschen von seiner Sterblichkeit zu überzeugen, aber am betäubendsten von allen ist die totengleiche Ruhe des weißen Schweigens.«

Ich blinzele und lausche. Und höre nichts. Nichts rührt sich, es gibt keine Bewegung im Wald, als wäre alles eingefroren, selbst die Zeit. Fast denke ich, ich wäre taub.

Und das hat Reed jeden Winter mehrere Monate ertragen? Wie kann man das aushalten?

Ich gehe ein paar Schritte, um wenigstens das Knirschen meiner Boots zu hören. Es ist eine Wohltat. Beruhigend wie dieses angenehme Kribbeln auf der Haut, das von zarten rhythmischen Geräuschen oder sanften Stimmen ausgelöst werden kann und gegen Panikattacken hilft.

Nachdenklich reibe ich mir über die kühle Stirn. Zu Hause in Boston habe ich Gewichtsdecken und die akustischen Sinnesreize meiner App zum Einschlafen gebraucht. Am liebsten mochte ich das Tapping, das feine Klopfen von Fingerspitzen auf einen Gegenstand, das hat eine besondere Tiefenentspannung in mir ausgelöst.

Habe ich diese Hilfen auch noch benötigt, als ich mit Ayden zusammen gewesen bin? Nein, ich glaube nicht. Bruchstückhaft erinnere ich mich an weiche, luftige Daunendecken, an das Gefühl, von ihm beschützt zu werden. Weshalb habe ich früher überhaupt Gewichtsdecken und eine App zum Einschlafen gebraucht? Wieso fürchte ich mich vor der Dunkelheit? Reichen meine Erinnerungslücken tatsächlich auch in meine Kindheit zurück, wie ich es neulich schon einmal gedacht habe? Kann das sein? Oder vielmehr: Wieso sollte es so sein?

In der Shack finde ich eine Thermoskanne voll Tee und ein in ein Geschirrtuch eingewickeltes Päckchen. Daneben liegt eine Notiz.

Für Ash, steht krakelig darauf.

Ich muss lächeln, wickele zwei Fladen aus und verputze sie in Windeseile. Danach schüttele ich das Tuch aus, lege es zusammen und packe es in die Kommode, dabei entdecke ich das Tagebuch. Es juckt mich in den Fingern, einfach weiterzulesen, doch stattdessen streife ich mir die Fäustlinge über, die Reed mir gestern noch gegeben hat, und kehre in die Kälte zurück. Immer wieder wandere ich die Pfade auf und ab, in der Hoffnung, mir würde noch etwas aus der Vergangenheit einfallen, doch vergeblich. Als es mir zu kalt wird, gehe ich in die Shack und lese weiter Huckleberry Finn.

Hoffentlich kommt Reed bald zurück, denn ohne ihn hat das Lager etwas Verlorenes. Ich fühle mich hier mutterseelenallein.

Ich warte und warte. Irgendwann habe ich ein Loch im Bauch und laufe zum Vorratszelt, überlege, ob ich mir eine Dose Obst aufmachen soll. Doch als ich die mageren Bestände durchgehe, entschließe ich mich dagegen. Vielleicht kommt Reed ja auch gleich mit einem geschossenen Kragenhuhn um die Ecke.

Als es dämmert, ist Reed immer noch nicht da, und ich bin verrückt vor Sorge. Was, wenn ihm etwas passiert ist?

Widerwillig beschließe ich, ihn suchen zu gehen. Vielleicht hat er sich verletzt und braucht Hilfe. Bei dem Schnee wird er sich nicht zu weit von seinem Camp entfernt haben, womöglich hört er mich, wenn ich ihn rufe.

Ich beginne die Suche dort, wo er vom Lager aus den Trampelpfad verlassen hat – diesen Punkt finde ich dank des Schnees ziemlich schnell. Es ist der Wald, in dem er mich das zweite Mal gestellt hat, seine Spur führt sogar an den vier miteinander verwachsenen Tannen vorbei. Mühsam kämpfe ich mich durch Dickicht und herabhängende Zweige, steige über verschneites Totholz und rufe ständig seinen Namen, doch er antwortet nicht. Angst türmt sich in mir auf, während ich der Schneise, die er in den Tiefschnee gepflügt hat, folge. Pulverschnee rieselt in meine Stiefel, ich schwitze und friere.

Alle paar Minuten bleibe ich stehen, um durchzuatmen, lausche und rufe, aber der Schnee dämpft mein lautes »Reeeeeed«, verschluckt es wie ein Tier.

»So ein Mist!«, schimpfe ich vor mich hin, als ich wieder einmal stoppe. Die reglosen Bäume malen ihre finsteren Schatten auf das Weiß, der Himmel ist eine Nebelsuppe und langsam kriecht mir eine Eiseskälte unter die Klamotten, trotz meines verschwitzten Rückens oder gerade deswegen. »Bitte, Reed, dir darf nichts passiert sein!« Ich habe nicht nur Angst um ihn, sondern auch um mich. Ohne ihn bin ich komplett verloren. Irgendwann bin ich so verzweifelt, dass ich sogar nach Odin rufe, weil er Reed bestimmt begleitet hat; im Lager war er heute jedenfalls nicht.

Hätte mich der Rabe nicht aber geholt, wenn Reed etwas zugestoßen wäre? Ja, Odin wäre sicher zurückgeflogen und hätte mich so lange gepiesackt, bis ich seinen Herrn gesucht hätte. Wahrscheinlich ist es besser umzukehren, bevor mich die Dunkelheit überrascht und ich mich am Ende trotz der Spur im Schnee verlaufe. Außerdem lebt Reed seit acht Jahren allein im Wald, spreche ich mir Mut zu. Vielleicht ist er sogar längst wieder im Lager.

In der Spur des Hinwegs stapfe ich zurück und meine Zähne klappern unkontrolliert aufeinander. Gott, was gäbe ich jetzt für ein heißes Bad in der Marmorbadewanne meiner Eltern.

Der Wald wird dunkler, ich rufe wieder nach Reed. Da höre ich ein feines Rascheln. »Reed?« Ich fahre herum, kann aber nicht sagen, woher das Geräusch tatsächlich kam. Doch da ist etwas. Mein Herz pocht hart in meiner Kehle, während ich den Blick über Schnee, Gestrüpp und Baumstämme gleiten lasse. Vor meinen Augen entsteht das Bild eines Mannes mit grünem Hoodie, aber das ist ein Trugbild, verursacht durch Furcht und

Schatten. Hier ist kein Fremder mit Kapuzenpullover. Oder doch?

Meine Kehle wird eng. Ich presse die Faust auf den Mund. Da springt etwas Großes auf den frei getrampelten Pfad. Panik fährt mir in die Glieder, doch anstatt eines Schreis sauge ich nur erstickt Luft ein. Honiggelbe Augen glimmen wie zwei Flammen durch die Dämmerung, das Fell des Pumas schimmert ockerfarben, unwirklich wie in einem Traum.

Mach Lärm! Erschreck ihn!

Ich will die Fäuste heben, ihn mit Gebrüll verjagen, aber ich bringe nicht einen Laut hervor.

Er ist vielleicht sieben bis zehn Meter entfernt, verharrt regungslos wie ich. Meine Beine fühlen sich an wie aus Gummi. Pumas sind in Maine eine Seltenheit, Angriffe auf Menschen gibt es kaum. Aber womöglich ist dieses Tier ausgehungert.

So flach wie möglich atme ich ein.

Geh weiter. Geh einfach weiter, sage ich im Stillen zu ihm. Doch der lange Schwanz peitscht plötzlich aufgeregt hin und her. Die runden Pumaohren sind aufgestellt, der Körper geduckt. Er registriert alles. Wahrscheinlich hatte er mich schon länger als Beute im Visier, jetzt wartet er nur darauf, dass ich weglaufe und er mich jagen kann.

Mir wird heiß und kalt. Ich habe keine Ahnung, was ich tun soll. Plötzlich springt er so unerwartet auf mich zu, dass ich mich umdrehe und losrenne, das Dümmste, was ich tun kann. Kurz darauf fällt er mich rücklings an, und ich sinke instinktiv auf den Boden, lande auf dem Bauch und presse mir die Fäustlinge in den Nacken. Ich weiß nicht mal, ob ich schreie. Schnee dringt mir in Mund und Nase, weil ich das Gesicht so fest auf den Boden drücke. Ich kann nicht mehr atmen. Der Puma packt mich am Fell der Jacke, ich werde geschüttelt, versuche, vorwärts zu robben, um ihm zu entkommen, doch etwas gräbt sich wie glühendes Eisen in meine Schulter. Vor meinem inneren Auge sehe ich Messer und Krallen, die mein Fleisch aufschneiden. Alles ist rot. *Ich sterbe, ich sterbe, ich sterbe!*

Doch da schallt ein Schrei durch den Wald, so dunkel und wild, dass Himmel und Erde zu vibrieren scheinen.

»Hau ab, du Scheißvieh!«, höre ich Reed brüllen. Ich war noch nie so glücklich über sein Auftauchen. Schnelle Schritte knirschen im Schnee, das Schütteln und Reißen hat aufgehört, was ich erst mehrere Sekunden danach registriere.

»Bleib liegen«, schreit Reed. »Nicht bewegen!« Etwas surrt scharf über mich hinweg, die Luft teilt sich, es erklingt ein dumpfes *Ploff.* Dann noch eins.

Die Schritte kommen noch näher. Der beißende Schmerz an meiner Schulter brennt sich in mein Bewusstsein. Ich möchte schreien und heulen, aber ich presse nur ganz fest die Lippen aufeinander, bleibe bäuchlings liegen, die Hände immer noch auf den Nacken gepresst. Das Keuchen und Stöhnen neben mir klingt grauenhaft, doch dann stoppt es abrupt.

»Er ist tot«, sagt Reed.

Immer noch liege ich reglos am Boden und überlege, ob das Feuchte an meinen Beinen Schweiß ist oder ich mir in die Hose gepinkelt habe, aber ich glaube, es ist Angstschweiß oder Schnee, mein ganzer Körper ist klatschnass.

»Ash«, flüstert Reed, und es gibt eine Bewegung neben mir, er scheint auf die Knie gesunken zu sein. »Ash, sag was, bitte!«

Zaghaft hebe ich den Kopf, aber mein Schädel fühlt sich tonnenschwer an. »Ich lebe«, flüstere ich und lasse den Kopf wieder sinken. Mir schießen Tränen in die Augen. Ich lache und weine gleichzeitig.

»Gott sei Dank«, flüstert Reed, berührt ganz sanft mein Haar, das aus der Mütze hervorlugt, die nur noch halb auf meinem Kopf sitzt. »Ich muss dich irgendwie zum Lager zurückbringen und schauen, wie die Verletzung aussieht«, erklärt er, aber er klingt, als spräche er mit sich selbst.

»Bin ich ... bin ich schlimm verletzt?«, frage ich benommen. Ich kann es überhaupt nicht einschätzen.

»Ich weiß nicht. Ich muss es mir anschauen. Aber wie bekomme ich dich ins Lager?«

»Ich kann laufen, ich schaff es schon ...« Ich stütze mich auf die Arme, aber sie zittern, knicken weg. Beim nächsten Versuch klappt es, da Reed mich stützt. Mit seiner Hilfe rappele ich mich auf, erst auf die Knie und von den Knien auf die Füße. Reed fasst mich unter der Achsel auf der Seite der Schulter, die nichts abbekommen hat. Ich möchte gar nicht wissen, wie schlimm es ist. Als ich stehe, drehen sich Wald und Himmel wie ein Karussell um mich herum. Ich kann nicht glauben, was gerade passiert ist. »Ich ... ich wollte dich suchen«, stammele ich und ringe nach Atem. »Ich habe mir Sorgen gemacht.«

»Ich hätte dir sagen sollen, dass eine Schneejagd länger dauern kann. Die Winterstille ist der Feind der Jagd.«

Ich klammere mich an seinen Oberarm, weil meine Knie nachgeben wollen, als ich das viele Blut um mich herum sehe. Der Schnee sieht aus wie nach einer Schlacht. Der Puma liegt leblos in der roten Lache und kommt mir plötzlich klein und harmlos vor.

»Ein junges Tier. Komisch, dass er dich angegriffen hat«, wundert sich Reed.

Ich muss den Blick abwenden, weil mir der Puma jetzt leidtut. Er konnte ja nicht wissen, dass ich nicht auf seinem Speiseplan stehe.

»Ich musste ihn töten. Das ist Gesetz, wenn ein Raubtier einmal einen Menschen angegriffen hat. Man sagt, er würde es danach immer wieder tun, und er war zu dicht an unserem Lager.«

»Gehen wir«, sage ich mit klappernden Zähnen. Ich will von dem toten Puma weg, mich aufwärmen, aus den nassen Klamotten raus und etwas trinken. Ich will Reed danken und ihn gleichzeitig anschreien, weil ich nie in Gefahr geraten wäre, wenn er mich zurückgebracht hätte. Aber – ohne ihn wäre ich ja schon vor zwei Wochen im Wald erfroren. Sind es überhaupt zwei Wochen? Ich habe absolut keine Ahnung, wie viele Tage ich hier bin. Meine Gedanken verschwimmen durch das Adrenalin in meinem Blut. Den Schmerz spüre ich inzwischen kaum noch, er ist wie hinter einem Dunst verborgen.

Nur mühsam, Schritt für Schritt, kommen wir voran, mittlerweile ist es dunkel und das fahle Mondlicht ist die einzige Lichtquelle. Reed stützt mich die ganze Zeit. Das Knacken im Eis rings um uns wirkt bedrohlich. Nervös suche ich nach lauernden Raubtieraugen, auch Reed sieht sich wachsam um. Vielleicht befürchtet er wie ich, dass die Mutter des Jungtiers noch in der Nähe ist; keine Ahnung, wann Pumas ihre Kinderstube verlassen und wie groß sie da sind. Ich mobilisiere all meine Kräfte, aber der Schreck steckt tief in meinen Knochen, vielleicht verliere ich auch zu viel Blut. Irgendwann schaffe ich es nicht mehr, zu laufen und dabei nicht in den Schnee zu stürzen. Jedes Mal reiße ich Reed fast mit um. Als er seinen langen Mantel auszieht und mich darin einhüllt, fühle ich mich wie unter Narkose. Er nimmt mich auf die Arme.

»Geht das so mit deiner Schulter?«

»Ja«, murmele ich, während mich Schwere, Müdigkeit und Schock übermannen. Es ist herrlich, nicht mehr laufen zu müssen. Und schon wieder hat Reed mich gerettet. *Der Junge aus den Wäldern. Ein Krieger, ein Kämpfer*, denke ich, dann wird alles dunkel.

Das Nächste, das ich mitbekomme, ist das Lodern an meiner Schulter; es ist, als würde mir jemand bei lebendigem Leib die Haut abziehen und Salz auf die Wunde streuen.

»Woah!« Reflexhaft will ich mich aufbäumen, doch ein Widerstand hält mich unten.

»Tut mir leid, das muss höllisch wehtun«, höre ich Reed entschuldigend sagen.

Desorientiert blicke ich mich um. Ich liege wie eine Flunder auf dem Bauch und sehe auf die windschiefe Kommode Stella, daneben bemerke ich Reeds Fellmantel und ein paar meiner Klamotten. Ich begreife, dass ich halb nackt bin; Reed hat mir Mantel, Poncho, Pullover und Unterhemd ausgezogen und sitzt auf meinem Rücken. Meine Brüste werden durch sein Gewicht in das dicke Fell unter mir gedrückt.

»Was machst du?«, fahre ich ihn an, und mir schießen Tränen in die Augen, weil es so wehtut.

»Ich desinfiziere deine Verletzungen«, erklärt er und hält mir eine Braunflasche unter die Nase.

»Ich war bewusstlos?«, frage ich konfus.

»Na ja, ab und zu. Hast aber zwischendurch auch manchmal was gesagt.«

»Ich erinnere mich gar nicht …« *Wie immer.* Mein Kopf fühlt sich an wie mit Zuckerwatte gefüllt. Löchrig und verklebt.

»Das kommt vielleicht von dem Schock.«

»Ja … möglich … wie schlimm ist es?«

»Ich bekomme dich wieder hin.«

Erleichtert atme ich durch, beruhige mich etwas, doch stöhne auf, als Reed erneut etwas auf meine Wunde presst. »Was um Gottes willen ist in der Flasche? Foltermedizin oder so?«

Reed lacht leise. »Das beste Hexengebräu von Nahmakanta.«

»Ich meine es ernst.«

»Ich auch! Das Zeug wirkt. Ich habe es aus dem Medizinschränkchen der Lodge mitgehen lassen. Weißt du: Meine größte Sorge war immer, dass ich mich mal ernsthaft verletze und nicht mehr jagen und sammeln kann. Daher habe ich die nötigsten Dinge im Lager.«

Ich lasse den Kopf auf das Fell sinken, erst in diesem Moment kehrt der Schrecken des Pumaangriffs tatsächlich zurück; ich fühle mich unendlich erschöpft. »Bist du wenigstens bald fertig?«, brumme ich undeutlich. »Kannst du von meinem Rücken runtergehen?«

»Es gibt eine schlechte Nachricht«, beginnt Reed vorsichtig.

»Welche?« Augenblicklich bin ich wieder wacher durch seine Worte.

»Ich muss die Wunde an deiner Schulter nähen. Sie darf auf keinen Fall offen bleiben.«

»Was?«, entfährt es mir entgeistert. »Aber ...«

»Ich habe auch sterile Nadeln und Faden da. Und eine Salbe, Jod oder so was.«

»Du kannst doch nicht einfach als Laie meine Wunde nähen. Ich muss in ein Krankenhaus oder in eine Notambulanz. Reed, du musst mich zurückbringen und ...« Wieder will ich mich aufbäumen, komme aber nicht richtig hoch; ich kriege nicht mal die Arme frei, denn diese pfercht Reed mit seinen Knien dicht an meinen Körper. Ich bin komplett hilflos.

Dieser Mistkerl!

»In dem Schnee kämen wir nicht weit«, erklärt er mir ruhig. An der unverletzten Schulter drückt er mich flach auf den Boden. »Du hast ein paar kleinere Kratzer auf dem Rücken. Sie sind nicht so tief und werden gut heilen; doch die Wunde an deinem Schulterblatt muss ich nähen. Und ich habe kein Mittel, was dir den Schmerz nimmt.«

Ich atme tief durch. Tränen brennen in meinen Augen. Es tut jetzt schon abartig weh. Wie wird das erst, wenn er mit einer Nadel in den Wundrand der aufgerissenen Haut sticht!

»Ich kann das«, höre ich ihn sanft über mir sagen. »Ich habe auch früher bereits Wunden genäht und häufig an frisch geschossenen Tieren geübt.«

»O Gott!«, stoße ich entsetzt aus.

Reed lacht leise, aber es klingt aufmunternd. »Dad hat es mir beigebracht. Er war lange in Afghanistan ...«

»Er war im Krieg?«

»Deswegen hat er die Menschen und alles andere eines Tages gehasst. Ash, vertrau mir einfach.«

Für einen Augenblick denke ich an seine stillen Hände.

»Okay«, flüstere ich. Eine Wahl habe ich ja sowieso nicht. Reed wird die Wunde nähen, mit oder ohne mein Einverständnis, deshalb sitzt er auch auf meinem Rücken und presst mir die Arme gegen den Körper.

»Ich packe jetzt das Set mit Nadel und Faden aus. Du musst ganz still liegen bleiben, damit sie nicht runter in den Dreck fallen.« Er hantiert über mir herum.

Ich mache die Augen zu und atme. Ein, aus. Ein, aus. Ich rede mir ein, Reeds Körper wäre eine Gewichtsdecke und ich läge zu Hause in Boston in meinem weichen Bett. Meine Handflächen werden feucht.

»Ich fange an. Versuche, ruhig zu bleiben.«

Ich spüre den ersten Stich und reiße die Augen wieder auf. Mir wird übel.

»Geht es?«

Am liebsten würde ich ihn anschreien: *Nein, es geht nicht!* Aber ich gebe bloß einen undeutlichen Laut von mir, merke an dem Ziepen, wie er den Knoten zuzieht.

»Ich mache weiter.«

Es kommt mir vor, als würde er in meiner rohen Haut herumstochern. Ich beiße die Zähne zusammen, starre auf seinen Mantel vor meiner Nase und direkt auf den schimmernden, eingenähten Stein. Er steckt wie in einer Netztasche, das erkenne ich aus dieser Nähe, aber es lenkt mich nicht von dem reißenden Schmerz ab. Ganz fest balle ich die Fäuste und bohre die Nägel in meine Handflächen. Nach drei weiteren Stichen ist mir so schlecht, dass ich mich fast übergebe. Grelle Sternchen tanzen vor meinen Augen, ich will Reed anbrüllen und schütteln.

»Du hältst dich gut«, sagt er so liebevoll, dass er damit alles noch schlimmer macht.

Meine Augen werden feucht.

»Noch mal fünf, das müsste reichen.«

»Fünf?« Ich bäume mich auf, aber er drückt mich abermals zurück, diesmal mit dem Ellbogen.

»Ich will kein Risiko eingehen ...«

»Als ob du was von einem Risiko wüsstest ...«, presse ich hervor. »Du hast an totem Fleisch geübt.«

»Und an meinen Geschwistern ... Ash, vielleicht erzählst du mir was. Du redest doch so gerne. Jetzt kannst du mir alles sagen.«

»Du bist ein Mistkerl!«

Reed lacht nur. »Nein, ich meinte etwas aus deinem Leben ... vielleicht was ... von deinem Freund.« Bei den letzten Worten ist er ins Stocken geraten. Macht er sich Hoffnungen und will meine Gefühle ausloten? Denkt er, ich würde Ayden hier vergessen? Würde ich?

»Ich weiß nicht mal, ob ich noch mit ihm zusammen bin. Aua, verdammt!« Das »Verdammt« schreie ich.

»Tut mir leid«, bedauert mich Reed.

»Er sieht gut aus, also Ayden. Wie ein Prinz.« *Mein Tartan-Prinz.*

»Ha, aber er hat kein Königreich«, bemerkt Reed abfällig.

»Er hat Geld.«

»Hm.« Reed sticht mit der Nadel in meine Haut, und ich schwöre, er ist etwas grober als zuvor. Erneut schreie ich auf.

»Geld ist gut, er kann dich immer versorgen«, meint Reed, als ich wieder still bin.

»Bist du bald fertig?«, grummele ich.

»Bald, ja.«

»Darf ich dich was fragen, was mich ablenkt?«

»Von mir aus.« Reed setzt einen weiteren Stich und ich fluche innerlich.

»Diese Dinge in deinem Mantel«, mit dem Kinn nicke ich schwach zu seinem Kleidungsstück und höre, wie er Luft holt, »wieso trägst du sie mit dir herum? Was bedeuten sie?« Für eine Sekunde verlagert er sein Gewicht. Ich glaube, er würde den Mantel am liebsten herumdrehen, damit ich den Stein nicht mehr sehen kann, aber er hat ja die Hände nicht frei.

»Der Opal ist von meiner Mom«, erwidert er knapp. »Und das war's dazu. Mehr sage ich nicht.« Er setzt noch einen weiteren Stich. Und noch einen. »Gleich geschafft.«

Ich atme tief durch, weil ich beim Knotensetzen die Luft angehalten habe. Ob alle Dinge, die in seinem Mantel vernäht sind, seiner Familie gehört haben? Ich nehme mir vor, sie mir anzuschauen, wenn er mal nicht hinsieht.

»Ich bin fertig«, verkündet er endlich.

Vor Erleichterung laufen mir Tränen über die Wangen.

Reed tut so, als sähe er es nicht, vielleicht sieht er es ja auch wirklich nicht, denn er tupft gerade etwas auf die geflickte Wunde. »Gleich hast du es hinter dir.«

Das Brennen der Flüssigkeit ist nicht schlimmer als die Folter des Nähens. Als er die Wunde abklebt, atme ich trotzdem befreit durch. *Geschafft!*

»Eine Sache noch«, sagt Reed über mir. »Renne nie vor einem Puma davon. Wenn du wegläufst, spielt er mit dir Katz und Maus, wenn du dich ihm stellst, bist du ein Gegner, den er ernst nimmt.« Er klettert von meinem Rücken. »Leider habe ich nicht viel Verbandszeug. Ich hoffe, die Wunde ist verheilt, bevor es mir ausgeht.«

»Und wenn sie sich infiziert?«, sorge ich mich. Bei dem Gedanken wird mir noch schlechter, als es mir ohnehin schon ist.

»Dann habe ich was da. Hab genug aus der Lodge mitgehen lassen.«

»Und die vermissen nie etwas?« Seltsam, dass man ihm noch keine Falle gestellt hat, wenn er dort Jahr für Jahr einbricht.

Er zuckt nur sorglos die Schultern. »Komm, ziehen wir dich wieder an. Ich helfe dir.« Er kniet neben mir. »Ich schaue auch nicht hin«, fügt er hinzu.

»Du hast sowieso schon alles gesehen«, murre ich dumpf.

Dazu sagt er nichts. *Super!*

Ob er sich meine Brüste ausgiebig angesehen hat? Vielleicht sogar berührt hat, als ich bewusstlos war? Nein, das glaube ich nicht. Und er hätte mich nie erst auf den Rücken gedreht, nicht bei dieser Verletzung.

Mühsam rappele ich mich vom Bauch auf die Knie und halte die Hände vor meine Brüste, wobei die Naht am Rücken zieht.

»Du musst die Sachen von unten anziehen, also mit den Füßen reinsteigen, und ich schiebe sie dir dann hoch.«

»Okay«, willige ich ergeben ein. Reed hilft mir beim Aufstehen und ich steige mit den Füßen in sein Unterhemd. Er steht seitlich von mir und zieht es vorsichtig hinauf, über die Hosen und meine nackte Taille. Seine Finger sind kalt, aber nicht eisig. Ein kühler, süßer Schauer jagt mir über den Oberkörper, stellt die feinen Härchen auf meinen Armen auf, verwirrt mich komplett.

»Kalt?«, erkundigt sich Reed.

Ich nicke. Er blinzelt. Sein Blick fliegt für Millisekunden über meinen entblößten Oberkörper. Ob Absicht oder nicht, ich kann es ihm nicht mal verübeln. Er hat sicher noch nie eine nackte junge Frau gesehen.

Ich beiße mir auf die Lippen und schlüpfe vorsichtig mit dem rechten Arm in das Unterhemd.

»Den linken Arm nicht«, hält Reed mich zurück. »Beweg ihn in den ersten drei Tagen so wenig wie möglich.«

»Okay.« Meine Zähne schlagen aufeinander, weil mir auf einmal eiskalt ist. Es dauert eine halbe Ewigkeit, bis ich angezogen bin. Zum Glück kann man den Fellponcho einfach umhängen, sodass mein linker Arm und die Schulter wenigstens diese Wärme abbekommen. Erschöpft sinke ich auf das Fell, friere und schwitze gleichzeitig.

»Wir bleiben heute hier unten. Mit der frisch genähten Wunde kannst du keine Leiter hochklettern …«

»Und die wilden Tiere?«, gebe ich zähneklappernd zu bedenken.

Reed schüttelt den Kopf. »Ich habe einen leichten Schlaf. Außerdem würde Odin uns wecken.«

»Du hast in der ersten Nacht behauptet, es wäre hier unten zu gefährlich.«

»Aber jetzt hat es geschneit. Das ist was anderes. Die Schwarzbären bleiben in ihren Höhlen. Außerdem ist in all den Jahren nur ein einziges Mal ein Schwarzbär ins Lager gekommen.«

»Dann hätte ich auch hier unten schlafen können?«

»Schon, aber sicher ist eben sicher. Allerdings muss ich mir überlegen, was ich mit dem toten Puma mache. Essen können wir ihn nicht, denn dazu hätte ich ihn sofort ausnehmen müssen.«

»Warum denn das?« Nicht, dass ich besonders scharf auf gebratenen Puma wäre …

»Das Fleisch verdirbt sonst zu schnell, trotz der Kälte.«

Reed holt Felle und Schlafsack aus dem Baumhaus, kocht Tee und wärmt noch gefrorenes Fleisch aus einem Glas auf.

»Ich hatte eigentlich ein Kragenhuhn geschossen. Aber ich habe es fallen lassen, um den Puma zu töten. Ich nehme an,

Oak hat es sich geholt; sie weiß, dass hin und wieder was für sie abfällt, wenn ich vom Jagen komme.«

Oak ist die Wildkatze, erinnere ich mich. »Sie wird sich gefreut haben.«

»O ja.«

Nach dem Essen, von dem ich nicht viel angerührt habe, hilft Reed mir, in den Schlafsack zu krabbeln. Danach legt er ein langes, scharfes Messer und Pfeil und Bogen auf seine Schlafseite. »Für alle Fälle.«

Stumm sehe ich ihn an und stelle mir vor, wie er aus dem Schlaf heraus hochschießt, um einen Bären zu erschießen, der sich unter der Plane ins Zelt drängt. Sicher würden seine Pfeile jedoch im Bärenfell hängen bleiben.

»Schlafen die Schwarzbären wirklich schon?«, erkundige ich mich mit einem mulmigen Gefühl im Bauch und lege mich vorsichtig hin.

»Normalerweise ja.«

Er rollt für jeden von uns ein Fell als Kissen zusammen und schiebt mir meins unter den Kopf, den ich dafür anhebe.

Danach liegen wir nebeneinander, ich auf der rechten unverletzten Seite, Reed auf dem Rücken. Ich rieche ihn. Seinen Geruch nach Wald und Schnee. Ein bisschen nach Unendlichkeit – und nach Schweiß. Sein Körper kommt mir heute vor wie ein Heizofen, ich rücke ein wenig näher an ihn heran, weil mir so kalt ist.

»Wie geht es dir, Ash?«, fragt er plötzlich, ohne mich anzusehen.

»Die Wunde sticht.«

»Und sonst? Bist du jetzt ... noch unglücklicher?«

»Wegen des Pumas ... nein«, antworte ich wahrheitsgemäß. »Ich habe Angst vor dem Winter, und ich bin durcheinander, weil ich mich nicht erinnern kann. Der Puma hat mich aber heute davon abgelenkt.« Um ehrlich zu sein, war dies das einzig

Gute daran. Ich habe wirklich mal für wenige Stunden nicht an meine Erinnerungslücken gedacht.

»Du bist also nicht mehr so unglücklich«, stellt er fest.

»Nein.«

Reed schweigt, und ich rutsche ein Stück näher, weil ich nach wie vor friere und sein Körper so warm ist.

»Ist das okay, so zusammenzuliegen, wenn man einen Freund hat?« Reed sieht mich von der Seite an. »Gestern wolltest du ja auch nicht mit mir in einen Schlafsack.«

Ich blinzele, schaue auf den Traumfänger an einem Deckenbalken, dessen schwarze Federn in der Luft zittern. »Das ist was anderes. Außerdem weiß ich nicht mal, ob er überhaupt noch mein Freund ist. Vielleicht hat er mich ja abserviert.«

Reed schaut mich irritiert an. »Abserviert?«

»Sich von mir getrennt.«

»Dann wäre er dumm«, sagt er so überzeugt, dass ich lächeln muss. Ich denke an den Moment, als er wie ein kleiner Junge im Schnee getobt und *Nahmakanta* gerufen hat. Es war der Augenblick, als ich angefangen habe, ihm zu vertrauen. Und seit ich ihm vertraue, fange ich an, ihn zu mögen. Hier in Wald und Schnee ist Ayden nur ein blasses Gespenst, das an Wichtigkeit verliert, je länger ich da bin, auch wenn ich unbedingt herausfinden will, was geschehen ist.

Heute Nacht, nehme ich mir vor, träume ich davon. Ich werde einfach träumen, was ich vergessen habe. Nichts kann so schlimm sein, dass ich es nicht aushalten kann. Nicht, nachdem mich ein Puma beinahe zerfleischt und Reed mich ohne Betäubung genäht hat.

»Ash«, flüstert Reed.

Ich sehe ihn wieder an. »Was?«

Seine kühlen Eiskristallaugen ruhen auf meinem Gesicht, wandern dann über meine Lippen den Nasenrücken hinauf zu meinen Augen. Ganz zaghaft streicht er mir eine Haarsträhne aus der Stirn und die fast magische Stille seiner Hände fließt in mich hinein. »Ich bin froh, dass ich dich gefunden habe.«

Ich lächele. »Ich auch. Ich wäre sonst erfroren.«

Reed dreht den Kopf und schaut wieder an die Decke. »Ich bin nicht nur deswegen froh.«

Ich höre ihn atmen. Darin liegt die Stille, die er immer ausstrahlt, aber auch das Wilde, das Unruhige, das ihn manchmal überfällt, wenn er mich ansieht.

Natürlich wäre ich in diesem Augenblick lieber zu Hause an einem behaglichen Kaminfeuer, bei Maddy und meinen Eltern, aber zum ersten Mal begreife ich, dass das hier etwas Besonderes ist. Nicht der Wald, die Kälte oder die wilden Tiere – die können mir gestohlen bleiben. Nein, Reed ist etwas Besonderes; er ist so unschuldig, fast naiv; er kennt lediglich die Gesetze der Natur und von den Menschen weiß er so gut wie nichts. Er kennt weder Intrigen noch Politik, die Börse oder Termindruck. Dafür kann er einen Puma töten und Wunden zusammenflicken. Er weiß, was Familie und was Einsamkeit ist. Sonne, Mond und Sterne sind der einzige Kalender, nach dem er lebt. Und ich bin ihm begegnet. Ich bin der erste Mensch, auf den er sich nach acht Jahren einlässt, und das macht mich auch besonders. Aber vor allem auch glücklich. Mir wird bewusst, dass Reed nicht nur seit acht Jahren nicht mehr geliebt oder berührt wurde, sondern auch, dass ihm niemand mehr gesagt hat, ob das, was er tut, richtig oder falsch ist. Er hatte ja kein Gegenüber, das ihn spiegelt. Und doch hat er meine hilflose Situation niemals ausgenutzt. *Wir leben weitab von den Menschen und sind doch mehr Mensch als sie*, hat sein Dad in das Tagebuch geschrieben. Er wäre sicher stolz auf Reed. Aber würde er sich wirklich wünschen, dass Reed ganz allein ist? Was seine Eltern wohl für Menschen waren, dass sie der Welt den Rücken gekehrt haben? Sein Vater war im Krieg, da kann ich es sogar verstehen. Aber seine Mom? Wie sehr muss Reed sie alle vermissen.

Zaghaft lege ich meine Hand auf seine Brust.

Reed wird ganz starr. Aber unter den Fellen spüre ich sein Herz schlagen, sein einsames, wildes Herz.

»Reed?«, flüstere ich.

»Ja?«, flüstert er zurück und sieht an die im leichten Wind flatternde Decke.

»Ich bin auch nicht nur deswegen froh.«

Kapitel 13

In dieser Nacht schlafe ich traumlos und am nächsten Tag will ich nicht aufstehen. Mir ist eiskalt, die Naht sticht und ich fühle mich wieder fiebrig.

Reed muss mich überreden, ein paar Runden zu gehen. »Es ist gefährlich, bei der Kälte zu viel zu liegen«, mahnt er mehrmals.

Also quäle ich mich irgendwann doch aus dem Schlafsack und wandere mit Reed zum Vorratszelt.

Dort zählt er seine Reserven und ich beobachte ihn verstohlen. Er trägt eine dicke Mütze in der Farbe seiner Haare, sodass sie noch wilder aussehen. Als er fertig ist, schüttelt er unwillig den Kopf, dann mustert er mich nachdenklich.

»Was ist?«, frage ich. Sein Blick ruht auf mir, und ich schlucke. Sein Gesicht ist auf eine ganze andere Weise schön als Aydens. Aydens Ben-Barnes-Look ist klassisch, seine Züge haben was von einem Dressman. Reeds Gesicht ist ... irgendwie hoheitsvoll. Kühl. Wirklich so, als gehörte ihm hier alles. Und als gehorchte ihm hier alles. Die Bäume und die Tiere. Luft und Erde. Nur leider nicht das Wetter.

»Willst du Obst?«, reißt er mich aus den Gedanken. »Pfirsiche?«

Ich nicke.

Ich folge ihm zur Shack, wo er nach Odin ruft, der krächzend angeflattert kommt und eine Menge gurrender Laute von sich gibt. Reed meint, er bedanke sich damit für den Pumakadaver. Er sagt, er hätte den Puma am liebsten vergraben, damit er nicht noch mehr Raben anlockt, und die dann die Wölfe, doch die Erde sei zu hart gewesen. Also hat er ihn am Morgen ein gutes Stück vom Lager weggeschleift.

Am Abend wirkt er besorgter, als ich ihn je erlebt habe, aber nicht wegen meiner Wunde, denn die sähe gut aus.

»Eine Kaltfront kommt auf uns zu«, sagt er ernst, nachdem er kurz draußen gewesen ist. »Aber vorher schneit es noch mal.«

»Ach ja, hast du Zeitung gelesen?« Ich schaue auf, ich liege bereits wieder in dem Fellschlafsack und bewege mich wegen des Ziepens der Naht so wenig wie möglich. Ich mag überhaupt nicht daran denken, dass es noch kälter werden könnte. Mein fiebriges Gefühl hat sich am Nachmittag eher noch verstärkt.

Reed zieht seine Stiefel aus. »Ich spüre es. Es ist nicht der Rauwind.« Er setzt sich auf die Felle.

»Sondern?«, hake ich nach.

»Die Narbe an meinem Arm.« Er schiebt seinen Mantel und den Pullover nach oben und zeigt mir eine zehn Zentimeter lange weiße Naht. »Hat Dad genäht. Bin beim Sanford-Ritual an einer Schieferwand hängen geblieben. Seitdem sticht sie, wenn die Temperaturen fallen.«

Mühsam setze ich mich auf. »Was ist das Sanford-Ritual?« Das wollte ich ihn sowieso die ganze Zeit noch fragen.

Reed streicht über die Narbe, bevor er mich wieder anschaut. »Eine Tradition der Familie meines Dads, den Sanfords. Sie macht den Jungen zum Mann.«

Sie macht den Jungen zum Mann. Ein seltsames Prickeln läuft meinen Rücken hinab. »Und was ist das für eine Tradition?«

»Man muss drei Disziplinen nacheinander bestehen: Klettern, Laufen und Jagen.«

Ich schmunzele. »Klingt wie Triathlon.«

Reed sieht mich befremdet an. »Man muss erst eine Steilwand hochklettern, dann fünfzehn Meilen joggen und am Ende ein Tier von Hand erlegen.«

»Von Hand? Wieso denn das?«, frage ich entgeistert.

»Es ist wichtig, so etwas zu können, wenn du eine Familie ernähren musst. Man hat nicht immer Pfeil und Bogen zur Stelle.«

Das leuchtet mir ein. »Und welches Tier hast du erlegt?«

»Ein Reh.« Er grinst beinahe stolz, und ich muss lachen, finde es aber auch irgendwie unheimlich.

Reed merkt es womöglich, denn er setzt nach: »Dad sagt, die Menschen in der Welt da draußen lassen Tiere leiden, bevor sie sterben. Wir haben nur getötet, was wir wirklich essen konnten; und die Tiere waren zuvor frei.«

Ich sage nichts weiter dazu, sondern betrachte die Narbe. »Du hast gemeint, du spürst einen Abfall der Temperaturen an dieser Naht. Von welchen Temperaturen reden wir?«

Reed zieht Pullover und Mantel wieder herunter. »Minus fünfzehn Grad. Vielleicht wird's auch kälter.«

Ich muss ihn ängstlich ansehen, denn er lächelt mir aufmunternd zu. »Wir schaffen das schon, Ash.«

Ich schlucke und versuche, mich zu entspannen. Reed kennt die Natur. Er hat den kalten Winter vor fünf Jahren überlebt, ohne Feuer zu machen. Er wird wissen, was wir tun müssen.

Doch am nächsten Tag zweifle ich wieder daran. Der Himmel ist ein weißes Tuch. Es schneit und schneit, wie Reed es prophezeit hat. Noch dazu heult ein kalter, stürmischer Wind durch den Wald, sodass die Schneewehen die Pfade zuschütten. Nun wird mir klar, wieso Reed nicht loslaufen wollte, um mich zurückzubringen. Wenn man von so einem Wetter mitten in der Natur überrascht wird, verirrt man sich trotz gleißender Helligkeit, die der schneebedeckte Boden und das Sonnenlicht erzeugen, weil die Kontraste und damit der Horizont verschwinden. In einer solch eisigen Polarnacht erfriert man in weniger als einer Stunde.

Reed bringt einen Teil der Vorräte in die Shack, sogar Odin kommt hereingeflattert, setzt sich auf die oberste Stange in seinem Käfig und plustert sich auf.

»Stubenrein ist er leider nie geworden, daher habe ich vor Jahren diesen Käfig für ihn gezimmert. So hat er es im Winter schön warm bei mir«, erklärt Reed und streichelt Odins Gefieder durch die Holzstäbe. Odin knabbert liebevoll an seinen Fingern. »Lark. Low. Low.«

Später versorgt Reed meine Wunde, desinfiziert sie und klebt ein neues Pflaster darauf.

Als es dunkel wird, packen wir uns noch dicker ein und wärmen uns mit Tee. Danach holt Reed das Tagebuch aus der Stella-Kommode und reicht es mir.

»Danke.« Ich friere schon wieder. »Willst nicht du diesmal lesen?«

Er schüttelt den Kopf, wirkt für einen Augenblick komplett verloren. »Ich kann nicht.«

»Okay.« Meine Finger zittern.

»Dir ist immer noch kalt, obwohl wir fast alles anhaben, was ich besitze.«

Ich nicke.

»Komm her. Setz dich zwischen meine Beine, dann kriegst du meine Körperwärme ab.«

Ich muss ihn irritiert ansehen, aber er denkt sich überhaupt nichts dabei – glaube ich. Und weil sich mein Körper anfühlt wie ein Eisklotz, setze ich mich so, dass mein Rücken fast seine Brust berührt. Er legt sich ein dickes Fell über die Schultern, das aussieht wie von einem Elch und mich auf beiden Seiten einhüllt. Und tatsächlich wird mir wärmer. Für einen Augenblick sitzen wir so da, ich vor ihm, sein Körper um mich herum.

Ich spüre seinen Atem in meinem Nacken, und er kommt mir heiß vor in der Kälte. »Besser?«, erkundigt er sich leise.

»Ja.« Ich fühle mich seltsam, diese Nähe ist seltsam, anders als gestern beim Einschlafen. Hoffentlich stellt sie nichts mit Reeds Körper an, was ihm peinlich sein könnte.

Wieder schweigen wir, keine Ahnung wieso, selbst Odin ist mucksmäuschenstill. »Soll ich anfangen?«, frage ich irgendwann.

»In Ordnung.« Reed klingt angespannt.

Schnell suche ich die Stelle, wo ich aufgehört habe, und beginne zu lesen. Im schwachen Öllampenschein reisen Reed und ich zusammen durch die Wälder Nahmakantas, das sich weit im Norden befindet, aber wo genau, weiß ich nicht, es spielt auch keine Rolle, da Nahmakanta zwar tatsächlich existiert, aber Reeds Lager woanders liegt. Aspen hat nur den Namen verwendet, das hat Reeds Vater anfangs geschrieben. Jetzt gleiten Reed und ich durch die monumentale Panoramalandschaft Maines; wir lassen die Sonne unser Gesicht wärmen, als wären wir Reeds Vater, wir lernen mit Willow im Sanford Lake schwimmen und mit Lark laufen – mit Lark zusammen stürzen wir und werden von Reeds starken Armen aufgefangen.

An dieser Stelle wende ich mich vorsichtig um. Wie beim letzten Mal sind Reeds Augen geschlossen, seine Lippen entspannt wie in einem süßen Traum. Unsere Nähe hat durch das Lesen an Befangenheit verloren. Reed denkt ganz sicher nicht an mich, meine Brüste oder daran, wie es wäre, mit mir zu schlafen. Mir wird bewusst, dass die Bilder, die in meinem Kopf entstehen, andere sind als seine. Er erinnert sich, sieht die Gesichter seiner Schwestern und das seines Bruders, das seines Vaters; meine Bilder entspringen nur meiner Vorstellung.

Ich lese weiter. Wir lauschen seinem Vater, Yarrow, der, wie ich herauslese, der Sohn eines Franzosen ist, eines Arkadiers. Seine Waldprinzessin hatte englische Wurzeln, und deren Eltern, also Reeds Großeltern, kamen ursprünglich aus Großbritannien.

Ich räuspere mich und trinke umständlich einen Schluck Tee. Reed stellt den Becher beiseite, bevor ich weiterlese.

> Du weißt, dass ich hier nie weggehen werde, aber ich habe in jedem Sommer Angst, entdeckt und verjagt zu werden. Reed wollte gestern Feuer machen, wir haben deswegen ziemlich heftig gestritten. Kein Feuer, diese Regel ist neu. Der Rauch verrät uns sonst eines Tages. Es gibt zu viele Angler, Kanufahrer und Wanderer im Sommer. Manchmal habe ich schon Angst, zum Fluss zu gehen. Gestern sind dort zwei Wanderer vorbeigekommen. Sie hielten uns für Touristen, die baden waren. Das ist noch mal gut gegangen. Als wir dieses Stück Land ausgesucht haben, war es einsamer als jetzt. Es gibt so viele Dinge zu beachten. Wenn wir kein Feuer machen, müssen wir unser Wasser mit Gas abkochen. Dein Geld reicht eine Weile, aber nicht ewig. Was machen wir dann? Ich will niemals zurückgehen, das weißt du ja.
>
> Was wohl mit unserem alten Haus passiert ist? Hin und wieder stelle ich mir vor, wie verwildert es inzwischen aussieht, und dann träume ich nachts davon. Oft bist du bei mir, durchsichtig wie ein Geist. Ich will dich umarmen und kann dich nicht fassen. Manchmal ist meine Sehnsucht in diesen Träumen so groß, dass ich sterben will. Aber diese Sehnsucht verblasst am nächsten Morgen, wenn ich hier aufwache.

Ich halte inne. »Ihr hattet ein Haus, das jetzt leer steht?«

Reed öffnet die Augen, wirkt entrückt und blinzelt ein paar Mal. »Ja«, antwortet er nach einer Weile. »Die Familie meiner Mom hatte ziemlich viel Geld. Dad wollte uns mal mehr über deren Geschichte erzählen, aber ... er ist nicht mehr dazu gekommen.«

»Das tut mir leid«, sage ich leise. »Wie war deine Mom denn so? Sie hat gerne hier gelebt, oder?« Zumindest dem Tagebuch nach zu urteilen.

»Ihr Name war Catherine. Die allerbeste Mom der Welt. Sie ist nur nie wirklich mit der Welt klargekommen. Sie hatte vor allem Angst. Immer Angst. Vor Räumen, vor Menschen, vor Ampeln, vor Viren. Angst, Angst, Angst. Dad sagte, nur im Wald wurde sie ruhig. Der Wald hat ihre Hände und den Geist zur Ruhe gebracht. Nur hier hat sie sich sicher und geborgen gefühlt.«

Das klingt unfassbar traurig, und es erinnert mich ein wenig an mich selbst. Aber ich habe immer wieder versucht, mich an die Welt anzupassen, nicht, vor ihr wegzulaufen.

»Also ist dein Dad ihretwegen hiergeblieben?«, mutmaße ich.

Reed zieht die Decke fester um uns, und die Nähe zu ihm hat plötzlich etwas Natürliches. »Dad war seit seinen Jahren in Afghanistan ein Anhänger der großen Meister: Thoreau, Jack Kerouac, Ralph Waldo Emerson und Lord Byron. Der Wald hat meine Mom und meinen Dad verbunden. Ich glaube, als Mom gestorben ist, war das Ziel meines Dads, ein paar Jahre ganz alleine zu leben. Wenn wir alt genug gewesen wären, hätte er sich vielleicht komplett zurückgezogen. Jetzt lebe ich den Traum, den er immer hatte. Seltsam, oder?«

Nachdenklich schüttele ich den Kopf. »Nein, das finde ich nicht seltsam. Maddy lebt auch den Traum meiner Eltern. Oder zumindest lebt sie nach ihren Vorstellungen. Und ich wollte es gerne und konnte es nicht.«

»Wieso nicht?«

»Ängste, wie deine Mom. Ich habe vor so vielen Dingen Angst.«

»Vor was genau, also außer vor Dunkelheit?«

»Ich habe Angst vor Veranstaltungen und Feiern. Angst, die falschen Dinge zu sagen und als Versager zu gelten. Singen in der Kirche, Aufmerksamkeit auf mich zu lenken. Alleine nach draußen zu gehen kommt gar nicht infrage. Und vor Hoodies habe ich auch Angst.« Das Letzte wollte ich gar nicht sagen, es ist mir einfach über die Lippen gerutscht.

Vorsichtig, weil die Naht sticht, linse ich über die Schulter. Reed blickt mich verständnislos an. »Vor Hoodies? Was sind das? Fanatiker?«

»Du kennst das Wort Fanatiker und nicht das Wort Hoodie?« Ich muss lächeln.

»Dad hat oft von Fanatikern gesprochen. Kriegsfanatiker. Umweltfanatiker. Fußballfanatiker.«

»Waldfanatiker?«

Reed lacht und rutscht etwas zur Seite, sodass ich mich nicht mehr ganz so weit umdrehen muss, um ihn anzuschauen.

»Ein Hoodie ist ein Pullover mit Kapuze. Wie kann man sich vor einem Pullover fürchten?«, frage ich fassungslos über mich selbst.

»Mein Dad hat mal von einem Pferd erzählt, das Angst vor Schneemännern hatte. Vor sonst nichts.« Reeds Blick gleitet über mein Gesicht, so zart wie eine Berührung. »Der Wald wird dich mutig machen, Eschenmädchen. Welches Stadtkind kann schon von einem Pumaangriff erzählen, oder?«

Das stimmt. Und doch bin ich von meinen eigenen Worten irritiert. Und ich erinnere mich plötzlich auch wieder an den

Mann in dem grünen Hoodie, den ich zu sehen geglaubt habe, kurz bevor ich den Puma entdeckt habe.

In dieser Nacht fallen die Temperaturen so stark, dass ich das Gefühl habe, meine Tränenflüssigkeit vereist, wenn ich nicht regelmäßig zwinkere. Reed und ich rücken dicht zusammen, versuchen uns aneinander zu wärmen, aber der Wind bläst durch die feinen Ritzen des Zelts. Reed hat es mit mehreren wasser- und winddichten Planen abgedeckt, nachdem er den Schnee heruntergefegt hatte, trotzdem findet die Kälte den Weg hinein.

»Wärmefresser«, murmelt Reed irgendwann. Er liegt auf dem Rücken, ich auf der Seite, den Kopf in seiner Armbeuge.

»Wärmefresser?«, wiederhole ich konfus. Ich bin so müde und traue mich nicht einzuschlafen, weil ich immer noch Reeds Worte im Kopf habe: dass man nie wieder aufwacht, wenn man bei zu großer Kälte einschläft.

»Aspen hat uns im Winter Geschichten erzählt.«

»Oh, was für Geschichten?«

»Fantasy natürlich.«

»Wart ihr da auch hier in der Shack?«

»Nein, wir hatten eine größere Holzhütte zum Schlafen. Aber ich konnte sie nicht instand halten. Das Wetter bricht und zermürbt das Holz innerhalb weniger Jahre, wenn es nicht behandelt wird.« Ich rutsche noch näher an ihn heran, wobei ich auf meine Schulter aufpassen muss, was alles erschwert.

»Wärmefresser«, sagt er jetzt, »sind weiße Geister, die die Wärme aus der Luft saugen. So wie die Stillespeier.«

»Was sind Stillespeier?«

»Fledermausartige Kreaturen, die sich von Geräuschen ernähren. Sie fressen Lärm aus der Luft. Du hörst nicht mal mehr deinen Atem.«

»Oh … das ist eine Megaidee.« Allmählich kommt es mir allerdings wirklich so vor, als sei die Kälte ein lebendiges Wesen, das sich alles Warme einverleiben will. Meine Zähne schlagen aufeinander. Selbst das Sprechen ist anstrengend.

»Wir müssen wach bleiben«, meint Reed und schaut mich an. »Es ist zu kalt heute.«

»Okay.« Ich blinzele und bilde mir ein, Eiskristalle in meinen Wimpern wahrzunehmen. Etwas glitzert. Vielleicht sind es auch Reeds Augen. In dieser Nacht leuchten sie noch blauer als sonst. Womöglich ernährt er sich ja auch von der Kälte. Womöglich ist er der Wärmefresser. Aber das denke ich nur, weil mir so kalt ist.

Ich darf nicht schlafen, predige ich mir unentwegt, doch ich spüre, wie das Eis in meine Arme und Beine kriecht, sie taub und schwer macht und mir Traumbilder schickt. Die honiggoldenen Augen des Pumas funkeln in Reeds Gesicht, der Mann mit dem grünen Hoodie kommt im Schnee auf mich zu. Seine Hände sind riesengroß, so groß wie die Baseballhandschuhe im Fernsehen.

Nur einen Mucks und ich mach dich tot, droht er mit viel zu hoher Stimme.

Ich will nach Reed schreien, bringe aber keinen Ton heraus. Ich will weglaufen, aber meine Beine sind zu schwach. Plötzlich bin ich auch nicht mehr im Waldlager, sondern in einem finsteren Raum.

Ich kann mich nicht bewegen, stehe lediglich da und sehe, wie der Mann in dem Hoodie näher kommt. Seine Augen liegen hinter Brillengläsern, sind vergrößert und erinnern mich an einen Frosch. Hinter ihm ist die einzige Tür, die aus dem dunklen Raum führt, alles um mich ist schwarz, erdrückt mich, saugt Mut und Kraft aus mir heraus. Hilfe, Mommy!*, will ich rufen.* Daddy, Madeleine! Hilfe! *Doch ich bin erstarrt, meine Blase gibt nach. Warme*

Flüssigkeit läuft meine Oberschenkel hinab und durchnässt meine Sonntagsstrumpfhose.

»*Wo ist meine Mommy?*«, *fiepe ich weinerlich.* »*Wo sind die Katzenbabys?*«

»*Nicht hier*«, *entgegnet er grob.* »*Keine Katzen, keine Mommys. Ich zeig dir was Besseres.*« *Vorhin hat er noch so nett gelächelt, jetzt sieht er nur noch böse aus. Sein Lächeln gleicht einem Zähnefletschen. Mit einem Ruck schließt er die Tür, dreht den Schlüssel und knipst ein trübes Licht an. Ein rostiges Fahrrad lehnt an der Steinmauer, Autoreifen stapeln sich in einer Ecke. Es riecht nach Abgasen und Öl wie in Bills Werkstatt, wo Dad uns manchmal mit hinnimmt.*

»*Wo* ...«

»*Wenn du nicht still bist, siehst du deine Mommy nie wieder, kapiert? Halt endlich die Klappe!*«

Er macht drei Schritte auf mich zu, legt die Pranken um meinen Hals. Immer noch stehe ich in meiner Pipilache und kann mich nicht rühren. »*Du ziehst jetzt deine Kleider aus. Und zwar alle, verstanden?*«

Seine Hände drücken zu, meine Kehle wird gequetscht, bis ich ungeschickt an der Strumpfhose herumfummele. Hilfe, Mommy! Hilf mir! Hilf mir! Ich kann nicht aufwachen. Ich kann nicht aufwachen!

»Ash!«

Jemand fasst meinen Arm. Mit einem Schrei fahre ich auf, so ruckartig, dass ich glaube, die Naht an meinem Rücken würde reißen. »Hilfe! Mom!« *Ich kann nicht atmen!*

»Ash! Beruhige dich! Du bist eingeschlafen und ich habe dich geweckt ... Hattest du einen Albtraum?«

Ich kann nicht atmen! Krampfhaft sauge ich Luft ein, lasse sie entweichen. Ein. Aus. Ein. Aus. Etwas stimmt nicht mit meinem Körper. Es ist nicht nur meine zusammengeschrumpfte

Lunge. Als ich mir über das Gesicht reiben will, begreife ich, dass meine Hände unkontrolliert beben; das Fell der Handschuhe zittert wie das eines zu Tode erschrockenen Tiers. Mit einem erstickten Laut reiße ich mir die Fäustlinge herunter, fasse an meine eisigen Wangen.

»Ash, was ist los?«, höre ich Reed fragen, habe keine Ahnung, wo er ist.

»Der Hoodiemann«, wispere ich. Dunkelheit schwappt über mich wie schwarze Tinte, will mich verschlucken und auslöschen. Wie habe ich ihn für so viele Tage oder Wochen vergessen können? Wie konnte ich den Zugriff auf dieses Erlebnis einfach blockieren?

»Du musst aufstehen, es ist zu kalt. Wir müssen laufen.« Reed steht bereits und zieht mich ganz behutsam aus den Decken und Fellen in den Stand. Hilflos klammere ich mich an ihm fest. Dunkle Punkte tanzen vor meinen Augen. »Ich will nicht«, höre ich mich sagen, immer noch gefangen in dem finsteren Kellerloch. »Ich will nicht.«

Er streift mir die Handschuhe wieder über. »Wir müssen. Komm schon!« Sanft, aber nachdrücklich zieht er mich am Ellbogen mit sich, und ich stolpere neben ihm her. Als er die Tür öffnet, fange ich beinahe an zu weinen, weil es so kalt ist.

»Ich will wieder rein!«, jammere ich und sträube mich gegen den eisigen Wind. Er sticht wie tausend Nadeln in meiner Lunge. »Nicht, Reed!«

Aber Reed ist unerbittlich, bugsiert mich bereits durch den Tiefschnee. »Erzähl mir von deinem Traum. Rede mit mir!«

Ich antworte nicht. Die Nacht ist zum Ertrinken schwarz, der fallende Schnee spiegelweiß, ein harter Kontrast. Vielleicht lauern im Unterholz wilde Tiere. Schleichen sich an wie der Hoodiemann.

Aber anschleichen musste sich William Farrell ja gar nicht, denke ich bitter. Ich erinnere mich genau an diesen Tag, der aus der mutigen Maya ein kleines, furchtvolles Mädchen gemacht hat.

Ich will es wieder vergessen. Ich will es wegschieben, die Angst aus meiner Seele jagen.

»Ash, was ist denn?« Reed bleibt stehen, nimmt mein Gesicht in die behandschuhten Hände und sieht mich so ernst an wie nie zuvor. »Träumst du noch?«

Seine Augen ziehen mich in eine andere Welt. In eine Welt aus Schnee und Eis, aber auch in ein Land ohne Erinnerungen. Er war bisher Teil einer anderen Wirklichkeit, und nun ist er mitten in der schrägen Maya-Welt gelandet. Tränen gefrieren an meinen Augenwinkeln.

»Ash, was hast du geträumt? Erzähl es mir.« Reed fasst mich am Arm. Wir stapfen durch den Schnee, doch ich bekomme es kaum mit.

»Ich kann nicht reden. Zu kalt.« Es kommt mir vor, als würde der Wind mir die Silben von den Lippen pusten. Mein Herz ist plötzlich so schwer, weil die Last des Erinnerns auf meinen Brustkorb drückt. Es war schön, es nicht zu wissen. Es einfach wegzuschieben. Jetzt rieche ich wieder das Öl und die alten Gummireifen. Der Geruch steckt derart tief in mir drin, dass ich ihn nie ganz loswerde. Diese unnatürlich hohe Stimme echot in meinem Kopf, als würde ich noch heute in dem alten Keller stehen und nicht herauskommen.

»Reed«, flüstere ich. »Warte.«

Erneut stoppt er. »Bist du müde?«

»Ja ... aber das ist es nicht ... Er ... er ... hat mich weggelockt. Der Hoodiemann.« Ich muss es ihm einfach erzählen, weil ich sonst an den Bildern in meinem Herz, in meinem Kopf und der Brust ersticke.

Reed mustert mich prüfend, scheint zu überlegen, ob ich in einer Art Kältetraum feststecke oder wach bin. »Der

Hoodiemann ist ein Mann mit einem Kapuzenpullover«, stellt er fest.

Ich will lächeln, weil er sich so große Mühe gibt, mich zu verstehen, aber meine Mundwinkel zucken bloß kurz. »Ja. Er hat gesagt, er hätte Katzenbabys.«

Reed schluckt. »Und du bist mit ihm mitgegangen.«

Ich wünschte, ich könnte weinen, aber selbst dafür ist es meinem Körper zu kalt, zumindest habe ich keine Tränen. »Ich wollte doch unbedingt eines mitnehmen. Er hat behauptet, er wollte es mir schenken … Maddy und ich hatten uns immer ein Kätzchen gewünscht. Und ich wollte einmal besser sein als sie und uns ein Katzenbaby besorgen.« Ich schaue ihn an. »Meine Eltern haben uns stets gepredigt, dass wir nie, niemals mit fremden Männern mitgehen dürfen, egal, was sie uns versprechen. Aber er … er war doch noch kein richtiger Mann. Er sah so jung aus …« William Farrell war damals knapp achtzehn, und ich dachte als Kind wirklich, nur erwachsene Männer würden kleine Mädchen weglocken.

Reed nimmt meine Hände in seine, drückt sie dermaßen fest, dass ich es durch die Handschuhe spüre. »Hat er dir wehgetan?«

Wie einfach er diese Frage ausspricht. Das hat bisher keiner geschafft. Mom nicht. Dad nicht. Madeleine nicht. Selbst Mr. Abernathy, der Psychodoc, nicht.

»Nicht so, wie du denkst …« Meine Zähne schlagen unkontrolliert aufeinander.

Reed sieht mich unverwandt an. Schneeflocken fallen zwischen uns herab. »Was denke ich denn?«

Ich wende mich ab, laufe wieder los. Meine Zehen und Fußsohlen spüre ich kaum noch. Alles ist verkehrt. Wie konnte ich das vergessen.

»Ash …«

»Er hat mir nichts getan. Also nicht *nichts*, aber nicht das … das, was er tun wollte.«

Reed kämpft sich neben mir den Pfad entlang, der durch Schneeverwehungen lediglich zu erahnen ist. Puderweißer Schnee wirbelt auf, vom Himmel schneit es erbarmungslos weiter. Mein Herz fühlt sich immer noch so zusammengequetscht an. So wie meine Kehle, als William sie zugedrückt hat. »Er hat mich in einem Kellerraum eingesperrt. Vorher musste ich mich ausziehen. Dann hat irgendjemand nach ihm gerufen … ich glaube, seine Mutter …« Ich gerate ins Stocken, balle die Faust, wütend auf mich selbst. »Er hat mich eingeschlossen und gesagt, er würde mich erwürgen, wenn ich um Hilfe schreie. Doch bevor er wiederkam, hat mich der Hausmeister gefunden.« Damals war mir auch so bitterkalt gewesen. Für Stunden saß ich nackt in diesem Loch, habe mich nicht getraut, um Hilfe zu rufen, selbst als der Hausmeister die Tür aufgeschlossen hat, habe ich keinen Ton von mir gegeben, mir nur die Faust auf den Mund gepresst. Sogar als Mom und Dad kamen, habe ich nichts gesagt. Erst als Maddy mich in ihrem Teddybär-Pyjama umarmt hat, habe ich geflüstert: *Er wollte mir ein Kätzchen schenken.*

Dann haben wir beide geweint, aber diese Tränen haben nichts leichter gemacht. Nichts wurde für mich je wieder so wie zuvor. Gar nichts. Ich blieb ein schreckhaftes, misstrauisches Mädchen. Ich hatte Angst, nach draußen zu gehen, aber hierbei half mir eines Tages die Therapie. Doch das Gefühl, beobachtet und verfolgt zu werden, bin ich niemals losgeworden. Für mich hatte sich die Welt über Nacht in einen bösen, feindseligen Ort verwandelt. Ich hörte auf, mit Maddy zu konkurrieren, und zog mich stattdessen in eine Welt aus Büchern, Netflix-Serien und Perlen zurück. Ich sammelte Sand und Blechschilder aus fernen Ländern, weil ich mich nie woanders hintraute als nach Maine ins Blockhaus meiner Eltern. Ruckartig bleibe ich stehen.

Aber was ist mit Ayden?

Ich durchforste mein Gedächtnis, doch so sehr ich mich auch anstrenge, die letzten zwei Jahre sind ein Flickenteppich aus Bildern, Gefühlen und ein paar realen Szenen. Ayden und ich in der Krone der Freiheitsstatue in New York ist eine davon. Damals haben wir uns wie frisch verliebt geküsst.

»Ash.« Reed fasst meine Hand und sieht mich an. »Es tut mir leid.« Er hüllt mich in seinen Mantel, und ich sinke erschöpft an seine Brust. Er hat gesagt, der Wald würde ein mutiges Mädchen aus mir machen. Vielleicht hat er recht. Falls wir den Winter überleben, bin ich hinterher womöglich stärker. Mehr Ash als Maya. Jetzt weiß ich wenigstens, warum ich anfangs zweimal eine Art Déjà-vu hatte. Es war die vertraute Angst, die durchgeblitzt ist. Und wegen des Hoodiemannes war ich auch immer so misstrauisch; in der Tiefe meiner Seele hatte ich William Farrell nie vergessen, ich habe nur den Zugang blockiert.

Ich atme an Reeds Brust und spüre sein Herz durch die dicken Klamotten schlagen. So gut ich mich inzwischen bei ihm fühle, es gibt immer noch Ayden – sollte er mich nicht abserviert haben. Er wollte mich trotz meiner Ängste und sucht mich wahrscheinlich verzweifelt. Er war es, der mir gezeigt hat, dass ich mich vor der körperlichen Liebe nicht fürchten muss. Aber ich habe so vieles von uns beiden vergessen, dass sich diese Liebe alt und vergangen anfühlt. Ich weiß nicht mal, ob dieses zärtliche Gefühl, was mich bei den Erinnerungen an ihn überkommt, wirklich noch Liebe ist. Außerdem ist Ayden weit weg. Reed dagegen ist hier. Er ist stark, er hat mein Leben schon zweimal gerettet, und ich fühle mich auf eine Art zu ihm hingezogen, die mich selbst ängstigt.

Reed, dieser Wald und die Geschichte seines Dads haben mein Herz weit gemacht, als würde die ganze Welt hineinpassen. Selbst nachdem ich mich wieder an den Hoodiemann erinnere ... Und gerade in diesem Moment hält Reed mich so fest, dass ich trotz der Winterklamotten seinen Körper spüre, mir seines Atems bewusst werde, der sich auf meiner kalten Ohrmuschel heiß anfühlt. Als ich den Kopf hebe und er mich ansieht, schimmern blaue Fraktale in seinen Augen, drehen sich wie Sterne, kalt und klar. Eis blitzt an seinen gefrorenen Wimpern. Ich bin plötzlich so müde durch die schwere Erinnerung. So müde.

»Reed«, murmele ich. Ich habe nicht mitbekommen, wie nahe sich unsere Lippen sind. Ich zwinkere, und Reed erstrahlt vor meinen Augen wie der Schneekönig seines Reiches.

»Nicht schlafen, Ash«, flüstert er.

»Ich schlafe nicht«, höre ich mich sagen, aber meine Beine sind total schwach. Alles an mir ist so schwer. Meine Erinnerungen, das Neue, die Kälte, es lähmt mich auf eine gute und furchtbare Weise. Ich muss nur ein bisschen schlafen, und wenn ich aufwache, kenne ich die Antwort auf jede Frage.

»Ash!« Reed klingt drängend, zieht mich plötzlich weiter, ich stolpere kopflos voran. Wir laufen zurück und ich lasse mich auf die Felle sinken, Reed legt sich neben mich. Wärmt mich mit seinem Körper, deckt uns zu. Er redet und redet, ganz gegen seine Gewohnheit, aber ich verstehe nicht, was er sagt, weil ich so müde bin. Irgendwann ist es zu still.

»Reed?«, frage ich.

Er antwortet nicht, dafür höre ich die Tür quietschen. Hat er sie offen gelassen, weil er selbst so erschöpft war? Ich schaue zu ihm rüber, seine Augen sind geschlossen, er atmet zu langsam.

»Reed!« Ich rüttle an seiner Schulter, vergesse meine Wunde, die dadurch anfängt zu brennen. »Reed, aufwachen!« Er murmelt nur etwas, das ich nicht verstehe. »Reed, wach auf!«

Auf allen vieren krabbele ich zum Zelteingang. Die Tür steht weit offen, Schnee und Kälte wehen herein.

Ich blinzele ins Freie, und für ein paar Sekunden sehe ich nur noch Weiß. Überall ist Schnee. Am Himmel, auf dem Boden, vor meinen Augen, in meinen Wimpern. Ein Fantasiebild bricht sich in mir Bahn. Ich sehe meinen erfrorenen Körper neben Reeds im Schnee. Wir liegen dort wie zwei Königskinder mit ausgebreiteten Armen, gefrorenen Haarfächern, blauen Lippen und mondbleicher Haut. Ich schüttele unbewusst den Kopf, komme mit letzter Kraft auf die Knie, doch mein Körper scheint nicht mehr mir zu gehören. Meine Hände zittern unkontrolliert. Irgendwann liege ich mit dem Gesicht im Schnee. Ich muss mich zudecken, denke ich noch. Zudecken, zudecken. Ich atme Pulverschnee ein und huste.

Dann liegt Reed plötzlich halb auf mir, beinahe auf der frisch genähten Wunde. Unwillkürlich stöhne ich auf. Sein Gewicht drückt mich fester in den Schnee, der hereingerieselt ist. »Ash, du bist verrückt. Was machst du?«

Ich höre mich eine merkwürdige Antwort stammeln, die mir in dem Moment richtig vorkommt, aber meinem Wachtraum entspringt. Reed krabbelt von mir herunter, drückt die Tür mit der Schulter zu und zieht mich an den Füßen zurück. Offenbar ist er am Rande eines Kältedeliriums, denn er sagt ständig: »Es ist meine Schuld. Meine Schuld.« Ich bete, dass er nicht wieder Albträume bekommt.

Ich decke uns zu, keine Ahnung wie, doch die Kälte hat sich in der Shack ausgebreitet wie Gift. In den Federn der Traumfänger gefriert die Luft. Ich kann sie sehen. Kristalle, die über mir tanzen. Dad hat Maddy und mir in einer kalten Nacht mal erzählt, im sibirischen Winter gefriere der Atem beim Ausatmen zu knisternden Eiskristallen. *Sternflüstern* würde man es nennen. Weil man buchstäblich Eissterne aushaucht. Ob der

Atem auch in meiner Lunge gefrieren kann? Aber erstickt man dann nicht?

Ich denke an den toten Puma, dann an William Farrell, bekomme kaum mit, wie Reed meine Hände in seinen reibt. Es fühlt sich gut an und ich drifte weit weg, in die Wärme, laufe über einen ebenen Grund …

KAPITEL 14

»Ayden, jetzt mach es nicht so spannend«, schimpfe ich lachend. Ich wollte nicht, dass er mir die Augen verbindet, weil ich mich im Dunklen fürchte. Daher führt er mich nun an der Hand durch einen Gang, zuvor waren wir in einem Aufzug, das hat er mir netterweise erklärt, da ich ihm versprochen habe, die Augen zuzulassen.

»Wir sind gleich da.« Er klingt aufgeregt wie ein Kind am ersten Schultag, das kommt selten vor und ich liebe es. Wir bleiben stehen; ein Schlüssel dreht sich im Schloss. »Moment!« Er zieht mich weiter. »Augen noch zulassen«, insistiert er.

»Na gut.« Es fällt mir schwer. Dunkelheit ist für mich wie der Tod, Ayden weiß das. Ich muss ihm von William erzählen, und zwar bald. Bisher habe ich ihm nur gesagt, dass ich als Kind etwas Schlimmes erlebt habe. »Es riecht neu hier. Nach neuen Möbeln«, stelle ich fest.

»Moment.« Er lacht leise. »Jetzt!«, sagt er. »Jetzt kannst du die Augen öffnen.«

Ich blinzele und sehe Lichter. Viele, viele Lichter. Ein ganzes Meer. Ich blicke durch eine Panoramascheibe. Dahinter liegen Hochhäuser mit beleuchteten bunten Fenstern, hinter denen wiederum andere hell erleuchtete Wolkenkratzer in den Himmel ragen. Es gibt keine Vorhänge, nur das Glas. Ich wende meinen Kopf und spähe über die Schulter. An der gegenüberliegenden Wand steht ein Schrank, davor ein breites Himmelbett mit weißem Baldachin und verschnörkeltem Gitter. Nicht Aydens Geschmack, sondern meiner.

»*Ayden*«, *flüstere ich.* »*Was bedeutet das?*«

Er umarmt mich von hinten, und wir schauen beide auf die Hochhäuser gegenüber. »*Du hast gesagt, du fürchtest dich im Dunkeln. Also habe ich dafür gesorgt, dass du ein Schlafzimmer bekommst, in dem es immer Licht für dich gibt. Das heißt, wenn du hier einziehen willst.*«

Meine Augen werden feucht, die Lichter zerlaufen zu buntem Wasser.

»*Gefällt es dir nicht?*«, *fragt er unsicher.*

»*Doch*«, *wispere ich.* »*Es ist ... wow ... wunderbar.*« *Er hat an meine Angst gedacht, es rührt mich so sehr, dass ich weinen muss.* »*Ich verdiene dich gar nicht*«, *sage ich leise, wische mir über die Augen und drehe mich zu ihm um.* »*Ich bin so schwierig, und du bist immer so gut zu mir. Das ist wie in einem dieser kitschigen Filme ...*«

»*Du bist nicht schwierig*«, *tadelt er mich liebevoll.* »*Du hast etwas Schreckliches erlebt, und ich will einfach, dass du dich bei mir geborgen fühlst. Wenn du möchtest, holen wir noch heute deine Sachen.*«

Da holt mich die Wirklichkeit wieder ein. »*Meine Eltern werden mir niemals erlauben, mit dir zusammenzuziehen.*«

»*Du bist doch volljährig, oder nicht? Du musst sie nicht fragen.*«

»*Aber ich will auch nichts gegen ihren Willen tun.*«

Ayden seufzt. »*Ich verstehe dich ja. Aber ich will nun mal Tag und Nacht mit dir zusammen sein. Es ist doch nur natürlich, dass wir zusammenziehen, oder? Ist es natürlich, ewig bei seinen Eltern zu leben? Nein.*«

»*Ja, schon ...*«

Ayden lächelt, es sieht siegesgewiss aus, was mir Sicherheit gibt. »Komm, ich zeig dir den Rest der Wohnung. Dann kannst du es dir ja immer noch überlegen.«

Er führt mich in einen gigantischen Wohnbereich, in dem die weiße Designerküche mit der Kücheninsel offen ins Wohnzimmer übergeht. Das Wohnzimmer ist so eingerichtet, wie Ayden es liebt. Kühles, minimalistisches Design, schwarze Ledergarnitur, Lampen aus Glas, keine Teppiche, dafür ein auf Hochglanz polierter Marmorboden. Auch hier hat man am Ende des Raums einen freien Blick auf New York.

»Das ... das ist ...« Ich verstumme. Die Wohnung ist ein Traum. Aber sie ist zweihundertfünfzehn Meilen von Boston entfernt; es ist keine Weltreise, aber ich habe Maddy, Mom und Dad bisher fast jeden Tag gesehen. Nach New York zu ziehen wäre ein Riesenschritt für mich.

»Es ist das Richtige«, meint Ayden, als hätte er meine Gedanken erraten. Zart nimmt er meine Hand. »Du willst dir schließlich ein eigenes Leben aufbauen.«

Ich nicke. »Ich ...«

»Ich habe die Wohnung gekauft, als ich die Zusage von Rick bekommen habe. Dieser Job ist eine einmalige Chance.«

»Ich weiß.« Daher habe ich ihn auch gedrängt, ihn anzunehmen, und dachte, er würde pendeln.

»Du kannst auch später noch bei mir einziehen«, schlägt er vor. »Du musst nichts überstürzen.«

Ich schlucke und schaue ihn an. Wie immer ist er so rücksichtsvoll und sieht dabei auch noch verboten schön aus. Das dunkelbraune Haar immer nur den Tick zu lang, dass es noch ordentlich, aber schon lässig aussieht. Die Wangenknochen sind hoch wie bei einem Model, sie werfen Schatten auf seine Wangen und verleihen ihm eine Prise Melancholie; allerdings nur so viel, dass es ihn geheimnisvoll wirken lässt. Man fragt sich unwillkürlich: Wer hat dich verletzt, und kann ich dich davon erlösen?

»Maya?« *Er legt die Finger auf meine Wange. Sein Blick jagt mir jedes Mal einen Sehnsuchtsschauer über die Haut. Jedes Mädchen und jede Frau beneidet mich um Ayden. Er weiß das. Ich weiß das. Jemanden wie ihn zu finden ist für jemanden wie mich wie der Jackpot im Lotto samt Superzahl und allen Sonderauslosungen. Wenn ich nicht hier einziehe, dann tut es vielleicht sofort eine andere. Aber Boston hinter mir zu lassen, Mom, Maddy und Dad zu verlassen … Sie waren ein Leben lang mein Rückhalt.*

Doch Maddy wird ohnehin bald nicht mehr jeden Tag zu Besuch kommen. Ihre und Eds Wohnung ist zu weit weg, noch kommt sie mir zuliebe vorbei, eines Tages wird sie allerdings Kinder und eine eigene Familie haben. Wenn ich jetzt nicht Ja sage … außerdem will ich Ayden doch nicht enttäuschen. Jeden Tag versichert er mir, wie sehr er mich liebt. Und ich liebe ihn doch auch.

Mom wird es nicht gutheißen, wenn ich ausziehe. Natürlich freuen sie und Dad sich über meine Beziehung; sie haben es ja jahrelang nicht für möglich gehalten, dass ich überhaupt jemals einen Freund finde, aber Mom meint auch, Ayden würde mich zu sehr bevormunden. Dabei brauche ich genau das. Ich brauche jemanden, der mir sagt, was gut für mich ist, weil ich es selbst nicht mehr weiß. Und Ayden ist mein Fels, er ist immer da. Und im Moment wünscht er sich nichts sehnlicher, als dass ich mit ihm zusammenziehe, ganz offiziell. Ich meine: Er hat diese Wohnung gekauft! Für uns!

»Ich dränge dich nicht, Maya«, betont er jetzt noch mal. »Ich kann dich auch weiter in Boston besuchen. So wie vorher auch.«

»Aber New York ist kein Vorort von Boston, du wirst über drei oder vier Stunden unterwegs sein.«

Ayden zwinkert mir zu und in meinem Bauch explodieren Millionen von prickelnden Bläschen. »Für dich fahre ich vom Nordpol zum Südpol und wieder zurück, wenn es sein muss.«

»Das musst du nicht.« Ich beiße mir auf die Lippen. *Mein Herz hat die Entscheidung bereits gefällt, als er mir die Lichter im Schlafzimmer gezeigt hat. »Ich ziehe sofort bei dir ein!«*

Ayden strahlt, hebt mich hoch und wirbelt mich im Kreis herum. Ich muss lachen und verdränge Moms Stimme, die mich ermahnt, ich müsse erst mal einen Collegeabschluss machen und auf eigenen Füßen stehen, bevor ich mich so fest an einen Mann binde.

Diesmal irrt sie sich. Ayden passt auf mich auf. Wenn ich nicht will, muss ich überhaupt nicht arbeiten, und eines Tages, sogar schon bald, will er ein ganzes Haus voller Kinder.

Sachte setzt er mich ab und küsst mich auf die Stirn. »Ich liebe dich, ma chérie.«

»Ich liebe dich tausend Mal mehr!«, flüstere ich.

Er lacht liebevoll. »Das, Maya, ist überhaupt nicht möglich ... Niemals.«

Ich blicke auf die gefrorenen Federn des Traumfängers, erinnere mich an die Lichter und Ayden. Er ist so weit weg. So tief in meiner Seele vergraben. Ich liege da, und die Bilder weichen der Kälte, derer ich mir wieder stärker bewusst werde.

Instinktiv schaue ich zu Reed, doch er ist nicht da. »Reed?«, rufe ich. »Reed? Wo bist du?« Ich krieche zur Tür, öffne sie und ziehe mich an der Klinke auf die Füße, falle und krabbele auf allen vieren auf die Veranda.

»Reed?« Da sehe ich ihn erstarrt im Schnee hocken, vor sich ein Bündel Holz. Er regt sich nicht.

»Reed?«, wispere ich erschrocken. Ich rappele mich auf, gehe drei Schritte zu ihm rüber und lasse mich neben ihn in den Tiefschnee fallen.

»Woll-te Feu-er mach-en«, stammelt er, und ich folge seinem Blick auf seine totenbleichen Hände, mit denen er eine Streichholzschachtel umklammert. »Für di-dich.«

»Reed, komm rein!«, sage ich so energisch, wie ich kann.

»Mo-mo-ment, warte!« Wie durch ein Wunder schafft er es, ein Hölzchen anzuzünden. Ich strecke meine Hände nach der Flamme aus, und die Wärme und das helle Licht treiben mir Tränen in die Augen. Ich fühle mich wie in »Das kleine Mädchen mit den Schwefelhölzern«.

Reed hält die Flamme an das Holz, aber sie zischt und geht aus. »Das Holz ist zu nass.«

Ich schlucke mit schmerzender Kehle und will gerade anfangen zu weinen, weil ich immer mehr fürchte, dass wir diese oder die nächste Nacht nicht überleben, da kommt Odin angeflattert.

»Lark! Lark!« Etwas Rundes fällt vor meinen Füßen in den Schnee.

»Odin«, sagt Reed mit klappernden Zähnen. »Was hast du denn da?«

Ich hebe es auf. »Eine Walnuss.« Odin flattert fort und kehrt mit weiteren Nüssen zurück. *Er teilt seine Vorräte mit uns.*

»Ich muss den Gas-Gaskocher anwerfen. Wir müssen was Warmes trinken«, stößt Reed jäh hervor, als hätte er eine Eingebung gehabt.

Er steht auf, schleppt sich in die Shack, ich taumele hinterher, aber er bekommt den Kocher nicht an. »Zu kalt.« Seine Zähne schlagen so heftig aufeinander, dass er kaum noch sprechen kann. Er war sicher viel zu lange draußen. »Butan, Propan ... Flüssiggas-Mix ... zu kalt. Es kann nicht verdampfen.«

Ich stehe da, presse die Walnüsse in den Handschuhen zusammen und begreife nichts mehr. Hat er nicht gesagt, dieser Kocher wäre lebensnotwendig? Ich sinke auf den Boden, sehe ihm zu, wie er an dem Gaskocher herumhantiert und flucht.

»Ich muss das Gas aufwärmen.« Reed wickelt die Kartusche in mehrere Felle.

»Ich will nicht erfrieren«, wiederhole ich in einem fort. Ich denke an Ayden und was er jetzt tun würde. »Wir müssen loslaufen und in die Zivilisation zurück«, sage ich und lege mich hin, weil ich so müde bin.

»Steh auf!«, fährt Reed mich auch prompt an. »Du darfst nicht schlafen.«

»Ich schlafe nicht«, murmele ich. Meine Wunde brennt, aber das spüre ich eher wie ein Echo. Ich zwinge mich, die Augen offen zu halten, doch ich muss eingeschlafen sein, denn Reed steht plötzlich vor mir. Es ist taghell, die Nacht vorbei.

»Wir müssen gehen«, sagt er. »Ich bekomme den Gaskocher nicht zum Laufen, selbst nachdem ich das Gas in den Fellen aufgewärmt habe. Aber ohne den Kocher halten wir es hier nicht lange aus. Vor allem für dich ist es gefährlich. Frauen unterkühlen viel schneller als Männer. Ich habe Angst, dass du erfrierst.«

Ich fange an zu weinen, und meine heißen Tränen laufen über meine taub gefrorenen Wangen, ich spüre sie kaum. »Du hast gesagt, es gibt hier nichts, wo wir hinkönnen«, klage ich. Ich bin erschöpft, müde und habe das Gefühl, keinen Fuß vor den anderen setzen zu können. Aber Reed hat offenbar ein paar Sachen zusammengepackt und auf einen Schlitten geschnallt.

»Komm schon!« Er klingt ungeduldig, fast grob, aber seine Augen spiegeln Furcht. Trotzdem rühre ich mich nicht. Wenn wir hier fortgehen und vor Anbruch der Nacht keinen Unterschlupf finden, überleben wir nicht.

»D-das ist Selbstmord.«

»Wir gehen zur Lodge, aber wir müssen uns beeilen, damit wir vor der Dunkelheit da sind.«

»Die Lodge ist so nahe?«, frage ich entgeistert.

Als er nickt, schaffe ich es nicht mal mehr, wütend auf ihn zu sein. Wieso hat er das nicht schon früher gesagt? Benommen vor Kälte trotte ich ihm hinterher.

Hatte ich jemals gedacht, irgendetwas, was ich in meinem Leben getan habe, wäre anstrengend gewesen, zwingt mich dieser Tag an den Rand grenzenloser Erschöpfung. Ich fange an, Reed dafür zu hassen, dass er mich durch den Schnee jagt, aber wenn er mich ansieht, auch nur kurz, schlägt mein Herz schneller und mir wird ein winziges bisschen wärmer.

»Geht's, Ash?«, sorgt er sich unentwegt, und ich nicke nur, weil mir die Kraft zum Sprechen fehlt. Schweiß läuft mir über den Rücken, ich friere. Meine Hände und Füße sind gefühllose Klötze, die ich wie Ballast mit mir herumschleppe. Viel zu schnell beginnt es dämmrig zu werden, und es schneit wieder. Reed schreit einen Fluch durch die Stille, der mir in Mark und Bein dringt. Ich presse die Fäustlinge auf den Mund und er wendet sich zu mir um.

»Tut mir leid ... es ist nur ... Bei starkem Schneefall haben schon Menschen die Orientierung verloren, die nur fünfzig Meter von einem Gebäude zum anderen gehen wollten.« Er sieht zum schneeblinden Himmel. »Ich kann mich nicht an den Sternen orientieren«, sagt er kopfschüttelnd.

»Wir haben uns verlaufen?« Das ist das Erste, was ich nach unserer kurzen Mittagspause sage.

Da krächzt Odin über uns.

»Er weiß leider überhaupt nicht, wo wir hinwollen, sonst könnte er uns den Weg weisen.«

Ich setze mich auf den Boden, weil meine Beine mich nicht mehr tragen, doch Reed zieht mich unbarmherzig auf die Füße.

»Wir müssen uns bewegen. Es kann nicht mehr so weit sein.« Er versucht zu lächeln, aber das Lächeln bebt auf seinem Gesicht. »Ich hätte dich zurückbringen müssen«, meint er bitter. »Dann wäre ich eben einen Winter in der Menschenwelt geblieben ...«

»Das ist jetzt völlig unwichtig ... es hilft mir auch nicht, wenn du dir Vorwürfe machst ...« Ich kann kaum reden, so sehr schlagen meine Zähne aufeinander.

»Wenn du meinetwegen ... also, wenn dir etwas passiert ...«

»Ohne dich wäre ich sowieso längst erfroren, bereits vor Wochen.«

Reed wirft mir einen Blick zu, er sieht aus, als wollte er mir etwas sagen, doch er schweigt. Wir wandern und wandern und alles entgleitet mir. Meine Gedanken rücken weit weg. Ich verdränge sogar den Hoodiemann vollkommen aus meinem Kopf, ebenso Ayden. Sie haben hier keinen Platz. Hier gibt es nur Reed, mich und die Kälte.

Irgendwann, kurz nach dem Sonnenuntergang, bleiben Reed und ich nahezu gleichzeitig stehen. Ich spüre mich trotz der Kälte intensiv wie nie. Vielleicht ist das so, wenn man erfriert. Ich lausche. Stille, überall ist Stille, so laut. Nur Reed und ich. Himmel und Erde verschmelzen. »Kannst du sie hören?«, fragt er und klingt meilenweit entfernt, als würde sich seine Stimme in der Wintertiefe verlieren.

Ich nicke, denn offenbar sind seine Gedanken meine und umgekehrt. Womöglich sind alle Grenzen verwischt. Da ist nichts mehr, nur wir und diese absolute Lautlosigkeit. Sie rauscht mir wie ein Fluss durch die Ohren. Vielleicht sterben wir heute Nacht. Womöglich ist das nicht wichtig. Vielleicht ist überhaupt nichts auf dieser Welt wichtig, weil auch der Stärkere eines Tages sterben muss, wie Reed gesagt hat. Die Natur kennt keine Gewinner. Aber selbst diese Gedanken zerspringen und klirren als dumpfes Echo in mir nach. Nur Reed ist noch da. Reed, der auf mich zukommt, Reed, der etwas sagt, das ich nicht verstehe. Aber ich spüre seine Wärme, die einzige, die es hier gibt. Ich spüre seine Fellhandschuhe auf meinen Wangen und seinen Atem, der über meinem Gesicht in kleinen Bläschen explodiert. Ein Schauer aus Schmerz und Glück rieselt über meinen Rücken. Wie Eis, aber dennoch fühle ich mich fiebrig.

»Ash«, flüstert er zittrig in mein Gesicht. »Ash, my love, das sagt man doch so, oder?«

Diese süßen, ungeschickten Worte, die er womöglich in einem seiner alten Bücher gelesen hat, lassen mich trotz der Kälte lächeln. Seine Lippen schweben über meinen, sein eisgefrorenes Haar kitzelt auf meinen Wangen, das fühle ich noch.

Zaghaft lege ich die Hände auf seine Arme und er versteht es als Aufforderung. Er beugt sich zu mir herab, und mir ist durch Winter und Eis nicht sofort klar, dass es sein erster Kuss ist. Zuerst nehme ich nur seine Lippen wahr. Sie sind rau und frostkühl wie meine, beben vor Kälte. Ich öffne den Mund, sein Atem ist warm, seine Zunge schmeckt nach Gletschereis. Nach Frische, nach Wald. Nach Sehnsucht. Ich komme mir vor wie in dem Märchen »Die Schneekönigin«. Nur dass Reed der Schneekönig ist. Sein Kuss ist voller Einsamkeit, zittert durch mich hindurch und scheint in meinem Herz zu zerspringen.

So wie ein Mann dich küsst, so ist sein Herz, hat Maddy mal gesagt.

Und ich kann es spüren, so deutlich spüren. Diese dunkle Traurigkeit, das Verlassensein. Reeds Zunge taucht tiefer, und alles an mir flattert. Meine Hände, mein Atem, meine Herzschläge. Ich schlinge meine Arme um ihn, ziehe ihn ganz fest zu mir, um ihm zu zeigen, dass er jetzt nicht mehr alleine ist. Für einen aberwitzigen Augenblick habe ich sogar die Vorstellung im Kopf, dass Schnee und Eis nur das Innere von Reed spiegeln, und sie tauen, sobald es in seinem Herzen warm wird. Doch das ist ein gefährlicher Trugschluss. Die Kälte kehrt zurück, wir weichen auseinander und sehen uns an.

Reeds Lippen schimmern bläulichrosa, seine Iriden glitzern völlig verloren, als hätte er in eine andere Welt geblickt und sei zurückgerissen worden.

»Ash«, murmelt er und streicht eine steif gefrorene Haarsträhne von meiner Wange. Meine Haut prickelt. Alles prickelt. »Das war …« Er verstummt, findet keine Worte, schüttelt den Kopf, dann fasst er meine Hand. »Wir müssen weiter.«

Ich will lachen und weinen. Ich will ihn noch mal küssen, ich will hier stehen bleiben und alles vergessen, aber jede Sekunde ist kostbar, jeder Atemzug zerbrechlich. In den Fellhandschuhen fassen wir uns an den Händen und stapfen durch die aufkommende Dunkelheit. Es ist nach wie vor still, bis auf unsere Schritte. Ich fühle mich frei und weit, trotz der Kälte, trotz der Furcht. Mutiger und stärker, als ich mich jemals gefühlt habe. Es ist, als hätten sich meine Vergangenheit und die Zukunft aufgelöst und als existierte nur dieser eine Augenblick mit Reed.

Ganz in der Ferne rieche ich das Öl des Kellers, höre eine zu hohe Stimme, aber bald ist sie verschwunden, ausgelöscht vom Jetzt.

In welcher Gefahr wir tatsächlich schweben, begreife ich erst, als sich die Zeit verzerrt. Ich erlebe sie nachträglich, wenn Sequenzen längst zu Ende sind. Ich sehe, wie Reed und ich unaufhörlich versuchen voranzukommen, aber im Schnee stecken bleiben. Wie einer dem anderen aufhilft. Wie wir versuchen, ein Feuer zu machen, auf und ab hüpfen, um uns zu wärmen, und dann erschöpft Minuten lang im Eis liegen bleiben. Irisierende Lichter tanzen im Weiß, ich erblicke Menschen aus der Vergangenheit; Mom, Dad und Maddy; einmal träumt Reed mit wachen Augen von seiner Familie, ruft nach Lark, Willow und Aspen, dann rennt er von mir fort ins Unterholz des Tannenwaldes. »Lark?«, schreit er.

Ich will hinterher, aber meine Beine tragen mich nicht. Ich werfe das Gepäck vom Schlitten, einen steif gefrorenen Rucksack, einen Seesack und zwei Felle, und setze mich auf das Holz. Träume mit offenen Augen.

»*Wir hatten abgemacht, dass du aufs College gehst*«, sagt Mom aus der Vergangenheit zu mir. *Wieso steht sie in der Küche in Boston? Warum ist es auf einmal so warm?*

»*Das wolltet ihr, nicht ich*«, höre ich mich antworten.

»*Aber du darfst dich von keinem Mann so abhängig machen, Kind.*«

»*Ayden liebt mich. Er will nur, dass es mir gut geht.*«

»*Liebes, ich sage es dir nicht gerne, aber ich fürchte, Ayden möchte gar nicht, dass du selbstständig bist.*« *Mom wischt sich die Hände an der Küchenschürze ab.*

Im ganzen Haus riecht es nach Schmorbraten, nach Kürbiskuchen, Honigschinken und Forelle. So wie jedes Jahr vor ihrer Geburtstagsparty.

Wütend verschränke ich die Arme. »*Er weiß, was ich brauche.*«

»*Wirklich?*« *Energisch greift Mom sich einen Holzlöffel und rührt in einem Topf.* »*Oder ist es nicht eher so, dass du machst, was er will?*«

»*Mom, wir wollen dasselbe!*«

Sie schweigt, aber ihr Blick verrät mir, dass sie Worte zurückhält.

»*Was ist?*«, *frage ich eine Spur zu heftig.*

»*Du weißt, ich will, dass du glücklich bist. Aber Ayden ... er macht auf mich den Eindruck, als ...*« *Ich starre sie an.* »*Es gibt Männer, die müssen immer alles unter Kontrolle haben. Sie tun das so diskret, dass man überhaupt nicht merkt, was vor sich geht. Und dann ist es oft zu spät.*«

»*Wieso? Du sagst selbst, es ist nie für irgendetwas zu spät. Wenn Ayden und ich uns nicht mehr lieben, was nie, niemals, passieren wird, dann kann ich immer noch gehen.*«

»*Mit den Kindern, die ihr vielleicht habt? Ohne Collegeabschluss oder Berufsausbildung?*«

Bitterkeit breitet sich in mir aus. »Ayden hat recht. Ihr habt wirklich etwas gegen ihn. Er hatte angedeutet, dass ihr so reagieren würdet.«

»Aber ...«

»Er sagt, ihr könntet mich nicht loslassen. Er sagt, ihr hättet mich ein Leben lang beschützt, deswegen würde es euch schwerfallen, diese Rolle nun einem anderen zu überlassen. Er sagt, ihr könnt nichts dafür. Ihr würdet das gar nicht böse meinen.«

Ich blinzele und kann nichts anderes mehr bewegen als meinen Wimpernkranz.

»Du brauchst niemanden von ihnen wirklich«, höre ich Ayden mich trösten. Ich sehe hinaus auf das Lichtermeer New Yorks, das er mir geschenkt hat. »Du hast jetzt mich. Ich bin deine Familie. Deine Zukunft. Lass Boston und all die schrecklichen Dinge, die dir passiert sind, hinter dir. Hey, Maya. Ich liebe dich. Hörst du ...«

Als er mich küsst, schließe ich die Augen, aber mein Herz brennt und das Atmen tut weh. Ich habe ganz gemeine Dinge zu Mom und Dad gesagt. Und zu Maddy ...

Ich stehe auf, merke, dass etwas nicht stimmt. Reed ist immer noch nicht da. Habe ich geschlafen? Ich erinnere mich nicht, wohin er verschwunden ist.

»Reed?« Die Panik erfasst mich schlagartig. »Reed, wo bist du?« So schnell ich kann, folge ich der Spur durch den Tiefschnee, da entdecke ich eine große dunkle Gestalt, die mir aus dem Tannenwald entgegenkommt.

»Sie waren da«, behauptet Reed, sobald er mich erreicht hat. »Ich habe mit Lark gesprochen.«

Ich sinke an seinen Oberkörper und er hält mich fest. »Du hast mit Lark gesprochen?«

»Sie sagt, wir müssten nur noch zwei Meilen durchhalten bis zur Lodge.« Reed lacht, ich fürchte, wir sind beide am Rande der Bewusstlosigkeit. »Lass uns weitergehen.«

»Okay.«

Reed mustert mich seltsam. »Ist alles gut?«

Das fragt er, der imaginäre Gespräche führt. »Mir ist nicht mehr kalt.« Ich kichere und denke, Reed würde sich freuen, aber seine Mundwinkel sinken herab.

»Oh, das ist schlecht.«

»Wieso?« Ich zwinkere und versuche, ihn zu fokussieren, doch mein Blick zerfließt wie Regen auf einer Scheibe. »Hey, das ist doch gut«, frohlocke ich und lalle wie betrunken. Ich will mir die Jacke ausziehen, aber schaffe es nicht. Dann wird alles dunkel, als würde ich in einen Brunnen stürzen.

Das Nächste, das ich mitbekomme, ist, dass ich auf dem Schlitten liege und Reed mich zieht. Irgendwann schreit er meinen Namen.

»Ash! Ash!«

Wieso brüllt Reed denn so? Warum presst er mich so fest an sich – ich bekomme keine Luft mehr!

»Ash! Wach auf! Bitte, bitte, wach auf!«

Weint er etwa? Wo sind wir überhaupt? Ich blinzele, doch alles ist dunkel, ich öffne den Mund, möchte ihn beruhigen, aber es kommt kein Laut heraus. Furcht breitet sich in mir aus. Es ist, als hinge ich irgendwo in einem Zwischenreich fest.

Fell streift mein Gesicht, Fell von Handschuhen?

»Es tut mir leid. Ich wollte einfach … wie du da gelegen hast … du warst so schön, dass ich dachte, es wäre ein Traum. Ehrlich, ich habe nie etwas so Schönes gesehen … Ich wollte doch nur nicht mehr allein sein, verstehst du? Verstehst du das, Ash?« Fremde, heiße Tränen tropfen auf meine Wangen. Ich begreife nicht, was los ist.

Wieso ist es so dunkel? Wo ist Reed? Zieht er mich an den Füßen durch den Schnee? Es kommt mir vor, als würde ich immer weiter von ihm fortgleiten, weg aus der Welt. Weg von allem.

Bitte, mach das Licht wieder an! Mach das Licht an! Du hast mir doch versprochen, dass ich nie wieder Angst haben muss! Ich will atmen, aber es ist, als würde nur Schwärze in meine Lungen dringen.

Kapitel 15

Ich blinzele und sehe auf eine Blockbohlendecke. Meine Glieder fühlen sich an wie bei einer Grippe, ich kann mich kaum rühren. »Wo …?« *Wo bin ich*, habe ich fragen wollen, aber ich bin noch zu benommen. Jemand beugt sich über mich. Blonde nasse Haare fallen in ein wildes, herbes Gesicht.

Reed sitzt neben mir und lächelt zittrig. »Oh, Gott sei Dank, du bist aufgewacht. Wie geht es dir?«

Schlecht. Ich blinzele kurz. »Wo … was?«

Behutsam streicht er mir über die Wange. »Ash …« Seine Mundwinkel sinken herab. »Ich dachte schon …« Er verstummt, sieht sich um. »Wir sind in der Lodge, ich habe es geschafft, dich herzubringen, aber es war verdammt knapp. Eine Zeit lang dachte ich, du wachst nicht mehr auf.« Seine Augen sind gerötet. Hat er etwa geweint? Mit rauer Stimme erzählt er mir, wie ich mich ausziehen wollte, weil mir so heiß war, aber mein Kopf ist zu benebelt, ich höre ihn lediglich wie durch Watte.

»Erfrierende machen manchmal merkwürdige Sachen«, erklärt er daraufhin. »Ich weiß selbst nicht, wie ich es bis hierher geschafft habe; vielleicht hat Lark mir ja wirklich den Weg gezeigt.«

Vielleicht. Im Moment halte ich alles für möglich.

»Ich habe Lark flüstern hören: ›Zwei Meilen noch.‹ Es ist, als wäre ihr Geist wahrhaftig im Wood Wide Web gespeichert.«

Obwohl es mir so schlecht geht, bemerke ich, wie glücklich Reed wirkt, als er das sagt. Wobei er vielleicht auch glücklich ist, dass ich okay bin. Aber bin ich das wirklich?

Die Naht an meinem Schulterblatt sticht wie die Hölle, vielleicht, weil ich auf dem Rücken liege, doch es ist nicht die frische Wunde, die mir Sorgen macht. Oft hört man von Menschen, die üble Erfrierungen erlitten haben, weil sie zu lange in der Kälte waren. Für einen Moment horche ich ängstlich in meinen Körper hinein, krümme vorsichtig Finger und Zehen zusammen, die sich immer noch so gefroren anfühlen, als könnten sie bei der kleinsten Bewegung brechen.

»Reed?« Ich versuche, einen Blick auf meine Hand zu werfen, doch mein Arm ist unter einer dicken Schicht aus Decken und Kissen begraben. »Bin ich okay? Also, so richtig?«

»Es geht dir gut«, antwortet Reed sanft. »Finger, Nase, Zehen, Ohren und Wangen sind weder weiß noch grau oder schwarz. Keine schlimmeren Erfrierungen. Ich habe dir die nassen Sachen ausgezogen und dich in ein paar trockene Klamotten aus der Kleiderkiste gesteckt. Sachen, die Gäste vergessen und nicht wieder abgeholt haben. Auf der Kiste steht: *Vergessen*. Ich vermute, dass es so ist.« Die letzte Erklärung hat er angefügt, weil ich ihn sicher fragend angeschaut habe. Jetzt ist er verstummt.

»Ich musste es tun«, sagt er nach einer Weile.

Dass er mich nackt gesehen hat, ist mir im Augenblick tatsächlich egal. Auch, dass ich Sachen von Wildfremden trage, die vielleicht Krätzmilben hatten. Alles ist egal, Hauptsache, Reed und mir geht es gut.

Zart fährt er mir über Nase und Wangen. »Spürst du das?« Ich nicke und er fasst nacheinander unter der Decke nach meinen Händen, kitzelt mich in den Handflächen. »Und das?«

»Das auch.«

»Und hier, warte ... an den Füßen?«

Ich kichere. »Ja.«

»Dann ist alles mehr als in Ordnung.«

Erleichterung überrollt mich, meine Arme und Beine prickeln.

Reed lächelt. »Es ist alles gut gegangen, Ash. Du musst dich einfach bloß ausruhen, und danach können wir ein kleines Festmahl veranstalten. Wir haben Glück«, er nickt in eine Richtung, in die ich nicht sehen kann, da sie hinter meinem Kopf liegt. »Hier ist keine Menschenseele. Die Vorratskammern sind gut gefüllt. Sie haben eingeschweißtes Brot, Nudeln, Reis, Obst und Gemüse in Dosen; und Schokolade, Kakao und Marshmallows.«

»Kakao und Marshmallows. Wie zu Hause«, flüstere ich. Seltsam, dass Reed Marshmallows kennt. Vielleicht von früher, von seiner Zeit vor dem Wald oder sogar von dieser Lodge. Als ich den Kopf drehe, entdecke ich eine Theke, vor der ein abgenutzter Läufer liegt. Ein Elchgeweih hängt als Deko an der Wand, daneben eine Angel samt Schnur und Fliege. Reed hat mich sicher in die Lobby der Lodge gebracht; ich bin bis zum Kinn zugedeckt mit Wolldecken und Sofakissen.

»Wie lange war ich bewusstlos?« Mein Blick fällt auf einen Wandkalender, der ein Bild mit Kürbissen zeigt.

»Es ist schon Nachmittag. Du hast ewig geschlafen.«

»Und hier ist wirklich niemand?«

»Nein. Im Winter ist nie jemand hier.«

Ich sollte darüber enttäuscht sein, aber selbst das ist mir gerade egal.

Ich nicke zu dem Kalender. »Sie verlassen die Lodge im Herbst? Weil der Kalender nicht weitergeblättert ist?«

Vage hebt Reed die Schultern. »Ende Oktober, Mitte November, das ist unterschiedlich.«

Für einen Moment schauen wir uns an und Reeds Augen funkeln tiefblau, doch ich entdecke auch nachtschwarze Schatten darunter, einen Ausdruck tiefer Erschöpfung. »Hast du überhaupt geschlafen?«

»Nein.«

»Du hast mich schon wieder gerettet«, flüstere ich matt.

Seine Lippen werden schmal, unwillig schüttelt er den Kopf. »Hätte ich dich eher hierhergebracht, hätte ich dich nicht retten müssen.« Mit einem Durchatmen steht er auf. »Ich koche dir Tee und wärme uns eine Dosensuppe auf.« Er wirkt plötzlich zornig auf sich selbst.

»Reed«, halte ich ihn zurück, da ist er beinahe aus meinem Blickfeld verschwunden.

»Was ist?«

»Du wolltest doch nur deine Erinnerungen und dein Lager schützen. Und keiner konnte wissen, dass es so kalt wird. Jeder redet von Erderwärmung.«

Reed kommt wieder einen Schritt auf mich zu, wirkt aus meiner liegenden Position riesenhaft. »Erderwärmung … davon hat Dad auch oft gesprochen. Doch darüber weiß ich nicht so viel«, gibt er zu.

Wie auch? Er lebt in einem anderen Kosmos. Was weiß er über Treibhausgase und den Klimawandel? Von extremen Wintern wie diesem und zu heißen Sommern? Er lebt ja fernab der Realität. Zum ersten Mal stelle ich mir Reed in meiner Welt vor; wie er versucht, eine Konversation mit den schicken Arzt- und Anwaltsfreunden meiner Eltern zu führen, oder wie er ein Handy bedienen will. Keine Frage, er wäre so verloren wie ich in der Wildnis. Trotzdem breitet sich bei der Vorstellung, wie er mich nach Hause begleitet, ein Kribbeln in meinem Bauch aus. Aber Reed würde sein Nahmakanta niemals verlassen, dessen bin ich mir sicher. Der Gedanke macht meine Brust enger, als es sein sollte. Zu Hause wartet doch Ayden auf mich. Zumindest wahrscheinlich. Wie kann ich so etwas über Reed denken? Wieso habe ich mich von ihm küssen lassen, wenn ich nicht mal weiß, ob Ayden noch mein Freund ist?

Was ist das mit Reed und mir überhaupt? Dauert es nur an, bis der Schnee wieder taut? Einen Winter lang? Oder ist es vorbei, sobald ich mich erinnere?

Weil Reed darauf besteht, esse ich ein paar Löffel Suppe und trinke den Tee, danach nimmt er wie selbstverständlich den Schlüssel für eine der Blockhütten vom Bord und trägt mich durch den Winter hinein ins Warme. Die Gästehütte ist winzig, verwinkelt und urig, alle Möbel sind aus dunklem Holz, es gibt ein Doppelbett, weiche Daunendecken und sogar ein eigenes Bad mit Dusche und Toilette. »Eine echte, richtige Toilette«, sage ich glücklich und hangele mich vom Türrahmen zum Waschbecken, klammere mich daran fest, weil ich so wackelig auf den Beinen bin. »Aber das Wasser wird nicht heiß«, stelle ich enttäuscht fest, nachdem ich es eine Weile habe laufen lassen.

»Nein, aber die Hütte wird bald richtig warm«, sagt Reed. »Ich habe das Gas vorhin schon aufgedreht.«

Ich lege mich ins Bett und decke mich zu. »Du kennst dich hier gut aus. Fast, als wärst du hier zu Hause«, murmele ich müde. Mein Kopf fühlt sich heiß an, meine Beine sind zittrig und mein Hals brennt. Ich glaube, dieses Mal werde ich richtig krank. Kurz bevor ich einschlafe, taste ich mit den Fingern über etwas Hartes auf meiner Brust. Der Eschenanhänger, den Reed mir geschnitzt hat. Ich umklammere ihn ganz fest. *Ich will nicht, dass es vorbei ist, wenn es Frühling wird*, denke ich noch, bevor ich einschlafe. Vielleicht will ich mich auch gar nicht mehr erinnern. Wer weiß, was ich sonst noch alles herausfinde.

Die nächsten Stunden verbringe ich in einem Zustand zwischen Traum, Delirium und Wirklichkeit. Ständig ist Reed an meiner Seite. Er sagt, ich hätte Fieber, kocht mir Suppe und Tee und macht mir Wadenwickel. Außerdem versorgt er die Wunde an meinem Rücken, die erstaunlich gut verheilt, wie er meint. »Allerdings hätte ich dir hier jetzt gescheite Medizin geben können.«

Natürlich weiß er, wo der Medizinschrank ist. So wie er auch alles hier bedienen kann. Die Heizung im Blockhaus und den Herd in der Großküche, zudem weiß er, wo er Batterien findet, um die batteriebetriebenen Laternen zum Laufen zu bringen, damit wir auch nachts Licht haben. Er holt Werkzeug und schustert draußen einen provisorischen Holzkäfig für Odin zusammen.

»Ich glaube, du hast hier mal gewohnt«, scherze ich am nächsten Tag matt, aber da sieht er mich ungewohnt düster an.

»Ich wohne im Wald, nirgendwo sonst«, entgegnet er barsch.

Plötzlich fällt mir etwas ein. »Gibt es hier ein Telefon?«

Reed wendet sich urplötzlich von mir ab und geht ins Bad. »Keine Ahnung«, ruft er gedämpft durch die Tür. »Ich kann ja mal nachsehen.«

Später verschwindet er nach draußen, und als er wieder zurückkommt, berichtet er: »Das Telefon geht nicht. Die Leitungen sind tot. Ganz sicher ist ein Mast umgefallen oder so.«

»Ein Mast? Ich glaube, wenn es hier Telefone gibt, dann sind es Satellitentelefone, oder?«

Reed kratzt sich am Kopf. »Möglich. Was immer es ist, es funktioniert jedenfalls nicht.«

»Okay.« Ich beschließe, erst gesund zu werden, danach kann ich das Telefon immer noch inspizieren und meine Eltern anrufen.

In den nächsten Tagen genieße ich es, ein Dach über dem Kopf zu haben und umsorgt zu werden. Ich genieße die Wärme.

Sogar Odin hat hier bessere Laune, vielleicht, weil er mehr Futter von Reed bekommt. Mehr als einmal hüpft der Rabe um mich herum und zupft an meinem Haar, allerdings lässt Reed ihn nie länger als eine halbe Stunde aus dem Käfig, »damit er nicht alles vollkackt!«.

Am dritten oder vierten Tag kann ich mich immerhin mal länger als eine Viertelstunde aufsetzen. »Wieso ist eigentlich im Winter niemand hier?«, frage ich Reed. »Ich meine, Maine ist doch bekannt für Eisangeln und Wintersport.«

»Hier nicht.« Er stellt ein Tablett mit Brot und Nudelsuppe auf meinen Schoß. »Die Lodge ist im Winter nur schwer zugänglich, da gibt es bessere Orte.«

»Glück für dich.«

»Glück für uns.« Er setzt sich aufs Bett und sieht mich so lange und eindringlich an, dass mir noch heißer wird.

Ich räuspere mich. »Hast du noch mal probiert, das Telefon zum Laufen zu bringen?«

Reed nickt. »Die Leitung ist immer noch tot.«

»Ähm ... weißt du überhaupt, wie Satellitentelefone funktionieren?« Womöglich macht er ja auch etwas falsch.

Doch er blitzt mich nur an. »Natürlich weiß ich, wie Telefonieren geht. Meine Eltern sind in den Wald gegangen, als ich sechs Jahre alt war. Und danach war ich ab und zu auch noch mal in der Zivilisation, stell dir vor.«

»Oh, wann denn?«

»An Geburtstagen von Verwandten. Oder wenn wir mal dringend etwas aus der Stadt gebraucht haben.«

Ich lächele entschuldigend. »Tut mir leid. Aber das kann ich ja nicht wissen.«

Er lächelt. »Nein, Ash, my love. Natürlich kannst du das nicht wissen.« Er nimmt eine Strähne meines Haares und rollt sie auf seinem Zeigefinger auf. Wir schauen uns an und für eine

Sekunde denke ich, er zieht mich an sich, um mich zu küssen, aber er lässt die Haare sanft los und steht wieder auf.

Ich frage mich, was passiert, wenn ich wieder gesund bin. Wird er mich überhaupt noch mal küssen? Oder geht er lieber auf Abstand, weil er weiß, dass ich eines Tages wieder fort bin? Ich lege mich zurück in die Kissen, nehme den Eschenanhänger in die Hand und schließe die Augen.

Am nächsten Morgen bin ich so fit, dass ich wieder aufstehen kann, und nach zwei weiteren Tagen bestehe ich darauf, die Vorratskammern anzuschauen, von denen Reed mir die ganze Zeit vorschwärmt. Als wir mit knirschenden Schritten zum Haupthaus stapfen, bleibt er dicht an meiner Seite, für den Fall, dass ich rutsche oder meine Beine nachgeben. Staunend sehe ich mich um. Die Blockhütten verteilen sich wie ein Halbkreis im Winterwald.

»Wild River Lodge« lese ich den Namen von der ovalen Holztafel über dem Eingang des Haupthauses ab, während Reed zielsicher zu dem hölzernen Blumentrog neben der Tür geht, diesen anhebt und einen Schlüssel darunter hervorholt.

»Ich schließe sicherheitshalber immer ab, bevor ich zurück in die Blockhütte gehe. Für den Fall, dass doch mal jemand herkommt. Deshalb räume ich auch alles auf, sobald ich die Lodge verlasse.«

Er öffnet die Tür und ich reiße mich vom Anblick der schneeverkrusteten Terrasse vor der Lodge los. Wir hatten so viel Glück, Reed und ich. In den letzten Tagen ist mir immer deutlicher bewusst geworden, wie knapp wir dem Kältetod entronnen sind, denn die Temperaturen sind eher gefallen als gestiegen.

»Aber die Besitzer merken doch, dass jedes Jahr über Winter Vorräte verschwinden«, gebe ich zu bedenken, was ich schon einmal angedeutet habe, und betrete hinter Reed das einstöckige Blockbohlenhaus und schließe die Tür hinter mir.

»Vielleicht glauben sie, sie hätten sich verzählt«, tut Reed meinen Einwand ab.

Daran zweifele ich zwar, aber da sie Reed nie eine Falle stellen, wird er wohl recht haben. Zielstrebig geht er voraus und ich folge ihm. Es ist erstaunlich, wie fit er ist. Er hat weder eine Erkältung noch Fieber oder Husten bekommen, dabei war er doch auch diesen eisigen Temperaturen ausgesetzt. Jeden Morgen joggt er trotz der Kälte und absolviert seine üblichen fünfzigtausend Liegestütze. Keine Ahnung, was er sonst noch alles tut, während ich im Bett liege. Ich ziehe seinen Mantel, den er mir geborgt hat, enger um mich herum. Darunter trage ich einen alten Pullover aus der Kleiderkiste sowie eine Jeans, die Reed nur *die untaugliche Hose* nennt, aber ich liebe sie. Außerdem hat er noch ein paar ausgeleierte Langarmshirts und zwei Unterhosen in meiner Größe entdeckt.

Dem muffigen Eingangsflur folgt die karge Lobby, in der ich am ersten Tag gelegen habe. »Seit wie vielen Jahren kommst du eigentlich schon her?« Ich lasse den Blick über den dämmrigen holzverkleideten Raum, den Tresen und das Elchgeweih an der Wand gleiten.

Reed bleibt kurz stehen. »Einige Winter. Ich habe die Lodge entdeckt, kurz nachdem mein Dad ... und die anderen ...« Er bricht ab und geht weiter, ohne den Satz zu beenden.

Das Thema Familie ist offenbar immer noch tabu.

Ich folge ihm in einen Raum mit langen Sitzbänken und Holztischen, der wie der mittelalterliche Speiseraum einer Klosterschule aussieht, dann betritt Reed einen Flur und nimmt die erste Tür rechts in die Großküche. Im hinteren Bereich führt eine weitere in den viel gepriesenen Vorratsraum. Er ist kleiner, als ich ihn mir vorgestellt hatte, aber all die köstlichen Dinge, die mir zu Hause nur ein Schulterzucken wert gewesen wären, entschädigen mich dafür. »Erbsen und Karotten. Bohneneintopf, Spaghetti in Tomatensoße«, lese ich laut vor. »Haben wir einen Dosenöffner?«

»Bräuchten wir nicht, aber es gibt einen.« Reed grinst. Er trägt auch andere Klamotten als sonst. Er hat eine schwarze Cargohose in seiner Größe gefunden, dazu hat er ein dunkelblaues Sweatshirt an, das seine Augen betont.

Er sieht aus, als käme er gerade aus der Uni oder vom Shoppen. Mein Herz pocht plötzlich schneller.

»Was ist?«, will er wissen, weil ich ihn so anstarre.

»Nichts.« Er gefällt mir zu gut. Ich möchte ihm durch die Haare streichen und seine schmalen Lippen berühren. Ich möchte ihm nahe sein, viel näher, als ich sollte. *Willst du mit mir zurückgehen? Eines Tages? Irgendwann?*, will ich ihn fragen, aber ich kenne die Antwort bereits. Reed ist nur im Wald zu Hause. Und das macht mich plötzlich traurig.

»Ash?«

Ich zwinkere und fühle mich ertappt. »Sollen wir Spaghetti aufmachen?«, frage ich daher schnell.

Reed zuckt mit den Schultern. »Klar. Ich habe vorhin den Strom angestellt, damit wir das Essen heiß machen können.«

Immer noch kann ich nichts anderes tun, als ihn anzusehen. Ein Prickeln jagt über meine Haut. Hier in einer anständigen Behausung gefällt er mir noch besser als in der Wildnis. Er wirkt hier weniger wie ein durchgeknallter Freak. Aber wenn ich ehrlich bin, ist er das ja auch überhaupt nicht. Er ist nur so anders. Ganz anders als Ayden, anders als Maddy, Mom oder Dad. Vielleicht ist es genau das, was mir gefällt. Ich bin ja auch anders. Nachdenklich schüttele ich den Kopf.

»Woran denkst du?«, forscht Reed, während er in der Küche einen Topf aus dem Schrank holt, wieder so sicher, als habe er wochenlang hier gelebt.

»Daran, wie anders du bist«, antworte ich ehrlich. Er stellt den Topf auf den Herd und kommt auf mich zu. Seine Augen funkeln heiß und kalt, und mir läuft ein süßer Schauer über den Rücken. Mir wird klar, dass er Flirten bestimmt bloß aus Büchern kennt. Und tatsächlich sieht er mich nur ernst an.

»Ash, dieser Kuss in der Eisnacht ...« Er wirkt unsicher. »War das, weil du schon nicht mehr wusstest, was du tust, oder wolltest du es ...«

In der Eisnacht. Ein schönes Wort. Ich muss über seine Befangenheit lächeln. »Ich wollte es«, erkläre ich und streiche die blonde Strähne aus seiner Stirn.

»Und willst du es jetzt immer noch?«

Als ich nicke, lächelt er erleichtert, macht aber keine Anstalten, mich zu küssen. Ein bisschen enttäuscht schaue ich zu, wie er zwei Dosen Spaghetti öffnet, in einen Topf füllt und darin herumrührt.

»Das kann ich auch machen. Im Lager hast du immer gekocht«, schlage ich vor.

»Du bist doch noch nicht ganz gesund«, lehnt er ab und deutet auf die Arbeitsplatte. »Setz dich und schau mir zu.«

»Ich stehe lieber.« Dort zu sitzen erinnert mich zu sehr an Ayden. Ich mag überhaupt keine Arbeitsplatten – dieser Gedanke ist auf einmal da, und ich finde ihn so bizarr, dass ich in der Vorratskammer verschwinde, um uns einen Nachtisch zu suchen, nur, um nicht nachdenken zu müssen. »Magst du Dosenpfirsiche?«, rufe ich Reed zu.

»Ja, aber schau mal nach Kirschen. Ich liebe Kirschen.«

Ich greife mir ein Glas, das direkt neben den Pfirsichen steht. »Hier hast du das Obst für den Winter also her.«

Ich höre ihn lachen. »Schlaues Waldmädchen. Aber ich lege tatsächlich auch selbst Obst ein.«

Mit den Pfirsichen und den Kirschen schlendere ich wieder hinaus und stelle beides neben ihm ab.

»Essen ist fertig«, verkündet Reed da.

Danke, ma chérie, du bist die Beste. Habe ich dir das je gesagt?

Aydens Worte funken wie Blitze durch meinen Kopf. Wieso kommt mir das »Ma chérie« plötzlich sonderbar vor? Und warum habe ich nur Erinnerungen an diese Wohnung – war ich mit Ayden nirgendwo sonst?

Gedankenverloren folge ich Reed in den Speisesaal und versuche, nicht mehr an Ayden zu denken. Neben Reed setze ich mich auf die schmucklose Bank und lege uns das Besteck hin, das ich aus der Küche mitgenommen habe.

Es ist so still.

»Was ist los?« Reed mustert mich befremdet.

»Alles okay«, schwindele ich und atme den Duft der Nudeln ein.

»Wirklich? Oder hast du dich wieder an etwas erinnert, das mich zum bösen Entführer macht?«

Ich zwinge ein Lächeln auf mein Gesicht. »Nein.«

Reed lacht erleichtert sein zu lautes Nerd-Lachen, das mir mittlerweile gar nicht mehr schräg vorkommt. Während des Essens gelingt es mir dann sogar, die Gedanken an Ayden wegzuschieben, und ich schlinge die Spaghetti so schnell hinunter, als hätte ich seit Jahren keine anständige Mahlzeit mehr bekommen. Sie schmecken mir viel besser als jedes Menü in einem Nobelschuppen, doch irgendwann bemerke ich, dass Reed mich von der Seite beobachtet.

»Was ist?«, frage ich, plötzlich scheu, und lege das Besteck beiseite.

»Ich weiß nicht.« Reed schüttelt den Kopf. »Ich fühle mich sonderbar. Krank und doch nicht krank. Glücklich, traurig, und trotzdem will ich nur lachen.«

Ich muss schlucken, als er die Hand hebt und meine Wange mit den Fingerknöcheln streichelt. Selbst in diesem Moment sind seine Finger kühl. Er zieht die Hand zurück. »Ich weiß nicht, wie das funktioniert. Die Liebe und so. Was man macht und was man sagt.« Er sieht so ernsthaft besorgt aus, dass es mich tief im Inneren berührt. Plötzlich sehne ich mich so sehr danach, alles über ihn zu erfahren. Wie hat er genau gelebt? Wie war es, niemals ein Mädchen seines Alters zu sehen, wie kam er mit seinen Gefühlen klar, also auch den körperlichen? Hat er sie verleugnet oder verdrängt? Hat die Sehnsucht nach Liebe ihn nie so heftig gepackt, dass er den Wald verlassen wollte?

Als ich ihn ansehe, flattern hundert winzig kleine Schmetterlinge in meinem Bauch, es kitzelt überall. »Liebe passiert einfach, Reed«, erkläre ich ihm. »Man kann sie nicht planen oder steuern. So ist sie eben.« Ich habe ja selbst keine Ahnung, wie man den ersten Schritt macht; überhaupt hat Ayden immer alles übernommen und ich habe mich von ihm führen lassen.

»Die Liebe lässt einen sich krank fühlen?«, will er verwirrt wissen.

Ich muss lächeln. »Ja, manchmal.«

Er atmet tief durch. »Ash, seit du bei mir bist, fühle ich mich nicht mehr allein und bin gleichzeitig einsamer als jemals zuvor. Wie ist das möglich?«

»Ich weiß es nicht«, flüstere ich. Ich nehme seine kalten Hände in meine und er spricht weiter.

»Wenn du mich ansiehst, fühle ich mich stark. Und schwach. Im Schnee, als wir fast erfroren wären … ich hätte dich bis ans Ende der Welt getragen, und gleichzeitig war ich … ich war so …«

»Verwundbar, verletzlich.«

Er nickt.

»Reed«, sage ich leise. »Kannst du dir vorstellen, den Wald eines Tages zu verlassen?«

Er antwortet nicht sofort, aber irgendwann fragt er: »Kannst du dir vorstellen, für immer im Wald zu bleiben?«

Ich atme tief durch. »Für immer?«

Er nickt, und ich schüttele den Kopf. »Siehst du«, sagt er, »so geht es mir auch. Ich kann den Wald nicht verlassen. Niemals, Ash. So wenig, wie du dir vorstellen kannst hierzubleiben.« Ich will ihm erklären, dass es Menschen nicht bestimmt ist, so zu leben wie er, also einsam und isoliert, aber in diesem Moment beugt er sich vor und nimmt mein Gesicht in die Hände. Zum ersten Mal ohne seine Fellhandschuhe, und es ist, als würden winzige Energiefunken aus seinen Fingern auf meinen Wangen blitzen. Erst, als er seine Lippen auf meine presst, begreife ich, dass er mich wirklich küsst. Für Sekunden sehe ich das Bild von uns zweien in Schnee und Eis, aber jetzt ist es nicht kalt.

Seine Lippen, seine Zunge, seine Hände malen ein Licht aus tiefdunkler Wärme in mich hinein. Ich will ihn, nur ihn. In diesem Moment ist er das Einzige, was zählt. Instinktiv greife ich in seine Haare und lasse sie wie Seide durch meine Finger gleiten. Es fühlt sich so gut an, fast magisch, aber wieder ist da diese Einsamkeit, die ich aus ihm herausschmecke, dieses Gefühl der Verlorenheit. *Ich werde seine Meinung ändern*, denke ich. *Eines Tages wird er mit mir zurückgehen, ich muss ihm nur zeigen, wie schön die Liebe sein kann.*

Ich klettere auf seinen Schoß, spüre ein untrügliches Zeichen seines Begehrens, da weicht er zurück. »Nicht, Ash, nicht weitermachen.« Er schüttelt entschlossen, fast erschrocken den Kopf.

Ich muss kichern. »Keine Angst, alles okay.« Ich küsse ihn wieder, und er stöhnt auf.

Behutsam ziehe ich ihm den Pullover über den Kopf und werfe ihn auf den Boden, bevor ich die Hände unter den dünnen Stoff seines Langarmshirts gleiten lasse und über seine nackte Haut streiche. Er krümmt sich zusammen. »Ash!«

Es tut so gut, ihn zu spüren, die brennend heiße Haut unter meinen kühlen Fingern, und gleichzeitig ist es verwirrend, weil ich kaum noch klar denken kann. Weil er sich auf mich verlässt.

Weil ich Ayden wegdränge, ihn vergesse, oder schlimmer noch: weil er mir gerade egal ist.

Zusammen sinken wir auf den Boden, und ich streife im Sitzen den Mantel ab, breite ihn für uns aus wie eine Decke, und für einen Moment fällt mein Blick auf den schillernden Opal, die Hülse und das Weiche, das eine Feder ist, wie ich jetzt erkenne. Reed zieht meinen Kopf zu sich und wir küssen uns wieder, aber Reed hält sich zurück, berührt mich nicht. Irgendwann unterbreche ich den Kuss und nehme seine Hand, schiebe sie unter mein Langarmshirt zu meiner Brust. Als er die Finger darum schließt, passiert etwas mit ihm. Sein Blick verdunkelt sich, die Pupille schmilzt und verdrängt das Blau seiner Augen. Für eine Sekunde glaube ich, dass er aufhört zu atmen.

»Ash.« Nur dieses Wort, sonst nichts. Seine Augen sind komplett schwarz, und dieser Hunger darin und das Wilde dringen tiefer, berühren mich tiefer, als es Hände und Worte könnten. Ich glaube nicht, dass er sich gerade einsam fühlt. Als er mich küsst, drückt er die Finger, die meine Brust umschließen, zusammen, und ein heiserer Laut kommt aus seiner Kehle. Rücklings drängt er mich aufs Fell, dann geht alles plötzlich ganz schnell. Wieder einmal bekomme ich die Kraft zu spüren, die in ihm steckt. In Windeseile zieht er mir Jeans und Unterhose runter, und ich muss über seinen Eifer kichern, halb erschrocken, halb belustigt. Ich will ihn zu mir ziehen, aber er dreht mich blitzschnell auf den Bauch, die Naht sticht wegen des scharfen Rucks, seine stillen Finger umfassen erstaunlich energisch meinen Nacken.

»Warte«, sage ich, aber er drückt meinen Kopf in das Fell. »Reed.«

Er gibt nur ein hartes Keuchen von sich, packt meine Hüften und zieht sie nach oben. Ich höre etwas Rascheln und Klirren, versuche, auf die Hände und Ellbogen zu kommen, aber er presst die Hand zu fest in meinen Nacken. »Reed, warte!«

Jetzt hält er inne. »Ash? Was ist denn?« Die Worte kommen rau und drängend aus seiner Kehle. Ich spüre, wie sehr er es will, mich will, aber ich bin keine Fähe und er ist kein Wolf.

»Nicht so!«, erkläre ich daher sanft, aber bestimmt.

Sofort lässt er meinen Nacken los, streicht zart über mein Genick und hält mich dann sanfter. »Besser, Ash?«

Ich weiß nicht, ob ich lachen oder weinen soll. Natürlich, er weiß überhaupt nichts von Sex, Mädchen und ersten Malen. Wie auch? Er hat ja acht Jahre ohne Internet alleine im Wald gelebt. Wer hätte ihm etwas darüber beibringen sollen? Er kann überhaupt nichts darüber wissen, nur das, was er im Wald bei Tieren beobachtet. Mit einer Drehung winde ich mich aus seinem Griff und setze mich auf. Reed weicht zurück, kniet vor mir, einen so verwirrten Ausdruck im Gesicht, dass es mich rührt.

Zaghaft lege ich meine Hand auf seinen Arm. »Wir sind keine Wildtiere.« Ich lächele, weil ich nicht will, dass er sich schlecht fühlt. »Menschen lieben sich anders. Zumindest meistens und beim ersten Mal ...«

Total perplex schüttelt er den Kopf. »Also ... ich habe es mir immer so vorgestellt, wenn ich daran gedacht habe ...«, gesteht er und wird rot, was ich total süß finde. »Und ich habe ziemlich oft daran gedacht.«

»Aha!«, necke ich ihn.

»Ash ...« Sein Blick wandert von meinen nackten Beinen hinauf über mein Shirt und bleibt an meinen Lippen hängen. Wieder bekommen seine Augen diesen dunklen, begehrlichen Glanz. »Wie macht man es dann?«

»Langsamer. Und beim ersten Mal vielleicht weniger wild.«

»Weniger wild?«, echot Reed und klingt, als wäre das eine unmögliche Forderung.

Nun muss ich doch kichern, stehe auf und ziehe mir ganz vorsichtig mein Langarmshirt über den Kopf, sodass ich vollkommen nackt vor ihm stehe, beleuchtet nur vom schwachen Mondlicht, das durch das Fenster des Speisesaals fällt.

»Ash«, murmelt Reed rau und erhebt sich, ohne den Blick von mir abzuwenden. »Du bist so wunderschön. So weich und glatt, deine Haut schimmert wie frisch gefallener Schnee. Wie kann man da nicht wild werden?« Sein Gesicht spiegelt ein derart schweres, schmerzhaftes Verlangen, wie ich es noch nie gesehen habe. Es sticht mir ins Herz, aber es jagt auch einen heiß-kalten Schauer über meine Haut. Bedachtsam mache ich einen Schritt auf ihn zu und streife ihm sein Shirt über den Kopf.

Ich beiße mir auf die Lippen, spüre das Flackern von Hitze in meinem Bauch. Er ist so unfassbar schön, dass es mir fast den Atem raubt. Er ist tatsächlich ein Kämpfer. Sein ganzer Körper besteht aus festen, sehnigen Muskeln. Mein Herz pocht schneller. Im Mondlicht kommt er auf mich zu, küsst mich zart und wild zugleich; seine zerzausten Haarsträhnen kitzeln mich im Gesicht. Danach sinken wir ein zweites Mal auf seinen Mantel, doch diesmal ziehe ich Reed über mich, spüre seine Schwere, seine nackte kühle Haut, als wäre er ein Teil meines Körpers. Er schiebt die Arme unter meinen Rücken, presst seine Hüften gegen meine.

»Reed«, wispere ich nur. Sein Verlangen ist wie ein Schrei, der aus seinem Innersten dringt und in mich hineinhallt.

Ganz zart lasse ich die Hände über seine Wirbelsäule wandern. Hoch und runter und wieder zurück, bis ich seinen Hintern berühre. Reed keucht auf und presst sein Gesicht an meinen Hals.

»Ash«, flüstert er, und sein Atem platzt auf meiner Haut. Dann küsst er mich so tief und sehnsuchtsvoll, dass mein Herz brennt, alles brennt, und ich es nicht mehr aushalte, ihn unbedingt spüren muss. Ich öffne die Beine, während er sie gleichzeitig auseinanderdrängt.

»So, Ash?«, fragt er heiser, fast erstickt von seinen Gefühlen, und ich habe kaum genickt, da dringt er in mich ein, so kraftvoll und entschieden, dass ich vor Überraschung aufkeuche und meine Hände in seine Schultern grabe.

Als er tief in mir ist und ich ihn vollkommen spüre, ziehe ich seine Stirn an meine. Atme. Er fühlt sich so gut an in mir. So nah, so tief. Ich bin vollkommen gefangen. Für einen Augenblick verharren wir auf diese Weise, dann fängt er an, sich in mir zu bewegen, zu stoßen, nicht vorsichtig, nicht sanft, sondern wild und schnell.

»Langsam, Reed«, flüstere ich. »Langsamer.«

Er hält inne, sieht mich an. Sein Blick flackert vor Hitze und Ungeduld, läuft wie ein Zittern durch mich hindurch, aber er nickt.

»Okay«, presst er hervor, macht weiter, diesmal behutsamer. So, wie ich es mir gewünscht habe. Ich schließe die Augen und spüre so vieles. Seine Schwere, seinen kühlen Atem, das weiche Fell in meinem Rücken. Ich lasse mich fallen und mein Kopf sinkt auf den Mantel, während ich mich Reeds Rhythmus überlasse, ihm mit Herz, Händen und allen Sinnen folge, hin zu einem Ort, an dem nur er und ich existieren. An einen Ort, an dem das helle Eis des Winters schmilzt und nur brennende Hitze zurücklässt. Als er schneller wird, härter zustößt, klammere ich mich an seine Schultern. Ich habe das Gefühl, innerlich zu schmelzen.

»Ash.« Plötzlich hält er mich ganz fest. Vielleicht ist es dieses heisere, verlangende Wort, der Name, den er mir gegeben hat, aber auf einmal explodieren Glut und Licht in meinem Bauch und rollen in einem Sturm über mich hinweg. Ich keuche auf, schlinge die Arme um seinen Nacken, spüre, wie er kommt und sein Körper zuckt, dann lässt er seine schweißfeuchte Stirn gegen meine sinken und hält mich noch fester als zuvor. So fest, als könnte ich ihm immer noch davonlaufen.

Als wollte er mich nie wieder gehen lassen, jetzt, wo er weiß, wie wundervoll, schmerzhaft und süß die Liebe im Innersten brennen kann.

Für viele, viele Minuten liegen wir einfach so da, verschwitzt und glücklich erschöpft, und es ist, als gäbe es nur noch Reed und mich, keine Vergangenheit, keine Zukunft.

Nichts ist mehr wichtig, nur wir.

Ich weiß nicht, wie viel Zeit vergangen ist, als Reed mich in seinen Mantel hüllt und wir durch den Schnee zurück in die Blockhütte stapfen. Wir reden nicht, sondern sehen uns stumm an, immer wieder. Als Reed im Bad verschwindet, stehe ich für eine Weile in dem kleinen Zimmer. Alles kommt mir unwirklich vor. Reed und ich, der Winter, sogar dieser Mantel, der ebenso aus einer Märchenwelt stammen könnte. Vielleicht träume ich ja doch. Aber das Glücksgefühl in meiner Brust ist viel zu real, der Schweiß auf meiner Haut zu frisch.

Gedankenverloren schlüpfe ich aus dem Umhang, streiche über das weiche Fell und fühle den Nachhall unserer Liebe. Ich will den Mantel gerade über den Sessel hängen, da fällt mein Blick auf den schimmernden Opal, der vielleicht mal ein Kettenanhänger gewesen ist. Die vermeintliche Hülse daneben entpuppt sich aus der Nähe als Kugelschreiber.

Wieso näht Reed einen Stift in seinen Mantel? Neben dem Stift ist die rabenschwarze Feder, die ich vorhin schon bemerkt habe. Vielleicht eine Rabenfeder von Odin. Ich untersuche das Innenfutter weiter und entdecke ganz hinten, wo der Mantel über Reeds Rücken fällt, seltsame Perlen auf einer Schnur. Für einen Moment denke ich an die Glasperlenketten, die ich immer gebastelt habe, doch diese Perlen hier sind aus blauem und rotem Holz und haben ein großes Loch in der Mitte. Merkwürdig. Vorsichtig streiche ich über die kalten Holzschmuckstücke und entdecke dabei noch etwas Metallisches, da kommt Reed aus dem Badezimmer.

Als er sieht, was ich tue, verdunkelt sich sein Blick. »Du weißt, ich will das nicht.«

»Tut mir leid«, entschuldige ich mich schnell und lege den Mantel über den Sessel.

Sofort wird sein Blick weicher. »In Ordnung. Aber stell keine Fragen dazu.«

»Mach ich nicht.«

Für einen Augenblick stehen wir da und sehen uns an.

»Oh, Ash«, seufzt Reed dann leise und kommt auf mich zu. Ganz zart streicht er durch mein Haar und küsst meinen Scheitel. »Ich weiß nicht, wie ich ohne dich auch nur einen einzigen Tag atmen konnte.« Wie nach unserer Liebe schlingt er die Arme um mich und presst mich an seine Brust.

Der Satz lässt Trauer in mir aufsteigen, aber ich verdränge sie schnell. Später kuscheln wir uns auf dem Bett zusammen und ich streiche über seine Nase, die Lippen und die Stirn; er sieht mich einfach wortlos an, als müsste er sich jedes Detail meines Gesichtes einprägen. So glücklich wir auch sind, die Frage, wie es nach dem Winter weitergeht, schwebt wie an einem seidenen Faden über allem.

Irgendwann, weil ich diese Stimmung zwischen Zärtlichkeit und Melancholie kaum aushalte, schlage ich vor, weiter in dem Tagebuch seines Vaters zu lesen.

Reed stimmt zu, holt es aus dem Rucksack und setzt sich auf den Boden neben das Bett. Das Tagebuch ist eines der wenigen Dinge, die er eingepackt hat. Doch heute ist er nicht ganz bei der Sache. Ständig ertappe ich ihn dabei, wie er mich verstohlen und mit brennenden Augen mustert, und wenn ich ihn anspreche, ist er oft meilenweit entfernt.

»Reed«, sage ich irgendwann und klappe das Buch zu. »Was ist los?«

Er schaut mich mit diesem dunklen Glitzern im Blick an. »Ich kann nicht aufhören, daran zu denken.«

»An das, was wir getan haben? An Sex?«, frage ich direkt. Ich hätte es wissen müssen.

Er nickt. »Es war … es war auch ein bisschen wie ein anderes Land. So wie Nahmakanta.«

Ich steige aus dem Bett und setze mich mit dem Tagebuch zu ihm auf den Boden. »Da hast du recht. Es ist ein anderes Land mit anderen Gesetzen, anderen Wörtern, anderen Räumen und manchmal auch mit anderer Kleidung.«

»Mit anderer Kleidung?«, fragt er konfus. »Die zieht man doch aber aus. Vielleicht kannst du mir mehr darüber erzählen, anstatt aus dem Tagebuch vorzulesen?« Ein winziges, freches Grinsen breitet sich auf seinem Gesicht aus, und ich seufze belustigt. Natürlich will er mehr darüber wissen; und wahrscheinlich bin ich die Einzige von uns, die vorhin melancholisch gewesen ist. Reed hat sicher bloß eine einzige Sache im Kopf.

»Also … so viel weiß ich gar nicht«, gebe ich ehrlich zu. Aber ich erzähle ihm trotzdem ein bisschen. Zum Beispiel, dass er froh sein kann, dass ich wegen starker Regelschmerzen seit jeher ein Drei-Jahres-Stäbchen im Arm trage und er sich daher keine Sorgen um Verhütung machen muss.

»Du bekommst also kein Baby, wenn wir das machen, also Sex machen?«, hakt er nach, und ich habe keine Ahnung, ob er darüber enttäuscht ist.

»Nein«, bekräftige ich, und er überlegt eine Weile, bevor er sagt: »Es wäre sicher auch zu schwierig für dich, jetzt schon ein Kind im Wald aufzuziehen, wo du noch so wenig über das Leben in der Wildnis weißt. In drei Jahren sieht das vielleicht anders aus.«

Als würde er ganz sicher davon ausgehen, dass ich bleibe. *Großer Gott!*

Kopfschüttelnd sehe ich ihn an, will etwas entgegnen, doch er wuschelt sich wieder mit beiden Händen durch den Schopf. »Und was gibt es sonst noch alles? Du hast von anderer Kleidung gesprochen …«

Himmel! Das hat er sich natürlich gemerkt. Und weil er tatsächlich einen Nachholbedarf hat und natürlich auch, weil ich ihn liebe und er mich so verlegen angrinst, erzähle ich ihm noch ein wenig mehr über die Liebe. Zum Beispiel, wie Sex die Menschen beeinflusst, wie er Männer dazu bringt, Bohrmaschinen zu kaufen, wenn eine halb nackte Frau dafür Werbung macht – aber ich erzähle ihm auch davon, dass es Frauen gibt, die für Sex Geld verlangen, was er irgendwann mal von seinem Dad gehört hat, und auch, dass es Männer gibt, die sich nehmen, was sie wollen, notfalls auch mit Gewalt. Weil er mich so hartnäckig immer wieder nach der Kleidung fragt, beschreibe ich ihm, welche Unterwäsche es gibt, was das Glitzern in seinen Augen verstärkt.

Danach klettere ich auf seinen Schoß, und Reed atmet auf meinen Scheitel und schlingt die Arme um mich. An meinem Unterleib spüre ich ein deutliches Zeichen dafür, dass das Gerede über Spitzenhöschen und Strapse nicht spurlos an ihm vorübergegangen ist.

»Tut mir leid, Eschenmädchen, aber im Moment bekomme ich dich und das, was wir gemacht haben, nicht mehr aus dem Kopf.«

Ich fasse in sein Haar, weiche ein wenig zurück und schaue ihn an. Er sieht so ganz anders aus als Ayden. Reed ist ein Winterprinz, und das wird er selbst im Sommer bleiben; ein wilder, blonder Prinz mit Fellen, Pfeil und Bogen. Reed weiß vielleicht nicht, wer er ist und wie man sich eloquent ausdrückt, er weiß nicht alles übers Liebemachen, aber ich habe ihn in den letzten Wochen ganz gut kennengelernt. Er tut nie etwas Böses, selbst wenn er es ungehindert könnte. Er besitzt offenbar eine ihm eigene Moral, Grenzen, die er nicht übertritt, weil er einfach ein guter Mensch ist. Kein Entführer, kein Killer. Wie habe ich das nur je von ihm denken können?

Als ich ihn küsse, schiebt er seine Hand in meinen Nacken und zieht mich enger an sich. Draußen ist es mittlerweile dunkel, die Kälte kriecht unter der Tür durch, doch im Vergleich zum Lager ist es warm. Selbst dann noch, als wir uns gegenseitig die Kleidung ausgezogen haben …

Kapitel 16

Reeds markerschütternder Schrei reißt mich aus dem traumlosen Schlaf. Noch nicht ganz wach blicke ich auf das leere Bett neben mir, denke für den Bruchteil einer Sekunde, dass wir von jemandem oder etwas angegriffen werden, da entdecke ich Reed kniend am kalten Kamin. Sofort springe ich aus dem Bett, gehe vor ihm in die Hocke und rüttele an seiner Schulter.

»Reed, wach auf!«

Odin in seinem Käfig neben der Tür krächzt und flattert aufgeregt mit den Flügeln.

»Reed!«, rufe ich. Sein Gesicht ist verzerrt, er weint tränenlos, seine Schultern zucken, während er sich mit den Armen umschlingt. »Reed, du träumst!«

»Lark?«, ruft er wie blind in die Gegenwart, obwohl er so tief in seiner Vergangenheit feststeckt. »Lark, Aspen, Willow? Wo seid ihr? Wo seid ihr? Wo seid ihr?« Seine Stimme verliert sich, je öfter er die Frage wiederholt, beinahe so, als verirre sich seine Stimme im Wald. Ich möchte ihn umarmen und niemals wieder loslassen, um ihm diesen Schmerz zu nehmen. »Reed, ich bin es. Maya … Ash. Dein Eschenmädchen.«

»Lark! Lark! Low! Low!« Odin flattert aufgeregt herum, macht einen Riesenradau, aber selbst das weckt Reed nicht auf.

Er sinkt nach vorn wie damals in der Shack, bis seine Stirn den Boden berührt und er aussieht wie ein Betender auf einem Teppich. »Warum habt ihr mich verlassen?«

»Sie haben dich nicht verlassen«, sage ich leise und lege ihm die Hand auf den Rücken. »Du hast mir erzählt, es war ein Unfall und sie wären alle gestorben.« Er muss in die Zivilisation zurückgekehrt sein, um das herauszufinden. Aber wie? Wie hat er es erfahren? Und warum hat er sich entschieden, in den Wald zurückzugehen? Er hätte doch in der Welt der Menschen bleiben können, um Abschied zu nehmen. Seine Verwandten hätten ihn ganz sicher unterstützt, ein geregeltes Leben zu führen.

Reed schluchzt trocken auf, wiegt sich vor und zurück, der verlassene Fünfzehnjährige von damals, während Odin mit dem Schnabel an der Käfigtür herumhackt, als wolle er ausbrechen. Ich kann nicht einmal erahnen, was Reed durchgemacht hat. Der Hoodiemann, William Farrell, ist nichts gegen diese Qual. Noch dazu hatte ich eine Familie, die mich liebevoll umsorgt hat, die mich geschützt und mir nie Vorwürfe gemacht hat, wenn ich mich zurückgezogen habe. Reed war allein. Immer. Acht Jahre lang. Er hat erst seine Mom und dann alle anderen Menschen verloren, die er geliebt hat.

»Reed, wach auf!«, sage ich noch mal lauter, fasse wieder seine Schulter und stehe auf. Ich muss ihn aus diesem Albtraum holen. »Reed!«

Er schaut mich an, dann schließt er wie beim ersten Mal die Arme um meine Hüften und presst Nase und Mund in meinen Pullover. Wie anders es sich jetzt anfühlt. Vor Wochen hatte ich Angst vor seiner Berührung, habe ihn sogar unheimlich gefunden. Ich streiche durch sein helles, leuchtendes Haar. »Ich bin da. Ich bin da, Reed.«

Daraufhin weint er, nach wie vor träumend, den Kopf in der Wolle des Pullis vergraben. »Du darfst mich nicht verlassen, Ash. Niemals darfst du mich verlassen«, murmelt er dumpf und schlingt die Arme so fest um mich, dass es wehtut. In meinem Herzen und an meinen Knochen und Muskeln.

»Ich bin da«, flüstere ich.

Aber eines Tages muss ich gehen. Dann werde ich den Waldjungen wieder allein zurücklassen, wenn er nicht bereit ist, mich zu begleiten. Wie kann ich überhaupt daran denken zu gehen?

Aber will ich bei ihm bleiben und mein eigenes Leben aufgeben? Ich weiß, dass ich das niemals tun würde. Ich habe eine Familie, die mich womöglich sucht; und da ist immer noch Ayden. Aber ich kann Reed auch nicht verlassen.

Wie das letzte Mal beruhigt er sich irgendwann, ohne wirklich aufzuwachen, und schläft auf dem Boden in Embryonalstellung weiter. Ich decke ihn zu und schaue zu Odin, der sein Geflatter und Gekrächze eingestellt hat, sobald Reed sich wieder beruhigt hat.

»Hm, hm«, macht er in diesem Moment. Ich hole seinen Käfig und stelle ihn neben Reeds Kopf. Sofort schnäbelt Odin durch das Holzgitter an Reeds Haaren herum. Ich muss lächeln, müde greife ich nach meiner Decke und lege mich auf die andere Seite neben Reed.

Heute Nacht ist er nicht allein.

Als wir an diesem Morgen Frühstück machen, ist alles anders. Reeds verlangende, dunkle Blicke verfolgen jede meiner Bewegungen, und ich kann kaum vier Schritte gehen, ohne dass er in mein Haar fasst, einen Arm um meine Taille schlingt oder mich küsst. Ich kichere wie ein Teenager und fühle mich seltsam fremd und aufgekratzt. Nicht wie ich selbst, sondern besser. Ich blende die Sorgen der Nacht aus, verdränge, dass ich eines Tages gehen muss, trotzdem habe ich Reed gegenüber ein schlechtes Gewissen, weil er den Albtraum offenbar erneut vergessen hat. Wie das letzte Mal überlege ich, ob ich es ihm erzählen soll. Doch was würde es ihm nutzen? Ganz sicher ist sein schlechtes Erinnerungsvermögen ein Schutz. Wie bei mir. Manche Dinge vergräbt man einfach so tief, dass sie das Alltagsbewusstsein nicht mehr erreichen.

Während wir in dem kargen Speisesaal Dosenwürstchen und vakuumierte Bratkartoffeln essen, mustere ich ihn verstohlen. Allein sein Anblick löst ein Kribbeln in mir aus; die Art, wie er mit seinen ruhigen Händen die Gabel zum Mund führt, sich die störrische Haarsträhne aus der Stirn streicht oder sie einfach mit einer Kopfdrehung zurückschüttelt. Hier in der Lodge hat er weder Dreck im Gesicht noch Blätter im Haar. Obwohl ich ihn mittlerweile schon einige Wochen kenne, habe ich keine Ahnung, wer er ist. So, wie er es selbst auch nicht weiß. Ich frage mich, ob das menschliche Sein so sehr von anderen abhängt, dass wir unsere Identität verlieren, wenn wir zu lange allein sind. Zu welcher Person werden wir, wenn wir niemandem außer uns selbst Rechenschaft ablegen müssen? Und würden nicht die meisten Menschen an dieser langen Einsamkeit zerbrechen? Wie hat Reed durchgehalten?

»Was ist denn, Ash?« Er mustert mich prüfend, als fürchtete er, ich könnte ihm gleich wieder etwas Übles unterstellen.

»Du hast geträumt«, platze ich einfach heraus. »Du hattest einen furchtbaren Albtraum. Und das nicht zum ersten Mal.«

Reed grinst, womöglich erleichtert, dass er keine neuen Vorwürfe zu hören bekommt. »Nein, ich träume nicht.« Schlagartig wird er ernst. »Manchmal wünschte ich, ich könnte meine Familie in meinen Träumen besuchen, aber ich habe sie noch niemals gesehen. Nie.«

»Doch«, flüstere ich auf die Tischplatte und kann ihn nicht anschauen. »Du siehst sie.«

»Nein!«, widerspricht er zornig. »Ich werde das ja wohl wissen.«

Ich hebe den Blick. »Viele Menschen vergessen, dass sie träumen, aber Fakt ist: Jeder Mensch träumt jede Nacht.«

Reed blinzelt mich verblüfft an. »Also träume ich vom Wald, von Wölfen, Tannen und Eschen und vergesse es?«

»Ja, meistens, sicherlich!« Ich stehe auf, stelle die Teller aufeinander und trage sie in die Küche. Reed folgt mir mit den Tassen.

»Was sage ich denn im Traum?«

Ich stelle die Teller in die Spüle. »Du rufst die Namen deiner Geschwister. Besonders oft rufst du nach Lark.« *So wie Odin.*

»Hm.« Er meidet meinen Blick, als er die Teetassen zu den Tellern stellt.

»Darf ich dich was Persönliches fragen?«

»Kommt darauf an, was du wissen willst.« Er wirft seine störrische Strähne zurück, als wüsste er, wie unwiderstehlich er dabei wirkt. Dabei hat er keine Ahnung, wie er aussieht, oder? Das wird mir erst jetzt bewusst. Er betrachtet sich hier natürlich im Spiegel, und er hat auch zwei Minitaschenspiegel im Lager, einen an einem Stab, angeblich, um sich mögliche Verletzungen am Rücken mithilfe des anderen Spiegels anschauen zu können. Doch: Er weiß ja gar nicht, wie andere Männer in seinem Alter aussehen.

Ich lehne mich an die Arbeitsplatte. »Wie hast du herausgefunden, was mit deiner Familie passiert ist? Ich meine, du hast gesagt, sie seien tot und du hättest erfahren, was geschehen ist. Du bist also zurückgelaufen – und was passierte dann?«

Reed blickt an mir vorbei, aber ich erkenne den Schmerz, der unaufhörlich unter der Oberfläche lauert. Er ist wie ein Tier, das er mühsam in Schach hält. Nach ein paar Sekunden, in denen er sich vielleicht gesammelt hat, sieht er wieder zu mir, schweigt, bevor er plötzlich sagt: »Ich könnte dich stundenlang anschauen, weißt du das? Das ist alles, was ich tun will. Dich anschauen und dich berühren. Dich ... lieben ... sagt man das so?«

Ich nicke, und er schlingt seine starken Arme um mich, sodass ich mich beschützt und geborgen fühle. »Ash, my love«, flüstert er. »Ich bin verrückt vor Liebe.«

Ich lächele und höre sein Herz unter dem Pullover klopfen.

»Du willst mir gar keine Antwort geben«, murmele ich an seiner Brust, und er spielt mit meinen Haaren.

»Dein Haaransatz ist hell. Du hast deine Haare ... gefärbt?«

»Ayden mochte sie braun lieber.«

»Pah«, knurrt Reed abfällig und ganz offensichtlich eifersüchtig. Er hat nie gelernt, Gefühle zu verstecken, und selbst wenn, wird er es in den acht Jahren verlernt haben. Ich mag das, denn es ist ehrlich.

»In Wirklichkeit bin ich so blond wie Maddy. Meine Haare sind sogar heller als deine.«

Er zupft liebevoll an einer Strähne. »Maddy – deine perfekte und liebe große Schwester.«

»Das weißt du noch?«

»Familie ist das Allerwichtigste überhaupt. Natürlich merke ich mir das. Ich habe mir alles über dich gemerkt. Deine Schwester war in der Junior High die Schnellste beim Staffellauf und hat den Gesangswettbewerb in Massachusetts gewonnen, obwohl sie nur aus Spaß mitmachen wollte. Sie hat ein Lied von einer Sängerin gesungen, die ich nicht kenne, aber das Lied hieß ›I Will Always Love You‹.« Er küsst mich zart auf den hellen Scheitelansatz.

Ich bin richtig gerührt, dass ich es ihm wert bin, sich diese Details zu merken. Aber dann fällt mir wie aus heiterem Himmel etwas ganz anderes ein, sicher, weil wir über Maddy gesprochen haben. Hastig mache ich mich von ihm los.

»Das Telefon«, sage ich nur. »Ich muss schauen, ob ich zu Hause anrufen kann.« Bevor Reed etwas antworten kann, bin ich bereits aus der Küche in den Speisesaal gesaust. Endlich kann ich Mom und Dad Bescheid geben! Erfahren, was passiert ist. Mein Herz klopft auf einmal ganz schnell. Wieso habe ich nicht sofort daran gedacht, als ich zum ersten Mal ins Haupthaus gegangen bin? War ich so mit Reed und mir beschäftigt?

»Ash, warte!« Er kommt mir hinterher.

Ich erreiche die muffige Lobby und gehe zum Rezeptionstresen. Die schmale Theke ist leer, ein Telefon darauf wäre mir auch sicher gleich aufgefallen. Ich umrunde den Tresen und entdecke jede Menge Zettel, Papiere und Stifte auf einem Tisch darunter. Am Ende des Tischs steht ein unscheinbares schwarzes Telefon, ganz sicher ein Satellitentelefon, daneben befindet sich ein Laptop.

Ich könnte sogar Ayden anrufen, denn auch wenn ich vieles vergessen habe, seine Nummer weiß ich noch auswendig. Ich nehme den Apparat, drücke auf den grünen Knopf.

»Ash! Nein!«

Ich halte irritiert inne. »Was ist denn?«

»Nicht.« Reed steht hinter dem Tresen. Seine blauen Augen spiegeln Entsetzen und Angst.

»Wieso nicht? Ich will doch bloß Bescheid sagen, dass …« Ich halte das Telefon ans Ohr und beginne zu wählen, da bemerke ich, dass der Apparat keinen Mucks von sich gibt. Kein Knistern, kein Knacken, einfach gar nichts.

»Es funktioniert immer noch nicht.« Frustriert drücke ich ein paar Knöpfe, aber es tut sich nichts, und ich habe keine Ahnung, woran es liegen könnte.

Reed wirkt erleichtert. »Bei so einem Sturm, wie wir ihn vor Tagen hatten, können etliche Masten umgekippt sein, das zu reparieren kann dauern. Mein Dad hat immer behauptet, im Winter könne alles in Maine zusammenbrechen. Wir können froh sein, dass wir Strom haben.«

»Hm«, mache ich frustriert. »Bei einem Satellitentelefon spielen Masten keine Rolle.« Mein Blick fällt auf ein Foto über dem Telefon, auf dem ein junger Mann abgebildet ist. Er hat ein kantiges Kinn, dunkle Locken und ist ungefähr in Reeds Alter. *Jules*, steht mit einem Silberstift auf dem Foto, daneben ist ein handgemaltes Herz.

Vielleicht der Besitzer der Wild River Lodge oder dessen Sohn.

Ich klappe den Laptop auf, ein altes Ding von einer Noname-Marke, die ich nicht kenne, und drücke den Startknopf.

Der Laptop rührt sich nicht. »Verdammter Mist!« Vermutlich ist der Akku leer. Ich schaue mich um, entdecke eine Kommode unter dem Tresen und ziehe die Schubladen auf. Herrgott, dieser Jules oder der Besitzer der Lodge hat offenbar noch nie etwas von Marie Kondo und ihrem »Magic Cleaning« gehört. Locher, Schraubenzieher, Nägel, angefressene Notizzettel und Heftgeräte verstopfen die Schubladen, sodass ich sie fast nicht mehr zubekomme. Am Ende klemme ich ein weiteres Bild von Jules und einem stämmigen Hinterwäldler mit Försterhut ein.

»Was machst du jetzt schon wieder?«, will Reed wissen.

Erschrocken fahre ich zusammen, da er auf einmal neben mir steht.

»Ich suche das Ladekabel für den Laptop. Du weißt doch, was ein Ladekabel ist, oder?«

Reed hat die Hände in den Hosentaschen vergraben und wirkt ausgesprochen normal, also städtisch-normal. »Ich lebe seit acht Jahren im Wald und habe mit niemandem außer Odin und den Geistern meiner Familie gesprochen. Allerdings lebe ich auch nicht hinter dem Mond.«

»Na ja … Du wolltest mich nehmen wie ein Wildtier«, necke ich ihn. Ich lächele, und er lächelt zurück. Zum Glück ist er nicht sauer. »Das hier könnte es sein!« Ich ziehe das schwarze

Ladekabel heraus und stöpsele es an, bevor ich mich nach einer Steckdose umsehe.

»Was willst du machen?«, erkundigt Reed sich misstrauisch.

»Eine Mail versenden. An meine Eltern.« Ich stecke den Stecker in die Steckdose auf Kniehöhe und mir flockt Staub vom Boden entgegen.

»Hab nie begriffen, wie das mit dem Zeug funktioniert ...« Reed schweigt eine Weile, dann bemerkt er: »Ich habe hier nicht nur Essen, Batterien und Gas mitgehen lassen, sondern alles, was ich brauchte; sogar alte Zeitschriften und Zeitungen. Mit denen konnte ich den Boden der Shack dämmen, das war eigentlich ziemlich praktisch.«

Doch nicht ganz so wild, mein Reed. Daher kommt vermutlich auch sein Wortschatz, denn dieser müsste viel eingeschränkter sein, wenn er immer nur dieselben Bücher gelesen hat. Allerdings war wohl kein Playboy-Heft dabei, was mich ehrlich gesagt verwundert. Was machen Männer in dieser kernigen Wildnis den ganzen Tag außer jagen, fischen und wandern?

»Jetzt müssen wir kurz warten«, erkläre ich ihm. »Wenn der Akku wirklich leer ist, kann es einige Minuten dauern, bis der Laptop ein Lebenszeichen von sich gibt; je nachdem, wie alt dieses Teil ist, kann es sich auch länger ziehen.«

»Ah ... okay. Sollen wir dann schon mal schauen, was wir heute Mittag kochen wollen?«

»Klar.«

Wir gehen in den Vorratsraum zurück. »Und du bist sicher, dass sie nicht merken, dass da einiges fehlt?«, hake ich noch mal nach. Ich kann mir das beim besten Willen nicht vorstellen.

Reed grinst aber bloß. »Das meiste wird hier per Hand notiert. Ich habe bisher einfach die Checkliste mitgehen lassen. Manchmal habe ich sie auch verändert.«

»Das fällt doch auf – das eine wie das andere ... Du kannst doch nicht einfach in der Liste rumkritzeln.«

»Ich habe nur Striche ausradiert. Hey, wie wäre es heute Mittag mit Kürbissuppe und Aufbackbrot?«

»Klingt gut. Besser als Nüsse und kalte Kartoffeln aus dem Glas so wie in Nahmakanta.«

Reed lächelt flüchtig und späht über seine Schulter zum Ausgang. »Ich muss mal kurz was nachschauen, bin gleich zurück, okay?«

»Willst du etwa die Bestandsliste suchen?«, rufe ich, aber er ist schon weg. Vielleicht sollte ich ihm sagen, dass der North-Pond-Eremit letztendlich bei einem seiner Raubzüge gefasst wurde. Reed ist total unvorsichtig, ganz egal, wie penibel er hinterher aufräumt oder die Liste verändert. Er bedient sich hier wie der Hausherr persönlich und glaubt, dass er damit durchkommt. Außerdem fällt mir auf, dass er mir immer noch nicht verraten hat, wie er von dem Unfall seiner Familie erfahren hat.

Als ich Schritte vor dem Gebäude höre, halte ich den Atem an.

Ist das Reed oder ist der Besitzer der Lodge zurückgekommen, um nach möglichen Schäden zu schauen? Aber dann hätten wir das Motorenbrummen eines Autos hören müssen. Geduckt pirsche ich mich ans Fenster und sehe, wie Reed im leichten Schneefall mit um den Körper geschlungenen Armen zurückeilt. Danach poltert er im vorderen Teil der Lodge rum.

»Was hast du gemacht?«, frage ich ihn, als er mit schneefeuchten Haaren die Küche betritt.

»Ich dachte, ich hätte was gehört«, erwidert er. »Von draußen. Aber dort ist niemand, und ich wollte dich nicht beunruhigen.«

Für Sekunden taucht der Hoodiemann in meinem Kopf auf, wie er hier herumschleicht und darauf lauert, mich alleine zu erwischen, doch das Bild verdränge ich ganz schnell.

»Ash? Alles in Ordnung? Woran denkst du?«

Es ist vorbei. Er kann mir nichts mehr tun. »Lass uns schauen, ob der Laptop lädt«, versuche ich mich selbst von den dunklen Gedanken abzulenken. Zügig laufe ich zur Lobby.

Was würde eigentlich passieren, wenn ich meine Eltern tatsächlich erreiche? Würde ich ihnen mitteilen, wo ich bin? Sie würden dann ganz sicher herkommen, notfalls mit Schneeketten. Reed würde zum Lager zurückkehren und ich nach Boston gehen. Oder nach New York zu Ayden? Aber Ayden ist ein Phantom in meinem Kopf, und plötzlich durchfährt mich der Gedanke, dass ich ihn erfunden haben könnte; so gut erfunden, dass er mir real vorkommt. Womöglich war ich in ihn verliebt, so wie anfangs in Edward. Von Edward hatte ich auch oft sehr realistische Tagträume. Kann man sich etwas so intensiv einbilden, dass man es im Nachhinein für wahr hält? Bin ich verrückt? Aber nein, Ayden lebt und atmet nicht nur in meiner Fantasie, ich kann mir doch nicht so detailreiche Geschichten ausdenken. Mein Körper erinnert sich an seine Berührung. Vermutlich hat er mein Herz gebrochen und ich habe es vergessen, weil es so wehtat. Im Grunde kann ich froh sein, dass ich mich in Reed verliebt habe.

Als ich mich hinter den Tresen schiebe, bemerke ich sofort, dass das Lämpchen neben dem Ladekabel nicht mehr grün leuchtet. Ich ziehe es raus und stecke es wieder rein, nichts passiert. Es muss einen Wackelkontakt haben; ich versuche dennoch, den Laptop zu starten. Ohne Erfolg.

»Geht nicht«, stöhne ich enttäuscht. Gleichzeitig bin ich irgendwie erleichtert, weil mir so die Entscheidung abgenommen wurde, was ich tun soll. Denn die Wahrheit ist: Ich will Reed nicht verlassen. Noch nicht. Eigentlich nie mehr. Aber das wird nicht funktionieren, das weiß ich natürlich.

Als ich ihn anschaue, sieht er mich nur aus seinen eisblauen Augen an, irgendwie nicht zu deuten, vielleicht eindringlich, vielleicht zufrieden. »Gut so!«, meint er nach einem tiefen

Atemzug. »Dann kannst du noch nicht gehen.« Er lächelt, und erst da wird mir klar, unter welcher Anspannung er gestanden hat.

Die nächsten Tage verharrt die Temperatur konstant bei minus achtzehn Grad, zumindest, wenn man dem Thermometer am Eingang des Haupthauses glauben kann. Es ist zu kalt, um zum Lager zurückzugehen, aber wenigstens hören die Schneefälle auf. Von Reed weiß ich, dass es selbst bei unter null Grad Schneefälle geben kann, wenn die Luftfeuchte hoch genug ist. Wir bleiben in der Hütte, aber ich habe mit jedem Tag mehr Angst, entdeckt zu werden. Was, wenn doch jemand herkommt, um nach möglichen Schäden zu sehen, und uns eiskalt erwischt? Denn nicht nur Reed begeht Hausfriedensbruch, ich ja ebenso. Andererseits waren wir in einer Notsituation. Ich denke nicht, dass wir ernsthaft Ärger bekommen würden; es sei denn, die Besitzer der Lodge würden Anzeige erstatten, da ihnen doch aufgefallen ist, dass ihre Bestände jeden Winter erheblich schrumpfen. Der North-Pond-Eremit kam für seine Einbrüche für ein Jahr ins Gefängnis, aber ich will mir Reed nicht mal für eine Nacht in einer Haftanstalt vorstellen. Ohne seine Bäume, seinen Himmel und seinen Wind. Ohne die Geister seiner Familie, die tröstenden Worte, Geschichten und Lieder, die er in Nahmakanta zu hören glaubt. Manchmal, wenn er mich anschaut, kommt es mir vor, als wäre er selbst nur ein Geist, ein Trugbild meiner Wünsche, ein Winterprinz aus einem Märchen, schön, kalt, aber nicht real.

Heute lieben wir uns direkt auf dem Holzboden des kargen Speisesaals, der ausschließlich von Kerzen erhellt wird. Und während ich Reeds erhitzte Haut auf mir spüre, ihn in mir spüre und die Flammenschatten zwischen uns zucken, komme ich mir vor, als wäre auch ich eine Figur aus einer Geschichte. Glücklich ohne einen Teil ihrer Vergangenheit. Als würden Reed und ich selbst zu einem Teil von Nahmakanta verschmelzen, wenn wir zusammen sind.

Später lieben wir uns in der Blockhütte auf dem Bett, Reed über mir. Als ich das kühle Laken im Rücken fühle und die Augen schließe, funken Momentaufnahmen von meinem Sex mit Ayden durch meine Sinne.

Haut wie Milch, Haare wie Seide, Augen so groß wie der Mond. Du bist das Kostbarste, das ich besitze. Maya. Maya. Maya.

Aydens Geflüster durchgeistert mich. Ich habe es geliebt, ich habe ihn geliebt. Und dennoch ist da ein Abgrund, finster und tief, so wie die schwarze Blockade, die in mir aufklafft.

Wenn Reed und ich nicht gerade miteinander schlafen, kochen wir zusammen, außerdem gibt Reed mir seinen Bogen, damit ich schießen üben kann. Als ich ihn frage, wieso er ihn überhaupt dabeihatte, sagt er nur, dass er weder hungrigen Pumas noch Wölfen im Winter über den Weg traut.

Meine Wunde am Schulterblatt nässt ein bisschen. Das stellt Reed zumindest fest, als er mich heute auf dem Bett verarztet. »Du liegst zu oft auf dem Rücken, Ash. Zeit, dass ich mal wieder das Kommando übernehme. Du weißt schon, wobei.«

Ich drehe mich zu ihm um, als er das Pflaster darauf geklebt hat, und er zwinkert mir zu, lacht sein Nerd-Lachen, und ich bin glücklich, weil er so glücklich wirkt. Dann nimmt er mich, wie er es das erste Mal wollte, doch dieses Mal packt er mich nicht so fest im Genick und lässt sich so viel Zeit, dass ich fast verrückt werde.

Am Nachmittag schneit es noch mal und wir spielen hinter der Hütte mit Odin, der wie ein Kind im Schnee herumtollt und sich seinen Rabenbauch mit unseren Resten vollschlägt.

»Mal sehen, ob er sich heute Nacht wieder mit seinen neuen Rabenfreunden auf dem Schlafbaum trifft«, sagt Reed, als wir wieder in die Hütte gehen.

»Du glaubst, er hat Rabenfreunde?« Ich werfe Reed einen erstaunten Blick zu.

»Klar. Hier lebt ein Pärchen. Er überlässt ihnen was von unserem Essen, dafür darf er bei ihnen übernachten.« Er bläst sich die Strähne aus den Augen.

Ich lächele, als ich ihn betrachte. Jeden Tag verliebe ich mich mehr in den *Jungen aus den Wäldern*, der nicht weiß, wer er ist, weil es ihm acht Jahre lang keiner gesagt hat. Durch mich, so kommt es mir zumindest vor, findet er Schritt für Schritt zu sich selbst zurück. Findet heraus, wie er küsst und liebt, wer er sein könnte und auch, wer er vielleicht sein will. Und auch ich finde mich hier neu, möglicherweise gerade, weil ich die letzten zwei Jahre nicht kenne. Hier im Wald bin ich nicht mehr das Mädchen, das vor allem Angst hat. Natürlich habe ich Respekt vor der Wildnis, aber meine Ängste hier sind real. Pumas, Kälte und Hunger sind natürliche Feinde und keine, die einem der Verstand einredet. Und trotzdem oder gerade deswegen erwacht in mir ein Gefühl von Freiheit. Ich rede lauter als zu Hause, ich lache mehr, ich albere mit Reed herum. Das alles werde ich mit in die Welt nehmen, wenn ich zurückgehe.

Am frühen Abend liegen Reed und ich im Bett, beide seitlich, sodass wir uns ansehen können. Unsere Haut ist noch verschwitzt von unserer Liebe, und er streichelt mein Gesicht.

»Wie konnte ich in all den Jahren ohne das hier leben? Nein«, er schüttelt den Kopf, »ich habe existiert, nicht gelebt.«

»Du hast gesagt, du würdest mit dem Wald verschmelzen.«

Sein Finger streicht über meine Augenbraue. »Ich verschmelze lieber mit dir, Ash, my love.«

Ich kichere. Reed lernt auch von mir. Witze, Umgangssprache, reden überhaupt und natürlich zuhören. »Du hast gesagt, du wärst ein Teil des Waldes geworden.«

»Das bin ich immer noch«, antwortet er überzeugt. »Das klingt vielleicht seltsam, aber ich trage alle Gefühle, die der Wald in mir auslöst, in mir drin.«

»Zum Beispiel?«

»Die Weite des Himmels, das Strahlen der Sterne, die feste, braune Erde unter meinen Füßen. Das gibt mir Halt.«

»Dann könntest du deinen Wald ja auch mit in die Menschenwelt nehmen«, überlege ich.

Reed schüttelt den Kopf, Bedrücktheit stiehlt sich in seinen Blick. »Was soll ich in deiner Welt, Ash? Ich gehöre nicht dazu. Ich bin glücklich bei meinen Sternen, meinen Bäumen, dem Wind und der Erde.«

Seine Worte machen mich traurig und legen einen harten, kalten Ring um mein Herz. »Was hast du von deinen Sternen, deinen Bäumen und deinem Wind, wenn du all das mit niemandem teilen kannst?«, frage ich leise. »Was hast du von der Erde?«

Er antwortet nicht, sondern zieht mich vorsichtig auf sich, sodass wir nackt aufeinanderliegen. Ich lege den Kopf auf seine Brust, höre sein Herz klopfen, einen schweren, stillen, geduldigen Rhythmus. Sein Herz verrät alles über ihn. Er ist ein stiller Mensch, und wenn man so lebt, wie er es tut, lernt man Geduld zwangsläufig.

»Willst du mir jetzt von dem Tag erzählen, als du erfahren hast, was deiner Familie passiert ist?«, frage ich irgendwann.

Sein Herz klopft schneller, und ich bereue es sofort, ihn schon wieder damit konfrontiert zu haben.

Reed steht auf, wobei er mich sanft von sich schiebt, dann schlüpft er in Boxershorts, die wir in der Vergessen-Kiste gefunden haben. Unbewegt stellt er sich ans Fenster, sieht hinaus, und ich streife mir schnell eine Unterhose und einen dicken Wollpulli über. Ich stelle mich hinter ihn, lege ihm kurz eine Hand auf die Schulter.

»Okay, du musst es mir nicht sagen«, fange ich an.

»Kennst du das Gefühl, wenn man an vergangene Dinge denkt und es sich wieder so anfühlt, als würde es gerade passieren? Der ganze Schmerz … alles kommt noch mal hoch …«

»Ja, das kenne ich«, versichere ich. »Bei mir ist es immer das Grauen des Hoodiemannes gewesen, aber das mit deiner Familie ist viel schlimmer.«

Er sieht nach wie vor hinaus, als würde er in der verschneiten Winterlandschaft etwas suchen. »Als sie nicht kamen, bin ich unruhig geworden. Ich glaube, es war der sechste Tag … da bin ich losgezogen, um ihnen entgegenzulaufen. Wir hatten einen alten Bus, mit dem Dad gefahren ist, aber er war weit vom Lager entfernt geparkt, an einer ehemaligen Holzabfuhrstraße, wo kaum jemand vorbeikam. Ich habe gehofft, sie unterwegs zu treffen.« Er dreht sich zu mir um.

»Ihr hattet ein eigenes Auto?« Das überrascht mich.

»Am Anfang hatten wir im Lager noch einige Dinge aus der anderen Welt. Ich hatte sogar einen alten Gameboy, den wir über Solarzellen geladen haben, das ganze Zeug ging allerdings nach und nach kaputt … in der Wildnis überlebt nur das Raue und Robuste.« Er starrt wieder aus dem Fenster. »Ich bin also mit einem einfachen Zelt und Proviant losgelaufen, aber sie kamen mir nicht entgegen und auch der Bus stand noch nicht an der Holzabfuhrstraße. Ich bin weitergelaufen und habe Angst bekommen. Richtige Angst, Ash. Ich wusste durch Mom und die Wildnis, dass schlimme Dinge passieren können.« Er schluckt. »Es hat lange gedauert, bis ich auf eine asphaltierte Straße gestoßen bin. Zuerst kam ich an einem Schuppen vorbei, an dem man Wild professionell zerteilen lassen konnte, aber ich habe mich nicht getraut, nach Dad und einem alten bemalten Kleinbus zu fragen. Andere Menschen waren mir fremd geworden, wie sehr, habe ich erst da bemerkt. Danach kam ich an einer Milchfarm und einer Reihe Häuser vorbei.

Die Menschen starrten mich seltsam an, ein kleines Mädchen wich hinter ihren Bruder – vermutlich habe ich nach Blut, Jagd und Fellen gestunken.« Er lacht nicht, Schmerz zeichnet sich als Schatten auf seine Wangen und er lässt die Mundwinkel sinken.

Ich fasse seine Finger, und er spricht weiter.

»Ich ging bis zu einem Gemischtwarenladen. Die hatten so ein buntes Ding, aus dem man für Geld Zeitungen herausziehen kann.«

»Einen Zeitungskasten, ja.«

Er schaut mich an, als suche er einen Anker, der ihn im Hier und Jetzt hält. Die Erinnerung muss ihn umbringen, und ich schäme mich, dass ich ihn zum Erzählen aufgefordert habe, doch ich glaube trotzdem, dass es ihm hilft loszulassen. Und das will ich ja. Er muss den Wald loslassen, um mir in die Zivilisation zu folgen.

Er wischt sich über das Gesicht, die Augen lichtlos. »Auf der Titelseite war unser Kleinbus abgebildet. Völlig zerquetscht; er lag in einem Tal, Gestrüpp außen herum. Ein Hubschrauber muss das aufgenommen haben.«

Oder eine Drohne. »Das tut mir leid, Reed«, sage ich leise und ärgere mich, weil mir nichts als die blöde Phrase einfällt. Er merkt es nicht mal, hört den Satz vielleicht gar nicht.

»Erst dachte ich, das Ganze wäre … ein böser Traum. Ich habe meinen Kopf gegen die blöde Box gerammt, immer wieder. Eigentlich dachte ich, ich würde dann aufwachen, aber es kam nur der Besitzer heraus.« Zittrig atmet er durch. »Er hat mich gefragt, ob ich sie noch alle habe und er die Polizei rufen soll. Aber als er mir ins Gesicht gesehen hat, ist er zurückgewichen, und ich wusste nicht, warum. Ich wusste nicht, wieso alle Leute mich seltsam angestarrt haben. Es war mir damals nicht klar. Ich muss wirklich wie ein Wilder ausgesehen und gerochen haben. Ich habe schnell kapiert, dass ich nicht in dieser Welt bleiben konnte. Ich habe nicht hineingepasst.« Mit beiden

Händen fährt er sich durch die Haare und wirkt dabei so verzweifelt und unglücklich, dass ich ihn in die Arme schließen möchte, aber er scheint Abstand zu brauchen, sein Körper ist reglos. Wieder blickt er hinaus.

»Du bist also zurück?«, hake ich nach.

»Ich bin geflüchtet, und ein paar Leute haben mir üble Dinge nachgerufen. Ich hatte diese Box kaputt gemacht und eine Zeitung gestohlen, damit bin ich in den Wald gerannt. Dort habe ich den Artikel gelesen.«

Ich sehe ihn fragend an, er spürt meinen Seitenblick und dreht sich um. »Sie sind in einer Kurve von der glatten Fahrbahn abgekommen, durch die Planke gekracht und in dieses Tal gestürzt. Der Bus, er sah furchtbar aus … ich habe ihn nur an den Zeichnungen erkannt, die Aspen, Willow und ich mit Fingerfarbe auf die Schiebetür gemalt hatten. Blaue Sonnen, ungeschickte krakelige Wölfe, Bäume und …« Seine Stimme bricht und Tränen sammeln sich in seinen Augen.

Jetzt schließe ich die Arme um seine Taille und ziehe ihn an mich. Seine Schultern zucken, doch er weint still und es dauert ein bisschen, bis er ebenfalls die Arme um mich schließt und den Trost zulässt.

Irgendwann sagt er: »Ich werde diese Bilder niemals vergessen, Ash … ist das nicht verrückt? Obwohl es so lange her ist, verfolgen sie mich manchmal. Wenn ich mit dem Bogen ziele, sehe ich plötzlich deformierte blaue Sonnen im Licht blitzen …«

»Das ist normal. Ich sehe die Augen des Hoodiemannes.«

Reed lacht unglücklich. »Dann bin ich also nicht so verrückt, wie ich dachte.«

»Nein.«

Mit einem tiefen Seufzen macht er sich von mir los. »Ich bin daraufhin direkt zu der Unfallstelle gegangen und den Hang runtergeklettert … also dort, wo sie den Bus fotografiert haben. Einmal musste ich nach dem Weg fragen ... aber unser Bus lag nicht mehr dort. Es war alles weg ... einfach alles weg. Nicht mal das Auto konnte ich berühren ...« Er läuft zum Bett und wieder zurück, zum Bett und wieder zurück. »Ich bin in diesem Tal herumgeirrt wie ein Blinder, benommen, rastlos. Ich bin zwei Tage dortgeblieben, bis ich wirklich einen Bach zum Trinken suchen musste. Ich habe alles abgesucht. Irgendwann fand ich ein paar Schätze.« Er lächelt so wehmütig und verloren, dass meine Augen brennen. »Willows Perlen von ihrem Rechenschieber, die Erkennungsmarke meines Dads, Aspens Traumstift und Larks Rabenfeder.«

Es bricht mir das Herz. »Die Dinge, die du in deinen Mantel genäht hast ...« Die letzten Habseligkeiten seiner Familie.

»Ich weiß, ich habe dir gesagt, ihre Geister sind in den Bäumen, im Wind und in der Erde, aber ich trage sie auch bei mir ... es ist ... diese Dinge waren ihnen wichtig, deswegen sind sie mir wichtig. Verstehst du das?«

»Natürlich. Natürlich verstehe ich das.« Erneut wird mir bewusst, wie wenig er von den Ritualen unserer Welt weiß, selbst wenn er darüber liest oder sein Vater und seine Mutter ihm viel erzählt haben. Es ist zu lange her. Er kennt es bloß vom Hörensagen, so wie ich Bräuche aus Japan oder Afrika nur aus Erzählungen kenne; sie sind mir dennoch fremd. »Wenn wir jemanden verlieren, müssen wir etwas haben, was uns an denjenigen erinnert. Und das sollte etwas sein, das demjenigen viel bedeutet hat. Ich habe mir nach dem Tod meiner Granny das goldene Armband mit den Initialen meines Grandpas ausgesucht. Es war ihr heilig.«

Reed nickt, aber er sieht auf einmal meilenweit entfernt aus.

»Reed?«

Sein Gesicht ist wie aus Stein. Etwas lastet dermaßen schwer auf seiner Seele, dass er es nicht aussprechen kann. Er will etwas sagen, aber er bringt es nicht über sich.

»Was ist denn?«, forsche ich leise.

Er schluckt so hart, dass sein Adamsapfel hervortritt. »Es war meine Schuld.«

Automatisch schüttele ich den Kopf. »Unsinn!«

»Doch, es war meine Schuld.« Er schluckt. Schluckt noch mal und eine Träne löst sich aus seinem Auge, rollt über seine Wange und legt eine eiserne Klammer um mein Herz.

»Nicht weinen, Reed. Es kann gar nicht deine Schuld gewesen sein. Du warst doch gar nicht im Auto dabei.«

»Das nicht ... aber wir haben Mutproben gemacht. Aspen, Willow, Lark und ich. Wer kann die Füße am längsten ins eisige Flusswasser tauchen. Nur deswegen ist Aspen krank geworden. Ich war der Älteste, ich hätte wissen müssen, dass wir krank werden könnten – so kurz vor dem Winter. Dabei war es meine Idee – und Aspen ... er war doch unser Träumer ...«

»Reed ...«

»Er wollte vielleicht einmal mehr sein als der Märchenerzähler ... ich ... ich habe ihn angestachelt, er wurde krank ... es ist meine Schuld.«

»Nein, es war ein absolut tragischer Unfall, Reed.«

»Sie hätten nicht fahren müssen, wenn Aspen nicht so krank geworden wäre.« Reeds Stimme kling hart gegen sich selbst.

»Aber Aspen hätte sich auch anders erkälten können. Und dein Vater saß am Steuer.«

»Mein Vater war nicht schuld. Sie schrieben in dieser Zeitung, dass es noch einen anderen Toten gab, der den Unfall verursacht habe, aber selbst das ist egal. Ich bin schuld, dass sie überhaupt losmussten. Verstehst du?«

»Ich verstehe, dass du dir Vorwürfe machst, aber du bist nicht dafür verantwortlich.«

Reed sagt nichts, sondern steht stocksteif da. Er hat das noch nie jemandem erzählt und war all die Jahre mit seiner Schuld allein.

»Reed!« Sanft schüttele ich ihn an der Schulter, als müsste ich ihn wecken. »Du bist nicht schuld daran. Du warst doch selbst noch ein halbes Kind. Weißt du, wie viele Dinge in der Welt da draußen passieren, weil Jugendliche Mutproben machen? Weißt du, wie viele andere Dinge geschehen, weil man eine falsche Entscheidung trifft? Oder einfach zur falschen Zeit am falschen Ort ist? Manche Unfälle wären nie geschehen, wären diejenigen nur eine halbe Minute früher oder später losgefahren. Manchmal reichen zehn Sekunden. Oder eine. Genau das ist das Leben. Dumme Zufälle, die unser ganzes Leben durcheinanderbringen und es ins Unglück stürzen …«

Reed wischt sich über die Augen. »Und dass du bei mir bist, das war auch ein dummer Zufall«, stellt er fest und erzwingt ein Lächeln, sein Blick ist dunkel, aber zärtlich. »Ein dummer, schöner Zufall.« Er küsst mich auf die Stirn und zieht mich an sich.

»Du hättest mir das viel früher erzählen sollen«, sage ich leise an seiner Brust.

»Ich hatte Angst, dass du mich dann nicht mehr gernhast. Also, wenn du weißt, dass es meine Schuld war.«

»So ein Blödsinn! Selbst wenn es wirklich deine Schuld gewesen wäre, hätte es nichts daran geändert.«

»Ist das so, Ash, my love?«, fragt er rau, und wir sehen uns an.

Ich nicke stumm. Er ist mir näher als je zuvor, endlich verstehe ich, dass er nicht gehen kann, weil ein Teil von ihm sich bestraft. Er hat sich selbst in das Wald-Gefängnis gesperrt, ein himmelblaues, weites Gefängnis ohne Türen und Gitter, aber ein furchtbar einsames.

Eisige Luft kriecht unter meine Daunendecke. Kaum stelle ich fest, dass ich vor Kälte zittere, höre ich Reed schreien. Sofort bin ich hellwach, setze mich auf und sehe mich um. Seine

Bettseite ist leer, die Tür zur Blockhütte steht sperrangelweit offen. Schnell springe ich aus dem Bett, laufe nach draußen und finde ihn unter dem Vordach kniend auf dem kalten Boden, in einem Albtraum gefangen.

»Reed«, entfährt es mir erschrocken. Odin hüpft neben ihm auf und ab, pickt sanft in seine Hose und klagt: »Lark! Lark!«

»Ist gut«, sage ich zu dem Raben, »ich bin jetzt da.«

»Low«, macht Odin, und in diesem Augenblick wirkt es, als würde er nicken.

»Reed«, sage ich lauter, als er sich gerade zusammenkrümmt und mit dem Kopf in Richtung der Verandadielen sinkt. »Hey, ich bin da.« Aber es ist wie die beiden Male zuvor, er ist nicht aufzuwecken. Zart streiche ich über seinen Rücken. »Reed, es ist viel zu kalt, komm mit rein!« Nebel hängt in der Luft, die Feuchte scheint auf meiner Haut zu gefrieren.

»Aspen!«, schreit er jäh, sein Kopf schnellt hinauf und er starrt blind in den Wald.

Ich überlege gerade, eine Decke zu holen und ihm umzulegen, da fällt mir etwas ein. »Es war nicht deine Schuld, Reed«, sage ich. »Nichts davon. Du bist nicht schuld an dem Unfall.«

»Dad, es tut mir leid.« Seine Schultern zucken, er weint unsichtbare Tränen. *Oh, verdammt!* Hätte ich ihn doch nur nicht so bedrängt, mir alles zu erzählen. Bestimmt hat er deswegen diesen Traum.

»Reed!« Ein rauer Wind pustet durch die Baumkronen. »Das alles ist nicht deine Schuld. Du warst doch selbst nicht mal erwachsen.«

»Meine Schuld«, wispert er erstickt, als würde seine Kehle zugedrückt, aber wenigstens hört er auf, sich wie ein verlassenes Kind hin und her zu wiegen. Er blinzelt.

»Reed. Bist du wach?«

Verstört sieht er mich an. »Dad ... Dad hat gesagt, wenn ihm was passieren würde, könnte er sich immer auf mich verlassen ... aber er hatte unrecht. Ich habe ihn enttäuscht.«

»Nein, hast du nicht. Dein Dad wäre stolz auf dich, wenn er dich heute sehen könnte. Du konntest nichts für den Unfall, und Aspen wäre vielleicht sowieso krank geworden, das weißt du doch gar nicht.«

Reed schluckt, und ich nehme seine Hand, drücke sie ganz fest. »Du hattest recht. Ich träume tatsächlich«, murmelt er konfus und streicht sich die widerspenstige Haarsträhne zurück. »Ich wollte es dir nicht glauben.«

Ich fasse seinen Arm. »Es ist kalt, können wir reingehen?«

Reed steht auf, sieht mich aus seinen schneeschattenblauen Augen an und schließt mich in seine Arme. »Danke, Ash. Danke, dass du mich aus diesem Albtraum geweckt hast.«

Jetzt kommen mir fast die Tränen, auch wenn ich nicht genau weiß, was er meint. Wirklich den Albtraum oder seine Schuldgefühle?

Blinzelnd lasse ich den Kopf gegen seine Brust sinken, doch auf einmal verkrampft er sich. »Ash«, flüstert er. Da höre ich es auch. Ein Motorengeräusch, das schnell näher kommt.

Kapitel 17

»Jemand kommt her! Schnell, in die Hütte!« Reed bugsiert mich so prompt durch die Tür, dass ich stolpere, aber ich fange mich an der Wand ab. Er hechtet zum Nachttisch und knipst die batteriebetriebene Laterne aus. »Wir müssen auf der Stelle verschwinden!« Hektisch beginnt er, unsere Sachen einzusammeln, während ich wie ein begossener Pudel dastehe und ihn im raren Licht, das durch das Fenster fällt, anstarre. Seine geschmeidigen Bewegungen, das zerzauste sandblonde Haar, seine Finger, die selbst in dieser Situation noch ruhig sind, während er unsere Klamotten und eine Laterne in den Rucksack stopft. Ich kann ihn nicht allein lassen. Aber ein Auto bedeutet Hilfe. Menschen, die mich mit in die Zivilisation nehmen könnten. Nach Hause zu Mom und Dad. Doch gerade jetzt sind Reed und ich uns so nahegekommen.

»Ash«, ruft er leise, aber drängend. »Komm endlich, zieh dich an, worauf wartest du?« Er glaubt nicht eine Sekunde daran, dass ich ihn verlassen könnte. Er vertraut mir. Und ich will ihn auch überhaupt nicht verlassen, nicht bevor es Frühling ist und ich ihn überredet habe, mich zu begleiten.

Daher schnappe ich meine Hose, meinen Poncho und streife alles in Windeseile über meine Schlafsachen.

»Ich habe den Strom im Haupthaus abgestellt, wir haben die Küche ordentlich hinterlassen, der Schlüssel liegt unter dem Trog …«

»Hast du die Vorratsliste verschwinden lassen?« Hektisch ziehe ich die Fellstiefel an.

Reed hält mitten in der Bewegung inne. »Nein … verdammt!«

Das Motorenbrummen dringt mittlerweile trotz geschlossener Tür bis in die Hütte. Wer immer es ist, er kann nicht mehr weit entfernt sein. Rechts und links treten Reed und ich ans Fenster, sodass man uns von außen nicht wahrnehmen kann.

»Vielleicht denken sie ja, dass sich jemand *diesen* Winter über an den Vorräten bedient hat. Vielleicht schaut derjenige hier auch nur kurz nach dem Rechten und fährt gleich wieder?« Ich sehe Reed an.

Energisch schüttelt er den Kopf. »Wenn sie merken, wie viel weggekommen ist, werden sie misstrauisch, und ich werde diese Lodge nie wieder als Notunterkunft oder für meine Notrationen nutzen können.«

»Vielleicht musst du das ja auch gar nicht«, sage ich leise, mehr zu mir selbst.

»Aber wo sollen wir hin, wenn der nächste Winter wieder so kalt wird?«

Meine Schultern verkrampfen sich. Reed glaubt offenbar, ich würde länger bei ihm bleiben.

»Ich muss auf jeden Fall diese Liste holen«, erklärt er entschlossen. Breite Scheinwerfer schneiden durch den feuchten Nachtnebel. »Verflucht! Das ging schnell.« Er sieht mich an. »Ich schleiche durch den Wald zur Küche und nutze den Hintereingang. Wenn ich mich beeile, bin ich vor ihnen da.«

»Vielleicht schauen sie wirklich bloß, ob alles in Ordnung ist.«

»Das ist mir zu riskant. Warte hier!« Und schon ist er zur Tür hinausgehuscht und hat sie leise geschlossen. Gott, wenn er erwischt wird, halten sie ihn fest, dann verliert er vielleicht alles: sein Lager, seine Heimat, seine Lieder und Geschichten.

Hastig sehe ich mich in der Blockhütte um, dann besinne ich mich, schüttele die Betten auf und wische hastig im Mondlicht mit einem alten Langarmshirt über die nassen Stellen in der Dusche und am Waschbecken, bevor ich das Oberteil in ein Seitenfach des Rucksacks stopfe. Draußen röhrt ein Motor auf, dann wird es still. Mit rasendem Herzen gehe ich noch mal alles durch. Wir haben sämtliche Sachen eingepackt, nichts liegt mehr herum; alles sieht so aus wie an dem Tag, als wir uns hier einquartiert haben.

Ich schleiche zum Fenster und sehe einen Arctic Truck, wie ihn unsere Blockhüttennachbarin am North Pond fährt, vor der Terrasse der Lodge parken. Die Türen stehen auf, eine Gruppe Männer und Frauen in langen Mänteln verteilt sich um den Wagen. Gott sei Dank hat es heute noch mal geschneit, sodass unsere Spuren von der Blockhütte hin zum Haupthaus nahezu unsichtbar sind.

Als ich sehe, wie einer der Männer den Schlüssel unter dem Trog hervorzieht, wird mir heiß und kalt. Vorsichtig öffne ich die Tür, die ums Eck liegt, sodass sie mich nicht sehen können, und betrete die schmale Veranda. Türen schlagen zu. Ich will hören, was sie sagen, aber die Stimmen klingen zu dumpf, verhallen mitten in der trüben Luft, bevor sie mich erreichen. Unterdrücktes Gelächter ist das Einzige, das bei mir ankommt.

Schnell haste ich in den Wohnraum zurück, schultere den Rucksack und den Köcher, streife Handschuhe und Mütze über und betrete mit dem Bogen in der Hand wieder die Veranda. Dort trete ich an die Ecke und spähe zum Hauptgebäude. Einer der Männer schließt gerade die Tür auf.

O nein! Wenn die Gruppe Reed in der Lodge erwischt, macht sie sicher kurzen Prozess mit dem Eindringling. Ich beschließe, die Ausrüstung zum Schlitten zu bringen und dort auf Reed zu warten. Leise ziehe ich die Tür zu. Den Schlüssel der Hütte können wir in der Eile nicht mehr an die Rezeption zurückbringen, aber das ist mir gerade egal.

Durch den hohen Schnee stiefele ich durch die Schneise junger Tannen, die genau hinter unserer Blockhütte beginnt. Zum Glück scheint der Mond durch den milchigen Nebel, sonst wäre es richtig finster. Beklommen schaue ich mich um, aber alles ist ruhig hier. Fast zu ruhig. Schnee rieselt in meine Boots, weil ich sie in der Eile nicht fest genug geschnürt habe. Es erinnert mich sofort an die Kälte, an die Nacht, in der ich beinahe erfroren wäre. Wenn ich auch nur eine Sekunde daran denke, wieder auf Gedeih und Verderb dem Winter ausgeliefert zu sein, könnte ich losheulen. Aber dann reiße ich mich zusammen: Ich tue das für Reed, der mich mehrfach gerettet hat und den ich liebe. Mein Herz flattert plötzlich in der Winternacht. Ja, ich liebe Reed. Ich liebe diesen *Jungen aus den Wäldern*.

Nach einer kurzen Gehstrecke erreiche ich den Schlitten, den Reed zwischen zwei Tannen versteckt hat. Ächzend hänge ich mir den Bogen um wie eine unförmige Riesenkette, zerre den Schlitten heraus und lasse den Rucksack auf die Sitzfläche fallen. Dann angele ich noch den Seesack aus den dichten Jungbüschen. Er ist tierisch schwer, und als ich einen flüchtigen Blick hineinwerfe, entdecke ich jede Menge Konservendosen. Reed hat offenbar für Fälle wie diesen vorgesorgt. *Wenigstens haben wir jetzt mehr zu essen*, denke ich und lausche in die Nacht. Nichts, ich höre nichts. Da fällt mir ein, dass Reed glaubt, ich würde in der Hütte warten, allerdings wird er sich denken, wo ich bin, wenn er mich nicht antrifft. Aus dem Instinkt heraus, nicht ganz schutzlos zu sein, ziehe ich mir die Handschuhe aus und nehme Pfeil und Bogen.

»Reed?«, rufe ich gedämpft. Verdammt, wo bleibt er? Ich laufe ein Stück Richtung Hütte, verharre dann wieder. »Reed?«, rufe ich nochmals leise. »Wo bist du?«

Keine Antwort, nur Stille.

Ohne lange nachzudenken, verlasse ich die Schneise und laufe mit einem Sicherheitsabstand um das Haupthaus herum, gelange rasch zur lang gezogenen Rückseite. Der vereiste Schnee unter meinen Stiefeln knirscht verräterisch. Wieder bleibe ich stehen, höre ein helles Klirren, da entdecke ich Reed, der von der Hintertür über ein paar dicke Äste zum Waldrand balanciert.

»Reed!« Mein Herz zerspringt fast vor Erleichterung.

»Tiefer in den Wald«, zischt er in meine Richtung, und ich gehorche automatisch, renne los und höre, wie er mir folgt. Ich will ihn fragen, ob er das Licht in der Küche gelöscht und die Hintertür zugezogen hat, da erschallen Stimmen. Blitzschnell gehe ich hinter einem dicht verschneiten Busch in Deckung. Reed folgt meinem Beispiel keine zwei Sekunden später. Eine Tür quietscht.

»Hier ist niemand, Sally, das musst du dir eingebildet haben«, ertönt eine dunkle Männerstimme.

»Unsinn! Ich bin mir sicher, dass ich was gehört habe. Mach doch mal Licht hier draußen!«

Das Herz pocht bis in meine Kehle. Ich blicke zu Reed, der meine Hand ergreift.

Nach einer kurzen Pause erwidert die Männerstimme: »Ist kaputt.«

»Vielleicht ein Luchs oder ein Wolf?«, vermutet nun ein anderer.

»Es gibt hier Wölfe?«, fragt eine zweite Frauenstimme schrill.

»Lark! Lark!«, macht Odin genau in diesem Moment und flattert offenbar irgendwo am Hinterausgang vorbei.

»Da hast du deinen Wolf. Eine harmlose Krähe.«

Reed verzieht missbilligend sein Gesicht, ich muss fast kichern, wäre ich nicht so angespannt.

Jemand lacht und sagt dann: »Los, Leute, wir haben noch einiges zu tun.«

Danach wird es still, und als ich an den weiß verschneiten Ästen vorbeiblicke, ist keiner mehr da. Die Tür ist geschlossen.

»Hast du die Liste?«, flüstere ich immer noch außer Atem.

Reed grinst und klopft stolz auf seine Hosentasche, aber sein Gesicht ist bleich, ganz so cool, wie er gerne erscheinen möchte, ist er nicht. »Klar habe ich sie«, bestätigt er und nickt schließlich zu dem Bogen in meiner Hand. »Wolltest du mich freischießen?«

»Notfalls«, antworte ich vage.

»Musstest du zum Glück ja nicht.« Schnee rieselt von einem Zweig auf seine Haare.

»Wieso zum Glück?«

»Du hättest mich vermutlich erschossen«, meint er trocken, beugt sich vor und küsst meinen Scheitel. Danach lässt er meine Hand los, steht auf und marschiert Richtung Schlitten.

»Frechheit!«, protestiere ich und mache, dass ich ihm hinterherkomme. »Wieso hat das eigentlich so lange gedauert?«

»Ich musste erst ein paar Äste rund um den Hinterausgang verteilen, damit ich keine Spuren hinterlasse.«

»War die Hintertür überhaupt offen?«

Reed bleibt stehen, um auf mich zu warten. »Sie war in den letzten Wintern wirklich häufiger nicht abgeschlossen. Wer sollte hier auch einbrechen?«

»Haha. Du hattest echt ein Riesenglück.«

»Das war Taktik. Ich habe die Glühbirne über der Hintertür zerschlagen.«

Ich erinnere mich an das helle Klirren, das vielleicht auch diese Sally gehört hat. »Nenn es Taktik, aber es war Odin, der uns gerettet hat.«

»Die Krähe«, sagt Reed halb amüsiert, halb fassungslos. Er läuft los und ich folge ihm.

»Und was machen wir jetzt? In der Nähe warten, bis sie wieder fahren?«

Reed schüttelt den Kopf. »Sie haben gesagt, sie bleiben eine Woche.«

Ich schlucke, da meine letzte Hoffnung, sie würden nur die Elektronik oder anderen technischen Kram durchchecken, zerplatzt. »Dann kommen wir in einer Woche wieder«, schlage ich mit einem tapferen Lächeln vor.

»Zu riskant, außerdem wird es bestimmt bald wärmer. Meine Narbe am Arm sticht nicht mehr.« Er lächelt mir zu und ich muss einfach zurücklächeln, Winter hin oder her.

»Ich werde die Dusche vermissen«, seufze ich. »Und die Toilette. Und das warme Essen. Und das Daunenfederbett.«

»Ich habe neues Gas mitgehen lassen.«

»Hoffen wir, dass es nicht einfriert.«

Reed bleibt abermals stehen, wir haben den Schlitten beinahe erreicht. »Ash«, haucht er. Ich schaue zu ihm auf, diesmal hängt wirklich Schnee in seinen Wimpern. »Ash, my love.« Zart streicht er mir eine Strähne zurück und schiebt sie unter die Mütze. »Ich werde alles tun, damit es dir gut geht. Bis ... bis der Winter vorbei ist. Versprochen.« *Als zweifele er doch daran, dass ich bleibe.* Im nächsten Moment schüttelt er den Kopf und lacht die melancholische Note aus seinen Worten weg. »Du wolltest mich echt freischießen ... das ist einfach unfassbar!«

In dieser Nacht ist es nicht so kalt wie an dem Tag, als wir hergelaufen sind. Zuerst dachte ich, es wäre längst nach Mitternacht, aber Reed muss seinen Albtraum viel früher gehabt haben. Die Zeit ist schwer zu bemessen, wenn es bereits um vier Uhr dunkel wird.

Als wir ausreichend Abstand zur Lodge haben, ruft Reed nach Odin und nutzt dafür Rabenlaute, wie in der Nacht, in der ich ihm unterstellt habe, er hätte Ayden etwas angetan. Diesmal klingen sie in meinen Ohren zum Glück nicht so unheimlich wie damals. Odin kommt schließlich mit empörtem Gekrächze angeflogen, landet auf Reeds Schulter und schnäbelt in den Strähnen herum, die aus seiner Mütze ragen.

»Ist ja gut«, murmelt Reed. »Ich weiß, dass du gerne bei deinen neuen Freunden geblieben wärst. Du kannst sie ja besuchen fliegen.«

Odin gibt ein paar wohlige Hm-hm-Laute von sich, als Reed ihn am Kopf krault, dann quasselt er in einem fort, bevor er ein Stück vorausfliegt und auf einem hohen Ast auf uns wartet. Rabe müsste man sein!

Als wir durch den Tannenwald laufen, in dem wir uns in der Eisnacht geküsst haben, fängt es plötzlich an, wie wild zu knallen. Reed und ich zucken erschrocken zusammen, Odin flattert auf, dann explodieren urplötzlich goldene, blau-silberne und grün-rote Funken in der Nacht. Farben, Glitzer und Licht überziehen den Himmel wie Nordlichter. Sie tauchen die Schneelandschaft in einen magischen Schein, und ich muss über Reeds fassungsloses, halb entsetztes Gesicht lachen.

»Das ist ein Feuerwerk«, erkläre ich ihm. »Die Menschen schießen Raketen in die Luft. Sicher die Gruppe von der Lodge.« Jetzt dämmert es mir, dass sie einfach zum Partymachen hergefahren sind.

Aber Reed hört gar nicht richtig zu. Wie gebannt blickt er zum Himmel. »Es regnet Farben«, sagt er staunend wie ein Kind.

Ein warmes Gefühl flutet meinen Bauch. »Du hast noch nie ein Feuerwerk gesehen?« Oh, könnte er doch nur mit mir zurückgehen, ich könnte ihm so viele schöne Dinge zeigen!

Still schüttelt er den Kopf, dann knallt es wieder, als würden Riesen ein Dutzend Sektflaschen entkorken. Grüne und blaue Funken knistern und prasseln über den fernen Tannenwipfeln, Goldfunken flittern herab und Reed ergreift meine Finger.

»Das ist schön«, sagt er mit rauer Stimme. »Ich habe immer nur davon gelesen.«

Ich schaue mit ihm in den Himmel und sage nichts über verschreckte Tiere, Umweltverschmutzung oder Kinderarbeit. Es passt nicht hierher, und außerdem muss ich Reed erst all die wundervollen Dinge zeigen, die das Leben zu bieten hat: das traditionelle Bostoner Weihnachtsbaumleuchten am Faneuil Market mit den über siebentausend Lichtern oder ein Spiel der Boston Red Sox, das ihm sicher gefallen würde. Eine Bootsfahrt auf dem Charles River oder einfach ein paar Pancakes oder einen Burger bei McDonald's. Ayden hat Fast Food generell gehasst, aber ich liebe Pommes, Burger und Pizza von Pizza Hut. Maddy und ich waren mindestens einmal in der Woche zusammen dort, doch das ist über zwei Jahre her.

Ich beiße mir auf die Lippen. Es ist verrückt, meine Gedanken werden mir erst jetzt bewusst. Ausgerechnet ich, die immer so ängstlich war und sich lieber in ihren vier Wänden verkrochen hat, will Reed die Welt zeigen! Wohin ist meine Angst verschwunden? Stünde ich in diesem Augenblick in einer Einkaufsmall, würde ich mich nicht ein einziges Mal nach dem Hoodiemann umsehen. Es würde mir nicht mal etwas ausmachen, alleine dort hinzufahren. Mit dem Bus oder der U-Bahn, es wäre mir so egal, wie ich heute einen Warnpfeil abgeschossen hätte, um Reed zu verteidigen. Zumindest glaube ich das.

Ganz fest schlinge ich jetzt die Arme um ihn. Endlich weiß ich, welcher Tag heute ist. »Ein frohes neues Jahr für dich«, wünsche ich ihm leise und lege meine kalten Lippen auf seine.

Und dann küssen wir uns mitten in Schnee und Kälte – so wie beim ersten Mal. Und nur am Rand meines Bewusstseins steigt durch die goldenen Funken am Himmel wieder dieses Bild in mir auf. Dieses Goldglimmen, das ich wahrgenommen habe, bevor ich das Bewusstsein verloren habe, doch ich schiebe es beiseite. Es ist unwichtig geworden.

Wir laufen die ganze Nacht durch, und wenn ich mal nicht weiterkann, zieht Reed mich ein Stück auf dem Schlitten. Ich bringe ihm »Happy New Year« von ABBA bei und erzähle ihm von meinem Zuhause in Boston. Von Teestunden im Wohnzimmer, von den Vorfahren meiner Mom, die wie seine Großeltern aus England stammen. Das, was mir die ganze Zeit immer fremder wurde, erscheint mir durch meine Erzählung wieder näher; es ist ein schönes Gefühl.

»Was weißt du noch von deinem Vielleicht-Freund?«, fragt Reed irgendwann und bleibt stehen. Wir sind beinahe am Lager angekommen, da wir vor längerer Zeit den Forstweg überquert haben und den Berg hinaufgestiegen sind.

»Ich weiß, wer er ist und was er mag. Ich kann mich komischerweise an alles, was seine Person betrifft, erinnern. Er liebt klassische Musik, Bach und Liszt, und gutes Essen. Er hat ein Händchen für Stil, kleidet sich gern lässig-elegant und weiß, was mir am besten steht. Er hat ein Prädikatsexamen in Jura gemacht, ist ehrgeizig und mag Baseball lieber als Eishockey oder Football. Er ist Fan der New York Yankees und trinkt seinen Kaffee ohne Milch und Zucker. Er ist Kickboxprofi, aber er hat von Berufs wegen damit aufgehört, weil er sich blaue Flecke im Gesicht in der Kanzlei nicht leisten kann.« Ich überlege kurz. »Ein paar Szenen oder Sätze von früher kommen mir manchmal in den Sinn. Ich weiß, dass wir uns sehr geliebt haben, und doch ...« Und doch ist da dieser dunkle Abgrund, in den ich nicht schauen will.

Reed wirkt nachdenklich, schweigt eine Weile. »Geliebt haben?«, hakt er schließlich nach. »Und was fühlst du jetzt, wenn du an ihn denkst?«

»Ich weiß es nicht«, gestehe ich ehrlich.

Er schluckt geräuschvoll. »Ash ... liebst du mich?«

So zaghaft fragt er das, so unsicher, dass mein Herz fast entzweibricht. Ich hebe die Hand und streiche ihm mit dem dicken Fäustling über die Wange.

»Ja. Ja, natürlich liebe ich dich, Reed.« Ich küsse ihn und danach wandern wir weiter, aber die schwarze Tiefe, die ich nicht wahrhaben möchte, zieht sich in meinem Inneren zusammen wie eine Blase aus dunkler Tinte, bereit, nach oben zu steigen.

Im Lager bin ich allerdings so fertig, dass ich kaum noch die Augen aufhalten, geschweige denn nachdenken kann. Reed sagt, ich solle mich sofort schlafen legen; er würde alles auspacken und dann nachkommen.

Ich klettere die Leiter zum Baumhaus hoch und krieche in den Fellschlafsack, den Reed mir hochbringt. Und noch während ich benommen vor Müdigkeit und Anstrengung an die Decke starre, steigen traumgleiche Bilder in mir auf, als hätte das, was ich Reed erzählt habe, etwas in mir getriggert ...

In meiner Erinnerung sitze ich an unserem Küchentisch in New York, ein Meer aus dunkelgrünen Glasperlen breitet sich vor mir aus, daneben liegen meine Werkzeuge und silberner Schmuckdraht. Ich arbeite lieber mit Draht, da ich bei Nylonschnur immer Angst habe, dass sie reißt und ich schlechte Bewertungen auf Etsy bekomme. Es ist nicht so, dass ich auf dieses Geld angewiesen bin, aber es poliert mein Ego ein bisschen auf, da ich komplett auf Aydens Kosten lebe. Mit den Fingern taste ich über die kühlen grünen Perlen, über die Anhänger, Charmes und Cabochons, die ich selbst gestaltet habe. Perlen, Schmuck und Co. beruhigen mich auf eine Weise, wie es sonst nur noch Ayden schafft. Außerdem liebe ich es, das Chaos zu organisieren, weil es mir ein Gefühl von Sicherheit gibt. So ist das. Auch in diesem Moment spüre ich das freudige Kribbeln, aus dem Durcheinander etwas Schönes zu zaubern. Eine Autorin hat bei mir eine Perlenkette bestellt, die sie zu ihrem Buchstart verlosen möchte. Da sie Fantasyromane mit Drachen, Zauberwäldern und Elfen schreibt, habe ich hauptsächlich dunkelgrüne Perlen ausgewählt, dazu kleine Drachenanhänger und Charms wie ein altsilbernes Buch, auf dem »Book of Magic« steht. Dazu Zaubertrankanhänger und Schwerter sowie Abstandhalterperlen mit dem Namen Bosporus, die dem Ganzen einen orientalischen Touch verleihen. In letzter Zeit bekomme ich immer mehr Auftragsarbeiten. Das macht mich richtig stolz, außerdem verdiene ich mehr an ihnen. Ich fädele die einzelnen Perlen auf, probiere verschiedene Variationen mit den Abstandhaltern, bis ich mich für ein Design entscheide. Zwischendurch füge ich Quetschperlen ein, damit nicht alle Perlen herunterrutschen, sollte der Draht doch einmal reißen.

Ich bin so versunken in meine Arbeit, dass ich Ayden nicht hereinkommen höre.

»Hey, ma chérie«, sagt er auf einmal hinter mir und legt seine Hände auf meine Schultern, beginnt sie zu massieren. »Was gibt es zu essen?«

Erschrocken schaue ich zum Herd. »O Mist!«, entfährt es mir. »Ich habe noch nicht mal angefangen.«

Ayden lässt mich los und stellt seine Aktentasche auf einem Barhocker ab und lockert seine Krawatte. »Ausgerechnet heute habe ich bei Jack's nur einen Salat gegessen.«

Augenblicklich bekomme ich ein schlechtes Gewissen. »Ich fange sofort an.« Die Perlen sind vergessen, während ich Hackfleisch, Sellerie und Tomaten aus dem Kühlschrank hole, um eine selbst gemachte Bolognesesoße zu kredenzen. Wenn Ayden Hunger hat, kann er echt übellaunig sein. So wie fast alle Männer eben.

»*Hast du schon wieder eine Auftragsarbeit angenommen?*«, erkundigt er sich vom Küchentisch aus.

»*Ja, wieso?*«

»*Das wird langsam ein bisschen viel, oder?*« Klingt er verärgert? Ich blicke über die Schulter, beobachte, wie er sich über den Tisch beugt und meine Arbeit begutachtet.

»*Nein, geht schon*«, entgegne ich schnell. »*Ich habe einfach nur die Zeit vergessen, weil es mir so viel Spaß gemacht hat.*«

»*Hm.*«

Es missfällt ihm, wenn er heimkommt und ich nicht hübsch zurechtgemacht bin und gekocht habe. Aber dass er das so möchte, hat er mir ja von Anfang an gesagt.

»*Außerdem war ich heute noch in dem Yogakurs, von dem ich dir erzählt habe.*«

»*Ach?*« Ich kann förmlich sehen, wie er die Stirn runzelt.

»*Deswegen habe ich auch erst so spät mit der Drachenkette angefangen.*« Natürlich weiß ich, dass er das mit dem Yogakurs nicht gut findet.

Du hast doch Angst, alleine irgendwo hinzugehen. Was ist, wenn du eine Panikattacke bekommst, und ich nicht da bin, um dir zu helfen?, *hat er gefragt.*

»*Zoraly hat mich abgeholt*«, erkläre ich, ohne dass er nachhakt.

»*Ich mag Zoraly nicht.*« Er kommt zu mir rüber und stellt sich neben mich. »*Sie kann dir außerdem nicht helfen, wenn es dir schlecht geht, Maya ... Sag mal, willst du den Sellerie anbrennen lassen oder eine ordentliche Soße kochen? Ich habe den ganzen Tag hart gearbeitet und mich eigentlich darauf gefreut, gleich mit dir zu essen.*«

»*Tut mir leid. Ehrlich.*« Ich rühre hektisch in der Pfanne und mein Gesicht färbt sich dunkelrot, wie immer, wenn Ayden mich kritisiert. Außerdem macht er Zoraly schlecht, dabei ist sie hier meine einzige Freundin. Ich habe sie über das Portal »*Neu in New York*« kennengelernt, und wir waren uns auf Anhieb sympathisch, *obwohl sie ein bisschen vorlaut ist und sich die Haare auf einer Seite abrasiert. Im Grunde passt sie gar nicht zu mir, aber sie trägt ihr Herz am rechten Fleck und hilft neben ihrer Arbeit im Tattoostudio freiwillig in einer Suppenküche in der New Yorker Innenstadt aus.*

Ich versuche, mich auf die Soße zu konzentrieren, aber Ayden nimmt gerade die Drachenkette in Augenschein.

»Hast du absichtlich nur grüne Perlen benutzt?«

»Wieso?«

»Ich persönlich finde das ja ein bisschen ... langweilig.«

»Echt?«, frage ich entgeistert. Ich war mit dem Ergebnis bisher total zufrieden.

»Ich würde vielleicht ein paar von den braunen dazu machen.«

»Die bernsteinfarbenen?«

»Genau. Darf ich mal?« Ohne meine Antwort abzuwarten, fädelt er die letzten zehn Zentimeter Perlen bis zu meiner Quetschperle heraus und ersetzt sie durch die braungoldenen. »Schau mal, ist doch besser, oder? Kunstvoller irgendwie.« Er lächelt und hält mir die Kette hin, damit ich sie begutachten kann.

Das Dumme ist, dass die Kette so wirklich raffinierter aussieht und mehr Klasse hat. Es frustriert mich, dass Ayden, der sich gar nicht mit Modeschmuck beschäftigt, trotzdem das bessere Händchen dafür besitzt. Ich habe gefühlt ewig darüber nachgegrübelt, wie ich die Perlen arrangieren soll.

»Sieht toll aus«, stimme ich ihm zu, aber mir schießen Tränen in die Augen, sodass ich mich schnell abwende, um die Soße umzurühren und die Nudeln ins Wasser zu geben. Doch es ist zu spät, die Zwiebeln sind rabenschwarz, der Sellerie verkohlt, weil ich den Herd aus Versehen auf die höchste Stufe gestellt und das Öl vergessen habe. Es qualmt und stinkt bestialisch.

»Shit!«, fluche ich, und Ayden ist sofort bei mir.

»Mist«, sagt er, aber er klingt nicht böse. »Hey, was ist denn?«

»Nichts«, lüge ich, aber mir laufen Tränen über die Wangen, weil ich mich plötzlich unfähig und nutzlos fühle.

»Nicht weinen, Kleines«, flüstert Ayden, nimmt die Pfanne von der Platte und dreht den Herd aus. »Du hast doch die ganze Vorarbeit geleistet. Ohne deine Grundlage hätte ich nichts verbessern können. Meckern ist einfach. Verbessern auch.«

»Ich weiß«, schniefe ich, aber er hat dennoch immer den besseren Blick: bei der Einrichtung, bei der Wahl meiner Klamotten, bei der Auswahl von Gemälden – und er kann nichts dafür, dass er wie Maddy ein Naturtalent ist.

»Hey«, sagt er und zieht mich an sich. »Wie wär's, wenn ich dich einfach zum Essen ausführe und wir diese verbrannte Katastrophe vergessen?«

Ich versuche ein Lächeln, aber die Furcht, ihn zu verlieren, erdrückt mich fast. Jede andere Frau wäre perfekter für ihn als ich. »Okay«, flüstere ich.

»Prima!« Er küsst meine Wange und wuschelt mir durch die Haare. »Zieh dein braunes Strickkleid an und dazu die Prada-Stiefel, die ich dir letzte Woche gekauft habe.«

Ich nicke und mache mich auf den Weg ins Schlafzimmer.

»Ich liebe dich, ma chérie«, ruft er mir nach.

Als ich fertig gestylt und umgezogen zurück ins Wohnzimmer komme, fühle ich mich nach wie vor unfähig und wertlos, doch Ayden lächelt mich strahlend an und mein Herz macht einen Hüpfer. Wie jedes Mal, wenn er mich anblickt, als wäre ich die einzige Frau im Universum.

»Du bist so wunderschön, ma chérie«, sagt er nur. Als wir mit dem Fahrstuhl in die Tiefgarage fahren, meint er scheinbar beiläufig: »Ich finde, wir sollten uns ein gemeinsames Konto zulegen.«

Bisher war ich froh, mein eigenes Konto zu besitzen, weil die Worte meiner Mom immer mal wieder in meinem Kopf auftauchen. Du bist absolut mittellos. Was, wenn er dich eines Tages vor die Tür setzt?

Ich schlucke. »Findest du das wichtig? Ich habe doch bloß ein paar Dollar.«

»Ich finde das sogar sehr wichtig. Alle Paare, denen es ernst miteinander ist, haben ein gemeinsames Konto. Paul und Nicole zum Beispiel haben bereits seit einem Jahr ein gemeinsames Konto. Oder Isabell und Henry.«

Aber Isabell und Nicole verdienen auch richtig gut.

»Es ist dir doch ernst mit mir?«, hakt Ayden sorgenvoll nach und betrachtet mich von oben.

Das ist ein Witz! Nichts könnte mir ernster sein als das. »Natürlich«, betone ich. »Ich verstehe allerdings nicht, was das Konto damit zu tun hat.«

»Du würdest dich besser fühlen, wenn auch dein Verdienst auf mein Konto fließt, vor allem, wenn du meine Kreditkarte benutzt, oder?«

»Ja«, sage ich. Aber es würde mich noch abhängiger von ihm machen, und das bin ich doch sowieso schon. Ich liebe ihn so sehr, dass die Angst, ich könnte nicht gut genug für ihn sein, mich manchmal nachts wach hält.

Ich blinzele und die Türen des Fahrstuhls gleiten auf. Doch anstatt der Tiefgarage erstreckt sich dort eine leere Plattform, die im Nichts endet. Da ist doch nichts, oder? Angespannt spähe ich hinaus, da sehe ich ihn. Den Mann in dem grünen Kapuzenpullover, der in der großen weiten Leere steht.

Mein Herz setzt einen Takt aus. Der Hoodiemann läuft los, steuert geradewegs auf mich zu.

Ich will mich an Ayden festklammern, doch er ist nicht mehr da. Hilfe!, *will ich schreien, aber kein Laut kommt aus meinem Mund.* Hilfe, Ayden! Hilfe, wo bist du?

»Ash! Wach auf!«

Völlig orientierungslos schlage ich um mich und höre ein unterdrücktes Stöhnen. Verstört blinzele ich und sehe in Reeds vertrautes Gesicht, der sich das Auge hält, als hätte ich ihn erwischt.

»Alles okay? Du hast geschrien, als würde dich ein Puma bei lebendigem Leib zerfleischen.«

Ich liege im Baumhaus im Schlafsack, Sonnenlicht fällt durch die offen stehende Tür. Odin hängt kopfüber vom Vordach und blickt mit seinen Rabenknopfaugen zu mir.

»Ich ... ich habe von Ayden geträumt«, sage ich durcheinander.

Reed schiebt sein Kinn vor. »Was hat er dir angetan?«

»Ayden? Mir etwas angetan?« Ich schäle meine Arme aus dem Schlafsack und setze mich auf, dabei spüre ich den beginnenden Muskelkater von dem nächtlichen Gewaltmarsch. Noch schlaftrunken wische ich mir über die Augen. Bisher ist mir nie der Gedanke gekommen, Ayden könnte mir etwas angetan haben – außer mir das Herz zu brechen.

»Ich habe nicht wegen Ayden geschrien. Und ich habe auch nicht geträumt. Ich war in so einem Zustand zwischen Wachen und Schlafen. Zuerst habe ich mich erinnert ... Mir ist eine Situation aus New York eingefallen. Doch dabei muss ich eingeschlafen sein ... und dann habe ich wirklich geträumt. Vom Hoodiemann.« Verwirrt schüttele ich den Kopf. »Weißt du, gestern dachte ich, ich hätte das alles hinter mir gelassen und er könnte mir nichts mehr anhaben. Also die Erinnerung daran ...«

»Vielleicht war das heute so ein letztes Auflehnen in deinem Kopf«, schlägt Reed als Erklärung vor.

Ich schaue nach draußen, wo Odin immer noch kopfüber hin und her schaukelt, und reibe mir fröstelnd über die Oberarme. »Ja, womöglich. Aber vielleicht kann man so etwas auch nur auf Raten vergessen. Und jedes Mal denkt man, man hätte die letzte bezahlt, und dann ist doch wieder eine fällig.«

Reed macht ein befremdetes Gesicht. »Was sind Raten?«

Ich erkläre es ihm, aber mein Geist schweift bereits wieder zu Ayden und nach New York. Erinnerungen rieseln in mein Gedächtnis zurück, so wie Sand durch die Öffnung eines Stundenglases, das zuvor verstopft war. Mir fällt ein, dass es Ayden nie gefallen hat, dass ich eigenes Geld verdient habe, dabei war die Summe wirklich lächerlich. Es waren kaum mehr als zweihundertfünfzig Dollar im Monat, aber selbst das war ihm zu viel. *Ich bin dein Mann, ich will für dich sorgen und dich verwöhnen*, hat er oft gesagt.

Und an Zoraly habe ich gefühlt seit Ewigkeiten nicht mehr gedacht. Aber das ist klar, denn ich hatte sie einfach vergessen, so wie das meiste, das in New York passiert ist. Zoraly, die immer Zora genannt werden wollte, weil das angeblich besser zu ihrem Zungenpiercing und den Hunderten von Tattoos passen würde. *Weißt du, manche Männer ertragen den Gedanken nicht, ihre Frauen könnten sie einfach sang- und klanglos verlassen.* Das hat Zora gesagt, als ich ihr erzählt habe, dass Ayden nicht möchte, dass ich Geld auf einem eigenen Konto habe und dass er mich am liebsten zu Hause weiß. Ich tauche tiefer in diese Erinnerung. Zoras Worte hören sich seltsam an, wenn ich daran denke, wie perfekt Ayden ist. Und wie gut aussehend. Ich hatte dauernd Angst, er würde mich eines Tages satthaben. Allein bei seinem Anblick hat mein Magen jedes Mal Purzelbäume geschlagen.

Wäre das immer noch so, wenn er mir heute gegenüberstehen würde?

Für einen Moment spähe ich zu Reed, der mich still beobachtet, und lege den Kopf in die Hände. Der Gedanke, ich würde Ayden mit Reed betrügen, ist schrecklich. So jemand bin ich nicht und will es nie sein.

Ich folge Reed in die Shack, und er kocht warmen Haferbrei mit dem neuen Gas, dazu essen wir Apfelmus aus seinem Vorrat. Beim Essen schweigt er, und nachdem wir fertig sind, mustert er mich nachdenklich.

»Erzähl mir noch mehr von Ayden«, fordert er mich schließlich auf.

Mein Magen flattert. »Wieso?«

»Na ja, du sagst, du hast viele Erlebnisse mit ihm vergessen. Was passiert, wenn dir plötzlich alles wieder einfällt? Auch, wie sehr du ihn noch liebst?«

Seine Gedanken gehen in eine ähnliche Richtung wie meine. »Soweit ich weiß, kann man keine zwei Männer gleichzeitig lieben.«

Ein düsterer Schatten legt sich auf sein Gesicht. »Keine Ahnung, was ihr da draußen in der Welt so macht.«

Ich lächele und fasse über dem Holzbrett nach seiner Hand, drücke sie leicht. »Die Liebe ist hier nicht anders als dort.«

»Nein?«

»Nein. Und ich liebe dich, Reed.« Wir sehen uns an und ein zaghaftes Lächeln breitet sich auf seinem Gesicht aus. Es leuchtet umso tiefer, je mehr ich es erwidere.

Er drückt meine Finger. »Dann bleibst du auch nach dem Winter noch bei mir?«

Da ist sie: Die Frage, vor der ich mich die ganze Zeit gefürchtet habe. Ich ziehe die Hand zurück, sehe ihn nicht an und zupfe an dem weichen Fell, auf dem ich sitze.

»Sag was, Ash. Antworte mir!«

Ich seufze, und als ich ihn anschaue, liegt eine dunkle Furcht auf seinem Gesicht; sie macht mein Herz unendlich schwer. »Ich kann nicht bleiben, Reed. Ich habe doch eine Familie da draußen.«

Er steht auf. »Aber hier hast du mich.«

»Ich weiß.« *Und ich will, dass du mit mir kommst.*

Als er seine Sachen in die Spüle stellt und anschließend zur Tür geht, frage ich: »Was machen wir heute?«

Er zuckt mit den Schultern. »Also, was du machst, weiß ich nicht, aber ich gehe zu *The Wide* und schieße ein paar Pfeile, damit ich nicht aus der Übung komme.«

Mit diesen Worten ergreift er seinen Köcher und den Bogen und lässt mich zurück. Okay, er ist eifersüchtig und verletzt, das verstehe ich. Ich verstehe auch, dass er allein sein will, was irgendwie ein eigenartiger Gedanke ist, wenn man seine Situation bedenkt. Glaubt er wirklich, ich könnte mein altes Leben einfach so hinter mir lassen?

Andererseits erhoffe ich mir ja von ihm dasselbe. Aber seine Familie ist tot und meine lebt noch.

Als ich mich später notdürftig mit aufgetautem Wasser aus dem Lifesaver gewaschen habe, laufe ich mit meinem kleinen Bogen und einem aussortierten Pfeil in der Hand zu *The Wide*.

Im Schnee folge ich Reeds Fußspuren Richtung Arbeitszelt und biege ihnen folgend in *The Dark* ab. Es ist still im Wald, aber diese weiße Ruhe macht mir heute keine Angst. Ich drehe mich nur immer wieder nach einem Puma um, den Pfeil habe ich bereits in den Bogen eingelegt, um notfalls schnell schießen zu können. Allerdings entdecke ich keinen Puma, nur Odin kommt angeflattert und krächzt.

»Low. Low. Reed.« Aufgeregt fliegt er ein Stück die Tannen entlang, bis ich begreife, dass er mir den Weg zu Reed und *The Wide* weist. Er kann ja nicht wissen, dass ich einfach der frischen Spur von Reeds Boots folgen muss. Doch offenbar akzeptiert er mich mittlerweile, das entlockt mir ein Lächeln.

Als ich die Lichtung erreiche, entdecke ich Reed am gegenüberliegenden Waldrand. Er winkt nicht, ignoriert mich einfach, also ist er noch wütend – oder verletzt. Das eine kommt selten ohne das andere. Kurz bleibe ich stehen und beobachte ihn. Mit seinen ruhigen Fingern scheint er Frust und Wut aus seinem Herzen zu schießen. Vielleicht ist es auch die Art, wie er die Pfeile abfeuert, die mir verrät, dass er noch sauer ist. Fast kommt es mir vor, als wolle er sie Ayden in die Brust jagen, dabei kennt er ihn nicht mal. Womöglich macht es das aber für ihn noch schlimmer. Nicht zu wissen, gegen wen er antritt. Nicht zu wissen, was er alles nicht kann, im Vergleich zu Ayden.

Grübelnd laufe ich zu den vier Birken in der Mitte und versuche, meinen Muskelkater zu ignorieren. Ist Reed von Natur aus eifersüchtig? Er wird es ja selbst nicht wissen. Ayden war höllisch eifersüchtig, auch wenn es nie einen Grund dafür gab. Plötzlich erinnere ich mich an einen Moment, wo ich mal einen Kellner zu lange angelächelt habe. Ayden hat den ganzen Abend kaum noch ein Wort mit mir gewechselt. Zurück in der Wohnung hat er mir mitgeteilt, er würde sich wie ein gehörnter Idiot fühlen, wenn ich zu freundlich zu anderen Männern wäre, weil die sich dann etwas darauf einbilden würden. Ich fand es übertrieben, aber es hat mir auch geschmeichelt, gerade, weil ich ja selbst immer so große Angst hatte, er könnte mich verlassen.

Ich suche mir eine gute Position, etwa zehn Meter vor den Birken, und hoffe, dass mich das Bogenschießen zentriert, damit ich mich auf das Wesentliche besinnen kann. Im Grunde bin ich doch nur noch hier, weil ich Reed liebe, sonst hätte ich die feiernde Gruppe in der Lodge auf mich aufmerksam gemacht und wäre mit ihnen zurückgefahren. So wichtig können mir meine Familie und Ayden nicht sein. Auch Zora nicht. Als ich an sie denke, bekomme ich ein ungutes Gefühl in der Magengegend.

Ich ziehe die Handschuhe aus und stopfe sie in die Poncho-Taschen, dann lege ich den Pfeil in den Bogen und visiere die kräftigste der vier Birken an. Bedachtsam gehe ich etwas in die Knie und versuche, mich wie eine Amazone zu fühlen. Stolz, Schultern runter; ich atme tief durch und lasse beide Augen offen, damit sie sich auf das schwarze Borkenherz im hellen

Birkenstamm einstellen können, behutsam ziehe ich die Sehne bis auf Kinnhöhe zurück und lasse los.

Doch der Pfeil landet viel zu früh im Schnee. Ich hole ihn zurück, schieße noch mal und noch mal, aber jedes Mal verfehle ich das Ziel. Irgendwann fühle ich mich seltsam und schaue mich um. Reed hat aufgehört zu schießen, steht vor *The Dark* und beobachtet mich.

Ich versuche, ihn auszublenden, doch als ich das nächste Mal den Pfeil aus dem Schnee angele und mich aufrichte, habe ich ein Summen in den Ohren. Ich sehe zurück zu *The Dark*. Reed steht immer noch dort, aber er zielt mit Pfeil und Bogen auf mich.

»Reed«, flüstere ich entsetzt. Meine Muskeln spannen sich an, aber ich bin unfähig wegzulaufen. Eine leichte Brise zerzaust mein Haar, lässt auch Reeds blonden Schopf sanft flattern.

»Vertraust du mir?«, ruft er mir zu.

Ich sehe ihn nur an.

»Ich will nicht, dass du gehst«, ruft er.

»Und ich will, dass du mit mir kommst!«, rufe ich zurück.

»Aber in der Stadt wartet Ayden auf dich!«

»Vielleicht. Vielleicht auch nicht. Aber selbst wenn: Ich will dich!«

»Dort vielleicht nicht mehr!«

Ich schlucke. Immer, wenn ich denke, ich würde Reed kennen, macht er etwas, das mich zweifeln lässt oder überrascht. *Wer bist du nur, Reed?*

»Ich schieße auf das Herz auf dem Birkenstamm. Es ist direkt über deinem Kopf. Vertraust du mir?«

»Ich weiß nicht!« Die Brise erschwert das korrekte Zielen.

»Dann geh beiseite!«

Ich zögere, will ihm vertrauen, aber nachdem ich einen Pumaangriff und die Eisnacht überlebt habe, habe ich wirklich keine Lust, von einem Pfeil durchbohrt zu werden. Außerdem sind Reeds ruhige Finger vielleicht nicht mehr so still, wenn er aufgewühlt ist.

Rasch mache ich einen Satz zur Seite, da saust der Pfeil schon durch die Luft und trifft exakt in die Mitte des Birkenherzes.

»Volltreffer!«, ruft Reed triumphierend. »Du hättest stehen bleiben sollen.«

Mitten ins Herz. Zwei Schritte weiter bin ich wie am Boden festgewachsen. Ich bin erschrocken, weil er so früh geschossen hat, gleichzeitig beeindruckt von dem Schuss und erleichtert, dass er nie vorhatte, mich mit dem Pfeil zu bedrohen.

In seinem langen Mantel kommt er auf mich zu, seine Haare wehen wie die eines Kriegers auf dem Schlachtfeld. Etwas an diesem Bild öffnet eine Schleuse in mir. Plötzlich schwankt der Boden unter meinen Füßen und meine Kehle zieht sich zu. Die Bäume ringsum wachsen zu Häusern empor, die Schneewiese weicht grauem Asphalt, hupenden Taxis und Motorengeräuschen.

Überall blinkt Neonlicht.
Er ist wieder da.
Der Hoodiemann ist zurück.

Kapitel 18

In der Erinnerung stehe ich in New York auf einem Gehweg und bin wie zur Salzsäule erstarrt, kann mich nicht rühren, nicht sprechen.

»Maya! Du wolltest mir doch was sagen. Du meintest, es wäre wichtig.« Jemand zupft an meinem Ärmel. Es ist Zora, die mich aus ihren tief liegenden graugrünen Augen betrachtet. »Was geht, Mann? Du siehst aus, als sei dir Godzillas Geist erschienen!«

Ich bekomme kaum mit, was sie sagt, und starre ihn an. Er starrt von der anderen Straßenseite zurück. Auch wenn sein Gesicht fast vollständig von der Kapuze des dunkelgrünen Hoodies eingerahmt wird, bin ich mir sicher, dass er es ist. William Farrell ist in New York, um sich an mir zu rächen. Mir die Kehle zuzudrücken oder sonst etwas zu tun. Meine Beine fühlen sich an wie Wackelpudding. Ich kann nicht mehr richtig atmen. Wie von Sinnen reiße ich mich aus Zoras Griff los und zwänge mich durch die Menschenmenge, die den Bordstein überschwemmt.

»Maya, warte! Sprich mit mir, verflucht!«

Planlos pflüge ich durch das Gedränge. Als ich auf die andere Straßenseite schaue, sehe ich, dass William Farrell mir parallel zur Straße folgt. Autos brausen vorbei. Ich will mir ein Taxi rufen, traue mich aber nicht, um ihn nicht noch weiter auf mich aufmerksam zu machen. Am Ende jagt er noch über die Straße, setzt sich ebenfalls in den Wagen und zwingt den Fahrer mit einer Pistole, uns an einen einsamen Ort zu bringen. Nein, nein, nein! Tu was!

Vor der Nespresso-Bar will ich eine ältere Dame ansprechen, damit sie mir hilft, doch als ich ihren Arm ergreife und den Mund öffne, kommt kein Ton heraus. Meine Kehle schmerzt. Irgendwo, von weit entfernt, wie es mir vorkommt, ruft Zora nach mir, aber weil sie so winzig ist, kann sie nicht über die Menschenmenge hinwegsehen.

»Junge Dame, würden Sie mich bitte loslassen?«, fragt die ältere Frau vor mir kopfschüttelnd. Meine Finger öffnen sich, ich sehe zur anderen Straßenseite, da taucht der Hoodiemann gerade vor der Filiale der Bank of America auf. Selbst von hier aus erscheint er mir riesig, so riesig wie damals, als ich ein Kind war.

Er tritt an den Fahrbahnrand, schaut nach rechts und links, als wollte er die Straße überqueren. O nein!

Ich muss mich verstecken.

Mein Herz rast, als ich in die nächste Mall flüchte. Alles ist voller Menschen, und ich habe keine Ahnung, wohin ich laufen soll. Vielleicht erschießt er mich ja auch einfach! Ich stürze die Rolltreppe hoch, stoße mit einem kleinen Jungen zusammen und murmele eine Entschuldigung, während mir seine blonde Mom eine Verwünschung hinterherschreit. Kopflos tauche ich im nächstbesten Kleiderladen ab, schnappe mir ein Shirt von einem Drehständer und verschwinde in der Umkleidekabine. Zittrig ziehe ich den Vorhang zu und setze mich, stelle sogar die Füße auf den Hocker, damit der Hoodiemann mich nicht an den Schuhen erkennt.

Bitte, bitte, bitte, lass ihn mich nicht finden!

Während das Blut in meinen Ohren rauscht, angele ich mein Handy aus der Tasche und drücke auf Aydens Nummer.

Als er sich meldet, fange ich an zu weinen.

»Maya«, sagt er zu Tode erschrocken. »Was ist passiert?«

Ich kann ihm nicht antworten, sondern weine und weine und presse mir dabei die Faust auf den Mund, um mein Schluchzen zu ersticken.

Ayden sagt immer wieder meinen Namen, ganz sanft und liebevoll, bis ich flüstere: »Er ... er verfolgt mich.«

»Ich kann dich kaum verstehen, wenn du so weinst, Maya. Wer verfolgt dich?«

»Der Hoodiemann. Er ist hier, er war eben da.« Meine Kehle ist immer noch so eng, dass es wehtut.

»Was?« Ayden klingt fassungslos. »Wo genau bist du?«

»In der Midtown Mall, erster Stock. In einer Umkleide.«

»Welcher Laden?«

»Ich weiß es nicht.« Und ich kann auch nicht nachsehen. Unter gar keinen Umständen. Doch dann schaue ich auf das Etikett des Shirts. »Es gibt jedenfalls kein Prada oder Chanel hier. Irgendwas Kleineres, Billigeres.« Wo er niemals seine Garderobe kaufen würde.

»Okay. Ich komme dich suchen«, verspricht Ayden sofort. »Und ich rufe die Polizei.«

Das Handy zittert in meiner Hand. »Danke«, flüstere ich. »Beeil dich!«

»Wenn etwas ist, wende dich an die Verkäuferin.«

»Ich gehe hier nicht raus, niemals!«

Ich weiß nicht, wie lange ich in dieser Umkleidekabine sitze, mir der Schweiß über den Rücken läuft und ich mir die Faust auf den Mund presse. Ich wollte William Farrell endlich vergessen! Das habe ich Ayden doch immer wieder versprochen: Ich werde mich ändern, ich komme darüber hinweg, hab Geduld mit mir! *Und nun ist er wieder da! Am liebsten würde ich Mom und Dad anrufen, aber ich traue mich nicht. Ich muss sogar kurz an den schrecklichen Streit mit ihnen denken. Sie waren absolut dagegen, dass ich zu Ayden ziehe, sie haben sogar gedroht, mir das monatliche Geld zu streichen, doch das war mir egal. Ich bin einfach gegangen. Mom und ich haben uns angeschrien wie noch nie zuvor.*

Dad war total enttäuscht, dass ich nicht aufs College gehen wollte. Danach habe ich ihre Anrufe ignoriert.

Als ich Ayden endlich meinen Namen vor der Umkleidekabine rufen höre, stürze ich hinaus und falle ihm um den Hals, lasse ihn nicht mehr los. Von ihm gestützt gehe ich auf die Polizeiwache und mache meine Aussage, aber laut der Beamten könnte der Mann mit dem Hoodie ein ganz normaler Passant gewesen sein. Sie sehen mich ein bisschen so an, als wäre ich eine verwirrte junge Frau; ich glaube, nur weil Ayden Anwalt in einer renommierten Kanzlei ist, sind sie überhaupt gewillt, mir zuzuhören. Wenigstens versprechen sie uns, sich bei der zuständigen Behörde Informationen über William Farrells Aufenthaltsort und seine Akte zu beschaffen.

Zu Hause bin ich weiterhin wie paralysiert. Mit einer Decke um die Schultern starre ich vom Schlafzimmerfenster aus hinaus auf die Straße, auf den grauen Fluss mit den quietschgelben Taxis. Tausend Fragen prasseln auf mich ein: Wie hat er mich gefunden? Seit wann verfolgt er mich?

»Hey, Maya«, höre ich Ayden hinter mir sagen, nachdem er das Gespräch mit einem Polizeibeamten beendet hat. »William Farrell wohnt wieder in Boston.«

Boston! *Ich sollte erleichtert sein. »Aber er könnte heute trotzdem in New York gewesen sein«, flüstere ich gegen das Glas, das sofort beschlägt. »Er könnte dort unten auf der Straße stehen und darauf lauern, dass er dich oder mich erwischt.«*

»Um mich geht es ihm sicher nicht«, widerspricht Ayden trocken.

»Glaubst du, ich bin verrückt?«

»Natürlich nicht.« Die Antwort kommt prompt, dafür liebe ich Ayden noch mehr.

»Glaubst du, ich habe ihn mir eingebildet?«

Ayden schweigt. Aber dann sagt er: »Nein. Ich bin mir sicher, da war jemand.«

Mein Kopf sinkt gegen die Scheibe. »Vielleicht spielt mein Verstand mir einfach Streiche.«

»*Hm*«, *macht Ayden sorgenvoll, und ich wende mich alarmiert zu ihm um.* »Was ist denn?«

Er wischt sich über die perfekte, wie gemeißelte Stirn und sieht mich an, als würde er mir gleich den Tod eines nahen Angehörigen verkünden. »Ich sage es ungern, aber als Anwalt kenne ich solche Fälle natürlich.«

»*Was für Fälle?*«

Als er nichts sagt, werde ich panisch und wiederhole immer wieder dieselbe Frage: »Was für Fälle?«

Seine Antwort bekomme ich nicht mehr mit, denn ich werde zurück in die Wildnis katapultiert.

Ich erwache in der Gegenwart, herausgerissen aus der traumartigen Erinnerung. Ich renne. Renne in *The Dark*, um diese Frage nicht mehr zu hören und die Bilder nicht mehr zu sehen. Reed ruft meinen Namen, kommt mir nach, aber ich bin wendig wie ein Hase, schlage Haken um kahle Sträucher und herabhängende dunkle Äste. Hinter einer uralten Schwarztanne gehe ich in Deckung, dabei verstecke ich mich nicht vor Reed. Ich laufe nicht ihm davon, sondern nur den Bildern in meinem Kopf. Meine Muskeln, die sowieso schon so brennen, schießen Feuerimpulse durch meine Nerven und Sehnen. Ich keuche, versuche, meinen unregelmäßigen Atem unter Kontrolle zu bekommen, und presse die Hände an meine Schläfen.

Ich muss meine Gedanken sortieren und überlegen, was diese Bilder bedeuten. Warum sie mir einfallen, wenn Reed auf mich zukommt, nachdem ich mich einen Augenblick lang von ihm bedroht gefühlt habe.

Kopfschüttelnd spähe ich in das Dunkel von *The Dark* und entdecke Reed, der meinen Spuren folgt.

»Lark, Lark, Apen«, krächzt es vom Himmel.

Rasch gehe ich weiter, denn ich muss für einen Moment allein sein. Die freigesetzte Erinnerung hat Löcher in meine Blockade geschlagen und setzt weitere frei, die mit ihr verknüpft sind. William Farrell war in New York. Es hat mich so sehr geängstigt, dass ich unsere Wohnung in Downtown danach nur noch gemeinsam mit Ayden verlassen habe. Aber selbst, wenn wir zusammen ins Kino, zum Essen oder ins Museum gegangen sind, habe ich mir jedes Mal eingebildet, William Farrell zu sehen. Hinter einer Ecke, hinter einer Reklametafel, in der Schlange vor der Kasse. All meine guten Vorsätze haben sich in Luft aufgelöst.

Habe ich wegen des Hoodiemannes alles vergessen? Hat William Farrell mir wieder etwas angetan? Ist es das, was ich verdränge?

Ich reibe mir über die Stirn, laufe stetig weiter. Es ist so frustrierend. Immer wenn ich denke, ich käme irgendwie damit klar, nicht exakt zu wissen, was passiert ist, taucht eine neue Erinnerung auf, die wieder alles in mir aufwühlt. Ayden hat mich nicht verlassen, zumindest nicht nach dieser William-Farrell-Sache. Im Gegenteil. All unsere kleinen Meinungsverschiedenheiten haben aufgehört.

Aber was ist dann passiert? Ich muss in dem Blockhaus meiner Eltern gewesen sein, sonst wäre ich nie in der Wildnis in Maine gelandet. Das ist das Einzige, das ich mit einer sehr hohen Wahrscheinlichkeit annehmen kann. Nur, wenn ich dort war, muss ich mich auch mit ihnen vertragen haben, oder? Dass wir uns so sehr gestritten haben, dass ich danach jegliche Anrufe von ihnen ignoriert habe, hatte ich bisher ebenfalls vergessen.

Ich erinnere mich, wie wütend und enttäuscht sie über meinen Entschluss waren, nicht aufs College zu gehen. Das hat mich wiederum verletzt. Erst behaupten sie, ich müsse endlich auf eigenen Füßen stehen, und wenn ich einen Schritt in diese Richtung mache, dann ist es falsch. Außerdem hatte ich auch den Verdacht, dass sie mich bloß auf dem College sehen wollten, weil es ihnen vor ihren Schickimicki-Freunden peinlich ist, wenn ich nicht studiere. *Habt ihr schon gehört? Die Tochter von Clayton und Megan Morrow geht nicht aufs College?*

Ich atme gegen meine Anspannung an. Aus der Ferne höre ich Reed nach mir rufen. Es wäre unfair, länger vor ihm davonzulaufen, am Ende glaubt er, ich würde ihn wieder wegen irgendetwas verdächtigen.

Seufzend kehre ich um und gehe ihm entgegen. Wenigstens fällt mir überhaupt hin und wieder etwas ein. Der Gedanke, den ich schon mal hatte, dass mein Gedächtnis exakt das freisetzt, was ich gerade verkraften kann, stimmt sicherlich. Und ich sollte womöglich dankbar sein, dass meine Seele mich so gut schützt.

Ich marschiere weiter, höre das Knirschen meiner Schritte. Winterfeuchte hängt in der Luft. Als ich mich an zwei dunklen Tannen vorbeischlängele, umfangen von Waldduft und der Schönheit des Eises, fühle ich mich mal wieder wie in einem Märchen. Ich bin zwar nicht durch einen Schrank geklettert, um nach Nahmakanta zu gelangen, sondern auf eine andere geheime Weise hierhergekommen, aber wie jeder Held oder wie jede Heldin in einem fremden Reich muss ich Prüfungen bestehen und habe mich verliebt. Womöglich kann ich auch erst nach Hause, wenn ich das letzte Rätsel gelöst habe.

Der Gedanke lässt mich lächeln. Es muss für Reed und mich eine Lösung existieren. Das ist in jedem guten Roman so. Es gibt immer eine Chance für die Liebe.

»Reed?«, rufe ich, als sein »Ash« wieder wie über das Wintereis zu mir schlittert.

Keine Minute später taucht er im Tannendunkel auf, Odin sitzt auf seiner Schulter. Mein Magen zieht sich schmerzhaft vor Glück zusammen. Reed ist mein Winterprinz, seine raue Schönheit fängt mich ein. Der Winter lässt ihn manchmal im kalten Licht älter aussehen, als er tatsächlich ist. Er und Ayden könnten gleich alt sein. Noch etwas, das meiner Mom missfallen hat. Sie fand, Ayden wäre zu alt für mich, dabei waren es nur neun Jahre.

»Ash«, sagt Reed bestürzt, während er auf mich zukommt. »Du bist weiß wie Schnee. Was ist los? Wieso bist du vor mir weggelaufen?«

»Ich bin nicht vor dir weggelaufen«, beruhige ich ihn, als er vor mir stehen bleibt, »sondern vor meinen Erinnerungen.« Ich hole tief Luft. »Der Hoodiemann war in New York. Ich habe ihn dort gesehen und er hat mich verfolgt.«

»Das tut mir so leid, Ash.« Reed schüttelt den Kopf. »Und was bedeutet das?«

»Keine Ahnung.«

»Hier gibt es keinen Hoodiemann«, sagt er ernst.

Ich muss unwillkürlich lachen, weil ich aus seiner Ernsthaftigkeit schließe, dass er das als Pluspunkt für das Leben im Wald verbucht. »Sicher nicht.«

Wir laufen schweigend nebeneinander her, aber in der Shack erzähle ich ihm von allem, an das ich mich erinnere.

»Klingt, als wäre Ayden gut für dich«, stellt Reed widerwillig fest, aber die Schatten in seinem Gesicht verscheuchen die Worte nicht. »Und er hat Geld in der realen Welt.« Mittlerweile weiß auch Reed, dass Geld im echten Leben eine wichtige Rolle spielt, und zwar nicht nur, um Essen und Planen für Zelte zu kaufen. Betrübt sieht er mich an. »Er kann dir alles schenken, was du möchtest. Schmuck, Kleider, alles. Ich kann dir nur ein Dach über dem Kopf bieten. Und selbst das hat nicht gereicht. Du wärst mir beinahe erfroren.«

»Reed«, beschwichtige ich ihn leise. »Dich und Ayden kann man nicht vergleichen. Und indem du mich gefunden hast, hast du mir mein Leben geschenkt.« Nach diesen Worten stiehlt sich ein Lächeln auf seine Züge und ich sage: »Und deinen Wind und deine Sterne und deine Bäume. Dein ganzes Königreich.«

Wenn man glücklich ist, hat meine Mom früher oft gesagt, vergeht die Zeit wie im Flug. Als ich klein war, dachte ich, es würde sich auf Stunden oder höchstens Tage beziehen. Zum Beispiel auf den Tag vor dem Weihnachtsmorgen. Oder den Abend vor dem Geburtstag, wo ich, bevor William Farrell mir begegnet ist, immer durchs Haus getanzt bin. Hier bei Reed bekommt der Spruch eine völlig neue Dimension. Während die Tage anfangs dahinkrochen wie Regenwürmer im Sand, verfliegen sie mittlerweile in Überlichtgeschwindigkeit. Die nächsten Wochen bleibt es weiterhin kalt, aber es wird nicht mehr so bitterkalt wie in der Eisnacht. Außerdem können Reed und ich uns jederzeit aufwärmen. Manchmal bleiben wir den ganzen Tag im Baumhaus und klettern nur herunter, um uns zu waschen oder zu essen. Wir lesen das Tagebuch von Reeds Vater oder küssen und lieben uns stundenlang. Manchmal glaube ich, ich bin verrückt vor Liebe. Wenn ich Reeds Körper spüre, seine nackte, kühle Haut auf meiner, seine stillen, rauen Hände, wie er mich berührt, will ich zerspringen vor Glück. Ich will ihn atmen, inhalieren, all das, was wir haben, irgendwo in mir festhalten, doch ich weiß auch, dass es mir nicht gelingen wird. Diese Tage und Wochen der Leidenschaft, des gegenseitigen Hungers und der Nähe sind nichts als explosionsartige Augenblicke, Supernovas, die eines Tages ebenso verglühen werden, wie sie entstanden sind. Wie Reed gesagt hat, auch die Stärksten sterben, auch die schönsten Momente dauern nicht ewig. Allerdings verdränge ich diese Gedanken die meiste Zeit, denn im Verdrängen bin ich schließlich Meisterin.

Wenn Reed und ich uns nicht gerade im Baumhaus lieben, trainieren wir Bogenschießen. Manchmal gehe ich auch mit ihm laufen, aber bei den Liegestützen passe ich.

Ich lerne den tiefen Winter Maines von seiner schönen Seite kennen. Ab und zu unternehmen Reed und ich lange Streifzüge, auf denen er mir seine Lieblingsplätze zeigt. Eines frühen Morgens, als es noch dämmrig ist, bringt er mich zu einem breiten Bach, dessen Wasser wie in Zeitlupe unter einer aufbrechenden Eisschicht fließt. Das Gewässer ist gebettet in einen verschneiten Winterwald, aber nicht weit vor uns, vielleicht dreihundert Meter, öffnet sich der Wald, und der Bach fließt in einen See. Wir schauen zu, wie die Sonne golden am blassen Nebelhimmel aufgeht und die gesamte Landschaft in ein verzaubertes, unwirkliches Feenlicht taucht. Eine leichte Brise weht Schnee von den Bäumen und lässt die Kristalle im Morgenlicht funkeln wie tausend vereiste Glühwürmchen. Stille schwebt in der Luft, so zart, dass man sie atmen kann. Nur hin und wieder kracht es auf dem Bach, wenn eine Eisscholle gegen eine andere stößt. Ich atme tief durch und spüre, wie die Ruhe der Natur in mein Herz fließt. In diesem Moment erhasche ich einen Blick in das Unendlichkeitsgefühl von Reed, erahne es. Meine Lunge ist kalt und frisch und mein Kopf klar, der Verstand gefangen zwischen Schönheit, Traum und Stille. Fast macht es mir Angst, dieses sonderbare Gefühl. Fast kann ich mich in seiner Melodie verlieren und mir vorstellen, wie es einen überwältigt, wenn man allein ist. Man verschmilzt damit und wird ein Teil davon.

Unbewusst greife ich nach Reeds Hand.

»Ich war lange nicht mehr hier«, erklärt er dann.

Erstaunt sehe ich ihn an. »Ich dachte, es ist einer deiner Lieblingsplätze.«

Sein Blick ist auf das Ufer der anderen Seite gerichtet. »War es. Aber es ist auch der Schicksalsfluss, an dem wir an diesem einen Tag unsere Mutprobe durchgezogen haben.« Ich drücke Reeds Finger in den Handschuhen und er bekennt: »Seitdem war ich nicht mehr hier.«

Mein Herz wird schwer. »Meine Mom hat nach meinem Erlebnis mit dem Hoodiemann gemeint, man müsse Dinge, vor denen man Angst hat, so lange tun, bis die Furcht weg ist.«

Reed zieht die Augenbrauen hoch. »Und, hat das bei dir funktioniert?«

Ich schüttele den Kopf, da kommt mir eine Idee. »Nein. Ich habe es gar nicht erst versucht. Aber du solltest es.« Und damit laufe ich die drei Schritte zum Ufer und springe in meinen Boots auf eine dicke Eisscholle. »Fang mich!«

Reed steht wie versteinert da. »Ich kann nicht.«

»Unsinn, es sind nur drei Schritte, die wirst du ja wohl laufen können!«

Seine Schultern verkrampfen sich. »Ich kann nicht.«

»Los, komm schon! Sei kein Feigling!«

Meine Worte überrumpeln ihn, und angesichts seiner Erinnerung sind sie gewagt. Für eine Schrecksekunde fürchte ich, er würde wütend, vor allem, da ausgerechnet in diesem fragilen Moment Odin von seinem Beobachtungsposten, einem hohen Ast, angeflogen kommt. »Lark, Lark!«, ruft er in den Morgen. Er landet auf einer Scholle, blinzelt zum Ufer und dann krächzt er: »Ash, Ash, mei-lo.«

Ich will lachen und weinen. *Ash, my love.* »Kluger Vogel. Braver Odin«, lobe ich ihn.

Reed blinzelt, die Starre weicht aus seinen angespannten Muskeln, mit denen er mich an den Puma kurz vor dem Sprung erinnert hat. »Du hast mich eben nicht ernsthaft *Feigling* genannt, oder?«, fragt er gedehnt.

Ich grinse und zwinkere ihm zu. »Das war wohl eine bodenlose Frechheit!«

»Und ob!« Reed kommt mir nach, und ich lache übermütig und springe auf die nächste Scholle, bleibe aber in der Nähe des Ufers. Kichernd warte ich, bis er mich fast eingeholt hat, dann hüpfe ich weiter. »Du kriegst mich nicht«, rufe ich ausgelassen.

»Ash, mei-lo!«, krakeelt Odin, und vorbei ist die Stille. Reed fängt mich nach wenigen Sprüngen, indem er meinen Weg vorausahnt und ihn mir abschneidet. Wir lachen wie Teenager. Auf einer Scholle zieht er mich an sich, sodass mein Rücken an seinem Bauch liegt. Ich muss ganz stillhalten, damit wir nicht kippen.

»Du entkommst mir nicht mehr«, flüstert er kühl in meinen Nacken. Kurz darauf spüre ich seine kalten Lippen auf meiner warmen Haut. Es prickelt im Genick wie Brause, und ein Schauer aus Sehnsuchtsfunken durchflutet meine Adern. Ich kichere und seufze gleichzeitig und denke an die Worte, die mein Vater als Familienmotto auf ein Eichenholz gravieren ließ:

Die wichtigste Stunde im Leben ist immer der Augenblick, der bedeutsamste Mensch im Leben ist immer der, welcher uns gerade gegenübersteht, das Notwendigste in unserem Leben ist stets die Liebe.

Nie hat sich etwas wahrer angefühlt als Leo Tolstois Worte, nie hat sich eine Liebe wahrer angefühlt als meine Liebe zu Reed.

»Danke«, flüstert er in meinen Nacken. »Danke, dass du mich dazu gebracht hast, meinen Schicksalsfluss wieder zu lieben.«

Auf diese Weise verstreichen weitere Stunden, verstreichen Tage und Nächte und Wochen. Reed bringt mir bei, auf das Baumhaus zu klettern und sogar aufs Dach zu steigen. Manchmal schauen wir von dort oben in die Sterne, sehen das Flimmern der Nordlichter am Firmament, und es kommt uns so vor, als existiere es ausschließlich für uns. Reed erzählt mir, wie er nach dem Tod seiner Familie nächtelang in den Himmel gesehen hat. »Ich habe sie gesucht, Ash, my love. Ich wollte wissen, wo sie jetzt sind, bis ich sie im Wald wiedergefunden habe.«

Wir schweigen eine Weile. »Ich habe Angst, das Tagebuch meines Dads zu Ende zu lesen«, meint er irgendwann.

»Das kann ich verstehen. Wenn wir es durchhaben, gibt es keine neuen Worte mehr. Dann hast du alles gehört. Das ist es doch, oder?«

Reed antwortet nicht, und mir fällt ein, dass er sich auch vor Schuldzuweisungen fürchten könnte. Was, wenn sein Vater ihn darin anklagt? Schreibt, dass es nur Reeds Unvernunft war, die zu Aspens Grippe geführt hat, wenn es überhaupt eine Grippe war.

»Wenn du willst, kann ich es vor dir lesen und dir sagen, was drinsteht«, schlage ich vor.

»Wenn wir es durchhaben, ist es Frühling«, erwidert er dumpf und sieht mich seltsam an. Plötzlich tut mein Herz wieder weh.

Die melancholischen Momente gehen vorbei. Und dann, eines Tages, so flüsterleise, dass ich es erst nicht bewusst wahrnehme, erwacht die Natur aus dem Winterschlaf.

Morgens singen Vögel, die bisher kaum einen Laut von sich gegeben haben. Die Temperaturen klettern, es fällt zum ersten Mal Regen statt Schnee. Reed und ich tanzen darin, und die Tropfen bohren winzige Löcher in die Winterlandschaft, als seien Millionen Würmchen hineingekrabbelt. Wir machen Frühjahrsputz in den Hütten, obwohl es noch nicht Frühling ist. Der Himmel färbt sich am Mittag stahlblau und überall tropft das Eis von den Bäumen. Der Lifesaver sprudelt und tritt über seine schmalen Ufer, der Wald scheint eine geheime Melodie zu singen. Explosionsartig wie im Zeitraffer sprießen Knospen aus den Zweigen, rollen über Nacht ihre hellgrünen Blätter auf. Es ist, als würde die Natur sich auf ein Fest vorbereiten.

Eines Tages wird es so warm, dass wir keine Mützen mehr brauchen. *Bald*, denke ich mit einem Anflug von Panik, an diesem frischen Morgen mit strahlend blauem Himmel, *bald muss ich gehen. Bald muss ich Reed alleine zurücklassen.* An diesem Tag gehen wir wieder zu *The Wide* zum Bogenschießen. Es liegt kaum noch Schnee. Odin flattert aufgeregt herum und frisst Dinge, die ich mir gar nicht erst anschauen will. Raben fressen irgendwie alles, nicht nur Aas. Gestern hat Odin einen ganzen Hering aus dem Glas gefressen. Das Glas war eines der letzten Vorratsgläser aus der Lodge, aber Reed geht schon lange wieder jagen. Manchmal kommt es mir so vor, als könne er ohne die Jagd nicht leben.

Am frühen Nachmittag sitzen Reed und ich in der Shack und essen Kaninchen. Reed betrachtet mich verstohlen, das tut er in letzter Zeit öfter.

»Lesen wir heute weiter?«, will er nach dem Essen wissen. »Bis zu dem Punkt, als Aspen krank wurde, falls mein Vater das überhaupt aufgeschrieben hat.«

Ich beiße mir auf die Lippen. »Wenn du willst, gern. Soll ich die Stellen danach dann vor dir lesen?«

Reed zuckt mit den Schultern. »Ich weiß nicht. Irgendwie käme mir das falsch vor.«

Ich stehe auf, hole das Tagebuch und wickele die Lederschnur ab, anschließend setze ich mich zwischen Reeds lange Beine, den Rücken an seine Brust geschmiegt. Er lehnt sich an Stella, die alte Kommode, das ist beim Lesen unsere liebste Position, ich vor ihm sitzend. Ich streiche die Seiten glatt, er schlingt die Arme um mich, dann fange ich im milchigen Licht an zu lesen.

> 9. August 2012. Waldprinzessin, Galileo Galilei sagte, die Natur sei unerbittlich und unveränderlich, und es sei ihr gleichgültig, ob die verborgenen Gründe und Arten ihres Handelns dem Menschen verständlich seien

oder nicht. Ich wüsste gerne, wie du darüber denkst.

Drei Jahre. Drei Jahre bist du nun fort. Manchmal ist es immer noch schwer. Obwohl ich nicht glaube, dass du an dem Ort bist, wo ich deine Asche begraben habe, gehe ich doch jeden Tag zum Lifesaver. Der Stein sieht aus wie ein Herz, aber das finde wohl nur ich. Willow sagt, er erinnere sie an die Brötchen, die wir früher oft gebacken haben. Ich möchte, dass meine Überreste eines Tages ebenso dort begraben werden. Ohne Urne ein Teil der Erde werden, zu Wurzeln, Wasser und Luft. Wenn ich an so etwas denke, frage ich mich jedes Mal, was Lark, Aspen, Willow und Reed dann machen. Reed ist jetzt fünfzehn, und er sollte sich verlieben. Du hast ja immer schon prophezeit, dass er eines Tages ein gut aussehender Kerl sein würde. Waldprinzessin, er könnte so viele Herzen brechen. Doch er kennt die Welt nicht, und ich fürchte mich vor dem Tag, an dem er mir die Frage stellen wird, warum ich ihm so viel vorenthalten habe.

Aber tue ich das wirklich? Wir wissen ja beide, dass die Welt kein guter Ort ist. Kapitalismus und Gier führen zu Zerstörung, zu Krieg und Angst – ganz besonders zu Angst. Niemand wusste das besser als du. Diese Erde hier ist heilig, sie kennt nur ihre eigenen Gesetze, es gibt keine Belohnung und keine Bestrafung, lediglich Konsequenzen. Das schrieb schon Robert Green Ingersoll. Ich weiß nicht, was ich tun soll. Ich fühle mich oft zerrissen. Wäre es besser, sich am Rand des Waldes niederzulassen, wo wir wenigstens ein paar Menschen um uns haben? Wie lange kann ich noch hierbleiben, ohne den Kindern zu schaden?

Ich höre auf zu lesen. Reed scheint unruhig, er bewegt sich hinter mir. »Dad hat nie gesagt, dass er solche Zweifel hat«, überlegt er laut.

»Du warst fünfzehn«, erinnere ich ihn. »Meinst du nicht, dass er das erst mal mit sich ausmachen musste? Ich meine, er war der Erwachsene von euch beiden.«

Reed schweigt. Es sind nur noch wenige Seiten aus dem Buch übrig, und es ist, als würde sich ein Abenteuerroman dem Ende zuneigen. Nur dass dieser hier nicht zu Ende ist, sondern mit einem Cliffhänger aufhört.

»Soll ich weiterlesen?«

»Nein.« Reed klingt entschieden. »Vielleicht will ich den Rest auch nicht hören, ich weiß es nicht.« Er steht auf und verlässt die Shack.

Sofort kriecht Kälte in meinen Rücken, seine Körperwärme fehlt. Vielleicht hat er wirklich Angst, die letzten Einträge zu lesen, weil die Geschichte seines Dads dann zu Ende erzählt ist. Womöglich endet sie auch nicht so, wie er es sich wünscht, und niemand wird das Ende für ihn umschreiben können.

Unsicher blicke ich auf die Seiten und überlege, heimlich vorzublättern und den Rest zu überfliegen. Wenn dort etwas steht, das ihn in seinen Schuldgefühlen bestärkt, könnte ich ihm abraten weiterzulesen. Aber wäre das fair? Er sagte ja, das käme ihm falsch vor. Unentschlossen stecke ich das kleine Buch in die Innentasche meines Ponchos, verschließe die beiden Knöpfe und gehe hinaus, um ihn zu suchen.

»Reed?« Er gibt keine Antwort, aber da entdecke ich ihn auf dem Baumhaus auf dem Dach. »Hey!«

»Hey.« Das Wort verhallt einsam, als wäre ich längst wieder fort. Plötzlich frage ich mich, was es wirklich bedeutet, ihn und dieses Land zurückzulassen? Er wird einsam aufwachen und einsam einschlafen. Niemand wird ihn mehr aus seinen Albträumen wecken können. Niemand wird ihn zum Lachen bringen. Keiner sagt ihm mehr etwas Nettes, keiner sagt überhaupt irgendetwas zu ihm. Niemand wird ihn berühren. Ihn lieben, ihm sagen, wer er ist. So sehr ist er gefangen in seinen Erinnerungen und seiner Trauer, dass er das alles in Kauf nimmt. Der Gedanke quetscht meine Eingeweide zusammen. Und in diesem Moment, wo er da oben sitzt, das Gesicht im Schatten der Tannen, den Blick gen Himmel, treffe ich eine Entscheidung.

»Ich könnte zur Lodge gehen und meine Eltern anrufen, sobald die Besitzer zurück sind. Ich könnte ihnen sagen, dass es mir gut geht und ich erst am Ende des Sommers zurückkomme.« *Zusammen mit dir.* Mein Herz flattert. So kann sich das, was wir haben, festigen, und ich habe länger Zeit, ihn zu überzeugen. Ich schaue zu ihm hinauf.

Reed sieht mich an, seinen Blick kann ich nicht deuten, er ist zu weit entfernt. »Meinst du das ehrlich?« Seine Stimme klingt rau, aber nicht mehr ganz so verloren. Ich möchte die Welt für dieses kleine Glück umarmen.

»Natürlich.«

»Und was sagst du, wenn deine Eltern wissen wollen, wo du bist?«

»Ich sage, ich bin in Maine in einer Blockhütte, und es würde mir gut gehen. Ich werde sagen, ich sei bei einer Freundin untergetaucht.« Weiß Reed, dass man Telefonate zurückverfolgen kann? Aber dafür müsste die Polizei damit beauftragt sein. Doch das wäre sie nur, wenn ich als vermisst gelte.

»Du kannst nicht verraten, dass du in Maine bist. Am Ende wollen sie dich suchen oder so.«

»Dann Vermont.«

»Kanada.«

Wenn er so große Angst hat, entdeckt zu werden, lüge ich eben. Es spielt ja für Mom und Dad auch keine Rolle, wo ich bin, solange sie wissen, dass es mir gut geht. Und sie können es auch Ayden mitteilen, falls er mich nicht hat sitzen lassen. »Von mir aus.«

Ich lächele ihn an, aber Reed klettert bereits vom Baumhaus, kommt mit wehendem Haar auf mich zu und schließt mich in seine Arme, hüllt mich in den Mantel seiner Erinnerung. Er spricht kein Wort, aber seine Umarmung, die Art, wie er mich hält, sagt alles. »Ich liebe dich, Ash, my love«, flüstert er irgendwann aber doch.

Als er mich loslässt, liegt ein Strahlen auf seinem Gesicht. »Heute Abend essen wir zur Feier des Tages Rebhuhn.«

Wir lieben uns auf den weichen Fellen in der Shack, kurz und schnell, weil wir beide so ungestüm sind, aber heute Nacht werden wir uns mehr Zeit lassen.

Nachdem Reed das Rebhuhn geschossen und das Fleisch vorbereitet hat, kehrt er wieder in die Shack zurück, um das Geflügel zu würzen. Ich schnappe mir derweil die beiden Thermoskannen, um am Lifesaver Wasser zu holen. »Ich komme gleich wieder«, sage ich zu Reed, der gerade ein paar Zweige aus einem Kräuterstrauß pflückt, laufe den Pfad entlang und marschiere einige Meter durch *The Wilderness*, den Teil des Waldes vor dem Lifesaver, bis ich den klaren Bach erreiche. Er sprudelt munter durch die auftauende Erde, die ersten Schneeglöckchen sprießen zwischen den Gräsern. Alles ist feucht und grün. Vorsichtig gehe ich am Ufer in die Hocke, fülle die Kannen, da fällt mein Blick auf die Böschung gegenüber, auf einen dicken grauen Stein, geformt wie ein Herz. Es muss der herzförmige Stein sein, über den Reeds Vater in seinem Tagebuch geschrieben hat. Ich habe ihn schon oft gesehen, ihm aber natürlich nie eine Bedeutung zugemessen.

Ich stelle die Thermoskannen auf einen kleinen Findling und überquere den plätschernden Bach mit einem großen Schritt.

Hier ist also deine Mom begraben, Reed.

Ich mag mir nicht einmal vorstellen, Mom könnte tot sein. Oder Dad oder Maddy oder alle zusammen. Allein bei dem Gedanken wird meine Brust eng. Zaghaft lege ich die Hände auf den kühlen, rauen Stein und verspreche Reeds Mom in Gedanken, dass ich gut auf Reed aufpasse, was auch immer geschieht. Ich komme mir zwar albern vor, aber es sieht mich ja niemand.

Ich will gerade gehen, da blitzt etwas halb unter dem Stein versteckt im Sonnenlicht auf. Es ist hell und golden. Sofort greife ich danach und ziehe ein transparentes Tütchen hervor. In solchen Tütchen habe ich früher die winzigen Quetschperlen aufbewahrt, aber es ist keine Quetschperle darin, sondern ein funkelnder, goldfarbener Ring mit einem glitzernden Stein, einem Diamanten oder Brillanten.

In meinem Verstand funkt es wie aus herausgerissenen Drähten. Es funkt und funkt und funkt, sodass ich fürchte, dass etwas in meinem Kopf durchbrennt. Ich erkenne den Schmuck, auch wenn die Erinnerungen dazu fehlen. Mit bebenden Händen ziehe ich den Ring aus der kleinen Tüte und halte ihn so, dass ich die Gravur lesen kann.

In ewiger Liebe
Ayden

Kapitel 19

Es ist, als würden der Himmel und die Bäume über mir zusammenstürzen und mir die Rippen brechen. Meine Lunge wird von dem Schmerz durchbohrt. Benommen taste ich unter dem Stein herum und meine Finger erspüren weiteres Plastik. Ich ziehe es heraus und ein entsetzter Laut kommt über meine Lippen. Mein Ausweis steckt in einem zweiten Tütchen.
Nein, nein, nein ...
Obwohl mein Magen leer ist, krampft er sich so fest zusammen, dass mir die Galle hochkommt. Ich schlucke gegen den bitteren Geschmack an, während die Gedanken in meinem Kopf ineinanderfallen wie in einem Kaleidoskop. Reed muss den Ausweis und den Ring im Auto oder bei der Esche gefunden und hier versteckt haben. Wie auf Autopilot schüttele ich immer wieder den Kopf. Wieso hat er mir meine Sachen nicht gegeben? Wie im Wahn fahre ich nochmals unter dem Stein entlang, voller Furcht, viele weitere Dinge meines Lebens zu entdecken. Mein Handy, Briefe oder sonst etwas, doch da ist nichts mehr.
»Ash«, höre ich Reed plötzlich hinter mir sagen. »Was machst du da?«

Ganz langsam drehe ich mich zu ihm um. Da steht er am anderen Ufer im Dämmerlicht und ist mir schlagartig trotz all der Nähe fremd.

»Ich habe den Ring und den Ausweis gefunden«, sage ich verwirrt, wütend und völlig neben mir. Mein Herz pocht so schnell, dass ich es in der Kehle spüre.

»Ash … du …« Reed blinzelt, wirkt schockiert. »Ich wollte niemals, dass …«

»Du wolltest nicht, dass ich gehe oder mich erinnere, ja, das habe ich inzwischen auch kapiert«, presse ich hervor. Ich kann es einfach nicht glauben. Nein, ich will es nicht glauben! *Oh, Reed!*

Unglücklich schüttelt er den Kopf. »Nein, so war es nicht. Glaub mir!«

»Warum hast du ihn mir denn sonst abgenommen? Und vor allem, wozu?« Hektisch wedele ich mit dem Ausweis in der Luft herum. »Weißt du, was ich gedacht habe, Reed? Weißt du wirklich, was ich von dir gedacht habe?« Verdammt, wieso laufen mir ausgerechnet in diesem Moment die Tränen über die Wangen?

Mit großen Augen blickt er mich an. »Was?«, fragt er tonlos.

»Ich habe gedacht, du wärst zu naiv und zu unschuldig, um unmoralisch oder schlecht zu sein, zumindest, nachdem ich dich besser kennengelernt habe … aber du … du bist überhaupt nicht der Mensch, für den ich dich gehalten habe.«

»Ich habe dich nicht verschleppt, Ash.«

»Aber du hast mir meinen Ring abgenommen und ihn vor mir versteckt. Du wusstest, dass ich verlobt bin. Oder verheiratet oder was auch immer. Wie konntest du?« Hastig wische ich mir die Tränen von den Wangen. »Hast du ihn mir vom Finger gezogen, während ich bewusstlos war?« Die losen Fäden in meinem Kopf verweben sich zu einem konkreten Bild, das ich nicht sehen will. »Was hast du gedacht, als du mich gefunden hast?

Das Mädchen behalte ich für einen Winter? Verdammt, Reed, ich …«

»Ash, du bist zu laut!« Reed hält sich die Ohren zu, er wirkt komplett überfordert. Sein Gesicht ist kalkweiß, leuchtet wie Kreide vor den Tannen. »Du redest und redest, und das macht mich verrückt! Hör auf damit! Du redest lauter falsches Zeug.« Fast kommt er mir wieder vor wie der scheue, wilde Junge zu Beginn, und klar, natürlich wird ihn ein Streit überfordern; er hat acht Jahre nicht mehr gestritten, doch das ist mir gerade komplett egal. Ganz fest schließe ich die Hand um den goldenen Ring, meinen Ring, den Ayden mir geschenkt hat. *In ewiger Liebe.*

»Was hast du gedacht, als du mich gefunden hast?« Ich muss mich zwingen, ruhig zu bleiben.

Reed lässt die Hände sinken. »Das weißt du. Das habe ich dir doch gesagt.« Dann bricht seine Stimme, und er flüstert beinahe atemlos: »Ich habe gedacht, du bist das Schönste, das ich je gesehen habe.«

Erschüttert schüttle ich den Kopf, während all das, was ich wochenlang geglaubt habe, zu Staub und Asche zerfällt, einfach zerbröselt, ohne dass ich etwas dagegen tun kann. »Und deswegen hast du mir den Ring abgenommen … damit ich vergesse, dass ich verlobt bin?«

»Nein, überhaupt nicht. Du hast den Ring gar nicht getragen.«

»Du lügst«, fahre ich ihn an und stecke den Ausweis in meine Jeanstasche. In die der untauglichen Hose, die Reed für mich gefunden hat. *Reed.* Das alles fühlt sich plötzlich falsch an. Reed fühlt sich falsch an. Sogar der Wald um mich herum. »Warum sagst du mir nicht die Wahrheit?«, presse ich hervor.

»Weil du die ganze Zeit redest.« Zornig funkelt er mich an. »Ash …«

»Ich heiße Maya, so steht es zumindest in meinem Ausweis.«
Wache ich gerade auf? Lande ich nach einem wunderschönen, lebensgefährlichen Abenteuer wieder in der Realität?

Reed macht einen Schritt auf mich zu. »Ash … hör mich an! Ja, ich habe die Sachen versteckt, aber ich wollte sie dir wiedergeben. Ich wollte sie dir geben, aber ich habe immer auf den richtigen Moment gewartet.«

»Und der kam nie, oder was?«, klage ich ihn an.

»Odin hat mir die Sachen gebracht«, berichtet Reed ernst.

Ich lache, ohne dass ich es möchte. »Odin?«

»Er muss sie gefunden haben.«

»Das hier«, ich halte die Faust hoch, mit der ich den schmalen, zierlichen Ring umschließe, »ist ein Verlobungsring, Reed.« Denn Ayden hätte für einen Ehering etwas viel Auffallenderes ausgewählt. Mehr Steine und vielleicht Platin statt Gold. »Ganz sicher hätte ich ihn nicht freiwillig ausgezogen.« Es sei denn, Ayden hätte mich betrogen; das wäre der einzige Grund für mich gewesen, diese Verlobung zu lösen. Aber in all meinen Erinnerungen betet Ayden mich an. Er hätte mich niemals hintergangen, das ist mir mit diesem Fund auf einmal glasklar. Ich mustere Reed düster. »Du warst das.«

»Nein, war ich nicht, verdammt noch mal!«, ruft er laut, viel zu laut für den stillen Wald.

Ich kneife die Augen zusammen. »War das der Preis? Einen Winter für mein Leben? Hast du dir die Währung, mit der ich für die Rettung zu zahlen habe, selbst ausgedacht?«

Reed steht hilflos da und fasst sich in die Haare. »Preis, Ring, Währung. Ich kapiere gar nichts mehr, Ash. Ich liebe dich. Ich habe mich sofort in dich verliebt. Vom ersten Moment an.«

»O ja. So sehr, dass du mich nicht zurückgebracht hast, als du es noch konntest. Du wusstest doch von der Lodge. Sie ist nur einen Tagesmarsch von hier entfernt. Vielleicht wäre noch jemand dort gewesen.«

Stumm sieht er mich an und lässt die Hände erneut sinken. Zum ersten Mal zittern seine Finger. Er will etwas sagen, aber die Worte kommen nicht über seine Lippen.

Das Schlimmste an der Sache ist: Ich zweifele nicht daran, dass er mich liebt, das glaube ich ihm; aber ich zweifele die Art seiner Liebe an. Liebe, was weiß er schon davon? Außerdem bin ich hier ja auch seine einzige Option. Er hätte sich in jedes Mädchen verliebt, dass er gefunden hätte. In Maddy, in Zoraly, sogar in Melanie von der Tankstelle, auch wenn die über vierhundert Pfund wiegt. Und das bricht mir in meiner Rage das Herz in tausend Stücke. Ich spüre Schwere auf meinen Schultern, als würde die alte, scheue Maya den Platz der lebenshungrigen Ash einnehmen. Als hätte sie nur existiert, solange es Nahmakanta und den unschuldigen, wilden Reed gegeben hat. Ich spüre, wie sich mein Zwerchfell verkrampft und mir das Atmen schwerfällt. *Bitte, lass mich keine Panikattacke bekommen! Bitte, nicht jetzt!* Außerdem kann ich nicht aufhören, auf seine bebenden Finger zu schauen.

Er merkt es selbst und ballt die Fäuste.

»Also?«, frage ich und fühle mich auf einmal so müde, als wäre ich wochenlang im Wald herumgeirrt, ohne irgendwo anzukommen. »Wieso hast du mich nicht zur Lodge gebracht? Daran musst du doch gedacht haben?«

Seine Augen gehen ihm über, eine Träne läuft über sein herbes Wintergesicht. »Ich wusste, dass es falsch war. Ich wusste, dass wir dort vielleicht noch jemanden angetroffen hätten. Doch sicher war ich mir nicht. Ich wusste es einfach nicht, aber vor allem hatte ich Angst, es könnte jemand dort sein und auf mein Lager aufmerksam werden. Und du warst so schön, und du hast so gut gerochen, und du hast mich in jedem Moment glücklich gemacht, Ash, my love.« Er schluckt, wischt sich ungeduldig über die Augen. »Ich wusste nicht, wie stark Gefühle sein können. Liebe oder Verlangen. Sie haben mich … erschreckt. Ich musste dich irgendwie bei mir behalten, aber ich wollte dich nie in Gefahr bringen. Und den Ring und den Ausweis ... die Sachen hat Odin mir gebracht – zu dem Zeitpunkt hattest du mir schon von Ayden erzählt. Du wusstest von ihm, und du wusstest, wer du warst. Was hätten dir diese Sachen gebracht?«

»Erinnerungen womöglich.« Meine Stimme klingt hart, härter als ich möchte.

»Ash, du hast dich ... wie hast du es genannt ... in Raten erinnert. So viel, wie gerade ging. Das habe ich kapiert. Vielleicht hätten der Ring und der Ausweis etwas Schlimmes bewirkt, und außerdem ...«

»Und außerdem?« Das Gewicht auf meinen Schultern wird immer schwerer.

»Und außerdem ... ich war eifersüchtig.« Reed lässt den Kopf hängen, starrt auf den Stein zu meinen Füßen, wo die Asche seiner Mom begraben liegt. Wie er da steht, wie ein kleiner Junge, der einen viel zu großen Schaden für sein Alter angerichtet hat, bewusst oder unbewusst, will mein Herz ihm verzeihen, aber mein Verstand kann nicht. Natürlich war er einsam und allein, und wahrscheinlich hat er sich wirklich gleich in mich verliebt, aber er hätte mir die Wahrheit sagen müssen. Außerdem glaube ich ihm immer noch nicht, dass Odin ihm meinen Ring und den Ausweis gebracht hat. Es ist leicht, das einfach zu behaupten, immerhin horten Raben ihre Schätze. Ich schaue Reed an, und mein Herz krampft sich so heftig zusammen, dass mein Brustkorb sticht und ich eine Sekunde lang fürchte, einen Herzinfarkt zu bekommen; so wie früher bei meinen Angstzuständen.

»Weißt du«, sage ich und versuche vergebens, meine Stimme unter Kontrolle zu bringen. »Dass du mich vor dem Winter nicht zur Lodge gebracht hast, weil du womöglich Angst hattest, dort wäre noch jemand oder so ... das kann ich dir verzeihen, selbst wenn es da bestimmt eine Möglichkeit gegeben hätte, dich komplett rauszuhalten. Du hättest mir den Weg zeigen können, aber die letzten Meter nicht mitlaufen müssen.«

»Und das wirfst du mir erst jetzt vor? Das alles wusstest du doch.«

Ja, aber damals habe ich mich gerade in dich verliebt, und ich war benebelt von der Kälte, dem nahen Tod und meiner Angst vor der Wildnis, schreit mein Innerstes. »Damals wusste ich nichts von dem Ring und dem Ausweis. Das hier«, ich stecke den Ring an meinen Finger, und obwohl er wie angegossen passt, fühlt er sich wie ein Fremdkörper an, »das hier glaube ich dir einfach nicht. Ich denke, du hattest von Anfang an vor, mich zu belügen. Möglicherweise war ich ja auch dort, wo du mich gefunden hast, schon kurz bei Bewusstsein und du hast gemerkt, dass ich vieles vergessen hatte. Du dachtest vielleicht, es wäre einfach, mich zu täuschen.«

»Du warst mal kurz wach, ja, aber du warst überhaupt nicht richtig ansprechbar, Ash. Ich habe gefragt, ob dir was wehtut und so. Aber mehr nicht.«

Ich würde ihm so gerne glauben, aber mein Argwohn sitzt zu tief. »Und wieso hast du mir die Sachen dann nicht sofort wiedergegeben, als Odin sie dir gebracht hat?« *Angeblich gebracht hat!*

»Das habe ich dir doch schon gesagt. Ich wollte auf einen passenden Moment warten.«

Ich blinzele mehrmals. »Seit wann hast du sie?«

Er schweigt.

»Hattest du sie bereits, bevor wir zur Wild River Lodge aufgebrochen sind oder erst danach?«

Er blickt mich immer noch nicht an. »Davor schon.«

So lange. Ich atme tief durch. »Und wieso hast du sie genau unter diesem Stein versteckt?«

Reed seufzt frustriert. »Ich weiß es nicht. Vielleicht, weil er mir was bedeutet. Ash, hör auf, mich so anzusehen, als wäre ich ein Monster oder wollte dir schaden.« Er schluckt, überquert das Ufer, und ich weiche zurück. Er bleibt stehen, Elend liegt auf seinen Zügen. »Ich war allein … ich war vielleicht viel zu lange allein …«

In diesem Augenblick fange ich wieder an zu weinen. Die Tränen laufen ungehindert über mein Gesicht. »Natürlich warst du zu lange alleine, Reed. Aber das gibt dir nicht das Recht, jemanden einfach hierzubehalten, verstehst du?«

»Jetzt hasst du mich«, stellt er fest und löst die Fäuste. Seine Hände zittern immer noch. »Du wirst gehen und mich alleine lassen.«

Alles tut mir weh. Dieser Satz, mein Herz, einfach alles. Ich dachte, meine Liebe zu Reed wäre rein und unschuldig. Aber das war ein Trugschluss. Ich bin verlobt und weiß nicht, was passiert ist. Und Reed ist nicht so gut und so unschuldig, wie ich glauben wollte. Das Stückchen Land hier, Nahmakanta, sein Königreich, wir in der Stille und Unendlichkeit, das alles hat nur existiert, solange ich an die Illusion geglaubt habe, Reed wäre ein anderer. Ein guter Mensch. Das Schlimme ist, ich kann ihm nicht böse sein. Er hat selbst gesagt, er wüsste nicht, wer er ist. Niemand hat ihm in den letzten Jahren erklärt, was richtig und falsch ist. Ich bin wütend, aber ich hasse ihn nicht. Höchstens dafür, dass ich mich in ihn verliebt habe und es mir nun so schwerfällt, ihn zu verlassen. Zu wissen, dass er wieder einsam und allein sein wird. Alleine in die Sterne schaut, alleine mit stillen Händen Fladen formt, alleine Pfeile schießt und alleine einschläft. Mit niemandem, der ihn umarmt oder ihn weckt, wenn er Albträume hat … Bloß die Vorstellung lässt mich noch heftiger schluchzen. Reed streckt die Hand aus, will mich trösten, aber ich kann seine Berührung im Moment nicht ertragen.

»Nein.«

»Ash, my love, es tut mir so leid«, flüstert er vor mir stehend.

»Nenn mich nicht Ash. Bitte. Das ist vorbei. Das alles ist vorbei. Ich packe jetzt meinen Kram und dann gehe ich.« Okay, ich habe gar keinen Kram, den ich packen kann, aber ich muss Wasser und Proviant mitnehmen, und ich bete, dass Reed mich nicht daran hindert. Dass er nicht mein Herz in weitere Teile zerbricht, indem er sich richtig böswillig verhält, mich vielleicht sogar nicht gehen lässt. »Gibst du mir was zu essen mit und erklärst mir, in welche Richtung ich gehen muss?«

Sein Gesicht verschattet sich. Ein Zweig streift seine Wange, als er weiter auf mich zukommt. »Ash ... du kannst nicht weg.«

»Reed ...« *Bitte nicht.*

»Nicht, bevor es hell wird. Im Dunklen ist es schwierig, den Weg zu finden, vor allem bei bewölktem Himmel. Denk an die Eisnacht.«

Ich schüttele den Kopf, erleichtert, weil er mich gehen lässt, aber benommen vor Kummer. »Hell oder dunkel – es ist mir egal. Ich muss sofort gehen.« Allein der Gedanke, eine Minute länger als nötig in seinem Lager zu bleiben, reißt mir das Herz aus der Brust. Ich muss auf der Stelle aufbrechen, sonst bringt es mich um.

Ich mache einen Bogen um ihn, springe über den Lifesaver und laufe durch *The Wilderness* zur Shack. Er kommt mir nach, diesmal nicht lautlos, ich höre seine Schritte.

Wie auf Autopilot sehe ich mich in der Hütte um, greife dann eine kleine Plastikflasche, die Reed von der Lodge hat mitgehen lassen und die uns in letzter Zeit als drittes Wasserbehältnis gedient hat. »Kann ich die mitnehmen?« Die Thermoskannen habe ich am Bach vergessen.

Reed steht in der Tür und beobachtet mich, wie ich Wasser aus dem Topf in die leere Flasche gieße. »Was, wenn ich dir den Weg nicht zeige?«

Ich atme tief durch. »Du wirst ihn mir zeigen, weil du im Grunde ein guter Mensch bist. Du warst ... du warst nur zu lange einsam, so, wie du es gesagt hast.« Ich schlucke gegen die wieder aufsteigenden Tränen an.

»Ash, lass es mich doch erklären …«

»Ich bin dir nicht böse. Nicht wirklich.« Ich stoße an einen Balken und die Federn des Traumfängers streichen mir über die Haut. Die zarten Fahnen an meinem Hals sind wie eine Berührung, wie Reeds behutsame Finger, wenn er sich viel Zeit lässt, aber diesen Gedanken verdränge ich schnell.

Mechanisch wickele ich noch die zwei übrigen Fladen vom Frühstück in ein Stofftuch und packe sie samt der Wasserflasche in Reeds alten Seesack. »Sag mir bitte, wenn ich mehr brauche. Wie weit ist es wirklich bis zur nächsten Ortschaft?« *Bitte, lass ihn darüber nicht auch gelogen haben.*

Reed wischt sich über das Gesicht, sieht aus, wie ich mich fühle: benommen und betäubt. »Weit. Aber wenn du Glück hast, ist bereits jemand in der Lodge. Es ist deine Entscheidung: Lodge oder Siedlung. Zur Siedlung ist es dreimal so weit. Drei Tagesmärsche; aber ich begleite dich, egal, wofür du dich entscheidest.«

Drei Tage und drei Nächte. So lange kann ich nicht mehr in seiner Nähe sein; es geht einfach nicht. »Dann gehen wir zur Lodge. Selbst wenn keiner dort ist … vielleicht funktioniert das Telefon ja jetzt.« Und womöglich hätte es auch damals funktioniert. Vielleicht hat Reed an der Sicherung herumexperimentiert oder es sonst wie manipuliert. Womöglich kennt er sich besser mit Technik aus, als ich weiß. Gott, bei dem Gedanken wird mir so elend im Magen, dass ich mich übergeben möchte. Ich bin völlig zerrissen, total durcheinander. Meine Entdeckung kam so unvorbereitet, alles passiert zu schnell. Ich bin nicht bereit für die Welt, aber wenn ich ehrlich bin, war ich das ja noch nie.

Mechanisch schultere ich den Seesack, streife dabei den Poncho und halte inne. »Ich muss die Klamotten anlassen, sonst wird mir zu kalt. Aber sobald wir in der Lodge sind, gebe ich dir alles zurück.«

Reed schluckt. »Behalte die Sachen. Hier würden sie mich nur an dich erinnern, und das will ich nicht. Und nimm auch deinen Rock und den Pullover mit.«

Er will mich vergessen. Der Gedanke sollte nicht wehtun, er sollte mich erleichtern, aber so ist es nicht. Ich sehe mich um, stopfe dann den Tartan-Rock und den Pulli zu dem Proviant und hänge mir den Seesack wieder um.

»Okay«, sage ich trotz des Stechens in meiner Brust und sehe zur Tür hinaus. Der Mond taucht gerade hinter einer Wolke auf, erhellt die Nacht wie ein Gespenst. »Wir sind damals auch im Dunkeln zur Lodge gelaufen, also können wir sofort los.«

»Ash ...« Reeds Stimme bricht. Er sieht mich an und seine schneeblauen Augen glänzen feucht wie Tau. »Ich habe nicht gelogen, glaub mir doch.«

Ich presse die Lippen zusammen, weil ich sonst wieder anfange zu weinen. Keine Ahnung, warum ich so fest davon überzeugt bin, dass er mich anlügt. Vorsichtig taste ich nach dem Ring an meinem Finger und denke an Ayden. »Selbst, wenn alles wahr wäre, was du sagst: Ich bin verlobt. Ich muss zurück, um die Dinge zu klären. Es wäre Ayden gegenüber nicht fair, wenn da tatsächlich noch etwas ist. Ich muss endlich herausfinden, was geschehen ist.«

Es ist die richtige Entscheidung. Zu bleiben wäre wie weglaufen. Vielleicht würde dieses Stück Land dann auch mein Guantanamo. Am Ende würde es mich vielleicht wie Reed gefangen halten, mich von meinen letzten Erinnerungen trennen. Denn egal, was geschehen ist, es gehört zu mir. Letztendlich wird genau das, was mir bislang nicht einfallen will, der Grund gewesen sein, wieso ich in den Wald geflohen bin. Also ist alles miteinander verbunden: meine Erinnerung, Ayden, der Wald und auch Reed.

Ich schaue Reed an. Schon wieder zittert mein Kinn und mir schießen Tränen in die Augen. »Ich muss hier weg. Sofort.«

Es wird der längste Marsch meines Lebens. Obwohl der Frühling in der Luft liegt, kommt es mir kälter vor als in der Eisnacht. Mein Herz ist eingefroren, unfähig zu begreifen, was gerade passiert. Diesmal hilft Reed mir nicht auf die Füße, wenn ich falle, diesmal bleibt er auf Abstand und sagt kein einziges Wort. Wie er hinter mir herläuft, mit wehendem Mantel, dem Bogen über der Schulter und seinen flatternden Haaren, erscheint er mir mehr denn je wie eine Traumgestalt, ein Wächter oder ein Herrscher, der mich an die Grenzen seines Reiches geleitet. Sobald ich einen Schritt über die Schwelle zur Menschenwelt setze, wird es kein Zurück mehr geben. Ich denke an *The Dark*, *The Wide* und an unseren Schlafbaum. An unsere Liebe dort in den Fellen, das Sanfte, aber auch das Wilde. All das wird vorbei sein, und ich muss mich mehrfach daran erinnern, dass es mein Wille ist zurückzukehren, nicht seiner. Er möchte, dass ich bleibe.

Aber was passiert, wenn wir an der Lodge sind? Was mache ich, wenn keiner dort ist? Soll ich dann einfach auf die Besitzer warten? Es wäre jedenfalls besser, als im Lager zu bleiben oder drei Tage mit Reed zu der nächsten Ortschaft zu irren. Drei Tage. Verstohlen drehe ich mich zu ihm um, aber er sieht stur geradeaus, verzieht keine Miene. Was denkt er gerade? Versucht er, mich schon aus dem Kopf zu bekommen?

»Reed«, fange ich an, aber sein Blick ist so kalt und abweisend, dass ich nicht weiterspreche. Er muss sich schützen, ich verstehe es, aber ich fühle mich dennoch wie von einer Last begraben.

Sobald er im Wald verschwindet, werde ich ihn niemals wiedersehen. Niemals würde ich sein Lager wiederfinden. Ich könnte wochenlang danach suchen, es würde mir nicht gelingen, dessen bin ich mir sicher. Und obwohl ich so wütend bin, ist mein Herz nicht bereit, ihn zu verlassen, ihn zu verachten oder zu hassen. Der Abschied kommt zu plötzlich und zu früh. Ein Teil von mir will ihm verzeihen und bleiben, aber der andere, vernünftigere Teil weiß, dass diese Beziehung ewig auf einer Lüge beruhen würde. Er hat mir meinen Verlobungsring abgezogen und mir meinen Ausweis abgenommen. Zu seinem Vorteil hat er beides versteckt. So sehr mein Herz für ihn brennt, ich kann nicht so tun, als wäre das nicht passiert. Auch seine Einsamkeit ist keine Entschuldigung. Und der kühle Ring an meinem Finger erinnert mich mit jeder Sekunde mehr daran, dass jemand auf mich wartet. *In ewiger Liebe.*

Aber was wäre, wenn Reed die Wahrheit sagen würde, fragt eine kleine Stimme in mir. *Was wäre, wenn Odin die Sachen wirklich stibitzt hat?* Rabenvögel und Elstern sind verwandt. Elstern stehlen gerne alles, was glänzt. Aber wieso hat Odin meinen Ausweis genommen? Das passt nicht dazu. Und wieso hat Reed mir beides nicht sofort wiedergegeben? Er war im Besitz beider Dinge, bevor ich fast erfroren wäre. Wäre ich gestorben, hätte ich nie erfahren, dass ich mit Ayden verlobt war.

Ich kämpfe mich voran, durch Tannen, Gestrüpp und Totholz, obwohl ich unendlich müde und erschöpft bin. Behutsam, als könnte ich einen weiteren Gefühlssturm heraufbeschwören, taste ich meine Erinnerungen ab. Doch die an Aydens Antrag bleibt in dem Dunst in meinem Kopf stecken. Warum erinnere ich mich nicht an den glücklichsten Augenblick meines Lebens?

Für einen Moment bleibe ich stehen und blicke zum Himmel. Seit langer Zeit fühle ich mich wieder klein und unendlich verloren. Ich will nicht nach Hause. Wenn ich an die Stadt und den Lärm denke, an die Abgase und die überfüllten Gehwege, schnürt sich meine Kehle zu. Vor Kurzem hat mich der Gedanke noch euphorisch gestimmt. Aber in meiner

Vorstellung hätte Reed mich begleitet. Ich hätte ihm einen Teil der Welt zeigen können, wir wären zusammen gewesen. Ich wäre Ash gewesen.

»Da vorne ist es«, höre ich Reed irgendwann sagen. Ich habe keine Ahnung, wie lange wir gelaufen sind. Sechs oder sieben Stunden mit einigen Pausen, in denen wir nur geschwiegen haben. Wir haben uns nicht einmal berührt, kaum angesehen. Es liegt Kälte zwischen uns, eine Distanz, die unüberbrückbar scheint, auch wenn wir vor nicht einmal zwölf Stunden noch zusammen gelacht haben, uns geliebt haben. Ich wollte den ganzen Sommer bei ihm bleiben, und ich wäre nur zur Lodge zurückgekehrt, um Mom und Dad mitzuteilen, dass es mir gut geht. Jetzt bin ich hier, um Reed zu verlassen.

Mit enger Brust spähe ich durch die Bäume und entdecke die Umrisse des Haupthauses. Drei Fenster sind hell erleuchtet, außerdem parken zwei Geländewagen auf dem matschigen Hof.

»Die Besitzer sind da, Mr. und Mrs. Johnson ... aber ich bleibe in der Nähe, bis du drin bist«, sagt Reed mit rauer Stimme und sieht in das Dunkel des Waldes.

Ich muss mehrmals schlucken. »Reed«, flüstere ich. Da dreht er den Kopf in meine Richtung, blickt mich an und sein vertrautes Gesicht schickt heiß-kalte Schauer über meinen Rücken, bis in die Zehen und Fingerspitzen. Ich will ihm sagen, dass ich ihn liebe, trotz allem liebe, aber ich schaffe es nicht. »Du willst deine Sachen wirklich nicht zurück?«, frage ich stattdessen, und meine Stimme klingt fester, als ich dachte.

»Nur den Seesack.« Den trägt er bereits über der Schulter.

Instinktiv fasse ich an die Eschenkette um meinen Hals, den Anhänger aus Kaninchenknochen, den er für mich geschnitzt hat. Lose baumelt er über dem Poncho, schwer wie ein Mühlstein.

»Behalte ihn, Ash«, erklärt er nur, bevor ich die Kette über den Kopf streifen kann.

»Du könntest ihn ja in deinen Mantel nähen«, schlage ich zittrig vor.

Mit unbewegter Miene blickt er durch mich hindurch. »Nein. Nichts von all dem, was war, kann ich in meinem Kopf zulassen. Ich muss so tun, als hätte es dich und diesen Winter niemals gegeben.«

Diese Worte sind wie Schläge in meinen Magen. »Wieso?« Er blinzelt. »Das weißt du doch.«

Sehnsucht. Sie ist mein Tod, aber auch der Grund, warum ich atme.

»Es würde mich umbringen«, gesteht er leise.

Ich will ihn berühren, ihn trösten, aber ich kann nicht. Es würde alles bloß schwerer machen. »Du kannst immer noch zurück in die andere Welt«, sage ich. »Wenn du dich eines Tages zu einsam fühlst, meine ich.«

»Oh, ich habe meine Sterne und meine Bäume, vielen Dank.« Er sieht mich an und zwingt ein Lächeln auf sein Gesicht. »Geh jetzt, Maya.«

Es ist mein Name, den er nie, niemals benutzt hat, der mich aus dem Traum, aus dem Wald in die Realität zurückkatapultiert. Maya ist aufgewacht. Maya ist durch den Schrank zurück in die Welt geklettert wie die Kinder aus den Chroniken von Narnia.

Maya. Obwohl ich aus Trotz gefordert habe, dass er meinen echten Namen benutzen soll, klingt er nun fremd und hohl aus seinem Mund. Maya lastet auf mir. Wie willenlos starre ich zur Wild River Lodge, überlege, was ich noch sagen oder tun soll, und als ich mich schließlich zu Reed umwende, ist er verschwunden.

»Reed?«, rufe ich halblaut. »Reed, wo bist du?« Er kann doch nicht einfach gehen, ohne sich von mir zu verabschieden? Panik erfasst mich. »Reed?« Kopflos renne ich ein Stück durchs Dickicht, schaue ins Dunkel, aber ich sehe ihn nirgends. Da ist keine Bewegung, kein Schatten. Da ist einfach nichts mehr. Natürlich, wenn er will, ist Reed unsichtbar. Wieselflink, ein Teil des Waldes. Ich rufe dennoch seinen Namen. Unaufhörlich, so lange, bis ich anfange zu weinen und begreife, dass er tatsächlich abgetaucht ist, um mir nicht Lebewohl sagen zu müssen. Damit er mich so schnell wie möglich vergessen kann.

Benommen vor Kummer bleibe ich mitten im Dunkel stehen, das Herz klopft heiß und schwer in meiner Brust. »Das schaffst du nicht!«, rufe ich ihm trotzig und tränenerstickt nach und hoffe, er hört mich. »Du wirst mich nicht vergessen, so sehr du dich auch bemühst – hast du das verstanden? Du. Wirst. Mich. Niemals. Vergessen. Niemals, Reed Sanford.« Die Worte schneiden mir selbst ins Herz. Viele Sekunden oder Minuten stehe ich im Wald und suche den wilden, scheuen Jungen zwischen Totholz und Baumstämmen, doch er bleibt verschwunden. Und für einen schrecklichen Moment fürchte ich wirklich, die Monate mit ihm bloß geträumt zu haben, aber dann umklammern meine Finger den Eschenanhänger.

Ganz fest presse ich ihn in meiner Faust zusammen. Eines weiß ich: Welche Erinnerungen ich in der Welt da draußen auch wiederfinde, Reed Sanford werde ich niemals, niemals vergessen.

Kapitel 20

Nachdem sie mir die Tür geöffnet haben, starren mich der bärtige Mann und die ältere Frau mit Kopftuch an wie eine Erscheinung. »Tut mir leid, darf ich bei Ihnen telefonieren?«, platze ich einfach heraus.

Der Bärtige öffnet den Mund, klappt ihn wieder zu, schließlich antwortet seine Frau: »Komm erst mal rein, Kindchen, du musst ja völlig durchgefroren sein.«

Die liebevollen Worte erinnern mich an meine Mom, und mir schießen erneut Tränen in die Augen. Ich frage mich, ob Reed mich beobachtet, wie ich in der Hütte verschwinde. Er hat gemeint, er würde in der Nähe bleiben, bis ich drinnen bin.

Als der Mann hinter mir die Tür schließt, ich in dem vertrauten Flur stehe, zucke ich zusammen. *Jetzt geht er fort. Jetzt geht er endgültig fort.* Für einen Moment will ich hinausrennen und ihm nachrufen: *Warte auf mich, Reed!*, aber dann schüttele ich den Kopf und taste nach dem Ring an meinem Finger. Ich muss die Wahrheit erfahren.

Mrs. Johnson, die mich an eine Bauersfrau aus einem historischen Spielfilm erinnert, führt mich in die Lobby und holt eine Decke, legt sie mir fürsorglich über die Schultern, auch wenn ich den dicken Poncho trage. Wenn sie wüsste, dass ich bei viel kälteren Temperaturen schon durch den Wald geirrt bin ...

»Wo kommst du denn um diese Zeit her? Sag bloß, du gehörst zu diesen Verrückten, die den Appalachian Trail alleine bezwingen wollen?«

Ich nicke, da ihre Erklärung in etwa das trifft, was ich mir zurechtgelegt habe. Ungeduldig wische ich mir über die Augen, aus denen schon wieder Tränen laufen. »Tut mir leid«, entschuldige ich mich für die Heulerei, aber ich kann auch nicht aufhören.

»Ganz schön mutig, vor allem als junge Frau.« Sie schüttelt trotzdem den Kopf, als würde sie das nicht gutheißen, und mustert mich aufmerksam. »Wo hast du denn dein Gepäck gelassen? Steht es noch draußen?«

Ich umklammere den Pullover und den Rock, die Kleider, die Reed mir in die Hände gedrückt hat, bevor er sich den Seesack umgehängt hat. »Nein, ich ...«

»Sag bloß, es ist dir in den Wild Creek gefallen und weggespült worden? Wir hatten hier mal einen jungen Mann, dessen ...«

Ich nicke, aber ich höre ihr nicht mehr richtig zu, denn es steigen hundert Erinnerungen in mir auf. Ich sehe auf das Elchgeweih an der Holzwand, auf das ich gestarrt habe, als Reed mich hier aufgewärmt hat, danach gleitet mein Blick über die Angel und den Holztresen.

»Kindchen ...«, reißt die Frau mich aus meinen Gedanken.

»Maya«, beeile ich mich zu sagen. »Ich heiße Maya.«

Sie lächelt warm. »Annie. Und das ist mein Mann, Clayton.«

»Mein Dad heißt auch Clayton«, erwidere ich und muss schon wieder weinen.

In den nächsten Minuten werde ich von den beiden in den Speisesaal geführt, liebevoll auf die Bank gedrückt und bekomme von Clay eine zweite Decke auf den Schoß gelegt.

Annie serviert mir Pfefferminztee und eine Nudelsuppe – sie besteht darauf, dass ich erst etwas esse und trinke, bevor ich telefoniere. Ich löffele die Suppe und spüre den Geschmack von Erinnerungen auf der Zunge. Reed und ich haben mehrere Dosen davon gegessen, eine haben wir sogar mit ins Lager genommen. Vor Wochen hielt ich die Suppe für das Beste, was ich je gekostet habe, heute schmeckt sie schal, wie Dosensuppen es gewöhnlich tun. Ob Annie und Clayton mittlerweile ein paar Vorräte vermissen?

»Wann öffnet die Lodge wieder?«, erkundige ich mich und schiebe den halb vollen Teller von mir.

»In einer Woche«, antwortet Clayton, der sich am Tisch eine Pfeife stopft. »Dann ist es hier aus mit der Ruhe.«

Annie klopft ihm lachend auf die Schultern. »Als ob dich das stören würde, du alter Brummbär.« Sie sieht mich an. »Er tut immer so, als wäre ihm das alles zu viel, aber im Winter kann er es nicht abwarten, bis es wieder losgeht.« Sie steht auf. »So, du wolltest telefonieren?«

Mit einem mulmigen Gefühl im Bauch nicke ich. Auch wenn ich dem entgegengefiebert habe – und wieder nicht –, jetzt schlägt mein Herz viel zu schnell. Ich habe Annie während des Essens von einem imaginären Selbstfindungstrip erzählt, aber ganz so frei erfunden ist das natürlich nicht. Irgendetwas habe ich dort in den Wäldern Maines gesucht – und gefunden, auch wenn mir das, was es ist, noch nicht so recht klar ist.

Als ich das Satellitentelefon von Annie entgegennehme, schwitzen meine Finger. Ich starre auf das Foto von Jules, der, wie ich erkenne, große Ähnlichkeit mit Clayton Johnson hat. Ob er zu der Gruppe gehört hat, die Silvester hier gefeiert haben? Fragen kann ich ja schlecht, aber ich bin mir sicher, dass es so ist. Ich rufe bei Mom und Dad an, und als Mom sich meldet, flutet ein Gefühl von Sehnsucht und Geborgenheit durch meine Adern, so sehr habe ich ihre Stimme vermisst.

»Mom«, sage ich stockend. »Ich bin's, Maya.«

Am anderen Ende der Leitung bleibt es still, dann flüstert Mom »Großer Gott!« und fängt an zu weinen. Sie weint und weint, und ich beruhige sie immer wieder: »Mom, es geht mir gut. Mom, du musst nicht weinen.«

»Maya, Liebes, wo hast du denn nur gesteckt?«, bricht es irgendwann aus ihr hervor, als sie sich etwas gefangen hat. »Geht es dir gut? Wo bist du?« Und danach ruft sie: »Clay, Clay, komm schnell, es ist Maya!«

»Ich bin …« Gerade noch rechtzeitig erinnere ich mich an das Versprechen, das ich Reed gegeben habe. »Ich war in Kanada, aber jetzt bin ich in Maine«, schwindele ich mit gesenkter Stimme, da Annie im Zimmer nebenan ist und in irgendwelchen Schubladen kramt. »Ich bin in einer Lodge, der Wild River Lodge, und ich möchte euch sehen und ich …«

»Wir holen dich ab. Maya, geht es dir gut?« Mom klingt erleichtert und besorgt zugleich. Ihre Stimme überschlägt sich, während sie tausend Fragen stellt. Wieso ich nicht angerufen habe und warum ich mich nicht wenigstens bei Ayden gemeldet hätte. Ob es mir tatsächlich gut geht oder ob ich das nur sage, um sie zu beruhigen. *Mom eben.*

Irgendwann unterbreche ich sie: »Mom, ich erinnere mich nicht.« Unvermittelt fange ich wieder an zu weinen. »Ich erinnere mich nicht an das, was passiert ist … also, bevor ich gegangen bin. Ich bin doch mit Aydens Wagen von unserem Blockhaus losgefahren, oder?«

Sie schweigt einen Augenblick. »Du erinnerst dich nicht?«

»Ich muss … nach Kanada gefahren sein. Ich bin dort im Wald aufgewacht und konnte mich zuerst nicht an die letzten zwei Jahre erinnern.«

»Um Gottes willen …«

Ich sehe Moms erschrockenes Gesicht förmlich vor mir. »Ich hatte sogar William Farrell vergessen. Mom, weißt du, dass er in New York gewesen ist?«

»Ayden hat es uns erzählt.« Mom redet am anderen Ende der Leitung gedämpft mit Dad, hält aber die Muschel zu, sodass ich nichts verstehe.

»Hat dieser Mann dir wieder etwas angetan? Ist er der Grund, wieso du untergetaucht bist?«, will sie daraufhin wissen.

»Ihr dachtet, ich wäre untergetaucht?« Mir schwirrt der Kopf.

»Na ja, du bist einfach weggefahren und Ayden …« Sie unterbricht sich. »Wo genau bist du?«

»Mom, geht es Ayden gut? Ist ihm was passiert?« Nie habe ich daran gedacht, dass Ayden etwas zugestoßen sein könnte, bis auf das eine Mal, wo ich geglaubt habe, Reed hätte ihn womöglich sich selbst in der Wildnis überlassen und nur mich gerettet.

Zu meiner Erleichterung lacht Mom kurz auf. »Ayden geht es gut; wir telefonieren regelmäßig miteinander. Maya, wo bist du genau?«

Sie telefonieren? Mom war immer absolut gegen meine Beziehung zu ihm.

Still überfliege ich die Adresse, die Annie mir vorhin aufgeschrieben hat. »Ich bin in der Wild River Lodge, irgendwo in der Hundred-Mile Wilderness. Aber Annie und Clay bringen mich nach … Monson ins Brendon's Hiker Hostel. Das gehört Freunden von ihnen. Ich kann dortbleiben, bis ihr da seid. Ihr müsst nicht den ganzen Weg durch die Wildnis fahren.«

»Wir brechen sofort auf.« Wieder spricht sie mit Dad, bevor sie weiterredet. »Dad meint, wir wären in vier oder fünf Stunden da. Und ruf deine Schwester an, Maya«, sagt Mom und hat bereits wieder ihre Fassung zurückgewonnen. Es ist unglaublich, wie schnell sie umschalten kann.

»Maya?« Die Stimme meines Vaters haut mich fast um.

»Dad!«

»Es wird alles gut, Liebes, hörst du? Was immer passiert ist oder wo du gewesen bist ... es wird alles gut.« Ich höre ihn schlucken.

»Es geht mir gut, Dad. Wo, dachtet ihr, wäre ich gewesen? Habt ihr mich gar nicht als vermisst gemeldet?«

»Doch, natürlich. Wir haben mehrmals mit der Polizei gesprochen, wir sind in Kontakt mit einem sehr freundlichen Officer, aber die Beamten sahen keinen Hinweis darauf, dass dir etwas passiert sein könnte. Es hatte eher den Anschein, als wolltest du nicht gefunden werden.« Dad schweigt einen Augenblick. »Ayden hat uns erzählt, du wolltest vielleicht an einem anderen Ort neu anfangen und alles hinter dir lassen. Du hast einen Zettel dagelassen, auf dem stand: ›Such mich nicht!‹ Weißt du, wieso du das geschrieben hast?«

»Nein.« Ich bin wie vor den Kopf gestoßen.

»Ayden meinte, vielleicht hast du dich zu sehr vor William Farrell gefürchtet.«

»Ayden«, sage ich vorsichtig. »Dad ... ist er ...« *Hängt er noch an mir? Liebt er mich noch?*

»Er hat nie aufgehört, dich zu suchen, mein Schatz.«

In ewiger Liebe.

»Er hat überall dein Bild gepostet, zusammen mit seinem Auto und dem Kennzeichen, aber es gab nirgends eine Spur von dir.«

»Das Auto ...« Ich muss mir eine Ausrede überlegen. »Ich habe es jemandem überlassen, der es dringend brauchte. Es es hat mittlerweile andere Kennzeichen und ich ...«

»Maya. Ayden ist sein Wagen völlig egal. Er wird ausflippen, wenn er hört, dass du dich gemeldet hast.«

»Ja«, erwidere ich, aber ich habe Angst, ihm gegenüberzutreten, weil ich absolut nicht weiß, was ich dabei fühlen werde.

Und ich habe keine Ahnung, was schlimmer sein wird. Ihn noch zu lieben oder nicht mehr zu lieben.

Mit dem Pick-up der Johnsons fahren wir noch vor dem Mittagessen nach Monson. Wie tief wir in der Wildnis sind, erkenne ich erst, nachdem sich der Wald über viele, viele Meilen nicht lichtet. Tannen folgen Ahornbäumen, Birken und Buchen. Der kleine Laster rumpelt über die unbefestigte Piste. Es ist so ein Forstweg wie der, an dem Reed das Auto versteckt hat. Womöglich ist es sogar derselbe. Bäche und Pappeln winden sich durch urige Täler; Seen fliegen vorbei wie spiegelnde blaue Augen. Wie Reeds Augen, nur dunkler. Ich sehe ihn überall. Hinter den Bäumen, in jedem Schatten, sogar in der Luft, in den Scharen der Zugvögel, die zurückkehren. Kanadagänse, Störche und Schwalben. Arten, die ich noch nie gesehen habe.

Mein Herz pocht rau und sehnsuchtsvoll in meiner Brust. Wird Reed mich wirklich einfach so vergessen?

Nie und nimmer. Und ein Teil von mir will auch gar nicht, dass er mich vergisst. Ich drehe meinen Verlobungsring um sich selbst, bis sich mein Finger wund anfühlt. Die Johnsons schweigen während der Fahrt. Aus Erzählungen meines Dads, dessen Vorfahren aus diesem Bundesstaat stammen, weiß ich, dass die Menschen hier ein eigenes Völkchen sind. Die meisten sind hilfsbereit, aber schweigsam. Zurückgezogen und verschroben.

Wie Reed.

Ach, verdammt! Wieso muss ich ständig an ihn denken?

Irgendwann nach Stunden biegt Clayton auf einen breiteren Weg ab, der nach wenigen Hundert Metern in eine asphaltierte Straße mündet. Erst, als wir an einem Schuppen vorbeifahren, an dem selbst gejagtes Wild zerlegt werden kann, fällt mir etwas ein. »Welches Datum haben wir heute?« Ich habe tatsächlich vergessen, Mom zu fragen.

Annie dreht sich um. »Du bist ja lustig, Kindchen. Heute ist der achtzehnte März.«

Schon März. Ich kann es nicht glauben. Wie lange war ich im Wald? Vier oder fünf Monate? Ich reibe meine kalten Finger aneinander und sehe hinaus. Kleine Häuschen liegen vereinzelt zwischen grünen Bauminseln. Bunte Schilder prangen am Straßenrand, werben aber nur für die ortsansässigen Bauern. *Wilkin's Gemüse, hundert Meter; Annas Apfelparadies zum Selbstpflücken, hier rechts.*

Ob das die Strecke ist, die Reed damals gelaufen ist, als er seine Familie gesucht hat?

Irgendwann entdecke ich das Ortsschild von Monson, kurz darauf taucht das Brendon's Hiker Hostel auf. Ich bin zurück in der Zivilisation, und auch wenn Maddy und ich uns früher über diese kauzigen Dörfchen lustig gemacht haben, erscheint mir dieses gerade wie eine Metropole.

Die Johnsons begleiten mich ins Hostel und sagen dem Besitzer, dass ich hier bin. Mr. Meyer zeigt mir den Aufenthaltsraum, in dem ich warten kann, bis meine Eltern da sind.

Als sich Annie und Clayton verabschieden, überschwemmt mich ein Adrenalinstoß. Die beiden sind meine letzte Verbindung zu Reed. Bei Wintereinbruch wird er vielleicht wieder ein paar Vorräte verschwinden lassen. »Darf ich Sie anrufen, wenn ich etwas vergessen habe?«, frage ich hastig. »Die Telefonnummer der Lodge finde ich sicher im Netz, oder?«

Annie lacht nur und schreibt mir etwas auf einen Notizzettel, den ich in die untaugliche Hose stecke. »Das ist meine Handynummer. Melde dich gerne. Vielleicht machst du ja mal bei uns Zwischenstopp, wenn du dich noch mal auf den Trail begibst.« Sie zwinkert mir zu, und für einen Augenblick denke ich, sie weiß mehr, als sie zugibt, doch dann dreht sie sich um und geht Clayton hinterher.

Sie waren so nett zu mir, obwohl ich sie bestohlen habe.

Woher wusste Reed eigentlich, wie sie heißen? Stand das irgendwo? Und wie kann es sein, dass die beiden nicht bemerkt haben, wie viele Dinge verschwunden sind? Oder haben sie nur einfach nicht mit mir darüber gesprochen?

Ich setze mich auf die Couch im Aufenthaltsraum, nestele an meinem Poncho herum und denke an Reed. Wird er überhaupt noch mal zur Lodge kommen, oder wird er zukünftig eher in der nächsten Ortschaft auf einen Raubzug gehen? Er könnte befürchten, ich hätte ihn verraten. Dann würde er sicher woanders stehlen und den weiteren Weg in Kauf nehmen. Aber damit wäre klar, dass ich ihn niemals wiedersehe. Niemals.

Ich weine schon wieder, und ein Teil von mir wünscht sich zurück.

Kapitel 21

Boston kommt mir vor wie eine Stadt aus einem anderen Leben, überall hupen Autos, blinken Reklametafeln und ständig heult irgendwo eine Sirene. Ich bin froh, als wir kurz vor Mitternacht in Beacon Hill ankommen, aber selbst die schmalen Gässchen und die historischen Gaslaternen unseres Viertels erscheinen mir fremd.

Dad lässt Mom und mich vor unserem Backsteinhaus aussteigen, bevor er den Wagen in die Tiefgarage fährt. Vor eineinhalb Jahren, ein halbes Jahr, nachdem ich Ayden kennengelernt habe, bin ich von hier weggezogen. Ein halbes Jahr nach Maddys Verlobung mit Edward. Seither war ich nicht mehr zu Hause.

Wie eine Schlafwandlerin geistere ich durch unsere Räume, durch das altenglisch eingerichtete Wohnzimmer, wo wir immer Weihnachtsfotos im September aufnehmen und auf denen jedes Mal die Lücke zwischen mir und meiner Familie aufgeklafft ist. Sie konnten nichts dafür. Ich habe mich selbst ins Abseits gestellt.

Ich gehe in mein mädchenhaft eingerichtetes weißes Zimmer mit dem Boxspringbett, den Gläsern mit dem Sand aus aller Welt und den Blechschildern, die ich nicht nach New York mitgenommen habe. Ich habe keine Ahnung, was ich in Boston soll. Mom telefoniert trotz der Uhrzeit gerade all ihre

Freundinnen ab, um ihnen zu erzählen, dass ich wieder da bin, dabei kommt es mir gar nicht so vor, als wäre ich anwesend. Mein Geist ist bei Reed geblieben, schießt Pfeile in *The Wide*.

Ich setze mich auf das Bett und streiche über den glatten Bezug. So oft habe ich mir im Winter gewünscht, genau in diesem Bett zu liegen, jetzt ist es mir fremd. Ich habe meinen Eltern beinahe die Wahrheit erzählt, weil ich keine Energie zum Lügen hatte, nur bei dem Ort habe ich geschwindelt. Ich habe behauptet, ich sei mit dem Auto bis nach Kanada gekommen, dort sei mir der Sprit ausgegangen und ich dann im Wald bei Reed aufgewacht. Seinen Nachnamen habe ich geändert – für den Fall, dass mein Dad Nachforschungen anstellt. Reed Sanford heißt jetzt Reed Woodland. Wie sonst. Er hat mir niemals den Verlobungsring abgenommen und wir haben uns auch nie ineinander verliebt. Er hat mich gerettet und ich bin bei ihm geblieben, weil der Wintereinbruch zu schnell kam. Ich habe ein Blockhaus im Wald erfunden. Allerdings hat Mom schon meine Narbe an der Schulter entdeckt. Natürlich. Sie ist meine Mom, ihr entgeht gar nichts. Als ich ihr von dem Pumaangriff erzählt habe, ist sie so blass geworden, dass ich dachte, sie kippt um.

Müde und aufgewühlt lege ich mich hin und strecke alle viere von mir.

Mom und Dad sagen, Mitte November wäre ich überstürzt von New York zu ihnen ins Blockhaus am North Pond aufgebrochen, obwohl so lange Funkstille zwischen uns geherrscht hat. Sie haben vermutet, Ayden und ich hätten gestritten, aber Ayden ist einfach nur später mit dem Auto nachgekommen.

Ich zermartere mir den Kopf, weshalb wir getrennt gefahren sind. Es sieht mir nicht ähnlich, öffentliche Verkehrsmittel zu benutzen, allein schon wegen William Farrell.

Wenn ich doch nur mein Handy im Wald gefunden hätte, dann hätte ich es aufladen und mir meine Nachrichten anschauen können.

Ayden hat mir den Antrag vor meinen Eltern, vor Maddy und Edward und meiner Tante Amalia mitsamt meinen drei kleinen Cousins gemacht, die zu der Zeit alle am North Pond waren. Aber selbst als Mom es erwähnt hat, habe ich mich nicht daran erinnert.

Ich schiebe ihren Bericht weg und denke stattdessen an Reeds Schneeschattenaugen. Ein Schauer aus Sehnsucht, Kälte und Hitze flutet durch meine Adern, ich reise zurück in die Eisnacht, die sich wie ein Wintermärchen in meine Seele gebrannt hat. Ich sehe uns in der Kälte, träume von Reed, meinem Schneekönig und seinem einsamen Kuss. Was er gerade macht? Mein Herz sticht. Ich kann nicht an Reed denken. Das geht nicht. Ich bin mit Ayden verlobt, er hat mich nie verlassen. Doch noch bevor ich einschlafe, kommen die Bilder zurück und ich versinke in Schnee und Eis.

»Reed!« Mit einem erstickten Schrei fahre ich hoch und schaue mit klopfendem Herzen zu dem alten Unterwassernachtlicht, das Mom wieder hervorgekramt hat. Fische, Quallen und Kraken schweben über den Lampenschirm. Ich habe von Reed und seinen dunklen Träumen geträumt. Ich war nicht da und konnte ihn nicht halten. »Reed«, flüstere ich erstickt, umschließe ganz zart den Eschenanhänger und lasse mich wieder in die Kissen sinken. »Sei okay, versprich mir das.«

Aber für ihn ist gar nichts okay, und das weiß ich.

Am nächsten Morgen fühle ich mich wie gerädert. Noch in meinem früheren Lieblingspyjama, den Ayden wegen des burschikosen Hemdoberteils nie mochte, schleppe ich mich in unsere eierschalenfarbene Küche im Landhausstil, wo Mom Rührei mit Speck brät, in einer zweiten Pfanne backt sie Pancakes. Obwohl es noch so früh ist, ist sie perfekt gestylt und sieht aus wie eine gelungene Kopie von Reese Witherspoon.

»Ist Dad schon weg?«, frage ich etwas enttäuscht und setze mich an den Eichentisch.

»Er musste in seine dunkle Hexenküche.«

Ich lächele über den Insider, der Dads Kanzlei *Morrow und Graxos* beschreibt, und beobachte, wie Mom mir eine Riesenportion Rührei auf den Teller häuft.

»Aber ich bin den ganzen Tag da«, sagt sie etwas zu fröhlich und platziert den randvollen Teller schließlich direkt vor meiner Nase.

»Mom, das schaffe ich niemals.«

»Du hast abgenommen, Liebes. Keine Ahnung, was du da oben in Kanada zu essen bekommen hast, aber viel war es offenbar nicht.«

Ich halte meine Nase über die dampfenden Eier, den Speck und den Pancake, den Mom dazugelegt hat, weil ich das mag: Süßes und Salziges gemischt, ein No-Go für Ayden.

»Herrlich«, schwärme ich, inhaliere den Duft und fange an zu essen. Ich habe tatsächlich Appetit, das wundert mich.

»Ach«, sagt Mom, als ich mir gerade eine Gabel Rührei in den Mund schiebe, und setzt sich zu mir. »Wir haben nachher zwei Termine.«

»Was?« Ich habe keine Lust, irgendwo hinzugehen. Vor allem, weil ich mir in Ruhe überlegen will, in welcher Form ich Ayden kontaktieren soll, überdies muss ich mich erst an die Welt gewöhnen.

»Ich habe Jensen angerufen, damit sich jemand in der Klinik mal deine Wunde anschaut.«

»Mom, es ist keine Wunde mehr; sie ist verheilt.«

»Außerdem ...«

Ich hebe argwöhnisch die Augenbrauen.

»Außerdem«, spricht sie wieder so unbekümmert weiter, als wäre alles in bester Ordnung, »habe ich zusammen mit Jensen beschlossen, dass es besser wäre, ein MRT zu machen. Du weißt schon ...«

»Du meinst, um zu schauen, ob etwas in meinem Kopf nicht stimmt?«

Mom macht diesen besorgten Mund, der sie aussehen lässt, als hätte sie keine Lippen mehr. »Es wird alles in Ordnung sein. So wie du es schilderst, habe ich es Jensen erzählt, und er meinte, es würde nach einer Amnesie psychischer Natur klingen. Zumal dir ja nach und nach vieles wieder eingefallen ist.«

Schweigend esse ich weiter und spüre Moms Blick auf mir.

»Sicher ist sicher, Maya. Der Termin ist in zwei Stunden. Ich fahre dich hin.«

Jetzt höre ich auf, das Rührei in mich hineinzustopfen. »Wie bitte?« Seit wann bekommt man innerhalb eines Tages einen MRT-Termin? Okay, Vitamin B macht's möglich. Dad und Doc Jensen sind quasi beste Freunde, trotzdem habe ich keine Lust, das Haus zu verlassen und mich in eine enge Röhre zu quetschen, um nach etwas suchen zu lassen, das garantiert nicht da ist. Aber damit Mom beruhigt ist, stimme ich zu.

Auf dem Weg ins Krankenhaus warte ich auf meine vertraute Angst, die sich früher immer eingestellt hat, wenn ich unter vielen Menschen war. Aber heute drehe ich mich auf dem Weg vom Parkplatz ins Massachusetts General Hospital nicht ein einziges Mal nach William Farrell um. Auch im Wartezimmer blicke ich nicht ständig zur Tür – mir ist einfach klar, dass mir der Hoodiemann hier nicht auflauert, da er gar nicht wissen kann, wo ich bin. Außerdem stand er auf Kinder, und ich bin erwachsen, und selbst wenn sein vordergründiges Motiv Rache wäre, sind hier genug Menschen, die mich schützen könnten.

Ich weiß nicht, wann genau es passiert ist, aber ich kann die Gefahr, die von William Farrell ausgehen könnte, wenn überhaupt, durch die Augen eines Außenstehenden betrachten.

Ich habe keine Angst mehr, Reed, denke ich, als ich ins Sprechzimmer gehe. Ich habe sie einfach im Wald gelassen.

Drei Stunden später hat sich Dr. Jensen Featherstone etwas despektierlich über Reeds Naht geäußert, aber mit der Wundheilung ist er zufrieden. Da auch das MRT keine Auffälligkeiten zeigt, kann ich wieder gehen. Mom wirkt sichtlich erleichtert und drückt meine Hand, als wir die Klinik verlassen.

Zurück in der Chestnut Road ziehe ich mich in mein Zimmer zurück und überlege, ob ich Ayden anrufen soll oder ihm besser erst mal eine Mail von Dads Computer aus schreibe. Aber eine Mail an meinen Verlobten zu schreiben, kommt mir seltsam vor.

Nachdenklich drehe ich an dem Ring an meinem Finger, als Mom mein Zimmer betritt, ohne anzuklopfen.

»Wie geht es dir?« Sie stellt ein Tablett mit Tee und Zimtkeksen auf meinen Nachttisch.

»Mom, habe ich mich gefreut?«, frage ich zusammenhanglos.

Sie streicht sich den Rock glatt und setzt sich graziös auf die Bettkante wie auf einen Damensattel. »Über was sprechen wir?«

»Über Aydens Antrag. Du warst doch dabei. Hattest du den Eindruck, dass ich glücklich bin?«

Mom seufzt. »Du weißt, dass ich immer dagegen war, dass du nicht aufs College gehst. Und Ayden ... er ist so viel älter als du. Ich bin mir ganz sicher, dass er dich liebt, Schatz, aber er war damals auch ... sehr einnehmend, nicht wahr?«

Ich nicke. Mich hat das nie gestört. Oder doch? Ich glaube, ich habe Mom nie viel von Ayden erzählt, gerade wegen ihrer Vorbehalte, und wir hatten ja auch nach meinem Umzug keinen Kontakt mehr.

»Ich denke, er sieht vieles jetzt anders«, meint Mom. »Ich habe in den vergangenen Monaten oft mit ihm gesprochen. Er gibt zu, dass er Fehler gemacht hat. Dich zu sehr eingeschränkt hat, weil er dich liebt.«

»Er wollte immer nur mein Bestes, hat er gesagt.«

Ich meine es doch nur gut, Maya.

»Ich hatte den Eindruck, dass du dich wirklich über den Antrag gefreut hast. Als du bei uns angekommen bist, warst du ziemlich unglücklich und durcheinander. Ich glaube, du hast nicht mehr gewusst, was du wolltest. Dann kam Ayden, und ihr habt lange miteinander gesprochen. Über was kann ich dir natürlich nicht sagen. Am Abend hat er dir den Antrag gemacht. Er hatte mich extra gebeten, dein Lieblingsessen zu kochen, also außer Pizza oder Burger. Ich habe schnell Wildente bei Jackson geholt und dazu Kartoffelklöße und Preiselbeerbirnen gemacht.«

Mom lächelt und ich lächele zurück, ein seltsames Kribbeln im Bauch. Da ist eine Erinnerung, kurz und hell wie ein Schnappschuss ins Gegenlicht. Ich, wie ich den Duft des Wildentenbratens einatme und mir sage, dass nun alles gut wird.

»Rede bitte weiter«, fordere ich Mom auf. Es ist merkwürdig und faszinierend, seine eigene Geschichte wie einen Roman erzählt zu bekommen, denn die Ausführungen meiner Eltern über das, was geschehen ist, fielen auf der Rückfahrt nach Boston knapp aus. Sie wollten erst mal von mir hören, was passiert ist.

Mom kraust nachdenklich die Stirn. »Ich weiß nicht genau, was danach geschehen ist. Ayden auch nicht – aber in dieser Nacht hast du sein Auto genommen und bist auf und davon gefahren. Du hast diesen Zettel hinterlassen, auf dem ›Such mich nicht!‹ stand.«

»Ja, das hat Dad schon gesagt, aber ich habe keine Ahnung, warum ich das geschrieben habe.«

Mom streicht nochmals über ihren Rock. »Wir haben seit diesem Abend nichts mehr von dir gehört ... bis du vorgestern aus Maine angerufen hast.«

»Und genau das klingt überhaupt nicht nach mir«, stelle ich fest.

»Hm«, macht Mom und mustert mich. »Du hattest zu uns ja auch plötzlich den Kontakt abgebrochen und dich einfach nicht mehr gemeldet. Eineinhalb Jahre, Maya. Und dann bist du auf einmal wieder aufgetaucht.«

»Ihr habt also gedacht, ich würde es nun mit Ayden genauso machen?«

»Das haben wir gehofft ... denn dann wäre dir nichts geschehen. Aber natürlich haben wir dich und den Wagen polizeilich suchen lassen, doch sowohl du als auch der BMW wart unauffindbar. Zum einen war das ein gutes Zeichen. Du hattest keinen Unfall gehabt. Und ›Such mich nicht!‹ klang auch so, als wolltest du nicht gefunden werden. Wir haben angenommen, du hättest den Wagen in einer Garage abgestellt und seist wirklich an einem Ort, wo du dir über vieles Gedanken machen wolltest.« Sie blickt mich an. »Trotzdem waren wir verrückt vor Sorge. Dad hat sogar William Farrell überprüfen lassen, aber er war zu der Zeit in einer Klinik. Ayden hat noch etwas über deine Freundin aus New York gesagt.«

»Zoraly.«

»Eine Zeit lang dachte er, du wärst bei ihr. Hast du noch Kontakt zu ihr?«

»Nein. Gar nicht.« Wieder schwappt ein ungutes Gefühl über mich, wenn ich an Zora denke. Ich müsste sie anrufen, um zu fragen, was sie weiß, aber ich habe ihre Nummer nicht mehr, denn die war nur auf meinem alten Handy gespeichert. Ich nehme mir vor, demnächst in dem Tattoostudio anzurufen, wo sie arbeitet, aber erst, nachdem ich mit Ayden gesprochen habe.

»Ich frage mich, über was ich mir klar werden wollte, Mom?« Und hatte ich tatsächlich ein konkretes Ziel und habe mich bloß verfahren?

Mom scheint zu überlegen. »Ayden … er hat mir etwas erzählt … nur weiß ich nicht, ob ich es dir sagen soll oder ob wir besser warten, bis es dir wieder einfällt.« Ihre Lippen werden wieder besorgt-dünn. »An welche Streitigkeiten erinnerst du dich, wenn du an deine Beziehung mit Ayden denkst?«

Nachdenklich schüttele ich den Kopf. »An keine. Wir haben nicht gestritten, wir hatten nur ab und zu unterschiedliche Meinungen. Was weißt du denn?«

»Vielleicht redest du ja mal mit Maddy über Ayden«, weicht Mom aus.

Irgendwie habe ich es emotional noch nicht geschafft, meine Schwester anzurufen. Ich müsste die ganze Geschichte noch mal erzählen, und ich fürchte, sie würde sofort wissen, dass ich mich in Reed verliebt habe. Diesem Kreuzverhör halte ich momentan nicht stand, daher weiche ich aus. »Mom, wie soll ich mit ihr darüber reden, wenn ich das meiste vergessen habe?«

Mom hebt die Schultern. »Das ist in der Tat ein schwieriges Unterfangen.« Damit steht sie auf, verlässt kurz mein Zimmer und kommt mit einer transparenten Kiste zurück. »Die habe ich für dich herausgesucht. Vielleicht hilft es dir, wenn du etwas tust, was du immer gern gemacht hast.«

»Meine Perlen.« Überrascht stehe ich auf und inspiziere die Kiste, die Mom auf meinem Schreibtisch abgestellt hat. »Ich wusste nicht, dass ich so viele Perlen hiergelassen habe.«

Mom sieht mich eindringlich an. »Du könntest ja mal versuchen, über dein Gebastel an deine Erinnerung heranzukommen.«

Normalerweise hätte mich allein das Wort *Gebastel* auf hundertachtzig gebracht, zusätzlich klingt die Art, wie Mom es für gewöhnlich ausspricht, noch mal extra herablassend. Für sie sind Perlen und Drähte bloß ein Zeitvertreib, nichts, das man zum Beruf machen könnte. Doch heute klingt sie einfach nur fürsorglich.

»Mom, was ist es, das du mir nicht sagen willst?«, hake ich noch mal nach.

Sie seufzt. »Frag Ayden. Das geht allein euch beide etwas an.«

Na, super! Sie weiß etwas und erzählt es mir nicht. Das kommt mir beinahe vor wie Verrat, aber ich bin zu durcheinander von allem, um wirklich wütend zu sein.

Als sie gegangen ist, nehme ich die Kiste mit auf mein frisch überzogenes Bett. Es riecht nach Lavendel und Kräutern und erinnert mich an den Frühling im Wald. In einer merkwürdigen Stimmung hole ich die Perlen heraus, die ich wiederum nach Farben in durchsichtige Boxen sortiert habe. Ich nehme die eisblauen, weißen, silbernen und transparenten. Danach suche ich Schneeflocken-Charmes und Wald-Elemente heraus. Einen Laubbaum, einen Raben, ein Zelt. Meine Finger arbeiten ohne mein bewusstes Zutun. Ich beobachte mich selbst, wie ich einem inneren Gefühl folgend die Perlen auffädele. Und noch während ich arbeite, gleiten Bilder in mein Gedächtnis, fast so, als würde ich mit jeder Perle Bruchstücke zurück auf die Zeitschnur fädeln.

Ich sehe mich, wie ich in New York in unserer Wohnung auf dem Himmelbett sitze. Doch ich bin angespannt, blicke ständig auf die Uhr, während ich eine neue Auftragsarbeit zusammenstelle. Ich bete, dass Ayden nicht früher nach Hause kommt und mich beim Arbeiten entdeckt. Ich habe ihn angeschwindelt, ich würde keine Aufträge mehr annehmen, aber das ist gelogen. Ich habe mir nicht nur ein zweites Konto bei Etsy erstellt, sondern mir auch wieder ein eigenes Bankkonto zugelegt, nachdem ich das alte Ayden zuliebe aufgelöst habe.

Der Preis dafür sind ein chronisches schlechtes Gewissen und das Gefühl, ich würde Ayden betrügen.

»Du musst dich doch absichern«, hat Zora mich ständig gedrängt. »Was machst du, wenn er dich irgendwann wegen einer anderen sitzen lässt, Maya?«

»Aber Ayden würde für mich sterben.«

Sie hat nur abfällig gelacht. »Das sagen sie anfangs doch alle. Und dann? Wenn du eine Weile mit ihnen zusammen bist, schauen sie jedem Rock hinterher. Und Ayden, sei mir nicht böse, aber jede Frau ist scharf auf ihn. Vielleicht vögelt er in diesem Augenblick seine Angestellte und spielt dir den treuen Freund vor.«

»Niemals.« Schockiert habe ich sie angestarrt. Am liebsten hätte ich sie abends aus meinen Kontakten gelöscht, aber sie war neben Ayden meine einzige Bezugsperson in New York. Ihre Worte haben mich beunruhigt wie die von Mom. Womöglich war ich ja tatsächlich naiv.

Eine Woche später habe ich mir einen zweiten Account bei Etsy erstellt und bin einen Tag darauf mit Zora auf die Bank gefahren, um ein Konto zu eröffnen.

»Du tust das Richtige«, hat sie gemeint und sich über ihren halbseitig kahl rasierten Schädel gestrichen. »Frauen müssen unabhängig sein.«

Unabhängig mit den paar Dollar?, habe ich mich gefragt, aber nichts gesagt.

Und seither hatte ich jeden Abend Herzklopfen, wenn Ayden heimkam. Ich hatte Angst, dass er irgendwo Perlen entdeckt, Angst, dass mich ein Brief von der Bank oder ein Päckchen vom Perlenshop verrät; eine Mail, die zufällig auf meinem Handy aufpoppt. Ich habe gefürchtet, ein unzufriedener Auftraggeber könnte anrufen oder Ayden auffallen, dass ich Perlen im Internet bestelle. Jeden Abend habe ich wie eine Ehebrecherin, die sich auf Singleportalen rumtreibt, meinen

Browserverlauf gelöscht, akribisch die Wohnung gesaugt und überpünktlich den Briefkasten geleert, aber das ungute Gefühl blieb. Ich hatte nicht nur Angst, Ayden zu enttäuschen, sondern auch befürchtet, er würde mich verlassen, wenn er es je herausfinden würde. Manchmal hatte ich den Eindruck, ihn gar nicht einschätzen zu können, und ich habe nie wirklich begriffen, was er an mir liebt.

War es die Vorstellung, dass ich auf ihn höre und auf ihn angewiesen bin, die ihm gefallen hat?

Ich bringe den silbrigen Verschluss an der Winterkette an und lege sie mir um, bevor ich vor den großen Spiegel an meinem Kleiderschrank trete. Ich lächele. Wie ein filigranes Gespinst aus weißblauem Eis liegt die mehrreihige Kette um meinen Hals. Ich kann beinahe die Kälte spüren, die aus den Steinen der Erinnerung in meine Haut dringt. Zaghaft berühre ich eine glitzernde Schneeflocke. *Reed,* flüstere ich in Gedanken. *Wieso hast du nur diesen Ring und meinen Ausweis versteckt?*

Tränen rinnen über meine Wangen, und ich lasse sie einfach laufen. Irgendwann findet mich Mom und schließt mich wortlos in ihre Arme.

Am nächsten Morgen, einem Samstag, bin ich zumindest so weit, dass ich Maddy anrufen kann. Sie flippt fast aus, obwohl sie selbstverständlich bereits von Mom in alles eingeweiht wurde. Geheimnisse oder Privatleben sind Fremdworte bei uns; jeder weiß alles von jedem. Na ja, fast. Denn es gibt ja immer noch diese eine Sache, die Mom mir verschweigt, aber auch Maddy hat keine Ahnung, worum es dabei geht.

Meine Schwester überredet mich zum Pizzaessen, obwohl ich mir geschworen habe, das Haus erst mal nicht mehr zu verlassen, weil ich niemandem begegnen will, den ich kenne. Nach dem Telefonat lege ich mich in die Badewanne und genieße die Wärme, bis Dad von draußen ruft, ich würde mich vermutlich bald in eine Meerjungfrau verwandeln. Ich liege im heißen Wasser, schließe die Augen und stelle mir vor, wie alle Erinnerungen an Eis, Kälte und Wald aus mir herausströmen, später durch den Ausguss gespült werden und für immer fort sind. *The Dark*, *The Wide*, die *Eisnacht*, Odin, das Baumhaus und meine Liebe zu dem Waldjungen.

Gegen Mittag laden mich Maddy und Ed nach einer tränenreichen Schwesternbegrüßung zu Pizza Hut ein und ich bestelle meine Lieblingspizza: die Cheesy Crust Chicken Supreme. Während des Essens im Schnellrestaurant stelle ich Maddy dieselbe Frage wie Mom.

»Habe ich mich über den Antrag gefreut?«, will ich mit vollem Mund wissen.

Maddy sieht mich peinlich berührt an und schaut sich um. »Ja«, sagt sie dann aber grinsend. »Du isst wie ein Waldschrat, Schwesterherz.«

»Egal«, nuschele ich. »Ich musste wochenlang darauf verzichten.« Ich bin froh, dass zwischen Maddy und mir alles so ist, als hätten wir uns gestern erst gesehen. Sie hat schon an der Tür eine lustige Grimasse aus unserer Kindheit geschnitten und damit den Damm gebrochen. Alles ist wie immer. Sie ist eben Super-Maddy.

Nachdem ich runtergeschluckt habe, frage ich: »War ich glücklich? Ich meine, so richtig glücklich?« Wenn es jemand weiß, dann meine Schwester. Auch heute ist sie wieder das strahlende Juwel, in dessen Schatten jedes andere Wesen verblasst. Ihre weichen blonden Haare fallen in perfekten Wellen über ihre Schultern und rahmen ihr makelloses Gesicht mit der zarten Nase und den wachen blauen Augen ein. Sie trägt einen blütenweißen Pullover von Chanel zu einer Dior-Jeans und sieht aus wie ein Engel. Das Beste ist, dass sie mal wieder nicht mitzubekommen scheint, dass hier jedem Kerl fast die Augen aus dem Kopf fallen. Genau dafür liebe ich sie noch mehr.

Gerade mustert sie mich und streicht sich mit ihren schmalen, tadellos manikürten Händen eine Strähne zurück, dabei fällt mir auf, dass sie das Armband trägt, das ich ihr zur Verlobung geschenkt habe. »Du schienst glücklich«, sagt sie nachdenklich. »Oder, Ed? Sie schien glücklich zu sein.« Sie klingt nicht hundertprozentig überzeugt.

Ed grinst breit und schaut mich an. »*Jetzt* sieht sie glücklicher aus.« Ein bisschen erinnert er mich immer an den Schauspieler Jonathan Bailey, den Anthony aus Bridgerton, nur dass Ed viel größer ist. Und vielleicht ist er der einzige Mensch, der neben Maddy nicht verblasst, sondern dafür umso heller strahlt – weil sie zu ihm gehört.

Über seine Worte schüttele ich jedoch den Kopf. »Das bin ich nicht«, widerspreche ich und denke an Reed. Mein Magen flattert, und die übliche Bildfolge spielt sich vor mir ab. Reed, wie er einsam und verlassen Pfeile schießt, wie er alleine in der Shack sitzt und Kragenhuhn isst, wie er wieder zu einem Namenlosen wird, ohne Lob, ohne Lachen, ohne Berührungen. Wie sich seine Identität auflöst. Ich dränge die Tränen zurück. Ich glaube, ich könnte hundert Jahre heiß baden und würde ihn niemals vergessen.

»Aber du wirkst ganz anders«, höre ich Maddy bemerken und fokussiere mich wieder auf das Hier und Jetzt, auf das Pizzarestaurant und meine blond gelockte Schwester samt ihrem Verlobten. »Auf jeden Fall anders als zu der Zeit, wo wir noch Kontakt hatten. Du bist nicht mehr so verkrampft, selbst deine Schultern sind lockerer.«

Das stimmt. Ich beiße herzhaft in meine Pizza.

»Und früher hättest du auch nie derart ungesittet irgendwo gegessen, geschweige denn so laut gesprochen. Du hast dich andauernd umgesehen, natürlich wegen William, aber auch wegen dem, was die Leute über dich denken könnten.« Maddys Blick bohrt sich in meinen. »Irgendetwas ist mit dir da draußen in der Wildnis passiert, habe ich recht?«

Meine Wangen färben sich dunkelrot. Ich habe beiden dasselbe erzählt wie Mom. Reed war ein Freund, der mir geholfen hat, aber meine Befürchtungen, Maddy könnte mir das nicht abkaufen, scheinen sich zu bestätigen.

Nachdenklich nickt sie mehrmals, als müsste sie ihre Meinung bekräftigen, während sie mich studiert. »Ja, es ist etwas passiert. Mit dir und diesem Kerl. Diesem Reed. Also, was ist wirklich geschehen dort draußen im Wald?«

Ich starre sie an und blinzele. »Nichts«, flüstere ich, aber dahinter versteckt sich ein ganzes Königreich voller Liebe, Erinnerungen und Abenteuer.

Obwohl ich alles abgestritten habe, appelliert Maddy auf der Rückfahrt weiter an mein schlechtes Gewissen, als könne sie in mich hineinschauen. »Du musst endlich mit Ayden sprechen. Der arme Kerl wartet seit deinem Anruf aus Maine auf ein Lebenszeichen von dir. Schaff Klarheit.«

Wie denn, wenn ich selbst nicht mehr weiß, was ich fühle?

Ich habe gewusst, dass Mom ihm Bescheid gegeben hat, und mir ist klar, dass ich mich nicht länger drücken kann. Außerdem habe ich ja selbst so viele Fragen an ihn. Zum Beispiel, ob William Farrell mich weiter im Visier hatte oder ich ihn mir womöglich wirklich bloß eingebildet habe. Ich muss wissen, worüber wir gestritten haben. Ich vermute, er hat am Ende doch herausbekommen, dass ich ihn wegen des Kontos und der Perlen angelogen habe. Wahrscheinlich war dieser Streit der Grund für mich, zum Blockhaus meiner Eltern zu fahren.

Am Nachmittag gehe ich ins Wohnzimmer und wähle am Hausapparat seine Nummer, auch wenn Dad mir ein nagelneues Handy besorgt hat.

Als es tutet, bekomme ich feuchte Finger. Kann man zwei Männer gleichzeitig lieben?

»Thornton?«, meldet er sich so fragend wie früher. Er nennt stets nur den Nachnamen, hebt die letzte Silbe an, und es ist mir so vertraut, dass mein Herz automatisch anfängt zu klopfen.

»Ayden, ich bin es.« *Ash.*

»Maya.« Er spricht meinen Namen aus wie eine Erlösung und dann höre ich, wie er um Fassung ringt. Er schluckt mehrmals, irgendwann sagt er: »Kann ich dich besuchen? Ich muss dich sehen, ich war verrückt vor Sorge.«

»Natürlich kannst du mich besuchen«, antworte ich und komme mir fremd vor. Ich weiß überhaupt nicht, was ich will. »Wie wäre es morgen früh zum Brunch bei meinen Eltern?« Ja, das fühlt sich gut an, da bin ich ihm nicht ganz so intensiv ausgesetzt, kann ihm und mir, dem Uns, erst einmal nachspüren.

»Ich glaube, es wäre besser, wenn wir uns das erste Mal ohne Publikum treffen«, schlägt er aber vor.

Er hat natürlich recht.

»Passt es dir heute Abend?«, höre ich ihn fragen.

Nein. Aber ich sage: »Okay.«

»Dann komme ich um zwanzig Uhr. Und, Maya«, er zögert. »Deine Mom hat gesagt, du erinnerst dich nicht an das, was war.«

»Nein.«

»Ich helfe dir. Zusammen schaffen wir es sicher.«

Zusammen. In ewiger Liebe.

»Das wäre toll«, flüstere ich heiser.

Kapitel 22

Nach diesem Telefonat bin ich völlig durch den Wind.

Maddy, die vor dem Wohnzimmer im Flur gewartet hat, will sofort wissen, wie es war, und ich gebe das Wenige kurz wieder. »Und, empfindest du noch was für ihn?«, bringt sie das Wesentliche auf den Punkt.

»Ich weiß es nicht.«

Maddy rauft sich vor »Der Wanderer über dem Nebelmeer«, dem Gemälde von Caspar David Friedrich, die Haare. »Okay, pass auf: Wir haben noch fünf Stunden, bis Ayden hier aufkreuzt. Was du brauchst, ist ein Umstyling. Das hilft immer.«

»Ein Umstyling soll mir helfen, mir über meine Gefühle klar zu werden?«, frage ich mit einem Stirnrunzeln.

»Es soll dir helfen, dich abzulenken, bis er da ist, damit du nicht fünf Stunden auf deinem Bett sitzt und dir überlegst, wie das Gespräch laufen könnte. Oder dir Sätze aufschreibst, die du sagen könntest, es dann aber doch nicht tust.« Sie tippt auf ihrem Handy herum und telefoniert mit Gianni, ihrem Friseur. Sie redet so impulsiv und überschwänglich auf ihn ein, dass ich glaube, der Wanderer über dem Nebelmeer müsse gleich von seiner Klippe springen, weil er die Stille und Ruhe der Natur nicht mehr genießen kann.

Du bist zu laut, Ash.

Schon wieder denke ich an Reed. Egal, wohin ich schaue, er ist überall.

Eine halbe Stunde später sitze ich bereits beim angesagtesten Friseur von Beacon Hill, der sich nur deshalb für mich Zeit nimmt, weil ich eine Morrow und noch dazu die Schwester seiner Lieblingskundin bin. Ein bisschen komme ich mir in dem megahippen roten Salon vor wie bei »America's Next Topmodel«, vor allem, als Maddy und Gianni beide über meinen Kopf hinweg diskutieren, was mir am besten steht. Wenn ich Maddy über solche oberflächlichen Dinge reden höre, kann ich nicht glauben, dass sie so eine Intelligenzbestie ist. Aber genau das macht sie für alle so anziehend. Sie ist das Mädchen zum Pferdestehlen, das Glamourgirl von der »Vogue« und die angehende Staranwältin. Jetzt plädiert sie für Kupferrot, weil es so toll zu meinen braunen Augen passen würde, Gianni schlägt einen dunkleren Braunton vor.

Irgendwann platze ich heraus: »Ich will wieder blond sein. Ich will meine Naturhaarfarbe tragen.«

»Ich dachte, du magst dein blondes Haar nicht«, sagt Maddy perplex.

Baff blicke ich sie an. »Wann habe ich das behauptet?«

»Na, an dem Abend am North Pond, als Ayden dir den Antrag gemacht hat.«

Blond ist doch jedes billige Flittchen. »Ayden mochte es nicht«, korrigiere ich meine Worte von damals.

»Aber er kommt doch heute Abend. Ich dachte, du willst ihm gefallen?« Maddy blickt mich im Spiegel zweifelnd an.

Ich betrachte mein Gesicht.

»Dein Haaransatz ist hell. Du hast deine Haare … gefärbt?«, hat Reed mich in der Lodge gefragt.

»*Ayden mochte sie braun lieber.*«
»*Pah.*«

Ich denke an Reeds Eifersucht. Damals hat sie mir gefallen. Später bin ich deswegen gegangen. Na ja, nicht nur deswegen.

»Ich möchte wieder ich selbst sein.«

Gianni strahlt und eine Erinnerung blitzt in mir auf. Gianni, wie er mich völlig bestürzt anschaut, so, als ob ich ihm gesagt hätte, er solle mir eine Glatze scheren. Er hat sich damals schwergetan, mein *zuckersüßes Blond* in *Tristesse-Braun* zu verwandeln, wie er sich beklagt hat, aber Ayden, der mich damals extra von New York nach Boston gefahren hat, hat darauf bestanden. *Ich liebe diesen Pekannuss-Ton*, hat er mir ins Ohr geflüstert. Es war kurz nach unserem Umzug nach New York, ich glaube, es war sogar das letzte Mal, dass ich in Boston gewesen bin.

Drei Stunden und mehrere Kuren und Kopfhautmassagen später blicke ich entgeistert in den Spiegel.

»Was für eine Verwandlung«, lobt Gianni sich selbst enthusiastisch. Er hat tatsächlich das Kunstwerk vollbracht, mir meine Naturhaarfarbe zurückzugeben, ohne dass die Haare gelb aussehen oder einen Grünstich haben. Doch das Mädchen vor mir erkenne ich trotzdem nicht. Glatt und seidig fallen meine Haare über die Schultern. Gianni hat die verfilzten Spitzen geschnitten und zwei, drei Ponysträhnen in meine Stirn gekämmt.

So wie Reeds Wirbelsträhne fallen mir nun auch lässig ein paar Haare ins Gesicht. Es gefällt mir.

Zurück zu Hause stehe ich ewig vor meinem Kleiderschrank und überlege, ob ich etwas heraussuchen soll, was Ayden gefällt, zum Beispiel den Rock mit dem Tartanmuster, oder ob ich meine gestreifte Jogginghose anziehe. Ich entscheide mich schließlich für ein cremeweißes Wollkleid, das Maddy mir mal geschenkt hat. Dazu lege ich mir die Winterkette um den Hals und schlüpfe in eine seidene Strumpfhose und helle Stiefel.

Als ich das Wohnzimmer betrete, bleibt Maddy der Mund offen stehen, und Dad und Mom starren mich fassungslos an.

»Was hat diese Winterprinzessin mit meinem Mandelaugenmädchen gemacht?«, staunt Dad und steht auf.

»Du siehst bezaubernd aus, mein Schatz«, stimmt Mom zu.

Ich lächele über die Komplimente, aber die Nervosität, die von meinen Gedanken an Ayden hervorgerufen wird, lässt sich nicht vertreiben. Ich frage mich, ob wir noch eine Chance haben, sollte ich Reed je vergessen. *Sollte!*

Als es dann klingelt, verziehen sich Maddy und meine Eltern in die Wohnküche, und ich eile durch das Treppenhaus nach unten. Einen Moment sammele ich mich, bevor ich die Haustür öffne.

Und da steht er. Groß, breitschultrig, gut aussehend, das Gesicht eine Mischung aus Furcht und Hoffnung. Mein Herz flattert bis in die Kehle. »Ayden«, druckse ich herum, verwirrt über mich selbst. »Schön, dass du da bist.«

Er sieht mich nur an. Sagt gar nichts. Als er sich aus seiner Starre löst, nimmt er mich einfach in die Arme und drückt mich so fest an sich, dass ich kaum noch Luft bekomme. »Ich dachte, ich sehe dich nie wieder. Ich dachte wirklich, ich hätte dich für immer verloren, Maya.«

Seine kummervollen Worte treffen mich ins Herz. Ich erlaube es mir, mich gegen seine Brust sinken zu lassen und seine Wärme zu spüren. Warm, ja. Ayden ist warm. Ganz anders als Reed. Sein Geruch nach weißem Sandelbaum und Citrus hüllt mich ein und beschwört eine Reihe bunt flimmernder Bilder herauf. Ich sehe uns Hand in Hand durch das Museum of Ice Cream spazieren, vor dem Rockefeller Center Schlittschuh laufen und den Christbaum bewundern. Kaum rieche und spüre ich Ayden, fallen so viele Erinnerungen an ihren Platz zurück, dass ich mich von der Flut überschwemmt fühle.

Ich erinnere mich daran, wie wir vom Empire State Building hinab auf das nachtleuchtende Manhattan sehen, und sogar, wie er mich an dem ersten Abend für das Essen im La Vie En Rose abholt. Wie ich mich an seiner Seite sicher und geschützt fühle. Ja, ich habe Ayden geliebt, unendlich geliebt, und ich liebe ihn immer noch, zumindest das, was wir hatten. Aber reicht das?

Als er mir ins Wohnzimmer folgt, surrt ein eigenartiges Gefühl durch meine Adern. Wir setzen uns auf der Couch gegenüber, zwischen uns der Glastisch mit den Teetassen.

Erst schweigen wir, bevor wir gleichzeitig herausplatzen.

Er: »Wie geht es dir?«

Ich: »Was ist zwischen uns passiert?«

»Du zuerst«, meint Ayden gentlemanlike und macht eine auffordernde Geste. Er ist gekleidet wie immer, ganz der englische Lord. Mein Tartan-Prinz.

»Ich erinnere mich nicht, wieso ich mitten in der Nacht geflohen bin«, gestehe ich. »Ich erinnere mich weder an einen Antrag noch an einen Streit oder an den Zettel, den ich geschrieben habe. Ich habe die ganzen letzten Wochen zwischen uns vergessen. Vieles ist wiedergekommen, aber lange nicht alles.«

Ayden wirkt nur für Sekundenbruchteile schockiert, dann fasst er sich wieder. »Du hast meinen Antrag vergessen? Soll ich ihn wiederholen?« Er zwinkert mir zu.

Dafür habe ich ihn früher geliebt. In seiner Gegenwart wog alles viel leichter. Womöglich ist er ja doch der Richtige für mich. Bei ihm würde ich nie Gefahr laufen zu erfrieren, das ist sicher.

Er räuspert sich und klemmt sich die wie immer zu langen dunklen Haare hinter die Ohren, eine typische Ayden-Geste. »Wieso du verschwunden bist, weiß ich nicht. Ich dachte, du hättest vielleicht kalte Füße bekommen oder hättest dich wegen William Farrell in etwas reingesteigert.«

Nervös nestele ich an meinem Kleid herum.

»Wir hatten uns davor öfter gestritten. Ich hatte herausgefunden, dass du ein zweites Konto eröffnet und weiterhin Schmuck verkauft hast, weißt du das noch?«

»Ich erinnere mich, dass ich es vor dir geheim halten wollte, aber ich erinnere mich nicht an einen Streit.«

»Ich war wütend und verletzt. Und da war noch Zoraly, die dir wirklich üble Dinge über mich eingeredet hat. Du warst der festen Ansicht, ich würde dich betrügen.«

»Zoraly ...« Ich muss unbedingt mit ihr sprechen.

»Sie war dir keine gute Freundin, Maya. Ich habe nie eine andere Frau auch nur angesehen.«

Das glaube ich ihm. Zumindest aus meiner jetzigen Perspektive.

»Sie hat dir viel Blödsinn eingeredet. Sie hat ständig behauptet, dass ich dich zu sehr einschränken würde. Dabei war es deine freie Entscheidung, nicht aufs College zu gehen und zu Hause zu bleiben. Ich habe dich nur unterstützt, was hätte ich auch tun sollen? Dir Vorhaltungen machen wie deine Eltern?«

»Hm.« Alles, was er sagt, stimmt. Zumindest dachte ich damals, ich würde es alles genauso wollen wie er. »Und warum bin ich alleine zu meinen Eltern an den North Pond gefahren?«

»Hat deine Mom dir das nicht erzählt?«

»Nein. Sie hat was angedeutet, aber nichts gesagt.«

»Du dachtest, ich hätte was mit Jackie aus meinem Büro. Dabei ist sie über vierzig und verheiratet. Maya ... diese Zoraly hat dir so viel Mist über mich eingeredet, und du hast ihn geglaubt. An diesem Morgen hast du deine Tasche gepackt und bist einfach verschwunden. Du hast mir später gesagt, Zoraly hätte dich nach Maine gefahren. Womöglich hast du deinen

Eltern was anderes erzählt, aber du wärst niemals in einen Bus gestiegen, da bin ich mir sicher. Dafür hattest du viel zu viel Angst.«

Mein Magen zieht sich in einer Vorahnung zusammen. »Wegen William Farrell«, sage ich leise.

Ayden seufzt. »Ich weiß bis heute nicht, ob er es wirklich gewesen ist oder ob du ihn dir eingebildet hast. Du warst aber zu hundert Prozent überzeugt, dass er dir etwas antun will. Um sich dafür zu rächen, dass dein Vater ihm durch Beziehungen den Jugendknast verwehrt hat und er stattdessen in den normalen Vollzug musste. Zum Schluss hast du ihn überall gesehen: im Kino, am Broadway, beim Essengehen.«

Ich nicke, das weiß ich mittlerweile ja auch wieder.

Aydens Stimme sinkt herab, er schüttelt den Kopf. »Ich wusste nicht mehr, was ich tun soll, wie ich dir helfen kann. Ich habe diesem Mistkerl ein paar Mal vor unserem Block aufgelauert, aber genau an diesen Tagen kam er nicht, als hätte er mich von Weitem gerochen.«

Betroffen sehe ich ihn an, denn daran erinnere ich mich plötzlich: Wie grimmig Ayden aus dem Haus ist, um den Mistkerl zur Rede zu stellen.

Er seufzt tief. »Am Ende wolltest du das Haus gar nicht mehr verlassen. Und je ängstlicher du wurdest, desto mehr hast du mir misstraut. An dem Morgen, als du zu deinen Eltern geflohen bist, hast du mich in der Kanzlei angerufen und Jackie ist rangegangen. Da hast du dir irgendwas zusammengereimt, wahrscheinlich, weil Zoraly dir das sowieso schon eingeredet hatte. Ich bin sofort heimgefahren, aber du warst bereits verschwunden. Deine Reisetasche war weg, ein paar Klamotten, ebenso deine Zahnbürste und dein Kosmetikbeutel.« Sein Gesicht verdüstert sich, und in meinem Bauch spüre ich ein hohles Loch. Ich erinnere mich nicht. »Ich habe deine Eltern angerufen und erfahren, dass sie am North Pond sind. Mir war klar, dass du zu ihnen willst.«

Wohin hätte ich auch sonst gehen sollen! »Und dann hast du die Verlobungsringe anfertigen lassen …«

»Im Eilauftrag …«

»Um mir zu beweisen, dass du es ernst meinst …«, vollende ich den Satz. Das klingt ganz und gar nach Ayden. Eine große Geste, das ist sein Stil.

»Ayden …« Ich schlucke mehrmals, habe keine Ahnung, wie es weitergehen soll und was ich empfinde. So, wie er hier sitzt, liebe ich das, was wir hatten. Ich liebe ihn dafür, dass er mein Freund war und ist. Ich liebe ihn für den Schutz und die Geborgenheit, die er mir geschenkt hat. Für seine bedingungslose Liebe. Dafür, dass er mir Selbstvertrauen gegeben hat, als ich gar keines hatte – vor allem damals an Maddys Verlobungsfeier. Ich beiße mir auf die Lippen, weil ich nicht weinen will.

»Sag nichts, ma chérie.« Ayden steht auf, setzt sich neben mich und nimmt meine Hand. »Du trägst ihn ja«, stößt er beinahe ehrfürchtig mit Blick auf meinen Verlobungsring hervor.

Ich nicke.

»Weißt du, wir haben doch alle Zeit der Welt, wieder zueinanderzufinden. Aber du und ich, wir gehören zusammen. Das weiß ich einfach. Und wenn du tief in dich hineinhörst, weißt du es auch.«

Meine Hand in seiner fühlt sich so anders an als meine Hand in Reeds. Bei Reed war ich gleichgestellt und bei Ayden fühle ich mich immer fehlerhaft und doch auf eine eigentümliche Art geliebt und beschützt. Womöglich habe ich mich einfach in das Gefühl verliebt, das Reed mir vermittelt hat. Ich war Reed in vielen Dingen überlegen, zwar nicht, was das Leben in der Wildnis angeht, aber in dem, was Menschen verbindet. Wie man küsst, wie man liebt, wie man spricht. Das hat mir

Selbstvertrauen gegeben. Hier in der Stadt hat das gute Gefühl erst einmal angehalten, doch gerade in diesem Augenblick schrumpft es zusammen, weil ich überhaupt nicht mehr weiß, was ich tun soll, was richtig und was falsch ist. Womöglich bin ich ja gar nicht so tough, wie ich dachte, als ich aus dem Wald kam. Und womöglich habe ich nicht Reed geliebt, sondern nur Ash, das Mädchen, das er in mir gesehen hat, das er allein mit seiner Art heraufbeschworen hat. Und natürlich fühle ich mich gerade jetzt, wo mich alle umsorgen, wichtig, aber wie wird es nächste Woche sein, wenn jeder wieder im Alltagstrott ist?

»Ich weiß noch gar nichts, Ayden«, sage ich deshalb und höre mich verloren an. »Ich versuche ja krampfhaft, mich zu erinnern, aber ich schaffe es einfach nicht.«

Ayden lässt meine Hand los, steht auf und sieht auf mich herab. »Dann begleite mich nach New York in unsere Wohnung. Du wirst sehen, deine Erinnerungen kommen in der vertrauten Umgebung viel schneller zurück. Wann warst du das letzte Mal in Boston bei deinen Eltern? Das ist doch über eineinhalb Jahre her. Wie sollst du dich hier an etwas erinnern, das in New York passiert ist?«

»Hm.« Ich weiß nicht, ob ich dafür bereit bin. Wie kann ich mit ihm zusammenleben, ihn vielleicht sogar küssen und mit ihm schlafen, ohne an Reed zu denken? Wie kann das funktionieren? Soll ich ihm überhaupt von Reed erzählen? Falls ich wirklich wieder mit ihm zusammenkomme, hat er ein Recht auf die Wahrheit. Ich möchte keine Geheimnisse mehr vor ihm haben, denn das ist das letzte Mal offenbar gründlich schiefgegangen.

Aber würde ich uns beiden nicht nur etwas vorspielen, wenn ich ihn begleite? Reed ist immer in meinen Gedanken. Selbst wenn ich ihn daraus verbanne, schleicht er sich durch eine Hintertür wieder herein. Dann sehe ich ihn allein im Wald herumstreifen, Odin auf seiner Schulter. Die zärtlichen

Schnäbeleien des Raben sind seine einzigen Berührungen, Odins Krächzen die einzigen Worte, die überhaupt jemand an ihn richtet. *Ash, mei-lo. Lark. Lark.* Manchmal sehe ich ihn auch in dem Tal herumirren, in dem seine Familie gestorben ist. Wie er mutterseelenallein und benommen nach irgendwelchen Habseligkeiten sucht und diese dann in seinen Mantel näht. Wie muss er sich in diesen Momenten, Stunden und Tagen gefühlt haben …

»Maya, hey, nicht weinen«, höre ich Ayden sanft sagen. Er setzt sich wieder zu mir und nimmt meine Hand. »Ich helfe dir dabei, dich zu erinnern.«

Vielleicht will ich mich auch gar nicht mehr erinnern. Womöglich stellt sich mein Herz dabei quer. Denn wenn mir wieder einfällt, wie sehr ich Ayden geliebt habe, wenn ich es tatsächlich fühle, werde ich Reed eines Tages vergessen. Und ihn zu vergessen, auch wenn er Dinge getan hat, die falsch waren, fühlt sich an, als würde mir jemand einen Dolch ins Herz stoßen und die Klinge herumdrehen.

Mein Blick fällt auf Aydens Hand, die meine hält. »Was steht in deinem Ring?« Ich deute auf das Schmuckstück an seinem Finger.

»Das, was eines Tages in meinem Ehering stehen soll. Darüber haben wir mal gesprochen, mehr im Spaß, da wir erst drei Wochen zusammen waren.«

»Was ist es?«

Er zieht den Ring aus und gibt ihn mir.

Auf ewig dein. Maya.

Nachdem Ayden gegangen ist, lasse ich mir ein kochend heißes Bad einlaufen und verbrenne mich fast am Wasser, als ich hineinklettere.

Erinnere dich! Erinnere dich und vergiss Reed! Es hätte sowieso keinen Sinn gehabt. Er hätte den Wald niemals verlassen, und in der Stadt wäre die Beziehung am Alltag zerbrochen.

Ich tauche unter, will ihn mit der Hitze aus meinem Körper jagen, ihn aus meiner Seele brennen, bis Eis und Kälte zusammen mit den tausend Küssen schmelzen.

War es fair, ihn alleine zu lassen, wo ich doch wusste, dass der Wald ihn gefangen hält? Hätte ich ihm verzeihen sollen? Ich bin mir sicher, die alte Maya hätte ihm alles verziehen. Es war Ash, die ihn verlassen hat. Die selbstbewusste Ash.

Tränen laufen mir über die Wangen. Ich klettere aus der Wanne und stelle mich unter die Dusche gegenüber, drehe das Wasser auf eiskalt. Und mit der Kälte erinnern sich mein Körper, meine Lippen, meine Zunge. Es ist, als wäre Reed hier bei mir und würde mich halten. Mich lieben. Ich spüre seine stillen Hände, den kalten Atem, rieche den Duft von Gletschereis. Ich will erfrieren wie das Mädchen mit den Schwefelhölzern und dabei Bilder im hellen Licht sehen. Bilder von Reed und mir. Ich will wieder Ash sein, durch den Schnee toben und auf Eisschollen springen, erleben, was sie erlebt hat, aber diesmal verzeihe ich Reed. Ich sehe seine eisgefrorenen Haare, die wie Diamanten funkeln, seine schmalen Lippen, die immer ein bisschen zu bläulich sind, und umarme ihn mit all meiner Liebe, flüstere ihm zu, dass er nie wieder einsam sein muss, weil ich bei ihm bin.

Doch das ist unmöglich, sagt meine Vernunft.

Vor Kälte zitternd trete ich aus der Dusche, wickele mich in ein flauschiges Handtuch und setze mich auf den Vorleger, die Beine angewinkelt, das Kinn auf den Knien. Ich kann mein Leben nicht in den Wäldern verbringen. Ich bin nicht Thoreau oder sonst einer der großen Meister der Unendlichkeitsgefühle. Und habe ich Reed nicht auch verlassen, um mich endlich zu erinnern? Ist es fair, Ayden von mir zu stoßen, ohne zu wissen, was geschehen ist?

Nein. Ich brauche meine Erinnerungen. Also muss ich zurück nach New York, zurück in Aydens und meine Wohnung, um zu finden, was mein Herz, meine Seele und mein Geist mir verweigern. Ich bin müde vom Davonlaufen, müde vom Nicht-Wissen.

Es tut mir leid, Reed. Es tut mir so, so, so unendlich leid.

Kapitel 23

Tage gehen vorbei, und es passiert nichts. Aber das ist natürlich ein Trugschluss, es kommt mir nur so vor, als ob nichts geschieht, weil sich in mir drin nichts verändert.

In Wahrheit ist viel geschehen.

Vor drei Wochen habe ich meine Sachen gepackt und bin mit Ayden nach New York gegangen. Dort bin ich bereits am nächsten Tag zu Zoras alter Wohnung gefahren, aber sie war ausgezogen, und ich erinnere mich dunkel, dass sie mal eine WG in Chinatown erwähnt hat, in die sie ziehen wollte, nur habe ich die Anschrift nicht. Danach habe ich die Suppenküche besucht, in der Zora ausgeholfen hat. Zu meiner Enttäuschung gab es sehr viele neue Aushilfskräfte, und niemand kannte eine Zoraly Bakersfield. Irgendwann kam Fred, der junge Leiter der Mittagsschicht, und teilte mir mit, Zora habe bereits vor Monaten hier aufgehört. Daraufhin bin ich mit der U-Bahn zu dem Tattoostudio gefahren, in dem sie gearbeitet hat, aber auch hier hatte sie gekündigt. Eine gewisse Brooklyn wollte sich nach ihr erkundigen, und ich habe ihr meine neue Handynummer dagelassen.

Mittlerweile glaube ich jedoch, Brooklyn hat einfach vergessen nachzufragen.

In der ersten Woche, nachdem ich Boston verlassen habe, um Ayden und mir eine zweite Chance zu geben, hat er sich Urlaub genommen. Wir haben uns »Diana, A True Musical Story« angeschaut, wir waren zusammen im American Folk Art Museum und noch mal auf der Freiheitsstatue, wo wir zum ersten Mal nach einer langen Zeit wieder Hand in Hand herumgelaufen sind. Wir waren jeden Abend zusammen essen, und ich habe mich wohlgefühlt. Nicht glücklich, aber nicht mehr ganz so verloren wie in Boston, was mir zeigt, dass mein Leben zuvor tatsächlich hier stattgefunden hat. Da sind viele Gefühle von Vertrautheit, die mich manchmal kalt erwischen.

Ayden meint, ich solle einfach alles machen, was ich davor auch getan habe, das würde mir sicher helfen, die Amnesie zu überwinden. Doch ich habe zuvor nicht wirklich etwas getan. Zumindest nichts, das mir jetzt Spaß macht. Ich habe gelesen, gekocht, Yogakurse online im Wohnzimmer absolviert und Perlenketten designt. Aber Liebesgeschichten kann ich aktuell nicht lesen, weil mir dabei das Herz bricht, und Thriller waren aus verständlichen Gründen noch nie mein Ding. Bei den Yoga-Asanas muss ich zu oft an Reed denken – der Baum, die Krähe, der Krieger. Die Perlen erinnern mich an meine Lügen Ayden gegenüber und an den Eschenanhänger, den ich an Reeds Brennnesselschnur immer versteckt in der Hosentasche bei mir trage. Also sitze ich die meiste Zeit herum, schaue sinnlos Netflix-Serien, surfe im Netz, wo ich auch nach Zoraly recherchiere, sie aber nicht finde, oder ich telefoniere mit Mom oder Maddy. Meine Schwester plant gerade ihre Hochzeit und hat viel zu tun, fragt mich jedoch hin und wieder nach meiner Meinung zu Blumendeko und Menü. Ab und zu gieße ich Kerzen und überlege, künftig Buchkerzen statt Buchketten anzubieten, doch ich gebe es wieder auf, als ich merke, dass ich nur Winter- und Waldkerzen gieße.

Kochen ist das Einzige, das ich wirklich gut hinbekomme und das mir Spaß macht, daher verwöhne ich Ayden, weil er so lieb und geduldig mit mir ist. Wir nähern uns an, ich fühle auch noch etwas für ihn, es ist nur tief vergraben, ich muss es einfach wiederfinden.

Heute koche ich sein Lieblingsessen: vietnamesisches Rindfleisch. Er kommt seit Neustem immer früher nach Hause, damit ich nicht so lange allein bin. Dafür arbeitet er abends noch ein wenig in seinem Arbeitszimmer.

»Das riecht ausgezeichnet«, freut er sich, kaum dass er zur Tür herein ist. Schritte dringen vom Flur in den Wohn- und Essbereich. »Du machst Rindfleisch. Das hast du früher jeden Mittwoch gekocht.«

»Ich weiß.« Ich drehe mich zu ihm um und mustere ihn, wie er seine Krawatte lockert. Früher hätten wir uns jetzt auf dem Küchentresen geliebt, und ich wäre eine Weile für ihn liegen geblieben. »Wie war es auf der Arbeit?«, frage ich, weil ich keine Ahnung habe, über was ich mich sonst mit ihm unterhalten soll; mein Leben ist aktuell ziemlich eintönig.

Er streift das Jackett ab und hängt es über den Stuhl. »Ich habe einen neuen Fall. Aber es geht nur um ein Eigentumsdelikt, nichts wirklich Aufregendes. Der Junge wird wohl hinter Gitter kommen, auch wenn die Gegenseite ihm einen guten Deal verschaffen will.«

Während er erzählt, schweife ich kurz zu Reeds Eigentumsdelikten in der Lodge ab, aber beim Essen versuche ich, mich ausschließlich auf Ayden zu konzentrieren. Sein Haar fällt heute fast so in seine Stirn wie Reeds. Seine hohen Wangenknochen werfen Schatten auf sein Gesicht, er sieht mitgenommen aus, hat drei Kilo abgenommen, weil ich ihm so gefehlt habe, erklärt er. Die Schatten verpassen ihm einen neuen düsteren Charme, von dem ich noch nicht weiß, ob er mir gefällt oder nicht.

»Maya.« Mein Name reißt mich aus den Gedanken. »Was ist los?« Er steht auf, tritt hinter meinen Stuhl und massiert meine Schultern, so wie früher. Und ich komme mir selbst auch wieder verspannt vor.

»Keine Ahnung.«

»Du siehst mich kaum an. Du küsst mich nur auf die Wange … von unserem Sexleben will ich erst gar nicht anfangen.«

»Du wolltest mir Zeit geben.«

Er seufzt, hält bei der Massage inne, lässt aber die warmen Hände auf meinen Schultern liegen. »Mittlerweile ist es fast Mitte Mai. Wir sind inzwischen vier Wochen hier. Wie viel Zeit brauchst du denn noch? Ich möchte gerne mal wieder etwas anderes mit dir tun als nur Netflix schauen und essen gehen.«

Abrupt stehe ich auf, sodass seine Hände von meinen Schultern rutschen, und laufe zu den großen Wohnzimmerfenstern, um auf die Stadt zu blicken. Dort draußen schimmern Hunderte bunter Reklametafeln, in den Hochhäusern brennt Licht hinter jedem Fenster. Das Dröhnen der Hupen schallt bis zu uns hinauf. Früher hat es mir gefallen, es hat mir immer signalisiert, dass ich nicht alleine bin. Ich war Teil der Welt, ohne rausgehen zu müssen. Heute kommt es mir vor, als würde ich auf einer Kirmes in einer gläsernen Riesenradkabine leben. In einer Gondel des London Eye.

Ayden tritt erneut hinter mich, so dicht, dass sich seine Wärme auf meinen Rücken legt wie ein Mantel. »Ich liebe dich, ma chérie«, raunt er in meinen Nacken. »Mehr als alles auf der Welt, mehr als mein Leben.«

Ich muss schlucken. Seine Stimme klingt belegt, aber voller Liebe. Mit einer zärtlichen Geste streicht er meine Haare aus dem Nacken, lacht leise. »Du wolltest also wieder blond sein, soso.«

»Du magst es nicht, ich weiß.«

»Ich mochte es nie, weil du damit viel zu hübsch für andere bist.«

»Das hat Zora damals auch vermutet.« Daran erinnere ich mich unscharf.

»Sie hatte recht.« Er küsst meinen Nacken, sanft und warm, und ich kann nicht verhindern, dass ein prickelnder Schauer über meinen Rücken läuft.

»Ayden …«

»Nein, sag jetzt nichts«, flüstert er in mein Genick.

Ich bleibe still und versuche mir vorzustellen, wie es früher gewesen ist, wenn wir uns geliebt haben. Vielleicht muss ich einfach mit ihm schlafen, um mich an alles zu erinnern, vor allem an meine Gefühle für ihn. Womöglich ist das mein Heilmittel gegen Reed.

»Maya.« Aydens Stimme ist lediglich ein Hauch, ein Windstoß im Nichts. Verloren. Ich drehe mich um und schaue ihn an. Seine dunkelbraunen Augen glänzen sehnsuchtsvoll im Licht der Stadt. Eine Sekunde später beugt er sich vor, und ich spüre seine Lippen auf meinen. Es ist so vertraut, so normal. Alte Gefühle von Geborgenheit durchfluten mich. Bin ich es ihm nicht schuldig, alles zu versuchen? Als ich seine Zunge spüre, schießen Bilder in meinen Kopf. Unser erster Kuss vor unserer Haustür in Boston, nachdem er mich zum Essen ausgeführt hat. Es war ein Kuss, ganz zart und flüchtig, als wollte er mich nicht erschrecken. Dieser hier ist ebenso behutsam, fast fragend.

Willst du mich noch? Bist du auf ewig mein?

Und ich antworte, küsse ihn zurückhaltend, ein unsicheres *Vielleicht.*

Ja, vielleicht haben Ayden und ich eine Zukunft. Ich muss es versuchen, wir sind verlobt und ich bin es ihm schuldig.

Ich weiß nicht exakt wie, ich glaube, Ayden drängt mich beim Küssen rückwärts, und wir landen im Schlafzimmer auf dem Himmelbett. Ayden zieht mir das helle Dior-Shirt, das er mir gestern geschenkt hat, über den Kopf, und der Eschenanhänger, den ich heute trage, baumelt zwischen meinen nackten Brüsten. Ich habe Ayden gesagt, ich hätte ihn in Kanada gekauft.

Für einen Moment sieht er mich mit dunklen Augen an, dann drängt er mich rücklings aufs Bett und schiebt meinen Rock hoch. Ich erlebe es wie einen Traum, in einer Erinnerung. Er streift mir den Slip ab und Bilder von unserem ersten Mal tanzen plötzlich durch meine Gedanken. Ayden hat sich damit Zeit gelassen, bis wir zwei Monate zusammen waren. Ich erinnere mich an weiße Rosenblätter in seiner ehemaligen Wohnung, an das Flackern von hundert Teelichtern und Kerzen, an sanfte Musik. Er hat mich verwöhnt und stundenlang gestreichelt, so kam es mir zumindest vor. Ich hatte keine Angst, es war so natürlich. Der Hoodiemann spielte keine Rolle mehr.

Und auch in diesem Augenblick sinkt er voll angezogen zwischen meine Beine, drückt meine Oberschenkel auseinander und verwöhnt mich mit Lippen und Zunge. Die Bilder flimmern weiter und ich weiß, es sollte mir nicht gefallen, aber das tut es trotzdem. Weil er mich in- und auswendig kennt. Weiß, was mir gefällt. Unser Schlafzimmer löst sich auf und die Hitze in mir malt Farben vor meine geschlossenen Augen. Rot und Orange, flirrende Spiralen, die sich immer schneller drehen. Ich grabe meine Hände in Aydens Haare, Reeds Gesicht erscheint in meinem Kopf.

Das Rotorange verfliegt, wird zu einem Winterwald aus weißen Eisblüten und Frost. *Ash, my love*, flüstert Reed in mir. *Komm zurück!* Ich sehe uns beide, wie wir uns auf den Fellen der Shack lieben, ich auf seinem Schoß sitzend. Ich spüre die wilden, ungezügelten Stöße, seine kalte Haut, seinen kühlen Atem auf den Lippen, in meinem Mund, seine stillen Hände an meinem Hintern. Er presst mich an sich, als er kommt, lässt mich nicht weg, nicht einen Millimeter. *Reed!*

Ich keuche auf und die Hitze überschwemmt mich, fließt so heftig durch meinen Körper, dass sich mein Rücken durchbiegt und meine Beine zittern.

»Maya«, flüstert Ayden. Nur meinen Namen. Sonst nichts. *Maya. Maya. Maya.*

Aber ich bin nicht da. Ich bin an einem anderen Ort, in einer anderen Zeit, in einer Märchenwelt. Und voller Schreck begreife ich, dass nicht das, was ich vergessen habe, mein persönliches Gefängnis ist, sondern Reed.

Wenn ich mich nicht dagegen wehre, bin ich vielleicht für immer in Nahmakanta gefangen, selbst hier.

Danach bleibe ich liegen, weil ich mich unwirklich fühle. Schlecht und schuldig. Ayden steht auf, er will gar nicht mit mir schlafen, er wollte mich lediglich verwöhnen, um nicht zu schnell zu viel von mir zu fordern. *Wie immer.*

Seine Haare sind trotzdem verschwitzt, aber selbst zerzaust sieht er aus wie einer der Männer, die in Hochglanzmagazinen für teure Herrendüfte werben.

»Ich hole mir einen Whisky. Willst du auch was trinken?«, fragt er an der Tür und betrachtet mich mit einem Lächeln.

»Ich nehme auch einen.« Vielleicht spült das die Schuldgefühle runter. Wie kann ich so etwas tun? An Reed denken, während Ayden mich kommen lässt.

Als er das weitläufige Zimmer verlassen hat, schlüpfe ich in meinen Slip und streife mir das Shirt wieder über den Kopf. Draußen lärmt die Welt. Ein Auto hupt, ein Krankenwagen heult. Ganz dicht trete ich ans Fenster und lege die Stirn an das kühle Glas. In meinem Kopf brennen Gedanken und doch ist alles leer.

Reed? Was machst du jetzt gerade? Denkst du an mich?

Ich spüre noch den Nachhall des Höhepunkts, die Wärme und Entspannung, aber ich fühle mich schmutzig und unehrlich. Als Ayden mit dem Whisky zurückkommt, nehme ich das Glas und leere es in einem Zug. Wieder spähe ich hinab. Ich muss Ayden die Wahrheit sagen. Jetzt sofort, bevor so etwas noch mal passiert. Ayden sollte wissen, auf was er sich einlässt, wenn wir Sex haben. Ich ertrage es nicht, ihn weiter anzulügen.

»Du bist so still«, bemerkt er auch prompt. »Ist alles in Ordnung? Es hat dir doch gefallen, oder?« Ein zweites Mal streicht er mir die Haare rechts und links aus dem Nacken und küsst mein Genick. Ich denke an Reeds kalte Lippen.

»Ayden ... es ist etwas passiert. Damals im Wald.«

Kapitel 24

Obwohl ich ihm den Rücken zukehre, spüre ich an der Bewegung hinter mir, dass Ayden einen Schritt zurückweicht. »Und was?«

»Ich und Reed. Er war mehr als ein Freund. Ich habe mich in ihn verliebt, aber ...« Die ganze Geschichte ist viel zu lang, daher sage ich: »Aber im Frühjahr bin ich gegangen, um herauszufinden, was geschehen ist. Ich hatte den Verlobungsring verloren ... ich habe mich zuerst nicht an dich erinnert.«

Hinter mir wird es so still wie im Winter in Maine, es wird auch fast ebenso kalt. Als ich mich vorsichtig zu Ayden herumdrehe, steht er wie schockgefrostet da, die Hände zu Fäusten geballt.

»Und das erzählst du mir erst jetzt?«, fragt er fast zu beherrscht.

Schuldbewusst blicke ich ihn an. »Es tut mir leid. Ich wusste nicht, wie ich es dir beibringen soll.«

»Dann ist er es, bei dem du ständig in Gedanken bist? Immer, wenn ich mal wieder mit dir rede und du nicht richtig zuhörst?«

»Nein, ich ...« O Gott, ich will Ayden auf keinen Fall wehtun.

»Und eben? Hast du da auch an ihn gedacht?«, fragt er mit vorgeschobenem Kinn.

»Ayden … Ich hatte vergessen, dass ich verlobt bin; ich hatte sogar dich zuerst vergessen. All das hier …«

»Hast du mit ihm geschlafen?«

Ich atme tief ein. »Ja.« Es tut gut, endlich die Wahrheit zu sagen, auch wenn ich nicht weiß, was es für Auswirkungen haben wird.

Ayden schaut mich an. Sein Gesicht ist starr, die Augen brennen. »Ich habe dir vertraut, Maya. Ich habe dich niemals betrogen; und glaub bloß nicht, ich hätte keine Gelegenheit dazu gehabt. Ich hatte etliche. Aber weißt du was? Im Gegensatz zu den meisten anderen halte ich viel von Treue und Anstand. Und ich stehe zu meinem Wort.«

»Ich weiß.« Nun fühle ich mich hundeelend. Wie kann ich ausgerechnet Ayden so wehtun?

Ich bekomme kaum mit, dass er sich umdreht und an der Garderobe seine Jacke anzieht.

»Wo willst du hin?«, rufe ich ihm nach.

»Raus an die Luft, bevor ich noch etwas Unüberlegtes tue!« Mit einem heftigen Knall fällt die Tür hinter ihm zu, und ich bleibe alleine zurück.

Als Ayden wiederkommt, atme ich erleichtert auf, obwohl ich ein banges Gefühl im Bauch habe. Ich bin eine Stunde lang durch die Wohnung getigert und hätte fast Maddy angerufen, um ihr alles zu erzählen. Doch ich hatte Angst, dass Ayden zurückkommt, wenn ich gerade mit ihr spreche, und das wollte ich nicht. Ihm muss nun meine volle Aufmerksamkeit gelten.

»Ayden«, fange ich an.

»Nein, warte«, unterbricht er mich und hängt den Schlüssel ans Bord. »Du hattest mich vergessen?« Sein Gesicht ist nach wie vor angespannt, die Augen verschattet.

»Zuerst ja. Nach und nach ist mir dann alles wieder eingefallen. Und den Verlobungsring habe ich erst im Frühjahr wiedergefunden.« Ich erkläre ihm, wie meine Erinnerungen Stück für Stück wiedergekommen sind und dass ich lange Zeit geglaubt habe, er hätte mir das Herz gebrochen. »Ich dachte, das wäre der Grund für meine Amnesie. Verstehst du? Ich dachte, du hättest mich verlassen.«

Ayden geht nicht weiter darauf ein. »Du bist mit mir nach New York gegangen, das heißt, du willst den Wald und alles, was war, hinter dir lassen?«

Als ich zaghaft nicke, auch wenn ich nicht weiß, ob das stimmt, kommt er auf mich zu, und seine Umarmung zerquetscht mich fast. »Oh, Maya.« Dann küsst er mich so tief und fordernd, dass mir Hören und Sehen vergeht. Da ist keine Spur von Zurückhaltung mehr. Ich spüre seine Sehnsucht, seine Verwirrtheit und seine Eifersucht; er packt eine Faustvoll meiner Haare, wickelt sie um seine Handkante und zieht mich daran ins Schlafzimmer, ohne den Kuss zu unterbrechen. Ich lasse es zu. Irgendwo schreit ein Teil von mir, ihn zu stoppen, der andere hat ein schlechtes Gewissen. Ich muss ihm beweisen, dass es vorbei ist. Ayden braucht jetzt diese Sicherheit. Noch bevor wir das Himmelbett erreichen, lässt er mich kurz los, um sich seiner Klamotten zu entledigen, danach drückt er mich entschlossen in die Kissen, ist nicht mehr so sanft und behutsam wie vorhin. Mit einer Hand zerrt er mir den Slip runter und schiebt meinen Rock hoch, dann sinkt er über mich. Ich spüre sein Gewicht, seine Haut, seinen Atem. Während er in mich eindringt, sieht er mich an. Die ganze Zeit, als könnte ich ihm gedanklich entschwinden, abtauchen in etwas, das er nicht kontrollieren kann.

»Diesmal bleibst du bei mir«, flüstert er rau, packt mich zu fest und fängt an, sich in mir zu bewegen. Er liebt mich rückhaltlos, zu hart, auf seinen eigenen Spaß bedacht. Er weiß, dass ich ihn nicht stoppe und alles tue, was er möchte, um meine Schuld zu tilgen. Und weil ich ihn so verletzt habe, schlinge ich meine Beine um ihn, keuche ich ein bisschen, spiele ihm was vor, aber mein Kopf ist leer. Ich blicke zur Seite auf die Silhouette der Stadt, während mein Körper auf der Matratze herumrutscht. Ich spüre, wie Ayden kommt. Diesmal flüstert er nicht meinen Namen, sondern er keucht ihn laut, als würde er mich rufen.

Als er fertig ist, zieht er seine Boxershorts an und lässt mich allein – eine Minute später höre ich ihn in unserem Fitnessraum auf den Boxsack eindreschen.

Verstört darüber, wie sich das eben abgespielt hat, setze ich mich auf und ziehe meinen Slip wieder an, schiebe den Rock nach unten. Ich verstehe ja, dass Ayden wütend und verzweifelt ist, aber musste er das in unserem Bett an mir auslassen? Ich habe ihn ja nicht absichtlich vergessen. Aber er hat auch irgendwie recht. Ich habe ihm vorgeworfen, mich zu betrügen, doch ich war diejenige, die sich sofort in einen anderen Kerl verliebt hat.

Verdammt!

Konfus stehe ich auf und laufe zum Fitnessraum, der in unserer Wohnung ganz hinten liegt, fast direkt neben dem Ausgang. Im Gegensatz zu unserem Schlaf- und Wohnbereich hat er überhaupt keine Fenster. An der Tür bleibe ich stehen, das grelle Neonlicht spiegelt sich kalt auf Aydens Gesicht. Beklommen beobachte ich, wie er wie ein Irrer auf den Boxsack einschlägt.

Er beachtet mich nicht, und gerade, als ich in die Küche gehen will, um mir eine Limonade zu holen, fallen Erinnerungen in meinen Geist wie Tetris-Blöcke, docken an alten Bildern an und werfen mich zurück.

»Würdest du mir bitte erklären, was das bedeutet?«, fragt Ayden mit gefährlicher Ruhe in der Stimme. Er ist früher nach Hause gekommen, weil er spontan mit mir essen gehen wollte, und hat den Briefkasten vor mir geleert.

Ich starre auf das Päckchen, das er geöffnet hat und mir unter die Nase hält. Lauter kunterbunte Perlen stecken in kleinen Tütchen, farblich sortiert, wie ich es liebe. Eine Lieferung vom Onlineshop Pearls & More, die ich nach dem Duschen sofort aus dem Postkasten hatte holen wollen. Jetzt hat er sie gefunden.

Mir wird flau. »Ich habe einen neuen Auftrag angenommen. Hatte ich ganz vergessen, dir zu erzählen.«

»So?« Er blickt kühl auf mich herab. »Ich dachte, du bekommst keine mehr.«

»Ja, er kam ... sehr überraschend.«

Ayden hält die Perlen auf meine Augenhöhe. »Und wie hast du sie bezahlt? Bei mir ist keine Abbuchung verzeichnet.«

»Ähm ...« Mein Gesicht wird heiß. Nur in meinem dünnen Hemdchen und der Seidenunterhose stehe ich mit nassen Haaren im Flur, in den er mich eben zitiert hat. »Ich ...«

»Vielleicht mit dem Geld auf deinem neuen Konto?«

Er weiß es! Woher weiß er das? Ich blicke ihn ängstlich an und meine Augen werden feucht. Garantiert wirft er mich jetzt raus oder eröffnet mir, dass er selbst schon lange eine Affäre hat.

Aber er tut nichts dergleichen. Er steht einfach da und mustert mich finster, bevor er sagt: »Weißt du, wie ich mich fühle?«

»Nein«, flüstere ich beschämt.

»Ich fühle mich wie der allerletzte Depp, weil ich von Zukunft geredet habe, dabei planst du bereits, mich zu verlassen.«

»Nein, nein, nein, das stimmt nicht, Ayden. Ich will dich doch nicht verlassen ...«

»Wie oft habe ich dir gesagt, dass Ehrlichkeit die Basis einer Beziehung ist? Und du ...«

»Es hat sich nichts geändert, aber ...«

»Ich habe dir vertraut, verdammt«, schreit Ayden mich an.

Ich zucke zusammen. So hat er mich noch niemals zuvor angebrüllt. »Lass es mich erklären, okay ... ich wollte es dir ja noch sagen ...«

»Wann denn? Wenn du dich schon auf und davon gemacht hast?« Er fasst mich am Arm und zerrt mich hinter sich her an die großen Scheiben vor dem Schlafzimmer. »Diese Wohnung hier, die war extra für dich. Die Panoramafenster, das Licht ... alles. Ich habe mich nie mit Kollegen auf ein Bier getroffen, um jeden Abend bei dir sein zu können, weil du tagsüber schon so oft alleine bist. Weil du ja nicht gerne rausgehst ... habe ich gedacht. Und jetzt? Wie hast du es denn allein auf die Bank geschafft?« Er zieht mich erneut mit und ich flüstere unentwegt: »Es tut mir leid.«

»Ich dachte, wir sind uns einig wegen des Bankkontos?«

»Sind wir doch.«

»Und wieso machst du dann ein zweites auf? Das ist wie ein Schlag ins Gesicht.«

»Ayden, was tust du?«

Er stößt mich in den Fitnessraum, schiebt mich zur Hantelbank vor die Sprossenwand. »Setz dich da hin!« An den Schultern drückt er mich runter.

Ich gehorche, blicke ihn an. Er reißt sich Krawatte und Hemd vom Leib und für Sekunden fürchte ich, er würde etwas Schreckliches tun, doch dann marschiert er in die Mitte und boxt wie ein Wahnsinniger auf den Sandsack ein. Er flucht vor sich hin, schlägt zu und immer wieder zu, bis ihm der Schweiß an Rücken und Brust hinunterläuft. Seine Hände bluten.

Seine blinde Wut macht mir Angst. Ich will etwas sagen, das ihn beruhigt, aber ich weiß nicht, was.

Irgendwann dreht er sich keuchend zu mir um, die zerschundenen Hände nach wie vor erhoben. Schließlich geht er ohne ein Wort hinaus, löscht das Licht und schließt die Tür hinter sich.

Ein Panikschauer erfasst mich. Ich kann nichts mehr sehen! *Mir wird übel und ich werde zurückgeworfen in meine Kindheit; in das Kellerverlies des Hoodiemannes.*

»Mach das Licht an«, rufe ich. »Ayden, bitte mach das Licht wieder an.«

Er geht fort, vielleicht hört er mich ja gar nicht. »Ayden«, *schreie ich noch mal.* »Mach das Licht an. Bitte!« *Luft füllt meine Lungen, aber ich kann nicht atmen.* »Ayden ...« *Irgendwie schaffe ich es aufzustehen und taumele durch den finsteren Raum.* »Es tut mir leid! Ich kann nichts sehen. Mach die Tür auf!« *Hart stoße ich mit meinem Fuß an ein Sportgerät, irgendwo knarzt es.* »Ayden?«, *wispere ich. Die Panik flammt wieder auf, saugt alles aus mir heraus und lässt nichts übrig. Der Hoodiemann wird kommen und mich erwürgen. Ich sinke auf die Knie, ringe nach Luft und ersticke trotzdem. Ein weißes Rauschen dröhnt in meinen Ohren.* »Nein!« *Ich würge und atme und würge, da flackert die Neonröhre plötzlich auf.*

»Ma chérie«, *flüstert Ayden entsetzt an der Tür. Schweiß strömt über meinen Rücken, als hätte ich mich eben verausgabt und nicht er. Ich bin völlig benommen, bekomme kaum mit, wie Ayden mich aufsammelt, mich aus dem Raum trägt und im Wohnzimmer auf die Ledercouch setzt.* »Es tut mir leid. Ich war so wütend ... ich habe ... verzeih mir.« *Mit hängenden Schultern steht er da.*

Die Übelkeit in mir schwillt in Wellen auf und ab. Ich begreife nicht, was eben passiert ist. Ayden hat das Licht doch nicht absichtlich gelöscht. Oder doch? Nein, er hätte das niemals getan. Er war wütend und hat es aus Versehen ausgemacht, ein Automatismus. Ich wische mir über die Stirn und versuche, das Zittern in meinen Gliedern unter Kontrolle zu bekommen. Immer noch sehe ich alles wie durch Nebel. Ayden reicht mir ein Glas Wasser, aber ich lehne es ab, und er stellt es auf den Tisch.

»Verzeih mir bitte«, *sage ich und spüre, wie mir die Tränen kommen.* »Ayden ... ich wollte dich doch nie verlassen ... ich habe *nur Angst gehabt, dass du mich eines Tages sitzen lässt und ich mit nichts dastehe. Ich wollte dich nie belügen.«*

»Du vertraust mir nicht«, folgert er resigniert.

»Doch, aber ...«

»Warum nicht, Maya? Wann habe ich dir einen Grund dazu gegeben?«

»Du bist so perfekt. Und ich bin ... eben nur ich.«

»Du bist alles für mich, Maya.« Er sagt es so, als wäre es selbstverständlich. Als gäbe es keine Zweifel. Sanft legt er mir eine Decke um, weil ich immer noch nur meine Unterwäsche trage.

Schon wieder kommen mir die Tränen. »Ich will dir ja glauben, aber Zoraly meinte, ich müsste auf eigenen Beinen stehen können ... nur für den Fall, dass du mich mal satthast.«

»Wie bitte?«

Haltlos schluchze ich auf. »Sie sagt, ein Mann wie du ... und ich – das ginge nicht lange gut.«

Ayden schnaubt ungehalten.

»Sie sagt, ein Mann wie du könnte niemals treu sein. Zu viele Gelegenheiten.«

Aydens Gesicht verfärbt sich dunkelrot. »Natürlich sagt sie das. Schau sie dir an! Sie ist nur eifersüchtig. Außerdem wäre ihr sicher kein einziger Mann treu. Ich würde sie jedenfalls nicht mal mit der Kneifzange anfassen.«

»Sie sagt, du manipulierst mich. Sie sagt, ich hätte immer weniger Zeit für sie, weil du nicht willst, dass ich mich mit ihr treffe. Sie sagt, Männer wie du würden nicht teilen.«

»Da siehst du, warum ich nicht will, dass du dich mit ihr triffst, ob hier oder bei ihr! Es ist nämlich genau umgekehrt: Sie manipuliert dich. Sie redet dir jede Menge Unsinn über mich ein. Was sagt sie denn noch?« Er funkelt mich an.

»Sie findet es merkwürdig, dass du nicht willst, dass ich alleine shoppen gehe.«

»*Ich will es nicht, weil ich nicht möchte, dass du in der Mall eine Panikattacke hast. Es ist zu deinem Besten.*«

»*Aber wie soll meine Angst besser werden, wenn ich mich nicht damit konfrontiere?*«

»*Wir beide gehen doch zusammen raus. Zählt das nicht?*« *Ayden schüttelt den Kopf.* »*Ich finde, du solltest den Kontakt mit ihr komplett abbrechen. Wenn du mich wirklich liebst, Maya, dann tust du das für mich.*«

»*Aber …*« *Meine Kehle wird eng.* »*Sie ist hier meine einzige Freundin.*«

»*Sie ist nicht deine Freundin. Sonst würde sie keinen Keil zwischen uns treiben, oder?*«

Zora findet es auch seltsam, dass Ayden von mir verlangt, nach dem Sex reglos wie eine Puppe liegen zu bleiben, aber das berichte ich ihm nicht. Wenn er wüsste, über was ich alles mit ihr spreche, würde er ausflippen. Aber den Kontakt zu ihr abbrechen …

Im Sitzen straffe ich die Schultern und ziehe die Decke enger um mich. »*Ayden … hast du … hast du das Licht eben absichtlich ausgemacht?*«*, frage ich ihn direkt.*

Er sieht mich an. »*Es tut mir leid, ich war so wütend … ich … ich habe im Zorn nicht daran gedacht, dass du Angst im Dunkeln hast …*«

In dieser Nacht schlafe ich nicht. Ich musste Ayden versprechen, den Kontakt zu Zoraly vorerst abzubrechen. Im Grunde hat er natürlich recht. Sie redet wirklich ständig auf mich ein, dass er mich kleinhalten will, um sich selbst besser zu fühlen. Oder einfach, um alles unter Kontrolle zu haben. Sie sagt, sie kenne Männer wie ihn und ihr Ex-Freund wäre genauso gewesen. »*Sie sind nicht absichtlich so*«*, hat sie mir erklärt.* »*Sie können nur einfach nicht anders. Und sie fordern immer mehr. Heute verlangen sie, dass du abends nicht mehr mit einer Freundin durch die Kneipen ziehst, morgen wollen sie, dass du gar nicht mehr rausgehst.*«

Aber bei Ayden und mir ist es nicht wie bei ihrer letzten Beziehung. Immerhin bin ich es ja gewesen, die von Anfang an tausend Ängste hatte. Ich wollte ja nie weggehen. Ayden hat das nichts ausgemacht. Ich habe sogar versprochen, an mir zu arbeiten.

Blinzelnd starre ich vom Himmelbett aus auf die leuchtende Silhouette Manhattans. Ich fühle mich elend, nicht nur, weil meine Lügen aufgeflogen sind und ich Zoraly nicht mehr sehen kann. Ich frage mich auch etwas anderes: Wie konnte Ayden vergessen, dass ich Angst im Dunklen habe? Wenige Minuten vorher hat er noch gesagt, er hätte diese Wohnung extra wegen des Lichts für mich ausgesucht? Kann er das im Zorn wirklich vergessen?

Verwirrt schüttele ich den Kopf, komme wieder in der Gegenwart an und sehe zu Ayden, der nach wie vor auf den Sandsack eindrischt. Die Erinnerung hinterlässt ein beklemmendes Gefühl in meiner Brust, als würde ich ein zu enges Korsett tragen. Ayden hat den Streit erwähnt, aber dass er mich in der Dunkelheit zurückgelassen hat, kam nicht zur Sprache. Ebenso wenig, dass er nicht wollte, dass ich Zoraly noch einmal treffe. Benommen zwinkere ich. Aber ich habe mich trotzdem noch mal mit ihr verabredet, denn als ich den Hoodiemann gesehen habe, war sie bei mir. Also muss ich Ayden wieder hintergangen haben. Ich krame in meinen Erinnerungen und finde weitere. Diese eine hat auch andere zurückgebracht. Nach dem Vorfall im Fitnessraum habe ich Zora öfter in der Suppenküche besucht, es ist nur ein Katzensprung von unserer Wohnung bis dorthin, Ayden hat es gar nicht mitbekommen. Eine Zeit lang habe ich mir sogar überlegt, dort ebenfalls auszuhelfen, einfach, damit ich eine sinnvolle Beschäftigung habe. Ich habe mich nach diesem Streit regelrecht eingesperrt gefühlt. Ayden wollte, dass ich alles online mache, auch die Yogakurse.

»Ich will mich doch ändern und mich nicht zurückentwickeln«, habe ich ihm immer wieder zu bedenken gegeben. »Das macht es für dich schließlich auch einfacher.«

»Und wenn du wieder Anfälle bekommst?«

»Soll ich mich mein Leben lang einschließen?«

»Maya, ich möchte gar nicht, dass meine Frau arbeiten geht. Das habe ich dir von Anfang an erklärt.«

»Du hast nicht gesagt, dass du mich einsperren willst.«

Das hat ihn damals so verletzt, dass ich eine Weile gar nicht mehr raus bin. Und er hat mich dafür mit Aufmerksamkeit, teurem Essen und seidener Unterwäsche belohnt. Er gefiel sich als Mittelpunkt meines Lebens.

Als er jetzt endlich aufhört, auf den Sandsack einzuprügeln, und an mir vorbeigeht, sehe ich seinen Zorn über Reed und mich in seiner angespannten Haltung und den zusammengebissenen Kiefern. Ich habe ihn betrogen – vielleicht war er es ja, der das von jeher befürchtet hat. Vielleicht wollte er deswegen, dass ich nicht rausgehe. Womöglich war er froh, dass ich so ängstlich war. Wahrscheinlich war ich die Art Frau, die er wollte und bei der er sich sicher sein konnte, dass sie ihn nicht hintergeht. Und doch habe ich genau das getan.

»Ayden«, rufe ich ihm nach, und er bleibt auf dem Weg zum Wohnzimmer stehen, dreht sich aber nicht um. »Hast du das Licht im Fitnessraum damals absichtlich ausgemacht?«

Er seufzt. »Nein.«

»Versprochen?«

Abrupt wendet er sich um und sieht mich gekränkt an. »Herrgott, Maya! Du hast mich betrogen. Hör auf mit diesem Gefasel über das Licht. Das spielt doch aktuell überhaupt keine Rolle mehr. Glaubst du, das Ganze hier ist leicht für mich?«

Ich lasse den Kopf hängen, fühle mich sofort schuldig. »Nein.« Ich muss begreifen, dass diese Erinnerung für ihn nicht neu ist. Mir dagegen kommt es vor, als sei es eben erst geschehen, dabei liegt bestimmt ein Jahr dazwischen. Wir haben uns danach wieder vertragen, und wir waren glücklich. Ich habe seinen Antrag angenommen. Allein das sagt, dass ich mir bei ihm ganz sicher war.

Ich habe ihn geliebt. Wieso kann ich nicht einfach zu diesem Punkt zurückkehren?

Ich folge ihm in den Wohnbereich, wo er am großen Fenster stehen bleibt und mich mustert. »Ich liebe dich, Maya. Aber langsam komme ich mir vor wie eine von Grandpas alten Platten, wenn sie einen Sprung hatte. Die Frage ist doch: Was willst du? Willst du zu diesem Waldjungen zurück oder willst du bei mir bleiben? Was immer es ist, entscheide dich endlich.«

Ich schaue an ihm vorbei aus dem Fenster und überlege für den Bruchteil einer Sekunde, wie es wäre, nach Reed zu suchen. Ich könnte zurück zu der Lodge gehen und im Winter darauf spekulieren, dass er kommt, um Konserven und Gaskartuschen zu stehlen. Aber dafür müsste ich ebenfalls dort einbrechen, denn die Lodge ist um diese Jahreszeit verlassen; ich kann bei der Kälte ja nicht tagelang im Wald ausharren. Außerdem hat Reed mich angelogen.

Und du? Du hast Ayden doch auch belogen. Obwohl du verrückt nach ihm warst. Du hast gelogen, weil du Angst hattest.

Mittlerweile kommt mir Reeds Betrug nicht mehr so schrecklich vor. Aber Reed würde den Wald niemals aufgeben, und ich möchte keine Kinder in der Wildnis aufziehen. Ich wäre fast erfroren.

»Ich brauche Zeit«, sage ich ehrlich. »Aber ich will es versuchen.«

Kapitel 25

Tage und Wochen verstreichen. Mai und Juni ziehen vorbei. Ich beginne, mich in der Stadt einzuleben. Ich erledige die Einkäufe, ich melde mich bei einem Yogakurs an und frage in regelmäßigen Abständen in der Suppenküche und dem Tattoostudio nach, ob jemand etwas von Zoraly gehört hat. In einem unsicheren Moment habe ich die wahnwitzige Idee, dass Ayden Zoraly umgebracht hat, weil sie sich zwischen uns drängen wollte. Den Gedanken lasse ich allerdings ganz schnell wieder fallen. Ich habe ja auch mal gedacht, Reed hätte Ayden etwas angetan. Natürlich weiß ich, dass mein Misstrauen und alle Horrorideen mit meiner Kindheit zusammenhängen, ich bin seit diesem Erlebnis mit William Farrell einfach supermisstrauisch, aber das Wissen darum nutzt nichts, es ändert nicht meine Art zu denken.

Im Juli heiratet Maddy, und ich fahre schon früher nach Boston und besuche meine Eltern. Ayden kommt drei Tage später zur Hochzeit auf den Sitz von Edwards Großeltern in Bar Harbor nach. Es ist ein ausschweifendes Fest bei Sonnenschein und mit allen renommierten Freunden und Bekannten. Es fließt eimerweise Champagner und es gibt tonnenweise Hummer. Ich habe zusammen mit Mom noch ein paar lustige Spiele vorbereitet, aber so sehr ich auch lache und mich für Maddy und Ed freue – ich bin dennoch nicht wirklich anwesend. In der Kirche habe ich meinen eigenen Ring am Finger gedreht, wieder und wieder, bis Ayden meine kalte Hand gegriffen und mich angelächelt hat. Hinterher habe ich den Brautstrauß absichtlich nicht gefangen, damit Ayden nicht auf dumme Ideen kommt und mir plötzlich einen Stichtag präsentiert.

Zurück in New York geht das Leben weiter. Es ist August, als ich Maddy anrufe und ihr von Reed erzähle. Die Wahrheit, bis auf die Tatsache, dass ich in Maine war. Meine Schwester ist vollkommen außer sich, nicht im negativen Sinne. Sie fragt mich, ob ich Ayden noch liebe, aber ich weiß es nicht. In letzter Zeit ist er so liebevoll und so aufmerksam wie am Anfang unserer Beziehung. Er hat mir den Fehltritt mit Reed verziehen. Er sagt, die Amnesie sei schuld, und ich schlafe mit ihm, in der Hoffnung, mehr für ihn zu empfinden, aber es passiert nichts. Im Gegenteil.

Es wird September. Ich werde unruhig. Vermisse Reed immer stärker, je kühler es draußen wird. Die Nervosität kriecht tiefer in mich hinein, umso mehr Wochen verstreichen. Ich schlafe schlecht, wälze mich hin und her. Und ich träume. Von Schneeschattenaugen und Eis. Von Pumas und Raben. Es kommt mir so vor, als hätte ich etwas vergessen, aber ich weiß nicht, was. Es hat nichts mit meinen fehlenden Erinnerungen zu tun.

Auch in dieser Nacht schrecke ich auf. Ich höre den Wind. Immer höre ich Wind.

Rauwind, flüstert Reed in meinem Kopf. *O ja*. Ich setze mich im Bett auf, fühle, wie er mein Gesicht streift und die Wangen kalt macht. Mein Atem zerplatzt in der Nacht, und Reed ist plötzlich hinter mir, küsst meinen Nacken.

Hastig springe ich aus dem Bett, sehe aus dem Fenster, doch dort sind weder schneeschwere Tannen noch eisbehauchte Zweige. Kein Glitzern von Diamantsplittern im Pulverschnee.

Dort unten ist nur New York. Die Luft steht still, es geht kein Wind. Weder hier drin noch draußen. Es gibt nur Smog.

Nichts als grauen Smog. Keine Unendlichkeit. Keine Sterne, keinen weiten Himmel.

Ich bekomme zwar Luft, aber ich kann nicht atmen. Angestrengt sehe ich hinaus. Vierzig Meter unter mir verstopfen hupende Taxis die Straßen, die von hier oben aussehen wie ein grauer Fluss in einem Tal Hochhäuser. In meinem Inneren versuche ich, mir die arktische Stille von Maines Wäldern heraufzubeschwören, diese tiefe, zeitlose Stille, die ich so gefürchtet habe und deren Melodie mich jetzt nicht mehr loslässt.

»Hey.«

Ich zucke zusammen. Über meine Schulter blicke ich zu Ayden. Das dunkle Haar fällt in sein Gesicht, er sieht selbst verschlafen noch so gut aus wie ein Supermodel. *Zu gut, um wahr zu sein. Zu gut für mich.* Das habe ich immer schon gedacht.

»Komm ins Bett, Maya«, flüstert er mit belegter Stimme und klopft auffordernd neben sich auf das leere Laken. Das alles ist falsch. Es ist nicht nur der Lärm und der Smog, sondern etwas zwischen ihm und mir. Als ob da auch undurchsichtiger Dunst wäre. Vielleicht macht mir ja diese Art von Smog das Atmen so schwer.

»Verdammt, Maya.« Ayden steht auf, und ich schaue noch mal aus dem Fenster, als könnte ich über Hochhäuser, Berge und Täler in den Wald blicken.

Was machst du gerade, Reed? Spannst du deinen Bogen oder sitzt du auf dem Dach des Baumhauses und betrachtest die Sterne?

Keine Ahnung, warum, aber in diesen dunklen Stunden hasse ich ihn manchmal. Hasse ihn, weil ich ihn so vermisse. Weil er mich nicht loslässt. Gefangen hält, obwohl er so weit weg ist. Weil er mir gezeigt hat, was Leben ist. Den rauen Ruf der Raben, Schneestaub im Sonnenlicht und seine glasblauen Augen zwischen all dem Weiß. Unwirklich. Brennend und kalt.

Eiskristallaugen.

Vielleicht sollte ich ihn suchen. Vielleicht sollte ich ihn vergessen.

Hast du mich vergessen, Reed? Vielleicht sollte ich herausfinden, was wirklich mit uns passiert ist. Damals im Wald. War das wahrhaftig Liebe? Oder waren wir beide nur einsam und verzweifelt genug?

Wenn ich doch nur noch einmal zurückkehren könnte, dorthin, wo er mich gefunden hat. Nur noch einmal möchte ich Ash für ihn sein. Nur noch einmal seine Stimme hören, das feine Flüstern in der Winterkälte zwischen Tannen und Eschen.

Ash, my love.

Ich glaube, dann wüsste ich es.

Tief und zittrig hole ich Luft, atme gegen die Scheibe. In der Nacht ist er so real, fast kein Traum mehr. Beinahe kann ich ihn berühren; aber die Arme, die sich um mich schlingen, sind nicht seine; die Lippen in meinem Nacken nicht rau und kalt.

»Du musst diese Sache endlich vergessen«, sagt Ayden hinter mir. »Ich möchte dich zurück, verstehst du mich?«

Diese Sache? Gott, es ist, als würde die Leere mir hier das Mark aus den Knochen saugen. »Ich versuche es doch«, antworte ich, und meine Stimme klingt blechern, als würde ich in eine Konservendose sprechen. »Ich gebe mir ja Mühe, Ayden.«

Er lässt mich los, eine Spur zu ungeduldig. »Ich hoffe, du schaffst es bald.«

Das hoffe ich auch.

Am nächsten Morgen höre ich Ayden in der Wohnung rumoren. Es ist Sonntag, es gibt keinen Grund, dass er so früh auf ist. Es klingt, als wäre er in der Abstellkammer, und mir fällt ein, dass dort meine beiden Kisten aus Boston stehen. Mit einem unguten Gefühl springe ich aus dem Bett und sehe ihn in der Besenkammer hantieren. »Was machst du da?«, frage ich völlig entgeistert. Zwei Müllsäcke stehen im Flur. In einem entdecke ich den Poncho von Reed.

»Ich miste aus, was uns belastet«, erwidert Ayden düster. »Alles, was dich an den Wald und an diesen Wilden erinnert, kommt weg. Es muss endlich aufhören. Verstehst du?«

»Bist du verrückt? Du hättest mich wenigstens fragen können.« Ich reiße den Müllsack mit dem Poncho auf und hole ihn heraus. Ein Fehler. Als ich das weiche Fell berühre, packt mich ein Sturm aus Bildern und Gefühlen. Ich im Tiefschnee – und Reed, wie er mir aufhilft. Aber auch Reed, wie er mir nicht aufhilft – auf unserem letzten gemeinsamen Weg. Sein starres, einsames Gesicht, die Tränen in seinen blauen Augen, das wehende Haar. Mein Schneeprinz. Meine Kehle wird eng, das Atmen sticht wie damals, als ich fast erfroren wäre.

Ich vermisse dich, Reed. Ich will wieder bei dir sein, dich lieben und zum Lachen bringen.

Ich schlüpfe in den Poncho, da ertaste ich etwas Hartes in der Innentasche. Ein Adrenalinstoß überschwemmt mich. *O nein! O mein Gott, nein!*

»Maya? Was machst du?«, höre ich Ayden wie aus weiter Entfernung fragen.

Mit zitternden Fingern knöpfe ich die Tasche auf und ziehe das in Leder gebundene Tagebuch von Reeds Vater heraus. Ich hatte es an unserem letzten Tag eingesteckt und es wegen dem, was geschehen ist, vollkommen vergessen. Und auch Reed hat es vergessen! In Boston habe ich den Poncho am ersten Tag in eine Kiste gepackt, zusammen mit den Stiefeln, der untauglichen Hose, der Mütze und den Handschuhen, und seither nie wieder angerührt.

Ich presse mir die Hand auf den Mund. Ich will mir gar nicht ausmalen, wie sehr es Reed das Herz gebrochen hat, als er gemerkt hat, dass das Tagebuch fort ist. Hoffentlich denkt er nicht, ich hätte es ihm absichtlich weggenommen.

»Verflucht!« Ich lasse die Hand wieder sinken. Eine Träne läuft mir über die Wange. Jetzt wird er nie die letzten Seiten lesen können, nie wieder mit den Worten seines Vaters durch die Wälder und Wiesen seines Königreiches streifen. Er wird all die Worte über sich selbst eines Tages vergessen.

Reed ist ein Krieger, Thea. Er kämpft für uns. Sollte mir je etwas zustoßen, weiß ich, dass er alles im Griff hat. Er hat deine ruhigen Hände, Waldprinzessin, aber er hat auch dein wildes Herz. Vor drei Tagen hat er das Sanford-Ritual bestanden.

Wer wird ihm nun etwas über sich erzählen, wenn er nicht mal mehr diese Zeilen lesen kann? Er wird vergessen, wer er ist. Am Ende wird er auch vergessen, wer er mit mir war.

Ich will zu den letzten Seiten blättern, da nimmt Ayden mir das Buch ab. »Ich dulde nichts mehr davon in meiner Wohnung, hast du das verstanden?«

Zitternd atme ich ein. »Gib es mir wieder!«

»Nein, es kommt weg. Das kommt alles weg.« Er legt das Buch auf das Sideboard, das so hoch ist, dass ich nicht rankomme.

»Gib es mir!«, schreie ich, aber er reagiert nicht. »Wenn du es wegwirfst, verzeihe ich dir das nie«, sage ich aufgebracht.

Ayden kneift die Augen zusammen. »Und ich? Ich muss dir ständig alles verzeihen, oder was? Ich muss dir verzeihen, dass du mit diesem Wilden geschlafen hast. Ich muss dir verzeihen, dass du mich wegen des Kontos und der Perlen belogen hast. Ich muss dir verzeihen, dass du mein Auto verschenkt hast und nachts ständig an deine Zeit im Wald denkst.« Er atmet tief durch. »Ich verzeihe dir immer alles, Maya, sogar, dass du mich vergessen hattest, aber du … du unternimmst nichts, um es mir leichter zu machen.«

»Ich bin mit dir nach New York gegangen«, rechtfertige ich mich, doch im Grunde hat er recht.

Ayden schnaubt. »Ach so, und damit ist es getan? Ich erkenne dich gar nicht wieder. Was ist nur mit dir los? Was ist mit uns passiert?« Seine Stimme fällt in die Tiefe, in der seine Trauer mitschwingt.

Ich wische mir über die Augen. »Es tut mir leid, Ayden. Ich weiß, das ist nicht fair von mir.«

»Dann lass mich einfach diese Dinge aus der Wohnung schaffen. Es macht mich krank, wenn ich sie nur ansehe. Dich in diesem Umhang zu sehen ... der ist von ihm, oder nicht?«

»Ja.«

Aydens Augen sprühen schlagartig Feuer. »Zieh ihn aus! Zieh dieses verdammte Ding aus.«

Ich möchte ihn nicht aufregen, also schlüpfe ich schweren Herzens aus dem Pelz, den Ayden mir sofort abnimmt. »Aber das Buch dort oben, das kommt nicht weg. Das ist das Tagebuch von Reeds Vater. Er ist gestorben, als Reed fünfzehn war, und diese Worte sind alles, was er noch hat.«

»Willst du es ihm etwa wiederbringen?«, fragt Ayden scharf.

»Ich könnte es zu der Lodge bringen, in der ...« Ich verstumme, weil Ayden ja glaubt, Reed wäre aus Kanada, so wie ich es allen erzählt habe. Wenn er wüsste, wo er wirklich ist und dass er regelmäßig in die Lodge einbricht, würde er ihm in seiner Rage vielleicht die Ranger auf den Hals hetzen.

Fassungslos schüttele ich den Kopf. Denke ich tatsächlich so schlecht über Ayden? Er ist immerhin zu Recht eifersüchtig und wütend. Schließlich habe ich ihn betrogen.

Wie benommen stehe ich da und schaue zu, wie er den Poncho wieder in den Müllsack stopft, in dem ich gerade auch meine mehrreihige Winterkette entdecke. Als Nächstes greift er das Buch vom Sideboard und hält es hoch, als wäre ich ein Hund, der ein Leckerli erbeuten will. »Ich schaffe das raus, und anschließend reden wir über alles.« Damit schnappt er sich den zweiten Müllbeutel, öffnet die Haustür und stürmt hinaus.

Ich will keine Szene machen, also bleibe ich stehen, bevor wir uns noch auf dem Flur vor der Wohnung streiten und die alte Mrs. Miller ihren Kopf herausstreckt. Ich werde das Tagebuch einfach später aus dem Container fischen, auch wenn das vielleicht Stunden dauert.

Die Haustür kracht ins Schloss und der Schlüssel dreht sich.

Sofort stürze ich zur Tür und rüttele an der Klinke. Ayden hat mich eingeschlossen! Als ich nach meinem eigenen Schlüssel suche, stelle ich fest, dass er nicht dort hängt, wo ich ihn gestern gelassen habe.

Er hat mich eingeschlossen und meinen Schlüssel eingesteckt, damit ich ihm nicht nachkomme!

Zornig hämmere ich an die Tür. »Lass mich raus!«, schreie ich, und nun ist es mir egal, ob mich jemand hört. »Mach diese verdammte Tür auf!«

Ich höre Schritte im Treppenhaus. Na warte, wenn er wieder da ist, stelle ich ihn zur Rede. Das ist Freiheitsberaubung. Doch Ayden kommt nicht wieder. Er bleibt viel länger weg als nur für den Gang zum Müllschacht eine Etage tiefer. Vielleicht joggt er noch eine Runde um den Block, um sich abzuregen. Das wäre typisch für ihn.

Frustriert gehe ich ins Bad und stelle mich unter die Dusche. Die Versuchung, das Wasser auf kalt zu drehen, juckt mich in den Fingern, aber ich darf in dieser Situation nicht abgelenkt werden. Nach dem Duschen krame ich in meinem Schrank verzweifelt nach einer Hose, doch ich finde nur die Röcke, die Ayden mag. Offenbar habe ich die Wäsche vernachlässigt. Geistesgegenwärtig renne ich zur Wäschetrommel, durchwühle meine Jeanstaschen und suche den Eschenanhänger, dann fällt mir ein, dass ich ihn neulich in meinem Unterhosenfach versteckt habe. Ayden denkt zwar, ich hätte ihn in Kanada gekauft, aber womöglich bringt er ihn eines Tages ja doch mit Reed in

Verbindung. Als ich den Anhänger mit der Brennnesselschnur zwischen meinen Slips entdecke, atme ich erleichtert auf; er ist noch da. Ich schließe das Fach, schlüpfe danach in einen blaugrünen Schottenrock, ziehe ein schwarzes Langarmshirt dazu an und eine Strumpfhose. Gerade, als ich mein Handy suche, dreht sich ein Schlüssel im Schloss.

»Maya?«, ruft Ayden vom Flur aus. Er klingt nicht mehr so zornig. »Maya, wo steckst du?«

Schwungvoll schließe ich den hypermodernen Schrank unserer weißen Wohnzimmerkombination, in dem mein Telefon auch nicht war. »Hast du mein Handy gesehen?«

»Nein. Warum?«

»Weil ich es nicht finde.«

Kommentarlos schnappe ich mir seinen Schlüssel, den er ordentlich wie immer ans Schlüsselbrett gehängt hat. »Ich bin kurz weg.«

»Okay.« Er zuckt die Schultern, wirkt weder überrascht noch alarmiert. Aber er muss sich doch denken, dass ich den Müll durchforste!

Mein Herz macht einen erschrockenen Satz. Wieso ist er so ruhig? Ohne mich umzudrehen, hetze ich aus der Wohnung und renne die Treppen hinunter, da ich nicht auf den Fahrstuhl warten will.

Als ich im Keller ankomme, schnaufe ich wie eine Schwangere in den Presswehen, aber ich ahne, dass ich meine Sachen nicht hier unten finde. Ich stoße den Raum mit den Müllcontainern auf, in dem der Abfall aus den Müllschächten landet. Doch unsere durchsichtigen Säcke liegen nicht obenauf. Da ich zu klein bin, um in die Container zu klettern, werfe ich auf Zehenspitzen ein paar Beutel zur Seite, um zu schauen, ob Ayden sie einfach nach unten befördert hat, aber ich entdecke sie nicht. Dafür wabert mir ein bestialischer Gestank nach verdorbenem Fisch und Eiern entgegen. Ich muss würgen, presse die Hand auf den Mund und haste ins Erdgeschoss und von da auf die Straße.

Keuchend hole ich Luft, während mir die schreckliche Tatsache bewusst wird, dass Ayden den Müll weit weg von unserer Wohnung an der Straße abgestellt haben muss. Daher war er auch so lange weg. New Yorks Straßen ertrinken im Müll. Seit Jahren wird die Stadt dem Problem nicht gerecht, die Abfallsäcke türmen sich am Straßenrand wie Wellenbrecher. Verzweifelt schaue ich ein paar Säcke an, doch in den durchsichtigen Beuteln steckt kein Fellponcho.

Alles ist fort.

Auch das Tagebuch. Nahmakanta, Lark, Willow, Aspen und Thea. Reed. Sein Vater Yarrow. Die vielen Worte, das Unendlichkeitsgefühl, die Liebe dieser Familie, die Freiheit, ihre Art zu leben. Ayden hat all das entsorgt, ohne überhaupt zu wissen, was er damit anrichtet und was er da einfach wegwirft. Und das nur, weil er nicht will, dass es ihn an etwas erinnert, was er nicht versteht. Nie verstehen wird.

Weinend stehe ich am Straßenrand und habe keine Ahnung, wo ich anfangen soll zu suchen. Ayden war so lange weg. Mit bebenden Händen pflücke ich verzweifelt weitere Beutel auseinander, schaue, ob irgendwo ein Poncho darin ist, weil dieser durch das Fell heraussticht, aber ich finde ihn nicht.

Ich laufe weiter und komme mir vor wie eine Obdachlose auf der Suche nach Essensresten oder Altkleidern. Immer wieder durchforste ich die Abfälle, immer wieder finde ich nichts. Keine Ahnung, wie lange ich auf den Straßen New Yorks herumirre. Es wird kälter, meine Hände werden ungeschickt, doch das ist egal, wenn ich nur die letzten Worte von Reeds Dad wiederfinde und sie Reed zurückgeben kann. Mittlerweile ist mir klar, dass ich Reed dieses Buch zurückgeben muss, und wenn es das Letzte ist, das ich tue. Wenn ich nur das Buch finde, fahre ich nach Maine zu der Wild River Lodge und verstecke es dort, wo die Johnsons den Schlüssel hinterlegen. Oder ich deponiere es bei den Vorräten. Wenn Reed nach der Schließung der Lodge kommt, um sich zu versorgen, wird er es zwischen Nudelsuppen und Chili con Carne entdecken. Vielleicht lasse ich sogar noch eine Nachricht für ihn da.

Reed. Mein Herz zieht sich so schmerzhaft zusammen, dass ich nach Luft schnappe. Womöglich kommt er ja auch gar nicht mehr zur Lodge.

Zornig auf Ayden werfe ich einen Müllbeutel auf die Seite.

»Hey, Miss, was glauben Sie, was Sie da machen?«, schnauzt mich eine Dame in einem roten Mantel an. Der Müllbeutel ist aufgeplatzt und eine Erbsendose ist ihr vor die Füße gekullert.

Ich suche einen Schatz, will ich sie anschreien, *einen Schatz und ein Königreich, aber was verstehen Sie schon davon!* Natürlich sage ich nichts und beseitige die Sauerei.

Ich suche weiter. Das Licht wird trüb, Wolken werfen Schatten auf die Straßen. Es riecht nach Regen, jedoch nach schmutzigem, grauem, abgasgeschwängertem Regen. Ich sollte umkehren, aber ich kann nicht. Ich muss das Tagebuch wiederfinden. Mittlerweile weiß ich nicht mehr, wo ich bin. So wenig kenne ich New Yorks Straßen, weil ich so selten draußen war. Die Gasse, in der ich stehe, ist schmal, die Häuser ragen wie dunkle Felsen neben mir in die Höhe. Eine Feuerleiter hängt schief an einer maroden Hauswand. Akribisch sichte ich die Müllbeutel und ignoriere die Angst, die urplötzlich in meinen Adern summt. So ähnlich sah die Gasse aus, in die der Hoodiemann mich gelockt hat. Finster, armselig, verwaist.

»Es ist nicht mehr weit, wir sind gleich da. Ich habe ein Körbchen für dich, da kannst du das Kätzchen reinsetzen und tragen«, höre ich ihn in meinen Gedanken sagen.

»Und ich kann mir wirklich eines aussuchen?«

»Wie abgemacht. Ich habe noch drei junge Kätzchen. Eines ist schwarz-weiß, das ist besonders niedlich.«
Ich habe sein Lächeln arglos erwidert. Ich habe mir überhaupt nichts Böses dabei gedacht.

Ich hebe den Kopf, schaue zu beiden Enden der Gasse, aber da ist niemand. William Farrell hat mich damals von einem überfüllten Spielplatz in der Nähe eines Parks weggelockt. Mom war abgelenkt gewesen. Madeleine hatte sich mit einem älteren Jungen angelegt, der sie von der Schaukel vertrieben hatte.

Wenn dieser Junge wüsste, wie sehr das mein Leben beeinflusst hat ... aber letztendlich war ich es, die trotz der ewigen Mahnungen meiner Eltern mit William Farrell mitgegangen ist.

»Wieso sind denn die Katzen im Keller?«, habe ich naiv gefragt, als er auf die Stufen nach unten gedeutet hat.
»Meine Ma hat eine Katzenhaarallergie, ich darf sie nicht oben halten.«

Ich hatte Angst runterzugehen, daran erinnere ich mich. Aber ich wollte keinen Rückzieher machen, und ich wollte Maddy mit dem Kätzchen beeindrucken und übertrumpfen.

Ich suche weiter, richte mich jedoch kurze Zeit später auf, da sich das unheimliche Gefühl verstärkt. Wieder sehe ich mich um. Mein Herz pocht schneller, ich habe einen Schatten gegenüber registriert, doch es war bloß ein Hund, der hinter einen alten Nissan gehuscht ist und gerade am Vorderreifen schnuppert.

Fröstelnd wende ich mich wieder dem Müll zu, aber das unruhige Gefühl steckt zu tief in meinen Knochen. Als ich erneut aufschaue, sehe ich ihn keine dreißig Meter weiter am Ende der Gasse.

William Farrell.

Kapitel 26

Ich erstarre zu Eis. Dafür funkt mein Geist tausend Signale an meinen Körper. *Lauf weg! Sofort!*

Von irgendwoher dringt ein Motorengeräusch, das Klappern eines alten Auspuffs. Der Mann in dem Kapuzenpullover steht nach wie vor am Eingang der Gasse, hinter ihm liegt eine dicht befahrene Verkehrsstraße, doch um sie zu erreichen, müsste ich an ihm vorbei.

Das kann nicht sein! Das kann einfach nicht sein! Warum ist er wieder hier? Wieso verfolgt er mich immer noch? Benommen blinzele ich, aber er ist kein Hirngespinst.

Er kann mir nichts tun, versuche ich, mich zu beruhigen. Hier sind Häuser und Menschen. Aber das Kind in mir ist gelähmt. Das Kind spürt die schwitzigen, krakenhaften Hände an seinem Hals, hört die zu hohe Stimme: *Ich mach dich tot.*

Hilfe!, will ich schreien, aber es ist, als wäre der Weg zu meinen Stimmbändern gekappt. Der Hoodiemann macht entschlossene Schritte in meine Richtung; er ist riesig, sein Gesicht ist tief unter der Kapuze verborgen.

Lauf!, flehe ich meinen Körper an, und endlich reagieren meine Muskeln und Synapsen. Ich wirbele herum und renne ans andere Ende der Gasse, höre, wie sich die Schritte in meinem

Rücken beschleunigen. Dumpf hallen sie an den Hauswänden wider, scheinen hinaufzuklettern und mich zu überholen.

Vor Panik wie blind hetze ich in eine Seitenstraße, doch sie ist noch schmaler. Hektisch ziehe ich Luft in meine Lungen und muss mich an einer Hausmauer abstützen, weil meine Knie so weich sind.

Ich kann nicht weiter. Ich kann nicht atmen. Er wird mich erdrosseln, seine Riesenpranken um meinen Hals legen und zudrücken …

Wenn du wegläufst, spielt er mit dir Katz und Maus, Ash, höre ich Reed sagen. *Wenn du dich ihm stellst, bist du ein Gegner, den er ernst nimmt.*

Aber ich kann mich ihm doch nicht stellen!

Und wieso nicht, fragt Reed.

Weil ich zu klein bin, zu schwach bin!

Das stimmt nicht. Du bist erwachsen. Und mutig. Du kannst mit Pfeil und Bogen umgehen, du hast den härtesten Winter im Freien überstanden, du wurdest von einem Puma angegriffen und du lebst noch, antwortet Reed in meinen Gedanken.

Wie hypnotisiert starre ich auf die Klingelschilder neben der Hand, mit der ich mich abstütze. Dann drücke ich wahllos auf alle und schreie so laut ich kann: »Hilfe! Feuer! Es brennt!«

In diesem Augenblick biegt der Mann in dem grünen Hoodie um die Ecke.

»Warum verfolgst du mich?«, schleudere ich ihm entgegen. Urplötzlich schießt heißer, unbändiger Zorn in meine Adern, weil William Farrell es geschafft hat, mein ganzes Leben ins Chaos zu stürzen. Und ich habe es immer und immer wieder zugelassen, indem ich geflüchtet bin.

Über mir geht ein Fenster auf. »Wo brennt es denn?«, ruft eine Frauenstimme.

Jemand hat mich im Blick, das ist gut. Es macht mich noch entschlossener. »Was willst du von mir?«, schreie ich den Kapuzenmann an. Als ich auf ihn zugehe, passiert etwas Seltsames. Er weicht zurück. Es überrumpelt mich völlig. *Er weicht zurück!*

»Seit wann läufst du mir nach? Wer bist du?«, rufe ich. »Bist du William Farrell?«

Ich erkenne, dass er kurz davor ist, sich herumzudrehen und wegzurennen; sein Hoodie ist außerdem grau und nicht grün.

»Nein, warte!« Ich gehe schneller. »Sag mir, wieso du mir nachgelaufen bist. Bist du mir überhaupt nachgelaufen?«

Doch da dreht er sich um und verschwindet in der nächsten Gasse. Ich renne ihm nach, aber er ist bereits fort.

Noch Minuten später zittern mir die Knie. Ich begreife nicht, was geschehen ist. Habe ich tatsächlich den Hoodiemann in die Flucht geschlagen? War es überhaupt William Farrell oder war dieser Mann nur zufällig in der Gasse – aber er trug einen Hoodie, das wäre zu viel Zufall. Der Hoodie war allerdings grau, nicht grün, und außerdem tragen unheimlich viele Menschen Kapuzenpullover. Die wenigsten setzen jedoch die Kapuze auf. Meine Finger zittern, als ich einen Müllbeutel anhebe, meine Gedanken kreisen. Ist der Kapuzenmann womöglich jemand, der meine Geschichte kennt und mich bewusst in Panik versetzen will? So etwas gibt es ja. Nachahmungstäter und andere Gestörte.

Wenn es aber doch William Farrell war, ist er vielleicht einfach ein feiger Dreckskerl. Maddy hat mal einen Gastbeitrag zu dem Thema auf einem psychologischen Blog verfasst. Psychopathen suchen sich immer die schwächsten Mitglieder der Gesellschaft für ihre perverse Ader aus, solche, die Angst haben, sich zu wehren oder sich gar nicht wehren können; solche, die sich nicht trauen, für sich und ihre Rechte einzustehen. Kinder sind ihre perfekten Opfer. Vielleicht hat es diesem

Typen einfach einen Kick versetzt, mir immer und immer wieder Angst einzujagen, doch als er mitbekommen hat, dass ich mir nun zu helfen weiß, ist er geflohen, weil er im Grunde ein armseliger, feiger Mensch ist.

Die Frau am Fenster, die mir allein durch ihre Präsenz Sicherheit gegeben hat, wollte die Polizei rufen, aber ich habe ihr gesagt, es würde nichts bringen, da man diesem Typen ohnehin nichts nachweisen könnte. Er hat nichts Kriminelles getan. »Ich glaube sowieso nicht, dass er es noch mal versucht«, habe ich ihr erklärt, als ich atemlos zurückgekommen bin, um mich bei ihr zu bedanken.

Der Vorfall hallt in mir nach und ich kann mich nicht mehr auf die Suche nach dem Tagebuch konzentrieren, außerdem dämmert es bereits. Ich frage einen Mann nach dem Weg und gehe zurück Richtung Midtown. Eine eigenartige Traurigkeit füllt mich aus. Es ist, als hätte meine Seele einen Riss bekommen, den ich mir nicht erklären kann. Und unter all dem Kummer über Reeds und meine Trennung liegt noch etwas anderes, das ebenso tief geht. Es hat mit meinen vergessenen Erinnerungen zu tun, an die ich nicht herankomme. Was immer es ist, es hat etwas in mir zerschmettert. Ich fühle mich kraftlos, gerädert, als hätte ich nächtelang nicht geschlafen. Mir wird plötzlich klar, dass ich auch ohne das Tagebuch nach Maine fahren muss. An den Ort, an dem alles begann, ins Blockhaus meiner Eltern. In New York habe ich Zugang zu Erlebnissen erhalten, die hier geschehen sind, vielleicht fällt mir das, was ich so dringend brauche, wieder ein, wenn ich in unserem vertrauten Ferienhaus am North Pond bin.

Die New Yorker Wohnung liegt im Dunklen, als ich die Tür aufschließe. Aydens Boss-Derbys stehen nicht da, auch seine Jacke hängt nicht an der Garderobe, also ist er unterwegs. Ich weiß nicht mal, ob ich das gut oder schlecht finde.

Bei einem Rundgang durch die Wohnung knipse ich überall Licht an. Danach gehe ich ins Schlafzimmer und streife einen Wollpullover über das dünne Shirt, weil mir immer noch so kalt ist. Mein Magen knurrt, und mir fällt ein, dass ich den ganzen Tag nichts gegessen habe.

In der Küche mache ich mir einen heißen Kakao und Käsemaccheroni und empfinde eine stoische Ruhe, die untypisch für mich ist. Noch während ich esse, rufe ich bei Mom an.

»Ist alles in Ordnung, Liebes? Du klingst ziemlich durcheinander«, sagt sie, nachdem wir unser übliches Frage-Antwort-Ding durchhaben: *Wie geht es dir? – Wie geht es Dad? – Wann kommt ihr mal wieder nach Boston? – Hast du dich an mehr erinnert?*

Kurioserweise fühle ich mich aber nicht durcheinander, sondern seltsam abgeklärt, nur kann ich es mir nicht erklären.

»Mom, ich würde gerne ein paar Tage an den North Pond fahren«, platze ich heraus. »Ich denke, mir fällt vielleicht alles wieder ein, wenn ich dort oben bin.«

»Eine gute Idee. Clay und ich könnten dich am Donnerstag abholen und mitfahren. Was hältst du davon?«

»Ich … ich wollte eigentlich schon heute oder morgen los.« Das Stoische weicht für einen Moment einer inneren Unruhe. Es ist, als wäre ich kurz davor, mich zu erinnern.

»Dann müsstest du mit Ayden fahren oder den Bus nehmen.«

Beide Vorstellungen gefallen mir nicht. Ich erinnere mich nicht daran, wann ich das letzte Mal Bus oder Bahn gefahren bin, und auch wenn ich den Kapuzenmann in die Flucht geschlagen habe, ist er nach wie vor dort draußen. Selbst wenn ich nicht glaube, dass er mir noch mal nachstellt, bleibt ein Rest meiner alten Furcht.

»Ich frage erst mal Maddy«, weiche ich aus. Für einen Moment überlege ich, Mom von dem Hoodiemann zu erzählen, aber ich fürchte, es würde sie zu sehr aufregen, noch dazu muss ich den Vorfall erst mal mit mir selbst ausmachen.

Mom verspricht, Mrs. Haines, unserer Nachbarin am North Pond, Bescheid zu geben, damit sie den Zweitschlüssel unter den Blumentopf an der Haustür legt.

Nach dem Essen hole ich eine Reisetasche aus der Abstellkammer und werfe im Schlafzimmer ein paar Klamotten hinein, dann stopfe ich die Eschenkette in ein Außenfach.

Gerade, als ich mit meinem Beautycase aus dem Bad komme, geht die Haustür auf.

»Maya?« Schritte ertönen im Flur, dann steht Ayden vor mir. »Gott sei Dank, du bist da! Es geht dir gut.« Er nimmt mich einfach in die Arme, und ich bin so perplex über seine Sorge und den Stimmungswechsel, dass ich es zulasse. »Ich war verrückt vor Angst. Ich bin sämtliche Straßen New Yorks abgelaufen.«

Als er mich loslässt, mustert er mich und berührt meine Wange mit den Fingerspitzen. »Du siehst mitgenommen aus. Geht es dir gut?« Dann fällt sein Blick auf meine Tasche. Panik huscht über sein Gesicht. »Wohin willst du?«

»In unser Ferienhaus am North Pond. Ich hoffe, mir fällt dort oben ein, was geschehen ist.« Plötzlich wird mir wieder bewusst, wie wütend ich auf ihn bin, und ich will ihn gerade anfahren, da geht er zu seinem Kleiderschrank und holt das Tagebuch hervor.

»Es tut mir leid, ma chérie. Ich hätte es dir niemals wegnehmen dürfen. Ich war einfach … ich war wie blind vor Eifersucht …«

Ich schlucke, als ich auf den ledernen Einband sehe, auf das liebevoll darum gewickelte Band. Wie kann ein so kleines Buch so viele Träume in sich bergen? So viele Schätze und Wahrheiten.

»Ich habe es natürlich nicht weggeworfen. Und die anderen Sachen, diesen Umhang und die Mütze, die habe ich nur in die Kanzlei gebracht.« Ayden drückt mir das Buch in die Hand. »Verzeih mir.«

Benommen schüttele ich den Kopf, streiche über das Leder, immer wieder über dieselbe Stelle. »Danke«, sage ich. »Danke, dass du mir das Tagebuch zurückgegeben hast.« Ich habe ihm unrecht getan. Wieder mal. Er hat mich nie betrogen, ebenso wenig hat er mich damals verlassen, als er meine Lügen mit dem Konto und den Perlen aufgedeckt hat. Und jetzt habe ich ernsthaft geglaubt, er würde die Dinge, an denen mein Herz hängt, in den Müll werfen. Dabei wollte er sie nur aus der Wohnung schaffen, weil sie ihn seelisch krank machen. Womöglich hatte er anfangs tatsächlich vorgehabt, sie zu entsorgen, es aber dann nicht über sich gebracht, weil ich so sehr an ihnen hänge. Er ist eben Ayden. Zu gut, um wahr zu sein. Zu gut für mich. Wie immer. Er verzeiht alles. Er richtet alles.

Aber warum ist da diese Traurigkeit in mir, dieser Riss, der sich anfühlt, als würde er vom Grund meiner Seele aufsteigen und mein Herz in zwei Teile reißen? Wieso will ich Ayden nicht von William Farrell erzählen?

»Hey.« Er hebt meinen Kopf mit zwei Fingern und seine dunklen Augen funkeln wie am allerersten Abend, als er mir auf Maddys Verlobungsfeier hinterherkam, so warm und liebevoll, dass ich schreien möchte. »Ich fahre dich zum North Pond, oder hast du jemanden, der dich fährt? Maddy vielleicht?«

Ich verneine mit einer Geste, klammere mich immer noch an das Buch.

Ayden wirkt erleichtert. »Okay. Dann fahren wir zusammen. Immerhin betrifft das uns beide, und ich möchte meinen Fehltritt von heute wieder ausbügeln, wenn du mich lässt.«

»Klar«, erwidere ich leise. Nun bin ich wirklich durcheinander und nicht mehr stoisch oder abgeklärt.

»Wann fahren wir?«

Ich nicke zu meiner Tasche. »Sofort.«

Während der fast siebenstündigen Fahrt nach Maine reden Ayden und ich kaum. Ich versuche, ein bisschen zu schlafen, aber jedes Mal, wenn ich einnicke, erscheint der Hoodiemann und starrt mich an, als wolle er mir etwas sagen. Ich kann nicht anders und blicke mich immer mal wieder nach einem Auto um, das uns vielleicht folgt, aber als wir nach Maine kommen, ebbt der Verkehr ab, und wir sind beinahe die Einzigen auf der Straße.

Kurz bevor wir ankommen, breche ich endlich mein Schweigen.

»Er war wieder da«, verkünde ich, als wir in der Morgendämmerung den North Pond erreichen. »Der Hoodiemann.«

Ayden erschreckt sich offenbar so sehr, dass er zu hart nach rechts lenkt und der Audi kurz über das Gras und die Erde neben der Fahrspur holpert. »Was?«

In wenigen Sätzen berichte ich ihm, was geschehen ist.

»Und das erzählst du mir erst jetzt?«, fragt er fassungslos. »Was, wenn er uns gefolgt ist?«

»Nein.« Abermals drehe ich den Kopf und spähe durch die Heckscheibe. »Ich habe immer mal wieder nachgeschaut.«

»Und wieso hast du so lange gewartet, um mir das zu sagen?«

Ich blicke nach draußen und sehe die mir vertraute Landschaft vorbeiziehen: bunte Holzhäuschen am Ufer, Stege, die weit in den dunkelblauen See ragen, Wiesen, Laubbäume und tief hängende Kabel von alten Strommasten, die die Straße säumen. In jedem Sommer und in jedem Winter waren wir wenigstens für ein paar Tage hier. »Na ja, es waren nur ein paar Stunden, ein halber Tag«, antworte ich Ayden nach einer Weile.

Er wirft mir einen Seitenblick zu. »Jetzt verstehe ich, wieso du unbedingt wegwolltest.«

»Nein, das ist nicht der Grund.« Oder doch? Ich weiß es nicht. Bis eben dachte ich, dass allein die Tatsache, den Kapuzenmann in die Flucht geschlagen zu haben, ausreichen würde, um mir meine Angst zu nehmen. Doch das stimmt nicht ganz. Ich habe immer noch Angst, aber es ist diesmal eine andere Furcht, diffuser, schwammiger. Eine andere Art von Bedrohung geht von dem Hoodiemann aus, nur weiß ich nicht, welche.

»Wieso hast du nicht die Polizei gerufen?«, hakt Ayden jetzt nach und biegt in die schmale Nebenstraße ein, die zu dem Blockhaus meiner Eltern führt.

Ich seufze tief. »Weil sie mir das sowieso wieder nicht glauben würden. Und er hat ja nichts Verbotenes getan. Wahrscheinlich war es nicht mal William Farrell. Vielleicht war es nur ein Tourist, der sich verirrt hatte. Am Ende wollte er mich bloß nach dem Weg fragen und hat sich erschreckt, weil ich ihn für einen Kriminellen gehalten habe oder so.«

Ayden parkt den Wagen auf dem gekieselten Hof unseres Blockbohlenhauses. »Das glaubst du nicht wirklich, oder?«

»Keine Ahnung.« Ich will nicht über William Farrell reden, daher reiße ich die Tür auf und laufe über die taufeuchte Wiese mit den Pinien zum See.

Die Trauer ist wieder da, stärker als zuvor; sie schnürt meinen Brustkorb zusammen. Es ist, wie wenn etwas Schlimmes geschehen ist und man morgens mit diesem elenden Gefühl aufwacht, dass etwas nicht stimmt, sich jedoch nicht gleich erinnert. Erst nach ein paar Sekunden fällt es einem dann wieder ein. So war es anfangs in Boston, nachdem ich zurück war. Ich bin aufgewacht und habe nicht sofort gewusst, woher der Schmerz in meiner Brust rührt.

Ein paar Minuten bleibe ich direkt am Ufer neben unserem blauen Kanu stehen. Ich habe den North Pond vermisst. Ich habe Maine vermisst, die Natur. *Reed.* Es riecht nach Indian Summer, nach Pilzen, Ernte und welkem Laub, nach Wind und Regen. Ich gehe den hölzernen Steg entlang, der ein paar Meter über das Wasser führt. Nebel hängt wie ein Schleier über dem dunkelblauen See, taucht ihn mit den durchscheinenden Sonnenstrahlen in ein unwirkliches, mystisches Licht. Ein Ort für Geister und Feen, hat Maddy früher oft gesagt. Aspen wären hier sicher hundert Geschichten über Dunkeltrolle und diese fledermausartigen Kreaturen eingefallen.

»Es ist so still hier«, sagt Ayden, der hinter mir den Steg entlangkommt.

Stillespeier, so hat Aspen sie genannt, ich erinnere mich wieder.

»Wir sollten viel öfter hier rausfahren, wenn es dich glücklich macht.« Liebe und Fürsorge schwingen in seinen Worten mit, diesmal lasse ich jedoch nicht zu, dass sie mich zu sehr einspinnen. Denn das haben sie von jeher. Mich in einen Kokon aus Sicherheit gehüllt, aber ein Kokon kann auch ein Käfig sein. Ein weicher, seidener Käfig. Ein persönliches Guantanamo. Und irgendetwas in mir schlägt bei diesem Gedanken Alarm.

»Lass uns reingehen. Ich schau mal, was wir frühstücken können«, schlage ich vor. Mom hat stets Müsli auf Vorrat im Schrank.

»In Ordnung.« Ayden kommt mir nach.

Ich hole den Schlüssel, der unter dem umgedrehten Blumentopf liegt, und schließe die Tür auf. Wie immer riecht es nach schrumpeligen Äpfeln und alten Kartoffeln, weil wir sie für spontane Besuche im kühlen Vorratsraum lagern. Meine Schritte klingen dumpf auf dem Holzboden. Alles ist wie gewohnt. Unser Blockhaus besitzt den rustikalen Charme aller North-Pond-Blockhäuser. Viel Holz, wenig Luxus, dafür gibt es wollige Decken, samtweiche Kissen und einen Ofen mit einer Sitzbank davor. Insgesamt hat es nur zwei Stockwerke; der Wohnbereich, ein Bad und die Küche sind im Erdgeschoss, die drei Schlafzimmer und ein zweites Bad befinden sich eine Treppe weiter oben.

Ich blicke zum massiven Eichentisch und versuche, mir das Bild heraufzubeschwören, wie wir alle Aydens Antrag mit Wildente, Klößen und Preiselbeerbirnen feiern, aber der Tisch und die Stühle bleiben leer.

War es ein Fehler hierherzukommen? Was passiert, wenn ich mich niemals erinnere?

Aber nein, ich bin so dicht davor. Die Gefühle in mir, dieser Kummer – ich bin mir sicher, dass er von einer Erinnerung herrührt, nur die Bilder wollen nicht kommen.

Ich stelle den Strom an und steige mit meiner Reisetasche die Holztreppe zu dem Schlafzimmer hinauf, in dem Ayden und ich damals übernachtet haben. Früher war es das Gästezimmer, aber seit Maddy und Edward immer in unserem alten Kinderzimmer geschlafen haben, wurde es offiziell mein Zimmer.

Es ist L-förmig und rustikal, erinnert mich ein bisschen an das Zimmer der Blockhütte der Wild River Lodge. Ich ziehe den Mantel aus, stelle die Tasche auf einen Stuhl und öffne das Fenster, um frische Luft hereinzulassen. Eine leichte Brise weht herein und zerzaust mein Haar. Die Traurigkeit schneidet sich tiefer in meine Seele, als würde der Wind sie hineintragen. Diese Traurigkeit, sie fing in diesem Zimmer an. Auch damals habe ich das Fenster geöffnet.

»Es kommt nie wieder vor, ma chérie«, höre ich Ayden an meinem Ohr flüstern. *»Es tut mir leid. Ich habe nur einfach so große Angst, dich zu verlieren.«*

Schnell presse ich mir die Hände auf die Augen, da höre ich Ayden von unten rufen. »Kommst du frühstücken? Deine Mom hat H-Milch da, wir können uns Porridge kochen.«

»Ich komme gleich.« Was hat er getan? Aus einem Instinkt heraus suche ich das Zimmer ab, als wären hier meine Erinnerungen versteckt. Ich schaue in die Schubladen der Nachttische, in den Schrank, in dem immer Ersatzklamotten hängen, auch diesmal. Ich entdecke ein paar Shorts, alte Pullover und meine moosgrüne Winterjacke, die ich mir vor Aydens Zeit in Boston gekauft habe. Sie hat Ayden nicht gefallen, daher hatte ich sie nur selten an. Doch ich habe sie getragen, als ich vor knapp zwei Jahren hier ankam, das weiß ich plötzlich. Meine Finger kribbeln, als wären sie die Enden von zwei Wünschelruten, und aus einem mir nicht begreiflichen Grund durchforste ich die Taschen der Jacke. Ich ziehe einen flachen Gegenstand hervor.

Mein altes Handy!

Es liegt gar nicht im Wald! Ich habe es nicht mitgenommen. Aber wieso nicht? Weil ich nicht wusste, dass es in der Jacke ist? Hat Ayden es womöglich nachträglich in die Jacke getan?

»Maya?« Ayden steht plötzlich in der Tür. »Alles okay?«

Ich verstecke das Handy hinter meinem Rücken. »Na klar. Ich suche nur nach Erinnerungen.«

Er lächelt verkrampft. »Der Porridge ist gleich fertig.«

»Okay.« Ich warte, aber er geht nicht. »Ich komme nach«, sage ich. Als er gegangen ist, krame ich mein Ladekabel aus der Handtasche, und weil Dad mir glücklicherweise das Nachfolgemodell des Geräts gekauft hat, passt es.

Wie ein Geist husche ich über den Gang in Maddys und Edwards Zimmer und stöpsele das alte Handy an das Ladekabel. Die Aufregung macht mich fahrig, doch ich zwinge mich, ruhig zu bleiben, damit Ayden nichts merkt. Ich muss mir die Nachrichten und alles, was ich finde, unbedingt alleine anschauen.

»Vielleicht legen wir uns erst mal hin und gehen später das Nötigste einkaufen«, schlägt Ayden nach dem Frühstück vor. »Ich bin von der Fahrt total erledigt.«

Ich nicke. Ich bin hundemüde, aber an Schlaf ist überhaupt nicht zu denken. Also warte ich, bis Ayden tief und ruhig atmet, dann hole ich das Tagebuch von Reeds Dad aus meiner Manteltasche, da ich später noch darin lesen möchte, ohne dass Ayden es mitbekommt. Nicht das Ende, sondern etwas aus der Mitte, einfach, um ein bisschen in Nahmakanta zu sein. Mit dem Buch schleiche ich in das ehemalige Kinderzimmer und lege es aufs Bett, bevor ich mit bebenden Fingern mein altes Handy ergreife. Es ist zur Hälfte aufgeladen, das muss reichen. Zittrig ziehe ich das Kabel heraus, gebe die PIN-Nummer ein und rufe meine Textnachrichten ab. Ich habe nur wenig Kontakte. Meine Eltern, meine Tante Amalia, Maddy, Zoraly und natürlich Ayden.

Aufregung breitet sich in mir aus. Ich klicke die letzte Nachricht von Zoraly an.

Bist du sicher?

Die Message ist uralt. Alle Nachrichten sind alt, stelle ich fest, so, als hätte ich das Handy selbst vor meinem Verschwinden lange nicht benutzt. Ich klicke wieder auf Zoras Nachrichten und überfliege den letzten Schriftwechsel.

Maya: Ayden möchte nicht, dass wir weiter Kontakt haben. Er sagt, du würdest einen Keil zwischen uns treiben. Ich kann mich nicht mehr mit dir verabreden.

Zora: Hat er es dir verboten?

Maya: Nicht direkt, aber er wünscht es sich.

Zora: Ich wünsche mir auch vieles, na und?

Maya: Ich möchte nicht mit ihm streiten. Ich liebe ihn, und es ist ihm einfach wichtig. Ein Beweis, dass ich ihn liebe.

Zora: Wahre Liebe braucht doch keine Beweise, Maya. Er manipuliert dich, weil er dich für sich alleine will. Begreif das endlich!

Maya: Er hat das mit dem Konto herausbekommen und auch, dass ich noch Schmuck verkaufe. Ich will ihm nicht mehr wehtun.

Zora: WTF, Maya. Du redest, als hättest du ihn betrogen!

Maya: Hab ich ja auch irgendwie. Und er möchte eben eine Frau, die zu Hause ist und kein Geld verdient.

Zora: Die er für sich allein hat! Bei der er sich immer sicher sein kann. Die ihm gehorcht und die er unter Kontrolle hat. In welchem Jahrhundert lebt er noch mal? Vielleicht ist er ein Zeitreisender!!!

Maya: Ich glaube, es ist sinnlos, mit dir darüber zu streiten. Du hast schlechte Erfahrungen gemacht und das tut mir leid, aber das muss nicht für jede Beziehung gelten.

Zora: O Mann! So habe ich früher auch gedacht. Das war aber, bevor Carl zum ersten Mal zugeschlagen hat.

Maya: Ayden schlägt mich nicht.

Zora: Nein, er sperrt dich nur im dunklen Fitnessraum ein! Ausgerechnet dich!

Maya: Das war ein Versehen, das hat er nicht absichtlich getan.
Zora: Bist du sicher?

Das ist die letzte Nachricht. *Bist du sicher?* Etwas summt in meinen Ohren.

»*Hör auf zu weinen, ma chérie*«, höre ich Ayden an meinem Ohr flüstern. »*Es tut mir leid. Ich habe nur einfach so große Angst, dich zu verlieren. Ich habe die Kontrolle verloren. Es kommt nie wieder vor.*«

Einer inneren Eingebung folgend, lasse ich den Rollladen herunter, schließe die Tür und umklammere das Handy. Dunkelheit umfängt mich, hüllt mich ein, und schon steigt die altvertraute Panik in mir auf, lässt meine Glieder kribbeln und das Herz rasen. Hände quetschen meine Kehle zusammen. Und während ich nach Luft ringe, fällt mir wieder ein, warum Ayden das gesagt hat.

Er hat es noch mal getan. Wie ein Film flimmern die Erinnerungen in mir vorbei.

»*Du hast dich doch wieder mit dieser Zoraly getroffen, gib es zu! Jemand hat dich gesehen.*« *Ayden wirft den Haustürschlüssel auf den Küchentresen und lockert seine Krawatte.*

Vor dem Herd, auf dem Aydens Lieblingsgericht vor sich hin köchelt, drehe ich mich um. »*Was?*« *Ich bin völlig überrumpelt, schaue ihn mit einem flauen Gefühl im Bauch an.* »*Hast du mir nachspioniert?*«

Ayden kommt näher, krempelt die Hemdsärmel hoch, als wolle er sich mit jemandem prügeln. »*Immer wieder lügst du mich an. Ich kapier es einfach nicht.*«

»*Wenn du nicht so viel verlangen würdest, müsste ich nicht lügen*«, *sage ich leise und drehe mich wieder zu dem vietnamesischen Rindfleisch um.*

»*Ich? Viel verlangen?*« *Ziemlich dicht hinter mir lacht er spöttisch auf.* »*Hey, dreh dich um, ich rede mit dir!*« *Natürlich tue ich, was er sagt, ich will ihn nicht noch mehr aufregen. Zornig funkelt er mich an.* »*Ich erwarte rein gar nichts von dir. Nur dass du zu*

Hause bleibst und diese Zoraly nicht triffst. Ich erwarte nicht, dass du arbeiten gehst und Geld nach Hause bringst. Nichts erwarte ich von dir. Man kann ja auch nichts von dir erwarten.«

Wie unter einer Ohrfeige zucke ich zusammen. Ja, ich tauge nichts, das macht er mir ja immer wieder deutlich, wenn auch meist indirekt. Er kann alles besser, sogar Perlenketten kann er stylisher designen als ich.

»Sie hatte Geburtstag, und sie kennt doch fast niemanden hier«, versuche ich, mich zu rechtfertigen.

»Und deswegen lügst du? Wieso hast du mich nicht einfach gefragt?«

Weil du mich mit hundert fadenscheinigen Gründen davon überzeugt hättest, mich nicht mit Zora zu treffen. *Das denke ich nur, laut sage ich: »Warum muss ich dich denn überhaupt fragen? Und ich habe dich auch nicht angelogen, sondern nur etwas nicht gesagt.«*

»So siehst du das also? Gibt es vielleicht noch etwas, das du mir nicht sagst?«

»Nein, natürlich nicht.«

Ayden sieht mich fassungslos an, dann greift er an mir vorbei, dreht den Herd aus und packt mich grob am Arm, zerrt mich hinter sich her.

»Ayden, was soll das?« Ich sträube mich gegen seinen Griff, aber er fasst nur fester zu. *»Was machst du?«*

Er antwortet nicht, reißt die Tür zur Abstellkammer auf und stößt mich hinein. Mit einem Knall fliegt die Tür zu, und ich bin in der Schwärze gefangen. Geistesgegenwärtig taste ich nach der Klinke, drücke sie runter, aber er hält sie fest. Ich bekomme die Tür nicht auf.

»Ayden, lass mich raus!«

»Erst denkst du mal darüber nach, was du mit mir machst!«

Die Panik windet sich in mir wie eine Kobra. Hitze schießt durch meine Adern, während ich mich in das kleine Mädchen in dem Kellerloch verwandle. »Ayden, bitte! Mach die Tür auf!«

»Nein. Noch nicht.«

»Ich wollte dich nicht verletzen. Ich habe mir gar nichts dabei gedacht, und wir haben auch gar nicht über dich gesprochen.« *Noch eine Unwahrheit. Immer bringt er mich dazu, ihn anzulügen. Und wie zur Strafe scheint noch mehr von der Dunkelheit in mich hineinzufließen. Von meinem Mund hinunter in den Bauch. Meine Kehle wird heiß, dann kalt. Meine Stimme schrumpft zu einem Flehen.* »Lass mich raus! Bitte!«

»Ich will das nicht tun, aber du lässt mir keine Wahl«, *antwortet er ruhig und dunkel. Er steht noch vor der Tür, weil man sie nicht abschließen kann. In der Finsternis höre ich ihn sogar atmen. Schweiß strömt mir über den Rücken; ich sinke auf die Knie, spüre die Hände des Hoodiemannes an meinem Hals. Zeit spielt keine Rolle mehr. Es könnten nur Sekunden vergehen oder ein Jahr.*

Als Ayden die Tür öffnet, bin ich nass geschwitzt und benommen. Ich schaffe es trotzdem, an ihm vorbeizurennen und mich im Bad einzuschließen. Doch er kommt mir nach.

»Lass mich in Ruhe!«, *rufe ich total erschüttert. Meine Beine zittern, alles an mir zittert, am schlimmsten mein Herz.*

Er steht vor der Tür, tippt mit den Fingern dagegen. »Du hast mir keine Wahl gelassen«, *rechtfertigt er sich rau.* »Du tust mir weh, und ich weiß überhaupt nicht, wie ich dir zeigen kann, wie sehr du mich damit verletzt. Wie sich das anfühlt.«

Ich fange an zu weinen, kauere mich auf dem Badewannenvorleger zusammen. Wie konnte er mir das nur antun? Er weiß, wie sehr ich mich im Dunklen fürchte.

»Glaubst du, es hat mir Spaß gemacht?« *Plötzlich klingt er vollkommen resigniert, fast vorwurfsvoll.*

Ich will etwas sagen, aber die Worte kommen nicht.

»Ma chérie, hör auf zu weinen, ja? Komm, mach die Tür auf und lass uns reden.«

Ayden hantiert an dem Schloss herum, und kurze Zeit später kriegt er die Tür auf. Ich habe ihn nicht daran gehindert, weil ich keine Machtspiele mehr möchte, außerdem gewinnt er sowieso immer. Als er vor mir steht, weine ich noch mehr. Sein Gesichtsausdruck verliert sich in Bestürzung; vielleicht begreift er endlich, was er getan hat.

Behutsam beugt er sich zu mir herab und streicht mir die verschwitzten Haare zurück. »Es tut mir leid, Maya«, sagt er leise. »Ich habe nur einfach so große Angst, dich zu verlieren. Ich habe die Kontrolle verloren. Es kommt nie wieder vor.«

»Ich ... du ...«, stammele ich konfus und weiß überhaupt nicht mehr, was ich sagen will. Was ich denken soll.

»Es kommt nie wieder vor. Versprochen! Nie wieder. Aber du musst endlich auf mich hören, verstehst du das?«

Keuchend schalte ich das Licht wieder an. Ich habe das nie jemandem erzählt, auch Zora nicht. Ich habe mich für mich selbst geschämt, weil ich zu schwach war, ein eigenes Leben zu führen oder mich durchzusetzen. Zora habe ich danach lediglich ein einziges Mal wiedergesehen. Und das auch bloß, um ihr mitzuteilen, dass ich sie nicht mehr in der Suppenküche besuchen kann. Wir wollten uns einen Kaffee bei Starbucks holen, um noch mal zu reden, aber dann ist der Hoodiemann aufgetaucht.

Danach wurde alles anders. Ich hatte solche Panik, dass ich nur noch zusammen mit Ayden raus bin, und Ayden hat mein Handy einkassiert, weil Zora ständig angerufen hat und wissen wollte, was los ist.

»Glaub mir, es ist besser so«, hat er erklärt. *»Für uns!«* Dafür hat er mich nach allen Regeln der Kunst verwöhnt. Er hat mir Schmuck und teure Kleider gekauft, er ist mit mir in die

schicksten Restaurants der Stadt gegangen. Wir haben uns mit seinen Freunden aus der Kanzlei getroffen, sind in Museen und ins Kino, aber ich hatte nur ihn und sonst niemanden mehr. Er hat es irgendwie geschafft, mich zu isolieren, selbst meine Eltern hat er schlechtgeredet und behauptet, sie würden uns auseinanderbringen wollen. Anfangs noch sehr diskret, später ganz direkt. Und trotzdem bin ich zu ihnen gefahren.

Ich stehe da und durchforste mein Gedächtnis. Plötzlich fällt mir wieder ein, wieso ich zum North Pond geflüchtet bin. Es stimmt, was Ayden sagt. Ich habe vom Festnetz in seinem Büro angerufen und seine Rechtsanwaltsfachangestellte ist rangegangen. Sie war völlig außer Atem, und ich habe Ayden im Hintergrund murmeln hören. So was wie: »Leg auf!« Ich war der festen Überzeugung, dass Zoras Prophezeiungen eingetroffen wären und er mich betrügt.

Völlig aufgelöst habe ich Zora vom Hausapparat angerufen, und sie hat mich abgeholt, ohne Fragen zu stellen. Sie wollte gerade die Stadt verlassen – in diesem Augenblick fällt mir wieder ein, warum sie nicht mehr in New York ist. Ihr Ex hatte sie aufgespürt, und sie wollte weiterziehen. Deswegen konnte mir auch niemand mitteilen, wo sie ist; einfach, weil sie es keinem außer mir verraten hat. »Ich hoffe, du tust endlich das Richtige«, hat sie traurig gesagt. Sie hat mich zum North Pond gefahren und ist von dort aufgebrochen, um woanders neu zu beginnen – wollte ich ihr etwa hinterher? Habe ich sie in dieser Nacht gesucht?

Es fällt mir immer noch nicht ein. Ich weiß aber, dass wir uns verabschiedet und dabei beide geweint haben. Kurz danach kam Ayden zum North Pond und hat mir den Antrag gemacht. Er hat mir hoch und heilig geschworen, zwischen ihm und Jackie sei nichts gelaufen, und ich habe ihm geglaubt. Ich habe ihm auch geglaubt, dass er mich nie wieder ins Dunkle sperrt und sich darauf einlässt, dass ich in der Suppenküche arbeite und Kunstgeschichte an einer Fernuni studiere – Letzteres war sogar seine Idee. Ich habe jedes Wort aus seinem Mund für wahr gehalten, denn er war der Mann, den ich geliebt habe; der Erste, mit dem ich geschlafen habe; der, der mein Herz erobert und mich so genommen hat, wie ich war: scheu und unselbstständig.

Ich blicke wieder auf mein altes Smartphone. Natürlich sind diese Nachrichten alle uralt, denn Ayden hat mir das Handy lediglich ausgehändigt, wenn er dabei war. »*Damit du nicht auf dumme Gedanken kommst und wieder diese Punkerin anrufst*«, hat er gesagt. Am Ende habe ich es nur noch benutzt, um darauf alberne Spiele zu spielen. *Oh, Ayden.*

Meine Trauer drängt sich von einem vergessenen Punkt meiner Seele nach oben, krallt sich an mir fest, sodass ich anfange zu weinen. Denn da ist noch mehr, es gärt in mir wie verdorbenes Essen. Ich spüre, dass es hinauswill, und knipse das Licht wieder aus, weil es mir so womöglich leichter fällt, mich zu erinnern: wenn ich Angst habe und mich klein fühle.

»Maya?« Er, mein Verlobter, der behauptet, mich über alles auf der Welt zu lieben, steht plötzlich in der Tür. Sein Haar ist zerzaust, sein Blick besorgt. »Was ist los, wieso weinst du?« Er macht das Licht an, geht an mir vorbei und zieht den Rollladen hoch. »Herrgott, wieso stehst du denn auch im Dunklen?«

Seltsam, dass er das sagt. Als würde es ihn sorgen. »Um mich zu erinnern«, antworte ich leise. »Wieso hast du mir nicht erzählt, dass du mich noch mal eingesperrt hast?«

Ayden wirkt bloß kurz irritiert. »Ah, du erinnerst dich endlich.« Er lächelt flüchtig, eine Spur unsicherer. »Ich dachte, wir haben auch so schon genug Probleme. Warum hätte ich es dir noch schwerer machen sollen?«

Beinahe schlucke ich den Köder, dann besinne ich mich. »Du hast mich eingesperrt, obwohl du wusstest, dass ich im Dunklen Panikattacken bekomme.«

Er seufzt. »Ich habe mich bei dir entschuldigt und du hast diese Entschuldigung damals angenommen. Ich wollte einfach, dass du weißt, wie ich mich fühle, wenn du lügst. Das ist für mich so, als wenn du im Dunklen stehst. Es macht mir Angst. Aber ich habe mich geändert.«

Bist du sicher? »Hast du?«

»Natürlich, ma chérie.« Er lächelt so warm, dass ich an allem zweifele, sogar an meinen Erinnerungen. Wenn er mich derart zärtlich ansieht, kann ich nicht glauben, dass er mir je etwas Schreckliches antun könnte.

Ich umkrampfe das Handy in meiner Hand. Das Gefühl, dass da noch mehr ist, was er mir nicht sagt, ist immer noch da. In meinem angespannten Körper spüre ich den Vorboten von etwas Finsterem. Den Grund, warum ich damals geflohen bin. Die Ursache meiner tiefen Trauer. Ich presse die Augen zusammen, weil ich die Erinnerung nicht ertrage, die Wahrheit nicht erkennen möchte, aber urplötzlich überrollt sie mich wie eine Lawine.

Ich sehe mich aus der Vogelperspektive hier im Blockhaus.

Mir werden die Feierlichkeiten bei meiner eigenen Verlobung zu viel und ich fliehe nach oben, um mich hinzulegen. Zu viele Menschen machen mich unruhig, selbst meine Familie, immer und überall fürchte ich William Farrell, das erschöpft mich. Ayden hat mir erzählt, er kenne es von Berufs wegen, also, dass ehemalige Peiniger ihren Opfern erneut auflauern, wenn sie aus dem Gefängnis kommen. Das hat mir noch mehr zugesetzt.

Ich schaue aus dem Fenster; die Nacht liegt vor mir, dunkel wie das finstere Kellerloch. Da ich schlecht Luft bekomme, öffne ich es aber doch und atme tief durch.

Ich sollte so glücklich sein, wie ich es unten beim Essen vorgegaukelt habe, doch das Misstrauen nagt unaufhörlich an mir.

Hat Ayden mich wirklich nicht betrogen? Laut ihm kam Jackie gerade aus dem Archiv und hat irgendwelche Akten geschleppt – und er hätte nicht »Leg auf!«, sondern »Leg sie dort drauf!« gesagt. Ayden spricht aber selten so salopp. Er hätte eher die Formulierung »Leg sie auf meinen Schreibtisch« oder »Leg sie dort ab« benutzt.

»Möchtest du unser Glück tatsächlich von meiner Ausdrucksweise abhängig machen? Von einem oder zwei Wörtern?«, hat er vor Stunden meine Bedenken mit einem nahezu fassungslosen Lächeln zerstreut.

Ich blicke auf Aydens Handy, das er auf dem Nachttisch liegen gelassen hat. Normalerweise gehe ich nie, niemals an sein Smartphone, weil er das respektlos findet; doch heute juckt es mich in den Fingern. Soll ich einfach schauen, ob er und Jackie sich Nachrichten schicken? Nacktbilder oder was weiß ich?

Ich will meine innere Stimme ignorieren. Ayden hat mir versichert, dass mit Jackie nichts gelaufen ist. Er hat mir einen zauberhaften Antrag gemacht – auf Knien und mit einem Strauß weißer Rosen. Ich habe sogar ein bisschen geweint, selbst Mom, die Ayden skeptisch gegenübersteht, war gerührt. Vor allem, weil er zuvor gesagt hat, er fände es auch besser, wenn ich einen Collegeabschluss machen würde. Er hat mir ein Fernstudium vorgeschlagen, nebenher könnte ich in der Suppenküche aushelfen, wenn ich wollte. Mom und Dad waren natürlich begeistert.

Unruhig sehe ich zu dem Smartphone. Ayden ist das Beste, was mir passieren konnte, aber mein Misstrauen siegt; sicher nicht die beste Voraussetzung für eine Ehe.

Ich nehme das Handy, schalte den Flugmodus aus und scrolle durch seine Nachrichten. Den Pop-up-Modus hat er ausgestellt, weil er es hasst, wenn jeder sehen kann, wer ihm wann schreibt. Seine Mutter hat ihm dreimal was getextet. Auch ein Restaurant namens Full Of Luxury hat geantwortet, da geht es um eine Tischreservierung in zwei Wochen; sicher will er mich schick ausführen. Einen privaten Kontakt zu Jackie finde ich nicht, nur den zu seiner Kanzlei.

Das Handy vibriert in meiner Hand. Irgendjemand hat ihm geschrieben. Ich schaue nach. Joseph A.?

Diesen Namen kenne ich nicht. Ayden hat nie einen Joseph erwähnt. Ist Joseph A. ein Synonym für Jackie Anderson?

Ich kann nicht anders, ich lese, was dort steht.

Joseph A.: Okay, das kostet dann aber das Doppelte, Mann! Weißt du, ich finde das ja echt krank!

Die Nachricht ist definitiv nicht von Jackie, aber ich bin neugierig geworden. Was findet dieser Joseph denn so krank? Kauft Ayden heimlich Drogen oder so? Amphetamine vielleicht, um leistungsfähiger zu sein? Ich scrolle weiter nach oben.

Joseph A.: Hey, Thornton, was ist denn jetzt? Soll ich weitermachen?

Ayden: Ja. Aber im Moment sind wir nicht da. Wir sprechen nächste Woche darüber.

Das hat Ayden am Nachmittag geschrieben, kurz, bevor er nach Maine aufgebrochen ist, um mir den Antrag zu machen.

Ich scrolle noch weiter hoch, überfliege die Nachrichten, wobei einige gelöscht wurden. Ich finde ein paar ältere.

Und wie soll ich vorgehen? *Das hat Joseph geschrieben.*
Und Ayden hat geantwortet: Behalte Maya im Auge. Und falls sie wieder mit dieser Zora unterwegs ist oder sich mit sonst jemandem trifft, ziehst du die Kapuze auf und gehst ihr nach. Stell sicher, dass sie dich bemerkt, und verfolg sie ein bisschen.

In meiner Erinnerung – und gerade jetzt – ist es wie damals im Wald, als ich den Verlobungsring unter dem herzförmigen Stein entdeckt habe. Die Decke des Blockhauses scheint auf mich herabzustürzen und mich unter ihrem Gewicht zu begraben. Das Atmen tut weh, mir schießen Tränen in die Augen. Ich spüre, wie etwas in mir zerbricht. Der Riss, der sich durch meine Seele schneidet, reißt weiter auseinander. Ayden hat jemanden dafür bezahlt, damit er mich verfolgt und mir Angst macht. Er wollte, dass ich vor Panik nicht mehr hinaus auf die Straße gehe. Er hat den Albtraum meiner Kindheit benutzt, um mich kleinzuhalten und mich nach seinen Vorstellungen zu formen. Er, der Mann, dem ich stets vertraut habe, den ich über alles geliebt habe, der mich beruhigen konnte, wann immer die Furcht zugeschlagen hat, hat ebendiese benutzt, um mich an ihn zu binden – und zwar nur an ihn.

Wie versteinert stehe ich da und schüttele den Kopf. »Das glaube ich nicht. Das hast du nicht getan.« Ich bekomme keine Luft, Tränen laufen mir über die Wangen.

Ayden blickt mich verwirrt an; da wird mir klar, dass ich ihn nie damit konfrontiert habe. Ich habe sein Handy in den Flugmodus zurückgesetzt, die Nachricht vorher jedoch auf ungelesen gestellt. Er weiß bis heute nicht, dass ich es herausgefunden habe.

»William Farrell. Joseph A. Du hast ihn dafür bezahlt, mir aufzulauern«, stoße ich hervor.

Alle Farbe weicht aus Aydens Gesicht. Dann zeichnet sich Panik auf seinen Zügen ab. »Es ist nicht, wie du denkst, lass es mich erklären …«

Ich ersticke. Ich ersticke bei dem Gedanken an das, was er getan hat. »Nein. Nein, nein, nein. Diesmal nicht. Ich will es nicht hören. Weißt du was: Ich habe es in der Nacht von unserer Verlobung herausgefunden. Eigentlich wollte ich nur nachsehen, ob Jackie und du euch schreibt … aber dann hat

Joseph ...« Meine Stimme bricht weg. Meine Seele krümmt sich zusammen, wird unter dem Betrug verschüttet. Ich habe diese Wahrheit damals einfach nicht ertragen. Deswegen habe ich alles vergessen.

So wie ich so vieles aus der Nacht bei William Farrell vergessen habe. Die vielen Stunden, die ich eingesperrt gewesen bin, geweint, gefroren und mich zu Tode gefürchtet habe. An das meiste erinnere ich mich nicht, aber mein Unterbewusstsein weiß es noch, daher bin ich auch die Angst vor der Dunkelheit nie losgeworden. Der Psychologe meinte damals, ich wäre eine Meisterin der Verdrängung, und das sei gut. Es hätte mir die Situation leichter gemacht, aber niemals habe ich geglaubt, dass mein Verstand diese Strategie noch ein weiteres Mal als Schutz verwenden könnte.

Wie betäubt schüttele ich den Kopf. »Du hast diesen Joseph auch gestern wieder angeheuert? Warst du deswegen so lange weg? War dir klar, dass ich das Tagebuch suchen würde?« Mein Blick fällt auf das Buch, das ich auf das Bett gelegt habe. »Ich denke, es ist besser, wenn du auf der Stelle gehst«, höre ich mich sagen. »Ich rufe meine Mom oder Maddy an, dass sie mich abholen kommen ... Weißt du, ich habe so lange an uns geglaubt. Ich wollte dich nicht aufgeben ...«

Er blinzelt nicht, taxiert mich stumm.

»Geh einfach, bitte.«

»Das meinst du nicht ernst, oder? Hey, Maya, ich bin es, Ayden.«

»Genau.«

»Ich liebe dich. Ich habe das nur getan, damit es zwischen uns wieder besser läuft. Ich dachte, wenn du nur bei mir bist und nicht mehr rausgehst, bekommen wir unsere Probleme in den Griff.« Er macht ein betretenes Gesicht – oder er tut einfach so!

»Wir hatten doch gar keine Probleme«, erwidere ich leise. Das Handy in meiner Hand zittert, weil meine Finger so beben. Die Trauer ist weiterhin da; auch das Entsetzen über das, was er getan hat. Doch dieses Mal verkrafte ich es, dieses Mal vergesse ich es nicht. »Uns ging es gut. Ich wollte doch bloß ab und zu raus und mich mit Zora treffen. Ich wollte ein eigenes Konto und ein bisschen Geld verdienen. Ich wollte meine Ängste überwinden.« Ich blinzele die Tränen zurück. »Das waren keine Probleme.«

»Für mich schon. Meine Mom und mein Dad waren nie zu Hause. Sie waren ständig bei politischen Treffen, Charity-Veranstaltungen und sonst was. Ich wollte das nicht für meine Familie. Und mit dir wollte ich eine. Ich wollte Kinder mit dir, jede Menge; und ich will es immer noch.«

Ich schluckte hart. »Zora war doch keine Präsidentschaftskandidatin. Und ich wollte einfach nur ein bisschen Geld verdienen, das mir gehört, um im Notfall unabhängiger zu sein.«

»Ich dachte, wir wären uns einig darüber gewesen, dass du zu Hause bleibst.«

Er weiß wirklich nicht, worum es geht. »Ich habe den Schmuck doch zu Hause gemacht. Zu Hause bleiben heißt ja nicht, außer dir keine Freunde zu haben und sich einzuigeln, oder?«

»Zora wollte uns auseinanderbringen.«

»Weil sie geahnt hat, was du versuchst.«

Ayden rauft sich die Haare. »Was habe ich denn versucht? Es hört sich gerade so an, als wäre ich ein Schwerverbrecher. Meine Güte, Maya. Ich liebe dich mehr als alles auf dieser Welt. Nur deswegen habe ich Joseph gefragt, ob er dich ein bisschen erschrecken. Ich wollte, dass alles wieder so wird wie am Anfang. Wir waren so glücklich …« Er streckt die Hand nach mir aus, aber ich mache einen Schritt zurück.

»Mich ein bisschen erschreckt?«, echoe ich. Aus seinem Mund klingt das, was er getan hat, wie eine Kleinigkeit. Fast nehme ich ihm das alles ab. Oder vielmehr: Ich begreife endlich, dass er wirklich an das glaubt, was er sagt. Er hält das, was er getan hat, für entschuldbar, weil es unserem Glück dienen sollte, aber es diente natürlich nur seinem eigenen.

Herausfordernd schaue ich ihn an. »Du wolltest, dass ich unselbstständig und ängstlich bleibe, weil es dir so am besten gefallen hat. Weil ich abhängig von dir war. Wenn du mich wirklich lieben würdest, dann würdest du dir wünschen, dass ich stark bin und für mich selbst einstehen kann. So wie Reed es wollte.« Schon als ich den Namen ausspreche, weiß ich, dass es ein Fehler ist. »Er wollte, dass ich mich wehren kann.«

»Soso, Reed wollte, dass du dich wehren kannst …« Ayden beißt die Zähne zusammen, scheint sich beherrschen zu wollen, aber im nächsten Moment holt er aus und schlägt mir dermaßen hart ins Gesicht, dass ich aufschreie und gegen die Wand taumele; das Handy rutscht mir aus den Fingern.

Geschockt starre ich ihn an, für Sekunden bewegungsunfähig, während Sternchen vor mir aufblitzen. Meine Lippen brennen. Mein Kiefer pocht.

»Du bist nichts weiter als eine billige Hure«, zischt er durch die Zähne. »Du redest von Betrug und steigst mit dem ersten Wilden ins Bett, der dir über den Weg läuft. Du bist nichts ohne mich, gar nichts.« In der nächsten Sekunde packt er mich am Arm, zieht mich vorwärts und stößt mich so hart von sich, dass ich zu Boden gehe, wo ich auf alle viere falle.

»Hau ab!«, schreie ich ihn an, aber mein Herz pocht wie ein Amboss in meiner Brust. Was, wenn er durchdreht und mich nicht gehen lässt? Geistesgegenwärtig greife ich mir das alte Handy, das neben mir auf dem Boden liegt, will mich aufrappeln, da spüre ich sein Knie in meinen Rippen. Es ist ein Stoß, der durch meinen Körper zuckt, nicht zu fest, eher wie eine Warnung, und es sticht am meisten in meinem Herzen.

»Ich bleibe, und wir reden darüber.« Atemlos vor Zorn steht Ayden vor mir und schaut auf mich herab.

Gott, bitte, lass ihn nicht komplett ausrasten! »Okay«, antworte ich und versuche, einsichtig zu klingen. »Okay, aber lass mich hochkommen.« Ich umklammere das Telefon und er geht ein Stück zurück, während ich langsam aufstehe. Er beobachtet mich finster, so finster, dass es mir Angst macht. Ich muss plötzlich daran denken, was Maddy mal im Studium gelernt hat: dass in den USA jeden Tag drei Frauen von ihren Ehemännern getötet werden. Als Ayden auf mich zukommt, fixiere ich ihn mit beiden Augen wie beim Bogenschießen, dann schleudere ich ihm mit voller Wucht mein Handy ins Gesicht. Ich schaue nicht, ob ich getroffen habe, aber ich höre ihn fluchen. Blitzschnell ergreife ich das Tagebuch und hetze aus dem Zimmer, die Treppe hinunter, zwei Stufen auf einmal nehmend.

Er kommt mir nach. »Maya! Wag es nicht, jetzt wegzulaufen! Wir müssen darüber reden!«, brüllt er so laut, dass ich noch mehr Angst bekomme.

Im Vorbeihasten schnappe ich mir die Autoschlüssel, die auf dem Esstisch liegen, und stürze hinaus auf die Veranda.

»Maya! Komm sofort zurück! Lass uns reden!« Ayden klingt viel zu aggressiv. Mein Kiefer pocht immer noch. Was, wenn er mich einholt …

Ich renne über den Hof, drücke auf die Fernbedienung und die Verriegelung des Wagens löst sich mit einem Klick. Außer Atem reiße ich die Autotür auf, lasse mich auf den Sitz fallen und ziehe die Tür zu. Meine Finger beben so sehr, dass ich den Knopf für die automatische Türverriegelung nicht beim ersten Mal treffe. *Komm schon!*

»Maya!«

Hektisch hämmere ich auf das Bedienelement, die Türverriegelung klickt. Ayden stellt sich vor das Auto. »Steig aus! Steig sofort aus meinem Wagen!«

Ich lasse den Motor an und drücke den Schalthebel der Automatik in Rückwärtsposition. Himmel, ich bin schon so lange kein Auto mehr gefahren.

Ayden läuft mir nach, kommt um den neuen Audi herum und hämmert ans Fenster, was ihm nur möglich ist, weil ich so langsam fahre. »Hör auf!«, schreie ich. Der Audi ruckelt über die Wiese.

»Dann steig aus. Sprich mit mir ...« Plötzlich klingt er wieder gefasst. »Maya, bitte.«

Ich halte an, bevor ich noch in den See fahre. Durch die Scheibe schaut er mich an, sein Blick ist kühl, aber er lächelt. »Ich tue dir schon nichts. Ich liebe dich doch, ma chérie.«

Nenn mich nicht immer ma chérie, *als wäre ich dein süßes Stoffhäschen!* Ich fange an zu weinen, weil er mir Angst macht und weil ich einmal dachte, ich würde ihn lieben bis ans Ende meiner Tage. *Auf ewig dein!*

»Okay«, schluchze ich, während mir die Tränen über das Gesicht laufen. »Aber du gehst ein Stück beiseite. Und ich will nicht, dass du mich noch mal schlägst.« Meine Lippe muss bluten, denn ich habe einen metallischen Geschmack im Mund.

»In Ordnung.« Etwas wie Triumph stiehlt sich in seinen Blick. Er denkt nach wie vor, er könnte mich so leicht umstimmen. Er denkt, ich bin über alle Maßen naiv. Kaum ist er zur Seite getreten, schalte ich in den Fahrmodus und gebe Gas. Der Audi holpert über die Wiese, dann auf den Hof.

Ayden begreift erst nach ein paar Sekunden, dass ich nicht vorhabe anzuhalten. Im Rückspiegel sehe ich, wie er dem Wagen hinterherläuft.

»Schlampe!«, schreit er, holt mich ein, erwischt den Kofferraum mit den Händen und hämmert darauf ein, doch ich biege bereits auf die Straße ab, die ganze Zeit mit der Angst, der Wagen könnte ausgehen oder stehen bleiben oder was auch immer. Auf der geraden Fahrbahn gebe ich Gas und hänge ihn nach wenigen Metern ab.

Wieder schaue ich in den Rückspiegel. Ayden wird kleiner und kleiner, irgendwann ist er verschwunden.

Ich weine immer noch, aber diesmal ist es nicht nur die Trauer über das, was er getan hat, sondern auch Erleichterung, weil ich endlich, endlich weiß, was damals passiert ist, bevor und nachdem ich das Blockhaus Hals über Kopf verlassen habe.

Kapitel 27

Ich habe den Zettel mit »Such mich nicht!« geschrieben, damit er mich für immer in Ruhe lässt, und bin blindlings losgefahren, ohne Ziel, einfach weiter und weiter. Ich war tränenblind. Es ist mir vorgekommen, als hätte Ayden mir mein schlagendes Herz aus der Brust gerissen.

Mit schweißfeuchten Händen umfasse ich das Lenkrad. Nach wie vor hasse ich es, selbst Auto zu fahren, aber dieses Mal weiß ich, wohin ich möchte. Zum Glück ist es inzwischen taghell und nicht mitten in der Nacht.

Wie habe ich nur so blind für Aydens Verhalten sein können? Ich kann es mir lediglich damit erklären, dass ich völlig geblendet von seiner Liebe und Fürsorge war. Überwältigt, dass er aus Hunderten von Frauen ausgerechnet mich ausgewählt hat. Ha! Heute ist mir klar, wieso. Ich war hübsch genug und stammte wie er aus der feinen Gesellschaft. Anders als die meisten jungen Frauen aus dieser Schicht war ich jedoch leicht zu kontrollieren – und zu beeindrucken. Ich erinnere mich daran, dass Zora Ayden mal einen Narzissten nannte; natürlich nicht in seinem Beisein. Ich habe es abgetan, aber womöglich schätzt sie ihn richtig ein. Vielleicht haben seine ständig abwesenden und desinteressierten Eltern dazu beigetragen, dass er heute auf die Bewunderung anderer angewiesen ist. Womöglich besitzt er tatsächlich keinerlei Selbstwertgefühl. Dazu würde auch eine Affäre mit Jackie passen, doch im Grunde denke ich nicht mehr, dass er mich je betrogen hat. Das Schlimme ist, dass er wirklich glaubt, mich zu lieben. Aber letztendlich liebt er nicht mich, sondern nur seine Vorstellung davon, wie ich zu sein habe.

Als ich den North Pond hinter mir lasse, verdränge ich die Gedanken an Ayden. Mir wird bewusst, dass ich weder mein altes noch mein neues Handy dabeihabe, ebenso wenig habe ich Geld oder meinen Ausweis. Nur das Tagebuch habe ich bei mir. Aber das ist auch das Allerwichtigste. Ich muss es Reed wiedergeben.

Reed.

Großer Gott, hoffentlich kommt er überhaupt wieder zur Lodge! Mit dem Handrücken wische ich mir über die Augen und lese die Verkehrsschilder. Bis nach Monson zum Brendon's Hiker Hostel sind es ungefähr sechzig Meilen. Damals wollte ich gar nicht nach Norden fahren, sondern ich wollte einfach nur weg von Ayden, weit weg. Ich habe versucht, irgendwo zu telefonieren, um Zora anzurufen, aber niemand hat mir mitten in der Nacht aufgemacht. Ich muss mich komplett verfahren haben. Diesmal achte ich penibel auf den Weg, wobei mir hundert Erinnerungen durch den Kopf schießen. Wie ich damals bei Regen immer tiefer in den Wald gerate, wie ich ein- oder zweimal sogar im feuchten Boden stecken bleibe und die Reifen durchdrehen und ich irgendwann an dem Felsen entlangschramme. Schließlich ist mir das Benzin ausgegangen und der Wagen stehen geblieben. Die Dunkelheit war allumfassend, auch wenn ich damals bereits wusste, dass es nicht William Farrell gewesen ist, der mich in New York verfolgt hat, sondern dieser Joseph. Ich wollte im Auto bleiben, aber die Kälte war gnadenlos, ich musste mich bewegen, aber ich hatte weder eine Jacke noch eine Decke dabei. Ich bin ausgestiegen und mutterseelenallein auf und ab gelaufen. Selbst das Scheinwerferlicht konnte mir nicht die Angst nehmen. In dem großen unbekannten Wald war es wie das Glimmen eines Streichholzes. Ich weiß noch, wie ich eine Taschenlampe im Handschuhfach gesucht und stattdessen ein Sandwich, die Limo und meinen Ausweis gefunden habe. Ayden muss ihn irgendwie in seinen Besitz gebracht haben. Vielleicht, damit ich weder wieder ein Konto eröffnen noch das Land verlassen konnte. Ich habe den Ausweis an mich genommen, danach hat mich die Panik regelrecht überrollt. Es wäre vernünftiger gewesen, im Auto zu warten, aber ich war aufgelöst und blind vor Angst, also bin ich gerannt und gerannt, als könnte ich meinen Gefühlen, der Vergangenheit, Ayden und meinen Kindheitserinnerungen davonlaufen. Und ironischerweise habe ich genau das bekommen, was ich mir in diesem Augenblick so dringend gewünscht habe.

Ich habe das alles vergessen.

Ich weiß noch, dass ich jäh stehen geblieben bin und mir den Verlobungsring vom Finger gezerrt und einfach fortgeworfen habe. Es war das goldene Flimmern, an das ich mich wieder und wieder erinnert habe; danach kam der Cut. Mir fällt ein, dass ich mich gefragt habe, was ich mitten in der Nacht im Wald mache, dabei bin ich gestürzt und habe sicher den Ausweis verloren.

Mit einem zu ruckartigen Bremsen parke ich das Auto auf dem Hof des Brendon's Hiker Hostel. Als ich aussteige, ist es schon Mittag. Eine gute Zeit, bei den Johnsons in der Lodge anzurufen. Zum Glück erinnert sich der Besitzer des Hostels an mich, trotz meiner jetzt blonden Haare und den Blessuren im Gesicht, und ich frage ihn, ob ich bei den Johnsons und meinen Eltern anrufen darf.

Ich bin erleichtert, dass er keine Fragen stellt und nichts dagegen hat. Daher melde ich mich zuerst bei meinen Eltern. Mom ist bestürzt und ruft mich fünf Minuten später zurück, um mir mitzuteilen, dass mein Dad und sie zum North Pond fahren, um Ayden zur Rede zu stellen.

»Mom, ich denke, Ayden sitzt bereits in einem Taxi Richtung New York.«

»Oder er wartet darauf, dass du zurückkommst. Nein, Liebes, das ist uns zu gefährlich. Wir fahren hoch. Und du musst ja auch irgendwie nach Hause kommen. Nicht, dass Ayden sein Auto als gestohlen meldet und du verhaftet wirst.«

Es erleichtert mich, nur für den Fall, dass ich Reed nicht finde und zum Blockhaus zurückfahren will. Allerdings erkläre ich Mom auch noch, was ich vorhabe, und dann gestehe ich ihr endlich die Wahrheit über Reed und mich. Sogar über den Ort, denn sie muss wissen, wieso ich unbedingt zu dieser Lodge fahren möchte. Am Ende laufen mir unaufhörlich Tränen über das Gesicht, und das Salz brennt an einer aufgeplatzten Stelle auf meiner Lippe.

»Versprich mir, dass du es niemandem sagst«, beschwöre ich sie, bevor ich auflege.

»Nur deinem Vater.«

»Mom!«

»Er wird doch deswegen nichts unternehmen. Glaubst du, wir wollen, dass dieser junge Mann, der unsere Tochter gerettet hat, Ärger bekommt?«

Das überzeugt mich. Danach lasse ich mir von dem Hostelbesitzer die Nummer der Johnsons geben, weil ich den Zettel mit Annies Handynummer nicht bei mir habe. Er schreibt sie mir auf. Ich rufe bei den Johnsons an und frage, ob sie mir ein Zimmer vermieten. Ich erkläre ihnen, dass meine Eltern das Geld überweisen und ich weder Ausweis noch Geld bei mir habe. Da ich ihnen nicht ganz fremd bin, machen sie eine Ausnahme, vor allem, als ich verspreche, dass Mom noch bei ihnen anrufen wird.

»Du willst dich wohl mental auf den Trail einstimmen«, fragt Annie amüsiert nach.

Ich streiche über das Tagebuch und fühle das kühle Leder an meinen Fingern. »Ja, so ähnlich«, erwidere ich mit einem Lächeln und spüre, wie eine tiefe, unendlich tiefe Sehnsucht in mir aufsteigt. Nach Reed, seinen stillen Fingern, seinem Wintergesicht und den sandblonden Haaren, in denen ich meine Hände so gerne vergraben habe.

Verzeih mir, Reed! Ich habe dich zu Unrecht verdächtigt!

Bei dem Gedanken an das, was ich ihm vorgeworfen habe, fühlt sich mein Herz an wie glühendes Eisen, schmerzt und brennt in meiner Brust. Ich selbst habe mir den Ring abgenommen und weggeworfen. Nicht er.

Ich verabschiede mich von dem Besitzer des Hostels, steige in Aydens Audi und folge den Hinweisschildern Richtung Lodge. Kurz nach dem kleinen Örtchen verwandelt sich die Straße in eine Schotterpiste, aber das hatte ich noch in Erinnerung.

Als der Wald dichter an die Straße rückt, lasse ich die Fenster runter, auch wenn es kalt ist, gerade mal elf Grad. Der kräftige Geruch nach Erde, Moos und Nadeln erfüllt die Luft, und ich atme tief durch. Wenn ich Reed nur wiederfinde. Vielleicht schleicht er längst um die Lodge herum, in der Hoffnung, dass die Johnsons bald zur Wintersaison schließen.

Erneut muss ich Tränen wegblinzeln. Ich erkenne die urigen Täler von der Rückfahrt wieder; die hohen Pappeln und die leuchtend blauen Seen. *Je tiefer das Blau, desto mehr zieht es einen in die Unendlichkeit.* So wie Reed. Er zieht mich hierher, an diesen Ort, zurück zu ihm. Fast höre ich wieder die Melodie der Stille, allerdings nur, bis ich in ein Schlagloch fahre und mit dem Kopf beinahe gegen die Decke krache. Erschrocken fluche ich los und muss dann über mich selbst lachen. Allerdings bloß kurz. In diesem Augenblick spüre ich eine ganz andere Art von Furcht. Die Angst, Reed nicht wiederzufinden und die Liebe meines Lebens verloren zu haben. Und es wäre meine Schuld, weil ich seine Erklärungen nicht hören wollte und davongelaufen bin. Und trotz der Furcht ist da noch ein anderes Gefühl.

Freiheit. Ich bin frei. Der Hoodiemann hat mich nicht länger in seinen dunklen Klauen.

Es dämmert bereits, als ich die Wild River Lodge erreiche. Annie kehrt gerade Laub von der Terrasse und begrüßt mich mit einem freundschaftlichen Händeschütteln, tritt aber dann einen Schritt zurück.

»Was ist dir denn passiert?«, fragt sie entsetzt und deutet auf mein Gesicht.

»Mein Ex-Verlobter«, antworte ich wahrheitsgemäß. Es sieht schlimm aus, ich habe auf der Toilette im Hostel kurz in den Spiegel geschaut. Meine Oberlippe sieht aus wie gebotoxt, und meine Wange ist rotblau geschwollen.

Annie betrachtet mich eindringlich. »Na dann: Herzlichen Glückwunsch! Dieses ›Ex-‹ vor dem Verlobten kann dein Leben retten. Keine Frau sollte sich so etwas gefallen lassen.« Empört schüttelt sie den Kopf, und ich folge ihr nach ein paar belangloseren Worten über die Herfahrt in die Lobby.

Allein der Geruch nach Staub und Muff lässt mein Herz schneller klopfen.

»Wo ist dein Gepäck?«, will Annie wissen, als sie mir den Schlüssel aushändigt.

»Ähm … im Blockhaus meiner Eltern. Ich bin vor meinem Ex-Verlobten geflohen – es musste schnell gehen.«

Annie runzelt die Stirn. »Besteht die Möglichkeit, dass er dir gefolgt ist?«

»Nein, ich habe sein Auto genommen.«

Annie lacht. »Gut gemacht, Mädchen!«

Etwas an diesen Worten berührt mich, denn das hat mir schon sehr lange keiner mehr gesagt. Außer Reed.

»Mir wäre es trotzdem wohler, dir ein Zimmer hier im Haupthaus zu geben, einverstanden? Sicher ist sicher. Am Ende kann er den Wagen digital orten. Keine Ahnung, was es heutzutage alles gibt.«

Daran habe ich überhaupt noch nicht gedacht, wobei Ayden nicht in der Lage war, den BMW aufzuspüren, denn sonst hätte er mir die Story, ich hätte ihn verschenkt, nicht geglaubt.

Ich nicke. »Okay, das ist mir auch lieber. Aber ich werde trotzdem ab und zu auf Wanderschaft gehen«, warne ich sie vor.

Annie mustert mich abschätzend. »In dem Aufzug wirst du keinen Tag durchhalten. Aber ich schaue später noch mal in unsere Mixed-Box.« Als ich sie fragend anschaue, meint sie: »Die Kiste mit den liegen gebliebenen Sachen. Ich meine, da habe ich Wanderstiefel und einen Mantel gesehen.«

Als Kind besitzt man etwas, das Psychologen magisches Denken nennen. Man erzählt Kindern, sie müssten ihren Teller leer essen, dann würde am nächsten Tag die Sonne scheinen, und sie glauben es. Vor meinem schlimmen Erlebnis mit dem Hoodiemann habe ich immer gedacht, wenn ich jeden Tag auf dem rechten Bein von meinem Zimmer bis ins Bad hüpfe, würde ich eines Tages mal einen Prinzen heiraten.

In den nächsten Tagen schleicht sich diese magische Vorstellung wieder in mein Leben. Ich rede mir ein, wenn ich mich bis zur Erschöpfung fordere, werde ich als Belohnung Reeds Lager entdecken. Oder ich denke: Wenn es wahre Liebe ist, werde ich ihn sowieso finden, denn es ist uns vorherbestimmt. Ich habe mir von Annie sogar eine Karte der Umgebung aushändigen lassen, aber die mir unverständlichen Striche und Zeichen haben nichts mit meinen Erinnerungen zu tun. Außerdem liegt Reeds Lager einen Tagesmarsch entfernt, das bedeutet, im Grunde muss ich gegen Mittag umkehren, wenn ich es bei Einbruch der Dunkelheit zurück zur Lodge schaffen will. Ich kann nur hoffen, dass Reed umherstreift, auf der Jagd ist oder sich aus einem anderen Grund weiter vom Lager entfernt. Einmal nehme ich sogar einen Pick-up der Johnsons, um ein Stück auf dem Forstweg entlangzufahren und nach dem versteckten BMW zu suchen, weil dieser nicht so weit von Reeds Lager entfernt ist, aber ich komme nicht weit. Nach nur fünf Minuten bleibe ich mit dem monströsen Truck in einer schmalen Kurve stecken. Clayton lacht sich darüber kaputt, er kann ja nicht ahnen, wie wichtig mir diese Suche ist. Den Johnsons habe ich erzählt, ich wäre hier zum Probewandern und würde jeden Tag nach neuen Herausforderungen suchen. Dabei kann ich bereits am vierten Tag kaum noch laufen, so sehr habe ich Muskelkater; dazu kommen noch die Blasen an meinen Füßen.

Zum Glück haben mir meine Eltern zwischenzeitlich anständige Schuhe besorgt und sie zusammen mit meiner Reisetasche und der moosgrünen Winterjacke zur Lodge gebracht. Dabei haben sie auch Aydens Audi mitgenommen, damit es keinen Ärger gibt, und mir angeboten, mich abzuholen, wann immer ich heimkommen möchte. Wie erwartet war Ayden bereits verschwunden, als sie am Blockhaus am North Pond ankamen.

Da ich unfähig bin, den Pick-up zu fahren, arrangieren die Johnsons für mich ein Treffen mit dem Revierförster, einem gestandenen älteren Mann, der mich wegen seiner schrägen, buschigen Augenbrauen an einen Uhu erinnert und den jeder nur Owl nennt.

Aber auch bei dem Ausflug in den Wald – er setzt mich an einer Stelle ab, die ich ihm auf der Karte gezeigt habe – finde ich weder Reed noch *The Wide* oder den Lifesaver. Owl hat auch keine aufschlussreichen Antworten auf meine versteckten Fragen: *Könnte ein Einsiedler hier überleben? Wo wären die*

Bedingungen am günstigsten? Gibt es hier in der Nähe kleinere Bäche? Oder sogar einen See?

Missmutig hat er mich angeschaut, die Uhu-Brauen zusammengezogen und in seinen Bart genuschelt: »Es gibt hier tausend Bäche, Flüsse und Seen. Und falls du vorhast, dich auf diesem Grund und Boden niederzulassen, Kleine, vergiss es! Diese Winter sind zu hart.«

Später isst Owl mit den Johnsons und mir zu Abend. Seine Frau ist vorletztes Jahr gestorben, so viel habe ich mitbekommen, daher laden Annie und Clayton ihn regelmäßig zum Essen ein. Ich dagegen habe aus einem mir nicht erklärbaren Grund einen Sonderstatus. Ich darf immer mit den Johnsons in der Küche essen, fernab der Gäste. Vielleicht wollen sie mich auch nur vor meinem Ex-Verlobten schützen, sollte er unverhofft hier auftauchen.

»Die Kleine will sich im Wald niederlassen«, berichtet Owl beim Abendessen. »Hat mir Löcher in den Bauch gefragt, wo man hier am besten überleben kann.«

Annie sieht mich über die dampfenden Kartoffeln und das Gulasch erstaunt an. »Ach … und wenn das Gebiet schon vergeben wäre?«

Ich verschlucke mich fast an einem Fleischbrocken. »Wie bitte?«

Sie und Clayton tauschen einen kurzen Blick, Clayton nickt. »Na ja, wir haben doch unseren Eremiten schon«, erklärt sie dann.

Ich kann nichts sagen, die Gabel in meiner Hand zittert.
So stille Hände. O Reed. Wo bist du?

Clayton taxiert mich mit einem nicht zu deutenden Blick. »Wir dachten ja erst, du seist eine Reporterin, die ihm auf die Schliche kommen will … auch wenn wir keine Ahnung hatten, wie du an die Infos gekommen bist.«

Sie wissen von Reed? Sie kennen meinen Winterprinzen? Das kann nicht sein. »Ich ...«

»Aber dann sind wir wieder davon abgekommen.« Clayton nimmt mich immer noch unter die Lupe. »Es wäre auch vergebens. Keiner hat das Lager je gefunden, und doch ist er da.«

»Woher ... woher wissen Sie das?« Ich spüre wieder die blöden Tränen, die meine Kehle eng machen.

»Es ist eine tragische Geschichte. Seine ganze Familie ist bei einem Unfall ums Leben gekommen.«

Jetzt weine ich wirklich, nicke unter Tränen und sehe die handgemalten Zeichnungen von Aspen und Reed auf dem Familienbus vor meinem inneren Auge. »Ich weiß.«

»Woher?«, fragt Owl, und Annie ergänzt:

»Dann kamst du gar nicht von dem Appalachian Trail, sondern warst auf der Suche nach ihm?«

Nein. Nein, ich habe ihn verlassen! Ich habe ihn im Stich gelassen, will ich rufen, aber ich presse mir zitternd die Hand vor den Mund.

»Maya? Alles okay bei dir?«, erkundigt sich Annie.

»Wieso kann man ihn nicht finden? Wer hat ihn gesucht?«, frage ich und nehme die Hand runter. Alles in mir kribbelt.

Annie seufzt, sieht wieder ihren Mann an und schließlich Owl. »Sollen wir es ihr erzählen?«

Owl zuckt nur die Schultern, Clayton macht eine Geste, die »meinetwegen« bedeuten könnte.

»Es ist lange her«, fängt Annie an, aber in meinem Kopf wird es zu »Es war einmal«, einem Märchen. Meinem Wintermärchen aus Nahmakanta. »Da lebte eine Familie hier in den Wäldern. Keiner wusste zunächst davon, aber sie muss sich kaum zwanzig Meilen von hier niedergelassen haben. Wir erfuhren es erst danach. Also nach dem Unglück. Die Familie wollte wohl in die Stadt, vermutlich ins Krankenhaus oder zu einem Arzt, wie man nach der Obduktion spekulierte. Zwei der Kinder waren laut

Autopsiebericht sehr krank, das stand in der Zeitung. Es war regnerisch an diesem verhängnisvollen Tag; im Herbst verwandelt das nasse Laub die Straßen oft in eine Rutschbahn und …« Sie stockt und hat nun selbst Tränen in den Augen. »Unser Sohn Jules kam ihnen entgegen, beide Fahrzeuge gerieten in einer Kurve ins Schleudern. Der Familienvan kam von der Straße ab und stürzte ins Tal. Jules prallte gegen einen Baum. Er war sofort tot.« Sie sieht mich an – ich atme nicht. »Die Familie wohl auch.«

Sie sind alle tot, Ash.

»Es tut mir leid«, murmele ich und komme mir so unbeholfen vor wie damals bei Reed. Diese Phrase haben die Johnsons sicher oft gehört, aber ich meine es wirklich so.

»Ist gut, Liebes.« Annie fasst über dem Tisch nach meinem Unterarm, drückt ihn kurz, als müsste sie mich trösten, und lässt wieder los. Aber es ist *nicht* gut. Nichts ist gut. Ich erinnere mich an das Foto über dem Telefon, das einen jungen Mann zeigt, der damals ungefähr so alt war wie Reed heute ist. *Jules* steht auf dem Bild und daneben ist dieses gemalte Herz. Es ist der verstorbene Sohn der Johnsons.

Annie räuspert sich. »Nachdem Jules … wir zogen uns eine Weile zurück, aber die Gerüchte drangen doch bis zu uns vor.«

Angespannt sehe ich sie an. »Welche Gerüchte?«

»Dass eines der Kinder überlebt hätte, weil es nicht im Auto gesessen hat.«

Reed. Ich versuche, mir nichts anmerken zu lassen, aber ich schaffe es nicht. »Und niemand hat nach diesem Kind gesucht?«, frage ich erstickt, weil der Gedanke so schrecklich ist.

»O doch!« Es kommt wieder etwas Leben in Annie, sie richtet sich kerzengerade auf. »Wir haben gehört, dass es eine Tante gab, die alle Hebel in Bewegung gesetzt hat. Sie ließ Ranger den Wald durchkämmen. Hubschrauber mit Wärmebildkameras flogen über das gesamte Waldgebiet, aber niemand hat das Kind gefunden. Es war ein Junge, sagte man, schon etwas älter. Sie meinten, er wollte womöglich nicht entdeckt werden.«

Wie recht sie hat!

»Weißt du«, redet Annie weiter, »man kann alles, was glitzert, also Töpfe und Metall, abdecken, so kann man die Kameras täuschen. Und die Wärmebildkameras verwechseln oft Wild und Mensch. Aber wie ich hörte, ließ diese Tante nichts unversucht. Sie wollte ihn mit allen Mitteln finden, aber dann brach der Winter über Maine herein und nach einiger Zeit haben die Ranger die Suche eingestellt. Sie kamen zu dem Schluss, dass der Junge von einem Raubtier gefressen oder auf andere Art umgekommen sein muss. Nach dem langen Winter meinten sie, er wäre erfroren, sollte er davor noch gelebt haben.«

Ich starre sie an. »Aber Sie sind überzeugt, dass er noch lebt?«

Annie erwidert meinen Blick ruhig, und etwas daran erinnert mich an Reeds Gelassenheit. »O ja. Ich bin relativ sicher.«

»Wieso?«, flüstere ich, obwohl ich es weiß.

»Es fehlen nach dem Winter regelmäßig Vorräte und andere Dinge. Ziemlich viele sogar. Und es liegt nicht daran, dass unser ältester Sohn Raymond hier mit Freunden Silvester feiert. Diese Menge an Vorräten kann man in ein paar Tagen nicht vernichten.«

Ich schließe die Finger um den Anhänger der Eschenkette, die ich um den Hals trage. Neben dem Tagebuch ist sie das einzige Erinnerungsstück, das ich noch von Reed besitze, und ich bin froh, dass ich sie wiederhabe, seit meine Eltern mir die Reisetasche gebracht haben. Immer wieder läuft mir eine Träne über das Gesicht. Das alles ist zu viel für mich. So viele Wahrheiten an einem Tag erträgt mein Herz nicht. Die Johnsons wissen von Reed, und sie lassen ihn gewähren.

»Warum …«, überwinde ich mich schließlich zu fragen: »Warum lassen Sie es zu?«

Erneut wechseln Annie und Clayton einen Blick, und Annie spricht weiter. »Die Gutachter haben festgestellt, dass der Unfall Jules' Schuld gewesen ist. Er hat die Kurve zu schnell genommen, geriet dadurch ins Schleudern und auf die andere Spur. Der Fahrer des Vans musste ausweichen, der Van kam ebenfalls ins Schleudern und stürzte den Abhang hinunter … morgen ist es genau neun Jahre her.«

Sie legt die Hand flach auf den Tisch, Clayton legt seine darüber.

»Nach dem ersten Winter haben wir uns wegen der fehlenden Vorräte gewundert. Nach dem zweiten und dritten hatten wir einen Verdacht, nach dem vierten waren wir uns sicher, dass es dieser Junge sein muss, der uns bestiehlt. Doch Clayton und ich – wir fanden, dass wir es diesem Kind schuldig sind. Und was kosten schon ein paar Konserven, Decken oder Gaskartuschen …«

Sie wissen alles. Sie wissen, dass Reed sich Winter für Winter hier bedient. Und sie dulden es. Er lief niemals Gefahr aufzufliegen.

»Er stiehlt immer die Bestandsliste. Manchmal manipuliert er sie auch. Weißt du, er ist ganz schön gerissen dafür, dass er alleine im Wald lebt.« Annie lacht, ist nun wieder heiterer. »Clayton hat ihm sogar mal ein DIN-A4-Poster von einer nackten Frau dagelassen.«

Ich erröte. Trotz allem Kummer huscht ein Lächeln über mein Gesicht. »Ich muss ihn finden«, erkläre ich dann einfach, als wäre es selbstverständlich.

»Siehst du«, sagt Clayton und blickt von Annie zu Owl, der die ganze Zeit geschwiegen hat. »Ich wusste doch, dass sie irgendwie Wind von der Sache bekommen hat. Außer unseren Kindern und Owl weiß nämlich niemand etwas davon. Vielleicht hat unsere Älteste doch was ins Netz gestellt.«

»Nein …« Ich blicke von Clayton zu Owl und dann zu Annie. »Als ich nach dem Winter hierherkam, da kam ich direkt aus seinem Lager …«

Schweigen folgt meinen Worten.

»Was?«, ruft Annie dann mit großen Augen. Owl lüpft die Brauen. Clayton lehnt sich nach vorne.

Ich hole tief Luft. »Sein Name ist Reed. Ich glaube, er ist jetzt dreiundzwanzig, wird im November vierundzwanzig, und ich liebe ihn.«

Wieder bleibt es für Sekunden still, schließlich seufzt Annie. »Reed. Dann ist er jetzt so alt, wie Jules damals war.« Sie und Clayton sehen sich an und lächeln einander zu, etwas im Blick, das wohl nur Menschen besitzen, die so viel zusammen durchgestanden haben.

Danach haben die drei Hunderte von Fragen an mich. Wie ich Reed finden konnte, warum ich geblieben bin und wieso ich ihnen das nicht früher erzählt habe. Ich antworte so ehrlich wie möglich auf alles, und am Ende sitzen sie immer noch da und können es kaum glauben.

»Was für eine Geschichte!« Annie schüttelt den Kopf; das hat sie in der letzten halben Stunde sicher hundert Mal gemacht. Danach schenkt sie jedem noch einen Kräuterschnaps nach, den sie zwischenzeitlich geholt hat, *um das alles zu verdauen.* »Das ist der Letzte für heute. Clayton und ich müssen morgen früh raus.« Sie stellt die Flasche auf das Sideboard zurück und wendet sich zu mir um. »Da landest du von deinem damaligen Verlobten ausgerechnet bei unserem Eremiten. Ist das zu fassen?«

Owl kippt den Schnaps hinunter und sieht mich an. »Als Clayton und Annie sich sicher waren, dass es hier einen Einsiedler gibt, haben sie mich gebeten, im Revier nach ihm Ausschau zu halten. Aber ich bin ihm weder begegnet noch habe ich sein Lager gefunden. Der Wald ist hier streckenweise undurchdringlich, an manchen Stellen braucht man Stunden für eine einzige Meile. Giftsumach und anderes Kraut verhindert das Vordringen. Ich würde zu gerne wissen, wo das Lager ist.« Ich schaue ihn an, in der Hoffnung, er würde gleich eine Vermutung anstellen, wo er glaubt, dass Reed sein könnte, aber er sagt: »Machen wir uns nichts vor. Dieses Lager werden wir niemals entdecken, und der Junge will nicht gefunden werden. Wenn er zurückwollte, könnte er herkommen.«

»Aber ich muss ihn finden«, verkünde ich wild entschlossen. »Er braucht doch das Tagebuch seines Vaters. Ohne die Worte wird er vergessen, wer er ist und wer er sein kann …« Und plötzlich beginne ich vor den mir fremden Menschen hemmungslos zu weinen.

In dieser Nacht träume ich von Reed. In meinem Traum begegne ich ihm in seinem Lager, doch bevor ich ihm sagen kann, dass ich ihm glaube, weil ich endlich die Wahrheit weiß, fällt mich ein Puma an und tötet mich mit einem Biss in den Nacken.

Als ich fröstelnd aufschrecke, ist es noch dunkel. Die Wanduhr von Raymonds ehemaligem Kinderzimmer, in das mich die Johnsons einquartiert haben, zeigt halb fünf Uhr. Ich ziehe mich an und schleiche nach draußen, um nach Reed Ausschau zu halten, doch es ist erst Oktober, die Lodge ist noch geöffnet. Es wäre ein Wunder, wenn er schon jetzt hier herumstreifen würde. Annie hat gestern vorgeschlagen, dass ich den Winter einfach in der Lodge verbringen könnte, doch ich bin mir sicher, dass Reed sich nicht zeigen würde, wäre ich hier. Vielleicht würde er lieber verhungern; er will mich schließlich vergessen.

Ich laufe ein paar Schritte in den Wald und suche ihn im Wood Wide Web, wie er es genannt hat. Ich versuche, ihn im Flüstern des aufkommenden Winterwinds zu hören. In dem

Wispern der Zweige, dem Rascheln der Blätter, aber je länger ich es versuche, desto unsinniger komme ich mir vor.

Reed wird sich nicht zeigen, er wird nicht kommen. Vielleicht hat er sein Lager sogar verlegt, aus der Angst heraus, dass ich ihn verraten könnte.

Für einen Moment schließe ich die Augen, denke an ihn, denke an Kälte und Eis, an den Kampf ums Überleben. Und plötzlich werde ich zurückgeworfen und alles ist wieder da. Das Kribbeln der Verliebtheit im Bauch, das Gefühl, dass in meinem Blut Sterne explodieren und ich vollkommen frei bin, mich niemand sieht, wenn ich im Regen tanze. Ich denke daran, dass ich verrückt vor Liebe gewesen bin, komplett verrückt, fast krank.

Während ich weiter ins Unterholz vordringe, kratzige Äste und weiche Tannenzweige streife, denke ich, dass Reeds und meine Liebesgeschichte vielleicht auch im Wald gespeichert ist, in den Blättern, den Stämmen, den Wurzeln. Womöglich erzählt sie das Wood Wide Web, aber vielleicht stimmt das auch alles nicht, und der Wald hat uns längst vergessen. Womöglich werden dort, wo Reed und ich uns einmal geliebt haben, eines Tages Hochhäuser stehen und Menschen in sterilen Büroräumen sitzen. Menschen wie Ayden, die alles kontrollieren wollen. Vielleicht wird dieses Fleckchen Erde, das Reed so liebt, das seine Heimat und sein Gefängnis ist, unter Asphalt begraben sein. Vielleicht nicht in fünf Jahren, aber in zwanzig.

Reed hat gemeint, auch der Stärkere würde eines Tages sterben, das sei das Wesen der Natur. Wenn aber alles stirbt, gut und böse, stark und schwach, was bleibt dann übrig? Woran können wir glauben?

Woran soll ich glauben, Reed?

Mitten im Wald balle ich die Fäuste und schreie: »Reed, wo bist du? Sag es mir!«

Aber nur der Rauwind antwortet: *Ash, my love.* Nicht mehr als ein feines Wispern der Äste.

Als ich am frühen Morgen völlig übernächtigt in die Großküche komme, ist Annie bereits auf den Beinen und hilft der Küchenkraft, das Frühstück zuzubereiten.

»Oh, schon auf?«, bemerke ich überrascht. Normalerweise ist Clayton der Frühaufsteher, aber dann erinnere ich mich daran, dass sie gestern sagte, sie müssten früh raus.

»Wir fahren gleich an die Unfallstelle, um einen Kranz abzulegen und eine Kerze anzuzünden. Das machen wir jedes Jahr an Jules' Todestag.«

Jules' Todestag hat sie gestern Abend erwähnt. *Morgen ist es genau neun Jahre her.* Es ist auch der Todestag von Reeds Familie. Mein Herz hämmert plötzlich los. »Kann ich mitkommen? Ich … ich störe auch nicht, es ist nur …«

Sie nickt, auch wenn ich nicht weitersprehe. »Natürlich.«

Und dann geht alles ganz schnell. Ich sitze im Pick-up der Johnsons und bete, dass Reed aus irgendeinem Grund ebenfalls dort sein wird, auch wenn er nach Mond und Sternen lebt.

Ich schweige während der Fahrt, weil mir alles andere unangemessen vorkommt, und auch die Johnsons sprechen nicht. Die Stille ist jedoch andächtig, nicht unangenehm. Wir fahren den üblichen Forstweg zurück, aber irgendwann biegt Clayton auf eine andere Straße ab, vielleicht ist es der Holzabfuhrweg, den Reed erwähnt hat. Auf dieser geschotterten Piste fahren wir über zwei Stunden, bevor wir auf eine asphaltierte Straße gelangen. Nach wenigen Minuten hält Clayton an. Reeds Dad ist nicht weit auf dieser Straße gekommen.

Mein Herz wird schwer, als ich aussteige und die schmale Straße überschaue. Wie gewöhnlich sie aussieht!

Ich versuche, mir Reeds Dad, Aspen, Willow und Lark ins Gedächtnis zu rufen. Einfach, um sie zu ehren, weil Reed sie geliebt hat. Als die Johnsons die Kerze anzünden und den Kranz unter den Baum legen, wo ein Kreuz an den Unfall erinnert, lasse ich sie alleine und steige den Abhang in das

Tal hinunter. Hier lag der ramponierte Bus. Ich starte den Versuch, durch Reeds Augen zu schauen, ihn auf seiner Suche nach Habseligkeiten zu sehen, doch mir wird klar, dass alles, was ich je erlebt habe, nicht an das heranreicht, was er durchmachen musste. Und plötzlich wird mein Kummer wieder übermächtig. Ich stehe dort, wo er stand, wo er tagelang ausgeharrt hat, um die wenigen Dinge zusammenzuklauben, die einst seiner Familie gehört haben. Damit er sie in seinen Mantel der Erinnerungen nähen konnte.

Natürlich – *natürlich* – weine ich nun wieder, aber ich schäme mich nicht dafür. Keine Ahnung, wie lange ich dort unten herumirre und immer mal wieder in den Wald spähe, ob ich irgendwo einen Schemen entdecke, eine Strähne blonden Haars oder den Zipfel eines Mantels. Aber ich sehe nur Bäume und Sträucher auf beiden Seiten. Oben auf der Straßenseite tuckert ein Traktor vorbei, der Hang zu meiner Linken ist weniger steil und führt direkt in den tiefen Wald. Wenn Reed hierherkäme, dann sicher von dort.

Aber er kommt nicht. Wie auch? Wie sollte er denn wissen, welcher Tag heute ist? Ich schlucke, streiche über das Tagebuch, das ich aus der Tasche meiner moosgrünen Winterjacke geholt habe, um darin zu lesen, aber mein Magen zieht sich zusammen, wenn ich nur daran denke, es hier aufzuschlagen.

Vielleicht bleibe ich im Winter ja wirklich in der Lodge. Aber was, wenn ich warte und warte und Reed tatsächlich nicht kommt? Er hat es mir ja gesagt: Er will mich vergessen. Jeder Gedanke an unsere Zeit würde ihn umbringen. Ich bin mir ziemlich sicher, er würde irgendwie bemerken, dass ich dort bin, und dann sofort umkehren.

Ich steige den Hang hinauf, auf der Hälfte der Strecke ruft Annie von oben: »Willst du noch bleiben? Wir müssen noch Besorgungen machen und können dich später wieder abholen.«

»Nein, ist okay.« Reed lebt nicht nach einem Kalender, das hätte ich wissen müssen. Es war idiotisch zu glauben, er würde hierherkommen. Ich will gerade über die Leitplanke klettern, da höre ich es aus dem Himmel.

»Ash-mei-lo! Ash-mei-lo!«

Fast kullere ich den Abhang hinunter, aber ich kann mich gerade noch an der Leitplanke festkrallen. Als ich zu der Wolkendecke schaue, entdecke ich Odin, wie er wie ein Schatten über das Tal gleitet.

»Lark! Lark!«

»Odin!«, rufe ich hinauf, völlig idiotisch. »Ich bin hier.« Ich kann es nicht fassen. Ein Gefühl von Erlösung und Glück durchströmt mich bis in die Fingerspitzen. Mit rasendem Herzen sehe ich mich um und suche nach Reed. Und ich finde ihn. Fast möchte ich auf die Knie sinken, als ich ihn entdecke. Starr wie ein Baumstamm verschmilzt er mit dem Wald, einzig das winterblonde Haar leuchtet aus der Dunkelheit wie eine Krone.

»Reed«, schreie ich, und der gegenüberliegende Hang echot seinen Namen. Wie der Blitz stolpere ich den Abhang hinunter, aber er bleibt stehen, kommt mir nicht entgegen.

Bitte, lass ihn nicht einfach verschwinden, bevor ich ihn erreicht habe! Er darf nicht gehen! Nicht jetzt!

Völlig außer Atem durchquere ich die Ebene mit den Sträuchern und Jungbüschen und jage auf der anderen Seite hinauf, kämpfe mit Stauden und Gräsern, und die letzten Meter kommt er mir entgegen. Der Bogen hängt über seiner Schulter.

»Ash. My love.« Seine Stimme ist rau, ein ersticktes Flüstern, seine Augen glänzen, als würden sich Schneeflocken darin auflösen. »Ich konnte nicht ins Schattental runtergehen.«

»Ich weiß«, sage ich leise. *Schattental.* Ein furchtbarer und dennoch schrecklich-schöner Name für diese Schlucht. Konfus schüttele ich den Kopf. Ich will ihn hundert Dinge fragen: Woher kennst du das Datum? Wie ist es dir ergangen? Bist du mir böse?

Aber alles, was ich herausbringe, ist: »Es tut mir leid, Reed. Verzeih mir!« Eine Träne läuft über mein Gesicht.

Er schluckt. »Ich würde dir alles verzeihen, Ash.« So selbstverständlich spricht er es aus, als lägen keine sieben Monate zwischen heute und unserer letzten Begegnung. Als hätte ich ihn nicht einfach so alleine gelassen, weil ich ihm etwas Böses unterstellt habe.

»Ich habe mir den Ring selbst vom Finger gezogen und weggeworfen. Ich erinnere mich wieder. Und ich habe mich von Ayden getrennt ... Reed ... ich bin seit zwei Wochen in der Lodge. Ich habe überall nach dir gesucht, aber ich habe das Lager nicht gefunden und ich ...« Ich halte inne, weil er sein Gesicht verzieht. »Ich rede zu viel. O Gott, ich rede wieder zu viel, und du bist das ja gar nicht mehr gewohnt ...« Abermals unterbreche ich mich, aber nun hat sich ein Lächeln auf seine Züge gestohlen.

»Rede, so lange du willst.« Er hebt die Hand und fährt hauchzart die Konturen meiner Wange nach, meiner Nase und meiner Stirn, fast, als wäre er blind und müsste meine Gesichtszüge lesen. »Ich habe deine Stimme vermisst«, sagt er kaum hörbar, und das Lächeln erstirbt. »Ich habe dein Gesicht vermisst und deinen Atem in der Nacht. Deinen Duft nach Mädchen und Vanille. Ich habe einfach alles an dir vermisst.«

»Du wolltest mich doch vergessen«, necke ich ihn, aber meine Stimme zittert.

»Es hat nicht geklappt«, sagt er, und dann laufen Tränen aus seinen Augen. So viele Tränen. Ich gehe einen Schritt auf ihn zu. Er umfängt mich mit seinen starken Armen und seinem Mantel der Erinnerungen. So stehen wir da, Sekunden, Minuten, und weinen beide vor Glück.

Als er mich loslässt, krame ich das Tagebuch aus meiner Manteltasche. »Ich habe das Buch nicht absichtlich mitgenommen. Es war noch im Poncho ... ich habe es lange Zeit überhaupt nicht bemerkt.«

Reed nimmt das Buch und blickt wie gebannt auf den ledernen Einband. »Ich hätte es ohne dich sowieso nicht lesen können. So wie ich auch nie ins Schattental klettern kann. Ich war nur dieses eine Mal ganz unten. Zu viele Erinnerungen.«

»Ja«, stimme ich wehmütig zu. Mit Erinnerungen kenne ich mich aus. Na ja, ein bisschen zumindest. »Soll ich dir die letzten Seiten heute vorlesen?«

Reed will antworten, aber ihm versagt die Stimme, dafür schließt er mich noch einmal so fest in die Arme, als könnte ich ihm davonlaufen oder der Wind mich davontragen. Er küsst meine Stirn, meine Nasenspitze, meine Lippen. Leicht, wie das Streifen einer Feder. Und kaum denke ich das, landet Odin auf einem Ast über uns und krächzt:

»Ash-mei-lo.«

Ich muss lachen, aber als ich Reeds Gesicht sehe, bleibt es mir im Hals stecken.

»Ash … wieso bist du hier? Bist du nur gekommen, um mir das Buch zu geben und mir das Ende vorzulesen?«, fragt er und presst die Lippen zusammen.

Eilig schüttele ich den Kopf. »Nein. Ich bin gekommen, weil ich dich liebe und weil ich für uns eine Lösung finden will.«

Erleichtert stöhnt er auf und fasst in sein Haar. »Ich wusste, wie schlimm es ist, jemanden so sehr zu vermissen, dass man nicht atmen kann. Aber dich zu verlieren war wie … als hätte der Wald sein Flüstern verloren, als würden die Sterne nicht mehr aufgehen und als könnte ich keine Farben mehr sehen … keine Ahnung, Ash … es war, als wären alle Erinnerungen des Waldes einfach fort. Fast als wäre er tot oder ich gestorben.« Er lässt die Hände sinken und sieht mich an.

Für einen Moment nehme ich seine Finger und drücke sie ganz fest. »Jetzt bin ich bei dir«, flüstere ich. Und frage dann lauter: »Woher wusstest du, welches Datum wir haben?«

Reed betrachtet noch einmal das Tagebuch, dann steckt er es ein. »Einmal im Jahr, wenn die ersten Kastanien von den Bäumen fallen, gehe ich nach Oak Creek, das Dorf, das am nächsten beim Lager liegt. Dort steht ein Zeitungskasten, und nachts, wenn keiner mehr unterwegs ist, schaue ich auf das Datum. Ab diesem Tag zähle ich die Tage und Nächte, meist sind es dann noch zwei Wochen, einmal fielen die Kastanien spät, da hätte ich den Tag fast verpasst.«

»Ich bin froh, dass die Kastanien dieses Jahr pünktlich gefallen sind.«

Er runzelt die Stirn, als würde ihm die Frage eben erst einfallen. »Woher kennst du diesen Ort? Hast du ihn gesucht, um zu schauen, ob ich herkomme?«

Ich drehe mich zu den Johnsons um, die uns von der anderen Seite aus beobachten.

»Sind das deine Eltern? Bist du mit ihnen gekommen? Hast du ihnen von mir erzählt?« Entsetzt tritt Reed ein Stück in den Schatten.

»Das sind die Johnsons. Die Besitzer der Wild River Lodge. Sie wissen, wer du bist, und sie wissen, dass du im Wald lebst.«

»Was?« Das Wort bricht ungläubig über seine Lippen.

»Das ist eine sehr lange Geschichte.«

Reed bleibt im Schatten stehen, späht zu Annie und Clayton. »Werden sie mich verraten?«

»Nein, versprochen. Reed?«

»Ash?«

»Ash-mei-lo.«

Ich lächele über Odin, im nächsten Moment kommt er angeflattert und landet auf Reeds Schulter. Ich strecke ihm die Hand entgegen und er schnäbelt vorsichtig an meinen Fingern.

»Die Johnsons wissen, dass du sie seit Jahren bestiehlst. Aber sie lassen dich gewähren.«

Fragend sieht Reed mich an, Odin legt den Kopf schräg.

»Es war ihr Sohn, Jules, der …« Ich stocke kurz, überlege, ob ich es überhaupt sagen soll, entscheide mich dann aber dafür. »Ihr Sohn ist ebenfalls bei dem Unfall gestorben. Er hat ihn verursacht, weil er zu schnell gefahren ist.«

»Ihr Sohn war der Fahrer, der in der Zeitung erwähnt wurde.« Reed blickt zur anderen Straßenseite, sagt mehrere Sekunden nichts.

»Unfälle passieren. Fehler beim Autofahren kommen vor«, erkläre ich ihm.

Immer noch sieht er hinüber. »Sie trauern auch noch.«

»Ja. Natürlich.«

»Wir können vieles nicht kontrollieren, Ash. Kontrolle ist der Traum des Menschen. In der Natur gibt es das nicht.«

Von Kontrolle habe ich sowieso genug. »Was machen wir jetzt? Wie geht es weiter?«, will ich wissen.

Reed schüttelt den Kopf, nimmt meine Hand, als müsste er sich versichern, dass ich da bin. »Ich kann immer noch nicht glauben, dass du hier bist.«

»Ich kann nicht glauben, dass ich dich gefunden habe.«

Reed sieht mich an und nickt zu meiner Wange, auf der nach wie vor der blaue Fleck von Aydens Schlag zu sehen ist. »Bist du wieder irgendwo runtergefallen?«

»Das … oh, das war Ayden.« Zum Glück ist meine Lippe wieder abgeschwollen.

Reed schiebt den Unterkiefer vor. »Er hat dich geschlagen?«

»Ja. Aber das ist auch alles eine sehr lange Geschichte. Reed …«

»Lange Geschichten sind gut für die kalte Zeit«, sagt er. »Traust du dich, noch einen Winter bei mir zu verbringen?«

Tränen steigen in mir auf, weil ich diese Entscheidung längst getroffen habe. Zumindest für dieses Jahr, aber ich frage: »Nur einen?«

Er strahlt, hebt mich hoch und dreht sich mit mir im Kreis, bis ich lachend protestiere, weil mir total schwindelig wird. Odin ist schimpfend auf einen Ast geflogen.

»Das Gute ist, dass wir dieses Jahr sofort zur Lodge gehen können, wenn es zu kalt wird«, sage ich noch außer Atem. »Und wir können uns auch jetzt schon einen Vorrat zulegen.«

»Wieso lassen sie mich all diese Dinge ungestraft mitnehmen?«, will Reed verwundert wissen und späht wieder hinüber zur anderen Talseite, von wo die Johnsons unbeirrt zu uns herüberschauen.

»Sie sagen, sie würden es dir schulden. Wenn ihr Sohn nicht zu schnell gefahren wäre, würde deine Familie noch leben und du wärst nie in Not geraten. Ich denke, sie würden sich sogar freuen, dich kennenzulernen.«

»Ich weiß nicht, Ash.« Eine ganze Weile betrachtet er die Johnsons, aber dann beugt er sich über mich und sein Blick gleitet über mein Gesicht, von den Augen über meine Nase zu meinen Lippen. Ich fühle seinen Atem auf meiner Haut und ein Prickeln durchläuft mich wie ein Stromschlag. »Wenn ich dich nur anschaue, höre ich auf zu denken«, sagt er, als könne er selbst nicht fassen, was mit ihm geschieht. Für solche Sätze möchte ich ihn einfach küssen, und als hätte er meine Gedanken gelesen, legt er seine stillen Finger in meinen Nacken und zieht mich zu sich. Als ich seine kühlen Lippen auf meinen spüre, schießen mir erneut Tränen in die Augen, aber diesmal, weil ich so glücklich bin. Wie beim ersten Mal schmecke ich seine Verlorenheit in diesem Kuss, aber nicht nur das. Es ist, als würde sich rings um den Platz, wo wir stehen, Berge aus Schnee und Eis erheben, als würde ein kalter Wind aus Kanada über unsere Köpfe streichen und Schneeflocken um uns wirbeln. Es ist, als würde ich nach einer endlosen Wanderung endlich heimkommen.

Epilog

»Bist du bereit?«, frage ich Reed.

Er nickt, aber die Unruhe spiegelt sich in seinen Händen, ständig zupft er an dem Fell seines Mantels herum.

Ich nehme seine Finger und drücke sie ganz fest. »Es ist gut. Ich bin bei dir.«

Er lächelt fast scheu. Wir sitzen warm eingepackt in Mützen, Jacken und Stiefeln auf dem Dach des Baumhauses, ich halte das Tagebuch seines Vaters in den Händen.

Gestern meinte Reed, es würde wohl bald schneien, doch diesmal macht es mir keine Angst. Wir sind für den Winter bestens ausgerüstet: Unsere Vorratskammer ist voll, wir haben von Mom und Dad, die natürlich wenig begeistert über meine Pläne waren, richtig dicke Schlafsäcke bekommen, solche, in denen man bei minus achtzig Grad noch schlafen kann. Ich habe mein Handy dabei, das drei Meilen weiter tatsächlich ein schwaches Signal empfängt; von meinen Eltern habe ich gefühlt eine Million Powerbanks mitbekommen, und sogar einen extra Schlafsack als Depot, damit die Geräte durch die Kälte nicht kaputtgehen. So kann ich mich wenigstens bei ihnen melden – aber sollte das nicht funktionieren, gibt es auch immer noch die Lodge. Außerdem können wir Feuer machen. Owl wird es nicht melden, die Johnsons sowieso nicht. Und, ganz wichtig, meine Eltern haben die Koordinaten von Reeds Lager.

Mein Glück ist perfekt. Zumindest für diesen Winter. Danach muss es eine Lösung geben, mit der Reed und ich leben können. Es war schwierig, Mom und Dad davon zu überzeugen, dass mir der Winter hier draußen guttun wird. Sie hatten hundert Bedenken, aber ich wollte es ihnen auch nicht verheimlichen. Und natürlich wollten sie Reed kennenlernen, doch er war zu unsicher, hat sich nur als Schemen in der Ferne gezeigt, wie ein Wildtier, das Angst hat, näher zu kommen.

So, wie er sich verhalten hat, zweifle ich daran, dass ich ihn je überreden kann, mit mir nach Boston zu gehen, aber es gibt ja auch noch unser Blockhaus am North Pond. Womöglich könnten wir dort den Sommer verbringen, wir könnten sogar Odin mitnehmen. Reed hätte ein paar Menschen um sich und ein bisschen Normalität, aber er könnte auch jederzeit in den Wald – wenn es auch nicht sein Heimatwald ist.

Bisher habe ich keine exakte Vorstellung im Kopf, noch glaube ich nicht einmal, dass Reed Nahmakanta je aufgeben könnte.

Gespannt blicke ich auf das Buch, Reed leuchtet mit der Taschenlampe auf die Seiten. Ich beginne zu lesen.

> 27. September 2012. Waldprinzessin, ich habe Angst. Ich habe so große Angst, unser Traum könnte ein Fehler gewesen sein. Ich spüre, wie der Winter näherkommt. Es ist, als würde der Wind ihn in seinem Atem tragen. Kein Mensch, der das nicht ein paar Mal erlebt hat, kann es auf diese Weise fühlen. Die Knochen werden kälter, aber auch das Herz. Etwas in mir verändert sich, und ich kann es nicht aufhalten. Erinnerst du dich an das Märchen

›Die Schneekönigin‹, das wir mit den Kindern gelesen haben? Natürlich erinnerst du dich. Den kleinen Jungen Kay trafen Splitter des zerschellten Zauberspiegels in Herz und Auge; er konnte danach weder die Schönheit um sich sehen, noch so etwas wie Liebe oder Freundschaft empfinden.

So geht es mir gerade. Manchmal sitze ich tagelang da und starre ins Nichts. Dort, wo vorher meine Erinnerungen an dich im Sonnenlicht getanzt haben, ist mittlerweile ein schwarzes Loch, als hätte etwas sie aus dem Wald gesogen. Ich weiß nicht, wo dieses Gefühl der Leere so plötzlich herkommt, ob der kommende Winter es mit sich bringt, aber es macht alles einsam. Selbst unter den Kindern fühle ich mich allein. Oder anders: Ich fühle nichts. Und immer wieder sehe ich Reed, wie er erwachsen wird, und ich weiß, dass ich ihn zu den Menschen bringen muss. So wie Baghira bei Mowgli, jedoch ist es nicht Shir Khan, den ich hier fürchte. Es ist unser Traum. Mir ist klar geworden, dass wir die Illusion eines freien Lebens nicht ewig leben können, auch ich nicht. Ich kann die Kinder nicht an den Wald ketten, selbst wenn das Leben in der Welt ein unfairer Kampf ist. Sie müssen diese Entscheidung eines Tages für sich selbst treffen. Reed muss sich eine Frau suchen können, und mit seinen geschickten Händen könnte er Chirurg werden oder Automechaniker oder Rekordhalter im Bogenschießen. Aspen muss mehr vom Leben kennenlernen, um zu

> schreiben. Wie soll er sonst etwas über die Liebe aufs Papier bringen? Willow könnte studieren, sie ist so fleißig und wahnsinnig ehrgeizig; und Lark – o Waldprinzessin, ich denke, sie wird einmal etwas mit Tieren machen wollen, Tierärztin vielleicht. Gestern hat sie ein Streifenhörnchen seziert und alles genau inspiziert. Aspen kam dazu und ist vor Ekel fast in Ohnmacht gefallen. Manchmal träume ich das Leben unserer Kinder vor, aber in letzter Zeit träume ich gar nichts mehr. Ich sitze nur da und alles ist sinnlos.

Nach diesem vorletzten Eintrag halte ich inne und schaue Reed an. Er hat die Mütze abgezogen und fährt sich verständnislos durch die Haare. »Was war mit meinem Dad? So war er doch nie?«

»Ich vermute, er hatte eine Depression. Seine Worte klingen so. Weißt du, meine Tante Amalia hatte das mal, nachdem sie ihr Gehör verloren hat.«

»Was ist eine Depression?«

»Man ist plötzlich traurig. Man sieht keinen Sinn mehr im Leben und möchte morgens nicht mehr aufstehen. Tagsüber kommt einem jeder Handgriff vor wie Schwerstarbeit.«

Reed blinzelt irritiert. »So ging es mir in den letzten Monaten.«

»Es ist eine Krankheit. Und sie kann durch etwas von außen ausgelöst werden, aber auch wie aus dem Nichts kommen. Scheinbar grundlos.«

»Und du glaubst, Dad hatte das?«

»Es ist nur eine Vermutung. Wie war dein Vater, kurz bevor Aspen und Lark krank geworden sind?«

»Mir ist aufgefallen, dass er weniger gearbeitet hat, so, wie er es im Tagebuch geschrieben hat. Er saß manchmal da und hat Löcher in die Luft gestarrt. Ich dachte, er denkt dabei viel an Mom. So Phasen gab es kurz nach ihrem Tod ja auch …« Er kratzt mit dem Handschuh über das Holzdach. »Deswegen habe ich mich auch so viel um die Kleinen gekümmert. Weil er kaum noch was gemacht hat.«

Ich lege meine Hand auf seine und halte sie fest. »Das mit der Grippe war nicht deine Schuld, Reed. Dein Vater hätte nach euch schauen müssen, aber er konnte es zu dieser Zeit nicht.«

»Hm.« Reed sieht für einen Moment in den Himmel, der voller Wolken hängt, und dann zu Odin, der über uns auf einem Ast sitzt. »Ich war alt genug, um zu wissen, dass man sich erkälten kann, wenn man zu lange im kalten Wasser ist. Vor allem um diese Jahreszeit.«

»Aspen war jünger als du, aber er wusste das bestimmt auch.«

»Aber ich hatte die Verantwortung.«

»Nein«, widerspreche ich. »Die hatte dein Dad. Und außerdem ist es, wenn überhaupt, Jules Johnsons Schuld. Er ist zu schnell gefahren. Reed … du musst damit aufhören, dich dafür verantwortlich zu machen.«

Er seufzt schwer und ich schlinge meine Arme um ihn und lege den Kopf auf seine Schulter.

»Wenn du da bist, ist alles gut«, sagt er leise. »Weißt du, ich bin in dieser Nacht, als ich dich zurückgebracht habe, nicht fortgegangen. Ich konnte den Ort, wo dein Herz geschlagen hat, nicht verlassen. Also habe ich mich im Wald versteckt und das Haus beobachtet. So lange, bis du am nächsten Tag wieder herausgekommen bist.« Er schaut mich an. »Ich wollte rufen: *Geh nicht! Bleib bei mir!*, aber du warst so wütend. Wie hätte ich dich umstimmen sollen? Und dann warst du weg. Einfach so. Wie meine Familie damals bist du davongefahren … ich habe mir eingeredet, du wärst tot, weil ich dachte, es würde dadurch leichter. Bei meiner Familie wusste ich, dass sie nicht wiederkommen würde, aber du warst noch irgendwo da draußen … das hat es … es hat es schwerer gemacht.«

Ich schlucke und berühre zart seine Fingerspitzen. »Reed – meinst du, du könntest diesen Ort hier eines Tages verlassen? Es muss ja nicht gleich bedeuten, dass du nie wieder hierher zurückkommst, oder?«

»Die Welt macht mir Angst. Mein Vater hat nie etwas Gutes über sie gesagt.«

»Oh, Pizza ist gut. Und Cola, und es gibt auch viele andere schöne Dinge. Musicals am Broadway, Tanz und Musik. Musik, Reed.« Ich frage mich, welche Musik ihm wohl gefällt. »Außerdem sind da tausend andere Landschaften, die du nicht kennst. Sandwüsten, die größer sind als dein Wald. Tiefblaue Meere. Der Ozean … der Atlantik mit seinen rauen Klippen und schäumenden Wellen. Ein Sonnenuntergang über dem Wasser …« Ich unterbreche mich, weil ich ihn nicht überfordern will.

Er grinst. »Sandwüsten, die größer sind als mein Wald? Niemals!«

»Es gibt da draußen so viel Schönes.«

»Und so viel Grausames. Mein Vater erzählte, dass Menschen mit Waffen aufeinander schießen. Er hat gesagt, Menschen töten sich wegen ihres Glaubens. Sie metzeln einander nieder wegen eines Gottes, den sie nicht mal sehen und anfassen können.«

»Dein Dad war im Krieg, das hat ihn sicher traumatisiert. Aber es toben nicht überall Kriege.« Tränen steigen in meine Augen. »Und das Grausamste, das einem Menschen auf der Welt passieren kann, hast du erlebt. Mitten im Wald. Seine ganze Familie zu verlieren …« Mir fehlen die Worte.

Reed drückt meine Finger. »Aber ich habe hier auch das Schönste erlebt. Nämlich dich.« Er holt die Taschenlampe, die er zuvor in die Manteltasche gesteckt hat, wieder hervor und schaltet sie an. »Sollen wir die letzte Seite lesen?«

»Ich dachte, das machen wir morgen?«

Reed schüttelt den Kopf. »Ich bin bereit.«

Nachdenklich sehe ich ihn an. Ich habe niemals zuvor in das Buch gesehen, und ich hoffe inständig, dass die Worte seines Vaters, seine letzten Worte, etwas sind, mit dem Reed leben kann.

Ich blättere die Seite um und beginne zu lesen. Das Datum fehlt.

> Waldprinzessin, ich habe mich lange gequält, aber ich glaube, der Grund meiner Niedergeschlagenheit war die Unfähigkeit, eine Entscheidung zu treffen. Ich konnte mir nicht eingestehen, dass unser Traum vorbei ist. Es ist, als würde ich dich hier zurücklassen, wenn ich gehe. Immer dachte ich, du seist hier in den Bäumen, der Luft und der Erde. Ein Flüstern im Wind. Aber das war falsch. Das sind nur Erinnerungen. Die Wahrheit ist: Du wirst immer dort sein, wo ich hingehe. Bald werde ich mit den Kindern den Wald verlassen und uns ein Zuhause in einem kleinen Ort in Maine suchen. Ein Häuschen am Waldrand, damit die Umstellung nicht zu groß wird. Ein Garten, in dem wir selbst Obst und Gemüse züchten. Fünfhundert Einwohner, eine Schule und ein Arzt vor Ort wären gut. Aspen kränkelt seit gestern. Ich vermute, er hat sich verkühlt, aber ich weiß es nicht. Ich habe Reed viel zu viel Verantwortung aufgebürdet. Das muss sich ändern. Glaub mir, es ist für alle am besten so. Auch für mich.

Ich schaue zu Reed, dessen Augen stumpf sind. »Er wollte tatsächlich gehen?« Er klingt bitter, als hätte sein Dad ihn verraten.

»Er wollte es für euch tun.«

Reed leuchtet auf den letzten Eintrag. »Lies weiter … bitte.«

Ich überfliege den Absatz. Die Worte sind offenbar in großer Eile geschrieben worden, denn sie sind viel unleserlicher als die davor.

> Ich muss in die Stadt und zu einem Arzt. Aspen hat Fieber und hustet. Lark hat es auch erwischt, allerdings nicht so stark. Ich habe eine schreckliche Vermutung, Waldprinzessin. Bete, dass sie nicht wahr ist. Ich habe dir von dem Streifenhörnchen erzählt, das Lark vor Tagen auseinandergenommen hat. Ich war so mit mir selbst beschäftigt, dass ich nicht daran gedacht habe. Weißt du noch, als wir uns darüber informiert haben, ob in den Wäldern Vorkommen des Hantavirus bekannt sind? Wir waren erleichtert, da es kaum Fälle gab, aber ich fürchte, dieses Hörnchen war infiziert und die beiden haben sich irgendwie angesteckt. Nur die beiden hatten Berührung mit dem Tier, die anderen nicht. Gott, ich hoffe, Aspen übersteht es. Ich fahre sofort los. Reed wollte hierbleiben und Wintervorbereitungen treffen. Er weiß noch nichts von meinem Plan, ich glaube, er wird nicht begeistert sein. Aber ich werde die Tage in der Stadt nutzen, um nach Häusern zu schauen und einen Makler mit dem Verkauf unseres Hauses in Albany zu beauftragen. Ich will nichts Teures kaufen, vielleicht etwas Sanierungsbedürftiges, das wir

mit viel Liebe wieder aufbauen können. Ich glaube, das wäre Reeds Ding. Dann hätte er Gefallen an meiner Idee.

Ich muss los, Waldprinzessin.

Du wirst bei mir sein. Immer und überall.

»Es war nicht meine Schuld«, sagt Reed dumpf. »Ich war nicht schuld, sie hatten einen Virus.« Kopfschüttelnd sieht er mich an. »Ich hätte es jederzeit nachlesen können und habe mich nie getraut.« Er klettert von dem Dach, springt auf die schmale Baumhausveranda und landet nach ein paar Sprüngen auf dem Boden. Odin flattert krakeelend auf.

»Nicht meine Schuld!«, ruft Reed in den Wald, voller Schmerz, aber auch voller Erleichterung. Er wirft Blätter in die Luft, so wie damals den Schnee, als er sich an Nahmakanta erinnert hat. Mein Herz zieht sich zusammen. Ich klettere ebenfalls vom Dach, springe auf die Plattform und steige vorsichtig die Leiter hinab auf den Boden. Es ist nicht mehr so dunkel wie letzten Winter. Wir haben jetzt viel mehr batteriebetriebene Laternen und Solarlampen. Eine davon wirft ein goldenes Licht auf den Schlafbaum.

»Reed!«, rufe ich ihn, aber er ist völlig versunken in diese neue Erkenntnis und ich will ihn nicht herausreißen, also beobachte ich ihn.

Irgendwann hält er inne und kommt zu mir zurück. Groß und imposant mit seinem langen Mantel. Ich kenne niemanden, der zugleich so stark und so verletzlich wirken kann.

»Maya«, sagt er, als müsste er probieren, wie der Name zu mir passt. Ich blinzele, bin fassungslos und gerührt. Mit diesem kleinen Wort weiß ich, dass er bereit ist, Nahmakanta eines Tages zu verlassen. Es ist die Brücke von seiner Welt in meine. Als er bei mir ist, greift er nach meinen Fingern. Wind bläst durch unsere Haare.

»Der Rauwind«, sagt er bloß.

»Ja, der Winter naht«, antworte ich ebenso kryptisch wie er.

Reed sieht mich erstaunt an. »Hörst du etwa auch, wie er sich an den Stämmen reibt?«

»Nein.« Ich lache. »Das ist nur ein Spruch aus meiner Welt.« *Winter Is Coming.*

Reed sieht mich verständnislos an. »Ich glaube, mit deiner Welt warten wir noch, bis der Frühling kommt.« Und dann küsst er mich an dem Ort, an dem ich vor Monaten zu mir gekommen bin, dort, wo Blätter und Sterne tanzen.

Mitten im Wald. Dem lebendigen Herzen von Nahmakanta.

DANKSAGUNG

Zuerst möchte ich dir, liebe Leserin oder lieber Leser, danken. Danke, dass du Maya und Reed bei ihrer Reise durch den eisigen Winter Maines begleitet hast. Ich hoffe, dir ist dabei nicht allzu kalt geworden und du konntest Reed am Ende genauso ins Herz schließen wie seine Ash. Wenn dir der Roman gefallen hat, freue ich mich über ein Feedback, egal, auf welcher Plattform.

Die Geschichte um Reed entstand in meinem Kopf, als ich das erste Mal von dem North-Pond-Eremiten gelesen habe. Er lebte tatsächlich siebenundzwanzig Jahre alleine in Maine, alles, was Maya Reed über ihn erzählt, ist wahr. Ich habe mich danach eine Zeit lang mit Eremiten aller möglichen Epochen beschäftigt und war erstaunt, zu welchen übereinstimmenden Weisheiten oder auch Wahrheiten sie unabhängig voneinander gekommen sind. Einige davon habe ich in dem Roman angesprochen. Aber vielleicht müssen wir auch nicht jahrelang in der Wildnis leben, um aus der Natur Wahrheiten und Kraft zu schöpfen. Womöglich reicht es aus, sich hin und wieder mal in die Wälder zurückzuziehen und die Stille zu spüren. Vielleicht probierst du es einfach mal aus, auch wenn du kein Naturfreak bist, und vielleicht findest du ein kleines Stück Nahmakanta, ein anderes Land, das dir hilft, deinem turbulenten Alltag zu entfliehen.

Mein nächster Dank gilt Jenny Brodski und dem Team von Tinte & Feder, die das Projekt Maya und Reed so engagiert und begeistert unterstützt haben. Danke, liebe Jenny, für dein offenes Ohr bei all meinen Fragen und für den professionellen Blick auf die Geschichte.

Danke auch an meine Lektorin, Anne Paulsen, die mein Manuskript wie immer geschliffen und poliert hat, bis es vollkommen rund war. Anne, es ist immer wieder schön, bereichernd und lehrreich, mit dir zusammenzuarbeiten.

Dasselbe gilt auch für Gaby Hoffmann und Claudia Schumann, die den Feinschliff übernommen haben. Danke, liebe Gaby, das Manuskript ist durch deine Arbeit viel lebendiger geworden – und bunter an Wörtern. Danke, Claudia, durch Ihr gutes Auge sind jetzt auch die letzten Fehler und Ungereimtheiten behoben.

Danke auch an Sophia Zehren von der Agentur Bürosüd für das wunderschöne Cover. Schon die erste Version war fantastisch.

An vorletzter Stelle danke ich Stefan Fügner, dem Mitinhaber des Deutschen Jagdportals, der meine Fragen rund um das Thema Jagd geduldig und fachmännisch beantwortet hat.

Zu guter Letzt danke ich meiner Familie. Danke für eure Liebe und für eure Unterstützung. Danke, dass ihr immer für mich da seid und an mich glaubt. Das macht mich stark, so wie Reed sein Eschenmädchen mutig gemacht hat. Ihr seid mein Nahmakanta, mein Rückzugsort.

Bibliografie

Tolstoi, Lew, Zitat. *Das Zitat ist nicht original und beruht vermutlich auf dem letzten Absatz des Märchens »Drei Fragen«*. In: Gesammelte Werke in zwanzig Bänden, Rütten & Loenig, 1964–1978

Finkel, Michael, Der Ruf der Stille, übersetzt von Joannis Stefanidis, Goldmann, 2017

Heinrich, Bernd, Die Weisheit der Raben, übersetzt von Hainer Kober, Matthes & Seitz Berlin, 2020

Kandinsky, Wassily, Über das Geistige in der Kunst, Benteli, 2004

London, Jack, Der Sohn des Wolfs, übersetzt von Erwin Magnus, eClassica, 2018

Green Ingersoll, Robert, Zitat. In: Some Reasons Why, 1881
Galilei, Galileo, Zitat. In: Brief an die Großherzogin Christina (Essay), 1615